PULP FICTIONS

COLLECTION DIRIGÉE PAR
JEAN-CLAUDE ZYLBERSTEIN

W0295219

Dans la même collection

Philip José Farmer,
La Saga des hommes dieux, 2004.

Robert Van Gulik

Les débuts du juge Ti

Romans et nouvelles

AVEC QUARANTE-QUATRE ILLUSTRATIONS
DE STYLE CHINOIS DESSINÉES
PAR L'AUTEUR

La Découverte

Titre original de la série : *The Chinese Gold Murders, Fire Auspicious Clouds, The Red Tape Murder, He Came with the Rain, The Lacquer Screen, The Chinese Lake Murders.*

Conception graphique de la couverture Jean-Marie Achard de l'intérieur Andréas Streiff

ISBN : 2-7071-4270-0

En application des articles L. 122-10 à L. 122-12 du Code de la propriété intellectuelle, toute reproduction à usage collectif par photocopie, intégralement ou partiellement, du présent ouvrage est interdite sans autorisation du Centre français d'exploitation du droit de copie (CFC, 20, rue des Grands-Augustins, 75006 Paris). Toute autre forme de reproduction, intégrale ou partielle, est également interdite sans autorisation de l'éditeur.

Si vous désirez être tenu régulièrement informé de nos parutions, il vous suffit d'envoyer vos nom et adresse aux Éditions La Découverte, 9 bis, rue Abel-Hovelacque, 75013 Paris. Vous recevrez gratuitement notre bulletin trimestriel À La Découverte. Vous pouvez également consulter notre catalogue sur notre site www.editionsladecouverte.fr.

© Héritiers Van Gulik, 1959, 1960, 1962, 1967

© Éditions La Découverte, Paris, 2004,
pour la présente édition

Sommaire

Reconnaissance à Robert Van Gulik

Jean-Claude Zylberstein

Il y a bien longtemps de cela, je dévorais, dans un mensuel populaire, une sorte de chronique intitulée « L'homme le plus extraordinaire que j'aie rencontré ». À chaque fois que je pense à Robert Van Gulik, je ne peux m'empêcher de me dire « voilà sans doute l'homme le plus extraordinaire que je n'ai pas rencontré » !

Car l'éminent auteur de la saga du juge Ti n'aurait-il écrit que les romans policiers chinois dont nous proposons aujourd'hui une édition qui a la prétention de se vouloir définitive, il mériterait déjà notre estime, l'entreprise — on le verra si on ne le sait déjà — étant de taille. Mais Van Gulik ne fut pas seulement l'auteur de cette exceptionnelle série de livres à laquelle au demeurant je dois beaucoup (j'y reviendrai). On en jugera à la lecture des quelques notes biographiques qui suivent, empruntées aux ouvrages que lui ont successivement consacrés Van de Wetering d'abord[1], puis ses deux amis Barkman et De Vries[2] et auxquels je renvoie les lecteurs curieux de mieux connaître

1. *Robert Van Gulik, sa vie, son œuvre*, trad. fr. Anne Krief, 10/18, Paris, 1990.
2. *Les Trois Vies de Robert Van Gulik, une biographie*, trad. fr. R. Mengardugue, Christian Bourgois, Paris, 1997.

l'étonnant personnage que fut Robert Van Gulik. Ils ne regretteront pas le temps qu'ils y consacreront !

Né à Zutphen (Hollande) le 9 août 1910, Robert Van Gulik était le fils d'un médecin de l'Armée royale des Indes hollandaises. Il effectue en 1915 sa première grande traversée maritime avec sa mère et sa plus jeune sœur pour rejoindre son père en poste à Java. Les années 1916-1922, où Robert et sa famille séjournent à Java, sont pour le jeune Robert l'occasion d'apprendre le malais et le javanais alors que son cursus scolaire lui est par ailleurs dispensé en hollandais. Mais c'est dès cette époque, surtout, qu'il apprend ses premiers rudiments de chinois. Car c'est là que débute ce qui va devenir sa grande histoire d'amour avec la Chine et tout ce qui s'y rattache. Et que commence à se développer la prodigieuse curiosité intellectuelle qu'il ne va plus cesser de nourrir et de déployer intensément sa vie durant.

1923 : il retourne en Hollande et entre au lycée. Le latin et le grec s'ajoutent à son programme de langues modernes (dont le français et l'anglais), de mathématiques et de sciences. Ses souvenirs de Java lui inspirent ses premiers écrits que publie le mensuel de l'école : certaines saynètes sont écrites en hollandais, d'autres directement en français. Ne nous étonnons pas s'il prend des cours particuliers pour perfectionner sa connaissance du cantonnais et du mandarin écrits et parlés. Mais il n'en restera pas là : en effet, parallèlement, il apprend le russe et le sanscrit et, histoire de ne pas perdre un instant sans doute, collabore avec le professeur Uhlenbeck à la compilation d'un dictionnaire du dialecte des Indiens Pieds-Noirs !

C'est en 1928, encore au lycée — il n'a que dix-huit ans — que débute sa collaboration à la revue savante *China* que publie l'Association culturelle sino-hollandaise. Ses essais érudits sur la poésie de la Chine ancienne font déjà l'unanimité.

Entre 1929 et 1934, Robert Van Gulik déploie davantage encore les volutes de son esprit : il étudie le droit colonial oriental, l'indologie (discipline axée sur la culture des Indes alors hollandaises) et naturellement la langue et la littérature chinoises (et japonaises !) à l'université de Leyde. C'est l'époque où il commence à s'adonner chaque jour de façon rituelle, comme il continuera de le faire tout au long de son existence, à la calligraphie chinoise au pinceau. Sa thèse de licence, écrite en anglais, porte sur le statut juridique des Chinois dans les Indes néerlandaises. Il suit des cours de tibétain et de sanscrit à l'université d'Utrecht et obtiendra en 1935 un doctorat de philosophie avec mention pour sa thèse sur les aspects mantriques du culte du cheval en Chine et au Japon. Il est ainsi bien paré pour une carrière diplomatique qui seule pourra étancher son incroyable soif de connaissances.

Entre 1935 et 1942, première affectation : à l'Ambassade des Pays-Bas de Tokyo. Tous les quartiers de la capitale nippone sont pour lui sujets d'étude et d'exploration. Il publie deux études portant sur les théories archaïques chinoises de la pratique musicale et se constitue sur ce sujet une bibliothèque de livres et de manuscrits qu'il va perdre, ainsi que sa première collection d'œuvres d'art asiatiques, lorsqu'il est évacué de son poste au début de la Seconde Guerre mondiale. 1943 le voit d'abord occuper une succession de postes temporaires en Afrique orientale, en Égypte et à New Delhi. Puis, la même année, il est promu premier secrétaire de la légation hollandaise à Chongqing, capitale de la Chine libre : il a trente-trois ans. Il découvre et s'adonne aux joies du luth chinois à sept cordes auquel il ne tardera pas à consacrer un ouvrage d'érudition. Mais surtout, c'est à ce moment qu'il rencontre sa future épouse Shui Shifang, diplômée de l'université de Ch'i-Lu, fille d'un mandarin impérial et secrétaire à l'ambassade. Le mariage a lieu le 18 décembre 1943. Un premier fils Willem naît l'année suivante ; le couple aura trois autres enfants, une fille Pauline, et deux fils Pieter et Thomas. Toujours débordant d'activité, il met à profit son temps libre pour s'intéresser à l'impression des livres et au montage des rouleaux.

En 1946, transfert à La Haye où il travaille à la section politique du ministère des Affaires étrangères mais passe le plus de temps possible à l'université de Leyden pour suivre études et recherches. Il est ensuite envoyé aux États-Unis comme conseiller d'ambassade à Washington où il sera nommé membre de la commission de l'Extrême-Orient chargée des problèmes concernant l'occupation du Japon.

En 1948, retour à Tokyo en qualité de conseiller auprès de la Mission militaire hollandaise. C'est alors qu'il va se lancer dans l'écriture des enquêtes du juge Ti, la création de cette saga étant elle-même précédée par la traduction d'un authentique roman policier chinois anonyme du XVIIIe siècle, publié en français sous le titre *Trois*

Affaires criminelles résolues par le juge Ti[1]. Il étudie encore l'art pictural de la dynastie Ming, ce qui lui permettra d'illustrer lui-même ses livres dans le style requis. Ces recherches approfondies le conduiront à la rédaction de deux autres ouvrages d'érudition : l'un sur les estampes érotiques de la période Ming, l'autre sur la vie sexuelle dans la Chine ancienne[2]. De 1951 à 1953, il est conseiller d'ambassade à New Delhi, ce qui lui donne l'occasion de poursuivre ses études de sanscrit et d'écrire un important essai sur les œuvres d'érudition afférentes au sanscrit au Japon et en Chine qui sera publié en 1956.

En 1953, il est promu diplomate extraordinaire et plénipotentiaire des Pays-Bas au Moyen-Orient et va s'installer à Beyrouth, au Liban, où la situation politique est des plus instable et le poste parfois dangereux. Quoique âgé de quarante-trois ans, Van Gulik saisit aussitôt là l'occasion d'étudier la langue et la religion arabes à l'université de Beyrouth. Sa maison bombardée, sa famille évacuée, il trouve le moyen de poursuivre ses études et son travail : dans son sous-sol ! C'est l'époque où l'écriture des enquêtes du juge Ti l'absorbe beaucoup : elles se succèdent à un rythme accéléré compte tenu de leur succès tant en anglais, qu'en hollandais, japonais et même chinois, toutes ces versions étant le fait de Van Gulik lui-même (on en trouvera la bibliographie dans le quatrième et dernier tome de la présente édition). Il trouve également le temps d'écrire une œuvre monumentale sur l'expertise des œuvres d'art chinoises.

En 1959, il est muté à Kuala Lumpur (Malaisie) où il est nommé ambassadeur à quarante-neuf ans et, simultanément, donne le plus officiellement des cours à l'université de Malaisie. C'est là qu'il découvre les gibbons, ces singes évolués et très agiles, vivant dans de nombreuses régions de l'Extrême-Orient ; il ne s'en sépare plus et leur consacrera son dernier livre, après leur avoir témoigné la plus vive affection !

De retour à La Haye en 1963, il exerce les fonctions de directeur du Bureau de la recherche et de la documentation au ministère des Affaires étrangères et écrit son unique roman contemporain *Le Jour de grâce*[3]. En 1965, sa carrière diplomatique culmine avec sa nomination au poste d'ambassadeur auprès du Japon et de la Corée. Les photos,

---

1. Christian Bourgois, Paris, 1987 et 10/18, Paris, 1988.
2. Traduit en français aux éditions Gallimard en 1977.
3. Éditions 10/18, Paris, n° 2294.

reproduites dans la biographie de Barkman et De Vries montrent son imposante bibliothèque qu'il a emportée avec lui. On y voit aussi la fière allure qui était la sienne en costume d'ambassadeur présentant ses lettres de créance.

Gros fumeur, sa santé se détériore et il meurt prématurément à La Haye d'un cancer du poumon, le 24 septembre 1967. Wetering précise qu'il confie à l'un de ses derniers visiteurs : « Je me réjouis d'avance de tout ce qui peut m'arriver. »

Les quelques lignes qui précèdent sont un bien modeste résumé d'une existence hors du commun. Il faut lire l'ouvrage de ses biographes Barkman et De Vries pour prendre toute la mesure du génie — le mot n'est pas trop fort — et de la profonde originalité de Robert Van Gulik. Sa trajectoire comme son œuvre sont marquées aussi d'un vif sens de la liberté.

Pour ma part, je ressens comme un privilège le fait d'avoir été un intercesseur utile à une meilleure connaissance et à une plus grande diffusion en langue française de ses romans policiers chinois qui mettent en scène le juge Ti. L'éblouissement ressenti, lorsque faisant mon apprentissage de critique de romans policiers à la fin des années 1960 je découvris les enquêtes du juge Ti, fut naturellement conforté et renforcé lorsqu'en 1971 je pus lire la traduction française de son fameux ouvrage sur la vie sexuelle dans la Chine ancienne.

Je dois ici à la vérité de dire que si Van Gulik n'avait pas existé (et par voie de conséquence les enquêtes du Juge Ti), je n'aurais tout simplement pas eu l'audace en 1983 de proposer à Christian Bourgois, pour les éditions 10/18, la collection « Grands détectives » où le juge Ti et son créateur ont joué le rôle à tous égards déterminant de pères fondateurs.

Il était temps de donner à cette extraordinaire saga une édition définitive, c'est-à-dire chronologique et compacte. C'est l'ambition des quatre volumes de la collection dont le premier est aujourd'hui entre vos mains. Et, s'il m'est permis de l'ajouter, le témoignage de ma reconnaissance.

JEAN-CLAUDE ZYLBERSTEIN
FÉVRIER 2004

Avant-propos*

Robert Van Gulik

J'étudiais depuis une quinzaine d'années la langue et l'histoire chinoises quand, en 1940, la lecture d'un roman policier anonyme du XVIIIe siècle éveilla en moi un soudain intérêt pour la littérature criminelle de ce pays.

L'ouvrage me paraissant présenter une certaine importance, j'en préparai une traduction anglaise qui fut publiée à Tokyo en 1949 sous le titre de *Dee Goong An*. Dans les notes qui l'accompagnaient, j'écrivis, à la suite d'une liste d'ouvrages sur la littérature policière chinoise : « Ce pourrait être une intéressante expérience si l'un de nos spécialistes modernes du roman policier s'essayait à composer un roman dont l'action aurait pour cadre la Chine ancienne. La présente traduction montre à quelles règles obéit la construction de ces récits, et les livres indiqués plus haut fournissent de nombreux

* Nous avons réuni dans cet avant-propos différents textes — avant-propos ou postfaces — que l'auteur avait rédigés pour accompagner certaines aventures du juge Ti, en l'occurrence les textes apportant un éclairage général, que ce soit sur la Chine ancienne ou sur la littérature policière chinoise. En revanche, les explications spécifiques à certains détails, situations ou contextes d'une aventure particulière, ont été laissées à leur place initiale, soit en ouverture, soit en fermeture du roman ou de la nouvelle concerné. (Note de l'éditeur.)

sujets typiquement chinois. » Ayant remarqué que le marché sino-japonais était inondé de médiocres romans policiers occidentaux présentés dans des traductions déplorables, je résolus de mettre à profit mon propre conseil, ne serait-ce que pour montrer aux Asiatiques quel riche filon les écrivains contemporains pouvaient trouver dans leur vieille littérature policière. L'entreprise était nouvelle pour moi, mais je me dis qu'en me souvenant de mes lectures chinoises et en ne m'écartant pas du modèle proposé par la tradition, je pouvais toujours tenter l'expérience. Ce fut ainsi qu'en 1930 j'écrivis à Tokyo The *Chinese Bell Murder* (*Le Squelette sous cloche*), et, un peu plus tard la même année, The *Chinese Maze Murder* (*Le Mystère du labyrinthe*). Au départ, je n'avais pas l'intention de publier ces deux romans en anglais, mon manuscrit dans cette langue étant une simple préparation pour l'établissement des versions chinoise et japonaise. Par la suite, quand des amis occidentaux montrèrent quelque intérêt pour ce nouveau genre policier, je publiai *The Chinese Maze Murder* en anglais à titre d'essai. (Il fut d'abord imprimé en Hollande en 1956, puis publié en Angleterre en 1962.) Son succès m'en fit composer trois autres, à l'intention à la fois des lecteurs orientaux et occidentaux. Ce furent The *Chinese Lake Murders (Meurtre sur un bateau-de-fleurs)*, terminé en 1952 à New Delhi, The *Chinese Nail Murder (L'Énigme du clou chinois)*, écrit en 1956 à Beyrouth, et *The Chinese Gold Murder (Trafic d'or sous les T'ang)*, écrit à Beyrouth également en 1958 et destiné à servir d'introduction à la série. L'accueil qu'on leur fit m'engagea à continuer. Six volumes d'une nouvelle série vinrent donc s'ajouter à cette liste, dont les deux derniers décrivent la carrière du juge Ti à la cour impériale.

L'écriture de chaque roman me prend six semaines environ, mais elle est précédée d'un travail préliminaire qui me demande beaucoup plus de temps. L'établissement des canevas me donne d'ailleurs autant de plaisir que la rédaction proprement dite, et, comme cette besogne peut être exécutée fragmentairement, elle forme une agréable détente entre des tâches officielles souvent fort absorbantes. Mon premier soin est de découvrir dans les sources chinoises plusieurs traits susceptibles d'être combinés ensemble pour former une aventure d'une certaine longueur et convenant au personnage du juge Ti. Parfois je trouve dans les ouvrages anciens un sujet complet jusqu'aux moindres détails, parfois l'idée m'est fournie par quelques lignes lues dans un traité de criminologie ou de médecine, parfois encore c'est une brève anecdote qui me sert de point de départ. Dans *The Chineses Bell Murder* (*Le Squelette sous cloche*), les trois intrigues sont tirées de sources chinoises, mais les autres romans contiennent de longs développements de mon cru, comme il est facile de s'en rendre compte en consultant l'indication des sources donnée dans chacune de mes postfaces.

J'ai choisi le juge Ti comme personnage central parce que nous en savons beaucoup plus sur son compte que sur celui des autres grands détectives de la Chine d'autrefois. Les annales officielles sont particulièrement explicites en ce qui concerne sa carrière à la cour impériale, et les descriptions de ses hauts faits dans la seconde partie de sa vie permettent de se former une claire image du genre d'homme qu'il était. Il joue un rôle important dans le roman historique de Lin Yutang *Lady Wu, a True Story* (Londres, 1959) où il est appelé « le plus grand homme de sa génération ».

Pour ses quatre assistants, le sergent Hong, Tsiao Taï, Ma Jong et Tao Gan, j'ai utilisé le quatuor (imaginaire, lui) qui figure dans *Dee Goong An*, conservant les noms, mais développant leurs caractères selon ma fantaisie personnelle. La création des autres personnages n'offrait pas de difficulté, les annales historiques, les vieux romans et les nouvelles chinoises fourmillant de types curieux ou amusants.

Le sujet et les personnages choisis, il fallait créer un décor géographique approprié. L'action de chaque récit de la première série se déroule dans la ville principale d'un district, le plus souvent dans le *Yamen*, car c'est en ce lieu que prennent place les épisodes les plus importants des anciens romans chinois. Le Yamen est un vaste ensemble de bâtiments séparés par des cours et des galeries, le tout entouré d'une muraille et correspondant à peu près à notre hôtel de ville. Afin de réduire au minimum les inévitables répétitions, chacun de mes récits relate les aventures arrivées au juge Ti pendant les premiers mois de son séjour dans un nouveau poste, ce qui permet de présenter chaque fois une atmosphère différente.

Avant de décrire les détails de ce décor, je dessine le plan de ma ville imaginaire, tâche agréable qui me suggère fréquemment de nouvelles idées. Chaque ville chinoise ancienne contenait les mêmes constructions principales : le Yamen, le temple de Confucius, le temple du Dieu de la Guerre, la tour du Tambour, etc. Rien de plus facile que d'y ajouter tel bâtiment ou tel détail qui m'avait particulièrement frappé dans les villes où j'ai vécu ou dans celles visitées au cours de mes voyages. En abordant la deuxième série, j'ai pensé à varier encore l'atmosphère par de nouveaux changements de décor. Aussi quatre de ces six romans nous montrent-ils le juge en voyage (*Le Paravent de laque, Le Monastère hanté, Le Pavillon rouge* et *Meurtre à Canton*). Un cinquième récit (*Le Motif du saule*) prend place dans la capitale où le juge Ti doit lutter dans des circonstances très spéciales. *La Perle de l'Empereur*, enfin, nous ramène à Pou-yang, ville avec laquelle nos lecteurs ont fait connaissance dans *Le Squelette sous cloche.*

Ce travail préparatoire terminé, j'établis un calendrier des événements que je divise en journées, chacune d'elles subdivisée en trois parties : le matin, l'après-midi et le soir. Dans les romans mêmes, il est peu question de dates et d'heures car les Chinois d'autrefois ne vivaient pas les yeux fixés sur la pendule, comme nous y oblige la vie moderne, mais j'ai besoin de cet horaire pour savoir où se trouvent mes personnages à un moment donné... et quel mauvais coup est en train de se préparer.

Cette besogne préliminaire achevée, je puis enfin me mettre à écrire. L'intrigue et les personnages en place dans le décor convenable, la rédaction proprement dite avance assez rapidement et une foule de détails variés me viennent à l'esprit et se casent à l'endroit voulu. Une spirituelle répartie lue dans un vieux roman, une plaisanterie échangée entre deux tireurs de pousse-pousse, une théorie frappante rencontrée dans un ouvrage philosophique, des bribes de conversation entendues dans une maison de thé, tout est grain pour mon moulin. Le plus difficile est d'interdire à mes héros d'en faire trop à leur tête. Certains de mes personnages s'emparent tellement de mon esprit que je suis tenté de les laisser faire des choses qui n'ont aucun rapport direct ou indirect avec l'action, ce qui ne convient évidemment pas au genre policier.

Une autre difficulté se présenta lorsque je commençai à peindre le juge Ti. Une tradition toujours respectée veut en effet que le détective chinois ne présente aucune des faiblesses inhérentes à la nature humaine, et surtout qu'il ne cède jamais à un entraînement sentimental. Ayant personnellement peu de goût pour le détective supra-humain, j'essayai d'arriver à un compromis entre le surhomme de la tradition chinoise et le type plus humain qui a mes préférences... et probablement celles de la plupart des lecteurs. Pour cela, j'appuyai sur les traits de caractère du juge Ti qui sont pour nous des points faibles, mais qui pour les Chinois à l'ancienne mode représentent des vertus. Je citerai, par exemple, son attitude ultra-confucianiste caractérisée par l'étroitesse d'esprit avec laquelle il juge la peinture et la poésie ; son inébranlable conviction que tout ce qui est chinois est *ipso facto* supérieur, et le dédain pour le « barbare étranger » qui en découle ; son préjugé contre le bouddhisme et le taoïsme, pourtant tous deux d'inspiration plus haute que le confucianisme, simple assemblage de principes de conduite plutôt que religion. On peut citer encore sa conviction que la piété filiale exige une humble acceptation de la part de la jeune fille vendue à une proxénète par ses parents ; son indulgence pour la torture et les mauvais traitements infligés à tous ceux qui paraissent devant le tribunal, et son obéissance absolue aux lois prescrivant des méthodes d'une inhumaine cruauté pour les exécutions capitales. La mise en évidence de ces différentes particularités rendit mon personnage plus réel. Glisser sur elles aurait au contraire dénaturé une image historique, car dans la Chine ancienne les hommes d'un esprit élevé et progressiste avaient eux-mêmes des principes moraux qui différaient des nôtres sur de nombreux points. Ne nous hâtons pourtant pas de juger trop sévèrement les mœurs brutales d'époques révolues. Lorsqu'on réfléchit aux remarquables progrès accomplis de nos jours dans le domaine de la torture et de l'assassinat de masse à l'intérieur des camps de concentration, et plus spécialement aux destructions de multitudes humaines rendues possibles par les dernières réalisations de la science atomique, on se dit que les actes de barbarie d'autrefois représentent seulement les modestes efforts de simples amateurs.

Mais revenons à notre roman policier. Le voilà écrit. Il reste maintenant à introduire dans le premier chapitre un épisode qui annoncera de façon voilée le thème principal du livre. Cette pratique est courante dans la plupart des vieux romans chinois et je l'ai conservée parce qu'elle me fournissait un moyen commode d'introduire tout de suite le lecteur dans l'atmosphère voulue. Peu nombreux en effet sont ceux qui ont le goût ou le temps de reprendre au début l'histoire qu'ils viennent de terminer. Le procédé fut inventé pour la délectation de lecteurs d'une époque révolue ; ils considéraient toute hâte comme une erreur fondamentale et relisaient volontiers une histoire plusieurs fois de suite pour mieux goûter tous les détails de l'intrigue. Les cinq romans de la première série commencent tous par un épisode de ce genre, censé prendre place sous la dynastie Ming, au début du XVIIe siècle, c'est-à-dire environ neuf cents ans après l'époque où vivait le juge Ti. Pour ces cinq romans, j'ai conservé également la coutume chinoise de mettre un poème édifiant au commencement du livre.

Les six romans de la deuxième série ont un épisode d'introduction qui montre le criminel dans une situation évoquant aussi le thème principal du livre, mais sans qu'on puisse cependant l'identifier.

Selon la coutume chinoise ancienne, j'ai titré mes chapitres avec deux sentences plus ou moins parallèles.

D'une façon générale, j'ai toujours suivi les vieilles traditions de la littérature policière chinoise, ne m'en écartant que sur deux points. *Primo*, je révèle seulement à la fin de l'histoire l'identité du criminel. Les Chinois trahissent au contraire ce secret dès le début, la description détaillée des mouvements et contre-mouvements du détective et du meurtrier apportant au calme lecteur un plaisir analogue à celui qu'éprouve l'observateur d'une partie d'échecs. J'ai pensé qu'il était préférable de faire sur ce point une concession aux habitudes modernes, tant orientales qu'occidentales. *Secundo*, j'ai réduit le nombre des personnages à deux douzaines (moins encore dans ma deuxième série d'ouvrages). Les vieux romans chinois ont en général une distribution dix fois plus nombreuse. Ceci ne trouble pas les lecteurs ; doués d'une mémoire prodigieuse des noms et d'un sixième sens pour les parentés, ils apprécient les récits généreusement peuplés. On ne peut en exiger autant du lecteur occidental, et c'est pourquoi le nombre de mes personnages est plus modeste. J'ai pris soin aussi d'orthographier leurs noms de façon simple pour qu'il soit facile de les retenir.

J'ai scrupuleusement fait connaître au fur et à mesure de l'enquête les indices découverts par le juge Ti et ses assistants afin que le lecteur (tout à fait hypothétique) qui voudrait suivre le roman un crayon et du papier à la main puisse arriver de lui-même à la solution correcte. Bien entendu, j'ai utilisé les différents procédés connus pour ne pas mettre ces indices trop en évidence, mais on m'accordera que c'est là mon droit le plus strict !

Pour le style également je me suis conformé à la tradition chinoise. Elle exige une prose simple qui suive les faits, et une réduction au minimum des passages descriptifs. Le romancier chinois préfère multiplier les péripéties, et il use d'un dialogue rapide, ayant toujours à l'esprit la règle fondamentale : dire beaucoup en peu de mots. Sur ces points aussi j'ai donc une grande dette envers mes prédécesseurs de l'Empire Fleuri.

Je vais maintenant parler d'un sujet délicat : l'élément naturel. Dans les vieux romans du genre qui nous occupe, fantômes et lutins se promènent librement ; des chiens, des chats, des singes, des araignées et même des ustensiles de cuisine sont doués de parole et viennent déposer devant le tribunal. Tout cela est évidemment incompatible avec les idées modernes sur le roman policier, qui doit être aussi réaliste que possible. Pourtant, j'ai pensé qu'un emploi discret de ces éléments traditionnels n'offenserait pas le lecteur... même s'il a sur ce point des idées plus arrêtées que les miennes. Comme nous n'en savons pas beaucoup plus long là-dessus que le juge Ti il y a douze cents ans, je préfère résumer sous forme de questions les principaux faits naturels de mes romans, laissant le lecteur décider lui-même de ce qui est réellement advenu.

Le collectionneur de porcelaines céladon, qui parle au début de *The Chinese Bell Murder* (*Le Squelette sous cloche*), a-t-il réellement vu tous ces terribles événements dans le vieux miroir, ou bien couvait-il une fièvre pernicieuse qui s'est déclenchée lors de sa visite au magasin de curiosités ? Dans ce dernier cas, il est parfaitement naturel que son intérêt pour le juge Ti et son affection pour ses deux concubines, Mlle Abricot et Mlle Jade-Bleu, influencent les visions qu'il a dans son délire.

Le lettré féru de littérature policière qu'on voit au début de *The Chinese Maze Murder* (*Le Mystère du labyrinthe*) a-t-il réellement rencontré un descendant du juge Ti dans le restaurant de la Mare aux Lotus, ou bien a-t-il fait un rêve dans lequel les personnes qu'il a vu passer occupent une place importante ? Maître Robe-de-Grue, dans le chapitre XIX du même roman, possède-t-il un savoir ésotérique, ou bien les indices recueillis chez lui par le juge étaient-ils seulement le produit logique des rapports familiaux du maître et du défunt gouverneur ?

L'inspecteur dépravé dont nous faisons la connaissance au début de *The Chinese Lake Murders* (*Meurtre sur un bateau-de-fleurs*) est si désaxé par un conflit sentimental qu'il songe au suicide. Est-ce par une illusion de son cerveau malade qu'il prend la belle noyée pour une créature vivante et croit lui entendre révéler les détails de son plan infâme, ou bien est-ce l'esprit avide de vengeance de Fleur d'Amandier qui s'incarne temporairement dans le cadre pour achever la destruction de son vieil ennemi ?

Le vieux scribe que nous rencontrons dans *The Chinese Gold Murder (Trafic d'or sous les T'ang)* se métamorphose-t-il réellement en tigre certaines nuits ? En ce cas, c'est bien lui qu'aperçoivent dans la forêt le juge Ti et ses deux lieutenants. Si, au contraire, le lecteur refuse d'admettre la possibilité d'une telle transformation, alors le juge a vu un vrai tigre, et la tache blanche de sa patte fit prendre celle-ci pour une main humaine. Dans ce cas, les paroles prononcées par le vieillard en ses derniers moments ne sont que les divagations d'un mourant. Quant aux apparitions du fantôme de Wang, elles s'expriment toutes de façon naturelle à la fin du roman. Toutes... sauf une !

Enfin, le mari qui tremble devant sa femme au début de *The Chinese Nail Murder* (*L'Énigme du clou chinois*) a passé sa soirée à faire des recherches sur le juge Ti, et à écrire une longue lettre à son frère bien-aimé. A-t-il réellement rencontré le fantôme de celui-ci dans le pavillon du jardin ou bien n'était-ce qu'un songe dans lequel son frère, sa raisonneuse première épouse et le juge Ti ont chacun un rôle approprié ?

Autant de questions embarrassantes qui se terminent toutes par un point d'interrogation comme beaucoup de problèmes posés par cette déconcertante vie qui est la nôtre. Et, s'il en est ainsi, c'est probablement pour notre bien.

COMME dans tous les vieux récits policiers chinois, le personnage principal de mes romans est un magistrat de district. Depuis les débuts de l'Empire chinois jusqu'à l'établissement de la République en 1912, ce fonctionnaire jouait à la fois le rôle de juge, de jury, de procureur impérial et de détective.

Le territoire soumis à sa juridiction était la plus petite unité administrative de la complexe machine gouvernementale chinoise : il comprenait, en général, une ville entourée de murs et quatre-vingts kilomètres de campagne environnante. Son autorité s'exerçait souverainement sur ce territoire. Il présidait le tribunal, percevait les impôts, enregistrait naissances, mariages et décès, et veillait au maintien de l'ordre public. Il devait avoir l'œil à tout, et comme son influence se faisait sentir au cours des différentes phases de l'existence de chacun, on l'appelait « le magistrat-père-et-mère-de-tous ». Il n'avait de compte à rendre qu'à ses supérieurs : le préfet ou le gouverneur de la province.

L'exercice de ses fonctions l'obligeait fréquemment à mener lui-même les enquêtes judiciaires, et c'est pour cette raison que, dans la littérature chinoise, le personnage qui résout les énigmes criminelles n'apparaît pas sous le nom de « détective », mais toujours sous celui de « juge ».

Dans les récits ayant le juge Ti pour héros, je me suis efforcé de faire voir combien sont variés les devoirs de ce magistrat. C'est lui qu'on prévient immédiatement lorsqu'un crime vient d'être découvert, c'est lui qui examine les lieux pour trouver les indices révélateurs, c'est encore lui qui convoque les témoins, cherche le coupable, l'arrête, le contraint aux aveux, et veille enfin à ce que le juste châtiment de son crime soit administré.

Pour l'assister dans cette tâche complexe, il ne pouvait guère compter sur le personnel du tribunal. Sbires, gardes, geôliers, contrôleur des décès et autres employés subalternes se cantonnaient dans la petite routine quotidienne, et la chasse aux indices ne faisait pas partie de leurs attributions.

Au début de sa carrière, chaque juge choisissait donc avec soin trois ou quatre hommes de confiance qu'il attachait à sa personne et qui le suivaient dans ses changements de poste jusqu'au jour où il finissait préfet ou gouverneur de Province. Hiérarchiquement, ces lieutenants se plaçaient au-dessus des autres membres du tribunal ; ils dépendaient uniquement du juge, et c'est sur eux que celui-ci s'appuyait pour mener à bien la partie policière de sa tâche.

Comme la plupart de ses collègues, le juge Ti recrutait ce genre d'aides parmi les « Chevaliers-des-Vertes-Forêts », en d'autre termes, parmi les voleurs de grand chemin du type Robin des Bois. Ces hommes avaient « pris le maquis » pour échapper à une condamnation injuste, ou bien pour avoir tué un fonctionnaire cruel, ou pour toute autre raison de ce genre. Dans *Trafic d'or sous les T'ang,* je raconte comment le juge Ti fit la connaissance de Ma Jong et de Tsiao Taï au début de sa carrière, et l'on verra, dans *Meurtre sur un bateau-de-fleurs,* la façon dont l'astucieux Tao Gan entrera dans sa troupe. Les romans chinois décrivent ces hommes comme d'intrépides gaillards, experts dans l'art de la lutte et de la boxe. Ces qualités leur étaient nécessaires, car, suivant une noble tradition reprise plus tard par leurs émules de Londres, ils ne portaient pas d'armes et se servaient uniquement de leurs mains pour arrêter les malfaiteurs.

Le juge les chargeait de toutes sortes de besognes. Ils se livraient pour lui à de discrètes enquêtes, interrogeaient les témoins, filaient les suspects ou mettaient la main au collet des criminels. Ce qui ne veut nullement dire que le juge restât toujours assis derrière son bureau. Mais, comme chacune de ses sorties officielles s'accompagnait de tout le cérémonial qu'exigeait la dignité de sa charge, s'il désirait procéder personnellement à quelque petite enquête, il devait quitter le Yamen en secret après avoir revêtu un déguisement de son choix. Le tribunal faisait partie du Yamen. On verra dans *Meurtre sur un bateau-de-fleurs* le juge Ti faire sa première expérience de ce genre… et quel leçon il en tirera.

C'est cependant la salle du tribunal qui demeure son principal théâtre d'opération. Trônant derrière la haute table couverture du tapis écarlate, il confond par ses adroites questions l'accusé retors, tire doucement la vérité de la bouche du témoin craintif, ou, usant de toute son autorité, oblige les scélérats à confesser leurs crimes. Après avoir franchi le grand portail ornementé qui flanquait le corps de garde, on arrivait dans la première cour, au fond de laquelle s'élevait la salle du tribunal. Près de l'entrée, un grand gong de bronze était suspendu à un support de bois. Trois coups frappés sur cet instrument annonçaient que l'audience allait s'ouvrir, mais tout citoyen qui désirait déposer une plainte avait le droit de frapper ce gong à n'importe quelle heure de la journée.

La salle du tribunal était vaste et nue. Quelques textes muraux exaltant la majesté de la loi en constituaient le seul ornement. Dans le fond, sur une estrade, se trouvait la haute table recouverte du tapis écarlate qui descendait jusqu'au plancher. C'est derrière ce meuble que siégeait le juge. Des tables plus petites placées à droite et à gauche permettaient aux scribes d'enregistrer les débats. Plus au fond encore, une ouverture masquée par un écran permettait d'accéder à une pièce réservée au magistrat — le cabinet du juge, dirions-nous. Une grande licorne, symbole chinois de la perspicacité, était peinte sur l'écran. C'est dans son bureau personnel que le juge accomplissait le reste de sa besogne journalière. Il tenait en principe trois audiences chaque jour, l'une de bonne heure le matin, une autre vers midi, et la dernière au début de la soirée. Le calendrier chinois ne comportant pas de dimanche, le seul congé officiel était le Jour de l'An.

Sur la table derrière laquelle est assis le juge, on voit toujours les mêmes objets : une pierre pour délayer les tablettes d'encres noire et rouge, deux pinceaux, et un certain nombre de minces baguettes de bambou dans un récipient tubulaire. Ces baguettes servent à marquer les coups de fouet reçus par le coupable. Si, par exemple, il est condamné à en recevoir dix, le juge jette dix baguettes sur le sol, devant l'estrade, et le chef des sbires en pousse une de côté après chaque coup de fouet.

Le grand sceau carré du tribunal se trouve aussi sur cette table, ainsi que le martelet. Celui-ci n'a pas la forme d'un marteau comme en Occident. C'est un morceau de bois très dur, de forme oblongue, et long d'une trentaine de centimètres. On l'appelle *tching-t'ang-mou* : « le-bois-qui-met-la-crainte-dans-la-salle ».

Les sbires se plaçaient au pied de l'estrade, sur deux rangs se faisant face. Plaignant et accusé s'agenouillaient sur le pavé nu, entre les deux rangs de sbires, et demeuraient ainsi tout le temps de l'audience. Aucun avocat ne les assistait, ils ne pouvaient pas amener de témoins, et leur situation n'était guère enviable. En fait, chaque détail était calculé pour dissuader le public d'avoir recours à la loi et faisait pleinement ressortir les terribles conséquences d'un tel acte.

Selon un principe fondamental de la loi chinoise, personne ne peut être déclaré coupable s'il n'a pas avoué être l'auteur de la faute dont on l'accuse. Pour éviter que les criminels endurcis échappent au châtiment en refusant – même devant les preuves irréfutables de leur culpabilité – de passer aux aveux, la loi permet les coups de fouet, la bastonnade, l'emploi des poucettes et du carcan. Dans le cas où ces moyens de coercition officiellement autorisés ne suffisent pas, le patient est parfois soumis à des tortures plus sévères. Cependant, si l'accusé reste infirme ou bien meurt à la suite de ce traitement, le magistrat et tout le personnel du tribunal sont très sévèrement punis. La plupart des juges préféraient donc utiliser leur perspicacité et leur connaissance du cœur humain pour arriver à la vérité.

Le cabinet du juge donnait sur une seconde cour, entourée elle-même de bâtiments qui abritaient les scribes, les archivistes et tout le personnel chargé du travail administratif.

Derrière le greffe, au fond du jardin, s'élevait la grande salle de réception. On y accueillait les visiteurs de marque, et diverses cérémonies s'y déroulaient à l'occasion.

Enfin, plus loin encore, se trouvaient les appartements privés du magistrat. Ses épouses, ses enfants, ses domestiques logeaient dans cette partie du Yamen qui formait un petit monde à part.

Avant d'examiner les méthodes employées par un juge de cette époque, rappelons que bien des avantages apportés par la science moderne lui faisaient défaut. Il n'existait pas de classification des empreintes digitales, par exemple. Impossible également d'avoir recours à l'analyse chimique ou à l'emploi de la photographie. Mais, d'un autre côté, les larges pouvoirs que lui accordait le code pénal du temps facilitaient grandement la tâche du magistrat. Sans autre formalité que l'établissement d'un mandat d'amener, il pouvait faire arrêter n'importe quel suspect et l'interroger sous la torture. Il pouvait également faire fustiger en pleine audience un témoin récalcitrant, accepter de simples ouï-dire, pousser un accusé à mentir afin de lui fourrer ensuite le nez dans ses contradictions. En bref, il utilisait bien des méthodes — y compris celles baptisées « troisième et quatrième degrés », par les journalistes américains — qui feraient frémir un juge d'aujourd'hui. Précisons néanmoins que ce n'est pas à l'emploi de la violence ni de la torture que les vieux juges chinois devaient leurs succès, mais plutôt à leur profonde connaissance du cœur humain, à la logique de leurs déductions, et, par-dessus tout, à leur bon sens. Des magistrats comme le juge Ti alliaient une grande rectitude morale à beaucoup d'intelligence. Une vaste culture les mettait à même d'apprécier l'art et la littérature de leur pays, et de nombreuses branches du savoir humain leur étaient familières — ils avaient, entre autres choses, une teinture de médecine et de pharmacologie. À cela venait s'ajouter une connaissance des spéculations bouddhistes et du fonctionnement de l'esprit humain — introduite de bonne heure en Chine par les missionnaires indiens — qui faisait d'eux de remarquables psychologues. Dans *Meurtre sur un bateau-de-fleurs*, par exemple, l'analyse par le juge Ti de la vie passionnelle anormale de Liou Fei-po n'est donc pas aussi anachronique qu'elle pourrait le sembler au premier abord.

Un système de contrôles variés empêchait les abus de pouvoir. Modeste rouage de la colossale machine administrative impériale, le magistrat de district devait rendre compte de chacun de ses actes à ses supérieurs et joindre à son rapport tous les documents originaux. Les débats étaient soigneusement enregistrés et ces procès-verbaux adressés aux supérieurs du juge pour être examinés par eux. Comme chaque fonctionnaire, quel que fût son grade, était tenu pour responsable des actions de ses subordonnés, ces rapports subissaient un examen approfondi aux divers échelons administratifs, et s'il existait le plus léger doute sur la régularité du jugement prononcé, l'affaire revenait devant un nouveau tribunal. S'il apparaissait alors que le juge avait commis une faute ou une erreur, de sévères mesures disciplinaires étaient prises contre lui. Les condamnations à mort devaient être ratifiées par le Trône, et chaque accusé pouvait en appeler d'un tribunal supérieur à un autre jusqu'à l'Empereur lui-même. Le magistrat de district ne détenait pas ses pouvoirs quasi absolus en vertu de son rang mais en raison de sa fonction, et il rayonnait seulement d'un éclat emprunté au prestige d'un système dont il n'était que le très temporaire représentant. En un mot, la loi était inviolable, mais celui qui l'appliquait ne bénéficiait d'aucune immunité, et, lorsque ses supérieurs le jugeaient en faute, il était sommairement dépouillé de son autorité, réduit au piteux état de prisonnier, obligé de se mettre à genoux sur le parquet du tribunal, insulté par les sbires, battu par eux... jusqu'au moment où il pouvait se justifier. J'ai voulu illustrer ce fait dans *Meurtre sur un bateau-de-fleurs*, et le lecteur en trouvera un exemple encore plus poussé dans *L'Énigme du clou chinois*.

Mais, et ceci fait grand honneur à l'esprit démocratique qui a toujours animé le peuple chinois en dépit de la forme autocratique de son ancien gouvernement, c'est encore l'opinion publique qui freinait avec le plus d'efficacité les abus du pouvoir judiciaire. Le *Lu-hing* — document antérieur au début de l'ère chrétienne — déclare : « Les juges doivent agir en accord avec l'opinion publique. » Lorsque le tribunal siégeait, l'accès de la grande salle était libre, et les débats formaient le principal sujet de conversation de toute la ville. L'instruction d'une affaire, y compris l'enquête préliminaire, se déroulait entièrement sous les yeux du public. À ce point de vue, le vieux système chinois était bien en avance sur le nôtre. Les grouillantes masses du Céleste Empire étaient organisées, et capables de faire entendre leur voix. À côté d'éléments fermés, comme la famille ou le clan, il y avait la vaste organisation des guildes professionnelles, les associations de commerçants, et les fraternités religieuses. Si le peuple décidait de mettre en mauvaise posture un juge inique ou cruel, il ne payait pas les impôts en temps voulu, faisait enregistrer naissances et décès de façon fantaisiste, et collaborait de mauvaise grâce aux travaux publics. Un censeur impérial venait bientôt procéder à une enquête. Investis d'une autorité absolue, ces personnages redoutés parcouraient tout l'Empire incognito. Ils n'avaient de compte à rendre qu'à l'Empereur et pouvaient arrêter sur-le-champ n'importe quel fonctionnaire et l'envoyer dans la capitale pour y être jugé.

Ce système avait cependant un grave défaut : le bon fonctionnement de la pyramide dépendait trop de l'excellence du sommet. Dès que la qualité des fonctionnaires métropolitains s'altéra, la décomposition gagna rapidement tous les échelons inférieurs. La corruption de la justice devint manifeste pendant le dernier siècle de la domination mandchoue. Il ne faut donc pas s'étonner si les visiteurs occidentaux venus observer les mœurs chinoises au cours du XIXe siècle ont parlé de l'appareil judiciaire en termes peu favorables.

Le second défaut du système était d'assigner des tâches trop nombreuses au magistrat de district. Si ce fonctionnaire perpétuellement surmené ne voulait pas consacrer toutes ses heures de veille à son travail, il lui fallait se décharger d'une partie considérable de sa besogne sur ses subordonnés. Des hommes comme le juge Ti pouvaient mener à bien cette tâche écrasante, mais les mortels moins favorisés par la nature déléguaient une trop grande partie de leur autorité aux principaux employés : le premier scribe, le chef des sbires, etc. Et ce sont toujours les sous-ordres qui abusent de leur pouvoir !

La fonction de magistrat de district était le premier échelon d'une carrière de lettré-fonctionnaire ; comme on n'accordait d'avancement qu'à ceux qui s'en montraient dignes, et que d'autre part la durée de service dans un district excédait rarement trois années, il en résultait que le plus médiocrement doué s'efforçait malgré tout d'être un bon « père-et-mère-de-tous », avec l'espoir d'une promotion rapide à un meilleur poste.

À tout prendre, les résultats n'étaient donc pas si mauvais. La citation suivante de George Staunton — l'érudit traducteur du Code pénal chinois — peut être citée en tribut au vieux système judiciaire de ce pays — et cela d'autant plus qu'il écrivait à la fin du XVIIIe siècle, alors que le pouvoir central du conquérant mandchou commençait à se désagréger et que, par conséquent, la plupart des abus se laissaient déjà percevoir : « Nous avons tout lieu de croire, dit cet observateur prudent, que les actes injustes, flagrants ou répétés, finissent presque toujours par être châtiés, quelle que soit la fonction, quel que soit le rang du coupable. »

Le lecteur se demandera peut-être comment les scribes pouvaient tout noter sans avoir recours à la sténographie. La réponse est que la langue chinoise est elle-même une sorte de sténographie. Il est possible, par exemple, de réduire à quatre idéogrammes une phrase de chinois populaire comprenant une vingtaine de mots. De plus, il existe plusieurs systèmes d'écriture courante permettant de tracer d'un seul coup de pinceau un caractère comportant dix traits ou même davantage. Au cours de ma carrière en Chine, j'ai maintes fois fait noter par des scribes du pays des conversations assez compliquées tenues devant moi en langue chinoise, et j'ai toujours admiré l'étonnante exactitude de leurs comptes rendus.

Notons en passant que la vieille langue écrite ne comportait pas habituellement de ponctuation et que les majuscules n'existent pas en Chine.

LE JUGE TI est un personnage historique qui a réellement existé. Son nom complet est Ti Jen-tsié. Il est né en 630, sous la dynastie des T'ang, à Tai-yuan, dans la province du Chan-si. Il y passe avec succès les examens littéraires provinciaux.

En 650, il accompagne son père à Tch'ang-ngan — alors la capitale de l'Empire chinois — et y passe avec succès les examens supérieurs. Il prend pour femmes une première épouse et une seconde épouse, et travaille comme secrétaire aux Archives impériales. En 663, il est nommé magistrat et affecté au poste de Peng-lai. Les affaires criminelles qu'il débrouille alors sont contées dans les ouvrages suivants :

Trafic d'or sous les T'ang (The Chinese Gold Murder)
Cinq nuages de félicité (Five Auspicious Clouds)
Une affaire de ruban rouge (The Red Tape Murder)
Le Passager de la pluie (He came with the rain)
Le Paravent de laque (The Lacquer Screen)

En 666, il est nommé à Han-yan :
Meurtre sur un bateau-de-fleurs (The Chinese Lake Murder)
Le Matin du Singe (The Morning of the Monkey)
Le Monastère hanté (The Haunted Monastery)
Meurtre sur l'étang de lotus (The Murder on the Lotus Pond)

En 668, il est nommé à Pou-yang :
Le Squelette sous cloche (The Chinese Bell murder)
Les Deux Mendiants (The Two Beggars)
La Fausse Épée (The wrong Sword)
Le Pavillon rouge (The Red Pavilion)
La Perle de l'Empereur (The Emperor's Pearl)
Le Collier de la Princesse (Necklace and Calabash)
Assassins et Poètes (Poets and Murder)

En 670, il est nommé à Lan-fang :
Le Mystère du labyrinthe (The Chinese Maze Murder)
Le Fantôme du temple (The Phantom of The Temple)
Les Cercueils de l'Empereur (The Coffin of the Emperor)
Meurtre au Nouvel An (Murder of New Year's Eve)

En 676, il est nommé à Pei-tcheou :
L'Énigme du clou chinois (The Chinese Nail Murder)
La Nuit du Tigre (The Night of The Tiger)
Le Motif du saule (The Willow, Pattern)
Meurtre à Canton (Murder in Canton)

Il meurt en 700, âgé de soixante-dix ans.

SA BIOGRAPHIE conservée dans les Annales de la dynastie T'ang atteste que durant la première moitié de sa longue et brillante carrière, il exerça la fonction de magistrat dans différentes provinces de l'Empire fleuri et résolut un nombre considérable d'affaires criminelles délicates. C'est ainsi qu'il acquit depuis lors en Chine la réputation d'être l'un des plus brillants « détectives » des premiers temps. On reconnaît également en lui un grand homme d'État, car, dans la seconde moitié de sa carrière, après avoir été nommé à un poste éminent à la capitale, il joua un rôle important dans les affaires intérieures et extérieures de l'Empire T'ang. Comme ministre de la cour impériale, son influence fut bénéfique sur les affaires de l'État ; c'est son énergique protestation qui fit abandonner à l'impératrice Wou le projet d'appeler sur le trône son favori au lieu et place de l'héritier légitime. Ce sont des faits historiques avérés. En revanche, les faits relatés dans les enquêtes et aventures du juge Ti sont entièrement fictifs.

À l'époque du juge Ti, les Chinois ne portaient pas de nattes ; cette coutume leur fut imposée après l'année 1644, lors de la conquête mandchoue. Avant cette date, ils rassemblaient leurs cheveux en chignons. Ils portaient de petites coiffes chez eux comme à l'extérieur, et aussi bien les hommes que les femmes étaient vêtus de larges robes à manches longues semblables au kimono japonais — qui a en fait pour origine le costume chinois de l'époque des T'ang. Ces vêtements ne comportaient pas de poche, ce qui explique le nombre d'objets que les héros de mes romans fourrent dans leurs manches. Seuls les militaires et les gens du peuple portaient de courtes tuniques laissant apparaître des pantalons larges et les jambières. Le thé, l'alcool de riz et diverses sortes de liqueurs fortes étaient les boissons nationales. Ils ne fumaient pas, le tabac et l'opium ayant été introduits en Chine bien longtemps après la mort du juge Ti.

Trafic d'or sous les T'ang

Roman

Traduit de l'anglais par Roger Guerbet

Les personnages

En Chine, le nom de famille (imprimé ici en majuscules) précède toujours le nom personnel.

PERSONNAGES PRINCIPAUX — TI Jen-tsie, *nouveau magistrat de Peng-lai, petit district situé sur la côte nord-est de la province de Chan-tong. Dans le présent roman, on l'appelle « le juge » ou « le magistrat »* — HONG Liang, *vieux serviteur de la famille Ti, conseiller du juge et sergent du tribunal* — MA Jong et TSIAO Taï, *les deux lieutenants du juge Ti* — TANG, *Premier scribe du tribunal de Peng-lai.*

PERSONNAGES APPARAISSANT DANS L'AFFAIRE DU MAGISTRAT ASSASSINÉ — WANG Té-houa, *précédent magistrat de Peng-lai découvert assassiné dans sa bibliothèque* — YU-sou, *prostituée coréenne.* Yi Pen, *riche armateur de Peng-lai* — PO Kai, *son employé principal.*

PERSONNAGES APPARAISSANT DANS L'AFFAIRE DE L'ÉPOUSE ENLEVÉE — KOU Meng-pin, *autre riche armateur de Peng-lai* ☙ Madame KOU née TSAO, *sa femme* ☙ TSAO Ho-sien, *père de la précédente et docteur en philosophie* ☙ TSAO Min, *jeune frère de madame Kou* ☙ KIM Sang, *employé principal de KOU Meng-pin.*

PERSONNAGES APPARAISSANT DANS L'AFFAIRE DU SÉDUCTEUR PUNI ☙ FAN Tchong, *Premier commis au tribunal de Peng-lai, propriétaire d'une petite terre à l'ouest de la ville* ☙ WOU, *son domestique* ☙ PEI Tsiou, *fermier de FAN Tchong* ☙ PEI Sou-niang, *fille du fermier PEI Tsiou* ☙ AH Kouang, *vagabond.*

AUTRES PERSONNAGES ☙ HAI-YUE, *père abbé du Temple du Nuage Blanc* ☙ HOUEI-PEN, *prieur de ce temple* ☙ TSEU-HAI, *aumônier du même temple.*

AVANT-PROPOS

DANS *Trafic d'Or sous les T'ang* nous voyons le juge Ti faire ses débuts de magistrat de district. Il a trente-trois ans et part pour son premier poste provincial, celui de Peng-lai, port situé sur la côte nord-est du Chan-tong.

Suivant la chronologie que nous avons adoptée, nous sommes alors en l'été de l'an 663. L'empereur Kao-tsong (de la dynastie des T'ang) vient d'étendre la suzeraineté chinoise sur la plus grande partie de la Corée. L'automne précédent, ses troupes ont battu à plate couture les forces japonaises et coréennes réunies, et la jeune Yusou a été emmenée en Chine comme captive de guerre. Tsiao Taï a fait la campagne de 661 comme capitaine de Cent Lances.

Le Paravent de laque vient aussitôt après *Trafic d'Or sous les T'ang*. Nous voyons dans cet ouvrage le juge Ti visiter incognito le district d'un collègue et y prendre contact avec la pègre de l'endroit. Cette expérience accroît sa connaissance du « milieu », et il apprend quantité de choses intéressantes lorsque son enquête l'amène à partager (en tout bien tout honneur) la couche de la jolie prostituée mademoiselle Œillet Rose.

Mes nouveaux lecteurs seront peut-être surpris de voir les personnages de ces romans tirer tant d'objets divers de leurs manches. Ce fait s'explique de la façon la plus simple : les anciens vêtements chinois étant dépourvus de poches, on fourrait dans leurs larges manches les articles de petites dimensions qu'on désirait emporter sur soi.

Cette coutume s'est conservée fort longtemps et a même sauvé la vie à six religieuses européennes pendant l'insurrection des Boxers, comme en témoigne l'histoire suivante entendue lors de mon séjour à Pékin en 1935. Pour bien la goûter, il faut savoir que certaines « femmes-bandits » du Céleste Empire cachaient une bille de métal d'environ deux centimètres de diamètre dans leur manche, la transformant ainsi en une arme redoutable, analogue aux boudins d'étoffe remplis de sable qu'utilise la pègre occidentale. Une longue pratique rendait ces femmes fort expertes dans l'art du combat à la *manche plombée* et leur permettait de se débarrasser d'un adversaire en le frappant mortellement à la tempe... ou de mettre fin aux entreprises d'un galant importun par un coup de semonce sur la main trop hardie. Cette arme pratiquement invisible avait un autre avantage : si un policier fouillait la belle, il ne trouvait sur sa personne rien qui permît de la condamner, comme cela aurait été le cas si elle avait porté un couteau par exemple.

Venons-en maintenant à notre histoire. En 1900, pendant le mouvement antiétranger des Boxers, la populace chinoise massacra un certain nombre de religieuses appartenant aux missions catholiques belges et françaises. Rencontrant un jour un groupe de Chinois surexcités, six bonnes sœurs voulurent rejoindre leur église où elles pourraient se barricader. Comme la foule menaçante leur coupait le chemin, les pieuses femmes se résignèrent à une mort inévitable et recommandèrent leur âme à Dieu. Tout en avançant, les mains croisées dans leurs larges manches, elles levèrent des bras implorants vers le Ciel, et ce geste déplaça les missels qu'elles portaient dans le revers de leurs manches. Saisi de frayeur à la vue des protubérances mobiles, l'un des assaillants cria aussitôt : « Les manches plombées ! Les manches plombées ! » À ces mots, la foule, pour qui les « diablesses-étrangères » étaient capables de toutes les pratiques malfaisantes, se replia prudemment, et les religieuses purent atteindre sans encombre leur église.

Un détachement de soldats, envoyé par un général local qui avait refusé de se joindre aux Boxers, vint les délivrer, et c'est ainsi que la vieille habitude chinoise de se servir de sa manche comme d'une poche sauva six vies humaines !

R. VAN G.

Rencontres et séparations sont choses fréquentes en ce monde
Où joie et tristesse alternent comme la nuit et le jour
Les juges passent, mais la Justice et le Droit demeurent,
Immuables comme la Voie Impériale elle-même.

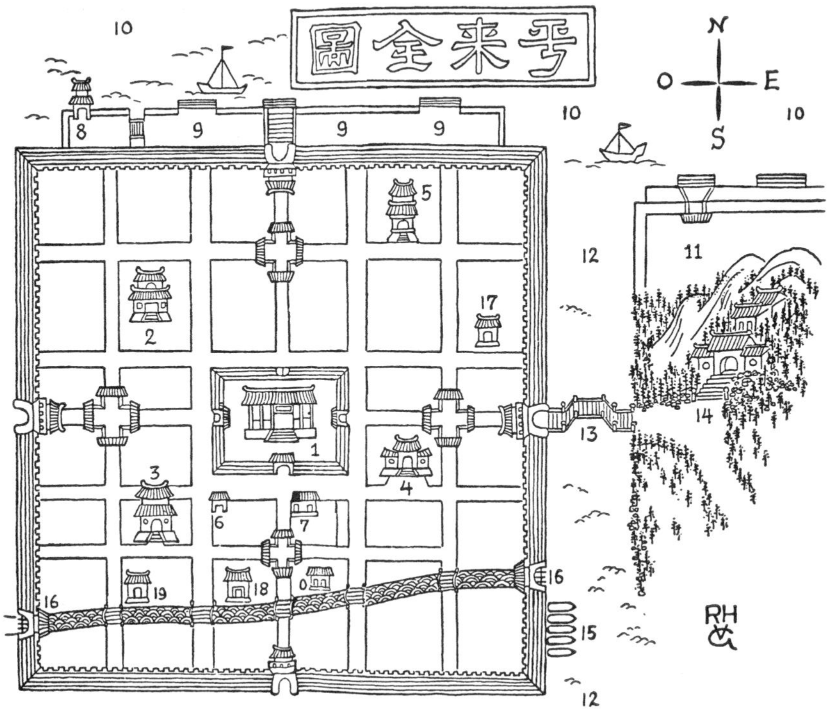

Plan de Peng-lai ❧ 1 Yamen ❧ 2 Temple de Confucius ❧ 3 Temple du Dieu de la Guerre ❧ 4 Temple du Dieu de la Cité ❧ 5 Tour du Tambour ❧ 6 « Le Jardin aux Neuf Fleurs » ❧ 7 Hôtel ❧ 8 Restaurant aux crabes ❧ 9 Quais ❧ 10 Fleuve ❧ 11 Faubourg coréen ❧ 12 Crique ❧ 13 Pont de l'Arc-en-ciel ❧ 14 Temple du Nuage Blanc ❧ 15 Bateaux-de-fleurs ❧ 16 Grille de protection du canal ❧ 17 Maison de ville du docteur Tsao ❧ 18 Maison de monsieur Yi ❧ 19 Maison de monsieur Kou ❧ 20 Restaurant dans lequel les lieutenants du juge Ti font la connaissance de Po Kai.

I

TROIS AMIS SE DISENT ADIEU DANS UN PAVILLON CHAMPÊTRE — UN MAGISTRAT NOUVELLEMENT NOMMÉ RENCONTRE DEUX VOLEURS DE GRAND CHEMIN.

AU SECOND ÉTAGE du Pavillon de la Joie et de la Tristesse, trois hommes savouraient en silence une dernière tasse de vin. Ce vieux restaurant était bâti sur le coteau couvert de pins qui dominait la grand'route, non loin de la porte Nord de la cité impériale, et une antique tradition voulait que les fonctionnaires de la métropole vinssent y dire adieu aux amis nommés à des postes provinciaux ou leur souhaiter la bienvenue quand ils regagnaient temporairement la capitale. L'auberge tirait son nom de cette double coutume, comme l'indiquait le quatrain, inscrit sur son portail.

La pluie de printemps tombait du ciel gris avec une morne régularité et donnait l'impression de ne vouloir jamais finir. Deux fossoyeurs qui travaillaient dans le cimetière, au bas de la colline, étaient venus s'abriter sous les branches d'un pin centenaire.

Dans la petite salle du restaurant, les convives achevaient de déjeuner. Le moment de la séparation approchait, instant difficile où le cœur cherche en vain les mots voulus. Aucun des trois hommes ne paraissait avoir beaucoup plus de trente ans. Deux d'entre eux portaient le bonnet de brocart des secrétaires subalternes ; le troisième — celui qui allait partir — arborait la coiffure noire des magistrats de district.

Le secrétaire Liang posa sa tasse d'un geste brusque et dit avec humeur :

— Ce qui m'irrite le plus, c'est la complète inutilité de la chose. Si vous l'aviez demandé, vous auriez facilement obtenu le poste de secrétaire auxiliaire à la Cour de justice métropolitaine. Devenu ainsi le collègue de notre ami Heou ici présent, vous auriez pu continuer avec nous cette petite vie agréable. Au lieu de cela...

Depuis un instant, le nouveau magistrat lissait d'un geste impatient sa longue barbe noire.

— Combien de fois vous ai-je dit... explosa-t-il. Se maîtrisant aussitôt, il poursuivit avec un sourire contrit : Comme je vous l'ai souvent expliqué, je suis las d'étudier mes problèmes criminels uniquement sur le papier !

— Est-ce une raison pour quitter la capitale ? Les affaires intéressantes ne manquent pas ici. Pour commencer, il y a celle de ce fonctionnaire du bureau des Finances, Wang Yuan-té je crois, qui s'est enfui avec trente lingots d'or après avoir assassiné son propre commis ! Monsieur Kouang — oncle de notre ami et premier secrétaire du ministre — vient chaque jour réclamer des nouvelles du fugitif. Cela n'est-il pas vrai, Heou ?

Le troisième convive portait l'insigne des secrétaires auxiliaires de la Cour métropolitaine. Après une légère hésitation, il répondit d'un ton soucieux :

— Nous ne possédons pas encore d'indice capable de nous mettre sur la piste de ce coquin, mais c'est une affaire des plus intéressantes, Ti.

— Vous savez bien que le président de la Cour s'en occupe personnellement, répliqua le jeune magistrat. Vous et moi n'avons vu jusqu'ici que des copies de pièces administratives sans intérêt. Des paperasses, je vous dis, toujours des paperasses !

Il saisit le cruchon de vin et emplit de nouveau sa tasse. Les trois hommes demeurèrent un moment silencieux, puis Liang reprit :

— Au moins, vous auriez pu choisir un district plus agréable que Peng-lai, toujours noyé dans les brumes de sa côte lointaine ! De tout temps on a raconté des histoires plus sinistres les unes que les autres sur cet endroit. Il paraît que les défunts sortent de leurs tombes par les nuits de tempête et que des formes étranges flottent dans les brouillards apportés par l'océan. On prétend même que certains de ses habitants se changent le soir en tigres pour courir les forêts ! Et pour comble, vous allez prendre la place d'un personnage mort de mort violente. N'importe quel homme doué de bon sens aurait refusé ce poste si on le lui avait offert, mais vous que rien n'obligeait à cela, vous êtes allés le *solliciter* !

Le nouveau magistrat écoutait d'un air absent. Lorsque son ami se tut il s'écria :

— Dès mon arrivée, un mystérieux criminel à découvrir, imaginez-vous cela ? Adieu la paperasserie et les vaines théories, je vais avoir affaire à des êtres vivants !

— Pour commencer, c'est d'un cadavre que vous aurez à vous occuper, remarqua ironiquement Heou. Selon l'enquêteur impérial envoyé à Peng-lai, on ignore l'identité de l'assassin ainsi que le mobile du crime. En outre, je crois vous l'avoir déjà dit, une partie du dossier a inexplicablement disparu de nos archives.

— On peut déduire de ce fait que l'affaire a des ramifications dans la capitale, intervint Liang. Le Ciel seul sait dans quel guêpier vous allez vous fourrer, Ti ! Vous avez passé honorablement vos examens littéraires, un magnifique avenir vous attendait ici… et vous préférez vous enterrer dans un endroit perdu comme Peng-lai !

— Je vous conseille de revenir sur votre décision, reprit le troisième convive d'un ton sérieux. Il n'est pas encore trop tard. Invoquez une indisposition subite pour obtenir un congé de maladie d'une dizaine de jours ; pendant ce temps un autre sera nommé à votre place. Croyez-moi, je vous parle en ami véritable.

Le nouveau juge fut profondément touché de l'expression suppliante de son camarade. Bien qu'il le connût depuis une année à peine, il admirait son esprit brillant et ses dons exceptionnels. Se levant, il répondit avec un sourire ému :

— J'apprécie votre sollicitude, Heou, et j'y vois une nouvelle marque de votre fidèle amitié. Vous avez raison tous deux : il vaudrait mieux pour ma carrière que je demeure dans la capitale. Mais il serait indigne de moi de ne pas aller jusqu'au bout de ce que je viens d'entreprendre. Les examens littéraires auxquels Liang a fait allusion tout à l'heure appartiennent à l'antique routine. Ils ne comptent pas davantage à mes yeux que ces belles années perdues à noircir du papier dans le service des Archives métropolitaines. Je suis capable de servir notre illustre empereur et notre grand peuple de façon plus active ; ma nomination à Peng-lai sera le véritable début de ma carrière.

— Ou sa fin, murmura Heou en allant vers la fenêtre. Il aperçut les fossoyeurs qui reprenaient leur travail ; devenant soudain très pâle, il détourna la tête et dit en avalant sa salive :

— La pluie a cessé.

— Alors, je pars !

Les trois amis descendirent l'escalier en spirale et arrivèrent dans la cour où un homme d'un certain âge tenait deux chevaux par la bride. Les tasses que le garçon venait d'emplir pour le coup de l'étrier furent vidées d'un seul trait, comme il convient, et le voyageur sauta en selle. Son compagnon aux cheveux gris l'imita aussitôt, puis les deux cavaliers dévalèrent le sentier menant à la grand'route après que le nouveau magistrat eut agité son fouet en guise d'adieu.

Les regardant s'éloigner, Heou dit d'un ton soucieux :

— Je n'ai pas voulu en parler à Ti, mais une personne arrivée ce matin de Peng-lai m'a raconté une étrange histoire : il paraît qu'on voit le fantôme du défunt magistrat errer la nuit dans le tribunal.

LES ADIEUX DU JUGE TI À SES AMIS

Deux jours de chevauchée amenèrent le juge Ti et son compagnon à la frontière du Chan-tong. Ils la franchirent vers midi, déjeunèrent dans le poste militaire, et, ayant changé de montures, poursuivirent leur chemin vers l'est à travers un pays de hautes collines boisées.

Le nouveau magistrat voyageait en simple robe brune. Le costume de brocart vert de sa charge et quelques objets personnels emplissaient une paire de vastes sacoches pendues à sa selle. Ses deux épouses le rejoindraient seulement par la suite, ce qui lui permettait d'emporter le strict minimum de bagages ; plus tard, quand il serait bien installé à Peng-lai, de grands chariots couverts amèneraient femmes et enfants avec les domestiques et tout le mobilier. Son compagnon, le brave Hong Liang, s'était chargé de ce que le juge considérait comme les plus précieux de ses trésors : le fameux sabre Dragon-de-Pluie (dans sa famille depuis plusieurs générations) et un vieux traité de jurisprudence et d'enquête criminelle dont les marges disparaissaient sous les annotations tracées par la belle main de son père, le défunt conseiller impérial.

Hong Liang était un vieux serviteur de la famille Ti. À Tai-yuan, il s'occupait déjà du futur magistrat, alors tout enfant. Puis les années passèrent, et quand le jeune fonctionnaire s'établit dans la capitale pour y fonder un foyer, le vieil homme l'y accompagna, dirigeant les domestiques et jouant le rôle de conseiller. À présent, il avait insisté pour suivre son maître dans ce premier poste provincial.

Laissant sa monture prendre une allure plus aisée, le juge se tourna vers son compagnon.

— Si ce beau temps continue, dit-il, nous atteindrons la ville de garnison de Yen-tcheou avant la nuit. En repartant demain à l'aube, nous serons à Peng-lai dans l'après-midi.

— À Yen-tcheou, nous chargerons le commandant de la place d'envoyer une estafette annoncer notre arrivée au tribunal, suggéra Hong Liang. Comme cela...

— Nous ne ferons rien de semblable ! Le premier scribe s'occupe temporairement de l'administration du district ; il connaît ma nomination, cela suffit. Je préfère arriver à l'improviste et c'est pourquoi j'ai refusé l'escorte offerte par le commandant du poste frontière.

Comme Hong ne répondait rien, le magistrat reprit :

— J'ai lu le dossier avec soin mais, comme tu le sais, sa partie la plus importante manque. Les papiers personnels de la victime trouvés dans sa bibliothèque et rapportés par l'enquêteur impérial ont été volés.

— Pourquoi l'enquêteur impérial est-il resté seulement trois jours à Peng-lai ? demanda Hong d'un ton soucieux. Le meurtre d'un magistrat est chose grave ! Il aurait dû consacrer plus de temps à l'enquête et ne pas quitter la ville sans avoir au moins formulé une hypothèse sur la cause de l'assassinat.

Le juge Ti secoua vigoureusement la tête.

— Sa conduite est étrange, répondit-il, mais il y a d'autres points curieux dans cette affaire. Le rapport officiel se borne à dire que le juge Wang a été trouvé mort dans sa bibliothèque et attribue le décès à l'absorption d'une poudre obtenue en pilant des racines de l'arbre-serpent. On ignore, paraît-il, comment ce poison a été administré, et le rapport conclut en spécifiant qu'on ne possède aucun indice permettant de découvrir l'identité du criminel ou son mobile. Voilà tout ce que contient le dossier !

Après un court silence, il ajouta :

— Ma nomination signée, je voulus avoir un entretien avec l'enquêteur impérial. Le secrétaire de ce haut personnage me répondit que son maître avait quitté la capitale pour l'extrême sud de l'Empire sans avoir laissé de notes écrites ni d'instructions verbales. Comme tu vois, nous avons tout à découvrir !

Hong demeura silencieux ; visiblement il ne partageait pas l'enthousiasme du jeune magistrat.

Les deux hommes continuèrent à chevaucher sans rien dire. Le décor devenait de plus en plus sauvage ; des arbres immenses bordaient à présent le chemin et, de tous côtés, d'épais fourrés fermaient la vue. Depuis longtemps déjà le juge et son compagnon n'avaient rencontré âme qui vive quand, soudain, deux cavaliers surgirent d'un sentier. Ils portaient des vestes rapiécées et leurs cheveux étaient retenus par des loques bleues crasseuses. Tandis que l'un pointait la flèche de son arc dans leur direction, l'autre s'avança vers le juge, un sabre à la main.

— Descends de cheval, noble étranger ! cria-t-il. Nous acceptons ta monture et celle du vieil homme comme le don bénévole de voyageurs qui foulent pour la première fois cette route.

II

Un combat acharné est interrompu avant la décision finale. Quatre hommes boivent ensemble dans une auberge de Yen-tcheou.

HONG SE PENCHA pour tendre Dragon-de-Pluie au juge. Un flèche siffla aussitôt à son oreille.

— Laisse ce cure-dent tranquille, vieillard, sinon la prochaine te traversa la gorge ! cria l'archer.

Le magistrat se mordit les lèvres avec colère. Il s'était bel et bien laissé surprendre et se maudit d'avoir refusé l'escorte militaire.

— Alors, qu'attendez-vous ? s'impatienta le premier malandrin. Rendez grâces au Ciel d'avoir affaire à d'honnêtes brigands qui vous laissent la vie sauve !

— Je n'appelle pas honnête brigand celui qui attaque un voyageur sans arme en se faisant couvrir par un archer, riposta le juge Ti en mettant pied à terre. De vulgaires voleurs de chevaux, voilà ce que vous êtes, oui !

L'homme sauta de sa monture et vint se planter devant le magistrat, le sabre levé. Il était plus grand que le juge et sa puissante carrure laissait deviner une force peu commune. Approchant son visage mafflu, il gronda :

— Ne m'insulte pas, chien de fonctionnaire !

Le juge Ti devint pourpre.

— Donne-moi mon sabre, ordonna-t-il à Hong.

L'archer poussa aussitôt son cheval entre le maître et le serviteur et dit d'un ton menaçant :

— Boucle-la et fais ce qu'on te commande.

— Si vous voulez me prouver que vous n'êtes pas de vulgaires voleurs, laissez-moi prendre mon sabre, répliqua le juge Ti. Je réglerai d'abord son compte à ton camarade, et ensuite je m'expliquerai avec toi.

Le premier brigand éclata de rire. Abaissant son arme, il dit à l'archer :

— Accordons au barbu ce qu'il demande, vieux frère, je veux donner une leçon à ce manieur de pinceau !

Le second malandrin regarda le juge d'un air songeur.

— Nous n'avons pas le temps de nous amuser, dit-il. Prenons les chevaux et filons.

— C'est bien ce que je pensais, s'exclama dédaigneusement le magistrat. Les bouches sont grandes, mais les cœurs petits !

Le colosse jura. S'approchant de Hong, il saisit le sabre que celui-ci tenait à la main et le lança au juge. Ce dernier attrapa l'arme au vol et, après s'être dépouillé de sa robe de voyage, sépara sa longue barbe en deux tresses qu'il noua derrière sa nuque. Dégainant, il dit à son adversaire :

— Quoi qu'il arrive, vous laisserez mon vieux compagnon partir librement.

Le brigand acquiesça et se fendit aussitôt. Le juge para le coup et riposta par une suite de feintes rapides. Surpris, l'homme dut rompre avant de revenir à l'attaque avec plus de prudence. Au bout d'un instant de combat, le juge se rendit compte que son adversaire n'avait jamais pris de leçons avec un maître d'armes. Mais, si son jeu manquait de subtilité, sa forte musculature le rendait redoutable, et il se montra un tacticien habile en poussant le magistrat vers le bord du chemin où le sol inégal le mettait à son désavantage. C'était le premier combat réel du juge Ti et il en savourait chaque seconde en attendant la première occasion de désarmer son adversaire. L'arme médiocre de celui-ci ne put tenir longtemps contre la lame finement trempée de Dragon-de-Pluie et se brisa soudain en deux.

Tandis que, tout déconfit, l'homme regardait le tronçon d'acier qui restait dans sa main, le juge se tourna vers le second bandit en criant :

— À ton tour !

L'archer descendit de cheval. Il se dépouilla de sa veste, et, remontant les pans de sa robe, les assujettit soigneusement dans sa ceinture ; il avait pu apprécier la valeur du magistrat et ne désirait pas courir de risques inutiles.

COMBAT
SUR LA
GRAND-ROUTE

Après avoir ferraillé quelques instants avec son nouvel adversaire, le juge vit que celui-ci était un aussi fin bretteur que lui-même et qu'il lui faudrait déployer toute sa science s'il ne voulait pas être vaincu. Cette constatation lui fit éprouver un certain plaisir. Le premier combat avait permis à ses membres de se dégourdir ; à présent il se sentait en parfaite condition et Dragon-de-Pluie semblait faire partie de son corps. Il porta une botte savante au truand qui rompit avec une légèreté inattendue chez un homme de son poids et riposta par de rapides coups de taille. Dragon-de-Pluie parait chaque coup en faisant siffler l'air, puis, soudain, fila vers la gorge du brigand qu'il manqua de l'épaisseur d'un cheveu. L'homme ne broncha pas et répondit par une feinte préparatoire à une nouvelle attaque.

À ce moment, une vingtaine de cavaliers armés d'arbalètes et de piques apparurent au détour du chemin. En un clin d'œil, ils eurent entouré les quatre hommes. Leur chef, que sa petite cotte de mailles et son heaume pointu faisaient reconnaître pour un capitaine de la police militaire, demanda :

— Que se passe-t-il ici ?

Fâché de voir son premier duel interrompu, le juge répliqua aigrement :

— Je me nomme Ti Jen-tsie. Je suis le nouveau magistrat de Peng-lai et ces trois hommes sont mes lieutenants. Nous venons de faire une longue randonnée à cheval et nous nous amusions à croiser amicalement le fer pour nous dégourdir un peu les jambes.

Le capitaine les examina d'un œil soupçonneux.

— J'aimerais voir les papiers de Votre Excellence, dit-il sèchement.

Le juge tira une enveloppe de sa botte droite et la lui tendit. Après un bref regard au papier qu'elle contenait, l'officier la lui rendit avec un grand salut.

— Que Votre Excellence me pardonne, dit-il. On nous a prévenus que des voleurs de grand chemin écumaient les environs et je dois me montrer vigilant. Encore toutes mes excuses !

Il lança un ordre à ses hommes, qui s'éloignèrent au galop.

Quand la petite troupe fut hors de vue, le juge Ti leva de nouveau son sabre.

— En garde ! dit-il en portant un coup de pointe à son adversaire.

Celui-ci para, puis, reculant, remit l'arme au fourreau.

— Reprenez votre cheval et filez, dit-il d'un ton bourru. Je suis content qu'il y ait encore des magistrats comme vous dans l'Empire du Milieu.

Il fit signe à son compagnon ; tous deux sautèrent sur leurs montures. Le juge donna son sabre à Hong et déclara en remettant sa robe :

— Je retire ce que j'ai dit. Vous êtes bien des chevaliers des vertes forêts. Mais si vous n'abandonnez pas cette profession, vous finirez sur l'échafaud comme de vulgaires voleurs. Quels que soient les torts dont vous ayez à vous plaindre, oubliez-les. On parle de grands combats avec les barbares du Nord ; l'armée a besoin d'hommes comme vous.

— Et moi, magistrat, répondit l'archer avec calme, je vous conseille de porter vous-même votre sabre... sans quoi vous risquez de vous faire encore surprendre !

Il fit tourner son cheval, et les deux hommes disparurent sous les arbres.

Tandis que le juge Ti passait son arme en bandoulière, Hong Liang remarqua d'un ton satisfait :

— Vous leur avez donné une bonne leçon, Noble Juge ! Mais que sont exactement ces gaillards-là ?

— C'est le plus souvent pour avoir souffert d'injustices (réelles ou imaginaires) que les gens de cet acabit deviennent des hors-la-loi. Leur règle est de ne s'en prendre qu'aux fonctionnaires de l'État ou aux gros propriétaires. Ils aident fréquemment les pauvres et ils ont la réputation d'être courageux et chevaleresques. Entre eux, ils s'appellent les « frères des vertes forêts ». Cette petite aventure a rompu agréablement la monotonie de notre voyage mais nous a fait perdre du temps. Pressons un peu nos montures.

Ils atteignirent Yen-tcheou au crépuscule. Les soldats de garde à la porte de la ville leur indiquèrent un hôtel réservé aux fonctionnaires en déplacement. Le juge prit une chambre au premier étage et commanda un bon souper ; la longue chevauchée l'avait mis en appétit.

Le repas terminé, Hong versa une tasse de thé bouillant à son maître, qui s'assit près de la fenêtre. Fantassins et lanciers allaient et venaient sur la grand-place dans leurs cuirasses que faisait étinceler la lueur des torches.

Un coup fut soudain frappé à la porte. Le juge tourna la tête et vit entrer deux hommes de haute taille.

— Auguste Ciel ! s'écria-t-il, voici nos chevaliers des vertes forêts !

Les nouveaux venus s'inclinèrent gauchement. Ils avaient toujours les mêmes vêtements rapiécés mais portaient à présent des bonnets de chasse. Le colosse avec qui le magistrat s'était d'abord battu prit la parole.

— Cet après-midi, commença-t-il, Votre Excellence a dit à l'officier de la police militaire que nous étions ses lieutenants. J'ai discuté de la chose avec mon camarade. Comme vous êtes un magistrat, cela nous ennuierait de vous faire passer pour un menteur, aussi avons-nous décidé de nous mettre loyalement à vos ordres… si vous voulez nous prendre à votre service !

Le juge Ti leva les sourcils. Le second visiteur se hâta d'ajouter :

— Nous n'avons jamais travaillé pour aucun tribunal, mais nous savons obéir, et nous pourrions être utiles quand il y a des coups à donner ou à recevoir !

— Asseyez-vous, commanda le juge, et racontez-moi votre histoire.

Les deux hommes prirent des tabourets. Ses poings énormes sur les genoux, le colosse toussa pour s'éclaircir la voix.

— Je m'appelle Ma Jong, commença-t-il. Je suis né dans le Kiang-sou. Mon père possédait une jonque de commerce et j'aidais à la manœuvre. Comme j'étais robuste et aimais la bagarre, mon père m'envoya chez un professeur de boxe. Chez lui, j'appris aussi un peu à lire et à écrire afin de pouvoir devenir officier, mais mon père mourut bientôt, ne laissant que des dettes. Je dus vendre notre bateau et entrer au service du magistrat local comme garde du corps. Je découvris vite que mon nouveau maître était un coquin cruel et corrompu. Un jour qu'il venait de dépouiller une veuve de tous ses biens en lui faisant confesser sous la torture des crimes qu'elle n'avait pas commis, je lui dis ma façon de penser. Cela ne lui plut pas et, fou de rage, il leva la main sur moi. Je l'assommai d'un coup de poing. Après cela, dame, il me fallut fuir et me réfugier dans la forêt. Toutefois, je jure sur la mémoire de mon défunt père que je n'ai jamais tué un homme sans raison et que j'ai seulement pris leur argent à ceux qui en avaient trop ! Mon frère d'adoption ici présent n'a rien d'autre à se reprocher non plus, je vous en donne ma parole d'honneur. Voilà !

Le juge hocha la tête et se tourna vers le second visiteur. Celui-ci avait un visage finement modelé, avec un nez droit et des lèvres plus minces que celles de son compagnon. Tortillant sa petite moustache, il expliqua :

— J'ai pris le nom de Tsiao Taï parce que celui de ma famille est honorablement connu dans un certain coin de l'Empire fleuri. Un jour, un officier supérieur envoya sciemment à la mort une centaine d'hommes dont j'étais responsable. Le gredin disparut, et les autorités à qui je rapportai son crime refusèrent d'agir. Je gagnai alors les forêts et parcourus l'Empire, espérant retrouver le misérable pour le tuer. Je n'ai jamais volé de pauvres gens, et mon sabre est pur de sang honnête. Je suis prêt à vous servir à une seule condition : vous me permettrez de reprendre ma liberté lorsque j'aurai trouvé celui que je cherche, car j'ai juré, sur l'âme de mes camarades morts, de lui couper la tête et de la jeter aux chiens !

Le juge Ti regarda longuement les deux hommes en caressant sa barbe. Il déclara enfin :

— J'accepte votre offre — et aussi la condition qu'y met Tsiao Taï. Avec cette réserve : si le destin lui fait retrouver celui qu'il cherche, avant d'agir il me laissera tenter de satisfaire sa soif de justice par les moyens légaux. Vous allez m'accompagner à Peng-lai ; je verrai là-bas s'il m'est possible de vous prendre à mon service. Dans le cas contraire, promettez-moi de rejoindre immédiatement notre armée du Nord. Avec moi, c'est tout ou rien !

Le visage de Tsiao Taï s'éclaira.

— Tout ou rien, répéta-t-il. Ce sera notre devise !

Il se leva et vint se prosterner devant le magistrat, frappant trois fois le sol de son front en un respectueux ko-teou. Son camarade l'imita aussitôt.

Quand les deux hommes se furent relevés, le juge leur dit :

— Voici Hong Liang, un fidèle conseiller pour qui je n'ai aucun secret. Vous travaillerez en étroite coopération avec lui. Peng-lai est mon premier poste ; je ne sais pas comment ce tribunal est organisé, mais j'imagine que scribes, geôliers et sbires sont recrutés localement comme de coutume. D'étranges choses se passent entre ses murs, paraît-il, et le Ciel sait jusqu'à quel point ces gens-là y sont mêlés. J'ai besoin d'avoir près de moi des personnes en qui je puisse avoir confiance : vous serez mes yeux et mes oreilles. Hong, va dire au garçon d'apporter un cruchon de vin !

Quand les tasses furent remplies, le juge Ti leva la sienne à la santé de ses compagnons, puis à leur tour ceux-ci burent respectueusement au succès du nouveau magistrat.

Le lendemain matin, le juge trouva les trois hommes dans la cour. Ma Jong et Tsiao avaient fait le tour des commerçants du lieu et portaient à présent des robes brunes fort propres serrées à la taille par des ceintures noires. De petites calottes, noires également, complétaient leur tenue d'officier du tribunal.

— Le ciel est très nuageux, Noble Juge, fit observer Hong. Nous allons avoir de la pluie.

— J'ai accroché des chapeaux de paille aux selles, dit Ma Jong. Ils nous protégeront !

Les quatre hommes enfourchèrent leurs montures et sortirent de la ville par la porte Est. Pendant un mille ou deux, ils rencontrèrent de nombreux voyageurs, puis ceux-ci se firent de plus en plus rares. Comme ils traversaient une région montagneuse assez désertique, un cavalier tirant deux chevaux après lui les croisa au galop.

— Belles bêtes ! remarqua Ma Jong. Surtout celle qui a une étoile blanche sur le front.

— L'homme ne devrait pas porter ce coffret sur sa selle, dit Tsiao Taï. Il lui arrivera des ennuis.

— Pourquoi cela ? demanda Hong Liang.

— Ici, les receveurs de loyers utilisent ces coffrets de cuir rouge pour transporter leur argent. Les gens tant soit peu avisés les dissimulent dans leurs sacoches.

— Ce garçon semble rudement pressé, fit observer le juge Ti sans attacher autrement d'importance à la chose.

Vers midi, comme ils atteignaient la dernière crête montagneuse, une pluie torrentielle se mit à tomber. S'abritant sous un gros arbre, ils attendirent la fin de l'averse en contemplant la fertile péninsule verte qui s'offrait à leur vue. Le district du nouveau magistrat faisait partie de ces belles terres !

Tandis qu'ils avalaient un repas froid, Ma Jong raconta quelques-unes de ses aventures avec les petites paysannes. Bien que le juge Ti n'appréciât guère ce genre d'histoires, il dut reconnaître que le conteur possédait un certain humour caustique assez amusant. Mais quand le colosse entama le récit d'une autre prouesse, le magistrat l'interrompit.

— On m'a dit qu'il y avait des tigres dans la région, remarqua-t-il. Je pensais que ces animaux préféraient un climat plus sec ?

Tsiao Taï, jusqu'à présent silencieux, répondit aussitôt :

— D'ordinaire, ils se tiennent sur les hauts plateaux boisés, mais lorsqu'ils ont goûté à la chair humaine, il leur arrive de descendre dans les plaines. Nous pourrons peut-être organiser une chasse au fauve pendant nos loisirs !

— Que pensez-vous des histoires d'hommes-tigres ? demanda le magistrat.

Ma Jong jeta un regard inquiet à la sombre forêt. D'une voix moins assurée, il murmura :

— Je n'ai jamais entendu parler de cela.

— Me permettez-vous d'examiner votre sabre, Noble Juge ? demanda Tsiao Taï. Si je ne me trompe, c'est une lame ancienne.

Lui tendant son glaive, le magistrat expliqua :

— Il se nomme Dragon-de-Pluie.

— L'illustre Dragon-de-Pluie dont tous les manieurs d'épée parlent avec révérence ?

Un sourire extasié sur les lèvres, Tsiao Taï poursuivit d'un ton plein de respect :

— C'est la dernière lame forgée par Trois-Doigts, le plus célèbre armurier de tous les temps. Le meilleur aussi !

— Si l'on en croit la légende, dit le juge, Trois-Doigts échoua huit fois avant de réussir ce chef-d'œuvre. Il jura, s'il réussissait enfin, de sacrifier sa jeune épouse au dieu du fleuve, et la neuvième tentative produisit ce sabre, avec lequel il trancha aussitôt la tête de sa femme bien-aimée. Une terrible tempête se déchaîna ; la foudre s'abattit sur Trois-Doigts, et les vagues écumantes emportèrent son corps et celui de la tendre victime. Ce sabre est l'un des trésors de la famille Ti, et, depuis deux cents ans, appartient de droit au fils aîné.

Tsiao Taï se couvrit le nez et la bouche d'un foulard afin que son haleine ne souillât pas l'acier, puis il tira la lame de son fourreau. L'élevant respectueusement sur ses deux mains, il admira l'éclat vert sombre du métal et le fil de son tranchant sur lequel on n'apercevait pas la plus minuscule entaille. Une lueur mystique dans le regard, il dit :

— Si je dois mourir un jour par le sabre, je prie le Ciel que cette lame soit choisie pour faire couler mon sang !

Puis, s'inclinant profondément, il rendit l'arme au juge Ti.

La grosse averse s'était transformée en pluie fine. Les voyageurs sautèrent sur leurs montures et descendirent vers la plaine. Tout en bas, on distinguait la colonne de pierre marquant la frontière du district. Le nouveau magistrat regarda la vaste étendue boueuse et trouva cette vue enchanteresse : c'était son territoire !

Un nouvel effort fut demandé aux chevaux et, vers la fin de l'après-midi, les murailles de Peng-lai apparurent dans le brouillard.

III

UN VIEUX SCRIBE EXPLIQUE COMMENT IL A DÉCOUVERT LE CADAVRE DE SON MAÎTRE. LE JUGE TI FAIT UNE CURIEUSE RENCONTRE DANS UN APPARTEMENT VIDE.

EN APPROCHANT de la porte Ouest, Tsiao Taï fit remarquer à ses compagnons combien les murailles de la ville étaient basses.

— Voyez, dit-il, les bâtiments du corps de garde n'ont qu'un étage !

— Si j'en crois la carte, expliqua le juge Ti, cette ville possède des défenses naturelles. On l'a bâtie à trois milles en amont du fleuve, à l'endroit où celui-ci rejoint une large crique. Un fort défendu par une imposante garnison a été érigé à son embouchure et les soldats fouillent tous les bateaux, à l'arrivée comme au départ. Pendant la guerre avec la Corée, ils ont interdit l'entrée du fleuve aux jonques ennemies. Au nord, des falaises abruptes bordent la côte, au sud il n'y a que des marécages ; c'est donc par Peng-lai, seul bon port de la région, que se fait tout le commerce avec le Japon et la Corée.

— J'ai entendu dire dans la capitale que de nombreux Coréens se sont établis ici, déclara Hong Liang. Principalement des marins, des charpentiers, et aussi des moines bouddhistes. Ils habitent le faubourg coréen qui se trouve de l'autre côté de la crique, à l'est de la ville. Il y a là un vieux temple bouddhique très renommé.

— Tu vois, dit Tsiao Taï à Ma Jong, tu pourras tenter ta chance avec une petite Coréenne, et, moyennant une somme modique, recevoir aussitôt l'absolution !

Deux gardes leur ouvrirent les portes de la cité. Le juge et ses compagnons s'engagèrent dans une grande voie commerçante et arrivèrent bientôt en vue du Yamen, dont les hautes murailles entouraient les bâtiments du tribunal[1]. Quelques gardes assis sous le gong de bronze monumental se levèrent bien vite pour saluer leur nouveau maître. Quand le juge fut passé, Hong Liang remarqua qu'ils se jetaient entre eux des regards furtifs.

Un sbire conduisit le juge Ti au greffe, de l'autre côté de la cour principale. Plusieurs commis y maniaient le pinceau sous la direction d'un maigre vieillard à barbiche grise. Dès qu'il aperçut le juge, le vieil homme vint à sa rencontre et dit en bégayant :

— L'humble personne qui a l'honneur d'accueillir Votre Excellence se nomme Tang. Comme premier scribe, je me suis occupé des questions administratives en vous attendant, mais, ignorant le jour de votre arrivée, je n'ai pas préparé le repas de bienvenue. Votre Excellence m'en voit désolé, et je la prie humblement...

— J'ai pensé que le chef du poste frontière vous préviendrait, l'interrompit le juge. Il y a eu malentendu, sans doute, mais, puisque me voilà, faites-moi visiter le tribunal.

Tang les conduisit dans la vaste salle d'audience. On avait fraîchement balayé le sol, et le tapis de brocart qui recouvrait la haute table placée sur l'estrade du fond était d'un rouge éclatant. Derrière elle, le mur disparaissait sous une tenture de soie d'un violet passé, portant brodée au centre l'habituelle licorne d'or, symbole de la perspicacité. Le juge Ti lui accorda un regard plein d'intérêt et franchit une petite porte masquée par le rideau.

Après avoir traversé un étroit couloir, les cinq hommes se trouvèrent dans le cabinet du magistrat. Cette pièce était aussi bien tenue que la salle d'audience, pas un grain de poussière ne souillait le bois poli du bureau, les murs venaient d'être reblanchis et une belle étoffe de brocart mettait sa note vert sombre sur le lit de repos. Le juge jeta un rapide coup d'œil à la salle des archives qui lui faisait suite et pénétra dans la seconde cour, où s'élevait la salle de réception. Le vieux scribe expliqua en tremblant que personne n'y était entré depuis la visite de l'enquêteur impérial et qu'il se pouvait donc qu'une table ou une chaise ne fût pas exactement à la place voulue. Le juge Ti regarda son interlocuteur avec curiosité. Le dos arrondi, l'air embarrassé, l'homme paraissait fort mal à l'aise.

1. Le Yamen est une sorte d'hôtel de ville qui comprend — outre le tribunal — la prison, divers bâtiments administratifs et les appartements privés du magistrat.

— Jusqu'ici, j'ai tout trouvé dans un ordre parfait, dit le magistrat d'un ton qu'il s'efforça de rendre rassurant.

S'inclinant très bas, Tang répondit :

— Votre humble serviteur est entré au Yamen tout jeune garçon. Il y a quarante années de cela, et depuis j'ai fait de mon mieux pour donner toute satisfaction. J'aime que chaque chose soit à sa place, Votre Excellence, et tout a toujours bien marché ici. Mais lorsque je pense que votre prédécesseur a été...

Sa voix se brisa, et il se hâta d'ouvrir la porte de la salle de réception. Quand tous furent rassemblés autour de la grande table en bois sculpté qui occupait le centre de la pièce, le vieillard tendit respectueusement au magistrat le sceau carré du tribunal. Le juge Ti compara avec l'impression qui figurait sur le registre et signa le reçu. À présent, il était officiellement magistrat du district de Peng-lai.

Se caressant la barbe, il dit :

— Le meurtre de mon prédécesseur passe avant toutes les autres affaires. Je recevrai les notables et je remplirai les formalités d'usage en temps voulu. À part le personnel du tribunal, je ne veux voir aujourd'hui que les quatre surveillants de quartier.

— Dans cette ville, il y en a cinq, Votre Excellence. Le cinquième est celui du faubourg coréen.

— Est-il chinois ?

— Non, Votre Excellence. Mais il parle couramment notre langue.

Le vieillard toussota derrière sa main et continua timidement :

— La situation est un peu particulière ici, Votre Excellence, et le préfet a décidé que la colonie coréenne établie sur la côte Est serait à demi autonome. Un surveillant de quartier est responsable de l'ordre, et nos hommes ne peuvent s'y rendre que s'il requiert leur assistance.

— C'est une situation exceptionnelle, en effet. Il faudra que j'étudie cela. Pour l'instant, commandez à tout le personnel de s'assembler dans la grande salle. En attendant, je vais jeter un coup d'œil à mes appartements particuliers et me restaurer un peu.

Plus embarrassé que jamais, Tang expliqua :

— Les appartements de Votre Excellence sont en parfait état. Le précédent magistrat, Son Excellence Wang, les a fait repeindre l'été dernier. Malheureusement ses bagages et ses meubles sont encore là. Je ne sais où les envoyer, car son frère — le seul parent qui lui restait — ne répond pas à mes lettres. Et comme votre honorable prédécesseur était veuf, il s'est contenté de louer les services de gens d'ici, qui sont partis après son… hum… son décès.

— Où a donc logé l'enquêteur impérial ?

— Son Excellence a couché sur le divan du cabinet, répondit Tang d'un air désolé. Il prenait aussi ses repas dans cette pièce. Cela m'a chagriné infiniment, Votre Excellence, c'était si peu régulier. Et à présent que le frère de notre ancien magistrat laisse mes lettres sans réponse je ne sais que faire des meubles…

— Tranquillisez-vous, l'interrompit le juge. Je n'ai pas l'intention de faire venir ma famille ni mes serviteurs avant d'avoir éclairci l'histoire de ce meurtre. Je vais changer de vêtements dans mon cabinet pendant que vous montrerez leurs chambres à mes lieutenants.

— Il y a un très bon hôtel en face du tribunal, Votre Excellence, répondit aussitôt Tang. C'est là que je loge avec ma vieille épouse, et je puis assurer à Votre Excellence que ses lieutenants…

— Voilà qui est fort irrégulier ! Pourquoi n'habitez-vous pas le Yamen ? À votre âge, vous devriez connaître le règlement !

— L'étage du bâtiment qui se trouve derrière la salle de réception m'est réservé, Votre Excellence, se hâta de répondre Tang. Mais son toit a besoin d'être réparé, aussi ai-je pensé que je pourrais, de façon provisoire naturellement…

— Entendu en ce qui vous concerne, coupa le juge Ti. Quant à mes lieutenants, ils logeront au Yamen. Arrangez-vous pour leur trouver une place dans le corps de garde.

Tang s'inclina profondément et s'en alla, suivi de Ma Jong et de Tsiao Taï. Le sergent Hong accompagna le magistrat dans son cabinet et, après l'avoir aidé à passer sa robe officielle, il lui prépara une tasse de thé. Tout en se frottant le visage avec une serviette mouillée, le juge demanda :

— As-tu idée de ce qui peut rendre ce vieux bonhomme si nerveux ?

— Il semble de nature tatillonne, et notre arrivée inattendue l'a troublé.

— J'inclinerais plutôt à croire que quelque chose l'effraie ici, répliqua le juge d'un air songeur. C'est probablement pourquoi il est allé loger à l'extérieur. Bah ! nous découvrirons la raison de sa conduite avec le reste !

Tang revint bientôt annoncer que tout le monde se trouvait dans la salle d'audience. Le juge Ti remplaça son bonnet d'intérieur par la coiffure à ailes noires de sa charge et gagna le tribunal.

S'asseyant derrière la haute table du fond, il fit signe à Ma Jong et à Tsiao Taï de se placer de chaque côté de son fauteuil, puis il prononça quelques paroles de circonstance tandis que le vieux Tang lui présentait l'un après l'autre les quarante hommes agenouillés sur les dalles de pierre. Le juge nota que les scribes portaient des robes bleues fort propres et que les casques de fer des sbires étaient bien astiqués. Dans l'ensemble, ils semblaient être de braves gens, sauf leur chef dont il n'aima pas l'expression cruelle. Mais il se dit que ceux qui remplissaient cet emploi étaient presque toujours des brutes qu'il fallait avoir à l'œil. Le contrôleur des décès — le docteur Chen — était un homme d'un certain âge à l'air digne et au visage intelligent.

— C'est le meilleur médecin du district et chacun admire son noble caractère, Votre Excellence, murmura Tang à l'oreille du nouveau magistrat.

Quand les présentations furent terminées, le juge Ti annonça qu'il nommait Hong Liang sergent du tribunal avec droit de regard sur les affaires courantes du greffe. Quand à Ma Jong et à Tsiao Taï, ils s'occuperaient des sbires, des gardes et de la prison.

De retour dans son cabinet, le juge envoya les deux hommes inspecter le corps de garde et les cellules.

— Ensuite, ajouta-t-il, vous ferez manœuvrer les sbires et les gardes. Cela vous donnera l'occasion de faire connaissance avec eux et vous verrez ce qu'ils valent. Après cela, vous irez vous promener en ville pour vous rendre compte de l'atmosphère qui y règne. J'aimerais vous accompagner, mais j'ai besoin de réfléchir à l'assassinat de mon prédécesseur. Venez me faire votre rapport dès que vous rentrerez.

Les deux hommes sortirent, et Tang reparut, suivi d'un jeune commis portant deux chandeliers. Le magistrat dit au vieux scribe de s'asseoir sur un tabouret, à côté du sergent Hong. Le petit commis plaça les bougies sur la table et s'esquiva sans bruit.

— Je viens de voir sur les rôles, commença le juge, que votre commis principal se nomme Fan Tchong. Il n'était pas là tout à l'heure. Serait-il malade ?

Tang se frappa le front.

— Je voulais en parler à Votre Excellence, et j'ai oublié ! Je suis très ennuyé. Le congé annuel de Fan a commencé le premier jour de la présente lune. Il est parti pour Pien-fou, la préfecture, et devait revenir hier matin. Vers le milieu de la journée, ne le voyant pas, j'ai envoyé un sbire à la petite ferme que Fan possède à l'ouest de la ville. Le fermier a répondu que Fan et son serviteur étaient rentrés hier et avaient quitté la ferme vers midi. Je suis très contrarié. Fan Tchong est la ponctualité même, je ne comprends pas ce qui a pu lui arriver, et...

— Un tigre l'a peut-être dévoré en route, coupa le juge que les manières du premier scribe commençaient à impatienter.

— Non... pas cela, Votre Excellence ! Pas cela ! protesta le vieil homme.

Son visage était devenu couleur de cendre et une lueur inquiète brillait dans ses yeux soudain agrandis.

— Qu'avez-vous donc ? s'écria le juge agacé. Je comprends très bien que l'assassinat de votre ancien chef vous ait porté un coup, mais la chose date déjà de deux semaines. Qu'est-ce qui vous terrifie, à présent ?

Tang s'essuya le front.

— Que Votre Excellence veuille bien m'excuser, murmura-t-il. La semaine dernière on a trouvé dans les bois un paysan la gorge ouverte. Un mangeur d'hommes doit rôder dans les environs. Je ne dors pas bien en ce moment... J'offre mes plus humbles excuses à Votre Excellence.

— Mes lieutenants sont des chasseurs expérimentés, dit le juge. Ils s'occuperont de ce fauve. En attendant, servez-moi du thé, et mettons-nous au travail.

Dès que le vieillard eut versé le liquide bouillant, le juge en avala deux ou trois gorgées et se carra dans son fauteuil.

— À présent, dit-il, je voudrais savoir comment le crime fut découvert. Donnez-moi tous les détails.

Tiraillant les poils de sa barbiche, Tang commença d'une voix mal assurée :

— Le magistrat Wang était un homme d'un commerce agréable et d'une vaste culture, Votre Excellence. Il pouvait avoir cinquante ans, et s'il se montrait parfois un peu négligent en ce qui concerne la routine journalière, il était très strict pour tout ce qui importait réellement. C'était un magistrat fort capable, Votre Excellence.

— Avait-il des ennemis ?

— Pas un seul, Votre Excellence. Son sens de la justice le faisait aimer de tous. Il était très populaire.

Le juge Ti hocha la tête approbativement et Tang poursuivit :

— Il y a deux semaines, un peu avant l'heure de la première audience, l'intendant vint me trouver au greffe. Il me dit que notre maître n'avait pas dormi dans sa chambre et que la porte de la bibliothèque était fermée de l'intérieur. Comme Son Excellence travaillait souvent très tard, je supposai qu'Elle s'était endormie sur un livre et je frappai. Personne ne répondit. Je frappai de nouveau. Le silence persista. Craignant que Son Excellence n'ait été victime d'une attaque d'apoplexie, j'appelai le chef des sbires et lui commandai d'enfoncer la porte.

Un tic nerveux agitait la bouche du vieux scribe. Il avala sa salive avec difficulté et poursuivit :

— Le magistrat Wang était étendu par terre devant le réchaud à thé, fixant le plafond de ses yeux qui ne verraient plus jamais rien. Une tasse gisait sur le tapis, près de sa main droite. Je tâtai le corps, il était froid et déjà raide. Je fis immédiatement chercher notre contrôleur des décès ; il déclara que la mort avait dû survenir vers minuit et recueillit le liquide de la théière.

— Où se trouvait-elle ?

— Sur le meuble de gauche, Votre Excellence, près du réchaud de cuivre sur lequel on faisait bouillir l'eau. Elle était presque pleine. Le docteur Chen fit boire un peu de son contenu à un chien qui tomba mort immédiatement. Le docteur Chen fit alors chauffer ce thé et identifia le poison à l'odeur qui s'en dégagea. Il ne put procéder de même avec le récipient posé sur le réchaud, car l'eau qui était dedans avait dû bouillir jusqu'à évaporation complète.

— Qui apportait habituellement l'eau pour le thé ?

— Son Excellence l'apportait toujours Elle-même.

Comme le juge Ti levait les sourcils d'un air interrogateur, Tang s'empressa d'expliquer :

— Son Excellence était un fervent adepte de la cérémonie du thé, dont il respectait les moindres détails. Il allait tirer lui-même l'eau dans le puits du jardin et la faisait bouillir sur le réchaud de la bibliothèque. Sa boîte à thé, sa théière et ses tasses étaient de belles pièces anciennes qu'il gardait sous clef dans le meuble sur lequel reposait le réchaud. À ma demande, le docteur Chen examina aussi les feuilles contenues dans la boîte à thé et les trouva tout à fait inoffensives.

— Quelles mesures prites-vous ensuite ?

— J'envoyai immédiatement un message au préfet de Pien-fou et je fis mettre le corps dans un cercueil provisoire qui fut placé dans les appartements privés. J'apposai les scellés sur la porte de la bibliothèque. Le troisième jour après ce terrible événement, Son Excellence l'enquêteur impérial arriva. Il demanda au commandant du fort de mettre six hommes du bureau militaire à sa disposition et procéda à une enquête détaillée. Il interrogea d'abord les serviteurs...

— Je sais, je sais, coupa le juge Ti avec impatience. J'ai lu son rapport. Il a établi de façon indiscutable que personne n'avait été à même d'empoisonner le thé ou de s'introduire dans la bibliothèque après que le magistrat s'y fut retiré. Quand l'enquêteur impérial est-il reparti ?

— Le matin du quatrième jour, il me commanda de faire déposer le cercueil dans le temple du Nuage blanc, à l'est de la ville, et de l'y laisser en attendant que le frère du défunt ait choisi le lieu de la sépulture. Ensuite, il renvoya les hommes du bureau militaire au fort, puis, prenant les papiers personnels du juge Wang, il s'en alla.

Le vieillard paraissait mal à l'aise. Jetant un regard anxieux au juge Ti, il demanda :

— A-t-il confié à Votre Excellence la raison de ce départ précipité ?

— Il m'a simplement dit, improvisa le juge, que l'enquête avait atteint le point où elle pouvait être poursuivie de façon profitable par le nouveau magistrat.

Le vieux scribe parut soulagé.

— J'espère que Son Excellence l'enquêteur impérial est en bonne santé ? demanda-t-il.

— En parfaite santé. Il est en route pour le Sud où l'attendent de nouvelles tâches. À présent, je vais jeter un coup d'œil à la bibliothèque. Pendant ce temps, voyez avec le sergent Hong quelles affaires nous traiterons à l'audience de demain.

Il prit l'un des chandeliers et sortit. La pluie avait cessé mais, dans le jardin qui séparait les appartements privés de la salle de réception, un léger brouillard descendait sur les plates-bandes aux subtils dessins. Le juge fut surpris de trouver la porte entrouverte. Il la poussa et pénétra dans la demeure déserte.

L'étude du plan joint au dossier lui avait appris que la bibliothèque était au fond du couloir principal. Il découvrit facilement celui-ci et remarqua deux passages latéraux, sans que son maigre éclairage lui permît de voir où ils aboutissaient.

Soudain, un homme très mince sortit du passage le plus proche et s'arrêta net à la vue du magistrat, fixant sur lui un regard curieusement dépourvu d'expression. Son visage aux traits plutôt réguliers était déparé par une tache de naissance grosse comme une pièce de monnaie, malencontreusement placée sur sa joue gauche. Le juge fut stupéfait de voir que l'inconnu ne portait pas de coiffure. Il nota vaguement que ses cheveux étaient réunis en un haut chignon et qu'une large ceinture noire fermait sa robe de chambre grise.

Avant que le magistrat pût ouvrir la bouche pour lui demander la raison de sa présence, l'homme recula sans faire le moindre bruit et disparut. Afin de mieux voir, le juge leva vivement sa bougie, mais son geste trop brusque la fit s'éteindre.

— Revenez immédiatement ! cria-t-il dans l'obscurité.

Seul l'écho lui répondit, puis le silence sembla se faire plus profond dans la maison vide.

— L'impudent coquin ! murmura le juge Ti avec colère. Tâtant le mur pour se guider, il regagna le petit jardin et revint dans son cabinet.

Tang était en train de montrer un volumineux dossier au sergent Hong. Avec mauvaise humeur, le juge dit :

— Qu'il soit compris une fois pour toutes que je ne tolérerai pas de tenue négligée dans le tribunal. Pas même le soir ni en dehors des heures de service. Je viens de rencontrer un individu en robe d'intérieur et sans rien sur la tête ! L'impertinent ne s'est même pas donné la peine de répondre à mes questions. Allez le chercher, que je lui dise deux mots !

Tang s'était mis à trembler, en proie semble-t-il à une violente terreur. Le juge eut soudain pitié de lui : après tout, le vieux bonhomme faisait de son mieux. D'un ton moins sec, il ajouta :

— Remettez-vous. Au fond, la faute est bénigne. Mais quel est cet homme ? Le veilleur de nuit, je suppose ?

Avec un regard anxieux vers la porte, Tang demanda :

— Portait-il une robe grise ?

— Oui.

— Et il avait une tache brune sur la joue gauche ?

— Oui, répondit de nouveau le juge qui commençait à s'impatienter. Cessez de trembler comme ça, et parlez… qui est-ce ?

Baissant la tête, le vieillard murmura :

— C'est le défunt magistrat Wang, Votre Excellence.

Quelque part dans le Yamen une porte claqua de façon sinistre.

IV

LE JUGE TI VISITE LE LIEU DU CRIME
UN RÉCHAUD DE CUIVRE L'INTÉRESSE BEAUCOUP.

— QUELLE porte vient de claquer ? demanda vivement le magistrat.

— Celle des appartements privés, Votre Excellence, répondit Tang d'une voix faible. Elle ne ferme pas très bien.

— Qu'on la fasse arranger au plus tôt. Caressant lentement sa barbe, le juge Ti demeura un long moment silencieux, pensant au curieux regard sans expression de l'inconnu dont la silencieuse disparition l'intriguait de plus en plus. Il se laissa enfin tomber dans un fauteuil tandis que le sergent le considérait d'un air inquiet.

Le juge fit effort pour se reprendre. Après avoir étudié un instant le visage grisâtre de Tang, il demanda :

— Vous aviez déjà vu l'apparition ?

Le vieux scribe fit un signe affirmatif.

— Il y a trois jours, Votre Excellence, précisa-t-il. Dans ce cabinet même. J'étais venu, au début de la soirée, prendre un document dont j'avais besoin quand je l'aperçus près de la table, me tournant le dos.

— Que se passa-t-il ?

— Je laissai choir ma bougie en poussant un grand cri, Votre Excellence, puis je courus appeler les gardes. Mais à mon retour la pièce était vide.

Se passant la main sur le front, Tang ajouta :

— Il portait sa robe d'intérieur grise, avec la ceinture noire, comme au moment où nous avons trouvé son cadavre dans la bibliothèque. Il avait perdu son bonnet en tombant. J'ai la conviction que l'enquêteur impérial a vu aussi ce fantôme, Votre Excellence. C'est la raison de son départ précipité, et c'est pourquoi il semblait si mal à l'aise pendant sa dernière matinée ici.

Le juge tirailla pensivement sa moustache. Au bout d'un moment, il dit :

— Ce serait stupide de ma part de nier l'existence de phénomènes surnaturels. N'oublions pas que notre maître Confucius lui-même gardait une grande réserve quand ses disciples le questionnaient à ce sujet. Mais, d'un autre côté, je crois qu'il faut d'abord chercher si les faits ne peuvent pas s'expliquer de façon rationnelle.

Le sergent Hong secoua la tête.

— Ils ne le peuvent pas, Votre Excellence ! s'écria-t-il. La seule explication, c'est que le défunt est privé de repos dans l'autre monde parce que son meurtre n'a pas été vengé dans celui-ci. On a déposé son corps dans le temple bouddhique, et tant que la décomposition n'est pas trop avancée, un mort peut se manifester aux personnes qui se trouvent à proximité du cadavre.

Le juge Ti se leva.

— Je réfléchirai à ce problème, dit-il. Pour l'instant, je vais examiner la bibliothèque.

— Mais Votre Excellence peut rencontrer de nouveau le fantôme ! s'écria le sergent consterné.

— Eh bien ? demanda le juge. Le désir du défunt est certainement d'être vengé. Il doit savoir que c'est à cela que je travaille, alors pourquoi chercherait-il à me gêner dans ma tâche ? Quand tu auras terminé avec Tang, viens me rejoindre là-bas. Fais-toi escorter de deux gardes munis de lanternes si cela peut te rassurer !

Et, sans tenir compte des objurgations des deux hommes, il sortit.

Cette fois, il alla chercher au greffe un lampion de papier huilé avant de s'aventurer dans l'appartement obscur. Une porte s'ouvrait de chaque côté du couloir où avait disparu le fantôme. Poussant celle de droite, il se trouva dans une vaste pièce remplie de caisses et de ballots empilés les uns sur les autres. Tandis qu'il regardait entre les caisses, une ombre étrange le fit sursauter... mais c'était seulement la sienne. La pièce opposée contenait quelques gros meubles enveloppés de nattes. Il continua son chemin et vit que le passage aboutissait à une porte massive munie d'imposants verrous et fermée à clef. Songeur, il regagna le couloir principal et s'arrêta devant une autre porte ornée d'un motif sculpté représentant des dragons en train de s'ébattre au milieu de nuages. Des planches étaient grossièrement clouées en travers : les sbires avaient dû les mettre là après avoir défoncé le panneau pour s'introduire dans la bibliothèque.

Le juge Ti déchira la bande de papier portant le sceau du tribunal puis, ayant poussé le battant, il leva sa lanterne et regarda la petite salle meublée avec élégance et simplicité. À gauche, devant une fenêtre étroite, un meuble en ébène supportait le gros réchaud de cuivre sur lequel on faisait bouillir l'eau nécessaire à la préparation du thé ; à côté du réchaud se trouvait une exquise théière en porcelaine « bleu et blanc ». Le reste de la paroi et le mur opposé disparaissaient sous de nombreux rayons chargés de livres. Au fond de la pièce, près d'une large baie aux carreaux en papier d'une parfaite propreté, le juge aperçut un bureau ancien en bois de rose pourvu de trois tiroirs à chaque extrémité. À part deux chandeliers de cuivre, il n'y avait rien sur ce meuble, devant lequel était un confortable fauteuil recouvert d'un coussin en satin rose.

Le juge s'approcha de la natte de jonc placée entre le bureau et la table à thé afin de mieux voir une tache brunâtre. Elle avait probablement été faite par le liquide contenu dans la tasse de Wang quand le thé s'était répandu sur le sol au moment de sa chute. Le juge Ti essaya d'imaginer la scène. Wang avait d'abord mis l'eau à chauffer avant de venir s'asseoir à son bureau. Quand elle avait commencé à bouillir, il s'était levé pour la verser dans la théière. Il avait ensuite rempli une tasse, bu une gorgée de liquide, et le poison avait agi aussitôt. Oui, c'est sans doute ainsi que les choses s'étaient passées !

Voyant une clef sur le meuble d'ébène, le juge l'ouvrit. Les différents ustensiles nécessaires à la célébration de ce que les connaisseurs appellent la « cérémonie du thé » occupaient ses deux rayons. Le juge Ti admira les belles pièces, évidemment choisies avec amour par un fervent de ce rite. Pas un grain de poussière ne les recouvrait : l'enquêteur impérial était passé avant lui !

Le juge alla vers le bureau. C'est dans ses tiroirs à présent vides qu'on avait découvert les papiers personnels du défunt. Le juge Ti soupira. Quel dommage de ne pas être entré le premier dans cette pièce !

Il passa machinalement un doigt sur les livres qui emplissaient les rayons et le retira couvert de poussière. Le magistrat sourit : ici, au moins, personne ne l'avait devancé. Évaluant du regard le nombre imposant d'ouvrages qui constituaient la bibliothèque, il résolut d'attendre l'arrivée du sergent pour les examiner.

Plaçant le fauteuil face à la porte, il s'assit, croisa ses bras dans les vastes manches de sa robe, et essaya de se représenter l'assassin. Tuer un fonctionnaire de l'Empire était un crime d'État, un crime passible de la peine capitale sous l'une de ses formes les plus sévères. Le meurtrier risquait donc d'être écartelé vif, par exemple, ou bien d'avoir le corps découpé progressivement en lamelles dans l'horrible supplice de la « mort lente ». Pour affronter un tel sort, il avait fallu que ses raisons fussent bien fortes. Et comment avait-il introduit le poison dans le thé ? En le versant dans le récipient d'eau, sans doute, puisque le contrôleur des décès avait démontré que les feuilles non utilisées étaient inoffensives. À moins que — seule autre solution possible — le criminel n'ait envoyé au magistrat des feuilles imprégnées de poison, en quantité juste suffisante pour la confection d'une seule tasse ?

Pensant à l'apparition, le juge Ti soupira de nouveau. C'était sa première expérience de ce genre, et il n'était pas convaincu d'avoir eu affaire à un vrai fantôme. S'agissait-il d'une mystification ? Non, car le vieux Tang et l'enquêteur impérial l'avaient vu aussi. Et qui donc se serait permis de jouer au revenant en plein Yamen ? Alors, aurait-il vraiment aperçu le fantôme de Wang ? Le juge posa la tête sur le dossier de son fauteuil et ferma les paupières, essayant de se rappeler les traits de l'apparition. N'était-il pas possible, après tout, que le défunt tentât de l'aider à résoudre l'énigme de sa mort ?

Cette pensée lui fit ouvrir brusquement les yeux et fouiller la pièce du regard. Personne d'autre que lui ne s'y trouvait !

Sans bouger, il contempla d'un œil paresseux le plafond laqué de rouge. L'une des quatre grosses poutres transversales était partiellement décolorée et la poussière alourdissait une toile d'araignée qui pendait au-dessus du meuble à thé. De toute évidence, le défunt n'avait pas attaché à la bonne tenue de son intérieur la même importance que le premier scribe.

Hong arriva enfin, suivi de deux gardes porteurs de bougies. Le juge leur dit de poser leurs luminaires sur le bureau et, après les avoir congédiés, expliqua au sergent :

— Les livres et les rouleaux de documents sont les seules choses qui nous restent à examiner. Cela représente pas mal de travail, mais si tu me les passes les uns après les autres, nous n'en aurons pas pour trop longtemps.

Hong fit signe qu'il comprenait et attrapa une pile de livres. Tandis qu'il les débarrassait de leur poussière avec sa manche, le juge fit pivoter son fauteuil pour faire face au bureau et se mit à étudier les volumes que le sergent posait devant lui.

Deux heures s'écoulèrent avant que le dernier ouvrage eût regagné sa place. Le juge Ti se renversa enfin en arrière et sortit un éventail de sa manche. Le manœuvrant vigoureusement, il dit avec un sourire satisfait :

— À présent, je vois assez bien quel genre d'homme était le magistrat Wang. J'ai parcouru les poèmes écrits par lui : le style en est excellent mais la pensée superficielle. Les vers d'amour prédominent,

LE JUGE TI EXAMINE UNE BIBLIOTHÈQUE

la plupart d'entre eux sont dédiés à des courtisanes connues de la capitale ou bien rencontrées dans ses autres postes.

— Tang a fait allusion devant moi aux mœurs dissolues de son maître, remarqua le sergent. Il invitait fréquemment des prostituées ici et les gardait toute la nuit.

Le juge Ti hocha la tête.

— L'étui de brocart que tu m'as passé tout à l'heure renferme des dessins érotiques. Wang possédait aussi des douzaines d'ouvrages sur l'art culinaire ainsi que sur les vins et la façon dont on les fabrique dans les différentes régions de l'Empire. D'autre part, sa bibliothèque comprend tous les chefs-d'œuvre des grands poètes anciens, chaque volume ayant été visiblement lu, relu, et agrémenté par lui de commentaires. Les ouvrages des mystiques bouddhistes et taoïstes ont été lus avec autant d'intérêt, mais son édition des classiques confucéens est dans le même état virginal que le jour où elle fut achetée ! Les sciences naturelles sont assez bien représentées ; tous les ouvrages de médecine ou d'alchimie qui font autorité sont là. J'ai noté aussi quelques recueils d'énigmes et de devinettes assez rares et plusieurs bouquins traitant de mécanique pratique. En revanche, les livres consacrés à l'histoire, au gouvernement, à l'administration et aux mathématiques se font remarquer par leur absence.

Tournant son siège vers le sergent, le juge continua :

— Je conclus de tout cela que Wang était non seulement un poète ayant un sens aigu de la beauté et un philosophe que les mystiques intéressaient, mais aussi un grand sensuel attaché aux plaisirs terrestres. Mélange moins rare qu'on ne l'imagine ! Dénué d'ambition, il préférait occuper un petit poste tranquille, assez loin de la capitale, où il était son propre maître et pouvait vivre à sa guise. C'est pourquoi il ne recherchait pas l'avancement, je crois bien que ce district de Peng-lai si modeste était son neuvième poste ! Mais il possédait une intelligence vive et un esprit curieux, d'où son intérêt pour les énigmes et les mécanismes ingénieux. Cela et sa longue expérience administrative faisaient de lui un magistrat assez satisfaisant, quoique je ne pense pas qu'il ait jamais fait passer le devoir avant le plaisir. Ne désirant pas être l'esclave de liens familiaux, il ne s'est pas remarié après le décès de ses deux épouses ; il se contentait de liaisons éphémères avec des courtisanes ou des prostituées. Il a d'ailleurs admirablement résumé sa personnalité dans le nom donné à sa bibliothèque !

Le juge Ti désigna du bout de son éventail l'inscription accrochée au-dessus de la porte et le sergent ne put s'empêcher de sourire en lisant : « ERMITAGE DE L'HERBE FOLLE ».

— Cependant, reprit le juge, j'ai découvert un petit détail qui ne concorde pas avec le reste.

Tapotant un carnet de format oblong qu'il avait mis à part, il demanda :

— Où as-tu trouvé ceci, sergent ?

— Derrière les livres du rayon inférieur.

— Dans ce carnet, dit le juge, Wang a copié de sa propre main une longue liste de dates et de chiffres en y ajoutant des pages et des pages de calculs compliqués sans un mot d'explication. Or l'honorable défunt me semble avoir été le dernier homme à s'intéresser aux chiffres. Je suppose qu'il laissait tous les travaux de statistiques aux scribes, n'est-ce pas ?

— C'est ce que m'a laissé entendre le vieux Tang.

Le juge Ti feuilleta le carnet en hochant doucement la tête.

— Il a pourtant passé beaucoup de temps à rédiger ces notes et il a méticuleusement corrigé de légères erreurs. Les seuls éléments qui pourraient servir d'indices sont les dates : la première qui soit mentionnée remonte à deux lunes.

Il se leva en glissant le carnet dans sa manche.

— Je vais étudier cela. Rien ne prouve que ces chiffres aient le moindre rapport avec l'assassinat mais, quand un petit détail ne concorde pas avec le reste, il mérite toujours d'être soigneusement examiné. En tout cas, nous pouvons nous faire à présent une idée assez complète de la personnalité de la victime, ce qui — à en croire le manuel du parfait détective — est le premier pas vers la découverte de son assassin !

V

DEUX EX-CHEVALIERS DES VERTES FORÊTS DÉJEUNENT GRATIS ❧ ILS ASSISTENT À UNE ÉTRANGE PROCESSION SUR LES BORDS DU CANAL.

— À PRÉSENT, dit Ma Jong en sortant du Yamen, le plus urgent est de nous emplir la panse. Faire manœuvrer ces paresseux de sbires m'a donné faim !

— Et à moi, soif ! compléta Tsiao Taï.

Les deux amis rentrèrent dans le premier restaurant qui s'offrit à leur vue, un petit caboulot placé devant le coin sud-ouest du Yamen et portant la noble enseigne du Jardin aux neuf fleurs. Un vacarme de conversations les accueillit dans la salle bondée. Non sans difficulté ils réussirent à trouver une table libre, près du haut comptoir où un homme à qui manquait le bras gauche touillait des nouilles dans un énorme chaudron.

La clientèle paraissait se composer principalement de petits boutiquiers venus avaler un peu de nourriture avant le coup de feu du soir, et tous engloutissaient leurs pâtes avec un plaisir visible, ne s'interrompant que pour se passer les cruchons de vin.

Tsiao Taï attrapa la manche d'un serveur qui traversait la salle au pas de course avec des bols de nouilles sur son plateau.

— Quatre bols comme ceux-là, commanda-t-il. Et deux grosses cruches de vin !

— Tout à l'heure ! répondit le garçon. Vous voyez bien que je suis occupé.

Tsiao Taï déversa immédiatement sur le malheureux un flot de jurons plus pittoresques les uns que les autres. Le manchot leva la tête et le regarda fixement, puis, posant sa grande louche de bambou sur le comptoir, il s'approcha, un large sourire illuminant son visage inondé de sueur.

— Je ne connais dans tout l'Empire fleuri qu'un seul homme capable de jurer de la sorte, s'écria-t-il. Quel bon vent amène ici l'honorable officier ?

— Il n'y a plus d'honorable officier, répliqua le nouvel assistant du juge Ti. J'ai eu des ennuis et j'ai abandonné à la fois mon grade et mon nom. À présent, je m'appelle simplement Tsiao Taï. Peut-on manger chez toi ?

— Mais bien sûr ! répondit l'homme en s'élançant vers la cuisine. Il en revint bientôt, suivi d'une énorme commère qui portait sur un plateau deux cruches de vin et une grande assiette de légumes et de poissons salés.

— Allons, ça ira ! s'écria Tsiao Taï avec satisfaction. Assieds-toi, soldat, et pour une fois laisse ton épouse s'occuper de la clientèle.

Le propriétaire du petit restaurant approcha un tabouret de leur table, tandis que sa femme allait le remplacer derrière le comptoir. Pendant que les deux amis attaquaient la nourriture, l'hôte leur expliqua qu'il était natif de Peng-lai. Libéré du service militaire au retour de l'expédition de Corée, il avait acheté ce restaurant avec ses économies et, ma foi, les affaires ne marchaient pas trop mal. Jetant un regard réprobateur aux robes brunes des deux convives, il demanda en baissant la voix :

— Vous travaillez pour le tribunal ?

— Il faut bien vivre. Ne vends-tu pas des nouilles, toi ?

Sans répondre, le manchot lança un coup d'œil à droite et à gauche, puis murmura :

— Il se passe des choses bizarres dans ce district. Savez-vous qu'il y a quinze jours on a étranglé le magistrat et découpé son cadavre en petits morceaux ?

— Tiens, je croyais qu'il avait été empoisonné, remarqua Ma Jong en avalant une grande gorgée de vin.

— C'est ce qu'on dit officiellement, répliqua le restaurateur. Mais il a été réduit en chair à pâté ! Croyez-moi, les gens d'ici ne valent pas tripette !

— Le nouveau magistrat est un homme épatant, déclara Tsiao Taï.

— Je ne le connais pas, grommela l'hôte, mais méfiez-vous de Fan Tchong et de Tang.

— Que reproche-t-on à ce pauvre vieux gâteux ? demanda Tsiao Taï. Il est incapable de faire du mal à une mouche.

— Méfiez-vous tout de même de lui ! Il a des goûts... particuliers. Et il y a plus grave encore.

— Plus grave encore ? répéta Ma Jong.

— Il se passe à Peng-lai plus de choses qu'on n'imagine, se contenta de redire le manchot d'un air entendu. Je suis né dans le patelin et donc bien placé pour le savoir ! Les inquiétants personnages n'ont jamais manqué chez nous. Mon vieux père racontait parfois de ces histoires...

Sans en dire davantage, il secoua mélancoliquement la tête et vida la tasse de vin que Tsiao Taï avait poussée vers lui.

Ma Jong haussa les épaules.

— Bah, dit-il, nous découvrirons bien le pot aux roses nous-mêmes ! Quant à ce Fan Tchong dont tu as aussi parlé, nous nous occuperons de lui plus tard. Pour l'instant il a disparu de la circulation.

— Puissions-nous ne jamais le revoir, soupira le restaurateur. Ce tyranneau exige de l'argent de tout le monde. Il est encore plus vorace que le chef des sbires. Le pire c'est qu'il s'en prend aussi à nos femmes. Il n'est pas mal de sa personne et vous imaginez les dégâts de ce côté-là ! Mais Tang et lui s'entendent comme larrons en foire, et le premier scribe s'est toujours arrangé pour couvrir son subordonné.

— En tout cas, ses beaux jours sont terminés, déclara Tsiao Taï. À présent, il va travailler sous nos ordres. Il doit avoir touché pas mal de pots-de-vin, car j'ai entendu dire qu'il possédait une petite ferme à l'ouest de la ville.

— Une ferme héritée d'un parent éloigné, expliqua le restaurateur. Elle ne vaut pas grand-chose. Un simple lopin de terre près du temple abandonné. Mais si c'est là-bas qu'il a disparu, ce sont *eux* qui ont mis la main sur lui.

— Ne pourrais-tu parler de façon intelligible ? s'écria Ma Jong impatienté. Qui ça, *eux* ?

Le manchot donna un ordre au serveur. Quand ce dernier eut déposé deux énormes bols de nouilles sur la table, il dit en baissant la voix :

— À l'ouest de la ferme de Fan Tchong, juste à l'endroit où le chemin communal rejoint la grand-route, s'élève un vieux temple. Quatre moines l'habitaient encore il y a neuf ans, quatre moines qui appartenaient au temple du Nuage blanc, le monastère situé hors de la ville, du côté de la crique. Un beau matin, on les trouva morts, la gorge ouverte. Ils ne furent pas remplacés et personne ne dessert plus ce temple, mais leurs fantômes hantent le lieu du crime. Des paysans y ont aperçu de la lumière en pleine nuit, et les gens s'en approchent le moins possible. La semaine dernière, un mien cousin qui passait par là le soir a vu un moine décapité se promener au clair de lune, sa tête sous le bras.

— Auguste Ciel ! cria Tsiao Taï. As-tu fini de débiter tes horreurs ? Comment ferai-je pour manger mes nouilles si elles se dressent dans leur bol comme mes cheveux sur ma tête ?

Ma Jong pouffa, et les deux compagnons continuèrent leur repas en silence. Leurs bols vides, Tsiao Taï se leva et fouilla dans sa manche. L'hôte arrêta vivement son geste en s'écriant :

— Non, non, Seigneur Officier ! Ce restaurant et tout son contenu vous appartiennent. Sans vous, les lanciers coréens m'auraient...

— Bon, entendu pour cette fois, l'interrompit Tsiao Taï, et merci pour ce repas, mais, si tu veux nous revoir, il te faudra à l'avenir accepter notre écot !

Le manchot protesta de toutes ses forces. Tsiao Taï lui tapota l'épaule amicalement et entraîna son camarade.

Lorsqu'ils furent dehors, il dit à Ma Jong :

— À présent que notre estomac est plein, au travail, vieux frère ! Voyons... comment peut-on se rendre compte de l'atmosphère qui règne dans une ville ?

Ma Jong se gratta la tête et, contemplant l'épaisse brume qui les entourait, répondit :

— En déambulant dans ses rues, je suppose.

Les deux amis se mirent donc en marche, s'écartant le moins possible des devantures éclairées. De temps à autre, ils s'arrêtaient pour admirer les marchandises exposées et s'enquérir de leur prix. Arrivés devant le temple du Dieu de la Guerre, ils entrèrent ; moyennant quelques sapèques, ils firent brûler des bâtonnets d'encens, accompagnant leur offrande d'une prière pour le repos de l'âme des soldats morts en combattant.

Lorsqu'ils eurent repris leur promenade, Ma Jong demanda :

— Pourquoi allons-nous toujours combattre les barbares au-delà des frontières ? Ne ferait-on pas mieux de les laisser mijoter tranquillement dans leur jus ?

— Tu ne comprends rien à la politique, vieux frère, répliqua Tsiao Taï plein de condescendance. Nous avons le devoir de les guérir de leur barbarie et de leur apporter notre culture.

— Oh ! mais ces Tartares ne sont pas si bêtes que ça, dit vivement Ma Jong. Sais-tu pour quelle raison ils n'exigent pas que les jeunes filles soient vierges le soir de leurs noces ? Tout simplement parce que, depuis leur prime enfance, ces filles sont sans cesse à califourchon sur leurs chevaux. Ne va pas raconter ça aux demoiselles de chez nous, surtout !

— Pour l'amour du Ciel, ferme-la un peu, s'écria son camarade. Nous voilà égarés, à présent.

Ils se trouvaient dans ce qui leur parut être le quartier résidentiel. La rue était pavée de larges dalles unies et, de chaque côté, on distinguait vaguement les murailles de belles demeures. Le brouillard amortissait les bruits et tout semblait étrangement calme.

— N'est-ce pas un pont, devant nous ? demanda Ma Jong. Alors, nous sommes arrivés au canal qui traverse la partie sud de la ville. Si nous le remontons vers l'est nous tomberons de nouveau sur les boutiques.

Ils passèrent le pont et se mirent à cheminer le long de la berge.

Soudain, Ma Jong posa sa main sur le bras de son compagnon et lui désigna la rive opposée, à peine visible dans la brume.

Tsiao Taï écarquilla les yeux pour mieux voir. Plusieurs hommes s'avançaient, portant sur leurs épaules une litière découverte. À la lueur d'un rayon de lune qui filtrait à travers le brouillard, le nouveau lieutenant du tribunal vit qu'un homme à la tête nue était assis à l'intérieur, les jambes croisées et les bras ramenés sur la poitrine. Il semblait emmaillotté dans une étoffe blanchâtre.

— Quel est ce singulier personnage ? demanda Tsiao Taï.

— Le Ciel seul le sait ! grommela Ma Jong. Les voilà qui font halte.

Un coup de vent chassa un instant la brume et ils aperçurent plus distinctement les porteurs qui déposaient à présent la litière sur le sol. Deux d'entre eux levèrent de grosses matraques et les abattirent sur la tête du personnage assis. À ce moment le brouillard se reforma, plus dense qu'auparavant, et le bruit d'un plongeon troua le silence.

— Au pont, vite ! cria Ma Jong.

Faisant demi-tour, ils coururent le long du canal, mais le sol était glissant et la visibilité mauvaise, de sorte qu'il leur fallut un certain temps pour atteindre le pont. Ils le traversèrent rapidement et refirent le chemin inverse sur l'autre rive. L'endroit où ils pensaient avoir vu l'étrange scène était à présent désert. Ma Jong fit quelques pas à gauche, puis à droite, et s'arrêta pour examiner le sol.

— Il y a des marques profondes ici, finit-il par dire. C'est là qu'ils ont flanqué le pauvre type dans la flotte.

La brume commençait à se lever, leur permettant d'apercevoir l'eau boueuse à quelques pieds au-dessous d'eux. Ma Jong se déshabilla vivement. Après avoir tendu sa robe à Tsiao Taï, il ôta ses bottes et se laissa glisser dans l'eau, qui lui vint tout de suite à mi-corps.

— Ça pue, s'exclama-t-il, mais je ne vois pas de cadavre.

Il avança un peu plus loin, puis revint vers la rive en explorant avec ses orteils l'épaisse couche d'immondices qui tapissait le fond du canal.

— Je ne trouve rien, murmura-t-il, dégoûté. Nous avons dû nous tromper d'endroit. Il n'y a que de grosses pierres, des blocs d'argile, et de vieux morceaux de papier. Quel gâchis ! Aide-moi à remonter.

Une pluie fine se mit à descendre du ciel.

— Il ne manquait plus que ça, grommela Tsiao Taï. Remarquant qu'un porche surplombait l'entrée de service d'une maison aux murs sombres, il alla s'abriter dessous avec la robe et les bottes de son camarade. Ma Jong demeura sous l'averse jusqu'à ce que son corps fût nettoyé, puis il rejoignit Tsiao Taï et se sécha avec un foulard avant de se rhabiller. Quand la pluie s'arrêta, ils reprirent leur marche en direction de l'est. Le brouillard avait presque disparu et ils pouvaient voir, sur leur gauche, les interminables murailles d'imposantes demeures.

— Nos débuts ne sont pas fameux, dit Tsiao Taï d'un ton amer. Si nous avions eu plus d'expérience, nous arrêtions ces coquins.

— Ce n'est pas l'expérience qui permet de voler par-dessus les canaux, répliqua Ma Jong. Ce pauvre type tout emmailloté de blanc m'a fait une triste impression. Venant après les folichonnes histoires de ton ami le manchot, sa vue m'a brouillé l'estomac. Cherchons un endroit où nous pourrons boire un coup.

Ils avancèrent un moment en silence et bientôt une lanterne de couleur apparut, indiquant la porte de service d'un grand restaurant.

Ils firent le tour du bâtiment pour chercher l'entrée principale. Dans le vestibule luxueusement meublé, un garçon regarda d'un air pincé leurs robes dégoulinantes d'eau. Sans s'occuper de lui, ils gravirent l'escalier monumental qui menait à une belle porte sculptée. L'ayant franchie, ils découvrirent une vaste salle à manger dans laquelle de nombreux convives bavardaient gaiement.

VI

UN POÈTE IVRE CHANTE LES BEAUTÉS DE LA LUNE ❧ TSIAO TAÏ FAIT LA CONNAISSANCE D'UNE JOLIE CORÉENNE.

L'ÉLÉGANCE des clients installés devant les tables de marbre fit comprendre aux deux amis que les tarifs de ce restaurant seraient au-dessus de leurs moyens.

— Filons ailleurs, chuchota Ma Jong.

Comme ils faisaient demi-tour, un homme maigre, assis à une table proche de l'entrée, se leva et dit d'une voix pâteuse :

— Venez me tenir compagnie, Messieurs. Rien ne m'attriste autant que de boire seul !

Il posa sur eux un regard larmoyant auquel des sourcils comiquement arqués donnaient un air de perpétuelle interrogation. Sa robe bleu foncé avait été taillée dans une soie coûteuse, mais son col était taché, et de son haut bonnet de velours s'échappaient des mèches en désordre. Il avait dû boire déjà plus d'une coupe de vin, à en juger par son visage congestionné et la rougeur de son grand nez mince.

— Puisque Monsieur nous le demande, arrêtons-nous un peu, dit Tsiao Taï.

À mi-voix, il ajouta :

— Je ne voudrais pas que le rustre en bas s'imagine qu'on nous a flanqués dehors !

Ils s'assirent donc, et leur hôte commanda immédiatement deux cruchons de vin.

— Quelle est votre honorable profession ? s'enquit poliment Ma Jong dès que le garçon se fut éloigné.

— Je me nomme Po Kai, répondit le maigre personnage, et je suis l'employé principal de l'armateur Yi Pen.

Vidant sa tasse d'un trait, il ajouta en se rengorgeant :

— Mais j'écris aussi des vers appréciés des connaisseurs !

— Puisque vous nous offrez à boire, nous passerons là-dessus ! répliqua généreusement Ma Jong.

Renversant la tête en arrière, il leva le gros cruchon et en fit lentement couler la moitié du contenu dans sa gorge, imité ensuite par Tsiao Taï.

— Admirable ! s'écria le poète, émerveillé. Ici, il est d'usage d'employer des coupes, mais personnellement j'admire l'aimable simplicité de votre méthode.

— Nous avions un sérieux besoin de nous rafraîchir, voilà tout, expliqua Ma Jong en s'essuyant la bouche avec satisfaction.

Po Kai emplit à nouveau sa coupe.

— C'est cela, s'exclama-t-il, racontez-moi une bonne histoire. Vous autres qui avez l'habitude de courir les grands chemins, vous menez une vie si intéressante !

— Courir les grands chemins ? répéta Ma Jong avec indignation. Surveillez votre langage, l'ami. Nous appartenons au tribunal.

Les sourcils de Po Kai trouvèrent le moyen de s'arrondir encore davantage.

— Apporte-nous le plus gros cruchon de vin que tu pourras trouver, cria-t-il au serveur. Puis, s'adressant à ses invités, il demanda :

— Ainsi, c'est vous qui êtes arrivés aujourd'hui avec le nouveau magistrat ? Vous ne devez pas être depuis longtemps à son service car vous n'avez pas l'expression béate des gens du Yamen.

— Avez-vous connu le défunt juge ? s'enquit Tsiao Taï. C'était aussi un poète, paraît-il.

— Je suis ici depuis fort peu de temps, répliqua leur hôte. Posant brusquement sa coupe, il s'exclama : Je tiens le dernier vers de mon grand poème en l'honneur de la lune. Regardant les deux amis d'un air solennel, il demanda : Voulez-vous que je vous le récite ?

— Non ! cria Ma Jong, horrifié.

— Je vais le chanter, alors. Ma voix est assez jolie, et je suis sûr que toute la compagnie appréciera mon talent.

— Non, ne faites pas cela ! le supplièrent en même temps ses invités. Voyant l'expression malheureuse du pauvre garçon, Tsiao Taï ajouta :

— Nous ne tenons pas à la poésie… sous quelque forme que ce soit.

— C'est dommage ! soupira Po Kai. Vous vous intéressez peut-être au bouddhisme ?

— Nous chercherait-il querelle ? demanda soupçonneusement Ma Jong à son compagnon.

— Non, il est ivre, répondit Tsiao Taï. Se penchant vers le poète, il déclara : J'espère que vous n'êtes pas un sectateur de Bouddha ?

— Je suis son fervent dévot ! répliqua Po Kai d'un ton pincé. Je fréquente le temple du Nuage blanc. Le père abbé est un saint homme, et le prieur Houei-pen prêche les plus beaux sermons du monde. L'autre jour…

Tsiao Taï lui coupa la parole pour demander :

— Vous n'avez plus soif ?

Le poète lui jeta un regard de reproche, puis, poussant un profond soupir, il se leva et dit d'un ton résigné :

— Allons boire avec ces demoiselles, alors !

— Voilà qui est parler ! s'écria Ma Jong plein d'enthousiasme. Vous connaissez l'endroit ?

— Le cheval ne retrouve-t-il pas toujours son écurie ? répliqua Po Kai. Il paya l'addition et tous trois sortirent.

Au-dehors, la brume était plus épaisse que jamais. Leur guide les conduisit derrière le restaurant et, s'approchant du canal, siffla dans ses doigts. La lanterne d'un sampan émergea de l'obscurité.

Po Kai sauta dans la petite embarcation en commandant :

— Aux bateaux !

— Hé là ! s'écria Ma Jong. N'était-il pas question d'aller voir les filles ?

— Mais bien sûr ! répliqua Po Kai d'un ton désinvolte. Montez. Et toi, batelier, prends par le raccourci. Ces messieurs sont pressés.

Il se faufila sous le toit de paille tandis que ses compagnons s'accroupissaient à côté de lui. La légère embarcation s'enfonça dans le brouillard sans qu'on perçût d'autre son que le floc de l'aviron frappant l'eau. Au bout d'un moment, ce bruit même cessa et le bateau continua de glisser en silence tandis que le batelier éteignait sa lanterne. Bientôt le sampan s'arrêta.

Posant sa grosse patte sur l'épaule de Po Kai, Ma Jong murmura :

— Si c'est un traquenard, je vous tords le cou.

— Ne dites pas de bêtises, répliqua le poète.

On entendit un bruit métallique et le bateau reprit sa marche.

— Nous venons de passer à travers la grille de protection du canal, expliqua Po Kai. Il y a une brèche dans le treillis à cet endroit, mais n'allez surtout pas raconter la chose au tribunal !

Les coques noires d'une rangée de jonques apparurent.

— La deuxième, comme d'habitude, commanda le poète au batelier.

Quand le sampan se fut immobilisé près de la jonque, Po Kai remit quelques sapèques à l'homme et grimpa, suivi de ses invités. Se faufilant entre les petites tables et les tabourets épars, il alla frapper à la porte d'une cabine. Une grosse femme vêtue d'une robe de soie noire pas très fraîche se montra. Découvrant des dents noirâtres en un sourire à prétention aimable, elle s'écria :

— Soyez le bienvenu, monsieur Po Kai, et suivez-moi avec ces messieurs.

Ils descendirent une échelle assez raide et se trouvèrent dans une vaste cabine éclairée par deux lampions suspendus aux poutres du plafond. Les trois hommes s'assirent devant une table qui occupait la plus grande partie de l'espace disponible. Aussitôt, un individu aux traits grossiers apporta un plateau chargé de tasses et de cruchons.

Tout en servant le vin, Po Kai demanda :

— Où est donc mon cher collègue et ami Kim Sang ?

— Il n'est pas encore arrivé, répondit leur hôtesse, mais n'ayez pas peur, vous ne vous ennuierez pas en l'attendant.

Elle fit un signe au garçon. Ce dernier ouvrit la porte du fond et quatre jeunes femmes entrèrent, vêtues seulement de légères robes d'été. Po Kai accueillit leur arrivée avec un bruyant enthousiasme et, faisant asseoir une fille de chaque côté de lui, déclara :

— Je prends ces deux-là. Oh ! pas pour ce que vous pensez... seulement afin d'être sûr que ma tasse ne sera jamais vide !

Ma Jong invita du geste une petite personne potelée au visage tout rond à venir près de lui, et Tsiao Taï engagea la conversation avec la quatrième de ces dames. Assez jolie, elle se nommait Yu-sou et, bien que de nationalité coréenne, parlait parfaitement le chinois. Pour l'instant, elle semblait toutefois d'humeur morose et n'ouvrait la bouche que pour répondre brièvement à ses questions.

— Votre pays est très beau, dit-il en passant un bras autour de la taille de la jeune femme. Je l'ai parcouru pendant la dernière guerre.

Sa partenaire le repoussa aussitôt en lui lançant un regard chargé de mépris. Tsiao Taï comprit sa gaffe.

— Les Coréens sont d'excellents soldats, s'empressa-t-il d'ajouter. Ils se sont très bien conduits, mais ont dû s'incliner sous le nombre.

Yu-sou n'eut pas l'air d'entendre.

— Ne fais pas ta mijaurée, ma petite, intervint la patronne. Souris un peu et réponds quand on te parle.

— Laissez-moi tranquille, répliqua la fille. Mon client ne se plaint pas, que je sache !

Levant la main pour la gifler, la grosse femme glapit :

— Je vais t'apprendre la politesse, ma mignonne !

— Vous, ne la touchez pas ! dit Tsiao Taï en la repoussant.

— Montons sur le pont, s'écria Po Kai. Je sens dans mon foie que la lune vient de se montrer. Kim Sang sera bientôt là !

— Moi, je reste ici, dit la jeune Coréenne à Tsiao Taï.

— Comme il vous plaira, répondit-il en suivant les autres.

Une lune mélancolique éclairait les jonques amarrées le long de la muraille d'enceinte. Par-delà les eaux sombres de la crique on apercevait la silhouette de la rive opposée.

Ma Jong s'assit sur un tabouret bas et attira sa grassouillette partenaire sur ses genoux. Po Kai poussa ses deux compagnes vers Tsiao Taï.

— Occupez-vous d'elles, dit-il. À présent, mon esprit plane plus haut.

Debout les mains derrière le dos, il regarda la lune d'un air extasié. Après plusieurs minutes de cette contemplation, il s'écria soudain :

— Puisque vous insistez tous, je vais vous chanter mon dernier poème ! Allongeant son cou décharné, il entama d'une voix de fausset :

« Compagne sans pareille de nos chants et de nos danses,
Amie des âmes joyeuses, consolatrice des affligés,
Ô lune, lune argentée... »

Il s'arrêta pour reprendre haleine puis, brusquement, se mit à écouter.

— J'entends des sons inharmonieux, déclara-t-il.

— J'allais faire la même remarque, dit Ma Jong. Cessez donc votre tapage, vous voyez bien que je suis en conversation avec cette jeune personne.

— Je faisais allusion aux sons qui viennent d'en bas, expliqua le poète. J'imagine que l'élue de votre ami est en train de recevoir une correction.

Il se tut ; un bruit de coups, accompagné de gémissements étouffés, monta jusqu'à eux. Tsiao Taï bondit vers l'échelle qu'il dégringola en toute hâte. Ma Jong le suivit.

Dépouillée de ses vêtements, la Coréenne était étendue sur la table. Le garçon lui tenait les mains, un autre homme les jambes, et la grosse femme lui cinglait la croupe avec une canne de rotin.

D'un brutal coup de poing à la mâchoire, Tsiao Taï mit le serveur hors de combat. Son compagnon lâcha aussitôt les jambes de la petite prostituée et tira un couteau de sa ceinture. Tsiao Taï sauta pardessus la table, poussa la mégère contre le mur et, attrapant le poignet de l'homme au couteau, le tordit violemment. L'arme tomba sur le plancher et son propriétaire recula en poussant un hurlement de douleur tandis que Yu-sou se laissait glisser par terre en essayant de se débarrasser de son bâillon. Tsiao Taï s'approcha d'elle pour l'aider à retirer le morceau d'étoffe sale. Le second ruffian en profita pour ramasser son arme avec sa main gauche, mais Ma Jong lui envoya dans les côtes un coup de savate qui le fit s'écrouler, plié en deux.

De violents hauts-le-cœur secouaient la jeune Coréenne ; elle se mit à vomir.

— Touchant tableau ! ricana le poète du haut de l'échelle.

— Appelle les gens de l'autre jonque, ordonna la patronne au garçon qui se remettait péniblement debout.

— Appelez tous les ruffians de toutes les jonques, tonna Ma Jong avec enthousiasme en arrachant le pied d'un tabouret pour s'en faire une matraque.

— Doucement, honorable tante ! dit Po Kai à la grosse femme. Mes deux amis appartiennent au tribunal.

La patronne pâlit. Elle rappela aussitôt le garçon et, tombant à genoux devant Tsiao Taï, gémit :

— Pardonnez à votre humble esclave. Je voulais seulement obliger cette fille à vous parler poliment.

— Je vous avais dit de la laisser tranquille, répondit Tsiao Taï en passant son foulard à Yu-sou pour qu'elle s'essuyât la bouche. La fille nue tremblait de tous ses membres.

— Occupe-toi d'elle, vieux frère, conseilla Ma Jong. Moi, je vais aider l'homme au couteau à se remettre debout.

Yu-sou ramassa ses vêtements et sortit. Tsiao Taï la suivit dans l'étroit couloir. Elle ouvrit une porte, fit signe à son compagnon d'entrer, et s'éloigna.

Tsiao Taï se trouva dans une cabine minuscule. Un lit placé sous le sabord, une petite table de toilette avec un tabouret en bambou et un coffre à vêtements en cuir rouge formaient tout l'ameublement. Le lieutenant du juge Ti s'installa sur le coffre et attendit la jeune femme.

Elle fut bientôt de retour et, tandis qu'elle lançait sans mot dire sa robe sur le lit, Tsiao Taï murmura gauchement :

— Je suis désolé, tout cela est de ma faute.

— Ça n'a pas d'importance, répondit-elle en se penchant au-dessus du lit pour prendre une petite boîte posée sur le sabord. Tsiao Taï ne pouvait détacher son regard des appétissantes rondeurs qu'elle offrait à sa vue.

— Vous feriez mieux de vous rhabiller, dit-il.

— Il fait trop chaud !

Elle venait d'ouvrir la boîte et frottait doucement avec la pommade qu'elle contenait les endroits de son corps meurtris par le rotin.

— Vous êtes arrivé à temps, la peau n'est pas entamée.

— Allez-vous remettre votre robe, oui ou non ? demanda Tsiao Taï d'une voix rauque.

— Je pensais que vous voudriez vous rendre compte des dégâts, répondit-elle placidement. N'avez-vous pas reconnu que vous en étiez responsable ?

Elle plia sa robe avec soin, la posa sur le tabouret et, s'étant assise avec précaution, entreprit de se recoiffer.

Tsiao Taï contemplait le dos charmant, se répétant avec irritation que ce n'était pas le moment d'importuner la jeune femme, mais quand il aperçut deux petits seins fermes réfléchis dans la glace, il avala sa salive avec difficulté et s'écria :

— Ah ! non, vous voir *deux fois* en même temps, aucun homme n'y résisterait !

Yu-sou se retourna, étonnée. Haussant les épaules, elle vint s'asseoir sur le lit.

— Appartenez-vous réellement au Yamen ? demanda-t-elle. Nos visiteurs racontent des mensonges, vous savez.

Heureux de la diversion, Tsiao Taï tira de sa botte un papier plié. La jeune femme s'essuya les mains à sa chevelure et le prit.

— Je ne sais pas lire, admit-elle, mais je possède de bons yeux.

Se mettant sur le ventre, elle glissa la main derrière le lit et ramena un paquet plat enveloppé de papier. Elle se rassit pour comparer le sceau imprimé sur l'emballage avec celui qui figurait au bas du document officiel, puis, rendant celui-ci à Tsiao Taï, elle dit :

— Je vous crois : c'est bien le même. Elle se gratta lentement la cuisse en regardant son chevalier servant d'un air pensif.

— Comment un paquet portant le sceau du tribunal se trouve-t-il entre vos mains ? demanda-t-il en fronçant les sourcils.

TENDRE RENCONTRE SUR UN BATEAU-DE-FLEURS

— Tiens, le voilà qui se réveille ! dit-elle en faisant la moue. Ah ! vous êtes bien un policier, vous !

Tsiao Taï serra les poings.

— Écoutez, s'écria-t-il, votre corps doit être encore douloureux de la râclée que vous avez reçue. Dans ces conditions, vous ne pensez tout de même pas que je serais assez mufle pour vouloir coucher avec vous maintenant ?

Yu-sou lui lança un petit regard de côté, bâilla, puis dit doucement :

— Je ne vous tiendrai pas rigueur d'être un peu pressé !

Tsiao Taï ne se le fit pas dire deux fois.

De retour dans la grande cabine, le lieutenant du juge Ti trouva Po Kai la tête posée sur la table et ronflant de tout son cœur. La patronne était assise en face de lui et contemplait sa tasse vide d'un air maussade. En réglant la note, Tsiao Taï l'avertit qu'elle aurait de sérieux ennuis si elle maltraitait encore la jeune Coréenne.

— C'est seulement une captive de guerre que j'ai achetée au gouvernement, répliqua la grosse femme, mais bien entendu vos désirs sont pour moi des ordres, Seigneur Officier.

Ma Jong reparut à son tour, la mine satisfaite.

— L'endroit n'est pas désagréable, remarqua-t-il, et cette petite boulotte connaît bien son métier !

— J'ai quelque chose de mieux encore pour vous, s'empressa de dire la tenancière. Sur la cinquième jonque, j'ai de l'article tout neuf... vous me comprenez ? Une vraie beauté. Et de l'éducation ! Un personnage haut placé se la réserve pour l'instant, mais on se lasse de tout, et, dans une semaine ou deux...

— Parfait ! s'écria Ma Jong. Nous reviendrons. Mais dites à vos hommes de ne pas agiter leurs couteaux sous notre nez. Ça nous chavire l'estomac, et quand nous avons l'estomac chaviré, il nous arrive d'être un peu vifs.

Secouant Po Kai, il lui cria dans l'oreille :

— Réveille-toi, beau chanteur. Il est bientôt minuit, c'est le moment de rentrer faire dodo.

Le poète jeta aux deux hommes un regard noir.

— Je ne sais lequel de vous deux est le plus vulgaire, dit-il. Ma nature est trop élevée pour que vous puissiez la comprendre. Je préfère attendre ici mon ami Kim Sang. Vous autres ne songez qu'à boire et à forniquer. Votre compagnie me répugne. Je vous méprise… disparaissez !

Riant aux éclats, Ma Jong lui rabattit son bonnet sur les yeux, puis il regagna le pont avec Tsiao Taï et siffla pour appeler un sampan.

VII

LE JUGE TI APPREND L'EXISTENCE D'UNE CERTAINE BOÎTE DE LAQUE
IL VISITE NUITAMMENT UN TEMPLE BOUDDHIQUE.

En rentrant au Yamen, Ma Jong et Tsiao Taï aperçurent de la lumière dans le cabinet du magistrat, qu'ils trouvèrent assis devant son bureau, en compagnie du sergent.

Le juge leur indiqua deux tabourets et dit :

— Je viens d'examiner avec Hong la bibliothèque de mon prédécesseur, mais nous n'arrivons pas à comprendre comment le poison a pu être introduit dans le thé. Le réchaud se trouvant devant la fenêtre, le sergent a cru d'abord que l'assassin avait passé une sarbacane à travers l'un des carreaux de papier pour envoyer la poudre mortelle dans le récipient d'eau. Mais quand nous avons vérifié cette hypothèse, nous nous sommes aperçus que les épais volets de bois n'avaient pas été ouverts depuis je ne sais combien de lunes. Cette fenêtre donne sur un coin sombre du jardin, et Wou utilisait seulement l'autre baie, celle faisant face à son bureau. Avant dîner, j'ai reçu les différents surveillants de quartier. Ils m'ont fait l'effet de braves gens. Le surveillant du faubourg coréen les accompagnait. C'est un homme capable qui semble avoir exercé une fonction officielle dans son pays. Le juge s'arrêta pour jeter un coup d'œil à ses notes. Après souper, reprit-il, Hong et moi avons parcouru les dossiers les plus importants et j'ai constaté avec plaisir que tous les registres sont à jour. Mais vous deux, vous êtes-vous tirés avec honneur de votre première mission ?

— Je crains que non, Votre Excellence, répondit Ma Jong en baissant la tête. Mon collègue et moi avons tout à apprendre de notre nouveau métier.

— C'est aussi mon cas, fit observer le juge en souriant. Que vous est-il arrivé ?

Ma Jong lui rapporta ce que le propriétaire du Jardin aux neuf fleurs leur avait appris sur Tang et Fan Tchong. Le juge hocha la tête.

— Je ne comprends pas pourquoi Tang est affolé comme cela, dit-il. Il s'imagine avoir vu le fantôme de son maître, c'est entendu, mais je suis persuadé qu'il y a une autre raison à sa nervosité. Ce vieux bonhomme m'agace plus que je ne saurais dire, aussi, après avoir pris mon thé du soir, l'ai-je renvoyé chez lui ! Quant à Fan Tchong, je n'attache pas trop d'importance aux paroles de votre gargotier. Ces gens-là ne portent pas le Yamen dans leur cœur. Ils nous tiennent rigueur de contrôler le prix du riz et de percevoir une taxe sur l'alcool ! Nous nous formerons nous-mêmes une opinion sur Fan quand il sera de retour.

Le juge avala une gorgée de thé et continua :

— Tang m'a dit qu'il y avait vraiment un tigre dans les environs ; l'animal a encore dévoré un paysan la semaine dernière. Dès que l'enquête sur l'assassinat de Wang sera plus avancée, vous pourrez organiser une chasse au fauve tous les deux.

— Ça, au moins, c'est un boulot dans nos cordes, Votre Excellence ! s'écria Ma Jong radieux. Mais il se rembrunit presque aussitôt et, après avoir hésité un instant, raconta au juge la scène mystérieuse dont Tsiao et lui avaient été témoins sur la berge du canal.

Le juge fronça les sourcils.

— Espérons que le brouillard vous a trompés. Je n'aimerais pas avoir un second meurtre sur les bras en ce moment ! Retournez là-bas demain matin et interrogez les voisins. Peut-être tout s'expliquera-t-il normalement. D'ailleurs, nous verrons bien si une disparition est signalée.

Tsiao Taï prit la parole à son tour. Il narra leur rencontre avec Po Kai et donna une version édulcorée de leur visite à la maison de joie flottante, se contenant de dire qu'ils avaient bu une tasse de vin et bavardé avec les filles.

À son grand soulagement, le juge parut satisfait.

— C'est très bien, dit-il. Vous avez obtenu pas mal de renseignements utiles. Les mauvais garçons d'une ville étant les clients les plus assidus de ces endroits-là, il est bon que vous les ayez vite repérés.

Vous allez me montrer où sont amarrées les jonques. Sergent, passe-moi la carte que nous consultions tout à l'heure.

Hong déroula un plan de la ville sur le bureau. Penché sur la carte, Ma Jong indiqua le canal qui traversait le sud de la cité et dit, en posant son doigt sur le deuxième pont du quartier sud-ouest :

— C'est par ici que nous avons vu l'homme en litière. Le restaurant où était attablé Po Kai se trouve là. Nous sommes montés dans le sampan un peu plus loin, et voici la grille de protection que nous avons franchie pour atteindre la crique.

— Comment avez-vous fait ? Un gros treillis métallique doit barrer le chemin ?

— Il est en mauvais état. Une petite embarcation peut se faufiler à travers.

— Votre première besogne demain sera d'envoyer quelqu'un le réparer, dit le juge. Mais pourquoi ces maisons de joie se trouvent-elles à bord de jonques ?

Ce fut le tour du sergent de prendre la parole.

— D'après ce que m'a raconté le vieux Tang, dit-il, le magistrat en fonction il y a quelques années ne tolérait pas la présence de maisons de prostitution dans sa ville. Les propriétaires ont donc transféré leurs établissements sur des jonques amarrées dans la crique, en dehors de la muraille d'enceinte. Quand ce magistrat pudibond fut appelé à un autre poste, les choses restèrent en l'état car les matelots trouvaient pratique d'aller directement de leurs bateaux à ces jonques sans avoir à passer devant les gardes de faction aux portes de la ville.

— Je vois, dit le juge Ti. Caressant sa barbe, il ajouta : Ce Po Kai me paraît un curieux personnage. J'aimerais faire sa connaissance.

— Sa qualité de poète ne l'empêche pas d'avoir les deux pieds sur la terre, remarqua Tsiao Taï. Il a vu tout de suite que nous étions d'anciens chevaliers des vertes forêts, et sur la jonque il a été le premier à entendre qu'on battait la fille.

— Qu'on battait la fille ? répéta le juge, surpris.

Tsiao Taï se frappa la cuisse.

— Le paquet ! s'écria-t-il. Quel imbécile je suis d'oublier ça ! La petite Coréenne m'a remis un paquet que lui avait confié le magistrat Wang, Votre Excellence.

Le juge Ti se redressa.

— C'est peut-être l'indice qui va nous mettre sur la voie ! s'écria-t-il. Mais pourquoi Wang a-t-il confié le paquet dont tu parles à une prostituée ?

— Il l'avait rencontrée dans un restaurant où elle agrémentait un repas de sa présence, m'a-t-elle expliqué. Le vieux polisson la trouva gentille, mais comme il ne pouvait évidemment pas se rendre sur la jonque, il la faisait appeler au Yamen où elle venait passer la nuit de temps à autre. Un matin — il y a peut-être une lune de cela —, au moment où elle le quittait, il lui remit un paquet en disant que la cachette la plus invraisemblable était toujours la meilleure. Il lui recommanda de le conserver jusqu'au moment où il le réclamerait et de n'en parler à personne. Elle voulut connaître son contenu, mais il se contenta de rire. Redevenant sérieux, il ajouta qu'au cas où un accident lui arriverait, elle devrait remettre ce dépôt à son successeur.

— Alors, pourquoi ne l'a-t-elle pas apporté à la justice aussitôt après l'assassinat de Wang ?

Tsiao Taï haussa les épaules.

— Ces filles ont une peur bleue du tribunal. Elle a préféré attendre qu'un employé du Yamen visite sa jonque ; je fus le premier... voilà donc l'objet.

Il sortit un petit paquet de sa manche et le tendit au magistrat.

Celui-ci s'empressa de rompre le sceau et de déchirer le papier. Une boîte plate, en laque noire, apparut. Son couvercle était décoré d'un motif en relief représentant deux tiges de bambou dorées au milieu d'un bouquet de feuillage. Un cadre incrusté de nacre entourait la charmante composition.

— Cette pièce est ancienne ; elle a une grande valeur, observa le juge en l'ouvrant. Il poussa aussitôt une exclamation consternée : le coffret était vide.

— Quelqu'un y a touché, dit-il avec colère.

Il ramassa le papier d'emballage, ajoutant d'un ton contrit :

— J'ai beaucoup à apprendre. J'aurais dû examiner le sceau avant de déchirer ce papier. À présent, il est trop tard.

Il se renversa dans son fauteuil, les sourcils froncés.

Le sergent Hong tournait et retournait la boîte dans ses mains.

— À en juger d'après sa forme et ses dimensions, elle devait servir à conserver des documents, dit-il.

Le juge approuva de la tête.

— Allons, murmura-t-il en soupirant, c'est toujours mieux que rien. Mon prédécesseur gardait probablement ses papiers les plus précieux dans ce coffret. Où cette fille l'avait-elle caché, Tsiao Taï ?

— Dans sa propre cabine, entre son lit et le mur.

Le juge Ti jeta un regard pénétrant à l'ex-chevalier des vertes forêts et déclara d'un ton sec :

— Je vois.

— Elle prétend n'en avoir jamais parlé à personne, se hâta de dire Tsiao Taï pour couvrir son embarras. Mais quand elle n'était pas là, les autres filles utilisaient sa cabine, si bien que domestiques et visiteurs y venaient constamment en son absence.

— Cela signifie, conclut le juge, que, même si elle t'a dit la vérité, n'importe qui a pu ouvrir ce paquet. Encore un indice qui nous claque entre les doigts.

Après un petit silence, il reprit :

— En examinant la bibliothèque de Wang, j'ai découvert ceci. Qu'en pensez-vous ?

Il prit le carnet rangé dans son tiroir et le tendit à Ma Jong qui le feuilleta pendant que Tsiao Taï regardait par-dessus son épaule. Au bout d'un instant, le colosse secoua la tête et rendit le calepin au juge.

— Chargez-moi plutôt d'arrêter un dangereux bandit, Votre Excellence, dit-il. Je ne crains pas les coups, mais faire travailler mon cerveau, ça sort de mes possibilités !

— Il faut que je sache le nom du coupable avant que tu l'arrêtes, répondit le juge en souriant. Mais n'ayez pas peur, cette nuit même je vais vous employer à une besogne qui ne vous déplaira pas. J'ai besoin d'examiner la salle annexe du temple du Nuage blanc à l'insu des moines. Jetez un coup d'œil à la carte, et dites-moi comment la chose peut se faire.

Ma Jong et Tsiao Taï se penchèrent de nouveau sur le plan. Désignant une construction de l'index, le juge expliqua :

— Voici le temple en question. Il est situé sur la rive orientale de la crique, au sud du faubourg coréen. Selon Tang, il est séparé du rivage par une colline boisée et la salle annexe touche presque la muraille extérieure.

— Les murailles peuvent toujours être escaladées, remarqua Ma Jong, la difficulté est de se rendre à pied d'œuvre sans attirer l'attention. Il n'y aura pas grand monde sur les routes à ce moment de la soirée, mais quand les factionnaires de la porte Est nous verront sortir à une heure aussi indue, ils auront du mal à garder cela pour eux.

— Louons un sampan près du restaurant où nous avons rencontré Po Kai, dit Tsiao Taï. Ma Jong est un excellent rameur, il nous fera facilement traverser la brèche de la grille et nous conduira sur l'autre rive. Espérons qu'ensuite nous ne rencontrerons personne !

— L'idée me paraît bonne, admit le juge. J'enfile mon costume de chasse, et nous partons.

Les quatre hommes sortirent du Yamen par la porte latérale et descendirent la Grande Rue en direction du sud. Le brouillard s'était dissipé, la lune brillait à présent de tout son éclat et ils trouvèrent sans difficulté le loueur de bateaux.

Maniant les rames avec dextérité, Ma Jong passa sans peine à travers la brèche du treillis et se dirigea vers les jonques accueillantes. Lorsqu'il eut dépassé la dernière, il mit le cap à l'est et fut vite de l'autre côté de la crique.

Après avoir débarqué le juge Ti et le sergent à un endroit de la rive abrité par de gros buissons, il traîna le sampan à terre avec l'aide de Tsiao Taï et le dissimula dans les broussailles.

— Nous ferions bien de laisser Hong ici, Votre Excellence, dit-il. Quelqu'un doit garder le bateau et, d'autre part, il faut penser que nous aurons peut-être à nous servir de nos poings.

Le juge acquiesça et suivit ses deux lieutenants à travers les taillis. Arrivé à la route, Ma Jong leva la main. Ses compagnons s'arrêtèrent. Assez loin vers la gauche on apercevait le petit bâtiment de marbre qui servait de loge au portier du temple. En face d'eux, de l'autre côté du chemin, commençait une pente boisée.

— Personne en vue ! murmura Ma Jong. Passons vite.

Sous les arbres, l'obscurité était complète et le colosse dut prendre le magistrat par la main pour le guider. Tsiao Taï était déjà loin. Les deux amis utilisaient par moments des pistes à peine tracées, puis les abandonnaient au bout de quelques instants pour s'enfoncer à nouveau dans les buissons. Le juge Ti avait perdu depuis longtemps tout sens de leur position, mais ses lieutenants étaient de vrais hommes des bois et avançaient sans hésiter.

Soudain Tsiao Taï s'arrêta.

— Nous sommes suivis ! murmura-t-il.

— Oui, dit Ma Jong en baissant la voix, j'ai entendu.

Les trois hommes écoutèrent. À présent, le juge percevait un bruissement léger accompagné de sourds grognements. Les sons venaient de leur gauche, un peu en contrebas de l'endroit où ils se trouvaient.

Ma Jong tira le magistrat par la manche et se laissa tomber à plat ventre. Le juge s'allongea sur le sol, Tsiao Taï en fit autant et tous trois se mirent à ramper vers une petite crête. Arrivé au sommet, Ma Jong écarta les branches avec précaution ; il étouffa aussitôt un juron.

À son tour, le juge explora du regard le ravin peu profond. Au milieu de glaïeuls sauvages éclairés par la lune une forme sombre se déplaçait par petits bonds successifs.

— C'est le tigre ! murmura Ma Jong. Quel dommage de ne pas avoir d'arbalète ! Mais que Votre Excellence se rassure, une bête seule ne s'attaque jamais à plusieurs personnes.

— Tais-toi donc ! commanda Tsiao Taï.

Il ne quittait pas des yeux la silhouette mouvante qui finit par sauter sur un rocher et disparut entre les arbres.

— Ce n'est pas un animal ordinaire, dit-il. Quand il a bondi, j'ai vu comme une sorte de main blanchâtre terminée par des griffes : c'est un homme-tigre !

Un cri étrange déchira l'air, hurlement presque humain qui fit passer un frisson dans le dos du juge.

— Il a éventé notre présence ! annonça Tsiao Taï. Courons vite, le temple doit être juste au bas de cette côte.

Son camarade et lui saisirent chacun un bras de leur maître et dévalèrent la pente à toute allure. Le juge se laissait tirer, le cerveau vide, l'horrible cri résonnant encore dans ses oreilles. Il buta contre une racine, fut remis sur ses pieds, trébucha un peu plus loin tandis que les branches épineuses arrachaient au passage des lambeaux de sa robe. La panique s'empara de lui ; il s'attendait à tout instant à sentir le poids du fauve s'abattre sur son dos tandis que des griffes acérées lui laboureraient la gorge.

Soudain, ses compagnons le lâchèrent. Les broussailles finissaient là. Il aperçut un mur de briques haut d'une dizaine de pieds contre lequel Tsiao Taï était déjà accoté. Ma Jong sauta légèrement sur les épaules de son ami, s'agrippa aux briques et se hissa sur le faîte. Lorsqu'il fut installé à califourchon, il se pencha et fit signe au juge Ti. Celui-ci, aidé de Tsiao Taï, attrapa les mains de Ma Jong qui l'attira vers lui.

— À présent, sautez de l'autre côté, commanda son lieutenant.

Le juge se suspendit dans le vide et se laissa glisser sur un tas d'ordures. Pendant qu'il se redressait, Ma Jong et Tsiao Taï dégringolèrent à côté de lui. Le long hurlement du fauve résonna une fois encore au milieu des arbres, puis tout redevint silencieux.

Les trois hommes se trouvaient dans un petit jardin, devant un bâtiment construit sur une terrasse en brique.

— Voici la salle réclamée par Votre Excellence, dit Ma Jong d'un ton bourru. Sous l'éclairage lunaire, ses gros traits paraissaient tirés. Tsiao Taï inspectait sans mot dire les déchirures de sa robe.

Le corps ruisselant de sueur et encore haletant de sa course, le juge fit un effort pour contrôler sa voix.

— Nous allons grimper sur cette terrasse, dit-il. Nous en ferons le tour pour gagner l'entrée.

Arrivés à l'angle du mur, ils aperçurent les autres bâtiments du temple au fond d'une vaste cour dallée de marbre.

Le juge contempla un instant le paisible décor, puis se tourna vers la construction annexe ; dès qu'il eut posé la main sur le loquet, la porte s'ouvrit sans difficulté et il se trouva devant une pièce immense, faiblement éclairée par les rayons lunaires qui filtraient à travers le papier des hautes fenêtres. À part une rangée de longues caisses sombres, la salle était vide ; une odeur fétide flottait dans l'air.

— Ce sont des cercueils ! s'écria Tsiao Taï.

— Je ne cherchais pas autre chose, répondit le juge en sortant une bougie de sa manche. Il demanda son briquet à Ma Jong et, dès qu'il eut fait de la lumière, lut les noms inscrits sur les étiquettes. À la quatrième, il tâta le couvercle correspondant.

— Il ne tient que par quelques clous, murmura-t-il. Faites-les sauter !

Les deux hommes glissèrent leurs dagues sous la planche. Quand elle céda, une puanteur atroce les fit reculer. Le juge se couvrit la bouche et le nez avec son foulard et, levant la bougie, examina le visage du cadavre. C'était bien l'homme aperçu dans le couloir du Yamen, avec son nez aristocratique, le nævus sur la joue gauche et l'expression hautaine de ses minces sourcils rectilignes ; seule différence, des taches verdâtres marbraient à présent son visage, et les yeux caves étaient fermés. Il ne s'agissait donc pas d'une mystification, c'était réellement le fantôme de cet homme qu'il avait entrevu dans l'appartement vide. Une sensation désagréable au creux de l'épigastre, le juge fit signe à ses lieutenants de remettre le couvercle en place, puis il souffla sa bougie.

— Il est préférable de ne pas nous en retourner par le même chemin, dit-il avec un pâle sourire. Suivons la muraille que nous franchirons un peu avant la loge du portier. Nous risquons d'être aperçus, mais passer par le bois serait encore plus dangereux.

Ma Jong et Tsiao Taï se déclarèrent d'accord et les trois hommes firent le tour des bâtiments, marchant dans l'ombre du mur qu'ils escaladèrent à proximité de la loge. Traversant vite la route, ils atteignirent sans fâcheuse rencontre le petit bois qui les séparait de la crique.

Le sergent Hong dormait au fond du sampan. Après l'avoir tiré de son sommeil, le juge aida Tsiao Taï et son camarade à remettre l'embarcation à flot.

Au moment de monter à son tour, Ma Jong s'arrêta. Sur l'eau sombre, une voix aiguë chantait : « *Ô lune, lune argentée...* », tandis que, assis à l'arrière d'un sampan qui se dirigeait vers la grille, Po Kai battait la mesure avec ses bras.

— Notre poète rentre enfin chez lui, constata Ma Jong. Donnons-lui le temps de passer la brèche avant de nous mettre en route.

Comme l'aigre mélodie reprenait de plus belle, il ajouta :

— La première fois que cet air-là m'a écorché le tympan, j'ai bien souffert, mais après le genre de rugissements que nous avons entendus dans le petit bois, je trouve un certain charme à sa voix de fausset !

VIII

UN RICHE ARMATEUR VIENT ANNONCER AU TRIBUNAL LA DISPARITION DE SON ÉPOUSE — LE JUGE RECONSTITUE UNE RENCONTRE ENTRE DEUX PERSONNES.

MALGRÉ LA FATIGUE de son expédition nocturne, le juge dormit mal. À deux reprises, il rêva que le défunt magistrat le regardait, mais chaque fois, en se réveillant, il trouva la pièce vide. Couvert de sueur, il prit enfin le parti de se lever, et, allumant une bougie, s'installa devant un dossier.

Quand l'aube rosit le papier de sa fenêtre, un commis lui apporta le riz du matin, puis le sergent Hong arriva, un pot de thé bouillant à la main. Il expliqua que les deux lieutenants étaient partis surveiller la réparation de la grille et qu'ils avaient l'intention, avant de venir assister à la première audience, d'interroger les riverains du canal au sujet de l'étrange scène de la veille.

Fan Tchong ne se montra pas. Quant au vieux Tang, son serviteur vint avertir le juge qu'il avait eu un accès de fièvre au cours de la nuit : il reprendrait son travail dès qu'il se sentirait mieux.

— Je suis plutôt mal en point aussi, avoua le magistrat en avalant sa deuxième tasse de thé. Je déplore que mes livres ne soient pas encore arrivés. Il existe de nombreux traités parlant des apparitions de fantômes et des hommes-tigres, mais malheureusement je ne leur ai jamais accordé grande attention. Cela prouve bien, Hong, qu'un magistrat ne peut se permettre de négliger aucune branche du savoir humain. Tang a-t-il laissé le programme de la prochaine audience ?

— Elle n'est pas très chargée, Votre Excellence. Nous devons seulement trancher un différend entre deux fermiers au sujet du bornage de leurs champs. Il passa le dossier à son maître.

Tout en le feuilletant, le juge remarqua :

— La réponse me paraît toute simple. Il faudra féliciter Tang d'avoir déniché ce vieux plan dans les archives ; on y voit clairement la limite des deux terrains. Nous déclarerons l'audience close aussitôt le verdict rendu, une affaire plus pressante requiert nos soins.

Il se leva et, aidé par le sergent, revêtit une robe de brocart vert sombre. Comme il remplaçait son bonnet d'intérieur par la coiffure officielle aux larges ailes rigides, le gong résonna trois fois, annonçant l'ouverture de la séance du matin.

Le juge passa derrière l'écran à la licorne et monta sur l'estrade. Tout en s'asseyant dans le fauteuil placé devant la haute table, il jeta un coup d'œil vers la salle. De nombreux citoyens s'y pressaient. Les habitants de Peng-lai avaient hâte de voir leur nouveau magistrat !

Tout son personnel était déjà installé. À sa droite et à sa gauche, assis à des tables plus basses, deux scribes disposaient pinceaux et pierres à encre afin d'être prêts à noter les dépositions. Au-dessous d'eux se tenaient les sbires en deux rangs se faisant face, tandis que leur chef tournait lentement un gros fouet entre ses doigts.

Après avoir frappé la table avec son martelet, le juge Ti déclara l'audience ouverte. L'appel des noms terminé, il regarda le papier préparé par le sergent et fit signe au chef des sbires. Deux villageois furent poussés en avant et vinrent s'agenouiller au pied de l'estrade. Le juge expliqua la décision de la cour au sujet de la limite de leurs champs. Les paysans exprimèrent leur gratitude, frappant trois fois le sol du front en un respectueux ko-teou.

Le juge se préparait à clore l'audience, quand un homme élégamment vêtu s'avança en boitillant, appuyé sur une canne de bambou. Il paraissait avoir une quarantaine d'années, et son visage aux traits réguliers s'ornait d'une petite moustache noire et d'une barbiche bien taillée.

S'agenouillant avec difficulté, il dit d'une voix au timbre agréable :

— L'humble personne qui se trouve devant vous est l'armateur Kou Meng-pin. Que Votre Excellence me pardonne de La déranger la première fois qu'Elle préside ce tribunal, mais l'absence prolongée de mon épouse, née Tsao, me cause un grand souci. Je demande qu'une enquête soit faite pour découvrir le lieu où elle se trouve.

Il fit à son tour le ko-teou.

Le juge Ti étouffa un soupir et déclara :

— Monsieur Kou est prié de raconter les faits afin de permettre à la cour de prendre les mesures nécessaires.

— Je me suis marié il y a dix jours, commença l'armateur, mais, en raison de la mort du magistrat Wang, je décidai de réduire au strict minimum les réjouissances habituelles. Selon la coutume, mon épouse alla rendre visite à ses parents le troisième jour après la cérémonie nuptiale. Son père, le docteur Tsao Ho-sien, habite à quelques lieues de la porte Ouest et ma femme devait prendre congé de lui avant-hier 14. Ne la voyant pas arriver le soir, je supposai qu'elle était restée une journée supplémentaire auprès des siens. Mais hier, quand l'après-midi se passa sans qu'elle fût de retour, l'inquiétude me prit et j'envoyai mon employé principal Kim Sang chez le docteur Tsao. Ce dernier l'informa que sa fille l'avait quitté le 14, après le repas de midi. Son jeune frère, Tsao Min, courait derrière le cheval avec l'intention d'accompagner sa sœur jusqu'à la porte Ouest. L'enfant rentra chez eux tard dans l'après-midi et raconta qu'en approchant de la grande route il avait aperçu un nid de cigognes. Il pria alors sa sœur de continuer son chemin sans lui, ajoutant qu'il la rejoindrait après s'être emparé de deux ou trois œufs. Mais, lorsqu'il grimpa dans l'arbre, une branche se rompit et il tomba en se foulant le pied. Tant bien que mal il gagna la ferme la plus proche, où on lui banda la cheville avant de le renvoyer chez lui sur un âne. Au moment où il avait quitté sa sœur, elle était sur le point de s'engager sur la grande route ; il pensait donc à ce moment qu'elle avait continué toute seule jusqu'à la ville.

Kou s'arrêta pour essuyer la sueur qui perlait à son front puis reprit :

— En regagnant Peng-lai, Kim Sang interrogea les soldats d'un poste militaire érigé près de l'endroit où le chemin vicinal rejoint la grande route. Il questionna également les fermiers voisins et les boutiquiers dont les magasins jalonnent l'itinéraire que mon épouse avait dû suivre. Le tout sans résultat. Aussi, craignant qu'il ne soit arrivé malheur à ma jeune femme, je supplie respectueusement Votre Excellence d'ordonner que des recherches soient entreprises au plus tôt.

Sortant de sa manche un rouleau de papier, il ajouta :

— Votre Excellence trouvera sur ces feuillets le signalement exact de mon épouse ainsi qu'une description de ses vêtements et du cheval au front étoilé de blanc qu'elle montait.

MONSIEUR KOU
AU PIED
DU TRIBUNAL

Il éleva le rouleau au-dessus de sa tête en le tenant à deux mains, comme l'exigeait la politesse, et le chef des sbires prit le papier pour le passer au juge. L'ayant parcouru, ce dernier demanda :

— Votre femme avait-elle des bijoux sur elle ? Ou une grosse somme d'argent ?

— Non, Votre Excellence. Kim Sang a posé la même question au docteur Tsao et celui-ci a répondu qu'elle portait seulement un panier de gâteaux dont son épouse l'avait chargée pour moi.

— À votre connaissance, quelqu'un nourrissait-il de mauvais desseins contre vous ou votre femme ?

Kou Meng-pin secoua vivement la tête.

— J'ai des rivaux dans ma profession, Votre Excellence. Quand la concurrence est grande, quel commerçant peut se vanter de n'en point avoir ? Mais aucun d'eux ne serait capable de commettre un crime aussi abominable !

Le juge Ti caressa lentement sa barbe. La jeune femme s'était peut-être tout bonnement enfuie avec un galant, mais évoquer pareille possibilité en public risquait de blesser la légitime susceptibilité de monsieur Kou. La première chose à faire serait donc de s'enquérir discrètement des bruits qui pouvaient courir à son sujet. Il déclara à voix haute :

— Le tribunal va faire immédiatement le nécessaire pour retrouver madame Kou. Dites à votre employé de venir me voir après l'audience ; je veux lui demander le détail de ses démarches afin d'éviter à mes hommes de recommencer ce qui a déjà été fait. Dès que je saurai quelque chose, je ne manquerai pas de vous en aviser.

Ayant dit, il frappa la table de son martelet et déclara l'audience close.

Un commis l'attendait dans son cabinet pour l'informer que monsieur Yi Pen désirait le voir en particulier.

— Je l'ai conduit dans la salle de réception, Votre Excellence, ajouta-t-il.

— Qui est ce Yi Pen ? demanda le juge.

— L'un des plus riches personnages de la ville, Votre Excellence, monsieur Kou Meng-pin et lui sont les premiers armateurs du district. Leurs jonques vont jusqu'au Japon et en Corée. Ils possèdent tous deux des chantiers sur le bord du fleuve.

— Bien. J'attends un autre visiteur, mais je puis le voir avant.

S'adressant au sergent Hong, il ordonna :

— Reçois Kim Sang et note ce qu'il te dira. J'irai vous rejoindre dès que j'en aurai terminé avec ce Yi Pen.

Un homme plutôt corpulent attendait le juge dans la salle de réception. Il s'agenouilla en apercevant le magistrat.

— Vous n'êtes pas au tribunal, monsieur Yi, dit le juge d'un ton affable. Relevez-vous et prenez un siège.

Le gros homme le remercia d'une phrase fleurie et s'assit au bord d'un fauteuil. Sa moustache mince, le maigre collier de barbe qui entourait son visage lunaire, le regard rusé de ses petits yeux, tout en lui déplut immédiatement au juge Ti.

Le visiteur avala une gorgée de thé, visiblement mal à l'aise et ne sachant pas de quelle façon commencer.

— Je compte recevoir les notables de Pen-lai dans peu de jours, dit le juge. À cette occasion, je bavarderai plus longuement avec vous, monsieur Yi. Pour l'instant je suis fort occupé. Je vous saurai donc gré de faire trêve de cérémonies et d'en venir tout de suite au fait.

Yi Pen s'inclina profondément.

— Ma qualité d'armateur m'oblige à suivre avec la plus grande attention tout ce qui se passe sur le fleuve, dit-il. En ce moment le bruit court que d'importantes quantités d'armes traversent la ville en contrebande. J'estime qu'il est de mon devoir d'en informer Votre Excellence.

Le juge se redressa brusquement.

— Des armes ? demanda-t-il, incrédule. Où iraient-elles ?

— Probablement en Corée, Votre Excellence. J'ai entendu dire que les habitants de ce pays souffrent de la défaite que nous leur avons infligée et projettent d'attaquer les garnisons placées sur leur sol.

— Savez-vous quels sont les misérables traîtres qui se livrent à cette contrebande ? demanda le juge.

Yi Pen secoua la tête.

— Je n'ai pu le découvrir. Je puis seulement vous assurer que mes jonques ne participent pas à l'infâme trafic. Ce sont de simples rumeurs, bien entendu, mais elles ont dû venir aussi aux oreilles du commandant du fort, car il fait fouiller tous les navires avant leur départ.

— Si vous apprenez quoi que ce soit, avertissez-moi immédiatement, dit le juge. Puisque vous êtes ici, je désire vous poser une autre question : avez-vous idée de ce qui a pu arriver à la femme de votre collègue Kou Meng-pin ?

— Non, Votre Excellence. Mais le docteur Tsao doit regretter de ne pas avoir accordé la main de sa fille à mon fils !

Comme les sourcils du juge Ti se levaient interrogativement, l'armateur ajouta vite :

— Je suis un vieil ami du docteur Tsao, Votre Excellence. Nous sommes tous deux les adeptes d'une philosophie rationnelle, absolument opposée à l'idolâtre bouddhiste. Bien qu'aucune parole n'ait jamais été prononcée à ce propos, j'étais persuadé que la fille du docteur Tsao épouserait un jour mon fils aîné. Et puis, quand monsieur Kou devint veuf il y a trois lunes, le docteur Tsao annonça brusquement qu'il lui donnait sa fille en mariage. Or la petite a tout juste vingt ans ! Et Kou est un fervent sectateur de Bouddha. On dit même qu'il veut offrir au temple une statue de...

— Bien... bien... l'interrompit le juge, que toutes ces affaires de famille n'intéressaient pas. Hier soir, deux de mes assistants ont fait la connaissance de votre employé, Po Kai. Un garçon assez remarquable, paraît-il.

— J'espère qu'il n'avait pas trop bu, dit monsieur Yi avec un sourire indulgent. Po Kai est ivre la moitié du temps, et il passe l'autre moitié à griffonner de la poésie !

— Mais alors, pourquoi le gardez-vous à votre service ? demanda le juge, étonné.

— Parce que ce sac à vin est un pur génie financier, Votre Excellence. Sa compréhension des chiffres dépasse l'entendement. L'autre soir, j'avais réservé deux heures pour examiner ma comptabilité avec lui. Dès que nous fûmes assis devant mon bureau, il me prit la liasse de documents des mains et, sans m'écouter, attrapa un pinceau et dressa immédiatement le bilan exact des opérations !

« Le lendemain je lui dis de laisser son travail de côté pendant une semaine et d'établir le devis de construction d'une jonque de guerre demandé par le commandant du fort. Le soir même tous les papiers étaient prêts. Je pus ainsi déposer ma soumission bien avant que mon collègue et ami monsieur Kou ait préparé la sienne... et j'obtins la commande !

Avec un petit sourire satisfait, Yi Pen conclut :

— En ce qui me concerne, ce garçon peut chanter et boire tout son saoul. Pendant le peu de temps qu'il consacre à mes affaires, il gagne vingt fois ses appointements. À mon avis, on ne peut guère lui reprocher que deux choses : son intérêt pour le bouddhisme et son amitié pour Kim Sang, employé de mon collègue Kou. Mais il affirme que le bouddhisme répond à ses besoins spirituels et il tire de Kim Sang une foule de renseignements sur les affaires de mon rival... ce qui a son bon côté, je l'avoue !

— Qu'il vienne me voir un de ces jours, dit le juge. J'ai trouvé un carnet couvert de chiffres et j'aimerais avoir son opinion à leur sujet.

Sans laisser à Yi Pen le temps de répondre, il se leva et l'armateur dut faire comme lui et prendre congé.

En regardant son cabinet, le juge vit arriver Tsiao Taï et Ma Jong. Ce dernier annonça aussitôt :

— La brèche de la grille est réparée, Votre Excellence. Nous avons aussi interrogé les domestiques de quelques belles demeures situées non loin du deuxième pont : il leur arrive parfois, après une grande réception, de charger sur des litières de volumineux paniers remplis des reliefs du festin afin d'aller les jeter dans le canal. Mais pour savoir si une telle chose s'est produite hier soir, il faudrait faire une enquête dans chaque maison.

— Voilà sûrement l'explication du mystère ! s'exclama le juge, soulagé. Entraînant les deux hommes vers son cabinet, il les mit au courant de la disparition de madame Kou.

Le sergent l'attendait en compagnie de Kim Sang. Celui-ci pouvait avoir vingt ans et possédait un visage agréable. Hong Liang le présenta au juge, qui remarqua :

— Votre nom me fait supposer que vous êtes de nationalité coréenne ?

— En effet, Votre Excellence, répondit Kim Sang avec respect. Je suis né dans le faubourg coréen de Peng-lai. Comme monsieur Kou emploie beaucoup de mes compatriotes, il m'a engagé pour les surveiller et servir d'interprète.

Le juge prit la feuille sur laquelle Hong Liang avait noté les faits recueillis par Kim et la lut attentivement. La passant ensuite à Ma Jong et à Tsiao Taï, il se tourna vers le sergent pour demander :

— N'est-ce pas aussi le 14 que Fan Tchong a été vu pour la dernière fois ? Et précisément au début de l'après-midi ?

— Oui, Noble Juge. Le fermier de Fan déclare que son maître est parti en direction de l'ouest après le repas de midi. Son serviteur Wou l'accompagnait.

— Je vois sur tes notes que la maison du docteur Tsao se trouve dans le même coin. Vérifions cela sur notre carte.

Quand le sergent eut déroulé la grande feuille, le juge prit son pinceau et traça un cercle autour de l'endroit où s'élevait la demeure du docteur Tsao.

— Le 14, dit-il, après le repas de midi, madame Kou sort de cette maison et prend la direction de l'ouest. À la première croisée de chemins, elle tourne à droite. Où son frère l'a-t-il quittée, Kim ?

— Devant ce boqueteau où le petit chemin rejoint celui qui mène à la grande route, Votre Excellence.

— Très bien. Le fermier affirme que Fan Tchong est parti vers l'ouest à peu près à la même heure. Pourquoi n'a-t-il pas pris la route qui va *vers l'est* ? Celle-ci conduit directement à Peng-lai, me semble-t-il.

CARTE
DE PENG-LAI

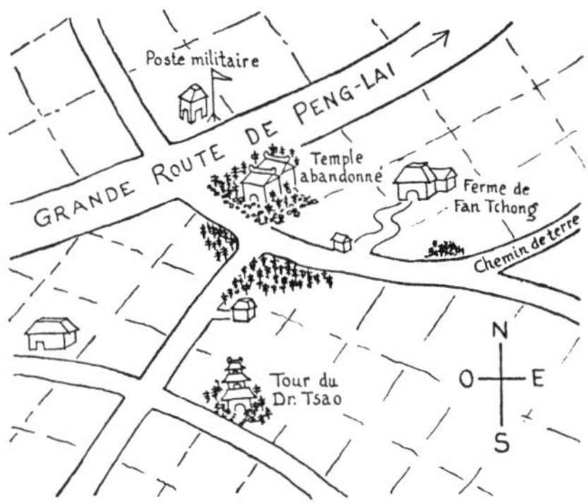

— Cela paraît plus court sur la carte, Votre Excellence, expliqua Kim Sang, mais c'est un chemin de terre inutilisable lorsqu'il a plu. En réalité, Fan Tchong aurait mis plus longtemps avec ce raccourci.

— Je vois, fit le juge.

Reprenant son pinceau, il fit une marque sur la partie du trajet comprise entre le boqueteau et la grande route en disant :

— Je ne crois pas aux coïncidences. Selon moi, nous pouvons considérer que madame Kou et Fan Tchong se sont rencontrés ici. Se connaissaient-ils, Kim ?

Kim Sang hésita.

— Pas que je sache, Votre Excellence, finit-il par dire. Mais la ferme de Fan n'étant pas loin de la demeure du docteur Tsao, j'imagine que lorsqu'elle habitait encore avec ses parents madame Kou a pu apercevoir Fan Tchong.

— Très bien, déclara le juge. Vous nous avez fourni des renseignements fort utiles, Kim. À présent, vous pouvez vous retirer.

Quand l'employé de monsieur Kou fut sorti, le juge regarda ses assistants d'un air entendu et déclara :

— Si nous nous souvenons de ce que l'hôte du Jardin aux neuf fleurs a dit des propensions amoureuses de Fan, je pense que la conclusion ne fait aucun doute !

— Monsieur Kou n'a pas dû se montrer à la hauteur pendant sa nuit de noces ! remarqua Ma Jong en clignant de l'œil.

Le sergent semblait perplexe.

— S'ils sont partis ensemble, dit-il, comment se fait-il que les soldats ne les aient pas vus ? Il y a toujours deux hommes en faction devant ces postes, et ils n'ont rien d'autre à faire que boire du thé en regardant les gens qui passent. Ils devaient connaître Fan Tchong de vue, et si ce garçon était passé en compagnie d'une femme, ils l'auraient bien remarqué. Et son domestique ?

Tsiao Taï examina la carte à son tour. Désignant le chemin qui longeait le temple abandonné, il dit :

— Je ne sais ce qui est arrivé, mais c'est sûrement arrivé là ! L'hôte du Jardin aux neuf fleurs nous a raconté d'étranges histoires sur ce vieux temple et je note qu'on ne peut apercevoir cette partie de la route ni du poste de garde ni de la ferme. On ne la voit pas davantage de la demeure du docteur Tsao ni de la chaumière où le frère de madame Kou a fait soigner sa cheville. Et selon toute apparence, c'est précisément sur ce bout de route que madame Kou, Fan Tchong et le domestique de celui-ci ont disparu de la face de la terre !

Le juge Ti se leva brusquement.

— Nous perdons notre temps à vouloir expliquer les choses avant d'avoir vu l'endroit nous-mêmes, dit-il. Il nous faut aussi interroger le docteur Tsao et le fermier. Pour une fois, il n'y a pas de brouillard : profitons-en pour y aller. Après les événements de la nuit dernière, une petite promenade à cheval nous fera du bien !

IX

Le juge Ti emmène ses hommes visiter une ferme. Il fait une étrange découverte sous les mûriers.

Les paysans au travail près de la porte Ouest ouvrirent de grands yeux en voyant passer la petite cavalcade formée par le juge et sa suite. Le magistrat s'avançait en tête, puis venait le sergent, suivi de Ma Jong et de Tsiao Taï ; enfin le chef des sbires fermait la marche avec dix hommes.

Le juge avait décidé de prendre le raccourci pour gagner la ferme de Fan Tchong. Il s'aperçut vite que Kim Sang avait dit la vérité : le chemin de terre n'était guère praticable, et les profondes ornières de boue durcie obligeaient les chevaux à marcher lentement les uns derrière les autres.

Quand ils eurent dépassé un bouquet de mûriers, le chef des sbires fit trotter sa monture dans la terre labourée pour rejoindre le juge. Lui désignant un petit bâtiment construit sur une élévation de terrain, il expliqua obséquieusement :

— Voici la ferme de Fan Tchong, Votre Excellence.

D'un ton acide, le juge répliqua :

— *Primo*, je vous prierai de ne pas piétiner les cultures de ces braves gens. *Secundo*, je sais que nous sommes devant la ferme de Fan Tchong parce que j'ai pris la peine de consulter ma carte.

Fort déconfit, le chef des sbires attendit que le magistrat et ses lieutenants se fussent éloignés, puis il murmura au plus ancien de ses séides :

— Quel pète-sec ! Et je n'aime pas non plus les deux crâneurs qui l'accompagnent. Hier, il m'ont contraint à faire l'exercice avec mes hommes, *moi*, leur chef !

— La vie n'est pas toujours drôle ! soupira le sbire. Et *moi*, je n'ai pas de parents éloignés pour me léguer une petite ferme !

Le juge Ti arriva bientôt en vue d'une cabane couverte de chaume. À cet endroit, un sentier partait du chemin pour monter en serpentant vers les bâtiments agricoles. Le magistrat mit pied à terre et, après avoir ordonné au chef des sbires de l'attendre avec ses hommes, il se dirigea vers la ferme, accompagné du sergent et de ses deux lieutenants.

En passant près de la cabane, Ma Jong ouvrit la porte d'un coup de pied.

— On ne sait jamais, remarqua-t-il avec un sourire.

Il n'y avait qu'un gros tas de fagots à l'intérieur, et il s'apprêtait à refermer l'huis quand son maître le poussa afin de ramasser quelque chose de blanc au milieu des branches sèches. C'était un mouchoir de femme, joliment brodé, et dégageant encore un léger parfum de musc.

— Ceci n'appartient sûrement pas à une paysanne, dit le magistrat en le glissant dans sa manche.

La petite troupe continua son chemin. Un peu plus loin une robuste fille s'arrêta de sarcler pour les regarder passer, la bouche ouverte. Elle était vêtue d'une veste et d'un pantalon bleus ; un morceau d'étoffe de couleur vive entourait ses cheveux.

Ma Jong lui jeta un regard appréciateur.

— J'ai rencontré pire, murmura-t-il à Tsiao Taï.

La ferme était une construction basse composée de deux pièces et d'une véranda rustique sous laquelle gisait une boîte d'outils. À une courte distance de là s'élevait la grange, séparée de la maison par une haie.

Un homme assez grand, en robe bleue rapiécée, affûtait sa faucille devant la porte du bâtiment principal. Le juge s'avança vers lui et dit d'un ton bref :

— Je suis le magistrat de Peng-lai. Je désire parler au fermier.

Les petits yeux du villageois allèrent du juge à ses trois compagnons, puis il s'inclina gauchement et fit entrer les visiteurs dans une pièce aux murs blanchis à la chaux. Une table de bois blanc et deux chaises bancales formaient tout l'ameublement.

— Comment vous nommez-vous et qui habite ici ? demanda le juge en s'appuyant contre la table.

— Le pauvre paysan qui se tient devant vous se nomme Pei Tsiou, répondit l'homme d'une voix maussade. Je travaille pour le compte de monsieur Fan Tchong, le commis du tribunal. Ma femme est morte il y a deux ans. Je vis seul ici avec ma fille Sou-niang. Elle fait la cuisine et m'aide dans les champs.

— Cette ferme me semble bien grande pour un seul homme !

— Quand j'ai assez d'argent, je loue les services d'un journalier. Mais ça n'arrive pas souvent. Fan est un maître dur.

Les petits yeux embusqués sous des sourcils broussailleux observaient le magistrat avec hostilité. Le juge Ti trouvait de moins en moins sympathique ce gaillard basané aux longs bras musclés. D'un ton sec, il ordonna :

— Parlez-moi de la visite de Fan Tchong.

Les doigts de Pei Tsiou montèrent vers son col effrangé.

— Il est arrivé ici le 14, commença-t-il. Je venais de manger mon riz de midi avec Sou-niang. Je lui ai demandé de l'argent pour acheter des graines. Il a commandé à son domestique, Wou, d'aller voir dans la grange. Le salaud est revenu dire qu'il restait encore un demi-sac de semence. Alors, le maître s'est mis à rire et m'a dit : « Tu n'as besoin de rien ! » puis ils sont partis tous les deux à cheval vers la grand-route. J'ai raconté tout ça l'autre jour à l'un de vos sbires.

Il fixa le sol d'un air buté.

Le juge Ti l'examina un instant en silence. Brusquement, il cria :

— Regarde ton magistrat en face, Pei Tsiou, et dis-moi ce qui est arrivé à la femme.

Le paysan lui jeta un coup d'œil terrifié puis courut vers la porte. Ma Jong bondit et le saisit par son col ; le ramenant dans la pièce, il le fit tomber à genoux.

— Je suis innocent ! hurla le misérable.

— Je sais exactement ce qui s'est passé, tonna le juge. N'essaie pas de mentir !

— Je peux tout expliquer à Votre Excellence, gémit Pei Tsiou en se tordant les mains.

— Parle, alors.

Le front bas du villageois se creusa de sillons parallèles. Après avoir respiré profondément, il commença :

— Le 14, Wou est arrivé en tirant trois chevaux par la bride. Il m'annonça que le maître et sa femme passeraient la nuit ici. Je ne savais pas que le maître était marié, mais je n'ai pas l'habitude de poser de questions. J'appelai ma fille, Sou-niang, je lui commandai de tordre le cou à un poulet, de le fricasser avec de l'ail et de préparer la chambre à coucher. Ensuite, j'emmenai les chevaux dans la grange pour les panser et leur donner du foin. Quand je revins, le maître était assis devant cette table avec le coffret rouge dans lequel il range l'argent du loyer. Je compris qu'il allait me réclamer le mien. Alors je lui dis que je venais d'acheter de la semence et qu'il ne me restait plus une sapèque. Il se mit en colère et envoya Wou dans la grange voir s'il y avait des sacs de graines. Ensuite, il m'ordonna de montrer les champs à son domestique. Quand nous sommes revenus, la nuit commençait à tomber. Le maître était dans la chambre et demanda son souper. Sou-niang le lui porta tout de suite. Pendant que Wou et moi mangions un bol de gruau de riz dans la cour, Wou exigea cinquante sapèques pour dire au maître que les champs étaient bien tenus. Je m'exécutai… il le fallait bien, et le salaud alla s'étendre dans la grange. Moi, je restai là, réfléchissant au moyen de trouver l'argent du loyer. Quand Sou-niang eut fini de nettoyer, je l'envoyai se coucher au grenier et j'allai rejoindre Wou. Un peu plus tard, je me réveillai en pensant toujours à l'argent qui me faisait défaut. Je m'aperçus alors que Wou ne se trouvait plus à mes côtés.

— Il était monté au grenier, suggéra Ma Jong en clignant de l'œil.

— Je te dispense de ce genre de réflexions, lança sèchement le juge. Laisse-le raconter son histoire.

Sans même prendre garde aux paroles de Ma Jong, le paysan continua, les sourcils froncés :

— Je suis sorti. Les trois chevaux n'étaient plus là, mais il y avait de la lumière dans la chambre du maître. Bon, me dis-je, il ne dort pas, je vais en profiter pour lui expliquer la situation. Je frappe à la porte. Pas de réponse. Je fais le tour de la maison et vois que la fenêtre est ouverte. Le maître et sa femme sont couchés et la lampe brûle toujours et pourtant l'huile coûte dix sapèques la mesure ! Je m'aperçois alors que les deux corps sont couverts de sang. Je grimpe par la fenêtre pour chercher le coffret rouge. La seule chose que je trouve, c'est ma faucille, tout ensanglantée. Je comprends que ce salaud de Wou les a tués et qu'il a pris la fuite avec l'argent et les chevaux.

Tsiao Taï voulut faire une réflexion, mais, d'un geste, le juge lui imposa silence.

LE JUGE TI INTERROGE UN PAYSAN

— J'ai pensé qu'on allait m'accuser du crime, continua Pei Tsiou. On me battrait jusqu'à ce que je me reconnaisse coupable, et j'aurais la tête tranchée tandis que Sou-niang resterait toute seule. Pour éviter cela, j'allai chercher ma charrette dans la grange, je l'amenai sous la fenêtre et je fis basculer les deux cadavres dedans, celui de la femme encore tout chaud. Ensuite, je les conduisis sous les mûriers, avec l'intention de revenir le lendemain matin les enterrer proprement. Mais le lendemain, ils avaient disparu.

— Disparu ? s'écria le juge.

— Oui. Votre Excellence. Quelqu'un les a sans doute découverts et a été prévenir les sbires. Je suis revenu en courant à la ferme, j'ai enroulé la faucille dans les vêtements du maître et j'ai essuyé la natte du lit et le plancher avec la robe de la femme. Comme je n'arrivais pas à ôter le sang de la natte, j'ai tout enveloppé dedans et j'ai caché le paquet dans la grange, au milieu du foin. Ensuite, j'ai réveillé Sou-niang et je lui ai dit que le maître était reparti pour la ville. Je jure que c'est ainsi que se sont passées les choses ! Ne laissez pas les sbires me battre, Votre Excellence, je suis innoncent !

Le juge tortilla sa moustache en regardant Pei Tsiou qui s'était jeté à terre et frappait frénétiquement le sol de son front.

— Relève-toi, finit-il par dire, et conduis-nous aux mûriers.

Tandis que le paysan s'empressait d'obéir, Tsiao Taï murmura au juge :

— C'est ce Wou que nous avons rencontré sur la route le jour où nous sommes arrivés à Peng-lai, Votre Excellence ! Demandez à Pei Tsiou comment étaient les chevaux.

— Décris les bêtes, ordonna le juge au villageois.

— Fan montait un cheval gris et la monture de la femme avait une étoile blanche sur le front.

Le magistrat fit un signe d'approbation à Tsiao Taï puis commanda au paysan de leur montrer le chemin.

Sous les mûriers, Pei Tsiou désigna un espace dénudé entre les broussailles.

— C'est là que je les avais déposés, dit-il.

Ma Jong se baissa pour étudier le sol.

— Ces taches brunâtres sont probablement du sang, fit-il observer en tendant une poignée de feuilles sèches au juge.

— Examinez les alentours, commanda le magistrat à ses deux lieutenants. Ce chien doit mentir.

Pei Tsiou protesta. Sans l'écouter, le juge se caressa pensivement la barbe et dit à Hong :

— Cette affaire n'est pas aussi simple qu'elle le paraît, sergent. L'homme que nous avons rencontré sur la route ne m'a pas donné l'impression d'être un assassin qui vient d'égorger froidement deux personnes. Il avait plutôt l'air d'un malheureux en proie à la panique.

Un moment plus tard, un bruit de branchages brisés annonça le retour de Tsiao Taï et de Ma Jong. Ce dernier agitait une bêche rouillée en criant :

— Il y a une clairière au milieu du boqueteau, Votre Excellence. On dirait que quelqu'un y a été enterré récemment ! J'ai trouvé cet outil par terre.

— Passe-le à Pei Tsiou, commanda le juge. Le chien va déterrer lui-même ce qu'il a enfoui.

Ma Jong écarta les broussailles et ils s'enfoncèrent dans le petit bois, Tsiao Taï tirant derrière lui le villageois qui semblait abasourdi.

Au milieu de la clairère, la terre avait été fraîchement remuée.

— Creuse ! ordonna le juge.

Pei Tsiou cracha machinalement dans ses mains et se mit à déblayer la terre meuble. Une étoffe blanche souillée de boue apparut bientôt. Aidé de Tsiao Taï, Ma Jong tira du trou le corps d'un homme et l'étendit sur les feuilles mortes. C'était le cadavre d'un vieillard à la tête rasée, vêtu seulement d'un mince costume de dessous.

— Un moine bouddhiste ! s'écria le sergent Hong tandis que le juge commandait au villageois de continuer sa besogne.

Pei Tsiou obéit. Soudain, il laissa tomber sa bêche en balbutiant :

— Le maître !

Ma Jong et Tsiao Taï s'avancèrent et sortirent du trou le corps entièrement nu d'un homme aux formes puissantes. Ils procédaient avec précaution, car la poitrine de Fan était une masse de sang coagulé et sa tête ne tenait plus qu'à peine au tronc. Contemplant la lourde musculature du cadavre, Ma Jong dit avec respect :

— Pour un bel homme, c'était un bel homme !

— Dégage ta troisième victime ! cria le juge au villageois.

Le paysan enfonça son outil dans la terre, mais heurta aussitôt le roc : la cavité ne recélait pas d'autre corps. Pei Tsiou regarda le magistrat d'un air hébété.

— Où est la femme, scélérat ? tonna le juge Ti.

— Je jure que je ne le sais pas, Votre Excellence ! J'ai seulement amené ici le maître et sa femme. Je les ai laissés au pied des arbres et je n'ai enterré personne. Je n'ai jamais vu ce moine ! C'est la vérité, je le jure !

— Que se passe-t-il ? demanda derrière eux une voix d'homme.

Pivotant sur lui-même, le magistrat vit un personnage coiffé du haut bonnet des docteurs en littérature. Une magnifique robe de soie violette brochée d'or couvrait son corps replet, et la moitié inférieure de son visage disparaissait sous une barbe majestueuse dont les trois pointes bien fournies s'étalaient largement sur sa poitrine. Enfonçant les mains dans ses manches, il s'inclina très bas en disant :

— L'humble personne qui a l'honneur de parler à Votre Excellence se nomme Tsao Ho-sien. Je suis propriétaire foncier pour vivre, mais l'étude de la philosophie est le but réel de mon existence. Votre Excellence est sans doute notre nouveau magistrat ?

Le juge Ti ayant acquiescé, son interlocuteur poursuivit :

— Je faisais une petite promenade matinale quand on m'a dit que les gens du tribunal interrogeaient le fermier de mon voisin Fan Tchong. J'ai donc pris la liberté de venir voir si je pouvais me rendre utile.

Il essaya d'apercevoir les cadavres étendus sur le sol, mais le juge se plaça de façon à lui en masquer la vue et répondit d'un ton sec :

— J'enquête ici à propos d'un meurtre. Si vous voulez bien m'attendre sur la route, je vous y rejoindrai tout à l'heure.

Lorsque le docteur Tsao se fut retiré après une autre révérence encore plus profonde que la première, le sergent dit :

— Il n'y a pas trace de violences sur le corps du moine, Noble Juge. Sa mort semble avoir été naturelle.

— Nous verrons cela au tribunal, répliqua le magistrat.

Se tournant vers Pei Tsiou, il demanda :

— Comment était madame Fan ? Allons, décris-la.

— Je ne peux pas, Votre Excellence ! gémit le villageois. Je ne l'ai pas vue quand elle est arrivée, et le visage de la morte était couvert de sang.

Le juge haussa les épaules.

— Reste auprès des cadavres, Tsiao Taï, et surveille ce coquin, commanda-t-il. Toi, Ma Jong, appelle les sbires et fais-leur confectionner des civières en branchages pour emporter les corps. Tu conduiras ensuite Pei Tsiou au tribunal. Mais fais-toi indiquer en route l'endroit de la grange où il a dissimulé la natte de jonc et les vêtements des victimes. Moi, je vais interroger sa fille et fouiller la ferme avec Hong.

Le juge rattrapa le docteur Tsao qui avançait d'un pas précautionneux dans les broussailles en écartant les branches avec une longue canne. Un serviteur l'attendait sur la route, tenant un âne par la bride.

— Je retourne à la ferme, docteur Tsao, dit le magistrat. Lorsque j'aurai terminé ma besogne, je profiterai de ma présence ici pour vous rendre visite.

Le docteur Tsao s'inclina très bas, ce qui fit s'écarter les trois pointes de sa barbe en un majestueux éventail. Il grimpa sur son âne, puis, posant sa canne en travers de la selle, il s'éloigna au petit trot. Son domestique le suivit en courant derrière l'animal.

— De toute ma vie je n'ai vu barbe si magnifique ! confia le juge Ti au sergent avec un soupçon de mélancolie dans la voix.

De retour à la ferme, il envoya Hong chercher Sou-niang et se dirigea vers la chambre à coucher.

Il y avait là un grand lit à cadre de bois, deux escabeaux et une petite table sur laquelle se trouvait une lampe à huile. Comme il examinait le lit, son regard tomba sur une entaille profonde près de la tête. Elle semblait toute récente. Tiraillant pensivement sa barbe, le juge s'approcha de la fenêtre. Son loquet de bois était brisé et, à terre, il aperçut un petit paquet enveloppé de papier blanc. Il le ramassa. L'ayant ouvert, il découvrit un peigne orné de verroterie bon marché. Le magistrat le remit dans le papier et glissa le tout dans sa manche, se demandant si deux femmes n'étaient pas mêlées à l'affaire ? Celle qui avait perdu son mouchoir dans la cabane faisait certainement partie de la classe aisée, tandis que ce peigne appartenait sans aucun doute à une paysanne pauvre. Poussant un soupir, il regagna l'autre pièce, où le sergent et la fille de Pei Tsiou l'attendaient.

Le juge vit que la jeune fille, intimidée, n'osait pas lever les yeux vers lui. Afin de la mettre à l'aise, il demanda d'une voix enjouée :

— Eh bien, Sou-niang, il paraît que tu as fait une fricassée de poulet fort réussie pour le maître, l'autre jour ?

Elle lui lança un coup d'œil craintif, puis un soupçon de sourire s'ébaucha sur ses lèvres. Il continua :

— Les plats de campagne sont bien supérieurs à ceux de la ville ! J'imagine que la dame l'a trouvée à son goût ?

Le visage de Sou-niang se renfrogna de nouveau. Haussant les épaules, elle répondit :

— Oh ! celle-là, elle était rudement fière ! Quand je l'ai saluée, elle ne m'a même pas répondu !

— Mais elle t'a parlé un peu pendant que tu desservais ?

— Elle était déjà couchée.

Le juge Ti se caressa pensivement la barbe puis demanda :

— Tu connais bien madame Kou, n'est-ce pas ? La fille du docteur Tsao qui s'est mariée récemment.

— Je l'ai aperçue de loin une ou deux fois avec son frère. On dit qu'elle est plus aimable que toutes ces femmes de la ville !

— Très bien. À présent, tu vas nous conduire à la maison du docteur Tsao. Mes sbires te donneront un cheval. Comme cela, tu pourras nous accompagner à Peng-lai où ton père vient aussi.

X

Un philosophe expose ses vues sublimes sur la nature de l'univers ❧ Le juge Ti explique comment s'est accompli un sordide assassinat.

À sa grande surprise, le magistrat découvrit que le docteur Tsao habitait une tour de deux étages bâtie sur une colline plantée de pins. Laissant le brave Hong et Sou-niang dans la loge du portier, il monta derrière le philosophe.

— Ce bâtiment a servi autrefois de tour de guet et a joué un rôle important dans les guerres locales, expliqua le docte personnage en grimpant l'étroit escalier. Il appartient à ma famille depuis plusieurs générations, mais nous avons toujours vécu à Peng-lai, et c'est seulement à la mort de mon père, négociant en thé, que j'ai vendu la maison de ville pour venir habiter ici. Quand nous serons dans la bibliothèque, Votre Excellence comprendra pourquoi !

Lorsqu'ils atteignirent la pièce octogonale qui formait le dernier étage, il désigna l'immense étendue de terrain qu'on apercevait à travers les grandes baies et proclama :

— J'ai besoin d'espace pour méditer, Votre Excellence ! De cette bibliothèque, je contemple à la fois le Ciel et la Terre et tire mon inspiration de ce grandiose spectacle.

Le juge Ti prononça des paroles appropriées tout en notant que si la fenêtre orientée au nord offrait une bonne vue du temple abandonné, la partie du chemin qui longeait les ruines était masquée par des arbres.

Quand les deux hommes furent assis de chaque côté du vaste bureau couvert de livres et de papiers, le docteur Tsao demanda, d'un ton trahissant tout l'intérêt qu'il attachait à la réponse :

— Que pense-t-on de mon système dans la capitale, Votre Excellence ?

Le juge Ti ne se souvenait pas d'en avoir jamais entendu parler, mais il répliqua poliment.

— On le trouve très original.

Le docteur Tsao parut enchanté.

— Ceux qui me décernent le titre de pionnier de la pensée indépendante sont probablement dans le vrai, remarqua-t-il d'un air satisfait. Il prit la grande théière posée devant lui et emplit la tasse de son visiteur.

— Avez-vous idée de ce qui a pu arriver à votre fille ? demanda le juge.

Le docteur Tsao fronça le sourcil. Il arrangea sa barbe, l'étalant soigneusement sur sa poitrine avant de répondre avec une certaine âpreté :

— Cette fille m'a déjà causé beaucoup de soucis, Votre Excellence. Pourtant, mes travaux exigeraient une complète sérénité d'esprit. Je me suis personnellement donné la peine de lui apprendre à lire et à écrire. Et qu'est-il arrivé ? Elle n'a pas su choisir ses lectures ! Votre Excellence sait-Elle ce que lit cette malheureuse ? Des livres d'histoire ! Rien que le triste récit d'aventures arrivées à d'anciens peuples qui n'avaient pas encore appris à penser avec clarté. Quelle perte de temps !

— On peut s'instruire beaucoup en étudiant les erreurs d'autrui, dit prudemment le juge Ti.

— Pftt ! fit le docteur Tsao.

— Puis-je me permettre de vous demander, reprit le juge sans se départir de la plus suave politesse, pourquoi vous avez accordé la main de votre fille à monsieur Kou Meng-pin ? J'ai entendu dire que vous considériez le bouddhisme comme une forme d'idolâtrie, et, jusqu'à un certain point, je partage cette vue. Or monsieur Kou est un fervent bouddhiste, je crois ?

— Ah ! si vous saviez ! s'écria le docteur Tsao. L'affaire a été arrangée derrière mon dos par l'élément féminin des deux familles. Les femmes sont folles, Votre Excellence !

Le juge Ti trouva ce jugement trop absolu mais décida de ne pas contredire son hôte.

— Votre fille connaît-elle Fan Tchong ? demanda-t-il.

Le docteur Tsao leva les bras au ciel.

— Comment pourrais-je le savoir ? Elle a peut-être rencontré une ou deux fois ce rustre insolent. Il est venu ici m'entretenir du bornage d'un de ses champs. Votre Excellence conçoit-Elle cela : venir parler d'une *borne* à un *philosophe* !

— L'un et l'autre ont leur utilité, remarqua le juge d'un ton sec.

Comme le docteur Tsao lui jetait un regard soupçonneux, il ajouta vite :

— Je vois de nombreux rayons contre les murs, mais ils sont pratiquement vides. Qu'avez-vous fait de vos livres ? Vous devez pourtant en avoir eu un nombre considérable !

— En effet. Mais plus je lis, moins je trouve de choses dignes d'être retenues. Et si je continue à lire, c'est simplement pour me divertir de la folie des hommes. Lorsque j'en ai terminé avec un auteur, j'envoie ses œuvres à mon cousin Tsao Fen qui habite la capitale. Mon cousin, j'ai le regret de le dire, manque d'originalité ; il ne sait pas penser de façon indépendante !

Le juge Ti se souvint d'avoir rencontré ce Tsao Fen à un dîner donné par son ami Heou, le secrétaire auxiliaire de la cour métropolitaine. C'était un charmant vieux bibliophile, complètement absorbé par ses études. Le juge allait porter machinalement la main à sa barbe, mais il s'arrêta court en voyant le docteur Tsao caresser la sienne d'un geste majestueux.

Prenant un air inspiré, le docteur continua :

— Je vais vous donner un résumé succinct de ma philosophie en employant un langage simple et à la portée de tous. Je pars de ce point : l'univers...

Le juge se leva.

— De pressantes affaires requièrent ma présence au tribunal, déclara-t-il d'un ton ferme. Je le regrette beaucoup, croyez-le bien, et j'espère avoir sous peu l'occasion de reprendre cette conversation.

Le docteur Tsao l'accompagna jusqu'en bas. En prenant congé de lui, le magistrat dit :

— Au cours de l'audience de la mi-journée, il sera question de la disparition de votre fille. Cela vous intéressera peut-être d'entendre les témoins.

— Et mes travaux philosophiques ? protesta le docteur. Je ne peux les interrompre pour écouter des sornettes qui risqueraient de porter atteinte à la sérénité de mon esprit. D'ailleurs, Kou l'a épousée, n'est-ce pas ? Il est responsable d'elle, à présent ! L'une des pierres angulaires de mon système, Votre Excellence, est l'axiome suivant : chaque homme doit se consacrer uniquement à ce que les décrets célestes...

— Au revoir ! lança le juge Ti en se mettant en selle.

Comme il descendait la colline, suivi par le sergent et par Siou-niang, un gentil garçonnet s'avança vers eux et s'inclina profondément. Le juge arrêta son cheval.

— Avez-vous des nouvelles de ma sœur ? demanda le petit bonhomme d'un ton suppliant.

Le juge secoua négativement la tête et l'enfant se mordit les lèvres. Avalant sa salive, il poursuivit :

— Tout ce qui est arrivé est de ma faute ! s'écria-t-il. Retrouvez-la, s'il vous plaît, monsieur le magistrat. Nous allions toujours dans les champs ensemble, elle aime tant monter à cheval et chasser ! Elle est si intelligente... elle aurait dû être un garçon !

Avalant sa salive, il poursuivit :

— Nous aimons bien la campagne tous les deux, mais papa et maman ne parlent que de la ville. Et quand mon père a perdu son argent...

Il se retourna pour jeter un regard inquiet à la grande tour et ajouta vite :

— Je ne devrais pas vous ennuyer avec mes bavardages, monsieur le magistrat. Papa va être en colère...

— Tu ne m'ennuies pas du tout, répliqua le juge qui trouvait très sympathique cet enfant à la mine ouverte. Tu dois te sentir bien seul, maintenant que ta sœur est mariée.

Le visage du garçonnet se rembrunit.

— Pas plus seul qu'elle, monsieur le magistrat. Elle m'a dit : « Je n'aime pas particulièrement ce Kou, mais puisqu'il faut se marier et que papa et maman insistent, autant lui qu'un autre. » Elle est insouciante, ma sœur, mais si gaie ! Et pourtant, l'autre jour, quand elle est revenue, elle n'avait pas l'air heureux. Elle a refusé de rien me dire de sa nouvelle vie. Qu'a-t-il pu lui arriver ?

— Je vais faire tout mon possible pour la retrouver, tu peux être tranquille, répondit le juge. Sortant de sa manche le mouchoir trouvé dans la cabane, il demanda :

— Ceci appartient-il à ta sœur ?

— Je ne peux pas vous dire, répliqua le jeune garçon en souriant. Tous ces morceaux de chiffon se ressemblent à mes yeux !

— Sais-tu si Fan Tchong venait souvent ici ? poursuivit le juge.

— Il est venu un jour voir papa. Mais je le rencontre parfois dans les champs. Je l'aime bien. Il est très fort et c'est un bon archer. Il m'a appris à fabriquer une vraie arbalète. Je l'aime mieux que l'autre homme du tribunal, le vieux Tang qui vient souvent à sa ferme. Il regarde toujours les gens d'une si drôle de façon, celui-là !

— Allons, au revoir, dit le juge, je préviendrai le docteur Tsao dès que j'aurai des nouvelles de ta sœur.

De retour au Yamen, le magistrat commanda au sergent de veiller sur Sou-niang jusqu'à l'ouverture de l'audience et se rendit dans son cabinet, où l'attendaient déjà ses deux lieutenants. Ma Jong fit aussitôt son rapport :

— Nous avons trouvé la natte de jonc, les vêtements ensanglantés et la faucille dans la grange, dit-il. Le vêtement de femme correspond à la description donnée par Kou. J'ai envoyé un sbire demander au temple du Nuage blanc qu'on nous envoie une personne capable d'identifier le moine. Le contrôleur des décès est en train d'examiner les corps et nous avons fourré ce cul-terreux de Pei Tsiou au cachot.

— Très bien, dit le juge. Tang est-il venu reprendre son service ?

— Un commis est parti l'informer du sort de Fan, répondit Tsiao Taï. Il ne tardera pas à arriver, je suppose. Le gros docteur vous a-t-il appris des choses intéressantes, Noble Juge ?

Le magistrat fut agréablement surpris. C'était la première fois qu'un des lieutenants posait une question. Ses recrues commençaient donc à s'intéresser à leur travail !

— Le docteur Tsao est un pompeux imbécile, répondit-il. Et un fieffé menteur par-dessus le marché. Il est parfaitement possible que sa fille ait connu Fan Tchong avant son mariage, et son jeune frère pense qu'elle n'était pas heureuse avec Kou. Mais j'avoue que je ne comprends encore rien à cette affaire ! L'interrogatoire de Pei Tsiou et de sa fille fera peut-être apparaître des faits nouveaux. Je vais rédiger une circulaire que nous adresserons à toutes les autorités civiles et militaires de la province pour leur demander d'arrêter Wou.

— Il sera facile de lui mettre la main dessus quand il essaiera de vendre les bêtes, fit observer Ma Jong. Les marchands de chevaux sont bien organisés ; ils demeurent en contact les uns avec les autres aussi bien qu'avec les autorités. Et ils ont des fers spéciaux pour marquer les animaux. Ce n'est pas facile de vendre un cheval volé quand on est nouveau dans le métier, croyez-moi !

D'un ton soudain très vertueux, il ajouta :

— C'est du moins ce que j'ai entendu dire !

Le magistrat sourit. Prenant son pinceau, il rédigea rapidement la circulaire. Il appela ensuite un scribe et le chargea de la copier en plusieurs exemplaires et de les expédier tout de suite aux diverses personnes intéressées. À ce moment, le gong retentit ; Ma Jong s'empressa d'aider le juge à passer sa robe officielle.

La découverte du cadavre de Fan Tchong était déjà connue et les curieux se pressaient dans la salle du tribunal.

Le magistrat remplit un formulaire qu'il envoya au geôlier. Pei Tsiou fut aussitôt amené pour confirmer sa déclaration. Un scribe nota ses paroles à mesure, puis lut à haute voix ce qu'il avait écrit. Le villageois reconnut que c'étaient bien là les termes employés par lui et apposa l'empreinte de son pouce au bas de la feuille.

Le juge dit alors :

— Je veux bien admettre que tu nous as raconté la vérité, Pei Tsiou. Mais en n'apportant pas ton témoignage à la justice, tu es coupable d'avoir protégé un meurtrier : tu resteras donc en prison jusqu'à la fin de l'affaire. À présent, écoutons le contrôleur des décès.

Tandis que deux sbires emmenaient Pei Tsiou, le docteur Chen vint s'agenouiller devant le juge et déclara :

— L'humble médecin qui dépose devant la cour a soigneusement examiné le corps de l'homme identifié comme étant Fan Tchong, commis principal du tribunal. La mort est due à un coup porté avec une arme tranchante qui lui a ouvert la gorge. Je me suis aussi occupé de l'autre cadavre, celui de la personne identifiée par le prieur du temple du Nuage blanc comme étant le moine Tseu-hai, aumônier de cet établissement. Il ne présente ni blessure ni traces de coups, et je ne relève aucun signe d'empoisonnement. À mon avis, il est mort d'un brusque arrêt du cœur.

Le docteur Chen se releva et vint placer son rapport sur la table du tribunal. Après l'avoir remercié, le juge Ti annonça qu'il allait interroger mademoiselle Pei Sou-niang.

Le sergent fit avancer la jeune paysanne. À présent que son visage était propre et ses cheveux bien peignés, il se dégageait d'elle un certain charme rustique.

— Ne t'avais-je pas prévenu que c'était une beauté ? chuchota Ma Jong à l'oreille de son camarade. Comme je le dis toujours : trempe une villageoise cinq minutes dans la rivière et elle fera la pige à toutes les poulettes de la ville !

Sou-niang était intimidée, mais en la questionnant avec patience, le juge finit par lui faire répéter tout ce qu'elle avait précédemment raconté au sujet de Fan Tchong et de sa compagne. Il demanda ensuite :

— Aviez-vous déjà rencontré cette dame ?

La jeune fille secoua la tête.

— Alors, comment saviez-vous que c'était madame Fan ?

— Ben... ils étaient dans le même lit.

Des rires fusèrent.

— Silence ! cria le juge en frappant la table avec son martelet de bois.

Embarrassée à l'extrême, Sou-niang baissa la tête. Le regard du juge Ti tomba sur le peigne planté dans les cheveux de la jeune paysanne. Il sortit de sa manche celui trouvé dans la chambre de la ferme : c'était sa réplique exacte.

— Regardez bien ceci, dit-il en montrant l'accessoire de toilette. Je l'ai ramassé près de la ferme. Est-ce à vous ?

Le visage rond de la jeune fille s'illumina.

— Il m'en a vraiment rapporté un ! s'écria-t-elle avec une joie naïve. Puis, brusquement, l'air terrifié, elle se couvrit la bouche avec le bord de sa manche.

— Quelqu'un vous a donc apporté ce peigne ? Qui est-ce ? insista doucement le juge.

Les yeux de Sou-niang s'emplirent de larmes.

— Père me battra ! gémit-elle.

— Vous êtes devant le tribunal, mon enfant, dit le juge. Il faut répondre aux questions qu'on vous pose. Votre père est dans une terrible situation : si vous me dites la vérité, cela peut beaucoup l'aider.

Sou-niang secoua la tête et répliqua, butée :

— Ceci n'a rien à voir avec père ni avec le tribunal. Je ne dirai rien !

— Parle... l'avertit le chef des sbires en levant son fouet. La jeune fille poussa un hurlement de terreur et se mit à sangloter.

— Arrêtez ! cria le juge. Il regarda ses lieutenants d'un air perplexe. Se désignant de l'index, Ma Jong lui jeta un coup d'œil interrogateur. Le juge hésita un instant puis acquiesça.

Ma Jong dégringola aussitôt de l'estrade et, s'approchant de Sou-niang, lui parla tout bas. Elle cessa bientôt de pleurer et hocha vigoureusement la tête. Ma Jong murmura encore quelques paroles et, après une bourrade d'encouragement, cligna de l'œil en direction du juge et vint reprendre sa place.

La jeune fille s'essuya les yeux avec sa manche.

— Eh ben, voilà... commença-t-elle, il y a une lune ou deux, comme je travaillais dans les champs avec Ah Kouang, il m'a dit comme ça que j'avais de beaux yeux. Et puis quand nous sommes allés manger notre gruau dans la grange, il m'a dit comme ça que j'avais de beaux cheveux. Père était parti pour le marché. Je suis montée dans le grenier avec Ah Kouang, et alors... Elle s'arrêta et, défiant la salle d'un petit air crâne, conclut :

— Et alors nous avons été dans le grenier, quoi !

— Je vois, dit le juge Ti. Et qui est cet Ah Kouang ?

— Comment, vous ne savez pas qui c'est ? Mais tout le monde le connaît ! C'est le journalier. Il se loue dans les fermes quand il y a du travail à faire.

— A-t-il parlé de vous épouser ?

— Deux fois, Seigneur Juge ! Mais je lui ai répondu : non jamais. Moi, je veux un mari qui possède son lopin de terre ! L'autre semaine je lui ai dit qu'il ne fallait plus venir la nuit. Je dois penser à mon avenir, n'est-ce pas ! J'aurai vingt ans l'automne prochain. Ah Kouang m'a répondu que ça lui était égal si je me mariais, mais que si je prenais un autre amoureux il me couperait la gorge. C'est peut-être un vagabond, Votre Excellence, mais il m'aime vraiment, vous pouvez me croire.

— Revenons au peigne, suggéra le juge Ti.

Sou-niang eut un sourire plein de réminiscences.

— On ne peut jamais dire non à Ah Kouang, murmura-t-elle. La dernière fois que je l'ai vu, il m'a dit : « Je veux te donner quelque chose pour que tu penses à moi quand je ne suis pas là. » Je lui ai répondu que j'aimerais avoir un second peigne pareil au mien.

« J'en trouverai un, m'a-t-il affirmé, même s'il me faut aller au marché de Peng-lai pour ça ! »

Le juge Ti hocha pensivement la tête.

— Je vous remercie, Sou-niang, déclara-t-il. Connaissez-vous un endroit en ville où vous puissiez aller ?

— Ma tante habite près des quais.

Tandis que le sergent escortait la petite villageoise hors de la salle, le juge demanda au chef des sbires :

— Que savez-vous de Ah Kouang ?

— C'est une brute, Votre Excellence. Il y a six lunes, nous lui avons administré cinquante coups de gros fouet pour avoir assommé et dévalisé un vieux paysan. Nous le soupçonnons aussi d'être l'assassin du commerçant tué au cours d'une rixe dans la maison de jeu située près de la porte Ouest. Il n'a pas de domicile fixe : il couche dans les bois, ou dans les granges quand il travaille.

Le juge se renversa dans son fauteuil et joua un instant avec le peigne d'un air pensif, puis, se redressant, il dit :

— La cour, après avoir visité le lieu du crime et entendu divers témoignages, conclut que Fan tchong et une femme inconnue portant les vêtements de madame Kou ont été assassinés dans la nuit du quatorze de la présente lune par le vagabond Ah Kouang.

Un murmure d'étonnement monta dans la salle. Le juge abattit son martelet et continua :

— C'est l'opinion de la cour que Wou — le domestique de Fan Tchong — s'aperçut le premier du meurtre. Il s'empara du coffret à loyer de son maître et s'enfuit avec les chevaux. Le nécessaire sera fait pour que Ah Kouang et Wou soient arrêtés. Le tribunal va maintenant essayer de retrouver le corps de la femme qui accompagnait Fan et l'identifier. Il s'efforcera également d'établir quel rôle le moine Tseu-hai a joué dans cette affaire.

Frappant la table de son martelet, le juge déclara l'audience close.

De retour dans son cabinet, il dit à Ma Jong :

— Vois donc si la fille de Pei Tsiou a bien trouvé la maison de sa tante. Nous avons assez d'une disparue !

Quand Ma Jong fut sorti, le sergent confessa en plissant son front :

— Je n'ai pas bien compris comment Votre Excellence était arrivée à sa conclusion.

— Moi non plus, déclara Tsiao Taï.

Le juge Ti vida sa tasse et expliqua :

— Quand j'eus entendu la déposition de Pei Tsiou, je vis que Wou n'était pas l'assassin pour trois raisons. Premièrement : si Wou avait réellement formé le projet de tuer son maître afin de le voler, il l'aurait fait sur la route de Pien-fou, où les risques d'être vu étaient moindres. Deuxièmement : Wou est un citadin ; il se serait servi d'un couteau et non d'une faucille qui n'est pas une arme commode quand on n'a pas l'habitude de la manier. Troisièmement : seul quelqu'un ayant travaillé dans cette ferme pouvait savoir où trouver la faucille en pleine nuit. Wou a simplement découvert les cadavres et, craignant d'être accusé de meurtre, il s'est enfui avec le coffret et les chevaux. Peur, plus cupidité, plus occasion favorable ont formé un total auquel il n'a pas su résister.

— Cela me semble bien déduit, reconnut Tsiao Taï. Mais pourquoi Ah Kouang a-t-il tué Fan Tchong ?

— Par méprise. Cette nuit-là, Ah Kouang apportait à Sou-niang le peigne promis, pensant qu'en récompense elle lui accorderait une fois encore ses faveurs. En longeant la maison pour gagner la grange, il aperçut une lumière dans la chambre. C'était là chose inhabituelle, aussi poussa-t-il la fenêtre pour se rendre compte de ce qui se passait. Voyant un couple couché, il crut, dans la demi-obscurité, qu'il s'agissait de Sou-niang et d'un autre amoureux. De nature violente, il courut chercher la faucille rangée sous la véranda, enjamba la fenêtre, et vint trancher la gorge des amants. Le peigne tomba de sa manche au cours de l'opération. S'est-il aperçu qu'il avait tué deux innocents, je l'ignore.

— Il n'a pas dû être long à l'apprendre, fit observer Tsiao Taï. Je connais les gens de sa sorte : il ne sera pas parti sans avoir fait le tour de la chambre pour voir s'il n'y avait rien à voler ! Il a dû regarder à nouveau ses victimes et s'apercevoir de son erreur.

— Mais qui était la femme ? demanda le sergent. Et que vient faire le moine dans l'histoire ?

Fronçant ses épais sourcils, le juge avoua :

— Je n'en ai pas la moindre idée ! Le vêtement, l'étoile blanche sur le front du cheval, le moment de la disparition, tout s'accorde pour désigner madame Kou. Mais après avoir entendu son père et son frère, je crois la connaître et je ne la vois pas devenant la maîtresse de ce coquin de Fan Tchong avant son mariage ou après. De plus, même en tenant compte du prodigieux égoïsme du docteur Tsao, je persiste à croire que son indifférence au sujet du destin de sa fille n'est pas naturelle. Pour moi, la femme assassinée n'est pas madame Kou, *et il le sait.*

— D'un autre côté, intervint le sergent, l'inconnue s'est arrangée pour que ni Pei Tsiou ni sa fille ne puissent voir son visage. Cela laisse croire qu'elle était bien madame Kou et ne voulait pas être identifiée. Le jeune Tsao nous a dit que sa sœur et lui se promenaient souvent dans les champs ; on peut en déduire que Pei et sa fille la connaissaient de vue.

— C'est exact, soupira le juge Ti. Et comme Pei aperçut seulement le visage de la visiteuse quand le sang le recouvrait, il ne lui fut pas possible de la reconnaître. Si vraiment c'était elle ! Quant au moine, j'ai l'intention d'aller faire un tour au temple du Nuage blanc après déjeuner afin d'essayer d'en apprendre un peu plus long sur son compte. Ordonne aux gardes de préparer le palanquin officiel, sergent. Toi, Tsiao Taï, tâche, de concert avec Ma Jong, de mettre la main sur Ah Kouang. Hier, vous parliez d'arrêter un dangereux criminel... eh bien voici une chance de montrer ce dont vous êtes capables ! Par la même occasion, fouillez le temple abandonné : il n'est pas impossible que l'inconnue soit enterrée là, car celui qui a fait disparaître son cadavre n'a pas dû aller bien loin.

— Soyez tranquille, Noble Juge, dit Tsao Taï en partant, nous allons vous ramener Ah Kouang pieds et poings liés !

Un petit commis entra, apportant le riz de midi. Le magistrat avait à peine eu le temps de saisir ses baguettes que Tsiao Taï reparaissait dans l'embrasure de la porte.

— En sortant, dit-il, j'ai jeté un coup d'œil à la cellule où sont déposés les cadavres. Tang est assis près de celui de Fan Tchong. Il tient une main du mort entre les siennes et des larmes coulent sur ses joues. Je me demande quels liens les unissaient ? C'est peut-être à cela que l'aubergiste faisait allusion en déclarant que le vieux scribe n'était pas comme les autres ? En tout cas, c'est un pitoyable spectacle, et Votre Excellence ferait bien de ne point diriger ses pas de ce côté !

XI

Le juge Ti rend visite à un religieux
Il mange des crabes au bord de l'eau.

Le magistrat resta silencieux jusqu'à la porte Est. Ce fut seulement quand le palanquin traversa le pont de l'Arc-en-ciel qu'il ouvrit la bouche. Montrant le temple du Nuage blanc, il dit au sergent Hong :

— Vois comme le bleu des tuiles et la blancheur du marbre se détachent agréablement sur la verdure sombre de ce flanc de colline. L'architecte qui a construit ce temple était un véritable artiste.

Les porteurs grimpèrent le large escalier et firent halte à l'entrée d'une avant-cour spacieuse entourée d'un cloître. Le juge tendit sa carte de visite rouge au vieux moine qui s'avançait vers lui.

— Notre père abbé termine ses exercices spirituels, expliqua le religieux en les guidant à travers trois autres cours qui s'étageaient le long de la pente abrupte.

La dernière se terminait par une volée de marches menant à une longue terrasse étroite, taillée directement dans le roc moussu. Le juge remarqua un bruit d'eau courante.

— Y a-t-il une source par ici ? demanda-t-il.

— Oui, Votre Excellence. Il y a quatre cents ans, elle jaillit en bas des rochers, quand notre saint fondateur découvrit, non loin de l'endroit où nous sommes, une statue du Seigneur Maitreya, le Bouddha du futur. Cette précieuse statue est conservée dans la chapelle qui se trouve de l'autre côté de la crevasse.

Le juge vit qu'en effet une brèche de cinq pieds de large s'ouvrait entre la terrasse et la haute muraille rocheuse. Une étroite passerelle faite de trois planches permettait d'atteindre l'entrée d'une caverne sombre.

Le juge Ti s'avança sur ce pont fragile et plongea son regard dans le ravin. À trente pieds au-dessous de lui, l'eau courait en bouillonnant sur des pierres aiguës, répandant une délicieuse fraîcheur.

Dans la caverne, derrière un treillis doré, un rideau de soie cramoisie fermait ce qui était apparemment le saint des saints, la chapelle où trônait l'image du Maitreya.

— Notre supérieur habite à l'extrémité de la terrasse, expliqua le vieux moine en les conduisant vers un petit bâtiment couvert d'un toit aux courbes élégantes, niché à l'ombre d'arbres centenaires. Il disparut un instant, puis revint chercher le juge tandis que le sergent Hong s'asseyait sur un banc de pierre.

En entrant chez le père abbé, le magistrat aperçut tout d'abord une magnifique couche en ébène sculptée qui occupait le fond entier de la pièce. Un petit homme tout rond, perdu dans les plis d'une ample robe en brocart d'or, était assis sur ce lit, les jambes croisées. Il inclina la boule rase de son crâne et, après avoir indiqué un fauteuil à son visiteur, déposa la carte qu'il tenait encore entre ses doigts sur un petit autel placé dans une niche. Des tentures représentant différentes scènes de la vie du Bouddha recouvraient les trois autres murs de la salle dans laquelle flottait un entêtant parfum d'encens indien.

Le vieux moine poussa vers le juge un guéridon en bois de rose et emplit sa tasse d'un thé odorant. Le père abbé attendit que le magistrat eût avalé une gorgée de liquide, puis dit d'une voix dont la résonnante ampleur surprenait chez une créature si menue.

— Le religieux ignorant que je suis avait l'intention de se rendre demain au Yamen pour présenter ses respects à Votre Excellence. Je suis navré de m'être laissé devancer, et l'honneur si complètement immérité de votre visite me rend confus !

Son regard amical ne quittait pas le juge Ti. En tant que fidèle disciple de Confucius, le magistrat avait peu de sympathie pour la gent bouddhiste, mais il dut reconnaître que ce petit religieux si digne était un homme remarquable. Poliment, il répondit par un compliment sur les dimensions imposantes du temple.

Levant sa main potelée, le supérieur répliqua aussitôt :

— Le Seigneur Maitreya nous a comblés. Il y a quatre siècles, Il daigna Se manifester aux mortels sous la forme d'une statue en bois de santal haute de cinq pieds représentant Son Auguste Personne en profonde méditation. Notre saint fondateur découvrit cette statue dans la grotte, et c'est ainsi que l'idée lui vint de bâtir le temple du Nuage blanc, pour protéger la partie orientale de l'Empire fleuri et veiller sur nos gens de mer.

L'abbé fit glisser entre ses doigts les grains d'ambre de son chapelet en murmurant une courte prière, puis il reprit :

— Nous serions très heureux si Votre Excellence daignait favoriser de sa présence une cérémonie qui se déroulera sous peu en cet humble temple.

— Ce sera pour moi un honneur d'y assister, déclara le juge en s'inclinant. De quel genre de cérémonie s'agit-il ?

— Notre dévot concitoyen monsieur Kou Meng-pin a demandé la permission de faire exécuter une copie grandeur nature de la statue sacrée pour l'offrir au temple du Cheval blanc, le grand sanctuaire bouddhique de la capitale. Il a dépensé sans compter pour mener à bien cette œuvre pieuse. Maître Fang, le meilleur sculpteur bouddhiste de notre belle province, est venu prendre des croquis de la statue et en a relevé soigneusement les dimensions ; s'aidant ensuite de ces notes, il exécuta chez monsieur Kou une réplique fidèle de l'original dans une bille de cèdre. Le travail achevé, monsieur Kou donna un splendide banquet présidé par maître Fang lui-même et, ce matin, il a fait porter la nouvelle statue ici, dans une caisse en bois de rose.

Le père abbé hocha sa petite tête ronde d'un air satisfait. Tous ces détails avaient évidemment une grande importance à ses yeux.

— Dès qu'un jour propice aura été fixé, je bénirai la nouvelle statue. Le commandant du fort a obtenu la permission de la faire escorter jusqu'à la capitale par un détachement de lanciers. Aussitôt que la date de la cérémonie sera connue, je ne manquerai pas d'envoyer un message à Votre Excellence.

— Le géomancien a terminé ses calculs, Votre Sainteté, lança une voix grave derrière le juge. Il a été établi que l'instant favorable se présentera demain, à la fin de la seconde veille de nuit.

Un long moine émacié s'avança vers eux, et le père abbé le présenta comme étant Houei-pen, son prieur.

— N'est-ce pas vous qui avez identifié le cadavre du moine défunt ? demanda le juge.

Le prieur acquiesça d'un signe de tête.

— Nous ne comprenons pas pourquoi Tseu-hai s'est rendu là-bas à une heure aussi tardive, déclara-t-il. La seule explication possible est que notre aumônier est parti accomplir une mission charitable à la requête de quelque fermier des environs et a été attaqué en route par des voleurs. Mais je suppose que Votre Excellence est déjà en possession d'indices lui permettant de reconstituer les faits ?

— Nous pensons, répondit le juge en jouant avec ses favoris, qu'une tierce personne, encore inconnue, voulait empêcher qu'on identifiât la morte. Quand ladite personne aperçut votre moine, elle décida de s'emparer de sa robe pour en revêtir le cadavre. Ce qui nous fait supposer cela, c'est que le religieux portait seulement un vêtement de dessous lorsqu'on découvrit son corps. Il voulut sans doute se défendre et fut victime d'une défaillance cardiaque.

— Les choses ont pu se passer ainsi, admit Houei-pen. Votre Excellence a-t-elle trouvé le bâton de l'aumônier ?

Le magistrat réfléchit.

— Non, dit-il, pensant soudain à un fait très curieux. Le docteur Tsao avait les mains vides à son arrivée sous les mûriers, mais quand le juge le rejoignit quelques instants plus tard, il tenait une longue canne.

— Je profite de la visite de Votre Excellence, poursuivit Houei-pen, pour l'informer que, la nuit dernière, trois voleurs se sont introduits dans notre temple. Le moine-portier les vit sauter par-dessus le mur et s'enfuir. Malheureusement, le temps de donner l'alarme, les coquins avaient disparu dans la forêt.

— Nous allons nous occuper tout de suite de cette affaire, répondit le magistrat sans sourciller. Votre portier a-t-il pu fournir une bonne description des trois malandrins ?

— Il faisait assez sombre, mais il a remarqué que tous trois étaient de grande taille et il pense que l'un d'eux portait la barbe.

— Notre tâche aurait été facilitée si ce moine avait été plus observateur, déclara gravement le juge Ti. Les intrus se sont-ils emparés d'objets de valeur ?

— Ignorant la topographie du temple, ils ont seulement fouillé l'annexe, où ne se trouvaient que des cercueils.

— Voilà qui est heureux pour vous, observa le juge.

Il s'inclina devant le supérieur et prit congé en disant :

— J'aurai l'honneur de me présenter ici demain soir.

Houei-pen et le vieux moine le reconduisirent à son palanquin.

Quand les porteurs traversèrent le pont de l'Arc-en-ciel, le juge remarqua :

— Ma Jong et Tsiao Taï ne seront pas de retour avant la nuit : faisons un détour par les quais, je désire voir les chantiers de constructions navales.

Le sergent transmit l'ordre aux porteurs et le palanquin remonta aussitôt la seconde rue commerçante de la cité.

La porte Nord franchie, un spectacle animé s'offrit à la vue du magistrat. Dans un vacarme de coups de marteau et d'ordres criés à tue-tête, d'innombrables ouvriers s'affairaient, le torse nu, autour de jonques en construction soutenues par des étais de bois.

C'était la première fois que le juge visitait un chantier de ce genre et il observait tout avec intérêt. Fendant la foule des travailleurs, il s'approcha d'une jonque couchée sur le flanc ; six hommes venaient d'entasser de la paille sous sa quille et y mettaient le feu, surveillés par monsieur Kou Meng-pin et son assistant.

Lorsque l'armateur aperçut les nouveaux venus, il vint à leur rencontre en claudiquant. Le juge échangea quelques paroles de politesse avec lui et s'enquit du but de l'opération.

— Ce bateau est l'une de nos plus grandes jonques océanes, expliqua monsieur Kou. On brûle les algues et les barnacles qui se sont peu à peu incrustées dans les planches et réduisent sa vitesse. On va ensuite gratter la coque et la calfater de nouveau.

Comme le juge faisait un pas en avant pour mieux voir, Kou le retint par le bras.

— Que Votre Excellence n'approche pas. Il y a quelques années, un bau s'est détaché sous l'action de la chaleur et m'a écrasé la jambe droite. Les os ne se sont pas bien ressoudés, et depuis je suis obligé de m'appuyer sur cette canne !

— Une belle pièce de collection, observa le juge. Ce bambou tacheté de nos provinces du Sud est des plus rares.

— C'est exact, répliqua monsieur Kou, flatté. Il a pris un beau poli avec le temps. Mais ce genre de bambou est quand même trop mince pour faire des cannes solides ; comme vous voyez, on a dû joindre deux morceaux ensemble.

Sur un ton plus bas, il continua :

— J'ai assisté à l'audience, Seigneur Juge. Vos révélations m'ont bouleversé. La conduite de ma femme me remplit de honte. Je vais perdre la face et toute ma famille sera déshonorée avec moi.

— Ne concluez pas trop vite, monsieur Kou, répliqua le juge. J'ai appuyé sur le fait que l'identité de la femme n'était pas encore établie.

— Je suis très reconnaissant à Votre Excellence de sa délicatesse, murmura l'armateur en jetant un regard furtif à Kim Sang et au sergent Hong.

— Reconnaissez-vous ce mouchoir ? demanda le juge.

— Bien sûr ! répondit monsieur Kou sans même examiner le morceau de soie brodée que le magistrat tirait de sa manche. Il fait partie d'une douzaine que j'ai offerts à ma femme. Où Votre Excellence l'a-t-elle trouvé ?

— Au bord de la route, près du temple en ruine. J'ai pensé...

Le magistrat s'interrompit. Il se souvenait brusquement qu'il avait omis d'interroger le supérieur au sujet du vieux bâtiment.

— Avez-vous connaissance des bruits qui courent sur ce temple ? reprit-il. Certains disent qu'il est hanté. Sottise, bien entendu ! Mais si des choses louches s'y passent la nuit, j'aurai à m'en occuper. Il est possible que des religieux corrompus aient choisi ce lieu pour abriter des rendez-vous clandestins. Cela expliquerait la présence du moine près de la ferme de Fan Tchong : il se rendait là-bas. Il faudra que je demande au père abbé et au prieur ce qu'ils pensent de cette hypothèse. À propos, Sa Sainteté m'a mis au courant de votre geste pieux. La bénédiction de la statue aura lieu demain soir. Je me ferai un plaisir d'y assister.

Monsieur Kou s'inclina très bas et dit :

— Votre Excellence ne peut pas partir sans avoir mangé quelque chose. Nous avons ici un petit restaurant fameux pour ses crabes !

Se tournant vers Kim Sang, il ajouta :

— Continuez le travail. Vous savez ce qu'il faut faire maintenant.

Le juge avait grande envie de retourner au temple du Nuage blanc, mais il se dit qu'une longue conversation avec l'armateur lui apprendrait peut-être des choses intéressantes. Il accepta donc de le suivre après avoir ordonné au sergent de regagner le tribunal.

Le crépuscule commençait à tomber. Quand ils entrèrent dans le coquet restaurant, les serveurs allumaient déjà les lampions de couleurs accrochés à l'avant-toit. Les deux hommes s'installèrent près de la balustrade de laque rouge afin de jouir de la brise nocturne et d'admirer le spectacle des jonques gaiement illuminées qui passaient sur le fleuve.

Le garçon leur servit une large assiettée de crabes rouges fumants. Monsieur Kou en ouvrit quelques-uns pour son invité ; le juge attrapa leur chair blanche avec ses baguettes d'argent et la dégusta après l'avoir trempée dans un bol de sauce au gingembre. Il trouva le mets délicieux et but une coupe de joli vin doré pour l'aider à descendre.

— Quand nous bavardions sur votre chantier, dit-il à son hôte, vous sembliez certain que la femme venue à la ferme de Fan était votre épouse. Je n'ai pas voulu vous poser la question devant Kim Sang, mais avez-vous une raison quelconque pour douter de sa fidélité ?

Fronçant les sourcils, monsieur Kou répondit :

— C'est une grave erreur de se marier avec une personne d'un autre milieu que le sien, Votre Excellence ! Je possède une certaine fortune, mais je n'ai pas reçu d'éducation littéraire. Mon ambition fut pourtant d'épouser la fille d'un lettré. Ah ! combien j'ai eu tort ! Après trois jours de vie commune, je dus constater que ma femme n'aimait pas sa nouvelle existence, et j'eus beau faire de mon mieux, mes efforts pour lui plaire furent vains. Cette mijaurée ne me trouvait pas assez bien pour elle, je suppose ! Comme elle jouissait d'une certaine liberté avant son mariage, je me demande si elle n'a pas rencontré...

Les traits de l'armateur se contractèrent et il s'interrompit pour avaler une coupe de vin. Pendant qu'il buvait, le juge dit :

— Il est toujours délicat d'exprimer une opinion sur les relations conjugales d'autrui. Je suppose que vous ne parlez pas comme vous le faites sans de bonnes raisons, mais, personnellement, je ne suis pas du tout convaincu que la femme aperçue en compagnie de Fan ait été votre épouse. Je ne suis même pas sûr que cette personne soit morte. Quant à madame Kou, vous devez savoir mieux que moi si un danger quelconque la menaçait. Si oui, vous feriez mieux de me mettre au courant... dans votre propre intérêt autant que dans le sien.

Le magistrat crut surprendre une lueur de crainte dans le regard de monsieur Kou, mais c'est d'une voix parfaitement contrôlée que l'armateur affirma :

— J'ai dit à Votre Excellence tout ce que je savais.

Le juge se leva.

— Le brouillard épaissit, remarqua-t-il. Je ferais bien de rentrer. Merci pour ce petit festin. Les crabes étaient vraiment délicieux !

Monsieur Kou tint à l'escorter jusqu'à son palanquin, et les porteurs, impatients de manger leur riz du soir, partirent d'un bon pas. Ils traversèrent la cité à vive allure, et lorsqu'ils franchirent de nouveau la porte Est, les gardes leur jetèrent un regard étonné.

La première cour du temple était déserte. À en juger d'après le chant monotone qui montait de la chapelle principale, les religieux assistaient à un office.

Un moinillon s'avança vers le juge et l'informa d'un ton maussade que le père abbé et le prieur dirigeaient le service.

— Je vais conduire Votre Excellence à l'appartement de Sa Sainteté, ajouta-t-il cependant. Votre Excellence pourra l'attendre en buvant une tasse de thé.

Le juge suivit son guide sans rien dire. Au seuil de la troisième cour, il s'arrêta soudain.

— Le bâtiment annexe est en feu ! s'écria-t-il.

Des tourbillons de fumée s'élevaient dans l'air, traversés par instant de longues flammes rageuses.

Le moinillon sourit.

— Ce sont les préparatifs pour l'incinération de l'aumônier, expliqua-t-il.

— Je n'ai encore jamais vu de crémation, dit le juge en se dirigeant vers les marches.

— Les personnes étrangères au temple n'ont pas le droit d'assister à la cérémonie, s'écria le moinillon en le retenant par la manche.

D'une secousse, le juge libéra son bras.

— Vous êtes si jeune que j'excuse votre ignorance, lança-t-il d'un ton glacial, mais n'oubliez pas que vous parlez à un magistrat.

Devant la salle annexe, de grandes flammes sortaient d'un foyer installé en plein air. Un moine manœuvrait le soufflet avec acharnement ; non loin de lui se trouvaient une jarre en terre et une caisse de forme oblongue.

— Où est le corps ? demanda le juge Ti.

— Dans cette caisse en bois de rose, répondit le moinillon. Vers la fin de l'après-midi, les sbires l'ont apportée sur un brancard.

LE FOUR CRÉMATOIRE DU TEMPLE

Lorsque la crémation sera terminée, on placera les cendres dans la jarre.

La chaleur devenait insoutenable.

— Menez-moi chez le père abbé, commanda le juge.

Le moinillon le conduisit sur la terrasse, où il le laissa pour aller prévenir le supérieur. Il ne semblait plus songer au thé promis, mais la fraîcheur de l'air était trop agréable, après la chaleur du brasier pour que le juge se souciât de cet oubli.

Un cri étouffé lui fit dresser l'oreille. D'abord, il n'entendit rien d'autre que le murmure de l'eau dans le fond du précipice, puis le cri s'éleva de nouveau, plus fort, et se termina en gémissement. La plainte venait de la grotte du Maitreya.

Le juge se précipita vers la passerelle, mais, le pied sur la première planche, il s'arrêta net. À l'autre extrémité du pont, dans la vapeur qui montait de la crevasse, il venait d'apercevoir le magistrat Wang.

Saisi, le juge considéra le fantôme vêtu de gris. Ses orbites semblaient vides ; leur regard aveugle et les signes de décomposition qui marbraient le visage spectral remplirent d'horreur le magistrat. L'ombre leva une main à demi transparente pour désigner un point de la passerelle et secoua doucement la tête.

Le juge regarda l'endroit indiqué sans rien remarquer de spécial. L'apparition devenait de plus en plus floue ; au bout d'un instant elle s'était complètement évanouie dans le brouillard.

Un frisson secoua le magistrat. Avançant le pied avec précaution, il le posa sur la première planche du pont. Celle-ci se détacha aussitôt et, quelques secondes plus tard, on l'entendit rebondir sur les rochers, tout au fond du précipice.

Le juge Ti demeura un moment immobile, les yeux fixés sur le trou béant, puis il recula lentement en essuyant son front moite.

— Je suis désolé d'avoir fait attendre Votre Excellence, dit une voix derrière lui.

Pivotant sur lui-même, le magistrat aperçut Houei-pen ; sans mot dire, il lui désigna l'ouverture.

Le prieur s'écria, consterné :

— Combien de fois ai-je dit au supérieur que ces planches avaient besoin d'être remplacées ! Un de ces jours nous aurons un accident !

— Vous avez failli en avoir un aujourd'hui, répliqua le juge d'un ton sec. Heureusement, un cri dans la grotte m'a fait m'arrêter à temps.

— Ce sont des chouettes, expliqua Houei-pen. Elles ont leur nid à l'intérieur. Le père abbé me charge de vous dire qu'à son grand regret il lui est impossible de quitter le service maintenant. Puis-je quelque chose pour Votre Excellence ?

— Ma foi, oui, répondit le juge en s'en allant. Vous pouvez présenter mes respects à Sa Sainteté !

XII

Un amant désabusé confesse son crime
Un artisan coréen disparaît.

La tante de Sou-niang fut ravie de voir sa nièce et insista pour que Ma Jong prît un bol de gruau avec elles. Tsiao Taï attendit quelque temps au corps de garde, puis mangea son riz du soir en compagnie du chef des sbires. Quand le retardataire arriva enfin, les deux amis enfourchèrent leurs montures et sortirent du Yamen.

Tout en chevauchant, Ma Jong ne put s'empêcher de parler de la jolie villageoise.

— Sais-tu ce qu'elle m'a dit quand je l'ai quittée ? demanda-t-il.

— Elle t'a dit : « Vous êtes le plus bel homme que j'aie jamais rencontré », répondit Tsiao Taï que ce genre de conversation ennuyait passablement.

— Tu ne connais rien aux femmes, mon vieux ! Elle le pensait, bien sûr, mais les filles ne font pas de réflexions de cette sorte à la première rencontre. Non, elle m'a dit : « Ce que vous êtes aimable, monsieur Ma Jong ! »

— La pauvre petite ! s'écria Tsiao Taï. Enfin, ne nous inquiétons pas trop tôt : après tout, elle ne veut épouser qu'un garçon possédant un lopin de terre.

— J'ai peut-être d'autres qualités, répliqua son camarade en tortillant sa moustache d'un air avantageux.

— Pense moins aux jupons, vieux frère, et parlons de choses sérieuses : le chef des sbires m'a raconté ce qu'il savait sur Ah Kouang. Inutile de chercher l'oiseau en ville, il n'y vient que pour boire ou jouer, c'est-à-dire rarement. Nous le trouverons plutôt dans la cambrousse, où il se sent plus à l'aise.

— Ce genre de pédezouille n'aime pas s'éloigner de son coin, trancha Ma Jong. Il aura été se cacher dans les bois, à l'ouest de Peng-lai.

— Pourquoi cela ? Dans son idée, rien ne permet de l'accuser du meurtre. Il se terre dans les environs immédiats en attendant de voir comment les choses vont tourner.

— En ce cas, dit Ma Jong, faisons d'une pierre deux coups et fouillons d'abord le temple abandonné.

— Pour une fois, tu as raison !

Ils sortirent de la ville par la porte Ouest et suivirent la grande route jusqu'au poste de garde. Là, ils laissèrent leurs chevaux et gagnèrent le vieux temple à pied, serrant la gauche du chemin pour se dissimuler sous les arbres.

Arrivé près des ruines de la loge, Tsiao Taï dit à voix basse :

— Le chef des sbires m'a prévenu que si Ah Kouang est stupide, il sait tout de même se battre ; il manie le couteau avec dextérité, paraît-il. Alors, s'il est ici, tâchons de ne pas nous faire repérer.

Ma Jong fit signe qu'il avait compris et se glissa dans les broussailles, suivi aussitôt par son camarade.

Au bout de quelques instants d'une marche pénible, il leva la main. Tsiao Taï s'arrêta tandis que Ma Jong écartait les branches avec précaution. Au fond d'une cour envahie par la mousse apparaissait une construction que les intempéries avaient mise en piteux état. Les portes de l'entrée principale avaient depuis longtemps disparu et il ne restait qu'une sorte de trou noir auquel on accédait par des marches brisées. Sauf deux papillons qui voletaient dans les hautes herbes, rien ne bougeait.

Ramassant un caillou, Ma Jong le lança contre le mur. La pierre rebondit et roula bruyamment sur les dalles de marbre. Les yeux fixés sur l'ouverture sombre, les deux hommes attendirent.

— J'ai vu quelque chose remuer, dit tout bas Tsiao Taï.

— Je vais me faufiler à l'intérieur, murmura son camarade. Toi, fais le tour et entre par la porte latérale. En cas d'imprévu, siffle pour m'avertir. J'en ferai autant si c'est nécessaire.

Tsiao Taï s'avança vers les buissons de droite tandis que son ami se dirigeait du côté opposé. Quand Ma Jong estima avoir atteint l'angle de la construction, il quitta l'abri du feuillage pour aller se plaquer contre le bâtiment, puis, le dos à la muraille, il se glissa petit à petit vers l'escalier. Tout semblait tranquille. Escaladant les marches en trois bonds, il entra dans le temple et se colla contre le mur.

Lorsque ses yeux se furent accoutumés à la pénombre, il vit qu'à part un vieil autel la salle était vide. Quatre grosses colonnes centrales soutenaient la toiture, reliées dans leur partie supérieure par des poutres transversales.

Ma Jong abandonna la protection du mur pour gagner une porte placée non loin de l'autel. Au moment où il passait près des colonnes, un léger bruit lui fit lever la tête. Il s'écarta précipitamment et, grâce à ce geste, la forme sombre qui dégringolait du plafond heurta seulement son épaule. La violence du choc l'envoya tout de même rouler à terre avec son agresseur.

Aussitôt debout, ce dernier se précipita sur Ma Jong qui leva vite les jambes et, plantant ses pieds dans l'estomac de l'homme, le fit basculer par-dessus sa tête avant de se relever à son tour. Mais déjà l'autre revenait à l'attaque et, esquivant un coup de pied à l'aine, il réussit à prendre le lieutenant du juge Ti entre ses bras puissants.

Haletants, les deux hommes tentèrent de s'étrangler mutuellement. L'adversaire de Ma Jong était aussi grand et aussi fort que lui mais, visiblement, il ne connaissait pas l'art de la lutte. Feignant de ne pouvoir se dégager, Ma Jong le poussa lentement vers l'autel. Quand les reins de l'homme touchèrent le bord de la haute table, Ma Jong se libéra brusquement et, glissant ses bras sous ceux du colosse, les noua autour de son cou. Se haussant sur la pointe des pieds, il obligea le torse de son agresseur à fléchir en arrière puis pesa de toutes ses forces. On entendit un craquement sec et le grand corps devint flasque. Ma Jong le laissa tomber doucement à terre où le vaincu demeura immobile, les yeux clos.

Bientôt, ses paupières se soulevèrent et il agita faiblement un bras dans un geste dont la futilité grotesque évoquait une marionnette détraquée.

— Je ne peux pas remuer les jambes, gémit-il.

Ma Jong s'accroupit près de lui.

— À qui la faute ? demanda-t-il. Si j'en juge d'après ton état, je crois que nos relations ne seront pas de bien longue durée. Je peux tout de même te dire que j'appartiens au tribunal. Toi, tu es Ah Kouang, n'est-ce pas ?

— Va-t'en pourrir en enfer ! répondit le moribond.

Ma Jong siffla entre ses doigts. Tsiao Taï apparut aussitôt. Rassemblant ses dernières forces, Ah Kouang leur cria :

— Jeter un caillou du côté où l'on ne se trouve pas est un truc éventé !

— Grimper aux poutres du plafond pour casser les reins des gens en leur tombant dessus n'est pas non plus une nouveauté, riposta Ma Jong.

S'adressant à son camarade, il ajouta :

— Le coquin n'en a plus pour longtemps à vivre.

— Ça m'est égal, grommela Ah Kouang. Au moins j'ai tué cette garce de Sou-niang. Ça lui apprendra à coucher avec un autre. Et dans le lit du maître, encore ! Pour moi, le foin du grenier suffisait.

— L'obscurité t'a fait commettre une petite méprise, mon pauvre ami, dit Ma Jong. Mais inutile de t'ennuyer avec ça maintenant, le Juge noir t'expliquera la chose à ton arrivée en enfer !

La souffrance arracha un gémissement au misérable.

— Je suis solide, hoqueta-t-il. Je ne mourrai pas de sitôt. Et je n'ai pas fait d'erreur, ma faucille s'est enfoncée dans sa gorge jusqu'à l'os !

— Toi et ta faucille ! Sais-tu seulement qui était couché avec la femme ?

— Non, et je m'en fous. Le salaud a reçu son compte. Le sang a giclé de sa gorge. Ils en étaient couverts tous les deux ! Ça lui apprendra, la garce !

Il voulut sourire, mais un violent frisson le secoua tandis que la couleur quittait son visage.

— Connais-tu l'homme qui rôdait autour de la ferme ? demanda Ma Jong sans avoir l'air d'attacher d'importance à sa question.

— Il n'y avait personne d'autre que moi.

La terreur, soudain, se lut dans le regard de Ah Kouang.

— J'ai peur… je ne veux pas mourir, hoqueta-t-il. Un rictus tordit ses traits, ses mains se crispèrent et il demeura inerte.

Les deux amis gardèrent un moment le silence.

— Le pauvre type a fini de souffrir, murmura enfin Ma Jong. C'est égal, il a bien failli m'avoir ! Il me guettait, allongé sur l'une des poutres transversales. Heureusement qu'avant de se laisser tomber sur moi il a fait un léger mouvement ; je l'ai entendu et j'ai pu m'écarter à temps. Sans cela, il me brisait les reins !

— C'est toi qui as brisé les siens, vous êtes quittes, constata Tsiao Taï, ennemi des discours inutiles. Que cela ne nous fasse pas oublier notre consigne. Examinons ce temple à fond.

Les deux hommes explorèrent la première cour, la seconde, les cellules des moines et le boqueteau situé derrière les bâtiments. Ils mirent en fuite d'innombrables légions de mulots, mais ne découvrirent rien d'intéressant.

De retour dans la chapelle, Tsiao Taï regarda l'autel d'un air songeur.

— Il y a souvent derrière ces meubles-là une cavité dans laquelle les moines dissimulent leurs candélabres d'argent et leurs brûle-parfums pendant les périodes troublées, dit-il.

— Ça ne coûte rien de vérifier, répondit son compagnon.

Ils poussèrent la lourde table et mirent au jour une niche assez profonde. Ma Jong jura.

— Rien que des cannes de moines, s'écria-t-il. Et brisées, encore !

Les deux amis rejoignirent le poste de garde. Ils ordonnèrent au caporal de faire porter le corps de Ah Kouang au tribunal, puis, ayant enfourché leurs montures, reprirent le chemin du Yamen.

La nuit tombait quand ils franchirent la porte Ouest. Quelques minutes plus tard, ils rencontrèrent le sergent qui leur expliqua :

— Je viens du chantier de constructions navales. Son Excellence soupe là-bas avec Kou Meng-pin.

Ma Jong lui raconta leur aventure.

— J'ai eu de la veine aujourd'hui, conclut-il, aussi je vous invite tous les deux à dîner au Jardin des neuf fleurs !

Lorsqu'ils pénétrèrent dans le restaurant, ils aperçurent Po Kai et Kim Sang attablés devant deux cruchons de vin. Po Kai avait repoussé sa coiffure en arrière et semblait déjà gris.

— Soyez les bienvenus ! cria-t-il. Kim Sang vient seulement d'arriver, mais avec votre aide il pourra peut-être me rattraper !

S'approchant du poète, Ma Jong déclara d'un ton sévère :

— Hier soir, vous vous êtes enivré comme un cochon, vous nous avez gravement insultés, mon ami et moi, et vous avez ensuite offensé nos tympans avec des airs obscènes. Une telle conduite mérite une punition exemplaire. Je vous condamne donc à offrir une tournée générale, et je vous invite ensuite à souper avec nous !

Tous éclatèrent de rire.

Le patron improvisa un petit repas savoureux en dépit de sa simplicité, et les cruchons de vin firent plusieurs fois le tour de la table. Quand Po Kai voulut les faire remplir de nouveau, le sergent se leva en disant :

— Non, le moment est venu de regagner le tribunal. À présent, Son Excellence doit être de retour.

— C'est vrai ! s'écria Ma Jong. Il faut que j'aille lui rendre compte de mon aventure dans le temple.

— Auriez-vous reçu l'illumination céleste ? demanda Po Kai. Quel temple favorisez-vous de vos prières, sans nul doute ferventes ?

— Nous avons mis la main sur Ah Kouang dans le temple abandonné, expliqua Ma Jong. Et quant à être abandonné, ce temple l'est bien ! Les moines n'y ont laissé que quelques vieilles cannes en morceaux !

— Voilà un indice de la plus haute importance, plaisanta Kim Sang. Votre juge sera sûrement ravi !

Po Kai manifesta l'intention d'accompagner les trois hommes, mais le Coréen lui dit :

— Abandonnerons-nous ce lieu hospitalier quand l'hôte a encore du vin à nous offrir ?

Le poète hésita, puis finit par se rasseoir en précisant :

— Une dernière tasse, alors, et toute petite. Je suis ennemi de l'intempérance.

— Si Son Excellence n'a pas besoin de nos services, déclara Ma Jong, nous reviendrons voir tout à l'heure dans quel état vous aura mis cette dernière petite tasse !

Le sergent et ses deux compagnons trouvèrent le juge seul dans son cabinet. Il avait l'air las, mais quand il fut au courant de la confession de Ah Kouang, son visage s'éclaira.

— Ma thèse d'une méprise de la part de l'assassin était donc juste, remarqua-t-il. À présent, il ne reste plus qu'à retrouver la femme. Son geste meurtrier accompli, Ah Kouang s'est enfui sans même prendre l'argent. Il n'a pas pu voir ce qui s'est passé après son départ, mais le serviteur de Fan a peut-être aperçu le troisième larron selon moi impliqué dans l'affaire. Nous en saurons davantage lorsque ce Wou sera arrêté.

— Nous avons fouillé le temple et le petit bois sans découvrir de cadavre, pas plus féminin que masculin, dit Ma Jong. Nous avons seulement trouvé derrière l'autel un tas de vieux bâtons analogues aux cannes dont se servent les moines.

— Des bâtons de pèlerins ? s'écria le juge, incrédule.

— De vieux bâtons hors d'usage, Votre Excellence, intervint Tsiao Taï. Tous brisés.

— Quelle curieuse trouvaille, murmura pensivement le juge.

S'arrachant à ses réflexions, il dit aux deux lieutenants :

— La journée a été dure pour vous. Allez dormir jusqu'à demain matin. Moi, je vais bavarder un moment encore avec Hong.

Lorsqu'ils furent sortis, le juge se cala dans son fauteuil pour raconter au sergent son aventure sur la passerelle.

— On a essayé de me tuer, c'est clair ! conclut-il.

Le sergent lui jeta un regard anxieux.

— La planche était peut-être mangée aux vers, dit-il. Quand le poids de Votre Excellence...

— Mais mon poids n'a pas porté dessus, l'interrompit le juge. J'ai juste posé le bout du pied, pour me rendre compte.

Devant le regard d'incompréhension de Hong, il expliqua :

— Au moment où j'allais m'avancer sur le pont, j'ai vu le fantôme de Wang et je me suis arrêté.

Une porte claqua dans le Yamen, faisant vibrer les murs du cabinet.

Le juge se redressa.

— Tang n'a pas encore fait arranger cette porte, dit-il avec irritation. Il souleva sa tasse pour la porter à ses lèvres, mais se figea soudain en voyant une poudre blanche flotter à la surface du liquide.

— On a mis quelque chose dans mon thé ! s'écria-t-il.

Les deux hommes regardèrent sans mot dire les particules blanchâtres. Brusquement, le juge passa son doigt sur la table. Ses traits se détendirent. Avec un pâle sourire, il remarqua :

— Mes nerfs me lâchent, sergent ! C'est simplement du plâtre que cette porte, en claquant, a fait tomber du plafond !

Hong poussa un soupir de soulagement et alla vider la tasse de son maître pour la remplir à nouveau de thé frais.

— Après tout, dit-il en se rasseyant, peut-être existe-t-il une explication aussi simple pour la planche du pont. Je ne vois pas pourquoi l'homme qui a tué Wang s'attaquerait à Votre Excellence. Son identité ne nous est même pas connue.

— Mais il n'en sait rien ! Il ignore aussi ce que l'enquêteur impérial a pu me confier. Cet homme doit suivre mes mouvements avec la plus grande attention et il se peut que l'un de mes actes, ou l'une de mes paroles, lui ait donné à croire que j'étais sur sa piste. Sais-tu ce que je vais faire, Hong ? Lui fournir d'autres occasions de m'attaquer ; peut-être sera-t-il amené ainsi à se trahir !

— Je supplie Votre Excellence de ne pas prendre de risques inutiles ! s'écria le brave Hong, consterné. Votre ennemi est aussi impitoyable qu'ingénieux ; nous ignorons ce qu'il manigance...

Le magistrat avait cessé d'écouter. Saisissant sa bougie, il fit signe au sergent de le suivre.

Les deux hommes traversèrent la cour principale et prirent le couloir obscur qui menait à la bibliothèque. Le juge s'arrêta dans l'embrasure de la porte et leva le bougeoir au-dessus de sa tête : la pièce était exactement dans le même état que lors de sa précédente visite. S'approchant du réchaud à thé, il commanda :

— Apporte le fauteuil ici.

Quand Hong eut obéi, le juge grimpa sur le siège puis, élevant la lumière, il examina la poutre laquée de rouge qui soutenait le plafond.

— Passe-moi ton couteau et une feuille de papier, s'écria-t-il. Et prends la bougie.

Il gratta la face inférieure de la poutre, recueillant les raclures sur le papier qu'il tenait soigneusement au-dessous. L'opération terminée, il redescendit et essuya la lame sur la feuille qu'il plia et glissa dans sa manche. Rendant à Hong son couteau, il demanda :

— Tang est-il encore là ?

— Il me semble l'avoir aperçu tout à l'heure, Votre Excellence.

Le juge gagna rapidement le greffe. Une chandelle brûlait sur le bureau du premier scribe qui, affalé dans un fauteuil, avait l'air absent. Au bruit que firent les deux hommes, il se leva.

Voyant son visage défait, le juge dit doucement :

— L'assassinat de votre commis vous a porté un coup, Tang. Rentrez chez vous et prenez du repos. Auparavant, je voudrais cependant que vous répondiez à une question : a-t-on fait des réparations dans la bibliothèque de Wang juste avant sa mort ?

Le vieil homme plissa le front.

— Juste avant sa mort, Votre Excellence ? Non, mais une quinzaine de jours plus tôt, l'un de ses visiteurs, ayant remarqué un endroit décoloré dans le plafond, avait promis de lui envoyer un laqueur de sa connaissance pour réparer le dommage. Mon maître me donna l'ordre de conduire cet artisan dans la bibliothèque quand il se présenterait.

— Qui était ce visiteur ?

Tang secoua la tête.

— Je l'ignore. Le magistrat Wang était très populaire. L'un ou l'autre des notables venait toujours prendre une tasse de thé dans sa bibliothèque avant l'audience du matin. Mon maître préparait son thé lui-même. Le père abbé, le prieur Houei-pen, le docteur Tsao, monsieur Yi, monsieur Kou étaient parmi les...

— J'imagine qu'on peut retrouver cet artisan, l'interrompit le juge. L'arbre à laque ne pousse pas dans notre région, les laqueurs ne doivent donc pas être très nombreux à Peng-lai.

— C'est bien pourquoi mon maître fut si heureux de cette offre. Nous ne savions pas qu'un tel spécialiste se trouvait dans le district.

— Allez interroger les gardes, ordonna le juge. Ils ont dû apercevoir l'homme. Venez m'apporter la réponse dans mon cabinet.

Quand il fut de nouveau assis derrière son bureau, le juge Ti expliqua au sergent :

— C'est le plâtre tombé dans ma tasse qui m'a fourni la solution du mystère. Quand celui qui projetait d'assassiner Wang s'aperçut que la vapeur de l'eau bouillante avait décoloré un endroit du plafond, il comprit que Wang laissait toujours le récipient à la même place, sur le meuble à thé, et ce fait lui suggéra un plan diabolique. Il chargea l'un de ses complices de jouer le rôle de l'artisan. Sous couleur de relaquer la poutre, cet homme creusa dedans une petite cavité, juste au-dessus du réchaud. Il mit dans le trou ainsi préparé une boulette de cire contenant la poudre mortelle. Et c'est tout, sergent ! L'assassin savait que Wang, perdu dans sa lecture, laissait souvent l'eau bouillir un bon moment avant de se lever pour la verser dans la théière. Tôt ou tard, le jet de vapeur ferait fondre la cire, la boulette tomberait dans l'eau chaude et fondrait immédiatement. Méthode simple et efficace ! Tout à l'heure, j'ai découvert la cavité, au milieu de l'endroit décoloré, et un peu de cire adhérait encore à ses parois. Nous savons à présent comment le poison a été administré.

Le vieux Tang reparut.

— Votre Excellence, dit-il, j'ai trouvé deux gardes qui se souviennent de l'artisan. Il s'est présenté au Yamen une dizaine de jours avant la mort de mon maître. C'était un Coréen. Il venait d'une des jonques ancrées dans le port et ne connaissait que quelques mots de chinois. Comme j'avais prévenu les gardes, ceux-ci le conduisirent dans la bibliothèque. C'était pendant l'audience de l'après-midi et ils restèrent là tout le temps de l'opération pour s'assurer que l'homme ne volait rien. Après avoir travaillé un certain temps sur la poutre, il redescendit de son échelle en grommelant que les dégâts étaient trop importants et qu'il lui faudrait relaquer tout le plafond. On ne l'a jamais revu.

Le juge se renversa dans son fauteuil.

— Encore un indice qui nous claque entre les doigts, murmura-t-il.

XIII

LES LIEUTENANTS DU TRIBUNAL
FONT UNE PROMENADE SUR L'EAU
UN RENDEZ-VOUS AMOUREUX
SE TERMINE DE FAÇON INATTENDUE.

En quittant le bureau du juge, Ma Jong et Tsiao Taï ne songeaient pas à dormir. Le sourire aux lèvres, ils se dirigèrent vers le Jardin aux neuf fleurs et, en poussant la porte du petit restaurant, Tsiao Taï dit avec satisfaction :

— Enfin, nous allons étancher notre soif !

Quand ils approchèrent de la table où ils avaient laissé leurs amis, ils virent le poète affalé devant une rangée de cruchons vides. Avec un soupir mélancolique, Kim Sang expliqua :

— Il a trop bu… et trop vite. J'ai voulu l'arrêter mais il n'a rien voulu entendre. À présent, il est d'une humeur massacrante ; on ne peut plus lui parler. Occupez-vous de lui, moi je file. C'est dommage, car la petite Coréenne nous attendait.

— Quelle petite Coréenne ?

— Yu-sou, du second bateau-de-fleurs. Elle est libre ce soir et m'a dit qu'elle nous ferait visiter des endroits intéressants dans le faubourg coréen. Des endroits que moi-même je ne connais pas. J'avais loué un sampan pour nous y conduire. Je vais le décommander.

— Pourquoi ne pas réveiller cet ivrogne et lui faire entendre raison ? demanda Ma Jong.

— J'ai essayé. Je vous avertis qu'il est d'humeur hargneuse.

Sans l'écouter, Ma Jong prit le poète par le col de sa robe et lui cria dans l'oreille :

— Réveille-toi, vieux frère. On va voir ces demoiselles !

Po Kai ouvrit les yeux avec difficulté.

— Je ne suis le frère d'aucun de vous, articula-t-il d'une voix pâteuse. Je trouve votre compagnie dégradante, bande de soiffards dissolus, et vous m'inspirez le plus profond mépris !

Il laissa retomber sa tête sur la table.

Les lieutenants du juge Ti pouffèrent.

— Si ce sont là ses sentiments, mieux vaut ne pas insister, reconnut Ma Jong.

Se tournant vers son camarade, il ajouta :

— Restons tranquillement à boire quelques coupes. J'imagine que Po Kai aura cuvé son vin quand nous serons sur le point de partir, et nous serons peut-être heureux de l'avoir là pour nous ramener au Yamen !

— C'est dommage de renoncer à cette bordée à cause de lui, répliqua Tsiao Taï. Nous n'avons pas encore visité le quartier coréen. Pourquoi ne pas nous emmener à sa place, Kim Sang ?

Kim fit la moue.

— Ça ne sera pas commode, dit-il. Vous savez que la colonie coréenne jouit d'une quasi-autonomie. Le personnel du tribunal n'est censé s'y rendre qu'à la demande expresse du surveillant de quartier.

— Mais rien ne nous empêche d'y aller incognito ! riposta Tsiao Taï. Si mon ami et moi enlevons nos bonnets et nouons nos cheveux, personne ne saura qui nous sommes.

Voyant Kim Sang hésiter, Ma Jong s'empressa de dire :

— Bonne idée. Filons !

Comme tous trois se dirigeaient vers la porte, Po Kai leva la tête.

Kim Sang s'arrêta pour lui tapoter l'épaule.

— Fais un petit somme, recommanda-t-il. Quand tu te réveilleras, il n'y paraîtra plus.

Le poète bondit sur ses pieds, ce qui eut pour effet de renverser sa chaise. Agitant vers Kim un index tremblotant, il glapit :

— Tu avais promis de m'emmener ! Tu t'imagines peut-être que je suis ivre, paillard sans vergogne, mais je ne me laisserai pas berner !

Saisissant un cruchon de vin, il le brandit d'un air menaçant.

Les autres clients avaient tourné la tête vers eux et suivaient la scène avec intérêt. Ma Jong arracha la cruche des mains de l'ivrogne en maugréant :

— Il va falloir le traîner avec nous, tant pis !

Il saisit le poète par un bras, Tsiao Taï le prit par l'autre, et tous trois sortirent du restaurant tandis que Kim Sang réglait l'addition.

Dès qu'ils furent dehors, Po Kai se mit à gémir :

— Suis malade… Peux pas marcher ! Veux me coucher dans un bateau !

Il s'assit par terre.

— Pas de ça, mon vieux, dit Ma Jong en le remettant debout sans douceur. Ce matin on a bouché le trou de la grille, il faut trotter. Ça te fera du bien, tu verras !

Po Kai éclata en sanglots. Impatienté, Tsiao Taï dit à Kim :

— Louez une litière pour ce paresseux et allez nous attendre à la porte Est. Nous dirons aux gardes que vous êtes avec nous.

— Je ne savais pas que la grille était réparée, répondit le Coréen. Heureusement que vous êtes venus ! Rendez-vous à la porte Est, alors.

Les deux amis partirent d'un pas rapide. Voyant son camarade plus silencieux que de coutume, Ma Jong s'écria :

— Auguste Ciel ! Tu n'es pas amoureux, au moins ? Ça ne te prend pas souvent, vieux frère, mais quand ça te prend, c'est sérieux ! Combien de fois t'ai-je recommandé de faire comme le papillon qui va de fleur en fleur sans se fixer nulle part ? C'est la seule façon de passer le temps de façon agréable en évitant les ennuis !

— Je n'y peux rien, je trouve cette petite attachante.

— Fais comme tu voudras, tu es prévenu.

À la porte Est, Kim Sang discutait avec des fonctionnaires pendant que Po Kai, assis dans sa litière, chantait à tue-tête une chanson obscène à la grande joie des porteurs.

Tsiao Taï expliqua qu'ils avaient l'ordre de confronter Po Kai avec une personne habitant de l'autre côté de la crique. Les gardes eurent l'air sceptique, mais ne s'opposèrent pourtant pas à leur passage.

Les porteurs payés, les quatre hommes traversèrent le pont de l'Arc-en-ciel. Sur l'autre rive, ils louèrent un sampan ; tandis que Kim le manœuvrait, Ma Jong et Tsiao Taï fourrèrent leur bonnet dans leur manche et se nouèrent les cheveux avec un bout de corde.

Une barque pontée à la coréenne se trouvait à côté du second bateau-de-fleurs, des lampions de toutes les couleurs suspendus entre ses deux mâts très courts.

Kim Sang grimpa lestement à bord ; Ma Jong et Tsiao Taï l'imitèrent, hissant le poète à leur suite.

Yu-sou les attendait près du bastingage. Elle portait le costume de son pays : une longue robe de soie blanche évasée vers le bas, que serrait sous les seins une ceinture au grand nœud coquet. Ses cheveux étaient relevés en un haut chignon et elle avait piqué une fleur blanche derrière son oreille. Tsiao Taï la contempla sans cacher son admiration.

— J'ignorais que vous viendriez aussi, dit-elle aux deux amis avec un sourire aimable. Mais quelles singulières coiffures vous avez là !

— Chut ! murmura Ma Jong. Ne le dites à personne : nous avons modifié notre apparence pour ne pas être reconnus !

Se penchant vers la jonque fleurie, il cria :

— Vénérable tante, envoyez-moi la petite boulotte. Elle me tiendra la tête si j'ai le mal de mer !

— Vous trouverez toutes les filles que vous voudrez là où nous allons, dit Kim Sang avec impatience. Il donna un ordre en langue coréenne aux trois bateliers, qui prirent aussitôt les rames.

Kim Sang, Po Kai et Ma Jong s'assirent, jambes croisées, sur des coussins disposés autour d'une table basse. Tsiao Taï s'apprêtait à se laisser tomber à côté d'eux quand Yu-sou lui fit signe de venir la rejoindre près de l'échelle descendant à la cabine.

— N'avez-vous pas envie de voir l'intérieur d'un bateau coréen ? demanda-t-elle avec une petite moue provocante.

Tsiao Taï jeta un coup d'œil à ses compagnons. Le poète versait déjà du vin dans les coupes, Kim Sang et Ma Jong étaient en grande conversation.

— Ils ne s'apercevront même pas de mon absence, remarqua-t-il d'une voix qu'il fit bourrue pour cacher son embarras.

Une lueur malicieuse dansa dans les yeux de la jeune femme. Tsiao Taï pensa qu'il n'avait jamais vu créature si ensorcelante et descendit à sa suite.

Dans la grande cabine, deux lanternes voilées de soie répandaient leur douce clarté sur une couche en ébène ornée d'incrustations de nacre. Une natte de jonc finement tressée la recouvrait et les murs disparaissaient sous des tentures de soie brodée. D'un brûle-parfum posé sur une coiffeuse laquée de rouge montait paresseusement un mince filet de fumée qui mettait dans l'air une odeur un peu âcre d'encens.

Yu-sou s'approcha de la coiffeuse pour rajuster la fleur placée derrière son oreille. Se retournant, elle demanda :

— Que pensez-vous de ma chambrette ?

Une étrange mélancolie noya le cœur de Tsiao Taï. Posant sur la jeune femme un regard attendri, il répondit d'une voix rauque :

— Comme ce décor et ce costume vous conviennent ! On ne devrait jamais vous voir dans une ambiance différente ou autrement vêtue. Mais n'est-il pas singulier que chez vous les femmes portent du blanc ? En Chine, c'est la couleur de la tristesse et de la mort.

— Ne dites pas de pareilles choses, murmura-t-elle en lui posant un doigt sur les lèvres.

Tsiao Taï la prit dans ses bras et lui donna un long baiser, puis, l'entraînant vers la couche, il la fit asseoir à son côté.

— Lors de ma prochaine visite au bateau-de-fleurs, je passerai une nuit entière avec vous, murmura-t-il.

— Lors de votre prochaine visite ? Vous n'êtes pas un amoureux bien pressé !

Elle défit le nœud compliqué de sa ceinture et, secouant les épaules, fit tomber sa robe. Nue à présent, elle lui lança un regard moqueur.

Tsiao Taï se leva d'un bond ; la saisissant dans ses bras, il la porta sur le lit.

La jeune femme s'était montrée passive lors de leur première rencontre. Cette fois-ci, sa fougue fut égale à celle de son partenaire. Jamais, songea Tsiao Taï, il n'avait autant aimé une femme.

Leurs sens apaisés, les amants restèrent étendus un long moment sans rien dire. Notant un ralentissement dans la course de la barque, Tsiao Taï pensa qu'on arrivait au faubourg coréen. Il se pencha pour attraper ses vêtements épars au pied de la couche, mais Yu-sou lui entoura le cou de ses bras à la chair si douce.

— Ne pars pas encore, murmura-t-elle.

Un bruit de chute ébranla le plancher au-dessus d'eux. Des cris de colère et des jurons suivirent, puis Kim Sang apparut, un long poignard à la main. Les bras de Yu-sou devinrent un étau.

— Tue-le vite ! cria-t-elle au Coréen.

Tsiao Taï tenta frénétiquement de se dégager. Il réussit à s'asseoir, mais la fille tirait de toutes ses forces, l'entraînant de nouveau en arrière tandis que Kim Sang arrivait sur lui l'arme levée. Tsiao Taï se tordit pour échapper à l'étreinte de la courtisane. Ce geste la fit glisser en avant à la seconde même où s'abattait le poignard, qui s'enfonça dans le jeune flanc. Kim retira vivement son arme, regardant d'un air incrédule le sang qui la rougissait. Sans perdre de temps, Tsiao Taï libéra son cou des bras à présent sans force et, sautant à terre, saisit la main qui tenait le poignard. Rappelé au sens de la réalité, Kim abattit son autre poing sur le visage de Tsiao Taï. L'œil poché, celui-ci ne lâcha pas prise et fit lentement tourner le poignet de Kim, dirigeant la pointe de l'arme vers la gorge de son assaillant. Kim Sang se servit une seconde fois de son poing gauche, mais, au même instant, Tsiao Taï poussa violemment le poignard qui pénétra jusqu'à la garde dans la poitrine du Coréen. Kim Sang s'écroula sans pousser un cri.

Tsiao Taï revint auprès de la petite courtisane. Elle était à demi étendue sur la couche, une main crispée sur son flanc d'où coulait un mince filet rouge. Levant la tête vers son amant, elle posa sur lui un regard déjà trouble.

— Il fallait que j'agisse ainsi, balbutia-t-elle. Mon pays a besoin de ces armes pour se libérer de l'envahisseur. Pardonne-moi...

Un frisson la secoua ; elle eut encore la force de murmurer :

— Vive la Corée ! puis sa tête retomba, inerte.

Sur le pont, Ma Jong jurait violemment. Sans même se rhabiller, Tsiao Taï bondit vers l'échelle et trouva son camarade aux prises avec un énorme matelot. Saisissant l'homme par le cou, il exécuta un mouvement de torsion : le grand corps devint subitement flasque. D'une brusque détente, il l'expédia par-dessus bord.

— J'ai réglé son compte à l'un de ces énergumènes, dit Ma Jong dont le bras saignait abondamment. Le troisième a dû sauter dans la flotte.

— Descendons, grommela Tsiao Taï. Je vais te faire un pansement.

Kim Sang n'avait pas bougé. Le visage déformé par la souffrance, il ne quittait pas la morte des yeux.

Voyant ses lèvres remuer, Tsiao Taï se pencha vers lui et demanda :

— Où sont les armes ?

— Les armes ? murmura le moribond. C'était une blague pour entraîner Yu-sou. Elle l'a cru, la pauvre petite !

Il poussa un gémissement. Ses doigts se crispèrent sur le manche du poignard fiché dans sa poitrine.

— Elle... Elle... Quels salauds nous sommes ! réussit-il à dire encore.

— S'il ne s'agit pas d'armes, que passez-vous en contrebande ? nsista Tsiao Taï.

Kim Sang ouvrit la bouche. Un flot de sang jaillit. Dans un hoquet, il murmura :

— De l'or ! puis il s'affaissa et ne bougea plus.

Le regard de Ma Jong allait avec curiosité de Kim Sang à la fille nue.

— Il l'a tuée au moment où elle allait t'avertir ? demanda-t-il.

Tsiao Taï hésita une seconde et fit signe que oui. Il se rhabilla rapidement, puis, avec des gestes tendres, il allongea le corps de la morte sur la couche et le recouvrit de la robe blanche. Blanc, couleur de deuil, pensa-t-il. Devant le beau visage sans vie, il dit à son compagnon :

— L'amour de la patrie est le plus noble sentiment que je connaisse !

— Le plus noble, en vérité ! acquiesça derrière eux une voix ironique.

Les deux hommes se retournèrent.

Po Kai les regardait à travers un sabord, les coudes nonchalamment appuyés sur le bas de l'encadrement.

— Auguste Ciel ! s'exclama Ma Jong. Je ne pensais plus à cet oiseau-là !

— Voilà qui n'est pas aimable ! protesta le poète. Quand j'ai vu tout le monde se battre, je me suis laissé glisser dans l'étroite coursive qui fait le tour de cette embarcation. La fuite, c'est l'arme des faibles !

— Viens nous rejoindre, commanda Ma Jong. Tu aideras mon camarade à me soigner.

— Comme tu saignes ! s'écria Tsiao Taï consterné. Que t'est-il arrivé ?

Tout en parlant, il avait ramassé la ceinture de la morte et s'en servait pour arrêter l'hémorragie.

— Je ne me méfiais de rien, expliqua Ma Jong. Soudain, l'un des ces chiens m'a saisi par derrière. Je voulus me baisser pour le faire voltiger par-dessus ma tête, mais le second m'a donné un coup de pied dans le ventre et a sorti son couteau... j'étais plutôt en mauvaise posture ! Sans que je comprenne pourquoi, le premier type m'a alors lâché. J'ai tout de suite effacé le torse, et le couteau m'a seulement atteint au bras gauche. J'ai enfoncé mon genou dans l'aine du type, lui envoyant, par la même occasion, mon poing en pleine mâchoire. Il est tombé à la renverse et a passé à travers le bastingage. Celui qui m'avait attaqué par-derrière a dû trouver l'endroit malsain, car je l'ai entendu sauter dans la flotte. Mais le troisième a choisi ce moment pour me tomber dessus. C'était un rude gaillard, et moi j'étais dans l'incapacité de me servir de mon bras gauche. Tu peux te vanter d'être arrivé à temps, vieux frère !

Tsiao Taï achevait de nouer les pans de la ceinture autour du cou de son ami.

— Ta blessure ne saigne plus, dit-il, et comme ceci, tu pourras porter ton bras en écharpe.

Ma Jong fit une petite grimace quand son camarade acheva de serrer le bandage.

— Où donc est passé ce fichu poète ? demanda-t-il.

— Je parie qu'il termine le vin. Remontons vite !

Le pont était désert. Ils appelèrent Po Kai à plusieurs reprises, mais seul le bruit d'une paire de rames frappant l'eau de la crique parvint à leurs oreilles.

Avec un juron, Ma Jong se précipita vers la poupe. Le sampan avait disparu.

— Ce chien-là faisait partie de la bande ! s'écria-t-il.

— En voilà un à qui je tordrai le cou par plaisir quand nous l'aurons retrouvé !

— Oui, mais le retrouverons-nous ? grommela Ma Jong en essayant de percer le brouillard. Le courant nous a entraînés assez loin ; ça va demander du temps pour rentrer et le salaud a pris pas mal d'avance.

XIV

LE JUGE APPREND LA NOUVELLE TENTATIVE D'ASSASSINAT ✤ UNE FEMME VOILÉE SE PRÉSENTE DEVANT LE TRIBUNAL.

IL ÉTAIT près de minuit quand Ma Jong et Tsiao Taï arrivèrent au Yamen. Ils avaient amarré la barque coréenne sur le pont de l'Arc-en-ciel, confiant sa surveillance aux gardes de la porte Est.

Le juge travaillait encore avec le sergent Hong. Il ouvrit de grands yeux en voyant le désordre de leur tenue, mais, à mesure que Ma Jong parlait, l'étonnement faisait place chez lui à la colère.

— Incroyable ! s'écria-t-il quand son lieutenant se tut. Après avoir tenté de m'éliminer personnellement, voilà qu'on s'attaque aux officiers de mon tribunal, à présent !

Il se mit à marcher de long en large dans son cabinet, les mains derrière le dos.

Ce fut au tour de Ma Jong et de Tsiao Taï d'être surpris. Ils jetèrent un regard interrogateur au sergent. À voix basse, celui-ci leur expliqua comment une planche s'était détachée de la passerelle du temple bouddhique au moment où le juge allait la franchir. Il se garda toutefois de parler du fantôme de Wang, sachant que les phénomènes occultes étaient les seules choses capables d'affaiblir le moral des deux colosses.

— Ces fils de chiens savent tendre un piège ! remarqua Tsiao Taï. Le guet-apens contre nous était bien combiné aussi. La scène préliminaire dans le Jardin aux neuf fleurs a dû être répétée comme une véritable pièce de théâtre !

Le juge n'écoutait pas. S'arrêtant brusquement de marcher, il s'écria :

— Ainsi, ils font la contrebande de l'or. Cette rumeur sur les transports d'armes était pure invention pour me donner le change. Mais quel intérêt ont-ils à envoyer de l'or en Corée ? Il me semble que ce métal ne manque pas là-bas.

Tirant sa barbe d'un geste courroucé, il se laissa tomber sur son siège et poursuivit :

— J'examinais tout à l'heure avec Hong les raisons que peuvent avoir ces coquins de se débarrasser de moi. Nous en étions arrivés à la conclusion qu'ils me croyaient plus renseigné que je ne le suis réellement. Mais pourquoi vouloir vous supprimer aussi ? L'attaque contre vous a été préparée aussitôt après votre dîner avec Po Kai et Kim Sang. Auriez-vous dit pendant le repas une chose qui pût les inquiéter ? Tâchez de vous souvenir !

Les deux hommes réfléchirent. S'arrêtant de lisser sa petite moustache, Tsiao Taï finit par déclarer :

— Vraiment, je ne vois pas. Nous avons parlé de choses insignifiantes et plaisanté quelque peu, mais...

— Il a été question du temple abandonné, intervint Ma Jong. Au cours de l'audience, Votre Excellence nous a donné l'ordre de rechercher Ah Kouang, aussi ai-je pensé que nous pouvions leur apprendre sans inconvénient que nous l'avions trouvé là-bas.

— N'a-t-il pas été question des cannes découvertes derrière l'autel ? demanda le juge.

— Si, en effet, s'écria Ma Jong. Kim Sang a même fait une plaisanterie à leur sujet.

Le juge abattit son poing sur la table.

— Ce doit être cela ! dit-il. Pour une raison ou pour une autre, ces vieux bâtons se trouvent avoir de l'importance.

Il sortit un éventail de sa manche et s'éventa d'un geste vigoureux.

— Quand vous procédez à une arrestation, dit-il aux deux hommes, tâchez d'y aller un peu plus doucement. Ah Kouang a révélé ce que nous voulions savoir avant de mourir et la disparition des matelots coréens ne tire pas à conséquence puisque ce n'étaient que de simples exécutants. Mais si vous m'aviez ramené Kim Sang vivant, notre problème serait probablement résolu à l'heure actuelle.

Tsiao Taï se gratta la tête.

— Oui, dit-il d'un air contrit, il aurait mieux valu ne pas le tuer. Mais ça s'est passé si vite. Tout était fini avant d'avoir commencé, pour ainsi dire !

— Oui, je crois que je suis trop exigeant, admit le juge avec un sourire. N'en parlons plus. Il est tout de même regrettable que Po Kai ait entendu les dernières paroles de Kim Sang. Sans cela, il se demanderait maintenant avec inquiétude si son complice a mangé complètement le morceau ou non. Et un criminel inquiet commet parfois des fautes qui aident la justice.

— Ne pourrions-nous soumettre les armateurs Kou et Yi à la torture pour voir s'ils n'ont rien à dire ? demanda Ma Jong avec empressement. Après tout, ce sont leurs employés qui ont voulu nous assassiner.

— Il n'y a pas la plus légère preuve contre eux, répliqua le juge. Nous savons seulement que des Coréens jouent un rôle important dans l'histoire, mais cela n'a rien d'extraordinaire s'il s'agit d'un trafic d'or avec la Corée ! Le magistrat Wang n'a pas eu la main heureuse en confiant ses documents à une courtisane de ce pays. Bien entendu, elle a montré le paquet à son ami Kim Sang, qui s'est empressé de faire disparaître les papiers compromettants. Ils n'ont pas osé détruire la boîte, de crainte que le magistrat n'ait laissé une note disant qu'il l'avait remise à la fille. Faute de pouvoir la produire à la première réquisition, elle aurait été soupçonnée d'être leur complice et arrêtée sur-le-champ. C'est peut-être même parce qu'ils supposaient qu'une allusion à cette boîte figurait dans les papiers personnels de Wang que ceux-ci ont disparu des archives. Mais si la bande possède des agents dans la capitale, nous avons vraiment affaire à une vaste organisation. À mon avis, ces gens-là ont trempé dans l'enlèvement de l'inconnue qui accompagnait Fan Tchong. Je ne serais pas étonné non plus que ce pompeux imbécile de docteur Tsao soit de mèche avec eux. Nous connaissons un certain nombre de faits, mais ils sont sans lien apparent et la clef qui permettrait de donner un sens à cette confuse histoire nous manque.

Après avoir poussé un gros soupir, le juge ajouta :

— Il est plus de minuit, allez vous coucher, mes enfants, et tâchez de bien dormir ! En sortant, sergent, tire-moi donc trois ou quatre scribes de leurs lits et fais-leur rédiger des affiches annonçant que Po Kai est recherché pour tentative de meurtre. Qu'ils n'oublient pas d'indiquer son signalement. Commande aux gardes d'aller tout de suite poser ces affiches à la porte du tribunal et sur les principaux bâtiments de la ville afin que les gens puissent les lire demain à la première heure. Quand cet insaisissable coquin sera sous les verrous, nous aurons fait un grand pas vers la solution du problème.

Le lendemain matin, pendant que le sergent Hong servait au juge son petit déjeuner, le chef des sbires vint annoncer que monsieur Kou et monsieur Yi demandaient à le voir.

— Qu'ils se présentent à l'audience, répliqua le magistrat. Ils peuvent parler en public !

Ma Jong et Tsiao Taï firent ensuite leur apparition, suivis du vieux scribe. Ce dernier avait le visage couleur de cendre et paraissait plus mal à l'aise encore que la veille.

— C'est affreux ! se lamentait-il. Jamais je n'ai vu chose pareille dans notre district. Attaquer deux officiers du tribunal...

— Ne vous inquiétez pas pour mes lieutenants, l'interrompit le magistrat. Ils sont de taille à se défendre.

Cette remarque amena un petit sourire sur les lèvres des deux amis. Ma Jong ne portait plus son bras en écharpe et, si l'œil de Tsiao Taï présentait maintenant toutes les couleurs de l'arc-en-ciel, il pouvait du moins s'ouvrir de nouveau.

Le gong retentit au moment où le juge se passait une serviette mouillée sur le visage. Hong vint l'aider à revêtir sa robe officielle, et les cinq hommes se dirigèrent vers la salle d'audience.

Malgré l'heure matinale, la foule se pressait dans le grand hall. Les habitants du quartier Est avaient répandu la nouvelle qu'une bagarre s'était produite à bord d'une barque coréenne, et beaucoup de citoyens avaient lu les affiches annonçant la fuite de Po Kai.

Le juge eut à peine le temps de frapper la table de son martelet que le docteur Tsao se présenta devant lui. Il s'agenouilla et dit d'un trait :

— Votre Excellence, un affreux malheur vient d'arriver. Au cours de la nuit, mon fils Tsao Min fut tiré de son sommeil par le hennissement de nos chevaux. Il se rendit dans l'écurie et trouva les bêtes inquiètes. Après avoir réveillé le portier, il prit un sabre et alla explorer le boqueteau qui entoure notre demeure pour voir si un voleur ne s'y cachait pas. Soudain, une masse pesante s'abattit sur son dos tandis que des griffes acérées s'enfonçaient dans ses épaules. Il tomba, heurtant de la tête une grosse pierre, et la dernière chose qu'il entendit avant de s'évanouir fut le claquement de puissantes mâchoires. Heureusement, le portier accourut avec une torche, et son arrivée fit s'enfuir un énorme tigre dont il vit la forme sombre disparaître sous les arbres. Nous portâmes mon fils dans son lit ; les blessures de ses épaules ne présentaient pas de gravité, mais son front était ouvert. Ce matin, il s'est mis à délirer. Le docteur Chen estime son état alarmant. Que Votre Excellence écoute son humble serviteur et prenne les mesures nécessaires pour que notre district soit débarrassé au plus vite de ce mangeur d'hommes !

Un murmure d'approbation monta de la salle.

— Ce matin même des chasseurs partiront à la recherche du fauve, décréta le juge.

Le docteur Tsao se releva et prit place au premier rang de la foule. Aussitôt Yi Pen s'avança pour s'agenouiller à son tour. Après avoir décliné ses noms et profession, il dit :

— L'humble armateur présent devant vous vient de lire les affiches apposées par les sbires. Il a entendu aussi ce qu'on raconte au sujet du rôle joué par Po Kai à bord d'une barque coréenne. Ce Po Kai est un personnage excentrique, et je tiens à déclarer que je ne me considère pas comme responsable de ce qu'il peut faire en dehors de ses heures de travail.

— Quand et comment est-il entré à votre service ? demanda le juge.

— Il s'est présenté chez moi il y a une dizaine de jours porteur d'une lettre d'introduction de Tsao Fen, fameux lettré et cousin de mon bon ami le docteur Tsao Ho-sien, Votre Excellence. Il m'expliqua qu'il venait de divorcer et désirait quitter la capitale où son ex-belle famille lui créait des difficultés. Je m'aperçus vite que c'était un ivrogne et un débauché, mais ses extraordinaires capacités professionnelles me firent fermer les yeux sur ce point. Après avoir lu l'affiche du tribunal, j'ai fait venir mon intendant et lui ai demandé quand il avait vu Po Kai pour la dernière fois. Il me répondit que mon employé principal était rentré tard dans la nuit pour repartir presque aussitôt avec une boîte plate. Connaissant ses habitudes fantasques, il n'avait pas prêté grande attention à la chose. Il nota cependant que Po Kai paraissait extrêmement pressé. J'ai fouillé moi-même sa chambre avant de venir trouver Votre Excellence et j'ai constaté que toutes ses affaires étaient encore là, à l'exception d'une boîte de cuir dans laquelle il range ses papiers personnels.

Monsieur Yi s'arrêta un instant, puis conclut :

— Je désire que les scribes prennent acte de mon refus d'être tenu pour responsable des activités illégales de Po Kai, Votre Excellence.

— Ce sera fait, répliqua sèchement le juge, mais ils y ajouteront le commentaire suivant : Le magistrat n'accepte pas ce refus et tient le dénommé Yi Pen pour responsable de tous les actes commis par Po Kai, celui-ci étant au service dudit Yi Pen et vivant sous son toit. Votre employé a pris part à une tentative de meurtre contre mes deux lieutenants ; l'affaire était soigneusement préparée et c'est à vous de prouver que vous n'y avez pas participé.

— Comment puis-je prouver cela, Votre Excellence ? gémit Yi Pen. Je ne sais pas ce qu'il a pu faire. Je suis un citoyen respectueux des lois. Ne suis-je pas allé voir spécialement Votre Excellence l'autre jour, pour La prévenir que...

— L'histoire que vous m'avez racontée était fausse, interrompit le juge. En outre, il est venu à mes oreilles que des faits étranges se passaient non loin de votre demeure, près du deuxième pont. Jusqu'à nouvel ordre, vous êtes prié de ne pas sortir de chez vous sans mon autorisation.

Monsieur Yi voulut protester, mais le chef des sbires lui commanda de se taire et le fit conduire au corps de garde en attendant que le magistrat eût précisé les modalités de cette mise aux arrêts.

Quand il fut sorti, monsieur Kou Meng-pin vint prendre sa place et déclara :

— L'humble armateur qui vient s'agenouiller devant Votre Excellence ne suivra pas l'exemple de son ami et confrère Yi Pen. Mon employé principal, le Coréen Kim Sang, est impliqué dans l'incident de la barque et je m'estime responsable de toutes ses actions, y compris celles commises en dehors des heures de travail. Le bateau sur lequel la rixe a eu lieu m'appartient et les trois bateliers sont des matelots coréens à mon service. Le contremaître de mon chantier de constructions m'a rapporté que Kim Sang est venu hier soir, à l'heure du dîner, et a pris la barque sans dire où il allait. Inutile de préciser qu'il agissait de son propre chef et sans que je fusse au courant de rien. J'ajouterai, pour finir, que je vais m'efforcer personnellement de faire toute la lumière sur ce qui s'est passé à bord du bateau. Si le tribunal daigne envoyer des représentants sur mes chantiers pour contrôler mes découvertes, ils seront les bienvenus.

— La cour apprécie l'attitude coopérative de monsieur Kou, répondit le magistrat. Dès la clôture de notre enquête, le corps de Kim Sang vous sera rendu ; vous pourrez le remettre alors à ses parents les plus proches pour qu'ils procèdent à l'enterrement.

Le juge s'apprêtait à lever la séance quand il vit une grande créature hommasse se frayer un passage dans la foule. Elle était vêtue d'une robe noire à dessins rouges plutôt voyants, et tirait derrière elle une femme voilée. Cette dernière demeura debout, la tête baissée, quand l'autre se prosterna et dit d'une voix éraillée :

— L'humble esclave à genoux devant le tribunal informe respectueusement Votre Excellence qu'elle se nomme madame Liao, qu'elle est propriétaire du cinquième bateau-de-fleurs amarré auprès de la porte Est, et qu'elle vient livrer une criminelle à la justice !

Le juge se pencha pour mieux distinguer la mince silhouette au visage voilé. Les paroles qu'il venait d'entendre le surprenaient ; d'habitude les patronnes d'établissements de ce genre se montraient parfaitement capables de châtier elles-mêmes les prostituées fautives.

— Comment se nomme cette fille, demanda-t-il. Et de quoi l'accusez-vous ?

— Elle s'obstine à cacher son nom, Votre Excellence !

— Vous devriez pourtant savoir qu'il ne vous est pas permis d'employer une fille sans vérifier d'abord son identité, déclara sévèrement le juge Ti.

Madame Liao frappa plusieurs fois le sol de son front. D'un ton geignard, elle expliqua :

— Je demande mille et mille fois pardon à Votre Excellence. J'aurais dû préciser tout de suite que cette personne ne travaille pas chez moi. Voici ce qui s'est passé, Votre Excellence, et c'est la vérité vraie ! Le quinzième jour de la présente lune, un peu avant l'aube, monsieur Po Kai est arrivé sur ma jonque avec cette fille vêtue d'une robe de moine. « Je viens de la prendre comme concubine, me dit-il, mais ma première épouse refuse de la recevoir dans notre demeure. Elle l'a traitée de tous les noms, lui a déchiré ses vêtements, et j'ai eu beau parler pendant des heures, elle n'a rien voulu entendre. J'espère que sa colère sera tombée dans quelques jours, et je viens vous demander, en attendant, de garder ma concubine sur votre jonque. » Il me donna de l'argent et me dit d'acheter à la belle des vêtements convenables pour remplacer la défroque de moine. Monsieur Po Kai est une de mes meilleures pratiques. De plus, il travaille chez un armateur et les matelots sont eux aussi de bons clients, alors une malheureuse comme moi pouvait-elle dire non, Votre Excellence ? J'ai été chercher une jolie robe pour la poulette, je lui ai donné une belle cabine, et quand mon assistant a voulu lui faire recevoir des clients pour qu'elle ne perde pas la main, je n'ai rien voulu entendre. Il a eu beau affirmer que la petite n'oserait jamais raconter la chose à monsieur Po Kai, je suis restée ferme. Une promesse est une promesse, Votre Excellence ! Mais comme je dis toujours, la loi passe avant tout. Alors, quand le sampan de l'épicier est venu ce matin et que le garçon m'a parlé de l'affiche annonçant que Po Kai était recherché par le tribunal, j'ai pensé que la fille savait sans doute où il se cachait et que mon devoir était de l'amener à Votre Excellence.

Le juge Ti se tourna vers la femme voilée.

— Montrez votre visage, ordonna-t-il. Dites au tribunal comment vous vous appelez, et expliquez-nous quelles sont vos relations avec le criminel en fuite.

XV

Une jeune femme raconte son étrange aventure — Un vieillard fait une surprenante révélation.

L'INCONNUE releva la tête. D'un geste las, elle écarta son voile, découvrant le visage intelligent et sympathique d'une belle jeune femme.

— Votre humble servante se nomme madame Kou, née Tsao, Noble Juge, dit-elle d'une voix douce.

Des cris de surprise montèrent de la salle. Kou Meng-pin s'avança pour examiner son épouse avec attention ; il devint très pâle et, sans avoir ouvert la bouche, retourna parmi les spectateurs.

— J'ai été avisé de votre disparition, Madame, dit le magistrat. Racontez-moi ce qui s'est passé au cours de l'après-midi du 14. Prenez les choses au moment où votre frère vous a quittée.

La jeune femme lui jeta un regard suppliant.

— Dois-je *tout* dire, Votre Excellence ? demanda-t-elle. Je préférerais...

— Il ne faut rien cacher, Madame. Un meurtre a suivi votre disparition, et d'autres crimes sont, je le crains, liés à cette affaire. Nous vous écoutons.

— Quand j'eus tourné à gauche pour gagner la grand-route, dit-elle, je rencontrai notre voisin Fan Tchong, accompagné de son serviteur. Je le connaissais de vue, aussi répondis-je poliment au salut qu'il me fit. Il me demanda où je me rendais. « Je retourne à la ville, répliquai-je et mon frère va me rejoindre d'une minute à l'autre. » Nous chevauchâmes jusqu'au carrefour et, ne voyant pas mon frère revenir, je crus qu'il était rentré chez nous, estimant qu'à ce point du trajet son escorte devenait inutile. Fan me dit alors que lui aussi regagnait la ville et me proposa de faire route avec lui. « Je prends le chemin de terre, précisa-t-il. On l'a remis en état et ce raccourci abrégera notre voyage. » Comme l'idée de passer seule devant le temple abandonné ne me souriait guère, j'acceptai son offre. Quand nous fûmes devant le routin menant à sa propriété, Fan m'annonça qu'il avait deux mots à dire à son fermier et me suggéra de m'asseoir un moment dans la cabane placée à cet endroit. Je descendis de cheval et m'installai sur un escabeau à l'intérieur de la hutte. Fan donna un ordre à son domestique et vint me retrouver. Posant sur moi un regard ignoble, il dit : « J'ai envoyé mon serviteur à la ferme pour que nous soyons un peu tranquilles. »

Madame Kou s'arrêta un instant, les joues toutes roses. Elle continua en baissant la voix :

— Il voulut me prendre dans ses bras, mais je l'avertis que j'allais appeler au secours s'il continuait. Il éclata de rire. « Tu peux t'époumonner, ma mignonne, répliqua-t-il, personne ne t'entendra. Sois gentille, va, ce sera plus vite fait ! » Il tira sur ma robe ; je luttai de mon mieux, mais il fut le plus fort, et quand je me trouvai nue, il m'attacha les mains derrière le dos avec ma ceinture et me jeta sur un tas de fagots. Je dus subir son odieuse étreinte ; lorsqu'il eut terminé, il me délia les mains et me commanda de me rhabiller. « Cette petite gymnastique m'a beaucoup plu, ajouta-t-il. Nous allons passer la nuit ensemble à la ferme, où ce sera plus confortable. Demain, je te conduirai à la ville et nous raconterons une histoire quelconque à ton mari. » Complètement en son pouvoir, je fus bien obligée d'obéir. Après souper je me couchai dans le lit, où il vint me rejoindre. Mon intention était, aussitôt Fan endormi, de m'enfuir et de regagner la maison paternelle. Soudain, la fenêtre s'ouvrit. Un grand escogriffe sauta dans la pièce, une faucille à la main. Fort effrayée, je secouai mon compagnon, mais l'homme bondit et, d'un seul coup de son instrument, lui trancha la gorge. Le corps de mon ravisseur glissa sur moi, tandis que le sang qui giclait de son cou m'inondait le visage...

Madame Kou se cacha la tête dans ses mains. Le juge fit signe au chef des sbires, qui tendit immédiatement un bol de thé noir à la jeune femme. Celle-ci le refusa et poursuivit :

— L'homme cria : « À ton tour maintenant, sale petite garce ! » Employant des mots que je n'oserais pas répéter, il se pencha sur le lit, empoigna mes cheveux pour me relever la tête et abattit sa faucille. J'entendis siffler la lame et perdis connaissance. Quand je revins à moi, j'étais allongée dans une charrette qui avançait en cahotant. Le cadavre nu de Fan gisait à côté de moi. Je compris alors que la pointe de la faucille s'était enfoncée dans le montant du lit et que son tranchant m'avait seulement effleuré la gorge. Comme vraisemblablement l'assassin croyait m'avoir tuée, je feignis d'être morte. La charrette s'arrêta enfin, ses brancards se levèrent, je glissai sur le sol avec le cadavre. Le meurtrier jeta des branches sèches sur nous, puis j'entendis le véhicule s'éloigner. Je n'avais pas osé ouvrir les yeux et suis donc incapable de vous décrire l'assassin. Dans la chambre, son visage m'avait paru basané, mais cette impression était peut-être due à la lampe à huile placée dans un coin de la pièce. Je regardai autour de moi. À la clarté de la lune, je reconnus le petit bois de mûriers situé non loin de la ferme. À ce moment, je vis un moine s'avancer le long du chemin de terre. Comme j'avais seulement un lambeau d'étoffe autour des reins, je tentai de me cacher derrière un arbre, mais il m'avait déjà aperçue. Appuyé sur son bâton, il examina le cadavre de Fan et dit : « Tu as tué ton amoureux, hein ? Viens me tenir compagnie un petit moment dans le vieux temple, je te promets de ne rien raconter à personne. » Il s'élança sur moi et je me mis à hurler. Un autre homme apparut alors. Tirant un long couteau de sa manche, il cria : « Ah ! ah ! On veut emmener les femmes dans le temple pour les violer, à présent ? » Le religieux poussa un juron et leva son bâton pour se défendre, mais soudain il porta la main à son cœur et s'écroula. Le nouveau venu se pencha sur lui, le tâta puis, se redressant, il murmura : « Décidément, je n'ai pas de veine aujourd'hui ! »

— Selon vous, cet homme connaissait-il le moine ? demanda le juge Ti.

— Je ne saurais dire, Votre Excellence. Tout s'est passé si vite ! En tout cas, je suis sûre que le moine n'a pas prononcé son nom ; plus tard, j'appris que mon sauveteur s'appelait Po Kai. Détournant son regard de ma nudité, il demanda ce qui m'était arrivé. Il ne parlait pas comme un homme du peuple et, malgré ses vêtements ordinaires, il se dégageait de sa personne une impression d'autorité. Décidant que je pouvais avoir confiance en lui, je racontai ma mésaventure sans rien omettre. Il offrit de me ramener chez mon mari ou chez mon père. Encore bouleversée par tout ce qui venait de se

L'aumonier
fait
une rencontre
inattendue

produire, je désirais réfléchir un peu avant de prendre une décision, aussi répondis-je : « Je suis persuadée que l'assassin m'a prise pour une autre. Pourriez-vous me cacher un jour ou deux et ne pas parler de moi quand vous informerez les autorités de ce crime ? » Il répliqua que le meurtre ne le regardait en rien, et que si je voulais disparaître temporairement il était prêt à m'aider. « Mais je n'habite pas chez moi, continua-t-il, et un hôtel n'acceptera jamais une femme seule à cette heure de la nuit. L'unique solution est de louer une chambre dans un bateau-de-fleurs. Les tenancières de ces établissements n'ont pas l'habitude de poser de questions, et, en tout cas, il est facile de leur raconter ce qu'on veut. Je vais enterrer les cadavres sous les mûriers ; on ne les découvrira pas avant quelques jours. D'ici là vous aurez eu le temps de décider si vous voulez mettre le tribunal au courant de l'affaire. » Il dépouilla le moine de sa robe et me dit de l'endosser, ce que je fis après avoir essuyé le sang qui me couvrait le visage et la poitrine. Quand il revint, j'étais prête à le suivre. Nous prîmes un sentier qui nous mena dans un boqueteau en bordure du chemin de terre. Son cheval était attaché là ; il me fit monter en croupe et nous gagnâmes ainsi Peng-lai. Arrivés au canal, il loua un sampan et me conduisit dans un bateau-de-fleurs ancré près de la porte Est.

— Les gardes vous ont laissé entrer en ville sans rien dire ?

— Nous sommes passés par la porte Sud. Mon sauveteur fit semblant d'être ivre ; les gardes paraissaient le connaître et, quand il leur dit qu'il amenait « de la nouveauté », ils me firent lever mon capuchon. En apercevant une femme, ils se mirent à rire et nous livrèrent passage avec de grasses plaisanteries.

« Po Kai me loua une cabine sur un bateau-de-fleurs. Je n'ai pas entendu les explications qu'il murmurait à la patronne, mais j'ai vu qu'il lui donnait quatre pièces d'argent. Elle me traita bien, je dois le reconnaître, et quand je lui dis que j'avais peur d'être enceinte, elle me fit prendre une drogue. Je me remis peu à peu de ma frayeur et décidai qu'au retour de Po Kai je lui demanderais de me conduire chez mon père. Ce matin, la femme entra dans ma cabine avec le serveur et m'annonça que Po Kai était un criminel recherché par la police. Elle ajouta qu'il avait payé seulement une partie de la location et que je devais recevoir des clients pour éteindre la dette. Indignée, je lui répondis que quatre pièces d'argent couvraient largement ses frais et que je désirais partir immédiatement. Elle ordonna alors au garçon d'aller chercher un fouet. Pour éviter ce qui m'attendait, je prétendis être la complice de Po Kai. Craignant d'avoir des ennuis, elle préféra m'amener ici et voilà pourquoi je me trouve devant Votre Excellence. Je me rends compte, à présent, que j'aurais dû écouter les conseils de mon sauveteur. Je ne sais quel crime il a commis, mais je vous assure qu'il m'a bien traitée. J'aurais mieux fait de venir tout raconter immédiatement au tribunal, mais j'étais si bouleversée que je voulais me remettre avant de prendre une décision. Ce que je viens de dire devant Votre Excellence est l'exacte et complète vérité.

Pendant que le scribe relisait à haute voix la déposition, le juge réfléchissait. La jeune femme avait visiblement parlé avec franchise et son histoire s'accordait avec tous les faits connus. L'entaille remarquée par lui à la tête du lit s'expliquait parfaitement. Quant à la méprise de Ah Kouang, elle était facile à comprendre puisque le sang qui s'échappait de la blessure de Fan avait giclé sur le visage de madame Kou, la rendant méconnaissable. Et l'empressement mis par Po Kai à aider la jeune femme confirmait les soupçons nés dans son esprit à propos du docteur Tsao. Po Kai était sans doute son complice et l'avait informé que, sa fille ayant malencontreusement assisté à son entrevue avec l'un des moines associés à leur entreprise, il s'était arrangé pour la retirer de la circulation pendant quelques jours. Cela expliquait l'indifférence apparente du docteur Tsao : il ne s'inquiétait pas du sort de sa fille parce qu'il la savait à l'abri de tout danger.

Lorsque madame Kou eut appliqué son pouce au bas du document, le juge déclara :

— Vous venez de subir une terrible épreuve, Madame. Qui donc oserait affirmer qu'il aurait agi avec plus de sagesse dans de semblables circonstances ? Le degré de culpabilité d'une femme qui néglige d'informer la justice du meurtre d'un homme qui l'a violée quelques heures auparavant est un problème légal que je me garderai d'examiner. Ma tâche n'est pas de fournir des sujets de discussion aux juristes, mais de rendre la justice et de veiller à la pleine réparation des dommages causés. Ce tribunal ne retient donc rien contre vous et vous rend à votre mari.

La jeune femme tourna les yeux vers Kou Meng-pin, qui venait de faire un pas en avant. Sans la regarder, il demanda au juge :

— Y a-t-il une preuve, Votre Excellence, que ma femme ait été réellement violée et ne se soit pas prêtée de bonne grâce aux entreprises de Fan Tchong ?

Madame Kou regarda son mari d'un air incrédule.

— Il en existe une, répliqua le magistrat en sortant de sa manche un petit morceau d'étoffe. Ce mouchoir que vous avez reconnu appartenir à votre femme ne vient pas du bord de la route comme je l'ai déclaré. Je l'ai trouvé parmi les fagots de la cabane.

Monsieur Kou se mordit les lèvres.

— Même dans ce cas, affirma-t-il, je ne crois pas que ma femme ait dit la vérité. Selon le code d'honneur auquel obéissent depuis de longues générations les membres de mon humble famille, mon épouse aurait dû se suicider aussitôt que le coquin eut abusé d'elle. Faute d'agir ainsi, elle apporte l'opprobre sur ma maison et je déclare ici officiellement que je la répudie.

— Vous en avez le droit, reconnut je juge. Le divorce sera enregistré. Que le docteur Tsao Ho-sien s'avance.

Le père de la jeune femme vint s'agenouiller devant le magistrat en grommelant des paroles indistinctes dans sa barbe.

— Docteur Tsao, acceptez-vous de reprendre votre fille ? demanda le juge.

— Je crois fermement, répondit le docteur d'une voix forte, que lorsque les principes fondamentaux de notre société sont en jeu, on ne doit pas mettre en avant ses sentiments personnels. Il m'est donc impossible de reprendre une fille qui a renié notre code moral. Étant un homme en vue, je dois donner l'exemple, même si, en tant que père, je souffre de mon geste plus que je ne saurais l'exprimer à Votre Excellence.

— Votre décision est notée, répondit sèchement le juge Ti. En attendant que le tribunal ait statué sur le sort de mademoiselle Tsao, il lui sera offert un abri au Yamen.

Le magistrat fit signe au sergent Hong d'emmener la jeune femme puis, se tournant vers la patronne du bateau-de-fleurs, il dit :

— Vous avez voulu obliger votre locataire à se livrer à la prostitution, ce qui est un délit punissable. Comme toutefois la chose n'a pas eu lieu et comme, d'autre part, vous avez fini par montrer un peu d'esprit civique, je fermerai les yeux. Mais si vous récidiviez, le fouet vous attend et votre licence sera supprimée. Mon avertissement vaut pour vos collègues aussi, ne manquez pas de leur en faire part.

La maquerelle fila sans demander son reste, et le juge Ti frappa la table de son martelet pour annoncer la clôture de l'audience.

En quittant la salle, il remarqua l'absence du premier scribe. Quand il s'informa de lui, Ma Jong répondit que le vieillard s'était éclipsé pendant la déclaration du docteur Tsao en murmurant qu'il ne se sentait pas bien.

— Cela devient assommant, dit le juge, agacé. Si Tang continue ainsi, je serai obligé de le mettre à la retraite.

Arrivé dans son cabinet, il trouva la fille du docteur Tsao en compagnie du sergent. Il donna l'ordre à Ma Jong et à Tsiao Taï de l'attendre dehors, et, s'asseyant derrière son bureau, demanda d'un ton paternel :

— Eh bien, mademoiselle Tsao, qu'allons-nous faire de vous ?

Les lèvres de la jeune femme tremblèrent un peu, mais, se maîtrisant vite, elle répondit :

— Je me rends compte à présent que, selon nos saintes coutumes, j'aurais dû me suicider. Pourtant, j'avoue que dans cette sinistre ferme je ne pensais pas à mourir. Si j'avais une idée alors, c'était de rester en vie ! Avec un sourire triste, elle ajouta : Ce n'est pas que j'aie peur de la mort, mais je déteste faire des choses dont je ne comprends pas le sens. Je supplie donc Votre Excellence de bien vouloir me conseiller.

— Selon la doctrine de notre maître Confucius, répliqua le juge, une femme doit se garder pure de toute souillure. Cependant, je me demande si cela ne doit pas s'entendre au point de vue spirituel plus encore que corporel. N'oublions pas que le maître a dit aussi : « Efforcez-vous toujours d'agir avec humanité. » Personnellement, mademoiselle Tsao, je suis convaincu que tous les points de doctrine doivent être interprétés à la lumière de cette dernière parole.

Mademoiselle Tsao lui lança un regard de gratitude. Elle réfléchit un moment, puis déclara :

— Le mieux pour moi, à présent, est de me faire nonne.

— Puisque vous ne vous êtes jamais sentie de vocation religieuse, cette décision serait seulement une fuite devant la vie. Une petite personne sensée comme vous peut faire beaucoup mieux. Pourquoi ne demanderais-je pas à l'un de mes amis de la capitale de vous prendre comme préceptrice de ses filles ? Plus tard, il pourrait sans aucun doute arranger pour vous un second mariage ?

— Je ne sais comment remercier Votre Excellence de l'intérêt qu'Elle me témoigne. Mais ma brève union avec Kou ne m'a pas laissé un souvenir bien agréable, et, venant après mon aventure dans la cabane, ce que j'ai vu et entendu malgré moi sur le bateau-de-fleurs a fini de me dégoûter des rapports entre les deux sexes ! Non, Votre Excellence, je crois vraiment qu'un monastère est le seul endroit où je puisse me retirer à tout jamais.

— L'expression *à tout jamais* n'est pas à sa place dans une bouche aussi jeune que la vôtre. Mais il n'est pas convenable que nous parlions de ces choses. Dans une semaine ou deux, mes épouses seront ici, et je désire vivement que vous exposiez vos projets à ma Première avant de prendre une décision. En attendant, vous demeurerez chez le contrôleur des décès. Il paraît que sa femme est une excellente créature et sa fille vous tiendra compagnie. Sergent, vous pouvez emmener mademoiselle Tsao.

Après avoir fait une profonde révérence au magistrat, la jeune femme sortit avec Hong. Les lieutenants entrèrent aussitôt, et le juge dit à Tsiao Taï :

— Tu as entendu la requête du docteur Tsao ? Je suis désolé de ce qui est arrivé à son fils, car c'est un gentil petit bonhomme. Tu as droit à un jour de congé, pourquoi n'en profiterais-tu pas pour essayer de tuer ce tigre ? Fais-toi accompagner de deux gardes, bien entendu. Quant à toi, Ma Jong, va dire au chef des sbires de se concerter avec les surveillants de quartier pour mettre au plus vite la main sur Po Kai. Ensuite, tu te reposeras en soignant ton bras blessé. Je n'aurai pas besoin de vous avant ce soir ; vous viendrez avec moi au temple du Nuage blanc pour assister à la cérémonie.

Tsiao Taï accueillit avec beaucoup d'enthousiasme la proposition qui le concernait, mais Ma Jong s'écria :

— Je ne te laisserai pas aller à la chasse au tigre sans moi, vieux frère. Il faut que je sois là pour tenir la queue de l'animal quand tu essaieras de taper dessus !

Les deux amis éclatèrent de rire et prirent gaiement congé du magistrat.

Resté seul devant son bureau, le juge ouvrit un volumineux dossier consacré aux taxes foncières. Il éprouvait le besoin de se changer les idées avant de concentrer à nouveau son esprit sur les derniers faits mis au jour.

Il arrivait à peine à la fin du premier feuillet quand le chef des sbires vint frapper à sa porte et, sans attendre de réponse, se précipita vers lui.

— Votre Excellence, cria-t-il, monseigneur Tang vient de s'empoisonner. Il voudrait vous voir !

Le juge Ti fut tout de suite debout. En traversant la rue pour gagner l'hôtel où logeait son subordonné, il demanda :

— On ne lui a pas fait prendre un antidote ?

— Il ne veut pas dire de quel poison il s'agit, Votre Excellence. Et il a attendu que son effet commence avant de parler.

Dans le couloir du premier étage, une vieille femme se jeta aux genoux du magistrat et le supplia de pardonner à son mari. Le juge répondit par quelques paroles bienveillantes et elle le conduisit dans une chambre assez spacieuse.

Tang était étendu sur un lit, les yeux clos. Sa femme s'assit au bord de la couche et lui parla doucement. Le vieillard leva les paupières et poussa un soupir de soulagement en apercevant le magistrat.

— Laisse-nous, murmura-t-il à son épouse. Celle-ci quitta la pièce et le juge prit sa place. Tang regarda le magistrat un moment sans rien dire, puis il expliqua d'une voix lasse :

— Ce poison paralyse lentement tout le corps. Je ne sens déjà plus mes jambes mais mon cerveau est encore clair. Je désire vous parler d'un crime que j'ai commis et je voudrais ensuite vous poser une question.

— M'avez-vous caché un fait concernant la mort de mon prédécesseur ? demanda aussitôt le juge.

— Non, je vous ai dit tout ce que je savais. Mes propres crimes me torturent suffisamment sans que je me fasse encore du souci à propos de ceux commis par d'autres. Mais l'assassinat de Wang et l'apparition de son fantôme m'ont bouleversé, et quand je suis dans cet état, *l'autre* échappe à mon contrôle. Et il a fallu que Fan soit tué aussi. Le seul être humain pour lequel j'aie jamais éprouvé...

— Oui, oui, vous et Fan... je sais, l'interrompit le juge. Nous agissons comme le commande la nature. Si deux adultes éprouvent l'un pour l'autre ce sentiment, c'est leur affaire. Ne vous inquiétez pas à ce sujet.

— Mais il ne s'agit pas du tout de ça ! s'écria Tang. J'en parle seulement pour que vous compreniez mon état. Et quand je me sens ainsi sans force, *l'autre* qui est en moi prend le dessus. En particulier lorsque la lune brille dans le ciel. La respiration du vieil homme devint plus courte. Avec un profond soupir, il reprit : Ah ! je le connais bien, allez, après ces interminables années ! J'ai trouvé un jour le journal de mon grand-père : le pauvre homme lui aussi a lutté ! *L'autre* n'avait aucun pouvoir sur mon père, mais il a conduit mon grand-père au suicide. Mon grand-père n'en pouvait plus... Comme moi maintenant. C'est pourquoi j'ai avalé le poison, et *l'autre* ne saura pas où aller car je n'ai pas d'enfants. Il va mourir avec moi !

Un sourire narquois parut sur le visage émacié de Tang. Le juge lui jeta un regard apitoyé. Évidemment, la raison du malheureux s'égarait.

Le moribond demeura un instant les yeux fixes.

— Le poison monte ! chuchota-t-il soudain avec terreur. Je n'ai plus beaucoup de temps à vivre, je vais vous raconter comment la chose se

LE JUGE TI
REND VISITE
À UN MORIBOND

passe toujours. Je m'éveille au milieu de la nuit, la poitrine serrée. Je sors de mon lit et me mets à marcher comme un fauve en cage. Mais j'étouffe bientôt dans ma chambre… il me faut le grand air. Je sors. La rue me semble trop étroite avec ses murs qui m'écrasent. Je suffoque et, à ce moment-là, *l'autre* achève de prendre possession de moi.

Tang soupira de nouveau et parut se détendre.

— Alors, continua-t-il, je bondis sur la muraille d'enceinte et je saute de l'autre côté, comme hier soir. En pleine campagne, je me sens plus fort, plus joyeux. Un sang rajeuni circule dans mes veines et un monde tout neuf s'offre à moi. Je reconnais l'odeur des différentes sortes d'herbes. Je flaire la terre mouillée et je sais qu'un lièvre est passé par là. J'ouvre mes yeux tout grand… je vois dans l'obscurité ! Je renifle l'air et je sais qu'un étang se trouve au milieu du petit bois là-bas ! Hier soir, je sentis une autre odeur, celle qui tend tous vos nerfs et vous fait vous ramasser pour bondir : la chaude odeur du sang vermeil…

Le juge Ti voyait avec horreur le vieux visage se transformer à mesure que Tang parlait. Les yeux verts aux pupilles à présent rétrécies le fixaient au-dessus des pommettes qui semblaient s'élargir. Aux coins de la bouche ouverte comme pour mordre apparaissaient des crocs jaunâtres. La moustache grise se hérissait, les oreilles remuaient légèrement, et des doigts semblables à des griffes sortaient peu à peu de la couverture.

Puis, brusquement, le visage redevint le masque creusé par l'approche de la mort, et, d'une voix à peine audible, Tang poursuivit :

— Alors, je me réveille dans mon lit, inondé de sueur. J'allume une bougie et je me précipite vers le miroir. L'indicible soulagement quand je n'aperçois pas de sang sur moi ! Mais à présent, *l'autre* profite du déclin de ma résistance pour m'obliger à prendre part à ses abominables crimes ! Hier soir il m'a forcé à sauter sur Tsao Min. Je ne voulais pas... je le jure... je ne voulais pas !

La dernière phrase se termina sur un ton suraigu qui fit place brusquement à un râle. Tang fit des efforts désespérés pour mouvoir ses lèvres. Le juge posa une main apaisante sur le front glacé et le moribond réussit à dire :

— Suis-je vraiment coupable, Votre Excellence ?

Avant que le juge Ti ait pu parler, les yeux du vieillard devinrent vitreux et son visage se détendit.

Le magistrat remonta la couverture. Un plus grand juge que lui allait répondre à la question du vieux scribe.

XVI

LE JUGE TI COMMANDE UN BOL
DE NOUILLES DANS UN GRAND RESTAURANT
IL APPLAUDIT AUX DÉCISIONS
D'UN TRÈS VIEUX COLLÈGUE.

LE MAGISTRAT rencontra Hong devant la grande porte du tribunal. Le sergent avait appris que Tang venait d'avaler du poison et il allait prendre de ses nouvelles.

— Notre premier scribe s'est suicidé pendant une crise de dépression nerveuse ; il était né sous une mauvaise étoile, dit le juge sans préciser davantage. De retour dans son cabinet, il ajouta : Sa mort et celle de Fan Tchong nous privent de nos meilleurs commis. Appelle le troisième scribe et dis-lui d'apporter les dossiers dont s'occupait Tang.

Il consacra le reste de la matinée à parcourir ces documents avec Hong et le scribe. Tang avait toujours tenu la comptabilité du tribunal et le registre des mariages, naissance et décès avec un soin méticuleux mais le résultat de deux jours d'inactivité se faisait déjà sentir. Le troisième scribe produisit une excellente impression sur le magistrat, la place du défunt lui fut donc provisoirement accordée avec promesse de conserver le poste s'il se tirait bien de ses nouvelles fonctions. D'autres mouvements suivraient ensuite dans le personnel.

Cette affaire réglée, le juge déjeuna sous le gros chêne dont l'ombre apportait sa fraîcheur dans un coin de la cour. Tandis qu'il buvait son thé, le chef des sbires vint l'informer que Po Kai demeurait introuvable. Le poète semblait s'être volatilisé.

Quand le magistrat eut achevé son repas, il retourna dans son cabinet et Hong se rendit au greffe pour surveiller les commis. Après avoir baissé les rideaux de bambou, le juge desserra sa ceinture et s'étendit sur la couche. La tension de ces deux dernières journées se faisait sentir sur son organisme pourtant robuste ; à sa grande mortification, il s'apercevait qu'un peu de repos lui était nécessaire. Il ferma les yeux, essayant de se détendre et de mettre de l'ordre dans ses pensées. La disparition de madame Kou et celle de Fan Tchong étaient maintenant expliquées, mais le meurtre de Wang gardait tout son mystère.

Les suspects ne manquaient pourtant pas. D'abord Po Kai. Puis Yi Pen, le docteur Tsao, et un nombre encore indéterminé de moines appartenant au temple du Nuage blanc. Le rôle de Houei-pen paraissait peu clair : il était apparu trop vite après l'échec de l'attentat sur la petite passerelle. Le prieur ne donnait cependant pas l'impression d'être le chef de la bande. Yi Pen et le docteur Tsao non plus, d'ailleurs. Non, le mauvais génie qui dirigeait les opérations semblait être Po Kai, homme remarquable, doué d'une présence d'esprit extraordinaire et acteur consommé. Arrivé à Pen-lai peu après l'assassinat de Wang, il avait dû charger ses complices Yi Pen et Kim Sang du meurtre pour venir ensuite seulement diriger les opérations. Mais, encore une fois, quelles opérations ? Le magistrat dut admettre qu'il lui fallait réviser ses premières conclusions. C'était une erreur de croire que les criminels avaient tenté de le tuer de crainte qu'il en sût trop long. L'enquêteur impérial, assisté de la fine fleur des agents spéciaux, n'avait pas réussi à découvrir la vérité, et lui-même (ses adversaires devaient bien le savoir) n'avait mis à jour qu'un seul fait nouveau : l'or de contrebande passait en Corée caché dans des bâtons de pèlerin. Entre parenthèses, ceux qui transportaient les minces baguettes d'or à l'intérieur de ces bâtons truqués couraient des risques considérables car les voyageurs étaient fouillés à chacun des postes militaires échelonnés le long des routes. Les porteurs d'or devaient faire une déclaration et verser une taxe proportionnelle à la distance parcourue. Les bénéfices réalisés en n'acquittant pas cette taxe et en se soustrayant à l'impôt sur les exportations de métal précieux étaient sûrement minimes. Alors, cette contrebande ne serait-elle qu'une couverture destinée à détourner son attention d'un dessein plus important ? Si important qu'il justifiait l'assassinat d'un fonctionnaire impérial et la tentative de meurtre sur la personne de son successeur ? Parbleu, là était la vérité ! Mais il y avait plus : l'audacieuse improvisation des dernières attaques montrait que le criminel était pressé par le temps, donc que la conclusion approchait.

Et lui, le magistrat du district, ignorait tout de ce qui se tramait, tandis que son adversaire avait réussi, avant de disparaître, à soutirer des renseignements confidentiels à ses lieutenants. À présent, bien à l'abri dans un quartier général secret, le coquin pouvait donner ses ordres en toute tranquillité.

Le juge Ti soupira. À sa place, un magistrat plus expérimenté ne soumettrait-il pas le docteur Tsao et Yi Pen à la torture pour les faire parler ? Mais non, la loi ne lui permettait pas d'avoir recours à une mesure aussi extrême sans posséder une preuve tangible de leur culpabilité. On n'arrêtait pas un homme parce qu'il avait ramassé une canne sous un mûrier ou pour le simple fait de se désintéresser du sort de sa fille ! Il avait eu raison de mettre Yi Pen aux arrêts, cela oui. C'était une mesure bénigne, justifiée par le mensonge de l'armateur au sujet d'une pseudo-contrebande d'armes. Kim Sang mort, l'immobilisation de son second homme de confiance allait contrarier les plans de Po Kai ; l'exécution du mystérieux dessein en serait retardée, ce qui donnerait plus de temps au tribunal pour mener l'enquête à bonne fin.

Depuis son arrivée à Peng-lai, les événements s'étaient déroulés avec une telle rapidité que le juge n'avait pas encore rendu visite au commandant du fort élevé à l'embouchure du fleuve. Mais, en y songeant, n'était-ce pas au commandant à venir le voir le premier ?

Les relations entre civils et militaires sont toujours choses délicates. À rang égal, la préséance revenait au fonctionnaire civil. Oui, mais le commandant du fort était probablement un chef de Mille lances, et ces gens-là ne brillaient pas par l'humilité ! Pourtant le juge aurait eu grand besoin de savoir ce que le commandant pensait de la contrebande d'or. Étant au courant des affaires coréennes, il pourrait sûrement lui expliquer quel intérêt les gens avaient à introduire ce métal en contrebande dans un pays où, sans les taxes, il avait à peu de chose près la même valeur qu'en Chine. Quel dommage de ne pas avoir consulté Tang au sujet du protocole local ; le pauvre vieil homme était à cheval sur l'étiquette et aurait pu le renseigner. À ce point de sa méditation, le juge s'assoupit.

Un bruit de voix le tira de son sommeil. Il se leva aussitôt et, défripant sa robe, constata que le crépuscule tombait déjà. Il avait dormi plus longtemps qu'il se l'était promis.

Dans la cour, commis, sbires et gardes se pressaient autour de Ma Jong et de Tsiao Taï. Tous s'écartèrent respectueusement pour laisser passer le magistrat qui vit, un peu plus loin, quatre paysans déposer sur le sol le cadavre d'un tigre attaché à deux perches de bambou. L'énorme bête ne mesurait pas loin de dix pieds de long.

— Frère Tsiao l'a eu ! lui cria Ma Jong. Les villageois nous ont menés à son terrain de chasse, dans la forêt qui se trouve au pied de la montagne. Après avoir placé un agneau comme appât, nous nous sommes dissimulés dans les broussailles, à contrevent. Mais quelle attente interminable, Votre Excellence ! C'est seulement dans l'après-midi que l'animal s'est montré. L'agneau l'attirait, évidemment, et pourtant il ne se décidait pas à l'attaquer. Peut-être avait-il flairé le danger ? Il est resté plus d'une demi-heure dans les hautes herbes avant de bondir. Auguste Ciel, que c'était long ! L'agneau bêlait tant qu'il pouvait et frère Tsiao s'approchait de plus en plus, la flèche sur l'arbalète. Si le tigre saute maintenant, me disais-je, il va tomber en plein sur le camarade ! Je décidai de ramper par derrière avec les deux gardes, nos tridents prêts à frapper. Soudain le monstre bondit. J'eus à peine le temps de l'apercevoir, mais frère Tsiao ne l'a pas manqué ! Sa flèche s'est enfoncée dans le flanc de la bête, juste derrière la patte droite.

Tsiao Taï montra une tache blanche qui apparaissait sur la grosse patte et dit en souriant :

— C'est le fauve que nous avons vu l'autre soir, Votre Excellence. J'ai peut-être parlé trop vite en l'accusant d'être un homme-tigre... quoique je n'arrive pas à comprendre comment il a pu se trouver sur l'autre rive de la crique cette nuit-là !

— Laisse la magie de côté, nous avons assez à faire avec les phénomènes naturels pour l'instant, répliqua le juge Ti. Mais toutes mes félicitations pour ton succès.

— Nous allons dépouiller l'animal, dit Ma Jong. Nous partagerons sa chair entre les villageois ; ils la donnent à leurs enfants pour les rendre robustes.

« Quand nous aurons préparé la peau, nous l'offrirons à Votre Excellence comme une très légère marque de notre profond respect. Elle fera bien sur le fauteuil de la bibliothèque !

Le juge remercia les deux amis, puis il entraîna Hong vers le portail. Une foule surexcitée accourait, désireuse de voir le fauve et d'admirer son vainqueur.

— J'ai dormi plus longtemps que je ne voulais, dit le magistrat, il est temps de dîner. Allons dans ce restaurant où nos chasseurs de tigre ont fait la connaissance de Po Kai. Cela nous changera de la cuisine du Yamen, et nous en profiterons pour recueillir les impressions du personnel sur notre suspect numéro un. Allons-y à pied, la fraîcheur nocturne rendra peut-être mes idées plus nettes.

Remontant les rues animées du quartier sud, ils trouvèrent sans peine le restaurant. Au premier étage, le patron se précipita vers eux, un obséquieux sourire sur la pleine lune de son visage. Il les retint aussi longtemps qu'il put près de la porte afin de permettre aux autres clients de bien voir quel personnage distingué honorait son établissement. Après quoi, il les conduisit dans un salon réservé aux hôtes de marque et s'enquit de ce que son humble cuisine allait pouvoir leur offrir :

— Peut-être des œufs de caille, des crevettes farcies, quelques tranches de porc rôti, des petits poissons salés, du jambon fumé et des languettes de poulet froid pour commencer, suggéra-t-il. Ensuite...

— Servez-nous deux bols de nouilles, l'interrompit le magistrat. Avec une assiette de légumes salés et un grand pot de thé bouillant. Cela suffira.

— Laissez-moi au moins vous apporter une petite tasse de *Rosée de la rose*, proposa le patron tout déconfit. Cette liqueur aiguisera l'appétit de Votre Excellence !

— Non, merci, répliqua le juge. Mon appétit est excellent.

Quand la modeste commande fut transmise à un garçon, le magistrat reprit :

— Po Kai ne fréquentait-il pas votre établissement ?

— Ah ! j'ai toujours dit que c'était un coquin ! s'écria le restaurateur. Lorsqu'il arrivait, il commençait toujours par jeter un coup d'œil furtif autour de lui. Et sa façon de tenir la main dans sa manche comme s'il allait en sortir un poignard ! Quand j'ai vu les affiches, ce matin, cela ne m'a pas étonné. J'aurais pu annoncer il y a longtemps à Votre Excellence que cet homme était un dangereux malfaiteur !

— Eh bien, c'est dommage que vous ne l'ayez pas fait, répliqua sèchement le magistrat. Il reconnaissait dans leur hôte ce fléau du tribunal : le témoin peu observateur mais doué d'une imagination fertile. À présent, mon ami, envoyez-moi le chef des serveurs.

Ce dernier semblait avoir plus de bon sens que son patron. Lorsque le juge l'interrogea sur Po Kai, il répondit :

— Je ne l'aurais jamais pris pour un criminel, Votre Excellence. Dans mon métier, on apprend pourtant à juger le monde. C'était un homme bien élevé qui le restait après avoir bu ! Il se montrait toujours bienveillant avec les serveurs, mais jamais au point de les rendre familiers. Et je me rappelle avoir entendu le directeur de l'école du temple de Confucius dire que ses poèmes étaient excellents.

— Lui arrivait-il souvent de boire ou de manger avec d'autres personnes ?

— Non, Votre Excellence. Pendant la dizaine de jours qu'il est venu ici, il a toujours pris ses repas seul ou avec son ami Kim Sang. Ah ! ils aimaient bien plaisanter, ces deux-là ! Et les sourcils arqués de Po Kai rendaient son expression si drôle ! Mais j'ai parfois remarqué que son regard n'était pas gai. Le regard n'allait pas avec les sourcils, si Votre Excellence voit ce que je veux dire. Je me demandais alors s'il ne déguisait pas sa personnalité, mais il se remettait à rire et je comprenais que je m'étais trompé.

Le juge le remercia, puis se hâta de finir ses nouilles. Il régla sa note en dépit des protestations du patron, donna un généreux pourboire au serveur, et sortit.

Dans la rue, il dit au sergent Hong :

— Ce garçon est très observateur ! La réelle personnalité de Po Kai est probablement très différente de celle qu'il affichait. Souviens-toi que lors de sa rencontre avec mademoiselle Tsao, quand il n'avait pas de rôle à jouer, elle fut frappée par son air d'autorité. C'est sûrement lui notre adversaire principal, le génie dévoyé qui tire les ficelles ! Il n'a même pas besoin de se cacher pour échapper à nos hommes. Il lui a suffi d'abandonner son masque et personne n'est capable de le reconnaître. Je regrette bien de ne pas l'avoir rencontré.

Le sergent n'entendit pas les dernières paroles de son maître. Un sourire béat aux lèvres, il écoutait le son des cymbales et des flûtes qui venait de la rue voisine.

— Il y a une troupe d'acteurs ambulants devant le temple du Dieu de la Cité, Votre Excellence ! s'écria-t-il. C'est la cérémonie de ce soir dans le temple du Nuage blanc qui les a attirés. Ils choisissent toujours ces occasions pour installer leurs tréteaux et se faire un peu d'argent grâce à la foule qui déambule toute la nuit ! D'un air suppliant, il ajouta : Ne nous arrêterons-nous pas un moment, Votre Excellence ?

Le brave Hong Liang adorait le théâtre. Assister à un spectacle de ce genre était l'unique plaisir qu'il se permît, aussi le juge inclina-t-il la tête en souriant.

Une foule dense encombrait le parvis. Au-dessus des têtes, on apercevait le sommet de la scène, faite de perches de bambou et de nattes de jonc, sur laquelle flottaient gaiement des oriflammes verts et rouges. Quelques acteurs se démenaient sur le plateau, et leurs costumes rutilants étincelaient à la lumière des nombreux lampions multicolores.

Le juge et son compagnon jouèrent des coudes pour atteindre les bancs payants. Une jeune personne très fardée vint prendre leurs sapèques et trouva pour eux deux places libres au dernier rang. Tous les regards étaient rivés sur la scène et personne ne leur accorda la moindre attention.

Le juge Ti examina les acteurs. Il ne connaissait pas grand-chose aux conventions théâtrales, mais il supposa que le vieillard à la barbe de neige, en robe de brocart vert, devait être un chef de clan. En revanche, il ne voyait pas quels personnages représentaient les deux autres hommes debout, non plus que la femme agenouillée entre eux.

L'orchestre s'arrêta. D'une voix aiguë, le vieillard entama un long récitatif que le juge, peu familiarisé avec la curieuse élocution des comédiens, ne put suivre. Il se pencha vers le sergent pour demander :

— Que raconte-t-il ?

— Le vieillard est un chef de clan, Votre Excellence, expliqua immédiatement Hong. La pièce approche de sa fin. Il résume la plainte que l'homme placé à gauche vient de déposer contre son épouse, l'actrice agenouillée. L'autre personnage est le frère du mari mécontent ; il est venu témoigner de la parfaite honorabilité du plaignant.

Le sergent écouta de nouveau, puis reprit :

— Le mari revient de voyage. Après deux années d'absence, il trouve sa femme enceinte et demande l'autorisation de la répudier pour adultère.

— Un peu de silence ! jeta par-dessus son épaule un gros homme assis devant eux.

Tandis que des coups de cymbales ponctuaient le raclement du violon, l'actrice se releva d'un mouvement plein de grâce et chanta un couplet passionné dont le juge ne comprit pas une parole.

— Elle dit, expliqua le sergent, que son mari est revenu à l'improviste huit mois plus tôt. Il est arrivé très tard, a passé la nuit avec elle, et est reparti avant l'aube.

Sur la scène, les acteurs faisaient un bruit infernal, parlant et chantant tous les quatre à la fois. Le vieillard marchait en rond et secouait vivement la tête de façon à faire voltiger sa grande barbe blanche. Tourné à présent vers le public, le mari annonça d'une voix stridente que sa femme mentait. L'index de sa main droite était enduit de noir de fumée pour donner l'impression que le doigt manquait. Son frère approuva de la tête, les bras croisés dans ses longues manches ; le maquillage de son visage le faisait ressembler de manière frappante au plaignant.

La musique cessa brusquement. Le chef de clan rugit quelque chose à l'adresse du second personnage qui, saisi de frayeur, roula des yeux affolés en frappant le sol du pied. Le vieillard réitéra son ordre. L'homme sortit sa main droite de sa manche : l'index manquait aussi.

La musique reprit de plus belle, vite noyée sous les bruyantes acclamations des spectateurs, le sergent Hong criant à tue-tête comme les autres.

Dès que le silence se fut un peu rétabli, le juge demanda en fronçant les sourcils :

— Qu'est-ce que tout cela peut bien signifier ?

— C'est le frère jumeau du mari qui a passé la nuit avec la femme, s'empressa d'expliquer le sergent. Il s'est coupé l'index afin qu'elle le prenne pour son époux, et c'est pourquoi *Un doigt pour une nuit de printemps* est le titre de la pièce.

— Quelle histoire absurde. Partons ! grommela le juge Ti.

Le gros homme assis devant eux se mit à éplucher une orange ; les morceaux d'écorce qu'il jetait négligemment par-dessus son épaule tombèrent sur les genoux du magistrat pendant que des machinistes déployaient une vaste banderole rouge sur laquelle se lisaient cinq grands caractères noirs.

— Oh ! regardez, Votre Excellence ! s'écria le sergent. La pièce suivante s'intitule : *Trois Mystérieuses affaires élucidées par le juge Yu.*

Le juge Ti prit un air résigné.

— Ce fut le plus grand détective de notre glorieuse dynastie Han, dit-il. Voyons un peu comment les choses se passaient il y a sept cents ans !

Le sergent Hong poussa un soupir d'aise.

L'orchestre entama une mélodie au rythme vif que ponctuait le claquement des castagnettes, et les machinistes apportèrent une grande table rouge. Un imposant personnage barbu au visage peint en noir entra en scène. Il était vêtu d'une robe sombre brodée de dragons écarlates et portait une haute coiffure, noire également, que couronnaient d'étincelantes pendeloques. Très digne, il prit place derrière la table rouge tandis que les spectateurs montraient leur enthousiasme en l'acclamant à pleins poumons.

Deux hommes vinrent s'agenouiller devant le tribunal représenté par la grande table et chantèrent un duo avec des voix de fausset. Le magistrat Yu les écouta en caressant sa barbe, puis il leva la main pour désigner quelque chose. Le juge Ti ne put voir quoi, car un petit vendeur de gâteaux à l'huile venait de grimper sur le banc placé devant eux, ce qui déclencha une discussion animée avec leur gros voisin. L'oreille du juge s'était faite à la diction des acteurs ; il saisit des bribes du chant à travers le bruit de l'altercation et, quand le gamin se fut faufilé ailleurs, demanda au sergent :

— Ces deux hommes ne sont-ils pas ceux qui interprétaient le rôle des frères jumeaux ? Il me semble que l'un d'eux accuse l'autre d'avoir assassiné leur vieux père.

Hong fit « oui » de la tête. Le plus âgé des deux acteurs se levait. Il déposa un objet imaginaire sur la table. Le juge Yu fit le geste de le saisir entre le pouce et l'index et sa mimique indiqua qu'il l'examinait attentivement.

— Qu'est-ce qu'il regarde ? demanda le juge Ti.

— Vous êtes sourd, non ? lança leur gros voisin. Vous n'avez pas entendu qu'il s'agit d'une amande ?

— Merci, répondit sèchement le juge, tandis que le sergent se hâtait d'expliquer :

— Cette amande est un indice laissé par leur vieux père pour mettre la justice sur la piste de son meurtrier. L'aîné des deux frères dit à présent que son père a écrit le nom de l'assassin sur un morceau de papier caché dans l'amande.

Le juge Yu fit semblant de déplier avec précaution un minuscule feuillet, puis, d'un geste de prestidigitateur, il fit apparaître une grande feuille de papier d'au moins cinq pieds de long sur laquelle on pouvait lire deux énormes caractères. Il la montra aux spectateurs qui se mirent à pousser des hurlements indignés.

— C'est le nom du plus jeune frère ! cria le sergent.

— Allez-vous la fermer ? demanda leur voisin, tandis qu'un fracas de cymbales, de gongs et de tambours montait de l'orchestre. Le jeune frère se leva et se mit à proclamer son innocence en un chant passionné qu'accompagnèrent aussitôt les notes stridentes de la flûte. Roulant les yeux avec colère, le magistrat Yu regarda les deux hommes l'un après l'autre. La musique s'arrêta brusquement et, dans le silence, le juge légendaire se pencha en avant, attrapa les deux frères par le revers de leurs robes et les tira vers lui. Il flaira les lèvres du plus jeune, puis celles du plus âgé. Repoussant brutalement ce dernier, il abattit son poing sur la table en clamant quelques mots d'une voix de tonnerre. La musique reprit un rythme bruyant et le public poussa de nouveau de grandes acclamations. Leur gros voisin s'était levé, criant : *Hao ! Hao !* avec les autres[1].

— Que vient-il de se passer ? demanda le juge Ti, intéressé malgré lui.

— Le magistrat Yu a dit que le frère aîné sentait le lait d'amande ! s'écria le sergent, sa barbiche encore frémissante d'émotion. Le père savait que son fils aîné voulait l'assassiner. Il se doutait que s'il laissait un indice pour désigner le coupable, le meurtrier ne manquerait pas de le truquer. Aussi ce n'est pas le message contenu dans le fruit qui était le véritable indice, mais l'*amande* elle-même, car le frère aîné avait une passion pour le lait d'amande !

— Bien raisonné, admit le juge Ti. Je pensais...

L'orchestre se fit plus assourdissant encore. Deux hommes vêtus de magnifiques robes dorées étaient à présent à genoux devant le magistrat : chacun brandissait une feuille de papier couverte de

1. Les Chinois ne battent pas des mains pour applaudir au théâtre, mais crient *Hao !* mot qui veut dire : bien, bon, excellent.

caractères minuscules et de sceaux vermillon. Le juge Ti conclut du récitatif qu'il s'agissait de puissants seigneurs entre lesquels le prince avait partagé un immense domaine avec ses terres, ses pavillons, ses meubles et ses esclaves. Les papiers qu'ils tenaient à la main étaient la liste de répartition des biens, et chacun, estimant le partage injuste, prétendait que l'autre avait été avantagé.

Le magistrat Yu les regarda en écarquillant les yeux pour montrer sa colère ; il branla si fort la tête que les ornements de son bonnet s'entrechoquèrent violemment. L'orchestre se mit à jouer *pianissimo* et la tension de l'atmosphère se communiqua aux assistants.

— Répondez-leur, voyons ! cria le gros spectateur bouillonnant d'impatience.

— Et vous, taisez-vous ! lança le juge Ti, tout stupéfait le premier d'entendre le son de sa voix.

Les gongs résonnèrent. Le magistrat Yu se leva. Saisissant les feuilles tendues par les plaignants, il remit à chacun d'eux celui présenté par l'autre, puis il fit un geste de la main pour signifier que son jugement se trouvait ainsi rendu.

Tandis que les deux adversaires contemplaient d'un air perplexe le document qu'ils venaient de recevoir, la foule cria son enthousiasme.

Le gros homme se tourna vers le juge Ti. D'un ton protecteur, il demanda :

— J'espère que vous avez compris ? Ces deux...

Il s'arrêta court, reconnaissant soudain son interlocuteur.

— Merci, j'ai parfaitement saisi, répliqua le juge avec un sourire pincé. Se levant, il secoua sa robe pour la débarrasser des pelures d'orange et se fraya un passage à travers la foule. Hong le suivit, jettant un regard de regret du côté de la scène où l'actrice qui les avait menés à leur banc paraissait à son tour.

— On va donner l'histoire de la jeune fille qui se fait passer pour un garçon, Votre Excellence ! murmura t il. C'est une très jolie pièce.

— Non, sergent, à présent, il faut rentrer, répondit fermement le juge. Tout en marchant, il continua : Les choses sont souvent bien différentes de ce qu'on attendait, Hong. Lorsque j'étais étudiant, j'imaginais le travail d'un juge assez semblable à ce que vient de faire le magistrat Yu. Je me voyais trônant derrière la haute table au tapis rouge et prêtant une oreille condescendante à toutes sortes d'histoires confuses, de mensonges, de déclarations contradictoires. Puis, brusquement, j'apercevais la vérité et je prononçais mon arrêt à la grande confusion du coupable ! Maintenant, sergent, je sais que la réalité est bien différente !

Les deux hommes rirent de bon cœur en continuant d'avancer.

De retour au tribunal, le juge emmena le sergent dans son cabinet :

— Fais-moi une tasse de thé bien fort. Prends-en une aussi, et prépare-moi ma robe officielle. Quel ennui d'être obligé d'assister à cette cérémonie ; je préférerais de beaucoup rester ici et revoir l'affaire Wang avec toi.

Quand le sergent eut servi le thé, le juge avala lentement quelques gorgées et dit :

— Sais-tu, Hong, que je comprends mieux ton intérêt pour le théâtre ? Il faudra que nous y retournions ! Au début, les choses semblent incompréhensibles, puis la phrase clé est prononcée et tout devient limpide. J'aimerais pouvoir en dire autant de notre affaire.

Sortant avec précaution le bonnet de cérémonie de sa boîte de cuir, le sergent commença :

— La pièce qu'on allait donner ensuite...

Le magistrat ne l'écoutait pas. Depuis un instant il tirait sur sa barbe d'un air pensif. Brusquement, il abattit son poing sur le bureau et s'écria :

— Je crois que j'ai trouvé, sergent ! Mais si c'est vrai, j'aurais dû comprendre plus tôt ! Après un court silence, il ajouta : Passe-moi la carte du district.

Le sergent s'empressa d'obéir. Le juge se pencha sur la grande feuille ; hochant vigoureusement la tête, il se leva et se mit à arpenter la pièce en fronçant ses gros sourcils.

Hong le suivait des yeux en silence. Ce fut seulement après avoir parcouru son cabinet une vingtaine de fois dans les deux sens que le juge s'arrêta en disant :

— Oui, tout correspond. Au travail, sergent. Nous avons beaucoup de besogne en perspective... et peu de temps pour l'accomplir !

XVII

Un pieux abbé préside une grandiose cérémonie ❧ Un philosophe sceptique est privé de son meilleur argument.

Le juge Ti trouva la route qui menait au temple du Nuage blanc presque déserte : l'heure de la cérémonie approchait et les citoyens de Peng-lai étaient déjà rassemblés dans la grande cour du sanctuaire.

Ses trois assistants et deux sbires accompagnaient seuls le magistrat. Le sergent était assis en face de lui dans le palanquin, Ma Jong et Tsiao Taï suivaient à cheval, et les sbires marchaient en tête du cortège, portant au bout de longues perches des lampions sur lesquels on pouvait lire en gros caractères :

« LE TRIBUNAL DE PENG-LAI »

En sortant de la porte Est, la petite troupe traversa d'abord le pont de l'Arc-en-ciel, éclairé par une rangée de lanternes dont les reflets chatoyants jouaient sur l'eau sombre de la crique. Des guirlandes de lampions multicolores accrochées à de hauts poteaux bordaient ensuite le chemin, et, plus loin, on apercevait le temple illuminé par une profusion de torches et de lampes à huile.

Lorsque ses porteurs gravirent les degrés de marbre du portail, le chant monotone des moines, que ponctuaient des coups de gong et de cymbales, arriva aux oreilles du juge. Une lourde odeur d'encens indien flottait dans l'air.

Dominant la foule massée au bas de la terrasse, le père abbé était assis, jambes croisées, sur un trône de laque rouge. Il portait la chasuble violette de sa charge et une étole de soie brochée d'or couvrait ses épaules.

L'armateur Kou Meng-pin, le surveillant du faubourg coréen et deux maîtres de guildes avaient pris place à sa gauche, sur des sièges plus bas. À sa droite — la place d'honneur — un grand fauteuil demeurait inoccupé. Venaient ensuite le capitaine représentant le commandant du fort en armure éblouissante, puis le docteur Tsao et deux autres maîtres de guilde.

Une plate-forme érigée pour la circonstance devant la terrasse supportait un autel circulaire recouvert d'une pièce de soie et orné de fleurs fraîches. La copie en bois de cèdre du Seigneur Maitreya y trônait sous un dais pourpre que soutenaient quatre colonnettes dorées.

Une cinquantaine de moines entouraient l'autel, les uns jouant d'instruments variés, les autres groupés en chorale. Des lanciers en cottes de mailles et coiffés de casques étincelants formaient un cordon autour d'eux. La foule, enfin, occupait le reste de l'espace disponible ; faute de place, les retardataires s'étaient hissés sur les socles des colonnes latérales et s'agrippaient à leurs fûts de marbre.

Les porteurs déposèrent le palanquin du juge Ti à l'entrée de la cour. Quatre vieux moines en robes de soie jaune vinrent aussitôt accueillir le magistrat. Tandis qu'ils le conduisaient à la terrasse en empruntant un étroit passage réservé au moyen de cordes, le juge remarqua, parmi la foule, la présence de nombreux matelots chinois et coréens venus adorer leur saint patron.

Arrivé devant le supérieur, il fit une légère révérence et le pria de bien vouloir excuser son retard, dû à une besogne administrative pressante. L'abbé répondit par une gracieuse inclination du buste et l'aspergea d'eau bénite. Le magistrat s'assit tandis que ses trois assistants restaient debout derrière lui. Le capitaine, monsieur Kou et les autres notables vinrent le saluer cérémonieusement puis allèrent reprendre leurs places. Le père abbé fit alors un signe à l'orchestre et, accompagné par les musiciens, le chœur des moines entonna un chant solonnel en l'honneur du Bouddha.

Au moment où l'hymne arrivait à sa fin, une grosse cloche de bronze sonna. Dix moines, conduits par Houei-pen, firent le tour de l'autel en balançant leurs encensoirs, et un épais nuage de fumée odorante enveloppa la statue au beau poli brun sombre. Cette promenade achevée, Houei-pen gravit les degrés de la terrasse. S'agenouillant devant le supérieur, il lui tendit à deux mains un petit rouleau de soie jaune, puis il se releva et vint s'asseoir sur la plate-forme.

La grosse cloche tinta trois fois encore. Un profond silence suivit : la consécration était sur le point de commencer. Le père abbé allait lire à haute voix la prière inscrite sur le rouleau jaune, l'aspergerait d'eau bénite, puis ce rouleau et divers objets rituels seraient introduits à l'intérieur d'une cavité ménagée dans le dos de la statue, ce qui lui communiquerait la vertu magique de l'effigie originale placée dans la grotte.

Au moment où le supérieur s'apprêtait à commencer sa lecture, le juge Ti se leva. S'approchant du bord de la terrasse, il resta un instant immobile. Tous les yeux se tournèrent aussitôt vers l'imposante silhouette en robe verte. Le magistrat lissa lentement sa barbe puis, croisant les bras dans ses vastes manches, il dit d'une voix claire qui porta jusqu'aux derniers rangs de l'assistance :

— Le Gouvernement impérial a gracieusement accordé sa haute protection à l'Église bouddhiste en considération de l'influence bénéfique que ses enseignements ne peuvent manquer d'avoir sur les habitants de l'Empire fleuri. En tant que représentant de l'empereur, il est de mon devoir, à moi votre magistrat, de veiller sur ce glorieux sanctuaire. Et cela d'autant plus que la statue sacrée du Seigneur Maitreya conservée ici protège nos braves marins qui affrontent les périls de l'océan.

— Ainsi soit-il ! répondit le père abbé. L'interruption avait paru d'abord le contrarier, mais à présent il approuvait du chef avec un sourire bienveillant.

— L'armateur Kou Meng-pin, poursuivit le magistrat, a eu la pieuse idée de faire exécuter une réplique de la statue sacrée, et nous sommes assemblés ici pour sa consécration solennelle. Avec le gracieux accord du Gouvernement impérial, cette statue sera transportée dans la capitale sous escorte militaire. En prenant cette mesure pour la préserver de toute aventure fâcheuse au cours du voyage, le Gouvernement souhaite montrer son respect pour l'image rituellement consacrée d'une divinité bouddhique.

« En tant que magistrat du district, je suis pleinement responsable de tout ce qui se passe dans ce temple. Mon devoir me prescrit donc, avant de permettre la consécration de la statue, de vérifier si elle est bien conforme à ce qu'on nous annonce : une fidèle copie en bois de cèdre de l'image sacrée du Seigneur Maitreya.

Un murmure étonné monta de la foule. Surpris par la conclusion de ce qu'il avait d'abord pris pour de simples paroles de courtoisie, le père abbé lança au juge un regard perplexe tandis que les moines assis sur la plate-forme commençaient à s'agiter. Houei-pen voulut aller rejoindre le supérieur, mais les soldats l'empêchèrent de passer.

Le juge Ti leva la main, le silence se rétablit.

— Mon lieutenant va donc à présent vérifier l'authenticité de la statue, déclara le juge en faisant signe à Tsiao Taï. Ce dernier descendit de la terrasse et grimpa lestement sur la plate-forme. Écartant les moines, il s'approcha de l'autel en tirant son sabre.

Le prieur bondit vers la balustrade et cria aux spectateurs :

— Laisserons-nous profaner cette statue sainte au risque d'attirer sur nous la colère du Seigneur Maitreya et de mettre en danger les chères existences de nos marins ?

Matelots en tête, la foule s'avança vers la plate-forme en poussant des cris de colère. La bouche entrouverte, le père abbé ne quittait pas des yeux la haute silhouette de Tsiao Taï. Monsieur Kou, le docteur Tsao et les maîtres de guilde chuchotaient avec inquiétude tandis que, la mains sur la poignée de son sabre, le capitaine du fort observait la masse hurlante d'un air soucieux.

Le juge Ti leva les bras.

— Arrière ! cria-t-il. Cette statue n'ayant pas encore été consacrée, il n'y a aucun manque de respect de notre part.

À cet instant, des gardes du tribunal firent irruption dans la cour en criant :

— Obéissance au magistrat ! Obéissance au magistrat !

Les manifestants tournèrent aussitôt la tête vers les nouveaux arrivants, et Tsiao Taï profita de l'accalmie pour assener au prieur un coup de plat de sabre qui lui fit perdre connaissance. Levant de nouveau son arme, il l'abattit sur l'épaule de la statue : le sabre rebondit et lui échappa des mains sans que l'image du Maitreya parût le moins du monde endommagée.

— Miracle ! cria le petit supérieur.

La foule se pressa en avant. Les soldats durent baisser leurs lances pour la contenir.

Tsiao Taï bondit à bas de l'estrade et courut vers le magistrat auquel il tendit un minuscule fragment de la statue que son arme avait fait sauter. Élevant la parcelle brillante pour que tous la voient bien, le juge cria :

— On vous trompe ! D'impies coquins ont insulté le Seigneur Maitreya !

Dominant les clameurs, il poursuivit :

— Cette statue n'est pas en bois de cèdre, mais en or massif. Des criminels cupides voulaient introduire leur or de contrebande dans la capitale au moyen de ce subterfuge. Moi, magistrat du district, accuse de cet atroce sacrilège le donateur de la statue, Kou Meng-pin ainsi que ses complices, le docteur Tsao Ho-sien et le prieur Houei-pen. Le père abbé et tous ceux qui résident dans le temple seront gardés à la disposition de la justice jusqu'à ce que lumière soit faite sur leur degré de culpabilité dans cette odieuse affaire.

Commençant à saisir la signification de ces paroles, la foule se calma. La profonde sincérité du magistrat impressionnait les spectateurs, à présent curieux d'en apprendre davantage. Avec un soupir de soulagement, le capitaine lâcha la poignée de son sabre.

La voix du juge Ti s'éleva de nouveau :

— Je vais tout d'abord interroger Kou Meng-pin. Il est accusé d'avoir profané un établissement du culte, fait de la contrebande aux dépens de l'État, et assassiné un fonctionnaire impérial.

Deux sbires arrachèrent Kou de son siège et le firent brutalement s'agenouiller devant le juge. Devenu blême, l'armateur se mit à trembler violemment.

— Lorsque nous serons au tribunal, continua le juge, je formulerai en détail ma triple accusation. D'ores et déjà, je puis vous dire que je sais comment vous importiez clandestinement de grosses quantités d'or du Japon et de Corée, et comment cet or traversait le faubourg coréen pour parvenir à ce temple sous forme de minces lingots dissimulés dans le bâton des moines itinérants. Je sais comment l'accusé Tsao Ho-sien rassemblait ces bâtons dans le temps abandonné, à l'ouest de la ville, et les envoyait dans la capitale dissimulés au milieu de ses caisses de livres. Je sais aussi comment, lorsque mon prédécesseur Son Excellence Wang Té-houa conçut des soupçons, vous avez fait placer une boulette de poison dans la poutre du plafond de sa bibliothèque qui se trouve au-dessus du réchaud à thé. Je sais enfin comment, pour couronner vos infâmes manœuvres, vous avez fondu une statue en or massif afin de transporter le métal précieux dans la capitale sous la protection de l'armée. Avouez vos crimes, Kou Meng-pin !

— Je suis innocent, Votre Excellence ! cria l'accusé. J'ignorais absolument que cette statue fût en or. Quant au meurtre...

— Assez de mensonges ! tonna le juge. Le magistrat Wang lui-même m'a dit que vous étiez responsable de sa mort. Je vais vous montrer son message.

Le juge sortit de sa manche le coffret laqué remis à Tsiao Taï par la petite courtisane coréenne. Levant bien haut le couvercle afin que tous puissent apercevoir les deux tiges de bambou, il reprit :

— Vous avez subtilisé les papiers contenus dans cette boîte, pensant faire disparaître ainsi les preuves qui vous condamnaient. Combien vous connaissiez peu le brillant esprit de votre victime, Kou ! C'est le coffret lui-même qui constitue l'indice accusateur. Il a été choisi afin qu'en voyant les deux tiges de bambou ornant son couvercle, l'enquêteur pense immédiatement à celles dont vous ne vous séparez jamais !

Le regard de Kou alla malgré lui vers sa canne. Les anneaux d'argent qui maintenaient fixées l'une contre l'autre les deux tiges de bambou brillaient à la lumière des torches. Il inclina la tête en silence.

Le juge reprit inexorablement :

— Le mort a laissé d'autres indices prouvant qu'il connaissait tout votre rôle dans l'affaire qui nous occupe. Je répète donc : passez aux aveux, Kou, et nommez vos complices.

L'armateur essuya son front moite.

— J'avoue ma faute, murmura-t-il. Des moines venant de Corée apportaient les lingots d'or dans leurs bâtons. Houei-pen et le docteur Tsao m'aidaient à entreposer le métal dans le temple abandonné d'où il repartait ensuite pour la capitale. Kim Sang me servait d'auxiliaire. L'aumônier Tseu-hai secondait Houei-pen, assisté de dix moines dont je vous livrerai les noms. Le père abbé et les autres religieux sont innocents. La statue d'or fut fondue ici sous la direction de Houei-pen au moyen du feu allumé pour incinérer le corps de l'aumônier. La réplique en bois exécutée par maître Fang est cachée dans ma demeure. Kim a fait placer le poison dans la bibliothèque de Wang par un artisan coréen qu'il a renvoyé tout de suite après dans son pays.

Regardant le juge d'un air suppliant, il ajouta :

— Mais je jure à Votre Excellence que j'ai agi sur l'ordre de...

— Silence ! tonna le magistrat. N'essayez pas de mentir encore. Demain, vous vous expliquerez devant le tribunal. Arrête cet homme, Tsiao Taï, et qu'on le mène à la prison.

En un clin d'œil, l'armateur eut les mains liées derrière le dos et deux sbires l'entraînèrent hors du temple.

Montrant à Ma Jong le docteur Tsao pétrifié sur son siège, le juge fit un signe de tête, mais quand le philosophe barbu vit le lieutenant s'approcher de lui, il se leva d'un bond et courut vers l'extrémité de la terrasse. Sur le point d'être rejoint, il se baissa pour éviter son pour-

UN GRAVE DOCTEUR PERD LA FACE

suivant qui n'attrapa que le bout de sa longue barbe flottante. Le docteur Tsao poussa un cri aigu : le magnifique ornement pileux venait de se détacher et restait dans l'énorme patte du colosse. Avec un hurlement de rage, le philosophe porta la main à son petit menton fuyant sur lequel on n'apercevait plus, à présent, qu'un morceau de tissu adhésif. Ma Jong profita de ce geste pour lui saisir les poignets et, faisant virevolter le prisonnier sur lui-même, les attacha prestement ensemble.

Un sourire éclaira les traits sévères du juge Ti.

— Après tout, ce n'était qu'une *fausse* barbe ! murmura-t-il d'un ton satisfait.

XVIII

Le juge dévoile les dessous d'une ténébreuse machination ✥ Un énigmatique personnage révèle enfin son identité.

Il était minuit passé quand le magistrat et ses trois compagnons se retrouvèrent au Yamen.

Tandis que le juge s'asseyait derrière son bureau, le sergent se hâta de lui préparer une tasse de thé fort. Le magistrat en but quelques gorgées, puis il se renversa dans son fauteuil et dit :

— Notre grand homme d'État et illustre déchiffreur d'énigmes criminelles, le gouverneur You Cheou-kien, déclare dans ses *Conseils aux magistrats* qu'un bon détective ne doit jamais s'attacher à chaque étape de l'enquête. Si un fait nouveau ne cadre pas avec elle, au lieu de l'y insérer de force, il doit plutôt modifier la théorie, et, au besoin, l'abandonner. J'ai toujours trouvé étrange qu'on insistât sur une vérité si évidente. Pourtant, mes amis, dans l'affaire Wang, j'ai transgressé cette règle à plusieurs reprises. Avec un petit sourire, il ajouta :

— Son évidence n'est peut-être pas aussi éclatante que je le supposais !

« Lorsque l'astucieux criminel que nous essayions de démasquer eut appris ma nomination, il décida obligeamment de fournir à mon zèle l'occasion de s'employer pendant quelques jours. La préparation de son grand coup — l'envoi de l'or sous forme de statue dans la capitale — était presque achevée et il voulait me lancer sur une fausse piste qui absorberait toute mon activité jusqu'au moment où la statue serait loin d'ici. Il ordonna à Kou Meng-pin de détourner mon attention de façon ou d'autre, et celui-ci fit courir le bruit que des armes traversaient le district en contrebande. L'idée venait de Kim Sang, qui s'en était déjà servi pour obtenir la coopération de la petite

Coréenne. Je tombai dans le panneau, et fis partir toutes mes hypothèses de cette prétendue contrebande d'armes. Même lorsque Kim eut révélé qu'il s'agissait d'or, je crus encore que le métal précieux allait de Chine en Corée, sans trop m'appesantir sur le fait que les bénéfices d'une telle opération devaient être bien minces. En réalité, c'est l'inverse qui se produisait, et cela je l'ai compris seulement ce soir !

Le juge tirailla sa barbe d'un geste irrité. Voyant que les trois hommes attendaient la suite de ses explications avec impatience, il reprit :

— La seule chose qui puisse excuser ma bévue, c'est que les événements fortuits — le meurtre de Fan Tchong, l'étrange conduite de Tang ou la disparition de madame Kou — ne cessèrent de venir brouiller les cartes. Et puis, j'ai concentré trop longtemps mon attention sur Yi Pen qui, en toute innocence, m'avait parlé lui aussi de la contrebande d'armes. Je l'ai soupçonné à cause d'une erreur d'appréciation de ma part dont je parlerai tout à l'heure.

« C'est après la représentation théâtrale à laquelle j'assistai avec le sergent que l'identité de l'assassin m'est apparue. Dans la pièce, la victime révèle de façon posthume le nom de son meurtrier en laissant un message dans une amande, mais ce message n'est là que pour empêcher l'assassin de penser au véritable indice : l'amande elle-même ! Ceci m'a fait soudain comprendre que si le magistrat Wang avait volontairement choisi un précieux joyau de collection comme cet antique coffret laqué pour y mettre ses papiers, c'était à cause des deux tiges de bambou qui en ornaient le couvercle. Dans son esprit, elles ne manqueraient pas de faire penser l'enquêteur à celles qui servaient de canne à monsieur Kou. Connaissant le goût de Wang pour les rébus, je me demande même si les deux tiges *dorées* du couvercle ne devaient pas suggérer que l'or de la contrebande se dissimulait dans des cannes ? Mais cela, nous ne le saurons jamais !

« Convaincu à présent que Kou était le meurtrier, je compris la sinistre signification de la phrase avec laquelle il renvoya Kim Sang avant de m'emmener dans le restaurant aux crabes. Il lui dit en effet : « Continuez le travail. Vous savez ce qu'il faut faire maintenant. » Les deux hommes étaient convenus du moyen de m'éliminer si je découvrais trop de choses ! Or je venais sottement de lui confier que je soupçonnais les moines du Nuage blanc d'utiliser le temple en ruine à des fins suspectes. Par-dessus le marché, je fis, au cours de ce dîner, allusion à l'envoi de sa statue dans la capitale, et j'émis l'idée que son épouse était peut-être mêlée sans le savoir à une ténébreuse affaire. Rien d'étonnant, après cela, si Kou s'est imaginé que j'avais compris son rôle et que je m'apprêtais à l'arrêter.

« En réalité, j'étais encore bien loin de la vérité, me demandant toujours comment les contrebandiers acheminaient leur or de l'intérieur de l'Empire jusqu'au temple abandonné. Pourtant, ce soir-là, je commençai à m'interroger sur les relations qui existaient entre Kou et le docteur Tsao. Le docteur avait un cousin dans la capitale, un bibliophile plein de candeur et facile à manœuvrer sans qu'il se doutât de rien. Le docteur Tsao ne lui aurait-il pas présenté Kou afin de permettre à celui-ci d'apporter l'or à Peng-lai avec l'aide involontaire du bonhomme ? À ce point de mon raisonnement, je pensai soudain aux caisses de livres que le docteur Tsao envoyait à intervalles réguliers dans la capitale et la vérité m'apparut : l'or ne partait pas pour la Corée, il en venait ! Aucun doute, d'astucieux coquins rassemblaient frauduleusement chez nous une importante quantité de métal précieux pour procéder à de louches opérations financières.

« Là, cependant, je rencontrai une difficulté. Pour que la chose en valût la peine, la bande devait disposer d'une quantité d'or considérable. Quelques douzaines de minces lingots expédiés dans des cannes creuses ou entre de vieux bouquins ne suffisaient pas. D'ailleurs, le dernier moyen n'était plus utilisable puisque tous les livres du docteur Tsao se trouvaient à présent chez son cousin. Je compris alors pourquoi les criminels avaient tellement hâte de se débarrasser de nous : une énorme quantité de métal précieux était sur le point de partir pour la capitale et ils craignaient de nous voir mettre le nez dans leurs sales combinaisons. Mais comment allaient-ils faire voyager tout cet or sans se faire prendre en route ? Je pensai immédiatement à la statue commandée par Kou et qui devait bientôt quitter Peng-lai sous escorte militaire.

« L'audace du plan était digne de l'intelligence dévoyée à laquelle je me heurtais depuis le début. Et je comprenais enfin la signification de l'étrange incident observé par Ma Jong et Tsiao Taï sur la berge du canal. Je consultai un plan de la ville. La demeure de Kou s'élevait près du premier pont. Appréciant mal, dans le brouillard, la distance que vous aviez parcourue, vous pensiez être près du deuxième pont quand vous avez assisté à la scène mystérieuse. C'est donc en cet endroit que, le lendemain, vous avez procédé à votre enquête. Et comme Yi Pen habite là, mes soupçons contre cet armateur — peu scrupuleux mais complètement étranger à la présente affaire — furent encore renforcés. À part cela, vos yeux ne vous avaient pas trompés. Les suppôts de Kou frappaient bien un homme... mais un homme en terre glaise qui avait servi à fabriquer le moule de la future statue d'or ! Ils démolissaient tout bonnement cette pièce compromettante avant de s'en débarrasser dans le canal.

« Quant au moule, il fut placé à l'intérieur d'une caisse en bois de rose que monsieur Kou expédia au père abbé, sans défiance. À l'arrivée de la caisse, Houei-pen fit incinérer le corps de l'aumônier afin de justifier par cette opération le feu d'enfer indispensable à la transformation des lingots d'or en statue. Je vis la caisse en bois de rose lors de ma visite au temple, et, si je fus un peu surpris que l'incinération d'un corps humain nécessitât une telle fournaise, le fait n'éveilla pourtant pas mes soupçons.

« Il y a une demi-heure, en perquisitionnant chez Kou, nous avons découvert la statue taillée par maître Fang. Elle était sciée en une douzaine de morceaux qu'on aurait sans doute rassemblés dans la capitale avant de l'offrir au temple du Cheval blanc ; le Maitreya d'or, bien entendu, devait être remis au chef du complot. Quant à la réplique d'argile nécessaire à la fabrication du moule, elle avait déjà été mise en miettes et ses débris jetés dans le canal comme nous venons de le voir. C'est sur eux que Ma Jong a marché le fameux soir.

— Je suis heureux d'apprendre qu'après tout ma vue n'est pas si mauvaise, constata Ma Jong. Ça m'ennuyait d'avoir pris un panier de détritus pour un homme !

— Mais pourquoi le docteur Tsao s'est-il laissé enrôler dans la bande ? demanda le sergent. C'est un lettré...

— Le docteur Tsao aime le luxe, l'interrompit le juge. La perte de sa fortune l'avait contraint à quitter la ville pour vivre dans une vieille tour, ce qui l'affligeait fort. Voyez-vous, tout était faux chez cet homme... même la barbe ! Quand monsieur Kou exposa son projet et lui offrit une part appréciable des bénéfices s'il collaborait avec eux, il ne résista pas à la tentation. Le bâton que tenait l'aumônier le soir où il rencontra madame Kou renfermait probablement un lingot d'or destiné au docteur. Mais Kou commit une grosse faute lorsque le désir d'épouser mademoiselle Tsao lui fit oublier sa prudence habituelle. En contraignant le philosophe à lui accorder la main de sa fille, il me montra en effet qu'il tenait le docteur Tsao sous sa coupe.

Le juge Ti poussa un soupir. Après avoir achevé lentement sa tasse, il poursuivit :

— Si cupide, si impitoyable que soit Kou Meng-pin, ce n'était quand même qu'un simple exécutant, mais je le fis taire au moment où il s'apprêtait à révéler le nom de son chef car celui-ci a peut-être d'autres agents à Peng-lai et ils n'auraient pas manqué de l'avertir. Cette nuit même (ce matin, devrais-je dire !) des policiers militaires vont porter mon acte d'accusation au président de la Cour métropolitaine. Leur caporal vient de m'informer que ses collègues ont mis la main sur Wou — le domestique de Fan Tchong — au moment où il tentait de vendre les chevaux. Wou a expliqué qu'il avait découvert le meurtre dès le départ de Ah Kouang mais, craignant d'être accusé du crime, il préféra s'enfuir avec le coffret et les bêtes. Exactement ce que nous supposions.

— Quel est donc le super-criminel qui a ourdi toute cette machination ? demanda le sergent.

— Ce coquin de Po Kai, bien entendu ! s'écria Ma Jong.

Avec un sourire, le juge répliqua :

— Il m'est impossible de répondre pour la bonne raison que j'ignore encore le nom du scélérat. Je compte sur Po Kai pour nous le révéler. Je me demande même pourquoi il n'est pas encore arrivé, je pensais le trouver ici à notre retour du temple.

Comme Hong et ses deux compagnons regardaient le juge avec stupeur, le chef des sbires accourut.

— Po Kai vient de se présenter ! annonça-t-il. Les gardes l'ont arrêté sur-le-champ.

— Faites-le entrer, ordonna le juge. Sans gardes !

Quand Po Kai pénétra dans la pièce, le magistrat se leva ; s'inclinant avec politesse, il dit :

— Prenez un siège, monsieur Wang. Il y a bien longtemps que je désirais faire votre connaissance.

— Je n'avais pas moins envie de faire la vôtre, répondit placidement le visiteur. Mais avant d'entamer les explications, que Votre Excellence me permette de procéder à un brin de toilette.

Sans s'occuper des trois assistants du juge qui l'observaient bouche bée, le nouveau venu s'approcha du réchaud à thé, trempa une serviette dans l'eau et se frotta vigoureusement le visage. Quand il se retourna, les taches violâtres qui lui donnaient l'air congestionné avaient disparu et ses sourcils étaient à présent minces et droits. Il prit dans sa manche une rondelle de taffetas qu'il appliqua sur sa joue gauche.

Ma Jong et Tsiao Taï sursautèrent : le visage qu'ils avaient devant les yeux était celui entrevu dans le cercueil.

— Wang Té-houa, le défunt magistrat ! s'écrièrent-ils en même temps.

— Son frère jumeau, monsieur Wang Yuan-té, premier secrétaire du ministre des Finances, corrigea le juge Ti. S'adressant à Wang, il ajouta : Ce signe sur la joue de votre frère à dû épargner de regrettables méprises à bien des gens... et à vos parents les tout premiers !

— C'est exact, répondit Wang Yuan-té. À part cette marque, nous nous ressemblions comme deux gouttes d'eau. Quand mon frère fut nommé en province, la chose perdit cependant de son importance, et peu de personnes étaient au courant de notre parenté. Mais il ne s'agit pas de cela... Je suis venu vous féliciter d'avoir si brillamment démasqué son assassin, et je vous remercie de me fournir ainsi les preuves dont j'avais besoin pour réduire à néant la monstrueuse accusation portée contre moi. Sous un habit de moine, j'ai pu admirer ce soir la façon magistrale dont vous avez débrouillé cette histoire compliquée, alors que moi-même j'en étais toujours resté aux soupçons !

— Le génie du mal qui dirigeait cette criminelle entreprise est un haut fonctionnaire de la capitale, je suppose ? demanda le magistrat.

Wang secoua la tête.

— Non. C'est un homme assez jeune, bien que déjà vieux en dépravation. Il se nomme Heou et travaille comme secrétaire auxiliaire à la Cour métropolitaine. C'est un neveu du grand secrétaire Heou Kouang.

Le juge pâlit.

— Le secrétaire auxiliaire Heou ? s'écria-t-il. Mais c'est un de mes amis !

Wang haussa les épaules.

— On commet parfois des erreurs en jugeant ceux qui nous sont proches. Heou possède des dons magnifiques : avec les années, il serait devenu un personnage éminent. Hélas, pour parvenir plus vite à la fortune, il employa des moyens que le code réprouve et, découvert, n'hésita pas à tuer. Il était bien placé pour combiner ses friponneries car son oncle parlait librement devant lui de ce qui se passait au ministère des Finances et, d'autre part, son poste de secrétaire à la Cour de justice lui donnait accès à tous les documents transmis par les tribunaux de province. C'était vraiment lui le grand chef de l'organisation.

Le juge Ti se passa la main sur les yeux. Il comprenait à présent pourquoi, dans le pavillon de la joie et de la tristesse, Heou avait tant insisté pour qu'il renonçât au poste de Peng-lai. Il revoyait le regard suppliant du jeune homme ; au moins ses sentiments amicaux n'étaient-ils pas feints. Et voilà que, nommé magistrat, il avait pour première tâche d'envoyer cet ami à la mort ! Toute la joie de son succès disparut. D'une voix blanche, il demanda :

— Comment avez-vous découvert sa culpabilité ?

— Le Ciel m'a donné un génie particulier pour les chiffres. C'est à cela, d'ailleurs, que je dois mon rapide avancement. Il y a quelque temps, je remarquai certains désaccords entre divers relevés établis par les services qui s'occupent du marché de l'or. Je pensai aussitôt à des entrées de métal au-dessous du cours légal et fis une enquête. Malheureusement, mon commis devait être à la solde de Heou, et ce dernier, sachant que mon frère était magistrat à Peng-lai (par où passait en Chine l'or clandestin), en conclut à tort que nous travaillions de concert à le démasquer. À dire vrai mon frère m'écrivit bien un jour qu'il se demandait si son district n'était pas un centre de contrebande, mais, à l'époque, je n'établis pas de rapport entre cette vague supposition et les manipulations d'or qui se faisaient dans la capitale. Heou commit la même erreur que nombre de criminels : il s'imagina que son petit jeu était découvert quand personne ne songeait à lui et perdit la tête. Il donna l'ordre à Kou de faire disparaître mon frère, tua le commis de sa propre main, déroba trente lingots d'or dans la Caisse centrale, et me fit accuser du tout par son oncle.

Je réussis à m'enfuir avant d'être arrêté puis, sous le déguisement de Po Kai l'ivrogne, je vins chercher ici de quoi démasquer Heou, venger mon frère, et me laver de l'accusation lancée contre moi.

« Votre arrivée me plaça dans une situation délicate. Impossible de vous révéler mon nom, car vous m'auriez fait arrêter sur-le-champ et renvoyer sous escorte dans la capitale. Je résolus donc de coopérer avec vous de façon détournée. Ayant fait la connaissance de vos lieutenants, je les emmenai sur le bateau-de-fleurs pour tenter d'attirer leur attention sur Kim Sang et sur la petite courtisane que je soupçonnais d'appartenir à la bande. Mes efforts furent couronnés de succès.

Wang lança un coup d'œil à Tsiao Taï qui plongea aussitôt le nez dans sa tasse.

— J'essayai également d'orienter leurs recherches vers la clique bouddhiste, sans réussir aussi bien cette fois. Je suspectai les moines d'être mêlés à l'histoire de contrebande mais n'arrivai pas à en obtenir la preuve. Les bateaux-de-fleurs étaient des postes d'observation commodes pour surveiller le temple du Nuage blanc ; je les fréquentai assidûment, et quand je vis l'aumônier Tseu-hai sortir d'un air furtif, je le suivis jusqu'au petit temple abandonné. Malheureusement, il mourut avant que j'aie pu l'interroger sur la raison de sa présence en ce lieu.

« Kim Sang dut trouver que je lui posais trop de questions. Cela le rendit méfiant, et lorsqu'il eut pris la décision de tuer vos lieutenants sur la barque coréenne, il me laissa les accompagner afin de me supprimer en même temps qu'eux.

Se tournant vers Ma Jong, il continua :

— Au début de la bagarre, les amis de Kim commirent une faute. Sûrs de pouvoir se débarrasser de moi sans grand-peine, ils concentrèrent d'abord tous leurs efforts sur votre redoutable personne. Comme je manie assez bien le couteau, je profitai du peu d'attention dont j'étais l'objet pour enfoncer ma lame entre les omoplates de l'homme qui vous attaquait par-derrière.

— Votre geste m'a sauvé la vie ! s'écria chaleureusement Ma Jong.

— Les dernières paroles de Kim Sang me montrèrent le bien-fondé de mes soupçons, poursuivit Wang. Aussi sautai-je tout de suite dans le sampan pour aller mettre en lieu sûr mes notes relatives aux activités financières de Heou. Je ne tenais pas à ce que les complices de Kim les trouvent s'il leur prenait fantaisie de venir fouiller ma chambre. Et comme « Po Kai » était à présent suspect à tout le monde, j'abandonnai mon déguisement pour l'habit d'un moine pèlerin.

— Après tout le vin que nous avions bu ensemble, grommela Ma Jong, vous auriez pu nous donner une petite explication avant de disparaître.

— Une *petite* explication n'aurait pas suffi, répliqua Wang qui ajouta, à l'adresse du juge : Leurs manières laissent parfois à désirer, mais ce sont d'utiles auxiliaires. Votre Excellence les a-t-Elle engagés de façon définitive ?

— Tout à fait définitive ! répondit le magistrat.

Le visage de Ma Jong s'éclaira. Donnant une bourrade à Tsiao Taï, il s'écria joyeusement :

— Nous n'irons pas nous geler les orteils le long de la frontière du nord, vieux frère !

— J'avais choisi de jouer le rôle d'un poète mystique et un peu débauché, reprit Wang, parce que je supposais que, tôt ou tard, ce déguisement me ferait entrer en contact avec les gens qu'avait connus mon frère. Et un ivrogne excentrique peut aller partout à n'importe quelle heure du jour ou de la nuit sans éveiller les soupçons.

— Le personnage était bien choisi, reconnut le juge. À présent, je vais établir l'acte d'accusation qu'un détachement de la police militaire va porter dans la capitale. Le meurtre d'un magistrat étant un crime contre l'État, je n'ai pas besoin d'en référer au préfet ni au gouverneur et j'adresserai directement le dossier au président de la Cour métropolitaine. Demain, j'entendrai Kou, Tsao, Houei-pen et les moines compromis dans l'affaire avant d'envoyer un rapport en haut lieu. Je vais être obligé de vous garder ici pour la forme, en attendant d'être officiellement averti que le mandat lancé contre vous est retiré. Je profiterai de votre séjour au Yamen pour vous consulter sur les détails financiers de l'affaire. J'aimerais aussi avoir votre avis sur un projet de simplification des impôts fonciers auxquels sont soumis les habitants de ce district ; j'ai étudié nos archives et il me paraît que le fardeau supporté par la petite paysannerie est trop lourd.

— Je suis tout à votre service, répondit Wang. Mais j'aimerais bien savoir comment vous m'avez identifié ? Je craignais d'avoir à dépenser beaucoup de salive avant de faire admettre mon histoire !

— Lorsque je vous rencontrai l'autre soir dans le Yamen, répliqua le juge, je vous pris tout d'abord pour l'assassin. Je pensai que vous vous étiez déguisé en fantôme de votre victime dans le but de faire main basse sur des papiers compromettants sans craindre d'être dérangé. Afin de vérifier cette hypothèse, je me rendis le soir même au temple du Nuage blanc où j'examinai le cadavre du défunt magistrat. L'absolue ressemblance du mort et de son fantôme ne me parut pas œuvre humaine, et je fus convaincu que je m'étais bien trouvé devant un spectre.

« Tout à l'heure seulement je compris la vérité en assistant à une pièce de théâtre dans laquelle un index manquant était le seul moyen de distinguer deux frères. Je pensai tout de suite que si le magistrat défunt avait un frère jumeau, ce dernier pouvait se faire passer pour le mort en se collant sur la joue une marque brune. Or je savais, par notre premier scribe, que le magistrat Wang laissait un frère — son unique parent — qui avait négligé jusqu'ici de se présenter au Yamen. Je songeai aussitôt à Po Kai. Arrivé dans notre ville peu après l'assassinat, il s'intéressait beaucoup à l'affaire, et, de plus, les réflexions de mademoiselle Tsao et d'un garçon de restaurant psychologue me donnaient à penser qu'il jouait un rôle.

« Si votre nom n'avait pas été Wang (avec Li et Tchang, c'est peut-être celui qu'on rencontre le plus fréquemment dans l'Empire du Milieu), j'aurais sans doute deviné plus tôt car, au moment où j'ai quitté la capitale, le crime dont on vous accusait et votre disparition faisaient un certain bruit. Ce furent les capacités financières de « Po Kai » qui achevèrent de me mettre sur la voie en me faisant songer qu'il pouvait appartenir au ministère des Finances. Je fus alors frappé par le fait que le secrétaire en fuite et le magistrat assassiné s'appelaient également Wang. Tout s'éclairait.

Poussant un nouveau soupir, le juge conclut :

— Un magistrat plus expérimenté n'aurait sans doute pas tant tardé à découvrir la vérité, mais Peng-lai est mon premier poste. Je suis un débutant !

Ouvrant son tiroir, il sortit le carnet du défunt et le tendit à Wang en disant :

— Même à présent, je ne comprends pas encore ce que signifient ces notes prises par votre frère.

Wang feuilleta un instant les pages manuscrites.

— Je n'approuvais pas l'existence relâchée de mon frère, déclara-t-il, mais c'était vraiment un garçon perspicace ! La rentrée au port des jonques de l'armateur Kou est notée ici avec les droits de bassin, les taxes d'importation et les redevances par tête de passager. Mon frère s'était sûrement aperçu que le chiffre des taxes d'importation est si bas que l'armateur ne pouvait avoir importé suffisamment de marchandises pour s'y retrouver, tandis que celui des redevances est si élevé que ses bateaux auraient dû transporter un nombre anormal de passagers. Ceci excita ses soupçons et le fit penser à de la contrebande. Mon frère était paresseux de nature, mais si une énigme piquait sa curiosité, il ne reculait devant aucun effort pour en découvrir la solution. Tout enfant, il était déjà comme ça. Ceci est la dernière énigme qu'il ait résolue !

— Je vous remercie, dit le juge, mon enquête est donc terminée. Ne parlons pas des apparitions ; votre présence ici suffit à dissiper leur mystère !

Wang sourit.

— En me faisant passer pour un revenant, expliqua-t-il, je pouvais poursuivre mes recherches dans le Yamen sans crainte d'être dérangé. J'étais sûr que si quelqu'un m'apercevait, il n'oserait pas me demander d'explications ! Je pouvais entrer et sortir à ma guise car, peu de temps auparavant, mon frère m'avait envoyé la clef de l'arrière-cour. Il pressentait sans doute sa fin prochaine, comme le prouve aussi le fait qu'il ait confié le coffret de laque à la petite courtisane. L'enquêteur impérial m'a vu dans la bibliothèque et le vieux Tang dans ce cabinet même ; quant à Votre Excellence, Elle m'a surpris au moment où je venais d'examiner les bagages de mon frère. J'ai été obligé, en la circonstance, de me conduire de façon incorrecte et je vous présente mes humbles excuses.

Le juge sourit à son tour.

— Elles sont acceptées, déclara-t-il. Et cela d'autant plus volontiers que votre seconde apparition – celle qui eut lieu dans le temple du Nuage blanc – m'a sauvé la vie. Je dois d'ailleurs avouer que cette fois vous avez réussi à m'alarmer ! Votre main semblait absolument transparente et vous aviez l'air de vous dissoudre pour de bon dans la brume. Comment avez-vous exécuté ce macabre tour de passe-passe ?

L'étonnement se peignit sur le visage de Wang.

— Une seconde apparition ? répéta-t-il. Votre Excellence doit faire erreur. Je ne me suis jamais rendu au temple du Nuage blanc sous ma forme spectrale.

Un grand silence suivit. Quelque part dans le Yamen une porte se ferma, très doucement cette fois.

POSTFACE

VOICI l'indication des sources utilisées dans le roman qu'on vient de lire. C'est à *La Mariée empoisonnée*, vieille histoire ayant le juge Ti pour héros, que j'ai emprunté la façon dont il débrouille l'énigme de la mort du magistrat Wang, dans *Trafic d'or sous les T'ang*. Le récit original figure dans *Wou-tse-tien-seu-ta-tchian*, publié par moi en traduction anglaise sous le titre de *Dee Goong An* (Tokyo, 1949). Une nouvelle mariée est empoisonnée accidentellement le soir de ses noces par le venin d'une vipère nichée dans une poutre à demi pourrie de la cuisine, juste au-dessus de l'endroit où l'on fait bouillir l'eau du thé ; quand la vapeur brûlante monte vers elle, la vipère sort la tête et son venin coule dans le récipient d'eau. J'ai modifié l'intrigue, mais j'ai conservé l'incident du plâtre qui tombe dans la tasse du juge Ti et lui fait découvrir la vérité. M. Vincent Starret a signalé, dans son excellent essai *Some Chinese Detective Stories* (Bookman's Holiday, Random House, New York, 1942), que cet épisode fait songer à *La Bande mouchetée*, écrite par Conan Doyle une bonne centaine d'années plus tard.

L'élément coréen du même roman me fut suggéré par la lecture de la passionnante étude d'Edwin O. Reischauer *Ennin's Travels in T'ang China* (New York, 1955). Se fondant sur le journal de voyage d'un moine japonais qui visita la Chine au cours du IXe siècle, il mit en lumière la grande importance pour l'Empire chinois du commerce maritime avec la Corée et l'existence d'établissements coréens jouissant du privilège d'exterritorialité sur sa côte nord-est. Ce même ouvrage démontre à quel point le système bureaucratique était déjà développé sous les T'ang. Les papiers des voyageurs étaient contrôlés et eux-mêmes fouillés à de fréquents intervalles sur les routes, et il était nécessaire de se procurer de nombreuses pièces officielles avant de se déplacer.

Les fantômes et les hommes changés la nuit en animaux abondent dans les romans chinois. Le lecteur que ce genre de sujet intéresse trouvera de nombreux éléments d'information dans l'ouvrage de H. A. Giles *Strange Stories from a China Studio* (première édition : Londres, 1880 ; édition américaine : New York, 1925). On trouve encore des tigres en Mandchourie et dans le sud de la Chine. Marco Polo nous dit qu'autrefois on rencontrait aussi ces animaux dans le nord du pays, ce qui rendait les voyages dangereux.

Les vues avancées sur la condition des femmes, que le juge Ti exprime au chapitre XV de *Trafic d'or sous les T'ang* ne sont pas aussi anachroniques qu'elles peuvent le paraître. Il y a toujours eu des écrivains chinois pour rompre des lances en faveur de leur émancipation, mais il faut bien admettre qu'avant le grand mouvement lancé lors de l'établissement de la révolution chinoise en 1911, ces idées n'étaient guère reçues favorablement par le public. (Voir l'intéressant essai de Lin Yutang, « Feminist Thought in Ancient China » dans son livre *Confucius saw Nancy, and Essays about Nothing*, Commercial Press, Shanghaï, 1936).

Toujours dans *Trafic d'or sous les T'ang*, j'ai emprunté le sketch sur les biens divisés de façon inégale (chapitre XVI) au vieux recueil *T'ang-yin-pi-chi*. Dans ce recueil, la solution est attribuée au fameux conseiller impérial du IXe siècle Tchang Tsi-sien. J'ai publié l'ouvrage entier en anglais sous le titre suivant : *T'ang-yin-pi-chi, Parallel Cases from under the Pear Tree, a 13 th century manual of jurisprudence and detection* (Sinica Leidensia Series Volume X, Leiden, 1956). C'est aussi ce livre qui m'a fourni l'idée de la méthode employée par le juge Ti dans *Le Paravent de laque* pour obtenir la confession de Kouenchan. Un juge du IIIe siècle de notre ère, voyant qu'un voleur nommé Chi-ming refusait obstinément d'avouer son crime en dépit des sévères tortures auxquelles il était soumis, « donna l'ordre de retirer les chaînes du prisonnier, lui offrit à manger et à boire, et lui fit prendre un bain de manière à le mettre de belle humeur. Alors Chi-ming confessa tout et dénonça ses complices ».

Cinq nuages de félicité

Nouvelle

Traduit de l'anglais par Anne Krief

LES PERSONNAGES

TI JEN-TSIE, *magistrat nouvellement nommé à Han-yuan, petit district de montagne près de la capitale* HONG LIANG, *vieux serviteur de la famille Ti, conseiller du juge et sergent du tribunal* MA JONG ET TSIAO TAÏ, *les deux lieutenants du juge Ti* HOUA MIN, *riche armateur de Peng-lai* YI PEN, *riche armateur de Peng-lai* MONSIEUR HO, *secrétaire du ministère de la Justice à la retraite* MADAME HO, *sa jeune épouse* FUNG, *peintre.*

CETTE AFFAIRE eut lieu en 663, une semaine après que le juge Ti eut pris ses fonctions à son premier poste officiel de magistrat, dans le district de Peng-lai, aux confins de la côte nord-est de l'Empire. Dès son arrivée, il s'était trouvé confronté à trois mystérieux crimes, relatés dans *Trafic d'or sous les T'ang*. Il était fait mention dans ce roman de la florissante industrie navale de Peng-lai ainsi que de monsieur Yi Pen, riche armateur. Quand cette histoire commence, nous nous trouvons dans le cabinet particulier du juge Ti, au tribunal, où le magistrat s'entretient avec Yi Pen et deux autres personnages ; ils viennent de terminer l'étude d'un projet présenté par le juge Ti, consistant à faire passer l'industrie navale sous le contrôle du gouvernement.

— EH BIEN, Messieurs, déclara avec un sourire satisfait le juge Ti à ses trois hôtes, voilà qui est réglé, je pense.

L'entretien avait commencé vers deux heures et il était déjà plus de cinq heures. Mais le juge estimait que le temps avait été bien employé.

— Les règlements que nous avons mis au point semblent prévoir tous les problèmes possibles, remarqua monsieur Ho de sa voix claire.

Secrétaire du ministère de la Justice à la retraite, monsieur Ho était un homme d'un certain âge, vêtu avec sobriété. Se tournant vers Houa Min, le riche armateur assis à sa droite, il ajouta :

— Vous conviendrez, monsieur Houa, que notre projet règle de manière équitable les différends avec votre collègue, monsieur Yi Pen, ici présent.

Houa Min fit la moue.

— « Équitable » est un qualificatif des plus choisis, dit-il sèchement, mais en tant que négociant je préfère de loin celui de « profitable ». Si l'on m'avait laissé la latitude de faire concurrence à mon ami monsieur Yi, le résultat n'aurait sans doute pas été précisément équitable, non... Mais certes des plus profitables — de mon point de vue, j'entends !

— L'industrie navale concerne directement notre défense côtière, répliqua le juge d'un ton sévère. Le gouvernement impérial ne tolère aucun monopole privé. Nous avons passé tout l'après-midi sur ce sujet et, grâce entre autres aux excellents conseils techniques de monsieur Ho, nous sommes parvenus à rédiger ce document fixant les règles que tout armateur devra respecter. J'attends de vous deux que vous vous y conformiez.

Monsieur Yi Pen acquiesça énergiquement. Le juge aimait bien cet homme d'affaires très habile, mais honnête. Il avait moins d'estime pour monsieur Houa Min qui, d'après ce qu'il savait, ne répugnait pas aux affaires louches et avait une vie sentimentale très agitée. Le juge Ti fit signe au commis de resservir une tasse de thé à ses hôtes, puis se carra dans son fauteuil. La journée avait été chaude, mais à présent une légère brise s'était levée, apportant dans le cabinet le parfum du magnolia qui se dressait devant la fenêtre.

Monsieur Yi reposa sa tasse de thé et regarda Ho et Houa Min d'un air interrogateur. Il était temps de prendre congé.

Tout à coup la porte s'ouvrit et le sergent Hong, le vieux conseiller du juge Ti, fit son entrée. S'approchant vivement du bureau, il annonça :

— Quelqu'un vient de se présenter avec un message important, Votre Excellence.

Le juge Ti avait surpris son regard.

— Veuillez m'excuser un instant, dit-il à ses trois invités en se levant pour suivre le sergent Hong.

Une fois dans le corridor, Hong lui confia à voix basse :

— Il s'agit de l'intendant de monsieur Ho, Votre Excellence. Il est venu annoncer à son maître que madame Ho venait de se donner la mort.

— Ciel tout-puissant ! s'exclama le juge. Dis-lui d'attendre un moment. Autant annoncer moi-même cette mauvaise nouvelle à Ho. Comment cela s'est-il passé ?

— Elle s'est pendue, Votre Excellence. Dans le pavillon de repos du jardin, à l'heure de la sieste. L'intendant est aussitôt accouru ici.

— Voilà qui est navrant pour monsieur Ho. Je l'aime bien. Un peu sec peut-être, mais très consciencieux, et juriste avisé de surcroît.

Le magistrat hocha tristement la tête et rentra dans son cabinet. Après avoir repris place à son bureau, il s'adressa à Ho d'un ton grave :

— C'était votre intendant, monsieur Ho. Il venait vous annoncer une bien triste nouvelle, au sujet de madame Ho.

Ho saisit brusquement les accoudoirs de son fauteuil.

— Au sujet de mon épouse ?

— Selon toute apparence, elle se serait donné la mort, monsieur Ho.

Ho se souleva à demi, puis se laissa lourdement retomber sur son siège.

— Ainsi, ce que je craignais est arrivé, dit-il d'une voix blanche. Elle... elle était très abattue ces dernières semaines. Comment... Comment a-t-elle fait ? demanda-t-il en se passant la main sur les yeux.

— Votre intendant a dit qu'elle s'était pendue. Il vous attend pour vous reconduire chez vous, monsieur Ho. Je vous envoie immédiatement le contrôleur des décès pour établir le permis d'inhumer. Je suppose que vous désirez en finir au plus vite avec toutes les formalités d'usage.

Monsieur Ho ne sembla pas l'avoir entendu.

— Morte ! marmonna-t-il. Quelques heures à peine après que je l'ai quittée ! Que faire ?

— Nous allons vous aider pour tout, monsieur Ho, dit Houa Min d'un ton réconfortant.

Puis il ajouta quelques phrases de condoléances, aussitôt imité par Yi Pen. Mais Ho ne sembla pas les entendre non plus. Il regardait fixement devant lui, les traits tirés. Levant brusquement la tête vers le juge, il répondit, après avoir hésité un instant :

— J'ai besoin de temps, Votre Excellence, d'un petit peu de temps pour... Je ne voudrais pas abuser de votre obligeance, Noble Juge, mais... serait-il possible de charger quelqu'un des formalités à ma place ? Ensuite, je pourrais rentrer chez moi, après... après l'autopsie, et lorsque le corps aura été...

Ho laissa sa phrase en suspens, implorant le juge du regard.

— Bien entendu, monsieur Ho ! répliqua vivement le juge Ti. Vous allez rester ici et prendre une autre tasse de thé. Je vais accompagner moi-même le contrôleur des décès et faire préparer un cercueil provisoire. C'est le moins que je puisse faire. Vous ne m'avez jamais épargné vos précieux conseils, et aujourd'hui encore vous avez consacré tout votre après-midi aux affaires de ce tribunal. Non, j'insiste, monsieur Ho ! Vous allez vous occuper tous les deux de votre ami, messieurs. Je serai de retour d'ici une demi-heure environ.

Le sergent Hong attendait dans la cour du Yamen en compagnie d'un petit homme bedonnant à la barbiche noire, aussitôt présenté au magistrat comme l'intendant de Ho.

— Monsieur Ho est prévenu, lui dit le juge. Vous pouvez rentrer chez votre maître, je vous y rejoins immédiatement. Hong, tu devrais retourner au greffe pour y classer les papiers récemment arrivés. Nous les regarderons ensemble à mon retour. Où sont mes deux lieutenants ?

— Ma Jong et Tsiao Taï sont dans la cour principale, Votre Excellence. Ils font faire l'exercice aux gardes.

— Parfait. Je n'ai besoin que du chef des sbires et de deux de ses hommes. Ils mettront le corps en bière. Lorsque Ma Jong et Tsiao Taï en auront terminé avec l'exercice, ils pourront disposer. Je n'aurai pas besoin d'eux ce soir. Va chercher le contrôleur des décès et fais-moi préparer mon palanquin officiel !

Dans la petite avant-cour de la modeste demeure de monsieur Ho, l'intendant ventripotent attendait le juge. Deux servantes aux yeux rougis par les larmes erraient près de la loge de garde. Après avoir aidé le juge Ti à s'extraire du palanquin, le chef des sbires reçut l'ordre d'attendre dans la cour avec ses hommes. Puis le magistrat demanda à l'intendant de le conduire, ainsi que le contrôleur des décès, jusqu'au pavillon.

Le petit homme les conduisit par la galerie ouverte qui entourait la maison jusqu'à un vaste jardin bordé d'un mur élevé. Il leur fit emprunter un sentier bien entretenu qui serpentait à travers des buissons fleuris et menait tout au fond du jardin. Là, dans l'ombre de deux grands chênes, s'élevait un pavillon octogonal bâti sur une plate-forme de briques circulaire. Le toit pointu, recouvert de tuiles vertes, était surmonté d'un globe doré ; quant aux piliers et aux claustras des fenêtres, ils étaient laqués de rouge vif. Le juge gravit les quatre marches de marbre et ouvrit la porte.

Il faisait chaud dans la pièce, petite mais haute de plafond, où flottait l'odeur entêtante d'un encens exotique. Le regard du juge Ti se porta aussitôt sur la couche de bambou, contre le mur de droite. Une femme y gisait, le visage tourné vers le mur. De lourdes tresses soyeuses, à moitié défaites, lui retombaient sur les épaules. Elle portait une robe d'été de soie blanche et des souliers de satin blanc enserraient ses petits pieds. Se retournant vers le contrôleur des décès, le juge ordonna :

— Examinez-la pendant que je prépare le certificat de décès. Ouvrez donc les fenêtres, on étouffe ici ! ajouta-t-il à l'adresse de l'intendant.

Le juge sortit de sa manche une formule officielle et la posa sur une petite table, à côté de la porte. Puis il examina la pièce en prenant son temps. Un plateau à thé, avec deux tasses, était posé sur une table de bois de rose sculpté, au centre de la pièce. La théière carrée avait été renversée ; son bec reposait contre une boîte plate en cuivre jaune, auprès de laquelle se trouvait une cordelette de soie rouge. Deux chaises à haut dossier étaient repoussées contre la table. Hormis les deux étagères en bambou entre les fenêtres, contenant des livres et quelques objets anciens, il n'y avait pas de meubles. La moitié supérieure des murs était recouverte de plaquettes de bois sur lesquelles étaient calligraphiés de célèbres poèmes. Il régnait une atmosphère raffinée et paisible.

L'intendant avait ouvert la dernière fenêtre. S'approchant du juge, il lui montra les grosses poutres de laque rouge qui traversaient le plafond en forme de coupole. Une cordelette rouge, dont le bout était effiloché, pendait à la poutre du milieu.

— Nous l'avons trouvée pendue là, Noble Juge, la femme de chambre et moi-même.

Le juge Ti hocha la tête.

— Madame Ho avait-elle l'air abattue ce matin ?

— Oh non ! Noble Juge, elle était d'excellente humeur au repas de midi. Mais lorsque monsieur Houa est venu voir mon maître, elle...

— Houa Min, avez-vous dit ? Pourquoi est-il venu ici ? Il devait de toute façon rencontrer monsieur Ho à deux heures dans mon cabinet !

L'intendant eut l'air embarrassé. Après quelque hésitation, il répondit :

— Comme je servais le thé aux deux messieurs dans la salle de réception, Noble Juge, je n'ai pu éviter d'entendre ce qui se disait. J'ai cru comprendre que monsieur Houa désirait que mon maître donnât à Votre Excellence, lors de votre entrevue, un conseil qui lui fût avantageux. Il alla même jusqu'à offrir à mon maître un considérable... heu... présent. Naturellement, mon maître a refusé avec indignation.

Le contrôleur des décès s'approcha du juge.

— Je voudrais montrer quelque chose d'étrange à Votre Excellence, dit-il.

Remarquant l'air soucieux du contrôleur des décès, le juge Ti ordonna vivement à l'intendant :

— Allez me chercher la femme de chambre de madame Ho !

Puis il se dirigea vers la couche. Le contrôleur des décès avait retourné la tête de la morte. Son visage était atrocement déformé, mais l'on pouvait voir qu'elle avait été belle. Le juge lui donna une trentaine d'années. Relevant une mèche de cheveux, le contrôleur des décès montra au juge un vilain bleu sur la tempe gauche de la jeune femme.

— Voilà la première chose qui me tracasse, Votre Excellence, remarqua-t-il posément. La seconde est que, quoique la mort soit due à une strangulation, aucune vertèbre cervicale n'a été déplacée. J'ai mesuré la cordelette suspendue à la poutre, là-haut, le nœud coulant sur la table et la victime elle-même. On peut aisément imaginer la façon dont elle a procédé : elle est montée sur la chaise, puis sur la table. Après avoir lancé la corde par-dessus la poutre, elle a fait un nœud coulant et l'a serré autour de la poutre. Ensuite, elle en a fait un deuxième à l'autre extrémité, se l'est glissé autour du cou et a sauté de la table, renversant la théière au passage. Pendue de la sorte, ses pieds devaient probablement se trouver à quelques pouces seulement du sol. Le nœud l'a étranglée lentement, sans lui briser le cou. Je ne peux m'empêcher de me demander pourquoi elle n'a pas posé l'autre chaise sur la table pour sauter de plus haut. Elle se serait assurément brisé le cou et serait morte instantanément. Si l'on fait le rapprochement entre ce fait et le bleu sur la tempe...

Le contrôleur des décès se tut et posa sur le juge un regard lourd de sous-entendus.

— Vous avez raison, répondit le magistrat en replaçant dans sa manche le formulaire officiel.

Personne ne pouvait savoir désormais quand il serait en mesure d'établir le certificat de décès ! Poussant un soupir, il demanda :

— À quand remonte la mort ?

— C'est difficile à dire, Votre Excellence. Le cadavre est encore chaud et les membres ne sont pas raides. Mais avec la chaleur d'aujourd'hui et cette pièce fermée...

Le juge hocha la tête d'un air absent. Il contemplait la boîte pentagonale de cuivre jaune, aux coins arrondis. Elle faisait environ un pied de diamètre et un pouce de haut. Le motif du couvercle ajouré formait cinq spirales continues ; on apercevait tout le long une poudre brune qui emplissait la boîte.

Le contrôleur des décès suivit le regard du magistrat.

— C'est une horloge à encens, remarqua-t-il.

— En effet. Le motif du couvercle est celui des cinq nuages de félicité, chacun étant représenté par une spirale. Si l'on allume l'encens au début du motif, il se consumera lentement le long des spirales, comme une mèche. Regardez, le thé en s'écoulant du bec de la théière a mouillé le centre de la troisième spirale et éteint l'encens. Si nous parvenions à savoir l'heure exacte à laquelle cette horloge a été allumée, et le temps qu'il faut pour que l'encens se consume jusqu'au centre de la troisième spirale, nous pourrions établir l'heure approximative du suicide. Ou plutôt celle du...

L'HORLOGE À ENCENS

Le juge Ti s'interrompit brusquement car l'intendant était de retour. Il était accompagné d'une femme replète d'une quarantaine d'années, vêtue d'une stricte robe brune. Son visage rond portait des traces de larmes. En découvrant le corps étendu sur la couche, elle éclata en sanglots.

— Depuis quand est-elle au service de madame Ho ? demanda le juge à l'intendant.

— Depuis plus de vingt ans, Votre Excellence. Elle appartenait à la famille de madame Ho et a suivi celle-ci lorsqu'elle a épousé monsieur Ho, il y a trois ans. Elle n'est pas très futée, mais elle est très dévouée. La maîtresse l'adorait.

— Calmez-vous ! dit le juge à la servante. Votre émotion doit être grande, mais si vous répondez rapidement à mes questions, nous pourrons faire mettre le corps en bière. Dites-moi, connaissez-vous bien cette horloge à encens ?

La femme s'essuya le visage du revers de la manche et répondit d'une voix morne :

— Certainement, Noble Juge. Elle brûle exactement cinq heures, une heure par spirale. Juste avant que je quitte ma maîtresse, elle s'est plainte de l'odeur de renfermé de la pièce et j'ai allumé l'encens.

— Quelle heure était-il ?

— Pas tout à fait deux heures, Noble Juge.

— C'est la dernière fois que vous avez vu votre maîtresse en vie, n'est-ce pas ?

— Oui, Noble Juge. J'ai conduit ma maîtresse ici pendant que monsieur Houa discutait avec le maître dans la salle de réception, à la maison. Peu après, le maître est venu voir si elle était bien installée pour sa sieste. Elle m'a demandé de leur servir deux tasses de thé, en précisant qu'elle n'aurait pas besoin de moi avant cinq heures et que je devrais m'accorder un somme également. Elle était si attentionnée ! Je suis retournée à la maison et j'ai demandé à l'intendant de préparer dans la grande chambre la nouvelle robe grise du maître, pour son rendez-vous au tribunal. Puis le maître est arrivé à son tour. Après que l'intendant l'eut aidé à se changer, le maître m'a demandé d'aller chercher monsieur Houa, et ils sont partis ensemble.

— Où se trouvait monsieur Houa ?

— Dans le jardin, Noble Juge ; il admirait les fleurs.

— C'est exact, précisa l'intendant. Après la conversation dans la salle de réception dont je viens de parler à Votre Excellence, le maître a demandé à monsieur Houa de bien vouloir l'excuser un instant, car il devait aller saluer son épouse et se changer. Apparemment, monsieur Houa, qui attendait seul dans la pièce, a dû commencer à s'ennuyer et est sorti prendre l'air.

— Je vois. À présent, dites-moi qui de vous deux a découvert le corps le premier.

— C'est moi, Noble Juge, répondit la servante. Je suis arrivée ici un peu avant cinq heures et je... je l'ai trouvée là, pendue à cette poutre. J'ai couru prévenir l'intendant.

— Je suis monté aussitôt sur la chaise, enchaîna l'intendant, et j'ai coupé la corde tandis que la servante retenait la maîtresse dans ses bras. J'ai desserré le nœud et nous l'avons transportée sur la couche.

Son cœur avait cessé de battre. Nous avons essayé de la ranimer en lui faisant des massages énergiques, mais il était trop tard. Je me suis précipité au tribunal pour avertir notre maître. Si je l'avais découverte plus tôt…

— Vous avez fait ce que vous avez pu. Bon, voyons, vous m'avez dit que, pendant le repas de midi, madame Ho avait l'air très gaie jusqu'à l'arrivée de monsieur Houa, n'est-ce pas ?

— Oui, Noble Juge. Quand madame Ho m'a entendu annoncer l'arrivée de monsieur Houa au maître, elle a pâli et s'est aussitôt retirée dans le petit salon. J'ai vu qu'elle…

— C'est faux ! coupa avec colère la servante. Je l'ai accompagnée du petit salon au pavillon et n'ai nullement remarqué qu'elle ait eu l'air bouleversée.

L'intendant s'apprêtait à répliquer énergiquement mais le juge leva la main et dit d'un ton sec :

— Allez à la loge demander au portier qui il a introduit dans la maison après le départ de votre maître et de monsieur Houa — le motif de la visite et sa durée. Dépêchez-vous !

Quand l'intendant eut disparu, le juge Ti s'assit à la table. Lissant lentement ses favoris, il contempla en silence la femme qui se tenait debout face à lui, les yeux baissés.

— Votre maîtresse est morte, déclara-t-il enfin. Il est de votre devoir de nous dire tout ce qui pourrait aider à découvrir la personne qui est directement ou indirectement responsable de sa mort. Pourquoi l'arrivée de monsieur Houa lui a-t-elle été pénible ? Parlez !

La servante jeta un regard affolé au magistrat.

— Je l'ignore totalement, Noble Juge, répliqua-t-elle avec méfiance. Je sais seulement que ces deux dernières semaines elle s'est rendue par deux fois chez monsieur Houa, à l'insu de monsieur Ho. Je voulais l'y accompagner, mais monsieur Fung a dit…

La femme se tut brusquement et se mordit la lèvre en rougissant.

— Qui est monsieur Fung ? demanda vivement le juge Ti.

La servante réfléchit un instant en fronçant les sourcils.

— Bon, ça devait bien finir par se savoir, se décida-t-elle à répondre en haussant les épaules, et de toute façon, ils n'ont rien fait de mal ! Monsieur Fung est un jeune peintre, pauvre et malade. Il habite dans une petite mansarde, non loin de la maison. Il y a six ans, le père de ma maîtresse, préfet à la retraite, engagea monsieur Fung pour apprendre à sa fille la peinture florale. Elle n'avait alors que vingt-deux ans, et c'était un si beau jeune homme... Rien d'étonnant à ce qu'ils soient tombés amoureux. Monsieur Fung est tout à fait charmant, Noble Juge, et son père était un célèbre lettré. Il se ruina et...

— Peu importe ! Étaient-ils amants ?

La servante secoua la tête avec énergie et s'empressa de répondre :

— Absolument pas, Votre Excellence ! Monsieur Fung avait envisagé de recourir aux services d'une entremetteuse pour aborder la question du mariage avec le vieux préfet. Il est vrai qu'il était très pauvre, mais étant donné ses illustres antécédents familiaux, il y avait des chances que le préfet donnât son consentement. Or, à la même époque, la toux de monsieur Fung s'aggrava considérablement. Il consulta un médecin qui lui apprit qu'il souffrait d'une maladie pulmonaire incurable et qu'il mourrait jeune... Monsieur Fung prévint donc ma maîtresse qu'ils ne pourraient jamais se marier ; leur amour n'avait été qu'un fugace rêve de printemps. Il voulut partir au loin, mais elle lui demanda de rester : il n'y avait pas de raison qu'ils cessent d'être amis et elle désirait demeurer auprès de lui au cas où son état viendrait à empirer...

— Ont-ils continué à se voir après que monsieur Ho eut épousé votre maîtresse ?

— Oui, Noble Juge. Ici, dans ce pavillon. Mais de jour uniquement et chaque fois en ma présence. Je jure qu'il ne lui a jamais touché ne serait-ce que la main, Noble Juge !

— Monsieur Ho était-il au courant de ces rendez-vous ?

— Bien sûr que non ! Nous attendions que le maître parte pour la journée, puis j'apportais à monsieur Fung un mot de ma maîtresse ; il se glissait par le portail du jardin et venait prendre le thé dans le pavillon. Je sais que ces rares visites étaient la seule chose qui maintenait monsieur Fung en vie ces dernières années, après le mariage de ma maîtresse. Elle prenait tant de plaisir à leurs entretiens ! Et j'étais là tout le temps...

— Vous êtes complice de rendez-vous clandestins, déclara durement le juge Ti. Et peut-être même d'un meurtre. Car votre maîtresse ne s'est pas suicidée, elle a été assassinée. À quatre heures et demie, pour être précis.

— Mais quel rapport monsieur Fung peut-il avoir avec cela, Noble Juge ? gémit la servante.

— C'est ce que je vais essayer d'élucider, répondit le juge d'un air menaçant. Allons à la loge, ajouta-t-il en se tournant vers le contrôleur des décès.

Le chef des sbires et ses deux séides étaient assis sur un banc de pierre dans l'avant-cour.

— Dois-je ordonner à mes hommes d'aller chercher un cercueil, Votre Excellence ? demanda le chef des sbires en se mettant au garde-à-vous devant le juge.

— Non, pas pour l'instant, répondit le magistrat d'un ton bourru avant de poursuivre son chemin.

Dans la loge du gardien, l'intendant tançait un vieillard chenu, vêtu d'une longue robe bleue. Deux porteurs de palanquin hilares regardaient la scène par la fenêtre et prêtaient l'oreille aux invectives d'un air ravi.

— Cet homme affirme que personne ne s'est présenté à la porte, Noble Juge, déclara l'intendant avec colère. Mais le bougre reconnaît avoir fait un petit somme entre trois et quatre heures. Quelle honte !

Ignorant cette dernière remarque, le juge demanda à brûle-pourpoint :

— Connaissez-vous un peintre du nom de Fung ?

L'intendant secoua la tête d'un air éberlué, mais le plus âgé des coolies intervint :

— Je connais monsieur Fung, Noble Juge ! Il vient très souvent acheter un bol de nouilles à l'éventaire de mon père, au coin de la rue. Il loue une mansarde au-dessus de l'épicerie, derrière cette maison. Je l'ai aperçu près du portail du jardin il y a une heure ou deux.

Le juge Ti se tourna vers le contrôleur des décès.

— Allez chercher monsieur Fung avec ce coolie, dit-il, et ramenez-le-moi. Ne soufflez mot de la mort de madame Ho sous aucun prétexte !

Et, à l'adresse de l'intendant :

— Conduisez-moi dans la salle de réception, j'y recevrai monsieur Fung.

La salle de réception était une petite pièce aux meubles sobres mais de belle facture. L'intendant offrit au juge un fauteuil confortable, au milieu de la table, et lui servit une tasse de thé, avant de s'éclipser discrètement.

Tout en buvant son thé à petites gorgées, le juge savoura l'idée d'être sur le point de découvrir le meurtrier. Il espérait que le peintre était chez lui et qu'il pourrait l'interroger sans plus attendre.

Le contrôleur des décès revint plus tôt que prévu, suivi d'un homme grand et mince, vêtu d'une robe bleue élimée mais propre, retenue par une ceinture de coton noir. Son visage, orné d'une courte moustache noire, exprimait une certaine distinction. Quelques mèches de cheveux s'échappaient de sous son bonnet noir délavé. Le juge remarqua l'éclat trop brillant de ses grands yeux, et la rougeur de ses joues creuses. Il lui fit signe de s'asseoir à la table, en face de lui. Le contrôleur des décès lui servit une tasse de thé et se plaça debout derrière sa chaise.

— J'ai entendu parler de vos travaux, monsieur Fung, commença le juge d'un ton affable, et j'ai eu envie de faire votre connaissance.

D'une main longue et agile, le peintre arrangea les plis de sa robe puis répondit avec un accent qui dénotait une bonne éducation :

— Je suis infiniment flatté de l'intérêt que me porte Votre Excellence. Toutefois, il m'est difficile de croire, Noble Juge, que vous m'ayez fait venir chez monsieur Ho à seule fin de parler peinture ou autre sujet artistique.

— C'est exact, il ne s'agit pas que de cela. Il est arrivé un accident, ici, dans le jardin, monsieur Fung, et je suis à la recherche de témoins.

Fung se redressa sur son siège puis demanda avec inquiétude :

— Un accident ? Qui n'a rien à voir avec madame Ho, n'est-ce pas ?

— Si, justement, monsieur Fung. Cela s'est produit entre quatre et cinq heures dans le pavillon. Heure à laquelle vous êtes venu la voir.

— Que lui est-il arrivé ? s'écria le peintre.

— Vous devriez être capable de répondre tout seul à cette question, répondit froidement le juge. Puisque c'est vous qui l'avez assassinée !

— Elle est morte ! s'exclama Fung.

Le jeune homme s'enfouit le visage dans les mains. Ses maigres épaules étaient secouées de sanglots. Lorsque au bout d'un long moment il releva la tête, il avait recouvré son calme.

— Voudriez-vous avoir l'obligeance Votre Excellence, de m'expliquer pourquoi j'aurais tué la femme qui m'était plus chère que tout au monde ? demanda-t-il en pesant ses mots.

— Parce que vous aviez peur d'être découvert. Après son mariage, vous avez continué à la poursuivre de vos assiduités. Elle en a eu assez et vous a dit que si vous persistiez à la voir, elle préviendrait son mari. Aujourd'hui, vous vous êtes violemment disputés, et vous l'avez tuée.

Le peintre hocha lentement la tête.

— Oui, reconnut-il avec résignation, ce pourrait être une explication plausible, j'imagine. Et je me trouvais effectivement au portail du jardin à l'heure que vous avez dite.

— Savait-elle que vous alliez venir ?

— Oui. Ce matin, un gamin m'a apporté un mot de sa part, disant qu'elle devait me voir absolument, que c'était important. Je n'avais qu'à me présenter au portail du jardin vers quatre heures et demie et frapper quatre coups ; la servante m'ouvrirait.

— Que s'est-il passé après que vous êtes entré ?

— Je ne suis pas entré. J'ai frappé plusieurs fois, mais personne ne m'a ouvert. J'ai fait les cent pas un moment, et après une dernière tentative, je suis rentré chez moi.

— Montrez-moi son mot !

— C'est impossible, je l'ai détruit, ainsi qu'elle me le demandait.

— Vous niez donc l'avoir tuée ?

Fung haussa les épaules.

— Si vous croyez vraiment être incapable de découvrir le véritable meurtrier, Votre Excellence, je suis tout disposé à dire que je l'ai tuée pour que vous puissiez clore le dossier. Je ne vais pas tarder à mourir, de toute façon, peu m'importe de mourir dans mon lit ou sur l'échafaud. Sa mort m'a ôté la seule raison qui me restait de prolonger ma misérable existence. Car mon autre passion, celle que j'éprouvais pour mon art, m'a quant à elle quitté depuis longtemps déjà — cette maladie interminable a apparemment annihilé en moi tout élan créateur. Si, en revanche, vous envisagez que vous pourrez retrouver la créature diabolique qui a assassiné cette innocente, alors je ne vois vraiment pas pourquoi j'entraverais le dénouement de cette affaire en avouant un crime que je n'ai pas commis.

Le juge Ti le regarda longuement d'un air songeur en se tiraillant la moustache.

— Madame Ho vous faisait-elle habituellement porter ses messages par un gamin ?

— Non, Votre Excellence. C'est sa servante qui s'en chargeait. Par ailleurs, c'est la première fois qu'elle me demandait de le brûler. Mais cependant, il venait bien d'elle, je connais parfaitement son style et son écriture.

Une violente quinte de toux l'interrompit. Il s'essuya la bouche avec un mouchoir en papier, jeta un regard indifférent aux taches de sang qui le maculaient, et poursuivit :

— Je ne vois pas du tout quelle pouvait être cette chose importante dont elle voulait me parler. Et qui donc pouvait désirer sa mort ? Cela fait plus de dix ans que je la connais ainsi que sa famille, et je ne leur savais pas le moindre ennemi !

Se lissant la moustache avec ses doigts, il ajouta :

— Elle n'a pas fait un mauvais mariage. Ho est un peu ennuyeux, mais il l'aime vraiment ; toujours gentil et attentionné. Il n'a jamais envisagé de prendre une concubine, bien qu'elle ne lui ait pas donné de descendance. Quant à elle, elle l'aimait et le respectait.

— Ce qui ne l'a pas empêchée de continuer à vous voir en cachette de son époux ! remarqua sèchement le juge. Conduite des plus indignes de la part d'une femme mariée, sans parler de la vôtre !

Le peintre lui jeta un regard hautain.

— Vous ne pouvez pas comprendre, répondit-il froidement. Vous êtes prisonnier d'un système de règles creuses et de conventions dénuées de sens. Il n'y avait rien de condamnable dans notre amitié, croyez-moi. L'unique raison pour laquelle nous tenions nos rencontres secrètes était que Ho est quelqu'un de vieux jeu qui aurait aussi mal compris que vous-même la nature de nos relations. Nous ne voulions pas le blesser.

— Voilà ce qui s'appelle faire preuve d'une grande délicatesse ! Puisque vous avez si bien connu madame Ho, vous pouvez certainement m'apprendre pourquoi elle se sentait si souvent abattue ces derniers temps.

— Oh oui ! Il se trouve que son père, le vieux préfet, n'a pas très bien géré sa fortune et a contracté de lourdes dettes envers le riche armateur Houa Min. Il y a environ un mois, cet impitoyable usurier a pressé le vieillard de lui remettre une terre en paiement, ce que le préfet refusa. Cette terre appartient à la famille depuis des générations, et le vieil homme se sent responsable vis-à-vis de ses fermiers. Houa aurait pressuré ces pauvres bougres jusqu'à leur dernière sapèque ! Le vieux préfet a donc demandé à Houa de patienter jusqu'à la prochaine récolte, afin qu'il puisse tout du moins lui payer les intérêts de sa dette. Mais Houa n'a rien voulu entendre, son but étant de faire main basse sur cette terre. Madame Ho était très préoccupée par cette affaire, aussi m'a-t-elle demandé par deux fois de l'accompagner chez Houa. Elle a tout fait pour le convaincre de retirer sa sommation de remboursement immédiat, mais le sale rat lui a répondu qu'il considérerait la question si elle acceptait de coucher avec lui !

— Monsieur Ho était-il au courant de ces visites ?

— Non, nous savions à quel point il aurait été bouleversé de savoir que son beau-père avait de gros ennuis financiers sans qu'il pût l'aider de quelque manière. Monsieur Ho n'a aucune fortune personnelle ; il ne vit que de sa modeste pension.

— Vous vous êtes tous deux montrés pleins d'égards pour monsieur Ho !

— Il le méritait, c'est quelqu'un de bien. La seule chose qu'il ne pouvait fournir à son épouse, c'était un commerce intellectuel ; et c'est ce qu'elle trouvait avec moi.

— Je n'ai jamais vu une aussi parfaite absence de morale ! s'exclama le juge avec dégoût.

Il se leva et dit au contrôleur des décès :

— Amenez cet individu au chef des sbires afin qu'il le mette en prison comme suspect. Ensuite, vous ferez emporter au tribunal le corps de madame Ho et procéderez à l'autopsie. Venez me faire votre rapport dès que vous aurez terminé. Je serai dans mon cabinet particulier.

Le juge sortit de la pièce en agitant furieusement ses longues manches.

Monsieur Ho et les deux armateurs attendaient dans le cabinet particulier du juge Ti, servis par un commis du tribunal. Alors qu'ils s'apprêtaient à se lever à l'entrée du magistrat, ce dernier leur signifia de n'en rien faire. Il prit place dans le fauteuil derrière son bureau et pria l'employé de leur resservir à tous une tasse de thé.

— Tout est-il désormais réglé, Votre Excellence ? s'enquit monsieur Ho d'un ton morne.

Le juge Ti vida sa tasse puis posa les avant-bras sur son bureau avant de répondre avec lenteur :

— Pas tout à fait, monsieur Ho. Je vous apporte encore de mauvaises nouvelles ; j'ai découvert que votre épouse ne s'était pas suicidée : elle a été assassinée.

Monsieur Ho étouffa un cri. Messieurs Houa et Yi échangèrent un regard stupéfait.

— Assassinée ! s'exclama enfin monsieur Ho. Qui a fait cela ? Et pourquoi, au nom du Ciel ?

— Tout semble accuser un peintre, un certain Fung.

— Fung ? Un peintre ? Jamais entendu parler de lui !

— Je vous avais prévenu que les nouvelles étaient mauvaises, monsieur Ho. Très mauvaises. Avant votre mariage, votre épouse entretenait des relations amicales avec ce peintre. Par la suite, ils ont continué de se voir en secret, dans le pavillon du jardin. Il est possible qu'elle se soit lassée de lui et qu'elle ait désiré mettre un terme à leur liaison. Sachant que vous seriez au tribunal cet après-midi, elle a probablement envoyé un mot à Fung lui demandant de venir la voir. Et si elle lui a fait part alors de leur rupture, il a fort bien pu la tuer.

Ho resta immobile, les yeux fixés droit devant lui, les lèvres serrées. Yi et Houa avaient l'air gênés ; ils firent mine de se lever pour laisser le juge et Ho en tête à tête. Mais le magistrat leur intima d'un geste l'ordre de rester assis. Monsieur Ho finit par lever la tête et demanda :

— Comment le scélérat l'a-t-il tuée ?

— Elle a été assommée d'un coup sur la tempe puis pendue à une poutre. Le meurtrier a renversé la théière, dont le thé a éteint l'horloge à encens ; elle indique que le crime a été commis aux environs de quatre heures et demie. Je peux ajouter qu'un témoin a aperçu le peintre Fung en train de rôder à peu près à la même heure vers le portail de votre jardin.

On frappa à la porte. Le contrôleur des décès entra et tendit un papier au juge Ti. Parcourant rapidement le rapport d'autopsie, il lut que la mort était de fait due à une strangulation. Hormis le bleu à la tempe, le corps ne portait aucune trace de violence. La défunte était enceinte de trois mois.

Le juge Ti plia posément le document et le glissa dans sa manche.

— Dites au chef des sbires de remettre en liberté l'homme qu'il vient de jeter en prison. Qu'il attende un moment au corps de garde, il se pourrait que j'aie quelques questions à lui poser.

Monsieur Ho se leva dès le départ du contrôleur des décès.

— Si Votre Excellence m'y autorise, je vais prendre congé à présent, car il faut que... dit-il d'une voix rauque.

— Pas tout de suite, monsieur Ho, coupa le juge. Je désire tout d'abord vous poser une question, ici même, en présence de messieurs Houa et Yi.

Ho se rassit, l'air perplexe.

— Vous avez laissé votre épouse dans le pavillon aux alentours de deux heures, monsieur Ho, reprit le juge. Puis vous êtes resté dans ce bureau jusqu'à cinq heures, heure à laquelle votre intendant est venu annoncer le décès de votre épouse. D'après ce que nous savions, elle aurait pu mourir à tout moment entre deux et cinq heures. Or lorsque je vous ai appris son suicide, vous avez dit : « Quelques heures à peine après que je l'ai quittée... », comme pourront en témoigner messieurs Houa et Yi. Comment saviez-vous qu'elle était morte vers quatre heures et demie ?

Ho ne répondit pas. Il fixait sur le juge de grands yeux incrédules. Le magistrat poursuivit d'un ton brusquement cinglant :

— Eh bien, je vais vous le dire ! C'est parce que vous avez renversé délibérément le thé sur l'horloge à encens après avoir tué votre épouse à deux heures, dès que la servante eut quitté le pavillon. Apparemment, vous ne mettez pas en doute mes talents d'enquêteur, et je vous en remercie. Vous saviez qu'en me rendant sur les lieux je découvrirais que votre femme avait été assassinée et déduirais d'après l'encens consumé que le forfait avait été commis vers quatre heures et demie. Vous avez également supposé que je viendrais tôt ou tard à apprendre la présence de Fung au portail du jardin, vers cette même heure, attiré en ce lieu par le faux message que vous lui aviez fait porter. C'était une machination astucieuse, Ho, digne d'un expert en affaires criminelles. Mais la fausse indication sur l'heure du crime vous a été fatale. Vous étiez persuadé de ne pouvoir être soupçonné, puisque l'heure du crime — quatre heures et demie — ne faisait aucun doute. Et c'est pourquoi vous avez lâché par inadvertance : « Quelques heures à peine après que je l'ai quittée... » Sur le moment, cette remarque ne me parut pas étrange. Mais dès que je compris que si Fung n'était pas le meurtrier ce ne pouvait être que vous, ces mots me revinrent en mémoire et me fournirent la preuve décisive de votre culpabilité. Les Cinq Nuages de Félicité n'ont pas été de très bon augure pour vous, monsieur Ho !

Ho se redressa, puis demanda avec détachement :

— Pourquoi aurais-je voulu assassiner mon épouse ?

— Je vais vous le dire. Vous avez eu vent de ses rendez-vous clandestins avec Fung, et lorsqu'elle vous a dit qu'elle était enceinte, vous avez décidé de vous débarrasser d'eux, d'un seul et même coup. Vous avez pensé que Fung était le père de l'enfant à naître et...

— Ce n'était pas lui ! s'écria brusquement Ho. Comment cette misérable créature aurait-elle pu... non, c'était bien mon enfant, vous entendez ? Tout ce dont ces deux-là étaient capables, c'était de ressasser leur écœurant radotage sentimental ! Il fallait entendre ce qu'ils disaient de moi... le mari bien gentil mais plutôt ennuyeux, qui avait droit à son corps à elle, figurez-vous, mais ne pourrait bien sûr jamais comprendre son âme sublime. Je pouvais, j'aurais pu...

En proie à une rage impuissante, Ho se mit à bégayer. Puis il se ressaisit et reprit plus calmement :

— Je ne voulais pas de l'enfant d'une femme dont le caractère était celui d'une prostituée, une femme qui...

— Il suffit ! intervint sèchement le juge Ti.

Puis il frappa dans ses mains et dit au chef des sbires qui entrait :

— Enchaîne ce meurtrier et enferme-le. J'entendrai ses aveux complets à l'audience de demain.

Quand le chef des sbires eut emmené Ho, le juge s'adressa à Yi Pen :

— Le commis va vous raccompagner, monsieur Yi.

Et, se tournant vers l'autre armateur, il ajouta :

— Quant à vous, monsieur Houa, vous allez rester avec moi encore un peu ; j'ai quelques mots à vous dire en particulier.

Une fois qu'ils furent seuls dans le cabinet, Houa remarqua avec onction :

— Votre Excellence a élucidé ce crime avec une étonnante rapidité ! Quand je pense que Ho...

Et il secoua tristement la tête.

Le juge Ti lui jeta un regard amer.

— Fung ne me satisfaisait pas précisément comme suspect, observa-t-il d'un ton sec. Les preuves contre lui s'ajustaient un peu trop parfaitement alors que le style de ce meurtre ne correspondait en rien à sa personnalité. En revenant ici en palanquin, j'ai demandé à mes porteurs de faire un petit détour pour me laisser le temps de réfléchir. Et j'ai conçu le raisonnement suivant : puisque l'indice de l'horloge n'avait pu être forgé que par un familier, ce devait être Ho le coupable — éternel mobile du mari trompé qui désire se venger de son épouse, et du même coup de son amant. Mais pourquoi Ho avait-il attendu si longtemps ? Il était parfaitement au courant des messages que madame Ho faisait parvenir à Fung et avait sans nul doute découvert depuis longtemps leurs rendez-vous clandestins. Lorsque j'ai appris par le rapport d'autopsie que madame Ho attendait un enfant, j'ai présumé que c'était cette nouvelle qui avait décidé son époux à agir. Et j'avais raison, bien que nous sachions à présent que sa réaction a été provoquée par une cause différente de celle que j'avais envisagée.

Fixant sombrement l'armateur, le juge poursuivit :

— Le faux indice ne pouvait avoir été fabriqué que par un familier, un proche qui connaissait bien le fonctionnement de l'horloge à encens et l'écriture de madame Ho. C'est ce qui vous a évité d'être accusé de meurtre, monsieur Houa !

— Moi, Votre Excellence ? s'exclama Houa éberlué.

— Mais oui, vous, Houa ! J'étais au courant des visites que vous avait faites madame Ho et de votre infâme proposition. Son époux ignorait tout cela, mais pas Fung. Vous aviez ainsi une excellente raison de vouloir vous débarrasser d'elle et du peintre. Et vous en avez également eu la possibilité, puisque vous vous trouviez dans le jardin vers deux heures, alors que madame Ho était seule dans le pavillon. Vous êtes innocent du meurtre, monsieur Houa, mais coupable de tentative de séduction sur une femme mariée, ainsi que pourra en témoigner monsieur Fung, et de corruption, ainsi que pourra en témoigner l'intendant de Ho, qui a surpris votre conversation avec son maître. Demain, je porterai contre vous ces deux accusations devant le tribunal et vous condamnerai à la prison. Ce sera la fin de votre carrière à Peng-lai, monsieur Houa.

Houa bondit sur ses pieds. Il s'apprêtait à se jeter à genoux pour implorer la clémence du magistrat quand ce dernier reprit en hâte :

— Je lèverai ces deux accusations, à condition que vous payiez deux amendes. Premièrement, vous allez écrire ce soir même une lettre en bonne et due forme au père de madame Ho, signée et scellée, l'informant qu'il peut vous rembourser l'argent que vous lui avez prêté quand bon lui semblera, et que vous renoncez aux intérêts de ce prêt. Deuxièmement, vous allez commander à monsieur Fung des tableaux représentant tous vos bateaux sans exception, que vous lui paierez une pièce d'argent chaque.

— Ces amendes ne représentent qu'un sursis, bien entendu. Si j'apprends que vous recommencez à importuner les dames, vous aurez à répondre des accusations que je viens d'évoquer. Rendez-vous maintenant au corps de garde. Vous y trouverez monsieur Fung, auquel vous allez passer votre commande. Remettez-lui tout de suite cinq pièces d'argent comme avance. Au revoir !

Le juge coupa court aux manifestations de gratitude de Houa en levant la main.

Quand l'armateur affolé eut précipitamment pris congé, le juge se leva et se dirigea vers la fenêtre ouverte. Après avoir joui un moment de la subtile fragrance des fleurs du magnolia, il murmura :

— Ce n'est pas parce que l'on désapprouve les critères moraux d'un individu que l'on doit pour autant le laisser mourir dans la misère !

Puis il se détourna promptement et se rendit au greffe.

Une affaire de ruban rouge

Nouvelle

Traduit de l'anglais par Anne Krief

Les personnages

Ti Jen-tsie, *magistrat nouvellement nommé à Peng-lai* ❧ Ma Jong et Tsiao Taï, *premier et second lieutenants du juge Ti* ❧ Fang, *commandant du fort* ❧ Mao, *colonel, chef de la police militaire, qui est chargé de l'enquête* ❧ Meng Kouo-taï, Sou et Chi Lang, *colonels.*

Le district côtier de Peng-lai, où le juge Ti commença sa carrière de magistrat, était conjointement administré par le juge, en sa qualité de haut fonctionnaire civil, et par le commandant de l'unité de l'Armée impériale en garnison dans cette ville. Les limites de leurs juridictions respectives étaient clairement établies ; les affaires civiles et militaires se chevauchaient rarement. Alors que le juge Ti n'était en poste à Peng-lai que depuis un mois, il se trouva cependant mêlé à une affaire purement militaire. J'ai fait mention dans *Trafic d'or sous les T'ang* du grand fort, situé à trois milles en aval de Peng-lai, construit à l'embouchure du fleuve afin d'empêcher le mouillage de vaisseaux coréens. C'est à l'intérieur de cette extraordinaire place forte que fut commis le crime dont il est question ici : une affaire impliquant exclusivement des hommes, sans la moindre présence féminine, malgré des mètres de ruban rouge !

LE JUGE TI leva les yeux du dossier qu'il était en train de feuilleter et s'adressa d'un ton agacé aux deux hommes assis en face de lui :

— Vous ne pouvez pas rester tranquilles, non ? Cessez donc de vous agiter comme cela, voulez-vous !

Tandis que le juge se replongeait dans sa lecture, ses deux corpulents lieutenants, Ma Jong et Tsiao Taï, firent un effort colossal pour ne plus gigoter sur leurs tabourets. Ma Jong toutefois ne tarda pas à faire à la dérobée un signe de tête encourageant à son compagnon. Celui-ci posa ses larges mains sur ses genoux et ouvrit la bouche pour intervenir. Mais au même instant le juge repoussa le dossier devant lui et s'exclama d'un air mécontent :

— Voilà qui est très ennuyeux : le document P-404 manque bel et bien ! J'ai cru un moment que le sergent Hong l'avait dans sa précipitation glissé dans la mauvaise chemise, hier avant de partir pour la préfecture. Mais le P-404 manque purement et simplement !

— Ne pourrait-il se trouver dans le second dossier, Votre Excellence ? demanda Ma Jong. Il porte également la lettre P.

— C'est idiot ! répliqua le juge. Ne t'ai-je pas expliqué qu'aux archives du fort ils ont deux dossiers marqués P : l'un pour Personnel, l'autre pour Projets d'achats ? Dans le second dossier, le document P-405, concernant l'achat de ceinturons de cuir, comporte une note claire et nette : « Voir P-404. » Ce qui prouve indubitablement que P-404 vient du dossier Projets d'achats et non Personnel.

— Toute cette paperasserie enrubannée me dépasse un peu, Votre Excellence ! Par ailleurs, ces deux dossiers P ne contiennent que des copies que nous a envoyées le fort. Et en ce qui concerne le fort, Votre Excellence, nous...

— Il ne s'agit pas que de simples formalités, interrompit aigrement le juge. Il s'agit de l'observation scrupuleuse de règlements éprouvés, sans laquelle tout le fonctionnement administratif de notre empire se verrait compromis.

Remarquant l'air penaud qui se peignait sur le visage hâlé de ses lieutenants, le juge sourit malgré lui et reprit d'un ton amical :

— Au cours des quatre semaines pendant lesquelles vous avez travaillé pour moi, ici, à Peng-lai, vous avez fait amplement vos preuves en ce qui concerne les tâches les plus rudes. Mais celles d'un officier du tribunal ne se bornent pas à l'arrestation de dangereux criminels. Il doit connaître toutes les pièces de ses dossiers, ne pas négliger les points de détail et comprendre l'importance qu'il y a à respecter scrupuleusement les formalités que les ignorants appellent parfois, de l'extérieur, paperasserie. Il se peut que ce document manquant P-404 n'ait aucune importance en lui-même. Mais le fait qu'il manque le rend justement très important à mes yeux.

Croisant les bras dans ses larges manches, il continua :

— Ma Jong a finement remarqué que ces deux dossiers portant la lettre P ne contiennent que des copies de la correspondance entre le fort et le ministère des Armées à la capitale. Ces documents portent sur des problèmes purement militaires et ne nous concernent guère en tant que tels. En revanche, ce qui nous importe, c'est que tout dossier conservé dans ce tribunal, quelle que soit son importance, soit bien tenu et surtout complet !

Tendant son index avec emphase, le juge poursuivit :

— À présent, rappelez-vous cela une bonne fois pour toutes : vous devez pouvoir vous fier entièrement à vos dossiers, et pour ce faire vous devez être absolument sûrs qu'ils sont complets. Un dossier incomplet n'a rien à faire dans un bureau convenablement tenu. Un dossier incomplet ne sert à rien !

— Alors jetons ce dossier P par la fenêtre ! s'exclama Ma Jong avant d'ajouter vivement : Pardonnez-moi, Votre Excellence, mais je dois dire que frère Tsiao et moi-même sommes plutôt bouleversés. Nous avons appris ce matin que notre meilleur ami à Peng-lai, le colonel Meng Kouo-taï, a été déclaré coupable du meurtre du colonel Sou, le commandant en second du fort.

Le juge Ti se redressa sur son siège.

— Alors comme ça vous connaissez Meng, hein ? J'ai entendu parler de ce meurtre avant-hier. Comme j'étais très occupé par la rédaction du rapport que Hong a emporté à la capitale, je n'ai pas fait de recherches particulières. De toute façon, cette affaire est du ressort exclusif du commandant du fort. Comment avez-vous fait la connaissance du colonel Meng ?

— Eh bien, répondit Ma Jong, nous sommes tombés sur lui en ville, il y a une quinzaine de jours, dans une maison de vins où il passait la soirée. Le gaillard est un bel athlète, excellent boxeur et le champion des archers du fort. Nous sommes devenus rapidement amis, et il a pris l'habitude de passer ses soirées libres en notre compagnie. Et voilà qu'il aurait tué le commandant en second ! Si j'ai jamais entendu quelque chose d'idiot...

— Ne t'inquiète pas, le réconforta Tsiao Taï. Notre magistrat va arranger tout cela !

— Voilà ce qui s'est passé, Votre Excellence, commença Ma Jong avec empressement. Avant-hier, le commandant en second...

Le juge l'interrompit d'un geste.

— Premièrement, dit-il sans aménité, je ne peux intervenir dans les affaires du fort. Deuxièmement, quand bien même le pourrais-je, les rumeurs sur un meurtre ne m'intéressent guère. Cependant, puisque vous connaissez l'accusé, vous pouvez peut-être m'en apprendre davantage sur lui pour que je m'y retrouve.

— Le colonel Meng est un type droit et franc ! s'exclama Ma Jong. Nous nous sommes battus ensemble, nous nous sommes saoulés ensemble, nous avons couru les filles ensemble. Croyez-moi, Votre Excellence, c'est le meilleur moyen de savoir ce qu'un type a dans le ventre ! Quant au commandant en second, c'était un pète-sec et une brute, et Meng en a eu plus que sa part de son sale caractère. Je peux fort bien imaginer qu'un beau jour Meng ait pu se mettre en colère et assommer Sou. Mais Meng aurait aussitôt avoué sa faute et en aurait subi bravement les conséquences. Quant à tuer un homme pendant son sommeil et nier ensuite son crime... Non, Votre Excellence, Meng en aurait été incapable, absolument incapable !

— Avez-vous su par hasard ce qu'en pensait le commandant Fang ? demanda le juge. Il présidait la cour martiale, je suppose.

— Oui, répliqua Tsiao Taï. Et il a confirmé le verdict de meurtre avec préméditation. Fang est quelqu'un de distant et de taciturne.

Mais le bruit court que le verdict ne lui a pas particulièrement plu, bien que tout accuse Meng. Cela montre à quel point il est populaire, même aux yeux de son supérieur !

— Quand avez-vous vu Meng pour la dernière fois ? demanda le juge Ti.

— La veille même du meurtre de Sou, répondit Ma Jong. Nous sommes allés dîner au restaurant de crabes, sur le quai. Deux marchands coréens se sont joints à nous un peu plus tard dans la soirée et nous avons bien arrosé ça tous les cinq. Minuit était passé depuis longtemps quand frère Tsiao a laissé Meng à la jonque militaire qui devait le ramener au fort.

Le juge Ti se renversa dans son fauteuil et tirailla lentement ses longs favoris. Ma Jong se leva vivement et lui servit une tasse de thé. Le juge en but quelques gorgées, puis reposa sa tasse et déclara brusquement :

— Je n'ai pas encore rendu au commandant Fang sa visite de courtoisie. Il n'est pas très tard ; en partant tout de suite, nous arriverons au fort bien avant le riz de midi. Demandez au chef des sbires de faire préparer mon palanquin officiel dans la cour pour nous conduire au quai. Pendant ce temps, je vais aller mettre ma robe de cérémonie.

Le magistrat se leva. Devant les mines réjouies de ses deux lieutenants, il ajouta :

— Je dois vous avertir que je ne peux contraindre le commandant à accepter mon aide. S'il ne me demande pas conseil, il n'y aura plus rien à faire. En tout cas, je vais en profiter pour me faire remettre une autre copie de ce document manquant.

Les vigoureux rameurs entraînèrent la lourde jonque militaire vers le nord en moins d'une heure. Sur la rive gauche se dressaient les murailles rébarbatives de la forteresse ; à leur pied s'étendait l'estuaire boueux, qui s'élargissait en une vaste étendue de mer dorée de soleil.

Ma Jong et Tsiao Taï sautèrent sur le quai, devant les portes imposantes. Quand le capitaine de la garde eut pris connaissance de l'identité du juge Ti, il le conduisit au bâtiment principal, au-delà de la grande cour pavée. Ma Jong et Tsiao Taï attendirent leur maître au poste de garde, car le juge les avait chargés de recueillir tous les bruits qui couraient sur ce meurtre spectaculaire.

Avant d'entrer, le juge ne put s'empêcher de jeter un regard administratif sur les murs épais et massifs. Le fort avait été bâti quelques années plus tôt, lorsque la Corée s'était soulevée contre l'Empire T'ang et que sa flotte se préparait à aborder la côte nord-est de la Chine. La révolte avait été écrasée après deux éprouvantes campagnes menées par le corps expéditionnaire chinois, mais les Coréens ne s'étaient pas résignés à leur défaite et une attaque-surprise n'était pas à exclure. L'embouchure du fleuve et le fort qui la protégeait avaient été déclarés zone protégée, et bien qu'elle fît partie de Peng-lai, le juge Ti n'y exerçait aucune autorité.

Le commandant Fang se porta à sa rencontre au pied des escaliers et le conduisit dans son cabinet particulier, où il le fit asseoir à ses côtés, sur une large couche, contre le mur du fond.

Fang était aussi guindé et peu loquace que le jour où il était venu présenter ses respects au juge, au tribunal de Peng-lai. Il se tenait étonnamment droit et raide, dans son épaisse cotte de mailles dont les plaquettes métalliques lui couvraient le torse et les épaules. Regardant d'un air morose le magistrat, de sous ses épais sourcils gris, il le remercia tant bien que mal de sa visite. Comme le juge s'enquérait poliment de la situation de son hôte, le commandant lui répondit d'un ton bourru qu'il persistait à trouver que ce poste ne convenait pas à un vieux soldat aguerri. Il ne pensait pas que les Coréens se montreraient de nouveau menaçants ; il leur faudrait des années avant de se relever de leurs pertes. Pendant ce temps, il était obligé de faire régner l'ordre et la discipline parmi plus d'un millier d'officiers et de soldats condamnés à l'oisiveté dans le fort.

Après lui avoir exprimé sa sympathie, le juge déclara :

— J'ai ouï dire qu'un meurtre s'était produit ici récemment. Le coupable a été découvert et inculpé, mais j'aimerais en savoir davantage sur cette affaire. Comme vous le savez, Peng-lai est mon premier poste, et je voudrais profiter de cette occasion pour élargir le champ de mes expériences.

Le commandant lui jeta un regard pénétrant. Il se peigna la moustache un moment, les doigts écartés, puis se leva brusquement et dit d'un ton sec :

— Suivez-moi. Je vais vous montrer où et comment cela s'est passé.

En passant devant les deux ordonnances qui se tenaient au garde-à-vous à la porte, il vociféra :

— Envoyez-moi Mao et Chih Lang !

Le commandant traversa la cour intérieure, suivi du juge, jusqu'à un grand bâtiment à étage. Alors qu'il en gravissait le large escalier, il grommela :

— À vrai dire, cette affaire me préoccupe !

En haut des marches, quatre soldats étaient assis sur un banc. Ils se mirent aussitôt au garde-à-vous. Le commandant fit prendre au juge Ti un long couloir sur la gauche qui se terminait par une lourde porte. Sur la serrure était collée une bande de papier portant le sceau du commandant. Fang la déchira, ouvrit la porte et déclara :

— Voici la chambre du commandant en second. Il a été tué sur sa couche, là-bas.

Avant de franchir le seuil, le juge Ti embrassa du regard la vaste pièce nue. Sur la droite s'ouvrait une fenêtre voûtée de cinq pieds de haut et sept de large. Dans le renfoncement au-dessous se trouvait un carquois de cuir laqué contenant une douzaine de flèches rouges à pointes de fer. Quatre autres avaient glissé du carquois. La pièce ne comportait aucune autre ouverture. Sur la gauche il y avait un simple bureau de bois blanc, sur lequel étaient posés un casque de fer et une autre flèche. Le mur du fond était occupé par une large couche de bambou. La natte qui la recouvrait était maculée d'inquiétantes taches brunâtres. Le sol était un vulgaire plancher grossièrement raboté ; il n'y avait ni tapis ni natte de sol.

Une fois dans la pièce, le commandant déclara :

— Sou montait dans sa chambre tous les après-midi, vers une heure, après l'exercice, pour faire un petit somme jusqu'à deux heures, puis il descendait prendre son riz à la cantine des officiers. Avant-hier, le colonel Chih Lang, qui partage avec Sou les tâches administratives, est monté ici un peu avant deux heures. Il avait l'intention de redescendre au mess avec Sou et de lui toucher deux mots en particulier sur un problème de discipline concernant le lieutenant Kao. Chih Lang frappa à la porte. Comme personne ne répondait, il pensa que Sou était peut-être déjà en bas. Il entra néanmoins dans la chambre pour s'en assurer et découvrit Sou qui gisait sur sa couche, là-bas. Il était en cotte de mailles, mais une flèche était plantée dans la partie non protégée de son ventre, et son pantalon était couvert de sang. Ses mains étaient agrippées à la flèche — il avait dû essayer vainement de l'arracher, en dépit de sa pointe barbelée. Sou était tout ce qu'il y a de plus mort.

Le commandant se racla la gorge et reprit :

— Vous voyez comment cela s'est passé, n'est-ce pas ? Sou est entré dans la chambre, a jeté son carquois dans la niche sous la fenêtre, son casque sur le bureau, puis s'est allongé sur sa couche, sans prendre le temps de retirer sa cotte de mailles ni ses bottes. Une fois endormi...

Deux hommes entrèrent dans la chambre et saluèrent vivement leur supérieur. Le commandant fit signe d'approcher au plus grand, qui portait un uniforme de cuir brun.

— Voici le colonel Chih Lang ; c'est lui qui a découvert le corps.

Le soldat avait un visage épais et buriné, de larges épaules et de longs bras simiesques. Il portait une moustache courte et un collier de barbe. Il fixa le juge d'un regard éteint et morne.

Désignant l'homme trapu qui portait la cotte de mailles, le casque pointu et le pantalon large de la police militaire montée, le commandant ajouta :

— Et voici le colonel Mao, chargé de l'enquête. C'est lui qui commandait mon service de renseignement pendant la campagne de Corée. Il est très compétent.

Le juge fit un vague salut. Le visage fin et cynique de Mao lui donnait un certain air de renard.

— J'étais en train de relater les faits au magistrat, expliqua le commandant aux deux hommes. Autant connaître son avis, n'est-ce pas ?

Les deux nouveaux venus ne répondirent rien. Enfin, le colonel Chih Lang brisa ce silence gênant.

— J'espère que le magistrat trouvera une autre solution à ce meurtre, dit-il d'une voix rauque. À mon avis, Meng n'est pas un assassin. Et encore moins un homme capable de tuer lâchement quelqu'un dans son sommeil.

— Peu importent les avis, remarqua avec rudesse le chef de la police militaire. Seuls les faits nous intéressent. Et sur cette base, nous avons abouti à l'unanimité au verdict de culpabilité.

Le commandant remonta le ceinturon de son sabre, puis conduisit le juge Ti vers la grande fenêtre voûtée et montra du doigt un bâtiment à deux étages, de l'autre côté de la cour.

— Le rez-de-chaussée et le premier étage n'ont pas de fenêtres — c'est là que se trouvent nos magasins. Mais vous voyez cette grande fenêtre, au deuxième ? C'est l'armurerie.

Le juge remarqua que cette fenêtre était identique à celle devant laquelle il se tenait. Le commandant se retourna et reprit :

— Bon, Sou était couché, les pieds dirigés vers cette fenêtre. Les expériences que nous avons faites ont démontré que la flèche fatale a été tirée de la fenêtre de l'armurerie. Or, à cette heure-là, il n'y avait que le colonel Meng en ce lieu.

— Distance considérable, remarqua le juge Ti. Quelque soixante pieds, à mon avis.

— Le colonel Meng est notre meilleur archer, souligna Mao.

— Un débutant ne serait arrivé à rien, reconnut le commandant Fang, mais c'est très faisable pour un expert.

Le juge acquiesça.

— La flèche n'aurait-elle pu être tirée de cette pièce même ? demanda-t-il au bout d'un moment.

— Impossible, répliqua sèchement Fang. Quatre soldats montent la garde jour et nuit en haut de cet escalier, à l'autre bout du couloir. Ils ont affirmé qu'entre l'arrivée de Sou et celle de Chih Lang personne n'était monté.

— Le meurtrier ne pouvait-il escalader le mur, passer par la fenêtre et poignarder Sou avec la flèche ? insista le juge. J'essaie simplement d'envisager toutes les possibilités, s'empressa-t-il d'ajouter en voyant l'air accablé des trois hommes.

— Le mur est parfaitement lisse, pas un être humain ne pourrait y grimper, repartit Fang. Pas même Chih Lang, ici présent, notre spécialiste en la matière. Par ailleurs, il y a toujours des soldats en bas, dans la cour ; il est donc impossible à quiconque de se livrer à ces singeries sans se faire remarquer.

— Je vois, fit le juge.

Le magistrat caressa sa longue barbe puis demanda :

— Pour quelle raison le colonel Meng aurait-il voulu tuer le commandant en second ?

— Sou était un bon officier, mais emporté et parfois grossier. Il y a quatre jours, il a insulté Meng devant tout le monde, parce que celui-ci avait pris la défense du lieutenant Kao.

— J'étais là, précisa Mao. Meng a réussi à se contrôler, mais il était blême. Il a ruminé cet affront et...

Le colonel laissa planer un silence lourd de sens.

— Meng s'était déjà fait engueuler par Sou, ajouta Chih Lang. Il en avait l'habitude et n'y accordait pas d'importance.

— Vous avez fait allusion à cette entorse à la discipline du lieutenant Kao. Qu'avait-il fait ?

— Sou a insulté Kao parce que son ceinturon de cuir était abîmé. Kao lui a répondu et Sou s'apprêtait à lui infliger une sévère punition. C'est alors que Meng a pris la défense de Kao et Sou s'en est pris à Meng.

— J'avais moi-même l'intention de plaider en faveur de Kao, dit Chih Lang. C'est pourquoi je suis monté ici, juste après l'exercice du matin. Je croyais qu'en parlant à Sou en privé je pourrais lui faire lever la punition. Quand je pense que le sort a voulu que Kao se trouve être le principal témoin contre le colonel Meng, son défenseur !

— Comment ça ? demanda le juge.

Le commandant Fang poussa un soupir.

— Tout le monde savait que Sou venait chaque jour faire la sieste dans sa chambre après l'exercice du matin. Et le colonel Meng avait l'habitude de monter à l'armurerie pour s'entraîner à la lance avant de descendre à la cantine. Il est fort comme un bœuf et ne connaît pas le mot fatigue. Or, avant-hier, Meng a dit à ses compagnons qu'il avait la gueule de bois et ne se rendrait pas à l'armurerie. Et pourtant, il y est allé ! Regardez, vous voyez cette petite fenêtre là-haut, à vingt pieds environ de celle de l'armurerie ? Eh bien, elle donne dans la sellerie. Seul le quartier-maître s'y rend, une fois tous les quinze jours à peu près. Mais Kao s'était mis dans la tête d'aller s'y chercher un nouveau ceinturon, car Sou l'avait puni à cause du vieux. L'exigeant coquin a mis un temps infini à s'en choisir un. Lorsqu'il se tourna vers la porte qui communiquait avec l'armurerie, il regarda incidemment par la fenêtre et vit Chih Lang entrer dans la chambre de Sou, s'arrêter brusquement devant la fenêtre voûtée, faire un pas en avant et crier en agitant les bras avant de ressortir précipitamment. Kao ouvrit la porte de l'armurerie pour redescendre voir ce qui se passait en face et faillit heurter de plein fouet le colonel Meng qui tripotait un arc. Ils descendirent tous deux et arrivèrent ici juste après les soldats de la garde, ameutés par les cris de Chih Lang. Ce dernier est venu me chercher ainsi que le colonel Mao. En arrivant sur les lieux, nous avons tout de suite compris d'où avait été tirée la flèche, et j'ai fait mettre Meng aux arrêts comme suspect numéro un.

— Et le lieutenant Kao ? s'étonna le juge.

Mao le fit approcher en silence de la fenêtre et tendit le doigt. Le juge leva la tête et comprit que s'il était possible d'atteindre la porte de la chambre de Sou et le devant de la fenêtre depuis celle du magasin, en revanche, le reste de la pièce et surtout le lit étaient hors de portée de flèche.

— Comment Meng a-t-il expliqué sa présence à l'armurerie ? demanda le juge Ti au commandant. Il avait pourtant déclaré clairement qu'il ne s'y rendrait pas ce jour-là, n'est-ce pas ?

Fang acquiesça à contrecœur.

— Cet imbécile a dit qu'en entrant dans sa chambre pour s'y reposer il avait trouvé un mot de Sou lui donnant l'ordre de le rejoindre à l'armurerie à deux heures. Quand on lui a demandé de montrer ce mot, il a répondu qu'il l'avait jeté ! Nous avons estimé que cette fable était la preuve tangible de la culpabilité de Meng.

— Il est vrai que cela ne plaide pas en sa faveur, convint le juge. Meng ignorait que Kao allait se rendre à la sellerie. Si Kao ne l'avait pas surpris, il aurait réintégré sa chambre une fois son forfait commis et personne ne l'aurait soupçonné.

Le juge Ti se dirigea vers le bureau et prit la flèche posée à côté du casque en fer. Elle faisait près de quatre pieds de long et était beaucoup plus lourde que prévu. Sa pointe longue et acérée, munie à la base de deux redoutables crochets, présentait des taches brunâtres.

— Je suppose que Sou a été tué avec cette flèche...

Le commandant acquiesça.

— Nous avons eu un mal fou à la retirer, remarqua-t-il.

Le juge Ti examina soigneusement la flèche. Elle était laquée de rouge, terminée au talon par des plumes noires. Juste au-dessous de la pointe de fer, le bois avait été renforcé par un morceau de ruban rouge solidement enroulé.

— Cette flèche n'a rien de spécial, dit Mao avec impatience. C'est le modèle réglementaire.

— Le ruban rouge est déchiré, fit remarquer le juge Ti. Il est déchiqueté tout du long.

Personne ne fit de commentaire. Apparemment, les observations du juge ne les frappaient pas par leur intérêt. D'ailleurs, il n'en pensait pas grand bien lui-même. Il reposa en soupirant la flèche sur le bureau et dit :

— Je dois reconnaître que de lourdes charges pèsent contre le colonel Meng. Il avait un mobile, une occasion et le talent particulier lui permettant de mettre à profit cette occasion. Je dois y réfléchir encore un peu. Toutefois, avant de quitter le fort, j'aimerais rencontrer le colonel Meng. Le lieutenant Kao pourrait peut-être me conduire auprès de lui, ainsi aurai-je vu toutes les personnes mêlées à cette troublante affaire.

Le commandant jeta au juge un regard inquisiteur. Il sembla hésiter un instant, puis donna un ordre au colonel Mao.

Tandis que le lieutenant Kao le conduisait à la prison, à l'arrière du fort, le juge Ti observa son guide à la dérobée. Kao était un beau jeune homme, qui avait fière allure avec sa cotte de mailles bien ajustée et son casque rond. Le juge tenta de le faire parler du meurtre, mais il ne tira de lui que quelques brèves réponses. Le jeune soldat était soit intimidé soit inquiet.

Une espèce de géant arpentait la cellule, les mains derrière le dos. En voyant les deux hommes arriver devant les gros barreaux de fer, son visage s'éclaira et il dit d'une voix grave :

— Quel plaisir de vous voir enfin, Kao ! Vous avez des nouvelles ?

— Le magistrat est ici, répondit Kao avec hésitation. Il désire vous poser quelques questions.

Après avoir demandé à Kao de se retirer, le juge Ti s'adressa au prisonnier :

— Le commandant Fang m'a dit que la cour martiale vous avait déclaré coupable de meurtre avec préméditation. Si vous voyez un élément qui permette de présenter un recours en grâce, je serais ravi de le faire pour vous. Mes deux lieutenants Ma et Tsiao m'ont fait votre éloge.

— Je n'ai pas tué Sou, Votre Excellence, répondit le colosse d'un ton bourru. Mais ils m'ont déclaré coupable, alors qu'ils me tranchent la tête ! C'est la loi, et il faut bien qu'on meure de quelque chose un jour ou l'autre ! Je n'ai aucun élément pour présenter un recours en grâce.

— Si vous êtes innocent, insista le juge, cela signifie que le meurtrier avait une raison impérative de vouloir vous éliminer tous deux, vous et Sou. Car c'est lui qui vous a envoyé le faux message, pour vous faire accuser ensuite. Cela réduit donc le nombre des suspects. Ne pensez-vous à personne qui ait une raison de vous haïr ainsi que le commandant en second ?

— Ils étaient nombreux à détester Sou. C'était un bon administrateur, mais un véritable garde-chiourme ; il faisait fouetter ses hommes pour un rien. En ce qui me concerne, eh bien, j'ai toujours cru n'avoir que des amis ici. Si j'ai offensé quelqu'un, je l'ai fait sans malice. Cela ne nous mène pas très loin...

Le juge acquiesça. Il réfléchit un moment puis demanda à Meng :

— Racontez-moi exactement ce que vous avez fait après être rentré au fort, la nuit précédant le meurtre.

— Le matin, vous voulez dire ! rectifia Meng avec un pâle sourire. Minuit était passé depuis longtemps, vous savez ! Le trajet de retour en jonque m'avait un peu remis les idées en place, mais j'étais encore dans un bel état. Le capitaine de la garde, un brave type, m'a aidé à monter dans ma chambre. J'ai fait un peu de tapage et ne voulais plus le laisser repartir. J'insistais pour lui raconter avec force détails le bon temps qu'on avait pris, combien les deux Coréens étaient sympathiques et merveilleusement généreux. Pak et Yi, ils s'appelaient – drôles de noms, ces Coréens !

Meng se gratta la tête puis poursuivit :

— Ah oui, je me souviens que je n'ai laissé partir le capitaine qu'après qu'il m'eut solennellement promis de venir avec moi la prochaine fois ! Je lui ai dit que Pak et Yi avaient déclaré avoir encore beaucoup d'argent à dépenser, et être bien décidés à me régaler splendidement avec tous mes amis. Je me suis couché tout habillé, avec un sentiment de parfait bonheur. Mais il n'en était plus de même le lendemain matin ! J'avais une gueule de bois de tous les diables. J'ai réussi tant bien que mal à faire l'exercice du matin, mais quel soulagement quand il a été terminé et que j'ai pu monter dans ma chambre faire un somme ! Au moment où j'allais me jeter sur le lit, j'ai découvert ce mot. Je...

— Ne pouviez-vous pas vous apercevoir qu'il s'agissait d'un faux ? coupa le juge.

— Grands dieux, non ! Je ne connais rien à la calligraphie ! Par ailleurs, ce n'étaient que quelques mots griffonnés à la hâte. Mais il y avait le sceau de Sou et, quant à lui, il était authentique — je l'ai vu des centaines de fois sur toutes sortes de papiers. Si le sceau n'avait pas été apposé, j'aurais pris ça pour une blague d'un camarade et serais allé vérifier auprès de Sou. Mais ce sceau suffisait largement, alors j'ai couru aussitôt à l'armurerie. Sou n'aimait pas trop que l'on discute ses ordres ! Et voilà comment mes ennuis ont commencé !

— Vous n'avez pas regardé par la fenêtre lorsque vous étiez dans l'armurerie ?

— Pourquoi l'aurais-je fait ? Je m'attendais à ce que Sou arrive d'un instant à l'autre. Je me suis contenté de regarder un peu les arcs.

Le juge Ti observa la large face de Meng : elle respirait l'honnêteté. Soudain, il s'approcha des barreaux et s'écria avec colère :

— Vous cherchez à protéger quelqu'un, Meng !

« VOUS CHERCHEZ À PROTÉGER QUELQU'UN, MENG ! », S'ÉCRIA LE JUGE AVEC COLÈRE

Meng rougit jusqu'aux oreilles. S'agrippant aux barreaux de ses grosses mains puissantes, il rugit :

— Vous dites n'importe quoi ! Vous êtes un civil ; alors autant ne pas vous mêler des affaires militaires !

Puis il se détourna et se remit à arpenter sa cellule.

— Comme vous voudrez ! répliqua froidement le juge, avant de disparaître dans le couloir.

Le geôlier ouvrit la lourde porte de fer et le lieutenant Kao le reconduisit dans le bureau du commandant.

— Eh bien, que pensez-vous de Meng ? demanda Fang.

— Je dois reconnaître qu'il n'a pas l'air du genre à tuer un homme dans son sommeil, répondit prudemment le juge Ti. Mais l'on ne sait jamais, bien sûr. À propos, j'ai égaré une des copies de la correspondance officielle que vous avez eu l'extrême obligeance de me transmettre. Puis-je en avoir une autre, afin de compléter mon dossier ? Le document porte le numéro P-404.

Le commandant eut l'air surpris par cette requête inattendue, mais ordonna néanmoins à son aide de camp d'aller chercher le papier aux archives.

L'officier revint étonnamment vite et tendit deux feuillets au commandant. Fang y jeta un coup d'œil avant de les remettre au juge avec ces mots :

— Voilà ! Affaire de routine.

Le juge constata que sur la première page il était question d'une proposition de promotion au rang de capitaine concernant Kao et trois autres lieutenants, accompagnée de leurs noms, âges et états de service. Le sceau de Sou y était apposé. Sur la seconde page, le commandant exprimait en quelques lignes son espoir de voir le ministère des Armées accéder à cette proposition dans les plus brefs délais. Il portait le large sceau du commandant ainsi que la date et le numéro P-404.

Le juge secoua la tête.

— Il doit y avoir une erreur quelque part. Le document manquant devait concerner l'acquisition de fournitures militaires, car le numéro suivant, P-405, une commande de ceinturons de cuir, renvoie au P-404. Donc cette lettre P de P-404 doit signifier Projets d'achats et non Personnel.

— Juste Ciel ! s'exclama le commandant. Les secrétaires se trompent parfois, n'est-ce pas ? Eh bien, je vous remercie de votre visite,

Votre Excellence. Prévenez-moi dès que vous vous serez fait une opinion sur le meurtre de Sou.

Comme le juge franchissait le seuil, il entendit vaguement le commandant maugréer quelque chose à son aide de camp à propos de « cette ridicule paperasserie ».

Le soleil de midi avait transformé le quai, devant le fort, en une véritable fournaise, mais dès que la jonque se fut avancée au milieu du fleuve, une douce brise se leva. Le sergent responsable de l'embarcation avait veillé à ce que le juge et ses deux lieutenants fussent confortablement installés sur la plate-forme arrière, à l'ombre d'une bâche verte.

Dès que l'ordonnance, qui avait apporté une grande théière, eut disparu dans la cale, Ma Jong et Tsiao Taï assaillirent le juge de questions.

— Je ne sais franchement pas qu'en penser, avoua le juge avec lenteur. Toutes les apparences sont contre Meng, mais j'ai la vague impression que cet imbécile veut protéger quelqu'un. Vous avez appris quelque chose de votre côté ?

Ma Jong et Tsiao Taï secouèrent la tête.

— Nous avons eu une grande discussion avec le capitaine de la garde qui était de service lorsque Meng est rentré de sa virée avec nous, dit Tsiao Taï. Il aime bien Meng, comme tout le monde au fort, d'ailleurs. Cela ne l'a pas particulièrement dérangé de le ramener dans sa chambre, quoique ça n'ait pas dû être si facile ! Et Meng ne s'arrêtait plus de chanter à tue-tête des chansons gaillardes ; je crains qu'il n'ait réveillé tous ses camarades ! Le capitaine a dit aussi que Meng n'était pas spécialement ami avec Sou, mais qu'il le respectait en tant qu'officier et ne prenait pas trop au sérieux ses accès de colère.

Le juge Ti ne fit aucun commentaire. Il resta silencieux un long moment. Sirotant son thé, il contemplait le paysage reposant qui défilait devant ses yeux. Les deux berges étaient bordées de rizières vertes, parsemées çà et là des taches jaunes des chapeaux de paille des paysans qui y travaillaient.

— Le colonel Chih Lang croit lui aussi à l'innocence de Meng, déclara-t-il soudain. Mais le colonel Mao, chef de la police militaire, le tient pour coupable.

— Meng nous a souvent parlé de Chih Lang, répondit Ma Jong. Si Meng est le champion des archers, Chih Lang ne craint personne pour ce qui est de l'escalade des murs ! C'est un véritable paquet de muscles ! Il entraîne les soldats à cet art. Après s'être dévêtus, ils s'attaquent pieds et mains nus à un vieux mur. Ils apprennent à se servir de leurs doigts de pied comme de leurs mains. Dès qu'ils ont trouvé une prise, ils glissent leurs pieds dans une anfractuosité, puis cherchent une autre prise un peu plus haut, et ainsi de suite jusqu'au sommet du mur. J'aimerais bien essayer un jour ! Quant au colonel Mao, il se méfie de tout le monde, c'est bien connu !

Le juge Ti acquiesça.

— D'après Meng, les deux Coréens ont réglé l'addition de votre petite sauterie, n'est-ce pas ?

— Oh, répondit Tsiao Taï quelque peu embarrassé, c'est à cause d'une blague plutôt idiote qu'on leur a faite ! On était assez gais, et quand Pak nous a demandé ce qu'on faisait dans la vie, on a répondu qu'on était des bandits de grand chemin. Les deux types nous ont crus ; ils ont dit alors qu'ils auraient peut-être du travail pour nous, un de ces jours ! Quand on a voulu payer notre part, on s'est aperçus qu'ils avaient déjà tout réglé.

— Mais on doit les revoir la semaine prochaine, à leur retour de la capitale, ajouta Ma Jong. Alors on leur dira la vérité et ce sera notre tournée. Le parasitisme, ce n'est pas notre genre.

— Ils seront peut-être déçus, remarqua Tsiao Taï, car Pak et Yi attendent le paiement de trois jonques et comptent bien fêter ça superbement. À propos, tu as compris leur plaisanterie sur ces trois bateaux, frère Ma ? Après nous avoir parlé de cette affaire, Pak et Yi ont été pris d'un fou rire à rouler sous la table !

— J'ai bien failli y rouler également, remarqua Ma Jong d'un air lugubre.

Le juge Ti n'avait pas entendu cette dernière remarque. Plongé dans ses pensées, il lissait lentement sa barbe noire.

— Parle-moi encore un peu de cette soirée ! demanda brusquement le juge. Surtout de ce qu'a fait et dit Meng.

— Eh bien, commença Ma Jong, frère Tsiao et moi, on est allés au restaurant de crabes du quai ; il est très agréable. Vers l'heure du dîner, on a vu la jonque militaire approcher et Meng en descendre avec un de ses camarades. Ils se sont dit au revoir, puis Meng est venu nous rejoindre, à la terrasse. Il nous a dit qu'il avait eu une journée éreintante au fort et qu'il prendrait volontiers un bon dîner. Et c'est ce qu'on a fait ensemble. Ensuite...

— Meng a-t-il parlé du commandant en second ou du lieutenant Kao ? coupa le juge.

— Pas une seule fois !

— Vous a-t-il donné l'impression que quelque chose le préoccupait ?

— Non, rien, à part un violent désir de compagnie féminine ! répliqua Ma Jong avec un large sourire. Nous nous sommes donc rendus sur un bateau-de-fleurs et Meng a pu se débarrasser de ce souci. Comme on s'offrait quelques tournées sur le pont, on a vu arriver en sampan les deux Coréens, aussi saouls que possible. La tenancière n'a pas réussi à les intéresser à ses affaires, bien qu'elle ait sorti ce qu'elle avait de mieux. Tout ce que désiraient Pak et Yi, c'était davantage de vin, des litres, et la conversation appropriée en ces circonstances. On s'est donc lancés tous les cinq dans une beuverie interminable. Je ne me souviens plus très bien de la suite — frère Tsiao pourrait peut-être poursuivre à ma place !

— Disons que nous t'avons perdu de vue, et tenons-nous-en là, répondit sèchement Tsiao Taï. Quant à moi, vers deux heures du matin, j'ai aidé Meng à transporter les deux Coréens dans un sampan pour les faire ramener dans le quartier coréen, de l'autre côté du canal. Ensuite, on a sifflé un autre sampan qui nous a reconduits tous les deux jusqu'au quai. Quand j'ai eu mis Meng dans la jonque militaire qui y était amarrée, je me suis senti assez fatigué, et comme le restaurant de crabes était tout près, j'y ai passé le reste de la nuit. Voilà.

— Je vois, fit le juge Ti.

Le magistrat but encore quelques tasses de thé, puis reposa brutalement sa tasse et demanda :

— Où nous trouvons-nous exactement ?

Ma Jong jeta un coup d'œil vers la rive et répondit :

— À mi-chemin de Peng-lai, à mon avis.

— Demande au sergent de faire demi-tour et de nous ramener au fort, ordonna le juge.

Ma Jong et Tsiao Taï tentèrent d'arracher au juge Ti des explications sur sa soudaine décision, mais ce dernier se contenta de répondre qu'il tenait simplement à vérifier deux ou trois points qu'il avait négligés.

Arrivés au fort, un aide de camp les informa que le commandant était en réunion secrète avec son état-major pour discuter d'importantes informations qui venaient de lui parvenir.

— Ne le dérangez pas ! dit le juge. Allez me chercher le colonel Mao.

Il expliqua au chef de la police militaire stupéfait qu'il désirait revoir les lieux du crime, et ce en sa présence, en tant que témoin.

L'air plus matois que jamais, le colonel Mao fit monter les trois hommes jusqu'à la chambre de Sou. Après avoir déchiré la bande de papier qui avait été recollée sur la serrure, il pria le juge d'entrer.

Avant de pénétrer dans la pièce, le juge dit à Ma Jong et à Tsiao Taï :

— Je cherche quelque chose de petit et de pointu, disons un éclat de bois ou une tête de clou, en gros dans ce secteur, expliqua-t-il en montrant l'espace compris entre la porte et le centre de la pièce, devant la fenêtre.

Puis il s'accroupit et entreprit d'examiner les lattes du plancher pouce par pouce. Ses deux lieutenants l'imitèrent aussitôt.

— Si vous cherchez une porte dérobée ou autre passage mystérieux, ironisa lourdement le colonel Mao, je vais être obligé de vous décevoir. Ce fort a été construit il y a quelques années seulement, vous savez !

— Ça y est... j'ai trouvé quelque chose ! s'écria Ma Jong en montrant une latte de plancher d'où dépassait un clou.

— Merveilleux ! s'exclama le juge.

Il s'agenouilla pour examiner l'objet pointu, puis se releva et demanda à Mao :

— Auriez-vous l'obligeance de dégager ce petit bout de tissu rouge accroché à ce clou ? Et par la même occasion, regardez bien ces taches brunâtres sur le plancher, là.

Mao se redressa, examinant d'un air perplexe le petit morceau de ruban rouge glissé sous l'ongle de son pouce.

— Le moment venu, déclara gravement le juge Ti, je vous demanderai de témoigner que ce fragment de ruban a bien été découvert accroché à ce clou. Et également que les taches brunes sont vraisemblablement des taches de sang.

Dédaignant le flot de questions du colonel Mao, le juge Ti prit la flèche posée sur le bureau et la planta dans le plancher juste à côté du clou.

— C'est pour marquer l'emplacement exact, expliqua le juge avant de demander : Qu'a-t-on fait des effets personnels du défunt et du contenu du tiroir de ce bureau ?

Exaspéré par le ton impérieux du magistrat, Mao répliqua froidement :

— Ces objets ont été réunis en deux paquets distincts que j'ai prié le commandant de sceller. Ils sont sous clef dans mon bureau. Nous autres de la police militaire sommes évidemment loin d'être aussi intelligents et expérimentés que les officiers du tribunal, mais nous connaissons notre travail, je vous le garantis.

— Très bien, très bien ! repartit le juge avec impatience. Conduisez-nous à votre bureau !

Le colonel Mao fit asseoir le juge Ti devant son grand bureau couvert de papiers. Ma Jong et Tsiao Taï restèrent debout près de la porte. Mao ouvrit un coffre de fer, en sortit deux paquets enveloppés de papier huilé et en plaça un devant le juge.

— Voici ce que nous avons trouvé dans l'étui de cuir que le commandant en second portait au cou, attaché à un cordon, sous sa cotte de mailles.

Le juge Ti brisa le sceau et étala sur le bureau un papier d'identité de l'Armée impériale plié en quatre, une attestation d'achat d'une maison, vieille de sept ans, et un petit étui de brocart destiné à son sceau personnel. Il ouvrit ce dernier et eut l'air enchanté de le trouver vide.

— Je suppose, dit-il à Mao, que le sceau a été découvert dans le tiroir du bureau du défunt ?

— En effet. Il se trouve dans le deuxième paquet, avec les papiers qui étaient dans le tiroir. Quelle négligence de la part de Sou de laisser traîner son sceau personnel dans un tiroir non fermé à clef ! En général, on le porte toujours sur soi.

— C'est exact, répondit le juge Ti en se levant. Je n'ai pas besoin de vérifier le deuxième paquet, ajouta-t-il. Allons voir si le commandant est sorti de sa réunion.

Les deux sentinelles en faction devant la porte de la salle de réunion les informèrent que cette dernière venait à peine de s'achever et que le thé allait bientôt être servi. Le juge Ti les repoussa sans autre forme de procès et entra dans la salle.

Le commandant Fang était assis à la grande table au centre de la pièce. À une plus petite, à sa gauche, avaient pris place le colonel Chih Lang et un autre officier, inconnu du juge. À une autre table, en face, deux officiers supérieurs étaient installés et le lieutenant Kao rangeait des papiers à une petite table, plus loin ; visiblement, c'est lui qui avait retranscrit les discussions. Tous se levèrent à l'entrée du magistrat.

— Veuillez me pardonner cette intrusion, déclara calmement le juge Ti en s'approchant de la table du commandant. Je suis venu vous livrer le résultat de mes découvertes concernant le meurtre du commandant en second, Sou. Est-il exact que les officiers ici rassemblés sont en nombre suffisant pour constituer une cour martiale ?

— Si l'on y inclut le colonel Mao, oui, répondit Fang avec lenteur.

— Parfait ! Faites amener le colonel Meng, ainsi la cour martiale pourra siéger comme il se doit.

Le commandant donna un ordre à son aide de camp, puis avança une chaise vers sa table et invita le juge Ti à y prendre place, à ses côtés. Ma Jong et Tsiao Taï prirent position derrière le siège de leur maître.

Deux ordonnances entrèrent avec des plateaux. Chacun but son thé en silence.

Enfin, la porte s'ouvrit de nouveau. Quatre soldats de la police militaire entrèrent dans la salle, encadrant le colonel Meng. Ce dernier s'avança vers la table centrale et salua vivement le commandant.

Fang s'éclaircit la gorge.

— Nous sommes réunis aujourd'hui pour entendre le rapport que le juge Ti a établi à ma demande et pour décider si ce rapport exige une reconsidération de la procédure contre le colonel Meng Kouo-taï, coupable de meurtre avec préméditation sur la personne de Sou, commandant en second de ce fort. Je demande au magistrat Ti de nous faire son rapport.

— Le mobile de ce crime, commença le juge Ti d'une voix posée, était d'empêcher le commandant en second d'ouvrir une enquête sur une opération frauduleuse dont un criminel escomptait de substantiels profits. Je dois vous rappeler la procédure administrative à suivre quant aux projets d'achats de fournitures militaires destinées au fort.

Une fois la demande exposée en conseil par le commandant, un secrétaire la rédige sur papier officiel et la transmet au commandant en second qui en vérifie la teneur et appose son sceau sur chaque page. Puis il transmet à son tour le document au commandant qui le vérifie encore une fois et appose son sceau sur la dernière page. Lorsque les copies d'usage ont été faites, l'original est mis dans une enveloppe adressée au ministère des Armées, à la capitale, scellée et acheminée par des estafettes.

Le juge Ti but une gorgée de thé avant de reprendre :

— Ce système ne comporte qu'une seule faille. Si le document comporte plus d'une page, une personne malhonnête ayant accès à la correspondance officielle peut fort bien détruire toutes les feuilles à l'exception de la dernière, portant le sceau du commandant, les remplacer par d'autres falsifiées, et envoyer le tout à la capitale, sans oublier la dernière page, authentique celle-là.

— Impossible ! coupa le commandant. Les autres feuilles doivent comporter le sceau du commandant en second !

— C'est précisément pour cela qu'il a été assassiné ! repartit le juge. Le meurtrier avait subtilisé le sceau de Sou, et ce dernier s'en est aperçu. Toutefois, avant d'aller plus loin dans ma démonstration, je voudrais vous expliquer tout d'abord comment la louable conscience professionnelle d'un de vos secrétaires m'a mis sur la piste de l'assassin.

« Il y a trois jours, une demande de promotion de quatre lieutenants a fourni une occasion rêvée au meurtrier. La proposition, dans sa forme définitive, comportait deux pages. La première faisait état de la demande elle-même, ainsi que des noms, âges, etc. des quatre individus concernés. Sur la seconde ne figurait que la recommandation du commandant en vue d'accélérer les choses (cela, en termes très généraux, voyez-vous !), la date et le numéro du dossier : P pour Personnel et le numéro 404. La première page portait le cachet de Sou, la seconde celui du commandant.

« Le criminel s'est saisi de ce document en se rendant au bureau des dépêches. Il a détruit la première feuille et l'a remplacée par une autre sur laquelle était réclamé l'achat de trois jonques de guerre à des marchands coréens nommés Pak et Yi, ajoutant que le ministère des Armées verserait directement la somme due — une petite fortune — aux deux marchands en question. Quand le meurtrier eut apposé sur ce faux le sceau dérobé à Sou, il le glissa lui-même dans une enveloppe qu'il adressa au ministère des Armées, section des projets d'achats. Enfin, il nota selon l'habitude dans un coin de l'enveloppe le numéro du document qu'elle contenait, à savoir P-404. Il remit cette enveloppe close au préposé aux expéditions ; quant aux copies supplémentaires du document original concernant la promotion des quatre lieutenants, il les rangea lui-même dans les archives. N'étant pas encore au courant des nouvelles règles en la matière, il omit d'en faire parvenir une au tribunal.

« Or il advint que ce même préposé aux expéditions qui envoya l'enveloppe scellée marquée P-404 reçut le même jour une autre lettre portant le numéro P-405 contenant un projet d'achat de fournitures de cuir. Il se rappela alors que les deux P pour Projets d'achats et Personnel prêtaient souvent à confusion aux archives. C'est pourquoi, en tant que fonctionnaire zélé, il ajouta au code P-405 une note indiquant de se reporter au document P-404 ; bien que n'ayant pas lu la lettre P-404, il se souvenait en effet qu'il était fait mention, sur l'enveloppe, de la section des projets d'achats. L'employé ventila correctement les copies du P-405, sans oublier celle qui me revenait. Mais en vérifiant les dossiers Projets d'achat, je me suis aperçu que la pièce P-404 manquait. Cela m'a contrarié, car je tiens à ce que mes dossiers soient complets. J'en ai donc demandé une autre copie au commandant ici présent. Il m'a remis une lettre concernant la promotion de quatre lieutenants, appartenant donc à la section Personnel.

Le commandant, qui n'avait cessé de s'agiter sur sa chaise, ne se contint plus :

— Ne pouvez-vous pas nous épargner tous ces détails ? Qu'est-ce que ces histoires à propos de trois jonques de guerre ?

— Le coupable, explica calmement le juge Ti, était de mèche avec les marchands Pak et Yi. Après avoir touché à la capitale l'argent correspondant à cette vente imaginaire, ils auraient partagé avec le meurtrier. Dans la mesure où il faudrait plusieurs semaines avant que les vérifications de routine du ministère ne fissent apparaître l'escroquerie avec l'examen de vos rapports sur les fournitures effectivement reçues, le criminel avait tout son temps pour préparer sa fuite avec l'argent.

« C'était un plan intelligent, mais il n'a pas eu de chance. La veille du meurtre, le colonel Meng et mes deux lieutenants ont rencontré les deux marchands coréens en ville et ils se sont enivrés tous ensemble. Les marchands ont cru qu'il s'agissait de bandits de grand chemin et ont fait allusion devant eux aux jonques et à l'argent qu'ils allaient en tirer à la capitale. Mes lieutenants m'ont raconté toute l'histoire et j'ai fait le rapprochement. Je dois ajouter qu'en rentrant au fort Meng a fait grand cas auprès du capitaine de la générosité des deux Coréens, ajoutant que ce n'était qu'un début. Le meurtrier a surpris cette conversation et en a conclu — à tort — que Meng en savait trop, ce qui le conforta dans son idée de lui faire jouer le rôle de bouc émissaire. En apprenant le lendemain matin que Meng avait décidé de ne pas monter à l'armurerie, il lui envoya un faux billet, en y apposant le sceau de Sou qu'il avait toujours en sa possession.

— Je n'y comprends plus rien ! s'exclama le commandant furieux. Tout ce que je veux savoir, c'est qui a tué Sou et pourquoi !

— Bon, très bien ! répondit le juge. C'est le colonel Chih Lang qui a tué Sou.

Il n'y eut pas un bruit jusqu'au moment où le commandant dit avec colère :

— Absolument impossible ! Le lieutenant Kao a vu le colonel Chih Lang entrer et sortir de la chambre de Sou ; il ne s'est même pas approché du lit !

— Le colonel Chih Lang est monté à la chambre de Sou un peu avant deux heures, juste après l'exercice d'escalade, poursuivit le juge Ti sans se départir de son calme. Il était donc en vêtements de dessous et pieds nus. Il ne pouvait porter sur lui aucune arme et n'en avait d'ailleurs aucun besoin. Car il savait que Sou avait l'habitude de déposer son carquois sous la fenêtre et avait prévu de se saisir d'une flèche et d'en frapper mortellement Sou endormi.

« Or quand Chih Lang entra, il vit que Sou était levé. Il avait remis ses bottes et se tenait devant sa couche, en cotte de mailles. Chih Lang ne pouvait donc pas l'abattre comme prévu. Mais il découvrit alors qu'une flèche était tombée du carquois et se trouvait donc par terre, dirigée vers Sou. Chih Lang posa le pied dessus, la saisit entre le gros orteil et le second doigt de pied, juste au-dessus de la pointe, et d'un violent coup de pied l'envoya droit sur l'abdomen découvert de Sou. Simultanément, il exécuta une petite mise en scène pour Meng, au cas où il aurait regardé au même moment par la fenêtre de l'armurerie : il agita les bras et se mit à crier, couvrant ainsi les cris de sa victime qui s'effondrait sur sa couche. Après s'être assuré que Sou était bien mort, il sortit et appela les gardes. Puis, rentrant dans la pièce en compagnie du commandant et du colonel Mao, profitant de la confusion générale, il glissa le sceau de Sou dans le tiroir du bureau. Tout était parfaitement exécuté, mais il négligea une chose : le mort serait découvert les bottes aux pieds. Cela me donna l'idée que Sou n'avait pas été tué dans son sommeil. On pouvait comprendre que Sou n'eût pas voulu quitter sa cotte de mailles pour sa sieste, car elle n'est pas facile à enlever. Mais il avait posé son casque sur le bureau, et il était fort probable qu'il eût également enlevé ses bottes avant de s'allonger.

Le juge Ti se tut. Tous les yeux étaient tournés vers le colonel Chih Lang. Jetant un regard méprisant au magistrat, il demanda avec un sourire railleur :

— Et comment comptez-vous vous y prendre pour prouver votre fantastique théorie ?

— Pour le moment, répliqua le juge sans sourciller, je me contenterai de la vilaine égratignure que vous vous êtes faite au gros orteil du pied droit. Car à l'endroit où était posée la flèche, un clou dépassait du plancher. Il a déchiré le ruban rouge enroulé autour de la flèche lorsque vous l'avez projetée et vous a également blessé. Il y a encore des petites taches de sang par terre. La preuve définitive viendra plus tard, avec l'arrestation de Pak et de Yi et la découverte du faux au ministère des Armées.

Chih Lang avait blêmi, ses lèvres se contractèrent. Mais reprenant le contrôle de lui-même, il dit d'une voix ferme :

— Inutile d'attendre jusque-là. J'ai tué Sou. J'ai des dettes et besoin d'argent. Dans dix jours, j'aurais demandé une permission pour cause de maladie et ne serais plus jamais revenu au fort. Je n'avais pas l'intention de tuer Sou. J'avais espéré pouvoir remettre son sceau à sa place. Mais il s'est aperçu de sa disparition, et j'ai décidé de le frapper avec une flèche pendant sa sieste. Or quand je suis entré dans sa chambre, il était déjà debout. Il s'est écrié : « Mes soupçons sont désormais des certitudes, c'est toi qui m'as volé mon sceau ! » Je me suis cru perdu, car tuer Sou armé d'une simple flèche n'allait pas être chose aisée, et si Meng venait à regarder par la fenêtre, il nous verrait nous battre. Alors j'ai aperçu cette flèche par terre, et je l'ai envoyée dans le ventre de Sou.

Chih Lang s'essuya le front et conclut :

— Je ne regrette rien ; Sou était un sale type. Je regrette seulement d'avoir eu à vous faire porter le bonnet, Meng, mais je n'avais pas le choix. Voilà tout.

Le commandant se leva.

— Votre sabre, Chih Lang !

Tout en défaisant son ceinturon, le colonel demanda amèrement au juge :

— Comment m'avez-vous attrapé ?

— Avec du ruban rouge, principalement, répondit le juge d'un ton pincé.

Le passager de la pluie

Nouvelle

Traduit de l'anglais par Anne Krief

LES PERSONNAGES

~ TI JEN-TSIE, magistrat de Peng-lai ❧ HONG LIANG, sergent du tribunal ❧ *Un capitaine qui a servi sous les ordres du colonel Meng* ❧ LIN, *l'associé du prêteur sur gages assassiné Tchong Fang* ❧ WANG SAN-LANG, *un jeune pêcheur* ❧ FAUVETTE, *une jeune femme sourde-muette.*

CETTE troisième nouvelle a également pour cadre la ville de Peng-lai. Près de six mois ont passé. Entre-temps, les deux épouses du juge Ti et leurs enfants sont arrivés et se sont installés dans la résidence particulière du magistrat, à l'arrière du Yamen. Quelque temps plus tard, mademoiselle Tsao rejoint la famille. Il est question au chapitre XV de *Trafic d'or sous les T'ang* du mauvais pas dont le juge Ti la tira. La Première Épouse du magistrat ressentit dès le premier jour une vive sympathie à son égard et l'engagea comme dame de compagnie. C'est par une journée d'été torride et orageuse que survint l'étrange affaire relatée ici.

— CE COFFRE ne vaut rien non plus ! remarqua avec dégoût la Première Épouse du juge Ti. Voyez ce moisi tout au long de la couture de cette robe bleue !

Claquant le couvercle du coffre à vêtements de cuir rouge, elle se tourna vers la Seconde Épouse :

— Je n'ai jamais vu un été aussi chaud et humide. Quel orage, hier soir ! J'ai bien cru qu'il ne cesserait jamais de pleuvoir. Aidez-moi, voulez-vous ?

Assis à la table à thé, près de la fenêtre ouverte de la grande chambre, le juge Ti regardait ses deux épouses poser à terre le coffre à vêtements et s'apprêter à prendre le troisième de la pile. Mademoiselle Tsao, amie et dame de compagnie de sa Première Épouse, était occupée à faire sécher des robes sur le brasero de cuivre en les déposant sur le couvercle composé de fils de cuivre tressés, au-dessus des braises. La chaleur du brasero ainsi que la vapeur qui s'échappait des vêtements qui séchaient rendaient l'atmosphère à peu près irrespirable ; mais les trois femmes n'en semblaient guère incommodées.

Poussant un soupir, le juge Ti se retourna pour regarder au-dehors. De cette chambre située au premier étage de sa résidence, on avait généralement une jolie vue sur les toits pointus de la ville, mais aujourd'hui, tout baignait dans une épaisse brume qui en estompait les contours. Le juge avait l'impression que la brume avait pénétré dans ses propres veines et battait sourdement au rythme de son sang. Il regrettait à présent la funeste impulsion qui l'avait poussé à son lever à demander sa robe d'été grise. Car c'est ce désir qui avait amené sa Première Épouse à vérifier le contenu des quatre coffres à vêtements et, y découvrant des traces de moisi, elle avait aussitôt appelé à son aide la Seconde Épouse et mademoiselle Tsao. Les trois femmes étaient désormais entièrement absorbées par leur tâche, allant jusqu'à en oublier le thé du matin, sans parler du petit déjeuner. Elles faisaient pour la première fois l'expérience de la canicule à Peng-lai, car il y avait tout juste sept mois que le magistrat y était en poste. Il étendit les jambes, se sentant les pieds et les genoux lourds et enflés. Mademoiselle Tsao s'avança vers le brasero et saisit une robe blanche.

— Celle-ci est bien sèche, annonça-t-elle.

Comme elle levait les bras pour la susprendre à la barre à vêtements, le juge fut frappé par la sveltesse de son corps sculptural.

— Ne pouvez-vous confier tout cela aux domestiques ? demanda-t-il à brûle-pourpoint à sa Première Épouse.

— Oui, bien sûr, répondit-elle par-dessus son épaule. Mais je voudrais tout d'abord me rendre compte moi-même de l'étendue des dégâts. Juste Ciel, regardez donc cette robe rouge, ma chérie ! dit-elle en s'approchant de mademoiselle Tsao. Elle est moisie jusqu'à la trame ! Et vous disiez qu'elle m'allait si bien !

Le juge se leva brusquement. Les senteurs de parfums et de cosmétiques éventés auxquelles se mêlait celles des vêtements humides conféraient à la pièce surchauffée une atmosphère d'intense féminité, qui porta soudain sur les nerfs à fleur de peau du magistrat.

— Je vais faire un petit tour dehors, dit-il.

— Avant même votre thé du matin ? s'exclama sa Première Épouse, sans cesser d'examiner les zones décolorées de la robe rouge qu'elle tenait à la main.

— Je serai de retour pour le petit déjeuner, grommela le juge. Donnez-moi donc cette robe bleue, là-bas !

Mademoiselle Tsao aida la Seconde Épouse à revêtir son époux de sa robe et demanda gentiment :

— Cette robe n'est-elle pas un peu trop lourde par cette chaleur ?

— En tout cas, elle est sèche ! répondit-il d'un ton qui l'était tout autant.

Ce que disant, il s'aperçut à son grand désespoir que mademoiselle Tsao avait parfaitement raison : l'épais tissu collait comme une cotte de mailles à son dos moite. Après avoir murmuré un vague remerciement, il descendit l'escalier.

Il traversa à grands pas le corridor plongé dans la pénombre qui menait à la petite porte de service, à l'arrière du Yamen. Il était content de ne pas avoir encore croisé son vieil ami et conseiller, le sergent Hong. Le sergent le connaissait si intimement qu'il aurait tout de suite remarqué sa mauvaise humeur et s'en serait inquiété.

Le juge ouvrit la petite porte avec sa propre clef et se glissa dans la rue humide et déserte. Que lui arrivait-il donc ? se demanda-t-il en s'enfonçant dans la brume. Il est vrai que ces sept mois passés à son premier poste officiel avaient été décevants. Les premiers jours avaient été passionnants, puis il y avait eu le meurtre de madame Ho, et l'affaire du fort. Ensuite plus rien, hormis la routine habituelle et fastidieuse : formulaires à remplir, documents et rapports à rédiger, permis à délivrer... À la capitale, il avait eu également de nombreuses tâches administratives à exécuter, mais pour des affaires importantes. En outre, ce district n'était pas vraiment le sien. Toute la région était une zone stratégique placée sous la juridiction de l'armée. Et le quartier coréen, au-delà de la porte Est, avait sa propre administration. Furieux, il donna un coup de pied dans un caillou et poussa un juron. Ce qu'il avait pris pour une pierre était en réalité un pavé en saillie et il s'était fait très mal au pied. Il devait prendre une décision au sujet de mademoiselle Tsao. La nuit précédente, dans l'intimité de leur couche, sa Première Épouse l'avait à nouveau pressé de prendre mademoiselle Tsao pour Troisième Épouse. Ses deux compagnes l'adoraient, lui avait-elle dit, et mademoiselle Tsao n'attendait que cela. « Par ailleurs, avait ajouté sa Première Épouse avec sa franchise coutumière, votre Seconde Épouse est très jolie, mais elle n'a pas eu une éducation très poussée ; la présence d'une jeune femme aussi intelligente et cultivée que mademoiselle Tsao serait un agrément supplémentaire pour tout un chacun dans cette demeure. » Mais si le désir de mademoiselle Tsao n'était motivé que par sa gratitude envers lui ? D'une certaine manière, tout serait plus simple s'il ne l'aimait pas autant. D'autre part, serait-il convenable d'épouser une femme que l'on n'aime pas véritablement ? En tant que magistrat, il avait droit à quatre épouses, mais il estimait personnellement que deux suffisaient amplement, à moins qu'elles ne se révélassent stériles. Tout cela était bien compliqué et préoccupant. Le juge serra sa robe contre lui car la pluie commençait à tomber.

Il poussa un soupir de soulagement en découvrant les larges degrés menant au temple de Confucius. Le deuxième étage de la tour de l'ouest avait été transformé en petite maison de thé. C'est là qu'il prendrait son thé du matin avant de retourner au tribunal.

Dans la pièce octogonale au plafond bas, un serveur débraillé se penchait sur le comptoir pour attiser avec des pincettes les braises d'un petit réchaud à thé. Le juge Ti s'aperçut avec plaisir que le jeune homme ne l'avait pas reconnu ; il n'était pas d'humeur à supporter les courbettes en tout genre. Il commanda une théière et une serviette sèche puis s'assit à la table de bambou, devant le comptoir.

Le garçon lui tendit un panier de bambou contenant une serviette d'une propreté douteuse.

— Un instant, je vous prie, monsieur. L'eau ne va pas tarder à bouillir.

Tandis que le juge essuyait sa longue barbe, le garçon reprit :

— Levé de si bonne heure, monsieur, vous devez déjà être au courant de ce qui est arrivé là-bas, dit-il en désignant la fenêtre ouverte.

Comme le juge faisait non de la tête, il poursuivit avec un plaisir non feint :

— Un type s'est fait tailler en pièces hier soir dans l'ancienne tour de guet, au milieu du marais.

Le juge reposa vivement la serviette.

— Un meurtre ? Comment le savez-vous ?

— C'est le garçon d'épicerie qui me l'a dit, monsieur, quand il est venu livrer la marchandise, pendant que je lavais le plancher. Il était allé à l'aube à la tour de guet pour y chercher des œufs de cane chez la jeune idiote qui y vit et il a découvert le carnage. La fille était en train de pleurer dans un coin. Il a couru en ville prévenir la police militaire, et le capitaine s'est rendu à la tour de guet avec quelques-uns de ses hommes. Regardez, les voilà !

Le juge se leva et alla à la fenêtre. De sa place, il découvrait, au-delà de la muraille crénelée de la ville, la vaste étendue verte des marais couverts de roseaux et, plus au nord, l'eau grisâtre du fleuve perdu dans la brume. Une route de terre ferme menait du quai, au nord de la ville, à la vieille tour de brique posée au milieu des marais.

— C'est un soldat qui s'est fait tuer ? demanda le juge avec intérêt.

Bien que la zone au nord de la ville fût placée sous l'autorité de l'armée, le tribunal devait néanmoins être informé de tout crime perpétré sur un civil.

— C'est possible. La pauvre fille est sourde-muette, mais elle n'est pas trop vilaine. Peut-être qu'un soldat est allé lui faire un brin de causette, si vous voyez ce que je veux dire. Ha ! L'eau bout !

Le juge scruta le lointain. Deux soldats de la police militaire se dirigeaient vers la ville, leurs chevaux soulevant de grandes gerbes d'eau aux endroits où la route était inondée.

— Voilà votre thé, monsieur ! Faites attention, la tasse est brûlante. Je vous la pose sur l'appui de la fenêtre. Non, en y repensant, l'homme n'était pas un soldat. Le garçon d'épicerie m'a dit que c'était pas un vieux marchand qui habitait près de la porte Nord — il le connaissait de vue. Enfin, la police militaire ne sera pas longue à retrouver l'assassin. Ce sont des durs, ceux-là ! Regardez ! ajouta-t-il avec excitation en donnant un coup de coude au juge. Je vous disais bien que c'étaient des durs ! Vous voyez le type enchaîné qu'ils ramènent ? Il a un pantalon et une veste brune de pêcheur. Bon, ils vont le conduire au fort et...

— Ils ne vont rien faire de tel ! coupa le juge avec humeur.

Après avoir porté la tasse à ses lèvres et s'être brûlé, il régla sa consommation et descendit précipitamment l'escalier. Le meurtre d'un civil par un civil, voilà qui relevait expressément du tribunal ! C'était l'occasion rêvée pour remettre les militaires à leur place, une bonne fois pour toutes !

Toute apathie l'avait à présent quitté. Après avoir loué un cheval chez le forgeron du coin, il sauta en selle et galopa jusqu'à la porte Nord. Les gardes jetèrent un regard effaré à ce cavalier débraillé, au bonnet d'intérieur planté de travers sur la tête, mais s'empressèrent de se mettre au garde-à-vous en reconnaissant leur magistrat. Le juge sauta à bas de sa monture et fit signe au caporal de le suivre au poste de garde, auprès de la porte de la ville.

— Que signifie toute cette agitation là-bas dans les marais ? demanda-t-il.

— Un homme a été trouvé mort dans la vieille tour, Votre Excellence. La police militaire a déjà arrêté le meurtrier ; ils sont en train de l'interroger dans la casemate. Je pense qu'ils ne vont pas tarder à arriver au poste du quai.

Le juge s'assit sur un banc de bambou et tendit quelques sapèques au caporal.

— Demande à l'un de tes hommes d'aller me chercher deux gâteaux à l'huile !

Les gâteaux à l'huile qui sortaient tout juste de la tourtière d'un vendeur ambulant sentaient bon l'ail et les oignons, mais le juge, aussi affamé fût-il, ne les apprécia pas. Le thé bouillant lui avait brûlé la langue, et l'abus de pouvoir de l'armée le préoccupait grandement. Il se dit avec tristesse que ce genre de problème ne se posait pas à la capitale où des règles très précises fixaient les limites exactes du pouvoir de chaque fonctionnaire, quel que soit son rang. Le caporal entra comme il finissait ses gâteaux à l'huile.

— Les soldats viennent de conduire le prisonnier à leur poste de garde, sur le quai, Votre Excellence.

Le juge Ti se leva aussitôt.

— Prends quatre hommes et suis-moi !

Sur le quai, une légère brise dissipait la brume. Le juge sentait sa robe lui coller aux épaules.

— C'est le temps idéal pour attraper un mauvais rhume, grommela-t-il.

Une sentinelle lourdement armée le fit entrer dans le hall du poste.

Au fond, un homme de haute taille, portant la cotte de mailles et le casque à pointe de la police militaire, était assis derrière un vulgaire bureau de bois blanc. Il était en train de remplir un formulaire officiel d'une écriture lente et laborieuse.

— Je suis le magistrat Ti, commença le juge. Je voudrais savoir...

Le juge s'interrompit brutalement. Le capitaine avait relevé la tête. Une horrible cicatrice blanche lui barrait le visage de la pommette gauche à la lèvre inférieure. Avant que le juge ne se fût remis de son trouble, le capitaine s'était levé. Il fit un bref salut militaire et dit d'une voix hachée :

— Ravi de vous voir, Votre Excellence. Je viens de terminer mon rapport.

Désignant un brancard recouvert d'une couverture dans un coin de la pièce, il ajouta :

— Voilà le cadavre ; le meurtrier est dans la pièce à côté. Vous désirez sans doute qu'on vous l'envoie directement à la prison du tribunal ?

— Oui, bien entendu, répondit le juge Ti avec quelque embarras.

— Parfait.

Le capitaine plia la feuille qu'il venait de remplir et la tendit au juge.

— Asseyez-vous, Votre Excellence. Si vous avez un instant à me consacrer, j'aimerais vous dire ce que je pense de cette affaire.

Le juge prit un siège et fit signe au capitaine de s'asseoir également. Lissant sa longue barbe, il pensa que les choses ne se présentaient pas du tout comme il l'avait imaginé.

— Eh bien, commença le capitaine, je connais les marais comme la paume de ma main. La sourde-muette qui vit dans la tour est une pauvre idiote inoffensive ; lorsque j'ai appris qu'on avait trouvé un homme assassiné chez elle, j'ai donc tout de suite pensé qu'il y avait eu agression et vol, et j'ai envoyé mes hommes fouiller le marais, de la tour au fleuve.

— Pourquoi cette zone précisément ? coupa le juge. L'agression aurait tout aussi bien pu se produire sur la route, n'est-ce pas ? Et le meurtrier ne cacher le corps dans la tour qu'ensuite ?

— Non, Votre Excellence. Notre casemate se trouve sur la route, à mi-chemin entre le quai et la vieille tour. Mes hommes surveillent toutes les allées et venues, toute la journée, comme ils en ont reçu l'ordre. Et ce afin d'empêcher les espions coréens d'entrer ou de sortir de la ville, voyez-vous. Cette route est le seul moyen de traverser les marais. Le coin est plein d'embûches ; on risque à tout moment de s'enliser dans les sables mouvants et de se noyer. Lorsque mes hommes ont découvert le corps, il était encore chaud, nous en avons conclu qu'il avait été tué quelques heures avant l'aube. Dans la mesure où personne n'est passé devant la casemate, à part le garçon d'épicerie, nous en avons conclu aussi que le mort et son meurtrier étaient tous deux venus du nord. Un chemin à travers les roseaux mène de la tour à la berge du fleuve, et un individu familier avec la topographie des lieux pouvait fort bien échapper à la vigilance de mes hommes.

Le capitaine se lissa la moustache et ajouta :

— En évitant également les patrouilles fluviales, naturellement.

— Et vos hommes ont rattrapé le meurtrier au bord du fleuve ?

— Oui, Votre Excellence. Ils ont découvert un jeune pêcheur, du nom de Wang San-lang, caché dans sa petite barque au milieu des joncs, juste au nord de la tour. Il essayait de laver son pantalon taché de sang. Quand mes hommes l'ont arrêté, il a tenté de leur échapper en gagnant le milieu du fleuve à la godille. Les archers ont tiré quelques flèches dans la coque, et, avant de savoir ce qui lui arrivait, il était ramené sur la berge avec sa barque. Il affirma ne rien savoir d'un meurtre dans la tour, répéta qu'il allait apporter une grosse carpe à la sourde-muette et qu'il s'était mis du sang sur le pantalon en nettoyant ce poisson. Il attendait le lever du jour pour se rendre chez la jeune fille. Nous l'avons fouillé et voici ce que nous avons trouvé dans sa ceinture.

Le capitaine ouvrit un petit paquet sur son bureau et montra au juge trois belles pièces d'argent.

— Nous avons identifié le mort grâce aux cartes de visite que nous avons trouvées sur lui.

Il renversa le contenu d'une grande enveloppe sur la table. Outre quelques cartes de visite, il y avait deux clefs, de la menue monnaie et un reçu de mise en gage. Désignant le reçu, le capitaine reprit :

— Ce bout de papier était par terre, à côté du corps. Il a dû tomber de sa veste. Le défunt est le prêteur sur gages Tchong, propriétaire d'une officine réputée, sise juste à côté de la porte Nord. Il est riche. Son passe-temps favori est la pêche. À mon avis, Tchong a rencontré Wang hier soir sur le quai et l'a engagé pour aller passer la nuit à pêcher sur le fleuve. Une fois parvenus dans la zone déserte, au nord de la tour, Wang a réussi à détourner l'attention du vieux et l'a tué. Il avait prévu de cacher le cadavre quelque part dans la tour — elle est à moitié en ruine, et la fille n'occupe que le premier étage —, mais celle-ci s'est réveillée et l'a surpris. Alors il s'est contenté de prendre l'argent et de s'enfuir. Ce n'est qu'une hypothèse, voyez-vous, car la fille ne vaut rien comme témoin. Mes hommes ont bien essayé d'en tirer quelque chose, mais elle s'est mise à griffonner des sottises à propos des esprits de la pluie et des gnomes noirs. Puis elle a eu une crise, s'est mise à rire et à pleurer tout à la fois. C'est une pauvre idiote inoffensive.

Le capitaine se leva, se dirigea vers le brancard et souleva la couverture.

— Voici le cadavre, dit-il.

Le juge Ti se pencha sur le défunt vêtu d'une simple robe brune. La poitrine était maculée de taches de sang séché et les manches étaient couvertes de boue. Le visage avait une expression paisible, mais était d'une laideur rare : long et maigre, avec un nez crochu légèrement tordu, et une bouche démesurée aux lèvres minces. Sa tête aux longs cheveux gris était nue.

— On ne peut pas dire qu'il s'agisse d'un personnage particulièrement séduisant, remarqua le capitaine. Bien que je sois le dernier à pouvoir me permettre ce genre de réflexion !

Une crispation déforma son visage mutilé. Il souleva les épaules du mort et montra au juge une grande tache rouge dans le dos.

— Il a été tué d'un coup de couteau par-derrière qui a dû pénétrer jusqu'au cœur. Il gisait sur le dos, juste à l'entrée de la chambre de la fille.

Le capitaine laissa retomber le cadavre.

— Répugnant personnage, ce pêcheur. Après avoir assassiné Tchong, il lui a ouvert le ventre et la poitrine. Je dis bien après l'avoir tué, car, comme vous le constatez, ces blessures n'ont pas saigné autant qu'on aurait pu s'y attendre. Ah oui, j'allais oublier, j'ai encore une chose à vous montrer !

Le capitaine ouvrit un tiroir du bureau et en sortit un paquet oblong enveloppé dans du papier huilé. Il l'ouvrit et tendit au juge un long couteau effilé en déclarant :

— Nous l'avons trouvé dans la barque de Wang, Votre Excellence. Il prétend s'en servir pour vider ses poissons. Il n'y avait pas de trace de sang dessus. Pourquoi y en aurait-il eu ? Il y avait bien assez d'eau dans le secteur pour qu'il puisse le nettoyer, une fois dans la barque ! Eh bien, voilà tout ce que je sais, Votre Excellence. Je pense que Wang ne tardera pas à avouer. Je connais ce genre de petits voyous. Ils commencent par tout nier en bloc, mais après un interrogatoire sévère, ils craquent et disent tout ce qu'ils savent. Quels sont vos ordres, Votre Excellence ?

— Je dois tout d'abord prévenir les proches, et leur faire identifier officiellement le défunt. En conséquence, je...

— Je m'en suis chargé, Votre Excellence. Tchong était veuf et ses deux fils vivent à la capitale. Le corps vient d'être identifié par monsieur Lin, l'associé de la victime, qui habitait avec lui.

— Vous avez fait de l'excellent travail, remarqua le juge. Demandez à vos hommes de remettre le prisonnier et la victime aux gardes qui m'ont accompagné. Je vous suis extrêmement reconnaissant de vos initiatives promptes et intelligentes, capitaine, ajouta le juge en se levant. La victime étant un civil, il vous suffisait de signaler le meurtre au tribunal et vous pouviez vous en tenir là. Vous avez fait davantage pour m'aider et...

Le capitaine leva la main pour interrompre le magistrat et répondit de son étrange voix morne :

— Ce fut un plaisir pour moi, Votre Excellence. Il se trouve que j'ai été sous les ordres du colonel Meng. Nous ferons toujours le maximum pour vous venir en aide, chacun de nous, à tout moment.

Le spasme qui tordit son visage difforme était probablement une tentative de sourire.

Le juge Ti retourna au poste de garde de la porte Nord. Il avait décidé d'y interroger le prisonnier sur-le-champ, et de se rendre ensuite sur les lieux du crime. S'il confiait les recherches au tribunal, des indices pouvaient fort bien disparaître ou passer inaperçus. L'affaire semblait d'une simplicité enfantine, mais justement, on ne savait jamais.

Le juge s'assit à l'unique table de la salle de garde et se plongea dans la lecture du rapport du capitaine. Il contenait à peine plus d'informations que ce que le soldat lui avait déjà dit. La victime s'appelait Tchong Fang et était âgée de cinquante-six ans ; Fauvette, la jeune fille, avait vingt ans et le pêcheur vingt-deux. Il posa sur la table les cartes de visite et le reçu de mise en gage. Les cartes indiquaient que monsieur Tchong était originaire du Chan-si. Le reçu de mise en gage portait le grand cachet rouge de l'officine de Tchong ; il attestait de la mise en gage, la veille, de quatre robes de brocart par une certaine madame Peï, en échange de trois pièces d'argent, remboursables en trois mois, au taux d'intérêt mensuel de cinq pour cent.

Le caporal entra, suivi de deux gardes qui portaient le brancard.

— Posez-le dans le coin, ordonna le juge. Que savez-vous de cette jeune sourde-muette qui habite dans la tour ? La police militaire ne m'a fourni que son nom, Fauvette.

— Oui, Votre Excellence. C'est ainsi qu'on l'appelle. Elle a été abandonnée tout enfant puis élevée par une vieille femme qui vendait des fruits à la porte de la ville. Elle lui a appris à tracer une douzaine de caractères et à s'exprimer sommairement avec les mains. À la mort de la vieille, il y a deux ans, la fille est allée vivre dans la tour pour échapper aux gamins des rues qui ne cessaient de l'embêter. Elle élève là-bas des canes dont elle vend les œufs. On l'a appelée Fauvette en manière de plaisanterie puisqu'elle est muette, et le surnom lui est resté.

— Parfait. Faites entrer le prisonnier.

Les gardes revinrent, flanquant un jeune homme robuste. Des cheveux en bataille mangeaient la moitié d'un visage bronzé et renfrogné, au front bosselé. Sa veste et son pantalon bruns étaient grossièrement rapiécés par endroits. Une chaîne lui entrevait les bras derrière le dos, formant une boucle autour de son coup large et nu. Les gardes le firent s'agenouiller devant le juge.

Le magistrat observa un moment le garçon en silence, sans savoir par où commencer l'interrogatoire. On n'entendait que le bruit de la pluie au-dehors et la respiration rauque du prisonnier. Le juge sortit les trois pièces d'argent de sa manche.

— Où les as-tu trouvées ?

Le jeune pêcheur marmonna quelque chose dans un dialecte étranger que le juge eut du mal à comprendre. L'un des gardes lui donna aussitôt un coup de pied et lui ordonna de parler plus fort.

— C'est mes économies, pour m'acheter un vrai bateau.

— Quand as-tu rencontré monsieur Tchong pour la première fois ?

Le garçon lança une bordée de jurons obscènes. Il fut interrompu par le coup derrière la tête que lui donna un des gardes avec le plat de son épée. Wang secoua la tête et déclara d'un ton morne :

— Je ne le connaissais que de vue ; il traînait souvent sur le quai.

Après quoi il ajouta d'un air mauvais :

— Si je l'avais rencontré, je l'aurais tué, ce sale cochon, ce voleur...

— Tu as mis quelque chose en gage chez lui ? demanda vivement le juge.

— Vous croyez que j'ai quelque chose à mettre en gage ?

— Alors pourquoi le traites-tu de voleur ?

Posant ses petits yeux injectés de sang sur le juge qui crut y apercevoir une lueur sournoise, il répliqua sombrement en baissant de nouveau la tête :

— Parce que tous les prêteurs sur gages sont des voleurs.

— Qu'as-tu fait la nuit dernière ?

— Je l'ai déjà dit aux soldats. J'ai avalé un bol de nouilles sur le quai et j'ai remonté le fleuve. Après une pêche plutôt bonne, j'ai amarré la barque sur la rive, au nord de la tour, et j'ai fait un petit somme. Je voulais apporter du poisson à Fauvette au lever du jour.

La façon dont le garçon prononça le prénom de la jeune fille frappa le juge Ti.

— Tu nies avoir tué le prêteur sur gages, dit-il lentement. Comme à part toi il n'y avait que la fille dans les environs, c'est donc elle qui l'a tué.

Wang s'élança brusquement sur le juge. Il avait été si vif que les gardes ne purent le retenir qu'à la dernière seconde. Il les bourra de coups de pied avant de s'effondrer sur le dos dans un fracas de chaînes.

— Espèce de chien de fonctionnaire, vous... ! s'écria le jeune homme en essayant de se relever.

Le caporal lui envoya un violent coup de pied dans la figure qui le fit brutalement retomber par terre avec un bruit sourd. Il gisait sans connaissance, la bouche en sang.

Le juge se leva et se pencha sur le corps inanimé.

— Ne maltraitez jamais un prisonnier sans en avoir reçu l'ordre, fit-il sévèrement remarquer au caporal. Ranimez-le et reconduisez-le dans sa cellule. Je l'interrogerai à l'audience de midi. Faites porter le corps de la victime au tribunal, caporal. Allez voir le sergent Hong et remettez-lui ce rapport du capitaine de la police militaire. Dites-lui que je rentrerai au tribunal dès que j'aurai fini d'interroger les quelques témoins.

Le juge jeta un coup d'œil par la fenêtre. Il pleuvait toujours.

— Allez me chercher une toile huilée !

Avant de sortir, le juge se couvrit la tête et les épaules du morceau de tissu imperméable et sauta sur la selle de son cheval de location. Il longea le quai au pas et prit la route qui traversait les marais.

La brume s'était un peu dissipée, et le juge contemplait avec curiosité la surface verte et désolée des marécages qui s'étendaient de part et d'autre de la route. De minces ruisseaux serpentaient à travers les roseaux, s'élargissant par endroits jusqu'à former des mares qui luisaient sombrement dans la lumière grise. Une bande de petits oiseaux aquatiques s'envola soudain en poussant des cris perçants qui résonnèrent de manière inquiétante dans le marais désert. Les eaux commençaient à baisser après les pluies torrentielles de la nuit ; la route était sèche à présent, mais l'eau en se retirant avait déposé de grandes traînées de lentilles d'eau. La sentinelle en faction à la casemate arrêta le juge, le temps de prendre connaissance de son identité, puis le laissa passer.

L'ancienne tour de guet était un bâtiment carré, délabré, de quatre étages, construit sur de gros rochers grossièrement taillés. Les volets des fenêtres voûtées avaient été arrachés et le toit du dernier étage s'était effondré. Deux grosses corneilles noires étaient perchées sur une poutre.

En approchant de la bâtisse, un bruyant cancanement lui parvint aux oreilles. Une douzaine de canards se pressaient au bord d'une mare boueuse, au pied de la tour. Comme le juge descendait de cheval et attachait les rênes à un pilier de pierre couvert de mousse, les canards se jetèrent à l'eau comme pour marquer leur désapprobation.

Le rez-de-chaussée de la tour consistait en une pièce voûtée, basse et obscure, totalement vide à l'exception de quelques vieux meubles abîmés entassés dans un coin. Un escalier branlant et étroit menait à l'étage supérieur. Le juge s'y engagea, en se retenant de la main gauche au mur humide et moisi, car la rampe avait disparu.

Comme il pénétrait dans la pièce plongée dans la pénombre, quelque chose remua sous les chiffons entassés sur un misérable grabat, faiblement éclairé par une fenêtre voûtée. Des sons rauques s'élevèrent de sous une couverture sale et rapiécée. Un rapide coup d'œil lui suffit pour faire l'inventaire du mobilier : une vieille table sur laquelle était posée une théière, et un banc de bambou contre le mur latéral. Dans le coin de la pièce, un fourneau de brique sur lequel se trouvait une grande casserole ; au pied du fourneau, un panier de rotin rempli de charbon de bois. Une odeur de moisi et de sueur rance régnait dans la pièce.

La couverture s'écarta brusquement. Une jeune fille à demi nue, aux longs cheveux emmêlés, sauta à bas de la couche. Après avoir rapidement examiné le juge Ti, elle émit de nouveau ce curieux son guttural et se précipita vers le coin le plus reculé de la pièce, où elle tomba à genoux en tremblant de tous ses membres.

Le juge comprit alors qu'il ne devait pas avoir l'air particulièrement rassurant. Sortant vivement de sa botte ses papiers d'identité, il les déplia et s'approcha de la jeune fille en désignant le grand sceau vermillon du tribunal, puis il se montra du doigt.

Elle sembla comprendre, car elle se releva et posa sur le magistrat de grands yeux de petit animal effarouché. Elle portait pour tout vêtement une jupe en haillons, retenue à la taille par un morceau de ficelle. Son corps était beau et sculptural, et sa peau étonnamment blanche. Son visage rond, souillé de crasse, n'était pas dénué de charme. Le juge Ti approcha le banc de la table et s'assit. Sentant qu'il était indispensable de rassurer la jeune fille avec un geste familier, il prit la théière et y but au bec, à la manière des paysans.

La fille s'avança vers la table, cracha dessus et traça de son index quelques caractères maladroits.

« Wang ne l'a pas tué », déchiffra le juge.

Le magistrat hocha la tête, puis il renversa un peu de thé sur la table et fit signe à la jeune fille de la nettoyer. Elle alla docilement vers le lit où elle prit un chiffon et revint essuyer la table avec une précipitation fiévreuse. Le juge Ti se dirigea vers le fourneau où il choisit quelques morceaux de charbon de bois. De retour à sa place, il écrivit sur la table : « Qui l'a tué ? »

La jeune fille frissonna de tout son corps. Prenant un autre morceau de charbon, elle écrivit à son tour : « Les méchants gnomes noirs. » Montrant avec excitation ces mots, elle griffonna encore précipitamment : « Les méchants gnomes ont changé le bon esprit de la pluie. »

« Tu as vu les gnomes noirs ? » écrivit le juge.

La sourde-muette secoua énergiquement sa tête échevelée. Elle indiqua plusieurs fois du doigt le mot « noirs » puis ses propres yeux fermés et secoua de nouveau la tête. Le juge poussa un soupir.

« Tu connais monsieur Tchong ? » écrivit-il.

Elle contempla les nouveaux caractères d'un air perplexe, un doigt à la bouche. Le juge comprit alors qu'elle ne connaissait pas le caractère compliqué du nom de Tchong. Il l'effaça et le remplaça par « vieil homme ».

Elle secoua encore une fois la tête et traça des cercles autour des mots « vieil homme », d'un air dégoûté, avant d'écrire : « Trop de sang. Bon esprit de la pluie ne viendra plus. Plus d'argent pour le bateau de Wang. » Des larmes coulèrent sur ses joues sales comme elle écrivait d'une main tremblante : « Bon esprit de la pluie dort toujours avec moi », et elle montra sa couche.

Le juge Ti lui jeta un regard interrogateur. Il savait que les esprits de la pluie jouaient un très grand rôle dans le folklore local ; il n'y avait donc rien d'étonnant à ce qu'ils occupassent à ce point les rêves et les délires de cette fillette qui n'était plus une enfant. Par ailleurs, elle avait fait allusion aux pièces d'argent. « À quoi ressemble l'esprit de la pluie ? »

ELLE TOMBA À GENOUX EN TREMBLANT

Son visage rond s'éclaira. « Grand, beau, gentil. » Elle entoura chaque mot, puis jeta le charbon de bois sur la table et, serrant ses seins nus entre ses bras, elle se mit à rire avec transport.

Le juge détourna le regard. Lorsqu'il reposa les yeux sur elle, elle avait laissé retomber ses mains et regardait fixement droit devant elle. Quand soudain son expression changea de nouveau. D'un geste vif, elle montra la fenêtre voûtée et fit des bruits étranges. Le juge se retourna. Un arc-en-ciel venait de colorer légèrement le ciel de plomb. Elle le contempla avec une joie enfantine, bouche bée. Le juge prit alors le charbon de bois pour lui poser une dernière question : « Quand vient l'esprit de la pluie ? »

Elle fixa un bon moment les mots, se passant les doigts dans ses longs cheveux sales d'un air absent. Enfin, elle se pencha sur la table et écrivit : « Nuit noire et beaucoup de pluie. » Et elle entoura les mots « noire » et « pluie » en ajoutant : « C'est le passager de la pluie. »

Elle s'enfouit brusquement le visage dans les mains et se mit à sangloter convulsivement. Ses hoquets se mêlèrent au nasillement sonore des canards, au pied de la tour. Réalisant qu'elle ne pouvait entendre les volatiles, le juge se leva et posa la main sur son épaule nue. Lorsqu'elle leva ses grands yeux vers lui, il fut frappé par leur éclat de sauvagerie et de légère démence. Il dessina prestement un canard sur la table et traça à côté le mot « faim ». Portant vivement les mains à sa bouche, elle courut vers le fourneau. Le juge Ti examina les dalles devant l'entrée et découvrit un espace propre sur le sol crasseux et poussiéreux. Apparemment, c'est là qu'avait dû se trouver le cadavre puisque les militaires avaient balayé le sol à cet endroit. Il se rappela non sans quelques remords les pensées peu aimables qu'il avait eues à leur égard.

Les coups secs d'un tranchoir le firent se retourner. La jeune fille était en train de couper des gâteaux de riz rassis sur une planche de fortune. Le juge la regarda avec inquiétude manier adroitement le grand couteau de cuisine. Puis elle planta brutalement le long couteau effilé dans la planche et versa les morceaux de gâteaux de riz dans la casserole placée sur le fourneau en souriant gaiement au juge par-dessus son épaule. Il lui fit un petit signe de tête et quitta la pièce.

La pluie avait cessé, une brume légère s'amassait au-dessus des marais. Tout en dénouant les rênes, le juge dit aux bruyants volatiles :

— Ne vous inquiétez pas, vous allez avoir à manger !

Le juge mit son cheval au pas. La brume venait du fleuve. Des nuages aux formes étranges flottaient au-dessus des roseaux élancés, se défaisant çà et là en longues traînées qui évoquaient les tentacules de quelque monstre marin. Il regretta d'être si peu au fait des superstitions ancestrales profondément ancrées dans la population de cette région. En nombre d'endroits, les gens vénéraient encore la divinité du fleuve, et les paysans comme les pêcheurs lui déposaient des offrandes au bord de l'eau. De toute évidence, ces croyances s'étaient imprimées dans l'esprit fragile de la sourde-muette, continuellement ballottée entre la réalité et la fiction, incapable de maîtriser les élans de son corps en plein épanouissement. Le juge Ti lança son cheval au galop.

De retour à la porte Nord, il demanda au caporal de le conduire chez le prêteur sur gages. En arrivant devant la grande officine, à l'air prospère, le caporal expliqua que la demeure particulière de Tchong se trouvait juste derrière la boutique et indiqua au juge la petite allée menant directement à l'entrée principale. Après avoir pris congé du caporal, le juge Ti frappa à la porte laquée de noir.

Un homme grand et mince, en élégante robe brune à ceinture et galons noirs, lui ouvrit. Gratifiant d'un rapide coup d'œil ce visiteur barbu trempé de la tête aux pieds, il déclara :

— Vous cherchez la boutique, je suppose. Je vous y conduis, j'y allais justement.

— Je suis le magistrat, répondit le juge avec impatience. Je rentre à l'instant des marais ; je suis allé voir les lieux où votre associé a été assassiné. Entrons, je voudrais vous remettre ce que l'on a trouvé sur la victime.

Monsieur Lin salua profondément le magistrat et conduisit son hôte distingué dans un petit salon, exigu mais confortable, meublé sans originalité. Il fit cérémonieusement asseoir le juge sur un large banc au fond de la pièce. Tandis que Lin demandait au domestique d'apporter du thé et des gâteaux, le juge examina avec curiosité la grande volière au grillage de cuivre, posée sur une console. Une douzaine d'oiseaux de rizière voletaient en tous sens dans la cage.

— C'était une des passions de mon associé, remarqua monsieur Lin avec un sourire indulgent. Il adorait les oiseaux et s'en occupait personnellement.

Avec sa barbuche bien taillée et sa petite moustache grise, monsieur Lin présentait tout d'abord la physionomie typique du petit boutiquier. Mais, à le regarder plus attentivement, les profondes rides autour d'une bouche fine et les grands yeux sombres dénotaient un individu à la personnalité moins ordinaire. Le juge Ti reposa sa tasse de thé et exprima selon l'usage sa sympathie pour la perte que venait d'éprouver la firme commerciale. Puis il sortit l'enveloppe de sa manche et en laissa glisser les cartes de visite, la monnaie, le reçu de mise en gage et les deux clefs.

— C'est tout ce que l'on a trouvé, monsieur Lin. Votre associé avait-il l'habitude d'avoir beaucoup d'argent sur lui ?

Lin fixa en silence les quelques objets tout en se caressant la barbiche.

— Non, Votre Excellence. S'étant retiré des affaires depuis deux ans, il n'avait aucun besoin de se déplacer avec d'importantes sommes d'argent. Mais il n'avait certainement pas que ces quelques sapèques sur lui quand il est parti hier soir.

— Quelle heure était-il ?

— Huit heures environ, Votre Excellence, après que nous avons eu dîné ensemble ici en bas. Il voulait aller faire un tour sur le quai, à ce qu'il a dit.

— Cela lui arrivait-il souvent ?

— Oh oui, Votre Excellence ! Il a toujours été un homme très solitaire et, depuis la mort de son épouse, il y a deux ans de cela, il partait faire de longues promenades presque tous les soirs et toujours seul. Il se faisait systématiquement servir ses repas dans sa petite bibliothèque, au premier, malgré ma présence dans l'aile gauche de cette même maison. Hier soir, toutefois, comme nous avions à discuter affaires, il est descendu dîner en ma compagnie.

— Vous avez de la famille, monsieur Lin ?

— Non, Votre Excellence. Je n'ai jamais eu le temps de fonder un foyer ! Mon associé avait fourni le capital, mais le travail à l'officine m'incombait principalement. Et depuis qu'il était à la retraite, il n'y mettait pratiquement plus les pieds.

— Je vois. Revenons à hier soir. Monsieur Tchong vous a-t-il dit quand il serait de retour ?

— Non, Votre Excellence. Le domestique avait reçu une bonne fois pour toutes l'ordre de ne pas attendre son retour. Mon associé était un pêcheur des plus mordus, voyez-vous. Si le temps lui semblait propice à une bonne pêche, il louait un bateau sur le quai et passait la nuit sur le fleuve.

Le juge hocha lentement la tête.

— La police militaire a dû vous dire qu'un jeune pêcheur du nom de Wang San-lang avait été arrêté. Votre associé lui louait-il souvent sa barque ?

— Je ne peux répondre à votre question, Votre Excellence. Il y a des dizaines de pêcheurs sur le quai prêts à se faire quelques sapèques de plus en louant leurs barques. Mais si mon associé a loué celle de Wang, il n'y a rien d'étonnant à ce qu'il ait eu des ennuis : Wang est un jeune voyou très violent. Je le connais bien ; étant moi-même pêcheur à l'occasion, je sais ce que l'on dit de lui. C'est quelqu'un de peu sociable, assurément.

Lin poussa un soupir.

— J'aurais bien aimé aller pêcher aussi souvent que monsieur Tchong, mais je n'en avais pas autant le loisir… Eh bien, c'est très aimable à vous de m'avoir rapporté ces clefs, Votre Excellence. Encore heureux que Wang ne s'en soit pas débarrassé ! La grande est celle de la bibliothèque du défunt, l'autre celle du coffre où il rangeait ses papiers importants.

Monsieur Lin tendit la main pour prendre les clefs, mais le juge Ti s'en saisit prestement et les glissa dans sa manche.

— Pendant que j'y suis, monsieur Lin, déclara-t-il, je vais en profiter pour aller jeter un coup d'œil aux papiers de monsieur Tchong. Il s'agit d'un meurtre et jusqu'à la découverte du coupable, tous les papiers de la victime sont à la disposition des autorités, au cas où il serait possible d'y découvrir des indices. Conduisez-moi à la bibliothèque, je vous prie.

— Mais certainement, Votre Excellence.

Après avoir pris le grand escalier qui menait au premier étage, Lin désigna une porte au fond d'un couloir. Le juge l'ouvrit avec la plus grande des deux clefs.

— Je vous remercie infiniment, monsieur Lin. Je vous rejoins en bas dans un instant.

Le juge pénétra dans la petite pièce, referma la porte derrière lui et alla ouvrir en grand la large fenêtre basse. Les toits des maisons environnantes luisaient dans la brume grise. Puis il alla s'asseoir dans le profond fauteuil disposé devant le bureau en bois de rose, face à la fenêtre. Après un rapide coup d'œil sur le coffre en fer posé auprès de son siège, il s'enfonça dans son fauteuil et examina pensivement le décor alentour. La petite bibliothèque, meublée avec goût et simplicité, était parfaitement en ordre. Deux rouleaux représentant des paysages étaient accrochés aux murs blancs, et un élégant vase de porcelaine blanche contenant quelques roses presque fanées était posé sur la console d'ébène massive. Des livres aux couvertures de brocart étaient parfaitement rangés sur les étagères en bambou tacheté.

Croisant les bras, le juge se demanda quel rapport il pouvait bien y avoir entre cette bibliothèque aménagée avec goût, qui ressemblait plus à celle d'un érudit raffiné qu'à celle d'un prêteur sur gages, et la pièce triste et sombre de l'ancienne tour de guet, où tout sentait la décomposition, la désolation et la pauvreté extrême. Il secoua la tête au bout d'un moment et se pencha en avant pour ouvrir le coffre.

Son contenu ne déparait en rien l'ordre méticuleux de la pièce : des laisses de documents, toutes attachées par un ruban vert et portant une étiquette identificatrice. Le juge sortit les dossiers marqués « Correspondance personnelle » et « Recettes et dépenses ». Le premier ne contenait que des lettres sans intérêt concernant des investissements, ainsi que quelques autres de ses enfants, portant essentiellement sur les affaires familiales, au sujet desquelles ils demandaient conseil à leur père. En parcourant le second dossier, le juge Ti s'aperçut très vite que le défunt avait mené une vie d'une parcimonie qui confinait à l'austérité. Quand brusquement il fronça les sourcils. Il venait de tomber sur un reçu rose, portant le cachet d'une maison de rendez-vous et daté d'un an et demi plus tôt. Feuilletant hâtivement le reste du dossier, il découvrit une demi-douzaine de reçus similaires, dont le dernier remontait à six mois. Apparemment, monsieur Tchong avait espéré, après la mort de son épouse, trouver un réconfort dans l'amour vénal, mais n'avait pas tardé à revenir de son illusion. Poussant un soupir, il ouvrit la grande enveloppe qui se trouvait au fond du coffre. Elle portait l'inscription : « Dernières volontés et testament ». Daté d'un an auparavant, le document attestait que les biens fonciers de monsieur Tchong, qui formaient un ensemble considérable, reviendraient à ses deux fils, ainsi que les deux tiers de son capital. Le dernier tiers et l'officine seraient légués à monsieur Lin, « en témoignage de reconnaissance pour ses bons et loyaux services ».

Le juge remit les papiers à leur place. Il se leva pour aller regarder les livres. À part deux dictionnaires fatigués, il n'y avait que des ouvrages poétiques, les œuvres complètes des poètes lyriques les plus représentatifs du passé. Il ouvrit l'un des volumes. Chaque mot difficile avait été annoté à l'encre rouge d'une écriture plutôt maladroite. Hochant lentement la tête, il replaça le livre sur l'étagère. Il commençait à comprendre. Monsieur Tchong avait embrassé une carrière, celle de prêteur sur gages, qui ne lui avait laissé aucune latitude pour développer sa sensibilité personnelle. Quant à sa laideur, elle rendait inenvisageable quelque attachement sentimental. Pourtant, au fond de lui-même, c'était un romantique, aspirant à une vie moins prosaïque, mais très timoré et réservé quant à ses penchants. En tant que commerçant, il n'avait bien sûr reçu qu'une éducation rudimentaire ; il s'était donc efforcé d'élargir le champ de ses connaissances littéraires en lisant la poésie ancienne avec l'aide d'un dictionnaire, dans le secret de sa petite bibliothèque.

Le juge Ti se rassit et sortit son éventail de sa manche. Tout en l'agitant énergiquement, il concentra toute son attention sur ce curieux prêteur sur gages. La seule indication que les gens pouvaient avoir sur la nature sensible de cet homme était son amour des oiseaux, que manifestait sa volière. Le juge se leva enfin. Il était sur le point de remettre l'éventail dans sa manche, lorsqu'il se ravisa brusquement. Après avoir fixé un instant l'objet d'un air absent, il le posa sur le bureau. Jetant un dernier coup d'œil circulaire à la pièce, il redescendit au rez-de-chaussée.

Comme son hôte lui offrait une nouvelle tasse de thé, le juge refusa d'un geste et, lui tendant les deux clefs, déclara :

— Il faut que je rentre au tribunal. Je n'ai rien trouvé dans les papiers de votre associé qui puisse laisser croire qu'il ait eu quelque ennemi ; en conséquence, je pense que ce meurtre n'est autre que ce qu'il paraît au premier abord : un crime crapuleux. Aux yeux d'un pauvre, trois pièces d'argent représentent une fortune. Qu'ont donc ces oiseaux à voleter ainsi ? demanda-t-il en s'approchant de la cage. Ah ! leur eau n'est pas propre. Vous devriez dire au domestique de la changer, monsieur Lin.

Lin marmonna quelque chose et frappa dans ses mains, tandis que le juge Ti fouillait dans sa manche.

— Oh, quel étourdi ! s'exclama-t-il. J'ai oublié mon éventail là-haut, sur le bureau. Pourriez-vous aller me le chercher, monsieur Lin ?

Au moment où celui-ci disparaissait vers l'escalier, le vieux domestique entra. Comme le juge Ti lui expliquait qu'il fallait changer tous les jours l'eau des oiseaux, le vieillard répondit en secouant la tête :

— C'est exactement ce que j'ai dit à monsieur Lin, mais il ne m'a pas écouté. Les oiseaux ne l'intéressent pas. Mon maître en revanche, il les aimait, lui…

— Oui, monsieur Lin m'a confié avoir eu quelques mots avec votre maître hier soir au sujet de ces oiseaux.

— En effet, Votre Excellence, ils se sont emportés tous les deux. De quoi s'agissait-il exactement ? Mystère ! Je n'ai saisi que quelques phrases à propos des oiseaux en apportant le riz.

— Cela n'a aucune importance, s'empressa de répondre le juge Ti en entendant redescendre monsieur Lin. Eh bien, monsieur Lin, je vous remercie pour le thé. Présentez-vous au greffe dans, disons, une heure, avec les documents les plus importants concernant les possessions de votre associé. Le premier secrétaire vous aidera à remplir les papiers administratifs et enregistrera le testament de monsieur Tchong.

Lin remercia chaleureusement le magistrat et le raccompagna à la porte.

Après avoir demandé aux gardes en faction à l'entrée du tribunal de reconduire son cheval chez le forgeron, le juge Ti se rendit directement dans ses appartements particuliers. Le vieil intendant l'informa que le sergent Hong l'attendait dans son cabinet.

— Préviens le domestique que je désire prendre un bain immédiatement.

Dans le vestiaire au sol carrelé, contigu à la salle de bains, le magistrat se débarrassa vivement de sa robe trempée de pluie et de sueur. Il se sentait sale, aussi bien physiquement que moralement. Le domestique l'aspergea d'eau froide et lui frotta le dos avec vigueur. Mais ce ne fut qu'après avoir passé un long moment dans le bassin d'eau chaude que le juge commença à se sentir un peu mieux. Ensuite, il se fit masser les épaules et, une fois séché, il enfila une robe fraîche de coton bleu et se coiffa d'un bonnet de fine gaze noire. Ainsi vêtu, il se dirigea vers les appartements de ses épouses.

Comme il s'apprêtait à entrer dans le jardin d'hiver, pièce où ses épouses passaient en général la matinée, il s'arrêta un instant, ému par le tableau serein qu'elles offraient. Ses deux épouses, en robes de soie à fleurs, étaient assises en compagnie de mademoiselle Tsao à la table de laque rouge, face aux portes coulissantes ouvertes en grand. Le jardin de rocaille clos de murs, planté de fougères et de hauts bambous bruissants, dégageait une impression de bienfaisante fraîcheur. C'était un domaine réservé, sorte de havre de paix et refuge contre la violence et la cruauté du monde extérieur, contre la déchéance repoussante qui représentait le lot quotidien de sa vie professionnelle. Il prit à ce moment la ferme résolution de préserver à jamais l'harmonie de sa vie de famille.

Sa Première Épouse posa son ouvrage de broderie et se porta vivement à sa rencontre.

— Nous vous avons attendu près d'une heure pour le petit déjeuner ! lui reprocha-t-elle.

— Je suis désolé. Il y a eu un problème à la porte Nord, dont j'ai eu à m'occuper sur-le-champ. À présent il faut que j'aille au greffe, mais je vous rejoindrai pour le riz de midi.

Comme elle le raccompagnait à la porte, et le saluait respectueusement, il lui dit à voix basse :

— À propos, j'ai décidé de suivre vos conseils pour ce dont nous avons discuté hier soir. Prenez, je vous prie, les dispositions nécessaires.

La jeune femme le salua de nouveau en souriant, et le magistrat disparut dans le corridor qui menait au greffe.

Le sergent Hong l'attendait dans son cabinet particulier. Le vieux conseiller se leva pour l'accueillir et lui souhaita le bonjour. Brandissant les feuillets qu'il tenait à la main, il s'exclama :

— J'ai été bien soulagé de voir arriver ce rapport, Votre Excellence, car votre longue absence commençait à nous inquiéter ! J'ai fait enfermer le prisonnier et déposer le corps à la morgue. Après que je l'ai eu examiné avec le contrôleur des décès, vos deux lieutenants, Ma Jong et Tsiao Taï, sont partis à cheval à la porte Nord pour voir si vous n'aviez pas beoin d'eux.

Le juge Ti prit place à son bureau. Considérant du coin de l'œil la pile de dossiers, il demanda :

— Y a-t-il quelque chose d'important dans tout ce qui vient d'arriver, Hong ?

— Non, Votre Excellence. Rien que des affaires courantes.

— Parfait, nous allons donc consacrer l'audience de midi au meurtre du prêteur sur gages, Tchong.

Le sergent Hong hocha la tête d'un air satisfait.

— D'après le rapport du capitaine, l'affaire m'a l'air limpide, Votre Excellence. Et puisque le suspect numéro un est sous les verrous...

Le juge Ti secoua la tête.

— Non, Hong, je ne dirais pas que c'est une affaire limpide. Mais grâce aux promptes initiatives de la police militaire, et grâce aussi à l'heureux hasard qui m'a transporté au cœur du problème, je commence à y voir un peu plus clair.

Il frappa dans ses mains. Quand le chef des sbires fut entré et eut salué le magistrat, ce dernier lui ordonna de lui amener le prisonnier Wang.

— Je sais bien, Hong, qu'un juge n'est censé interroger un accusé que publiquement, à l'audience. Mais il ne s'agit pas d'un véritable interrogatoire ; plutôt d'une conversation d'ordre général, pour ma gouverne.

Le sergent Hong eut l'air sceptique, mais le juge s'en tint là et entreprit de feuilleter le premier dossier de la pile. Il releva les yeux en entendant entrer le chef des sbires et le prisonnier. On lui avait ôté ses chaînes, mais son visage tanné était toujours aussi rébarbatif. Le chef des sbires le fit mettre à genoux et se plaça derrière lui, le fouet à la main.

— Ta présence n'est pas nécessaire, lui dit sèchement le juge.

Le chef des sbires jeta un coup d'œil embarrassé au sergent Hong.

— Il est très violent, Votre Excellence, commença-t-il avec quelque hésitation. Il pourrait...

— Tu m'as entendu ! répliqua le juge.

Après le départ du chef des sbires, interloqué, le juge Ti se renversa dans son fauteuil et demanda au jeune pêcheur sur le ton de la conversation ordinaire :

— Depuis quand vis-tu au bord de l'eau, Wang ?

— Depuis toujours, autant que je me souvienne, maugréa le garçon.

— C'est une drôle de région, fit lentement remarquer le juge à l'adresse du sergent Hong. Ce matin, en traversant le marais à cheval, j'ai vu passer des nuages aux formes étranges et des lambeaux de brume qui avaient l'air de tendre leurs longs bras hors de l'eau, comme pour...

Le jeune homme avait écouté le juge avec une attention extrême.

— Mieux vaut ne pas parler de tout ça ! fit-il en coupant la parole au magistrat.

— Oui, tu connais bien ce monde, Wang. Les nuits d'orage, il doit s'en passer bien plus que nous autres, habitants des villes, pouvons l'imaginer.

Wang hocha énergiquement la tête.

— J'ai vu beaucoup de choses, dit-il à voix basse, de mes propres yeux. Toutes sortaient de l'eau. Certaines vous font du mal, d'autres vous sauvent de la noyade ; mais, de toute façon, il vaut mieux s'en tenir à l'écart.

— Exactement ! Pourtant tu as osé t'en mêler, Wang, et tu vois où ça t'a mené ! Tu as été arrêté, battu et maintenant te voilà prisonnier et accusé d'un meurtre !

— Je vous ai dit que je ne l'avais pas tué !

— Oui, mais sais-tu qui ou ce qui l'a tué ? Tu l'as pourtant frappé, une fois mort, à plusieurs reprises...

— J'ai vu rouge... murmura Wang. Si je l'avais su plus tôt, je lui aurais coupé la gorge. Je le connaissais de vue, le rat, le...

— Tiens ta langue ! repartit le juge d'un ton sec. Tu t'es acharné sur un cadavre, et il n'y a rien de plus vil ni de plus lâche ! Cependant, reprit le juge plus calmement, puisque en dépit de ta rage aveugle tu as réussi à épargner Fauvette, je suis prêt à te pardonner ton acte. Depuis quand es-tu avec elle ?

— Un an. Elle est douce, et intelligente aussi. Je ne crois pas qu'elle soit demeurée ! Elle sait écrire plus de cent caractères, et moi je n'en lis qu'une douzaine environ.

Le juge Ti sortit de sa manche les trois pièces d'argent et les posa sur le bureau.

— Prends cet argent, il est à elle, aussi bien qu'à toi. Achète-toi une barque et épouse-la. Elle a besoin de toi, Wang.

Le jeune homme s'empara des pièces et les glissa dans sa ceinture.

— Tu vas devoir retourner en prison pour quelques heures, reprit le juge, car je ne pourrai te libérer que lorsque tu auras été lavé de tout soupçon. Alors je te remettrai en liberté. Tâche d'apprendre à te maîtriser, Wang !

Le juge frappa dans ses mains. Le chef des sbires surgit aussitôt. Il avait attendu devant la porte, prêt à intervenir au premier incident.

— Reconduis le prisonnier dans sa cellule et va me chercher monsieur Lin. Tu le trouveras au greffe.

Le sergent Hong, qui avait assisté à toute la scène avec un étonnement croissant, se hasarda à demander d'un air perplexe :

— De quoi parliez-vous avec ce jeune homme, Votre Excellence ? Je n'ai pas saisi un traître mot. Vous avez réellement l'intention de le remettre en liberté ?

Le juge Ti se leva et se dirigea vers la fenêtre. Contemplant la cour lugubre sous la pluie, il dit :

— Il recommence à pleuvoir ! De quoi je parlais, Hong ? Je voulais simplement savoir si Wang croyait à ces étranges superstitions. Un de ces jours, Hong, tu iras faire un tour à la bibliothèque du tribunal pour voir si tu n'y trouverais pas un ouvrage sur le folklore local.

— Mais vous ne croyez pas à ces fadaises, Votre Excellence ?

— Non, du moins pas à toutes. Mais j'estime que je devrais m'y intéresser, car ces croyances jouent un grand rôle dans la vie quotidienne des petites gens de ce district. Sers-moi une tasse de thé, veux-tu ?

Pendant que le sergent préparait le thé, le juge Ti retourna s'asseoir et se plongea dans la lecture des documents posés sur son bureau. Il terminait sa seconde tasse de thé lorsqu'on frappa à la porte. Le chef des sbires introduisit monsieur Lin et se retira discrètement.

— Asseyez-vous, monsieur Lin ! dit le juge d'un ton affable. J'imagine que mon premier secrétaire vous a fourni tous les renseignements dont vous aviez besoin ?

— Oui, en effet, Votre Excellence. Nous étions justement en train de vérifier sur le registre quels étaient les biens fonciers de monsieur Tchong et...

— D'après le testament rédigé il y a un an, intervint le juge, monsieur Tchong léguait toutes les terres à ses deux fils ainsi que les deux tiers de son capital, comme vous le savez. Il vous laissait le troisième tiers ainsi que le fonds de commerce. Avez-vous l'intention de prendre la suite de ses affaires ?

— Non, Votre Excellence, répondit monsieur Lin avec un fin sourire. Il y a plus de trente ans que je travaille dans cette officine, du matin au soir. Je vais la vendre et vivre sur les intérêts de mon capital.

— Très bien. Mais si monsieur Tchong avait fait un autre testament ? Avec une nouvelle clause, stipulant qu'il ne vous laissait plus que la boutique ?

Comme monsieur Lin blêmissait, il s'empressa de poursuivre :

— C'est une affaire prospère, mais vous seriez obligé d'attendre quatre ou cinq ans pour réunir les fonds nécessaires à votre départ. Et vous n'êtes plus tout jeune, monsieur Lin...

— Impossible ! Comment... comment aurait-il pu... bégaya-t-il. Avez-vous découvert un nouveau testament dans son coffre ? demanda-t-il d'une voix plus assurée.

Au lieu de répondre à cette question, le juge Ti déclara froidement :

— Votre associé avait une maîtresse, monsieur Lin. L'amour de cette femme a fini par compter plus que tout dans sa vie.

Lin bondit sur ses pieds.

— Voulez-vous dire que ce vieux fou a légué toute sa fortune à cette salope de sourde-muette ?

— Oui, vous savez tout de cette histoire, monsieur Lin ; depuis hier soir, lorsque votre associé vous a mis au courant. Vous vous êtes disputés violemment. Non, inutile de nier ! Votre domestique a surpris votre discussion et il en témoignera devant le tribunal.

Lin se rassit. Il essuya son front moite. Puis il avoua d'une voix plus calme :

— Oui, Votre Excellence, je reconnais m'être mis très en colère lorsque mon associé m'a appris hier soir qu'il aimait cette fille. Il voulait partir avec elle et l'épouser. J'ai essayé de lui faire comprendre combien ce serait extravagant, mais il m'a répondu de m'occuper de mes affaires et il a quitté la maison de fort méchante humeur. Je ne pouvais pas me douter qu'il irait à la tour. Tout le monde sait que le jeune voyou, Wang, a la folle pour amie. Wang les a surpris ensemble et a tué mon associé. Je vous prie de m'excuser d'avoir omis de vous confier ces faits ce matin, Votre Excellence. Je ne pouvais me résoudre à compromettre mon associé... Et comme vous aviez arrêté le meurtrier, la vérité serait apparue de toute façon à l'audience...

Lin secoua la tête.

— J'ai une part de responsabilité, Votre Excellence. J'aurais dû lui courir après hier soir, j'aurais dû...

— Mais vous lui avez effectivement couru après, monsieur Lin, répliqua le juge en l'interrompant. Vous êtes pêcheur, vous aussi, vous connaissez les marais aussi bien que votre associé. D'habitude, on ne peut les traverser, mais après de grosses pluies, l'eau monte et quelqu'un d'expérimenté peut, avec une embarcation à fond plat, se frayer un chemin à travers les mares et les ruisseaux gonflés par les pluies.

— Impossible ! La route est patrouillée toute la nuit par la police militaire !

— Un homme tapi au fond d'un esquif pouvait profiter du couvert des grands roseaux, monsieur Lin. C'est pourquoi votre associé ne pouvait se rendre à la tour qu'après de fortes pluies. Et c'est pourquoi la pauvre fille le prenait pour un être surnaturel, un esprit de la pluie. Car il venait avec la pluie.

Le juge poussa un soupir. Soudain, il regarda fixement Lin et dit avec sévérité :

— Quand monsieur Tchong vous a révélé ses projets hier soir, Lin, vous avez vu partir en fumée tous vos beaux rêves de luxe et d'oisiveté. Vous avez donc suivi Tchong et l'avez assassiné dans la tour en lui plantant un couteau dans le dos.

— Quelle histoire insensée ! fit Lin en levant les bras au ciel. Comment vous proposez-vous de prouver cette accusation calomnieuse ?

— Entre autres, avec le reçu de mise en gage trouvé sur les lieux du crime par la police militaire. Or monsieur Tchong s'était complètement retiré des affaires, c'est ce que vous m'avez dit, n'est-ce pas ? Pourquoi alors aurait-il eu sur lui un reçu du jour même ?

Comme Lin gardait le silence, le juge Ti poursuivit :

— Sous l'inspiration du moment, vous avez décidé de tuer Tchong et avez couru après lui. Il était une heure après le riz du soir, les boutiquiers étaient donc en train de guetter leurs dernières pratiques. De même sur le quai, lorsque vous êtes monté dans votre petit esquif, il y avait plus de monde que d'habitude, car un gros orage semblait se préparer.

La lueur d'effroi qui traversa le regard de Lin était la dernière preuve de sa culpabilité, celle qu'attendait le juge. Il conclut d'un ton impassible :

— Si vous avouez votre crime, monsieur Lin, m'épargnant la peine de passer au crible tous les témoignages, je suis prêt à joindre une demande de clémence à votre condamnation à mort, arguant du fait qu'il n'y a pas eu préméditation.

Lin regardait fixement droit devant lui, les yeux vides de toute expression. Quand, soudain, une crispation de rage déforma son visage livide.

— Ce vieux cochon répugnant ! Il m'a fait trimer comme une bête toutes ces années... et maintenant il allait gaspiller tout ce bel argent pour une traînée de rien du tout, une demeurée ! Tout l'argent que j'avais gagné pour lui.

Lin regarda le juge droit dans les yeux et ajouta d'un ton ferme :

— Oui, je l'ai tué. C'est tout ce qu'il méritait.

Le juge fit signe au sergent. Comme Hong se dirigeait vers la porte, le juge dit au prêteur sur gages :

— J'entendrai vos aveux complets à l'audience de midi.

Ils attendirent en silence le retour du sergent Hong accompagné du chef des sbires et de deux séides. Ceux-ci enchaînèrent Lin et l'emmenèrent.

— C'est sordide, Votre Excellence, remarqua Hong avec dégoût.

Le juge but une gorgée de thé et tendit sa tasse pour que le sergent la lui remplît de nouveau.

— Pathétique, plutôt. J'aurais qualifié le personnage de Lin de pathétique, n'eût été sa détermination à incriminer Wang.

— Quel a été le rôle de Wang dans toute cette affaire, Votre Excellence ? Ne lui avez-vous pas demandé ce qu'il a fait ce matin ?

— Ce n'était pas nécessaire, car ce qui s'est passé est clair comme de l'eau de roche. Fauvette a dit à Wang qu'un esprit de la pluie venait lui rendre visite la nuit et lui donnait parfois de l'argent. Wang considérait comme un honneur insigne ces relations avec un esprit de la pluie. Souviens-toi qu'il n'y a pas un demi-siècle de cela, dans la plupart des districts fluviaux de l'Empire, les gens immolaient tous les ans un jeune homme ou une jeune fille à la divinité du fleuve local — jusqu'au jour où les autorités s'en sont mêlées. Lorsque ce matin Wang est venu à la tour apporter sa pêche à Fauvette, il a découvert dans sa chambre un cadavre gisant face contre terre. Fauvette, en larmes, lui a fait comprendre comme elle a pu que les gnomes avaient tué l'esprit de la pluie et l'avaient métamorphosé en un affreux vieillard. Quand Wang eut retourné le cadavre et reconnu le vieux monsieur, il comprit soudain que Fauvette et lui avaient été trompés, et de rage il larda le vieillard de coups de couteau. Puis il réalisa qu'il s'agissait d'un meurtre et qu'il pouvait être soupçonné. Il s'enfuit donc. La police militaire l'a surpris en train de laver son pantalon taché du sang de Tchong.

Le sergent Hong hocha la tête.

— Comment avez-vous fait pour découvrir tout cela en l'espace de quelques heures, Votre Excellence ?

— Tout d'abord, j'ai cru que le capitaine avait vu juste. La seule chose qui me tracassait, c'était le long laps de temps entre le meurtre et les coups de couteau portés à la victime. Le reçu de mise en page m'importait peu, car il n'y avait rien d'étonnant à ce qu'un prêteur sur gages ait ce genre de bon sur lui. Ensuite, en interrogeant Wang, je fus frappé par sa façon de le traiter de voleur. C'était par inadvertance, car Wang était bien décidé à se tenir, avec Fauvette, à l'écart de tout cela, afin de ne pas avoir à avouer qu'ils avaient été trompés. Lorsque j'ai fait parler Fauvette, elle a affirmé que les gnomes avaient tué et métamorphosé son esprit de la pluie. Je n'ai absolument pas compris de quoi il s'agissait. Ce ne fut que lors de ma visite à Lin que je fus enfin mis sur la bonne piste. Lin était inquiet, donc volubile, et il s'est répandu en long et en large sur l'absence d'intérêt de son associé pour son commerce. Je me suis alors souvenu du reçu de mise en gage trouvé sur les lieux du crime et j'ai commencé à soupçonner Lin. Mais ce ne fut qu'après avoir fait le tour de la bibliothèque du défunt et m'être formé une idée claire de sa personnalité que je découvris le fin mot de l'énigme. Je mis ma théorie à l'épreuve en faisant avouer au domestique que Lin et Tchong s'étaient querellés la veille au sujet de Fauvette. Ce prénom de Fauvette ne signifiait évidemment rien pour ce domestique, mais il m'a dit que les deux hommes avaient eu une prise de bec au sujet des oiseaux. La suite n'était plus que simple routine.

Le juge reposa sa tasse.

— Cette affaire m'a appris combien il est important d'étudier de près nos anciens manuels d'investignation, Hong. Il y est dit et répété que la première étape d'une enquête sur un meurtre consiste à connaître le caractère, la vie et les habitudes de la victime. Et dans cette affaire-là, ce fut effectivement la personnalité de la victime qui me fournit la clef de l'énigme.

Le sergent Hong caressa sa moustache grise en souriant d'un air satisfait.

— Cette fille et ce garçon ont véritablement eu de la chance de vous avoir pour magistrat chargé de l'enquête, Votre Excellence ! Tout accusait Wang, et il aurait été inculpé et condamné à mort. Car la fille est sourde-muette et Wang n'est pas bavard non plus !

Le juge Ti acquiesça. Se renversant dans son fauteuil, il déclara avec un léger sourire :

— Cela m'amène à évoquer la principale satisfaction que je puis tirer de cette affaire, Hong. Satisfaction très personnelle et très importante. Je dois t'avouer que ce matin je me sentais un peu abattu, et j'ai réellement douté un instant que cette carrière fût vraiment celle qui me convenait. J'étais stupide. C'est une fonction magnifique, Hong ! Ne serait-ce que parce qu'elle nous permet de parler pour ceux qui n'en ont pas les moyens.

Le paravent de laque

Roman

Traduit de l'anglais par Robert Guerbet

LES PERSONNAGES

PERSONNAGES PRINCIPAUX ❧ TI Jen-tsie, *magistrat du district de Peng-lai* ❧ *De passage à Wei-ping, ville principale d'un autre district également situé dans la province de Chang-tong* ❧ TSIAO Taï, *l'un de ses lieutenants.*

PERSONNAGES APPARAISSANT DANS L'AFFAIRE DU PARAVENT DE LAQUE ❧ TENG Kan, *magistrat du district de Wei-ping* ❧ Madame TENG, née WOU, *épouse du précédent. Son nom personnel est Lotus d'Argent* ❧ PAN You-té, *conseiller auprès du tribunal.*

PERSONNAGES APPARAISSANT DANS L'AFFAIRE DU NÉGOCIANT TROMPÉ ❧ KO Tse-yuan, *riche négociant en soieries* ❧ Madame KO, née SIÉ, *épouse du précédent* ❧ PIEN Hong, *un devin.*

PERSONNAGES APPARAISSANT DANS L'AFFAIRE DU MAITRE-CHANTEUR PUNI ❧ LENG Tsien, *Un banquier peu scrupuleux* ❧ LENG Té, *son frère cadet et peintre de talent* ❧ KOUEN-CHAN, *un habile cambrioleur.*

∼ AUTRES PERSONNAGES ❧ LIOU Wou, *dit « le Caporal », grand chef de la pègre de Wei-ping* ❧ PAO Liang, *dit « l'Étudiant », un jeune voyou* ❧ Mademoiselle Œillet-Rose, *une petite prostituée de l'auberge du Phénix.*

I

LE MAGISTRAT TENG ÉPROUVE UN ÉTRANGE MALAISE — LE JUGE TI ENTEND PARLER D'UN CURIEUX SUICIDE.

TENG s'immobilisa au seuil de sa bibliothèque, les pensées en désordre. Sa vision n'était pas encore assez nette pour qu'il osât s'aventurer jusqu'au bureau. Le dos appuyé contre le chambranle de la porte, il ferma les yeux et ses mains montèrent péniblement vers ses tempes qu'elles pressèrent à petits coups : une douleur plus sourde remplaça peu à peu son lancinant mal de tête.

Ses bourdonnements d'oreilles avaient cessé ; il commençait à percevoir les bruits familiers de l'arrière-cour où, la sieste terminée, ses domestiques reprenaient leurs besognes coutumières. Dans un instant, son majordome allait apparaître avec la première tasse de thé de l'après-midi.

Il fit un suprême effort pour achever de se ressaisir et nota que sa vue redevenait normale. Un peu soulagé, il examina ses mains : grâce au Ciel, elles n'étaient pas tachées de sang. Son regard se dirigea vers le bureau. L'ébène poli réfléchissait les fleurs disposées dans le vase de jade vert. Il remarqua qu'elles commençaient à se faner et, distraitement, pensa que sa femme allait bientôt les renouveler. C'était toujours elle qui cueillait les fleurs fraîches dans le jardin. Une brusque sensation de vide au creux de l'estomac le fit se précipiter dans la pièce. Il réussit à atteindre le bureau massif et, haletant, se cramponna aux bords du meuble pour en faire le tour avant de se laisser tomber sur son fauteuil.

Il dut s'agripper aux bras du siège pour lutter contre un retour du vertige. L'alerte passée, il rouvrit les yeux et aperçut le haut paravent de laque debout le long du mur. Il détourna aussitôt son regard, mais l'image le poursuivit. Un violent frisson secoua son grand corps maigre et le fit se serrer frileusement dans sa robe de chambre. Était-ce la fin... devenait-il vraiment fou ? Des gouttelettes froides perlèrent à son front et il fut pris de nausées. Baissant la tête, il regarda fixement les feuillets disposés sur le bureau par son conseiller et tenta désespérément d'ordonner ses idées.

Du coin de l'œil, il vit son majordome entrer dans la pièce avec le plateau à thé. Il voulut répondre à son salut obséquieux, mais sa langue gonflée ne lui permit pas d'émettre le moindre son. Le vieil homme vêtu d'une discrète robe bleue et coiffé d'une calotte noire lui tendit respectueusement sa tasse. Teng la saisit d'une main tremblante et avala une gorgée de liquide brûlant. S'il réussissait à boire encore un peu, son malaise achèverait sûrement de se dissiper. Mais pourquoi le vieux gâteux restait-il planté devant lui ? Qu'attendait-il pour sortir ? Teng cherchait une remarque désagréable à lui lancer quand il aperçut la grande enveloppe posée sur le plateau.

— Votre Excellence, expliqua le majordorme, cette lettre vient de m'être remise par un visiteur qui m'a dit se nommer Chen.

Sans avancer sa main, encore tremblante, Teng regarda fixement l'enveloppe. Elle portait, tracée en beaux caractères officiels, la suscription suivante : « *Pour Teng Kan, magistrat du district de Wei-ping. Personnel.* » Au bas du coin gauche s'étalait le grand sceau vermillon de la préfecture.

— En voyant le mot *personnel*, dit le majordome de sa voix sèche, j'ai pensé que je ferais bien de vous l'apporter sans attendre.

Teng prit l'enveloppe et, d'un geste machinal, saisit son coupe-papier de bambou. Un magistrat de district était un bien minuscule rouage dans l'énorme machinerie administrative du puissant Empire T'ang, et si lui, Teng Kan, jouissait d'une complète autorité sur son propre territoire, il n'en dépendait pas moins, avec une douzaine de ses collègues, du préfet de Pien-fou. Son majordorme avait donc raison : le porteur d'une lettre personnelle du préfet ne devait pas faire antichambre. Le Ciel soit loué, les idées s'ordonnaient de nouveau dans sa tête !

Il ouvrit l'enveloppe. Elle contenait une feuille de papier à lettre officiel sur laquelle se lisaient seulement quelques lignes :

Confidentiel. Le porteur de la présente, Ti Jen-tsie, magistrat du district de Peng-lai, regagne son poste après avoir assisté à une réunion préfectorale. Il a reçu l'autorisation de s'arrêter à Wei-ping pour y passer une semaine de congé incognito. Ordre au magistrat de Wei-ping de lui accorder toute l'assistance dont il pourrait avoir besoin.

Signé : Le Préfet.

Teng replia lentement la lettre. Son collègue de Peng-lai n'aurait pu choisir un plus mauvais moment pour lui rendre visite. Et que signifiait cet incognito ? Quels ennuis cela présageait-il ? Les méthodes originales du préfet étaient bien connues. Aurait-il envoyé ce Ti enquêter secrètement sur son compte ? Le mieux serait de se prétendre malade pour éviter de le recevoir. Mais non, tout le monde l'avait vu en parfaite santé le matin même et cette prétendue maladie exciterait les soupçons. Il avala rapidement le reste du thé.

Le liquide aromatique lui fit du bien. Il lui sembla que sa voix était redevenue à peu près normale lorsqu'il dit au vieux serviteur :

— Prépare-moi une autre tasse et apporte mon costume de cérémonie.

Le vieillard aida son maître à endosser une longue robe de brocart marron et lui tendit un bonnet carré en gaze noire. Tout en ajustant sa ceinture, Teng ordonna :

— Fais entrer monsieur Chen. Je le recevrai ici.

Dès que son majordome fut sorti, le magistrat se dirigea vers une longue banquette en ébène réservée aux réceptions. Elle était disposée contre la cloison latérale, sous une peinture représentant un paysage. Teng s'assit sur la partie gauche du siège et vérifia que seule une moitié du paravent de laque était visible de cette place. Il regagna son bureau. Grâce au Ciel, il ne chancelait plus en marchant, mais garderait-il sa lucidité jusqu'à la fin de l'entretien ? Pendant qu'il se posait la question, le majordome reparut. Il tendit à son maître une carte de visite rouge sur laquelle se détachaient les deux grands caractères formant le nom : CHEN MO. Dans le bas, à gauche, on avait ajouté en plus petit : *courtier.*

Un homme grand et bien découplé suivait le vieux serviteur. Il avait de longs favoris, une belle barbe noire, et portait un bonnet usagé sans indication de rang. Les mains croisées dans les larges manches d'une robe d'un bleu éteint, il s'inclina profondément. Teng lui rendit son salut en prononçant quelques paroles aimables, puis il indiqua le coin gauche de la banquette au visiteur. Lui-même s'assit de l'autre côté de la table à thé basse placée au centre du siège de cérémonie, et, d'un coup d'œil autoritaire, invita le majordome à se retirer.

Quand les deux hommes furent seuls, le pseudo-courtier jeta un regard pénétrant à son hôte et dit, de sa voix au timbre grave :

— J'attendais avec impatience le moment où me serait accordé l'honneur de faire votre connaissance, Teng. Dans la capitale, chacun parle de vous comme de l'un de nos plus grands poètes, et l'on n'oublie pas de louer vos dons d'administrateur.

— Vous êtes trop indulgent, Ti, répliqua le magistrat de Wei-ping en s'inclinant. Il m'arrive de temps à autre de griffonner quelques vers pour occuper un instant de loisir, mais je n'aurais pas osé espérer qu'un collègue, dont le goût en matière littéraire et l'habileté à résoudre les plus mystérieuses affaires criminelles sont bien connus, daignerait abaisser ses regards sur mes humbles travaux. Il s'arrêta. La tête commençait à lui tourner de nouveau et il éprouvait beaucoup de difficultés à poursuivre cet échange de phrases courtoises. Après une légère hésitation, il reprit : Son Excellence le préfet dit dans sa lettre que vous êtes ici incognito. Votre visite aurait-elle un but policier ? Pardonnez l'impolitesse de cette question posée de façon si brutale, mais...

— Vous êtes tout excusé ! répliqua le juge Ti en souriant. J'ignorais que la lettre de Son Excellence fût rédigée de façon si concise ! J'espère qu'elle ne vous a pas tracassé inutilement ? Peng-lai est mon premier poste de magistrat, comme vous le savez, et j'ai trouvé ma tâche très absorbante. À cause de mon inexpérience, sans aucun doute ! Toujours est-il que je songeais à prendre un petit congé, quand je reçus l'ordre d'assister à la conférence sur la défense côtière, qui se tenait à la préfecture. Mon territoire fait face à la péninsule coréenne, et nos vassaux de ce pays s'agitent quelque peu en ce moment. Son Excellence nous a tenus occupés de l'aube jusqu'au soir. De plus, un haut fonctionnaire de la capitale assistait aux travaux, et vous savez combien ces grands personnages s'y entendent pour ne pas vous laisser un instant de répit ! La réunion a duré quatre jours pleins. Avant de m'attaquer à tout le travail en retard qui doit m'attendre à Peng-lai, j'ai sollicité la faveur d'une semaine de vacances à passer dans votre district, fameux pour ses sites historiques et la beauté de ses paysages si admirablement dépeints dans vos vers. Ceci est la raison, l'unique raison, qui me fait garder l'incognito et me présenter ici comme monsieur Chen Mo, courtier.

— Je vois, dit son hôte en pensant avec amertume : « Des vacances ! Si le Préfet s'était montré plus explicite, j'aurais pu ne recevoir ce Ti que dans un jour ou deux. » Tout haut, il déclara : C'est un véritable soulagement d'être dispensé de la cérémonieuse étiquette pendant un espace de temps, si bref soit-il, et de pouvoir aller et venir avec la liberté d'un simple citoyen ! Mais... votre suite ?

— Oh ! un seul de mes lieutenants m'accompagne. Un garçon fort capable nommé Tsiao Taï.

LE MAGISTRAT TENG REÇOIT LE JUGE TI

— Cela n'encourage-t-il pas ce subordonné à se montrer trop... hum... familier ? demanda Teng en fronçant les sourcils.

— Je vous avoue n'avoir jamais songé à cela, répliqua le juge Ti, un demi-sourire sur les lèvres. Pouvez-vous m'indiquer un petit hôtel convenable et me dire quelles sont les curiosités du lieu ?

Teng avala une gorgée de liquide avant de répondre :

— Je suis désolé que votre volonté d'incognito me prive du plaisir de vous recevoir chez moi. Puisqu'il en est ainsi, je vous recommande l'hôtel de la Grue qui vole ; il passe pour être excellent et a l'avantage de se trouver tout près du Yamen. Quant aux monuments, nous allons voir le conseiller du tribunal Pan You-té ; il est né dans cette ville et en connaît le moindre pouce carré ! Si vous voulez bien me suivre, je vais vous mener près de lui. Son bureau est derrière le greffe.

Teng se leva. Comme le juge Ti se préparait à l'imiter, il vit son hôte chanceler et se retenir aux accoudoirs de la banquette.

— Vous sentez-vous mal ? demanda-t-il anxieusement.

— Non. Ce n'est rien. Un petit étourdissement, répondit Teng avec un sourire crispé. Je suis un peu surmené en ce moment. Il s'arrêta pour lancer un regard furieux à son majordome qui venait d'entrer.

— Je suis désolé de déranger Votre Excellence, dit le vieil homme en s'inclinant très bas, mais la femme de chambre m'informe à l'instant que la Grande Maîtresse ne s'est pas montrée après la sieste et que sa porte est fermée à clef.

— En effet, j'ai oublié de te prévenir. Après le riz de midi, mon épouse a reçu un message de sa sœur aînée qui lui demandait de se rendre immédiatement à sa maison de campagne. Avertis les autres domestiques. Le majordome ne faisant pas mine de se retirer, Teng ajouta d'une voix irritée : Qu'attends-tu ? Je suis occupé, tu le vois bien !

— Je dois dire aussi à Votre Excellence, bredouilla le vieil homme avec embarras, que quelqu'un a cassé le grand vase ancien placé dans le cabinet de toilette, et...

— Plus tard, plus tard ! coupa Teng en accompagnant le juge Ti vers la porte.

Les appartements particuliers du magistrat étaient séparés du tribunal par un jardin. Tandis que les deux hommes le traversaient, Teng dit tout à coup :

— J'espère ne pas être complètement privé du plaisir de bavarder avec vous pendant votre séjour à Wei-ping ? Vos visites seront toujours les bienvenues, Ti. Et puis j'aimerais vous exposer un problème qui me tracasse. Prenez à gauche, s'il vous plaît.

Ils arrivaient à présent à l'autre extrémité de la cour principale. Teng précéda son hôte dans un bureau minuscule mais remarquablement bien tenu. Le maigre personnage assis derrière la table couverte de dossiers se leva vite en voyant entrer son chef. Faisant signe de s'en aller à une petite servante qui s'efforçait de passer inaperçue dans un coin de la pièce, il s'avança en boitillant et s'inclina très bas. D'un ton posé, Teng lui dit :

— Voici monsieur Chen, un... hum... un courtier qui m'a remis une lettre d'introduction du préfet. Il désire passer quelques jours ici pour visiter les endroits pittoresques. Vous lui donnerez tous les renseignements dont il aura besoin. Se tournant vers Ti, il ajouta : Je vous prie maintenant de bien vouloir m'excuser, il faut que je me prépare pour l'audience de l'après-midi. Il s'inclina et sortit.

Le conseiller Pan indiqua au juge un confortable fauteuil placé devant son bureau et prononça les paroles de courtoisie exigées par les circonstances. Il paraissait nerveux et préoccupé. Le juge Ti rapprocha cette attitude de celle de Teng et en conclut qu'une affaire particulièrement épineuse était en cours, mais quand il posa la question au conseiller, celui-ci répondit aussitôt :

— Oh ! non, nous n'avons à juger que des litiges sans importance. Notre district est très tranquille !

— Je me suis permis de vous demander cela car le magistrat Teng m'a dit tout à l'heure, sans entrer dans les détails, qu'un problème le tracassait.

Le conseiller haussa les sourcils.

— Je ne suis au courant de rien, déclara-t-il.

À ce moment la petite servante se glissa de nouveau dans la pièce.

— Reviens plus tard ! lui cria-t-il.

Elle disparut sans avoir ouvert la bouche et monsieur Pan reprit d'un ton ennuyé :

— Cette fille est stupide. Quelqu'un a brisé un grand vase antique qui se trouvait dans les appartements de la maîtresse. C'était un souvenir de famille auquel Son Excellence tenait beaucoup. Aucune des servantes ne veut avouer sa maladresse, aussi le majordome m'a-t-il chargé de les interroger pour découvrir la coupable.

— Êtes-vous l'unique assistant de Son Excellence ? demanda le juge Ti. D'ordinaire, un magistrat de district a trois ou quatre lieutenants qu'il s'est attachés personnellement et emmène avec lui lorsqu'il change de poste.

— Cela est vrai, mais le magistrat Teng n'a pas suivi cette coutume. Il est très réservé de nature… un peu distant même. J'appartiens au personnel permanent du tribunal. Fronçant les sourcils, il ajouta : La perte de ce vase a dû le toucher beaucoup. Il n'avait pas l'air très bien en vous amenant ici.

— Souffre-t-il de quelque mal chronique ? Moi aussi j'ai remarqué la pâleur de son visage.

— Oh ! non, répliqua monsieur Pan. Il ne s'est jamais plaint de sa santé. Il était même très gai ces jours-ci. Il y a environ une lune, il a glissé dans la cour et s'est fait une entorse, mais sa cheville est tout à fait remise à présent. Ce sont les premières chaleurs qui le fatiguent, je suppose. Voyons… quel monument allez-vous visiter d'abord, monsieur Chen ? En premier lieu…

Le conseiller se lança dans une longue description des curiosités de Wei-ping. C'était un homme cultivé, passionné d'histoire locale. Au bout d'une demi-heure qui lui parut courte, le juge Ti se leva en disant qu'il lui fallait partir car son compagnon de voyage l'attendait dans une maison de thé, derrière le Yamen.

— En ce cas, dit monsieur Pan, je vais vous faire sortir par la porte de derrière. Ce sera plus court que de traverser à nouveau tout le tribunal.

Malgré son pied-bot, le conseiller Pan marchait facilement. Il ramena le juge dans les appartements privés du magistrat et lui fit prendre un long couloir dépourvu de fenêtres. L'interminable boyau semblait faire le tour du bâtiment et aboutissait à une petite porte de fer. En faisant jouer la serrure, monsieur Pan dit avec un sourire :

— Ce passage peut aussi compter parmi les curiosités de Wei-ping ! Il fut percé il y a soixante-dix ans pour permettre aux habitants du Yamen de s'enfuir secrètement au cours d'une rébellion armée. Comme vous le savez sans doute, le gouverneur était alors le fameux…

Le juge Ti se hâta d'interrompre cette dernière leçon d'histoire locale en prodiguant des remerciements à son guide, puis il sortit. La petite rue était fort tranquille. Le juge suivit la direction indiquée par

Pan, et, au premier détour du chemin, aperçut la maison de thé dans laquelle l'attendait Tsiao Taï.

Bien que l'heure de la sieste fût tout juste finie, la plupart des tables de la terrasse étaient déjà occupées. Passant entre les clients d'apparence cossue qui sirotaient leur thé en grignotant des graines de melon séchées, le juge se dirigea vers un solide gaillard vêtu d'une simple robe brune et coiffé d'un petit bonnet noir. Lorsqu'il tira la chaise lui faisant face, son lieutenant ferma la brochure qu'il lisait et bondit sur ses pieds.

— Votre Excellence est de retour plus tôt que je ne le pensais ! s'écria-t-il, son sympathique visage illuminé de plaisir.

— Pas d'*Excellence*, je te prie. Souviens-toi que nous sommes ici incognito ! l'avertit le juge en posant par terre le ballot de vêtements placé sur un siège afin de s'asseoir. Frappant dans ses mains, il commanda un pot de thé frais au garçon aussitôt accouru.

Un homme maigre à l'extrême, affalé non loin d'eux sur une chaise, leva la tête en entendant parler le juge. Son visage, d'une laideur repoussante, était traversé par une longue balafre qui partait de l'orbite droite, privée d'œil, pour aboutir à un menton en galoche. La vilaine cicatrice retroussait au passage les lèvres du malheureux, leur donnant une perpétuelle expression ricanante. Pour comble de disgrâce, un tic nerveux contracta brusquement ses traits. Il essaya de le faire cesser en appuyant sur sa joue des doigts semblables aux pattes de quelque monstrueuse araignée et, posant ses coudes anguleux sur la table, tendit l'oreille. Le brouhaha des conversations l'empêcha de rien saisir. Dépité, il se contenta d'observer les deux hommes de son œil unique luisant de malveillance.

À ce moment, Tsiao Taï se retourna. En apercevant le hideux bonhomme, il détourna vite les yeux et dit à voix basse au juge :

— Regardez le type assis derrière nous. On dirait un répugnant insecte qui a perdu sa carapace !

Après un bref coup d'œil dans la direction indiquée, le magistrat répondit :

— Oui, il n'est pas très engageant ! Mais que lisais-tu quand je suis arrivé ?

— Un guide de Wei-ping prêté par le garçon. Votre idée de vous arrêter ici est vraiment excellente ! Voyez plutôt ce passage : « On ne manquera pas de visiter le temple du Dieu de la Guerre où se trouvent une douzaine de statues grandeur nature représentant nos plus illustres généraux. Elles sont l'œuvre d'un habile artiste d'autrefois. Il faut voir ensuite la source chaude… »

— Le conseiller du tribunal m'a déjà expliqué tout cela, l'interrompit le juge avec un sourire. Nous aurons de quoi occuper notre temps ! Après avoir bu une gorgée de thé, il reprit : Mon collègue, le magistrat Teng, m'a quelque peu déçu. Connaissant sa renommée de poète, je pensais rencontrer un brillant causeur, très gai et très amusant. Au lieu de cela, je suis tombé sur un homme soucieux et irritable.

— On ne pouvait guère s'attendre à autre chose. Il n'a qu'une seule épouse, m'avez-vous dit ? C'est assez étrange pour un homme de son rang.

— Pourquoi *étrange ?* objecta le juge Ti. Le magistrat Teng et sa femme présentent au monde un parfait exemple d'amour conjugal. Bien que leur union soit restée stérile après huit années de mariage, Teng n'a jamais voulu prendre de concubine. Dans les milieux littéraires de la capitale, on les a surnommés « les amants éternels »… non sans une pointe d'envie, je présume. Sa femme, Lotus d'Argent, est connue aussi comme poétesse, et cet intérêt commun pour les vers établit un lien supplémentaire entre eux.

— Elle a peut-être un talent spécial pour rimer, riposta Tsiao Taï, mais son mari ferait bien d'ajouter deux ou trois jolies filles à l'ameublement de sa chambre à coucher… ne serait-ce que pour renouveler son inspiration !

Le juge n'entendit pas cette dernière phrase : des paroles prononcées à la table voisine venaient de retenir son attention. À un gros homme qui affirmait : « Je maintiens que notre magistrat a eu tort ce matin de ne pas enregistrer le suicide du vieux Ko ! », un individu à mine de renard rétorquait :

— Pas de présentation de cadavre, pas d'enregistrement de décès ! Vous ne ferez pas démordre un fonctionnaire de cet axiome-là.

— Comment pourrait-on présenter le cadavre ? répliqua le gros homme avec irritation. Ko a bien sauté dans le fleuve, n'est-ce pas ? Et le courant est exceptionnellement rapide, ce qui n'a rien d'extraordinaire puisque notre bonne ville est bâtie sur une pente assez raide. Je n'attaque pas le juge, comprenez-moi bien. C'est l'un des meilleurs que nous ayons eu. Je dis seulement que sa qualité de fonctionnaire dont le traitement tombe avec régularité à la fin de chaque lune l'empêche de comprendre les soucis de pauvres financiers de notre espèce ! Il ne pense pas à une chose : tant que le décès ne sera pas reconnu, la famille du défunt ne pourra pas faire arrêter les comptes. Et comme le vieil homme avait des intérêts très étendus, ce délai leur est des plus préjudiciable.

L'homme au profil de renard hocha la tête d'un air entendu.

— Sait-on pourquoi le vieux Ko s'est suicidé ? demanda-t-il. Pas pour des raisons d'argent, je suppose ?

— Oh ! non. Son commerce de soieries est le plus prospère de toute la province. Mais sa santé laissait beaucoup à désirer, ces derniers temps. Inutile de chercher ailleurs. Vous rappelez-vous le suicide du marchand de thé, l'année dernière ? Le pauvre homme se plaignait constamment de migraines atroces.

Le juge Ti se désintéressa de la conversation et remplit à nouveau sa tasse. Tsiao Taï, qui avait écouté aussi, murmura :

— Que Votre Excellence n'oublie pas qu'Elle est en vacances ! Tous les cadavres qui flottent dans les environs sont la propriété exclusive de son collègue, le magistrat Teng !

— Tu as raison. Ton guide donne-t-il une liste des bijoutiers locaux ? Il faut que j'achète quelques souvenirs pour mes épouses.

— Une liste aussi longue que mon bras !

Tsiao Taï feuilleta rapidement sa brochure et montra l'une des pages au juge. Celui-ci hocha la tête avec satisfaction.

— Parfait, dit-il, le choix ne manquera pas. Se levant pour appeler le garçon, il ajouta : Partons, j'ai l'adresse d'un bon hôtel tout près d'ici.

Dès qu'ils se furent éloignés, le vilain borgne s'approcha de leur table. Il prit négligemment le guide et regarda la page restée ouverte. Une lueur mauvaise brilla dans son œil unique et, laissant retomber le livre, il quitta précipitamment la terrasse.

Un peu plus loin dans la rue, il vit le juge et son compagnon en train de parler avec un vendeur ambulant à qui ils semblaient demander leur chemin.

II

LE BORGNE INQUIÉTANT REPARAÎT DE FAÇON INATTENDUE. LE JUGE TI ASSISTE À UNE AUDIENCE QUI N'EST PAS PRÉSIDÉE PAR LUI.

L'HÔTEL DE LA GRUE QUI VOLE était situé dans une rue passante, au flanc d'une des nombreuses collines de Wei-ping. Sa porte étroite dénuée de toute prétention architecturale s'ouvrait à côté de la devanture bariolée d'un débit de vin, mais les belles proportions de son hall formaient un plaisant contraste avec l'apparence modeste de l'extérieur.

Le gérant adipeux qui trônait derrière un imposant comptoir posa un regard scrutateur sur les nouveaux venus. Poussant vers eux un épais registre, il dit :

— Veuillez inscrire ici vos noms de famille, noms personnels, professions, âges et lieux d'origine.

D'habitude, le nom de famille et la profession suffisaient, aussi le juge Ti demanda-t-il en humectant son pinceau :

— Vous craignez les voleurs ?

— Pas du tout, répliqua aigrement le gros homme. Glissant le livre vers Tsiao Taï, il expliqua en se rengorgeant : Cet hôtel jouit d'une haute réputation ; nous pouvons nous permettre de choisir notre clientèle !

— Dommage que madame votre mère n'ait pu en faire autant avec sa progéniture, répondit Tsiao Taï en posant à terre leur ballot de vêtements pour prendre le pinceau. Le juge avait écrit : « Chen Mo ; courtier ; 34 ans ; Tai-yuan. » Il griffonna dessous : « Tcheou Ta, assistant de monsieur Chen ; 30 ans ; né dans la capitale. »

Lorsque le juge eut réglé trois journées d'avance, un garçon les conduisit dans une chambre de la troisième cour, simplement meublée mais fort propre et loin du bruit de la rue.

Tsiao Taï alla ouvrir la seconde porte de la pièce. Elle donnait sur une courette dallée de marbre. Faisant demi-tour, il lança un regard maussade à la théière que le garçon venait de poser sur la table et dit à son maître :

— Nous avons déjà bu du thé il y a moins d'un quart d'heure. Avec son pavage, cette cour forme une salle d'armes idéale. Que diriez-vous d'un assaut à la canne pour nous dégourdir les jambes ? Après cela, nous pourrions prendre un bain et aller dîner au-dehors, histoire de tester les produits locaux.

— Ton idée est excellente, répondit le juge. Je me ressens encore de cette longue chevauchée depuis Pien-fou.

Les deux hommes se débarrassèrent de leurs robes, conservant seulement leurs larges pantalons, puis le juge divisa sa barbe en deux torons qu'il noua derrière sa nuque. Ils jetèrent ensuite leurs bonnets sur la table et sortirent dans la cour, où Tsiao Taï envoya un garçon d'écurie chercher deux cannes d'escrime.

Le juge Ti était un boxeur de premier ordre et maniait le sabre d'experte façon, mais il n'avait abordé l'escrime à la canne que depuis peu, sous la direction de Tsiao Taï. Ce sport était en effet plus populaire parmi les mauvais garçons et les voleurs de grand chemin que dans la bonne société, mais, trouvant cet exercice très sain, le juge y avait tout de suite pris goût. Quant à Tsiao Taï, la musculature de ses longs bras et les cicatrices qui couvraient son corps bronzé rappelaient assez qu'avant de se mettre du côté de la loi, il avait appartenu à la fraternité des « vertes forêts » et il pratiquait cet art en maître. Depuis un an que son frère-juré Ma Jong et lui étaient devenus les lieutenants du juge Ti, ce dernier n'avait qu'à se louer de leurs services, et il leur pardonnait volontiers une certaine lenteur à acquérir les manières respectueuses demandées aux assistants d'un magistrat. Pour dire la vérité, leur rude franchise l'amusait !

— Je suppose, dit-il en tombant en garde, que le gérant ne verra pas d'inconvénient à ce que nous ayons un petit assaut ici.

— S'il n'est pas content, je lui ferai descendre la tête au milieu du ventre d'un seul coup de poing, proclama Tsiao Taï d'un ton menaçant. Ça lui permettra de contempler le monde à travers son nombril ! À présent, voyons un peu votre coup de revers.

Son bâton vola vers la tête du juge qui l'esquiva en se baissant avec prestesse avant d'envoyer sa canne en direction des chevilles de son lieutenant.

Tsiao Taï sauta par-dessus le morceau de bois avec une grâce souple tout à fait inattendue chez un homme de sa taille, puis riposta par un coup de flanc aussitôt paré par le juge.

Pendant de longues minutes, le choc du bois contre le bois et le halètement des deux hommes troublèrent seuls le silence. Des garçons d'écurie et des serveurs s'étaient rassemblés autour d'eux et se délectaient à ce spectacle gratuit sans remarquer que la porte du fond venait de s'entrouvrir. La maigre silhouette du borgne au hideux visage apparut dans la pénombre. Son œil unique resta longtemps fixé sur les escrimeurs avec une expression de haine, puis l'inquiétant personnage fit un pas en arrière et l'huis se referma sans bruit.

Quand les deux hommes interrompirent le combat, la sueur ruisselait sur leurs torses nus. Tsiao Taï lança les cannes à un garçon en le priant de les conduire à la salle de bains.

Deux baignoires pour l'instant inoccupées garnissaient la vaste pièce. La balustrade qui les entourait et les cloisons étaient en pin poli, ce qui mettait dans l'air une agréable odeur sylvestre. Des dalles noires pavaient le sol. Un robuste gaillard vêtu d'un simple morceau d'étoffe autour des reins s'empara de leurs pantalons qu'il accrocha au mur. Il remit ensuite à chacun d'eux un petit sac en coton contenant un mélange de soude et de paille hachée ainsi qu'un seau en bois plein d'eau chaude. Le juge et Tsiao Taï se frottèrent consciencieusement le corps avec le sachet de lessive tandis que le garçon les aspergeait d'eau en disant :

— Vous trouverez la baignoire confortable. Elle a été taillée à même le roc sur lequel est bâti l'hôtel. L'eau chaude provient d'une source souterraine ; attention où vous mettez les pieds, la pierre du coin gauche est brûlante.

Pendant que les deux hommes enjambaient la balustrade pour se plonger dans la cuve, le garçon fit coulisser la porte du fond. Elle donnait sur un petit jardin clos planté de bananiers dont les grandes feuilles vertes réjouirent la vue des baigneurs. Ceux-ci se prélassèrent un long moment dans l'eau chaude, puis ils prirent place sur le siège de bambou. Le garçon leur massa les épaules et les frotta jusqu'à ce que leurs corps fussent bien secs. Avec son aide, ils enfilèrent ensuite des vestes de toile et regagnèrent leur chambre frais et dispos.

Ils venaient tout juste de remettre leurs robes avant de s'asseoir devant une tasse de thé, quand la porte s'ouvrit, livrant passage au vilain borgne.

— C'est le coquin de la maison de thé ! s'exclama Tsiao Taï.

Le juge jeta un regard irrité au visiteur.

— On frappe avant d'entrer, dit-il sèchement. Que désirez-vous ?

— Échanger quelques mots avec vous, monsieur... Chen.

— À quel sujet ? demanda le juge en essayant vainement de situer l'étrange personnage.

— Au sujet de ce qui nous intéresse l'un et l'autre. N'exerçons-nous pas la même profession : celle de voleur ?

— Faut-il sortir ce coquin à coups de botte ? intervint Tsiao Taï.

— Non, attends, répliqua le juge, curieux de voir où l'autre voulait en venir. Puisque vous savez comment je me nomme, mon ami, vous n'ignorez certainement pas que je suis courtier.

Le visiteur éclata de rire.

LE JUGE TI ET TSAO TAÏ PRENNENT UN BAIN

— Voulez-vous que je vous dise ce que vous êtes tous les deux en réalité ? demanda-t-il.

— Je vous en prie, répondit aimablement le magistrat.

— Avec les détails ? insista le borgne.

— Mais certainement, dit le juge de plus en plus intrigué.

— Eh bien, commençons par vous. Avec votre grande barbe et votre air avantageux, vous puez le tribunal à plein nez. Fort comme je vous vois, vous êtes probablement un ancien chef de sbires. Vous avez dû y aller un peu trop fort en torturant un prisonnier innocent et il en est mort. À moins que vous n'ayez simplement barboté l'argent de la caisse. Ou bien les deux ! De toute façon il vous a fallu disparaître. Votre camarade, lui, est indubitablement un voleur de grand chemin. Vous formez une jolie équipe ! Vous, avec votre air grave et votre langue bien pendue, vous accostez de naïfs voyageurs que vous entraînez dans un endroit où votre complice aux gros bras peut les assommer tranquillement. Désireux de réussir une opération plus rémunératrice, vous êtes venus en ville pour cambrioler une bijouterie. Mais permettez-moi de vous dire que deux campagnards de votre espèce n'arriveront à rien ici. Un enfant lirait votre friponnerie sur vos visages !

Tsiao Taï se leva. Le juge le fit rasseoir en disant :

— Ce garçon est fort drôle ! Mais expliquez-moi, l'ami, ce qui vous donne à croire que nous avons l'intention de cambrioler une bijouterie dans cette ville ?

Le borgne poussa un soupir.

— Bon, dit-il en affectant une grande patience, je vais vous expliquer la chose gratuitement et pour rien ! Tout à l'heure, quand ce grand gaillard assis à côté de vous est venu dans la maison de thé, j'ai immédiatement reconnu un « chevalier des vertes forêts ». Sa carrure, sa façon de déambuler... même avec un seul œil j'ai vu ça immédiatement. C'est sans doute un déserteur par-dessus le marché : il y a du soldat dans sa manière de tenir les épaules. Plus tard, vous l'avez rejoint et je vous ai pris d'abord pour un commis de tribunal révoqué. Mais quand vous vous êtes amusés avec vos cannes (fichus imbéciles de vous trahir ainsi !), j'ai vu que si votre corps était robuste, en revanche vous aviez la peau blanche et lisse. J'ai donc amendé ma première impression et vous ai classé dans la catégorie des chefs de sbires... sans travail. Et comme si tout cela ne suffisait pas, vous avez étudié en public le guide de la ville — dévoilant ainsi votre qualité d'étranger — et examiné avec un intérêt visible la liste des bijoutiers. Vous voyez à quel point vous êtes des apprentis ? Je me demande seulement pourquoi vous avez laissé pousser cette barbe à poux ? Pour singer votre magistrat, probablement !

— Cet homme ne m'amuse plus, dit le juge à son lieutenant. Jette-le dehors.

Tsiao Taï bondit sur ses pieds, mais, rapide comme l'éclair, le borgne s'était précipité vers la porte qu'il referma derrière lui. Le nez de Tsiao Taï entra brutalement en contact avec le panneau de bois et le colosse poussa un formidable juron. Tirant sur la poignée, il cria :

— J'aurai ta peau, fils de chien !

— Reste ici ! ordonna le juge Ti. Mieux vaut ne pas nous donner en spectacle.

Tandis que Tsiao Taï se rasseyait en frottant son appendice nasal, le juge poursuivit, un petit sourire au coin des lèvres :

— Cet insolent coquin m'a été utile. Il m'a rappelé qu'il ne faut jamais s'attacher obstinément à une théorie ; c'est là une règle importante qu'un policier devrait toujours avoir présente à l'esprit. Le gredin est observateur, il ne manque pas de finesse et ses déductions n'étaient pas bêtes du tout. Mais, sa théorie formée, il y adapte de force chaque nouveau fait au lieu de s'assurer que celui-ci ne la modifie pas. En nous voyant jouer de la canne en public, par exemple, il aurait dû se demander si cette désinvolture ne signifiait pas que notre honorabilité était assez connue pour nous permettre un passe-temps qui, chez d'autres, aurait été dangereusement révélateur. Hélas, je devrais être le dernier à le critiquer, puisque j'ai commis une erreur analogue à Peng-lai, dans l'affaire du trafic d'or !

— Ce chien-là nous suit depuis la maison de thé, dit Tsiao Taï. Quelle est son intention ? Il ne songe pas à nous faire chanter, j'espère ?

— Je n'en ai pas l'impression. Il est plus rusé que courageux et doit avoir une peur bleue des coups. Nous ne le reverrons pas de sitôt ! Mais tu parles de la maison de thé, cela me rappelle les propos que nous y avons entendus. Il s'agissait du curieux suicide d'un négociant nommé Ko, te souviens-tu ? Allons jusqu'au tribunal pour en apprendre plus long à ce sujet. L'audience de l'après-midi doit être sur le point de commencer.

— Votre Excellence oublie qu'Elle est en vacances ! soupira Tsiao Taï.

— En effet, répliqua le juge Ti avec un petit sourire froid, mais je t'avoue que j'aimerais revoir mon collègue, le magistrat Teng, et l'examiner sans qu'il s'en doute. Et puis, j'ai si souvent présidé un tribunal que je ne serais pas fâché, pour une fois, de voir les choses du côté de la salle ! Pour toi aussi, mon garçon, ce sera très instructif. Allons, en route !

Dans le hall, le gros gérant préparait la note de quatre voyageurs. Un morceau d'étoffe blanche autour de son front moite, il faisait ses calculs en s'aidant d'un boulier. Quand le juge passa près de lui, il lança sans interrompre ses opérations :

— Derrière le temple du dieu de la guerre se trouve un terrain spécialement réservé aux exercices physiques, monsieur Chen.

— Merci, je préfére utiliser les ressources de votre excellent hôtel, répliqua le juge en sortant avec Tsiao Taï.

Dehors l'air était plus frais, et une foule dense empêcha les deux hommes d'avancer rapidement. Lorsqu'ils approchèrent du Yamen, ils ne virent pourtant personne devant la porte du tribunal. L'audience était sans doute commencée, et ceux qui avaient l'intention d'y assister se trouvaient probablement dans la grande salle. Quand ils passèrent sous le portail où était suspendu le gong servant à annoncer l'ouverture des débats, les quatre gardes assis sur un banc ne leur accordèrent qu'un regard indifférent.

Hâtant le pas, ils traversèrent la cour déserte et pénétrèrent dans la salle à demi obscure. Au fond du grand hall, quelqu'un lisait une longue déclaration d'une voix monotone. Ils demeurèrent sur le seuil le temps de s'accoutumer à la pénombre et distinguèrent bientôt, par-dessus la tête des spectateurs, l'estrade sur laquelle reposait la haute table recouverte du tapis écarlate. Derrière trônait le magistrat Teng, resplendissant dans sa robe de cérémonie en brocart vert et coiffé du bonnet noir aux deux grandes ailes empesées. Les yeux fixés sur un document, il tiraillait pensivement sa maigre barbiche. Le conseiller Pan se tenait près de lui, les mains croisées dans ses manches. Les scribes étaient assis de chaque côté du magistrat, à des tables plus basses et, debout derrière celle de droite, un homme à cheveux gris — le premier scribe évidemment — lisait un texte légal à haute voix. Le mur du fond tout entier disparaissait sous un rideau d'un beau violet sombre ; en son centre, on avait brodé avec des fils d'or une grande licorne, symbole de la perspicacité indispensable au magistrat.

Le juge Ti alla se joindre à la foule des spectateurs. Se haussant sur la pointe des pieds, il aperçut devant le tribunal quatre sbires porteurs de matraques, de chaînes, de poucettes et autres terribles instruments. Celui qui les commandait, un petit homme trapu à l'air cruel, se tenait un peu à l'écart et faisait sauter dans sa main un fouet au manche massif. Comme d'habitude, tout était calculé pour faire comprendre au public la grandeur auguste de la loi et rappeler ce qu'il en coûtait d'entrer en contact avec elle. Chacun de ceux qui se présentaient devant le tribunal, jeune ou non, pauvre ou riche, accusé ou plaignant, devait s'agenouiller sur les dalles nues. Il lui fallait écouter sans répondre les injures des sbires, ou bien, si le magistrat en ordonnait ainsi, recevoir un certain nombre de coups de fouet. Selon la règle fondamentale de la vieille justice chinoise, toute personne comparaissant devant le tribunal était considérée comme coupable jusqu'au moment où elle réussissait à démontrer son innocence.

— Nous n'avons rien manqué d'important, murmura le juge Ti à son compagnon. Le scribe est en train de lire le règlement de quelque guilde. Je crois qu'il arrive au paragraphe final.

Quand, un instant plus tard, l'homme se tut, le magistrat Teng annonça :

— Vous venez d'entendre le nouveau statut de la guilde des travailleurs sur métaux, soumise par ladite guilde et amendée par la cour. Quelqu'un voit-il une objection à présenter ? Il parcourut l'assistance du regard ; le juge Ti baissa vivement la tête. Personne n'ouvrant la bouche, Teng conclut : La Cour déclare le nouveau statut approuvé.

Il frappa la table de son martelet, un morceau de bois oblong appelé par le peuple « Le-bois-qui-met-la-crainte-dans-la-salle ».

Un homme d'âge moyen à la bedaine arrondie vint s'agenouiller devant le tribunal. Il était vêtu de blanc, couleur de deuil.

— Plus près ! lança le chef des sbires.

Tandis que l'homme en blanc se traînait docilement vers l'estrade, le juge Ti poussa son voisin du coude et demanda :

— Qui est-ce ?

— Ne reconnaissez-vous pas le banquier Leng Tsien, l'associé de monsieur Ko Tse-yuan, ce vieux marchand de soieries qui s'est suicidé hier soir ?

— Pas possible ! De qui est-il en deuil ?

— Oh ! mais vous ne savez pas grand-chose, vous ! De son frère cadet, voyons ! Le fameux peintre Leng Té, mort de consomption il y a deux semaines.

Le juge Ti remercia le bonhomme et se mit à écouter attentivement.

— Suivant les instructions données ce matin par Votre Excellence, disait Leng Tsien, le draguage du fleuve a été poursuivi jusqu'à un demi-mille en aval. Le bonnet de velours de monsieur Ko a été retrouvé, mais pas son corps. Comme la famille du défunt me presse de régler ses affaires le plus rapidement possible, je prends la liberté de renouveler ma requête de ce matin et je supplie Votre Excellence de faire enregistrer tout de même le décès afin qu'il me soit possible de signer les pièces voulues. Si je ne puis mettre tout de suite un terme aux opérations en cours, la famille risque d'avoir à supporter des pertes importantes.

Le magistrat Teng fronça les sourcils.

— La loi est formelle, déclara-t-il. La mort d'une personne qui s'est suicidée ne peut être enregistrée tant que son cadavre n'a pas été régulièrement examiné par le contrôleur des décès du tribunal.

Après avoir réfléchi un instant, il reprit :

— Ce matin, vous n'avez fait qu'un récit succinct des événements. Racontez-nous en détail comment les choses se sont passées. Il se pourrait que certaines circonstances amenassent la cour à reconsidérer son opinion. Je n'ignore pas l'importance des intérêts financiers en jeu, et je suis prêt à accélérer la procédure autant que le permet la loi.

— L'humble personne agenouillée devant le tribunal est profondément reconnaissante à Votre Excellence de ces paroles, dit Leng d'un ton respectueux. Le souper d'hier soir, au cours duquel s'est déroulée la douloureuse tragédie qui m'amène ici, fut organisé de façon impromptue. Il y a une lune, monsieur Ko avait consulté le fameux devin Pien Hong, afin de savoir quel jour serait propice pour entreprendre la construction d'une villa d'été qu'il désirait bâtir dans le faubourg sud de notre cité. Quand Pien eut établi l'horoscope de monsieur Ko, il l'avertit que le quinze de la présente lune — c'est-à-dire hier — serait un jour néfaste pour lui. Monsieur Ko fut très effrayé. Il réclama des détails, mais Pien put seulement lui dire d'éviter les alentours de sa demeure ce jour-là, précisant que le danger atteindrait son point culminant vers midi.

« Monsieur Ko était un grand nerveux, aussi cette prédiction l'affecta-t-elle beaucoup. Des maux d'estomac disparus depuis longtemps firent leur réapparition. Il dut avoir recours à des drogues pour calmer ses souffrances et, quand le jour fatal approcha, il perdit complètement l'appétit. Assez inquiet, je fis prendre plusieurs fois de ses nouvelles au cours de la matinée d'hier. Je sus ainsi par son majordome qu'il s'était montré irritable à l'extrême et avait refusé de sortir dans son jardin. L'après-midi, voyant que le moment le plus dangereux était passé sans que rien d'anormal se fût produit, il retrouva un peu de sa bonne humeur. Sa femme réussit à le persuader de faire venir quelques amis pour le distraire et souper avec lui. Monsieur Ko m'envoya donc chercher, ainsi que monsieur Pan You-té (le conseiller de Votre Excellence) et le maître de la guilde des négociants en soieries.

« Le repas fut servi dans un kiosque, au fond du jardin, à un endroit où le terrain surplombe légèrement le fleuve. Monsieur Ko se montra d'abord assez gai. Il fit remarquer, en badinant, que même un devin de la classe de Pien Hong pouvait se tromper ! Mais, vers le milieu du souper, il pâlit brusquement et nous dit que son estomac faisait encore des siennes. Voulant plaisanter, je répliquai que c'étaient plutôt ses nerfs les responsables. Fou de rage, il s'écria que nous manquions tous de cœur, et, se levant, grommela qu'il allait chercher un remède dans sa chambre.

— À quelle distance le kiosque se trouve-t-il de la maison ? demanda le magistrat Teng.

— Le jardin est vaste, Votre Excellence, mais il est planté seulement d'arbustes, de sorte que nous apercevions très bien la terrasse de marbre bordant ce côté de la demeure. Elle était toute baignée de lune, et c'est là qu'au bout d'un instant nous vîmes reparaître monsieur Ko. Du sang coulait d'une blessure qu'il avait au front et lui couvrait le visage. Poussant des cris aigus, il se précipita vers nous en faisant de grands gestes. Le maître de la guilde, le conseiller Pan et moi-même le regardions, muets d'horreur, quand il changea soudain de direction et se mit à courir dans l'herbe. Arrivé à la balustrade de marbre, il la franchit d'un bond et sauta dans le fleuve.

Le banquier s'arrêta, paralysé par l'émotion.

— Que s'est-il passé pendant que monsieur Ko se trouvait dans la maison ? demanda le magistrat.

Le juge Ti se pencha vers son lieutenant.

— C'est là le point capital ! lui murmura-t-il à l'oreille.

— D'après madame Ko, répondit Leng Tsein, son mari était dans une agitation extrême quand il a pénétré dans leur chambre (cette pièce est reliée à la terrasse par un étroit passage d'une dizaine de pieds de longueur). Il se lança dans une grande tirade sur l'atroce douleur qui lui déchirait les entrailles et sur la dureté de cœur de ses amis. Elle tenta de l'apaiser, puis se rendit dans sa propre chambre pour y chercher un calmant. Quand elle revint, son mari ne se contrôlait plus. Frappant le sol du pied, il refusa de boire le remède apporté par madame Ko, et, brusquement, courut vers la terrasse. Sa

LE BANQUIER LENG TSIEN DEVANT LE TRIBUNAL

femme ne devait plus le revoir. J'imagine qu'il s'est cogné la tête en prenant le petit couloir ; sa porte est très basse, car il a été construit lorsque la maison était déjà terminée afin de permettre à monsieur Ko de gagner directement la terrasse. À mon avis, ce choc brutal et inattendu acheva de lui faire perdre la raison et le détermina au suicide.

Le magistrat Teng, qui jusqu'ici avait écouté d'un air absent, se redressa et, se tournant vers son conseiller, demanda :

— Puisque vous étiez sur place, vous avez sans doute examiné ce couloir ?

— En effet, Votre Excellence. Je n'y ai découvert aucune trace de sang, ni sur le chambranle de la porte ni sur le sol.

— Quelle est la hauteur de la balustrade qui borde le fleuve ? La question, cette fois, était posée à Leng Tsien.

— Seulement trois pieds, Votre Excellence, répliqua aussitôt le banquier. Et comme le courant rapide coule dix pieds plus bas, j'ai souvent conseillé à monsieur Ko de la faire surélever dans la crainte qu'un de ses hôtes ne passât par-dessus, un soir où la liqueur ambrée aurait circulé un peu trop librement ! Mais le défunt me faisait toujours la même réponse : elle avait été construite ainsi pour lui permettre d'admirer le paysage en prenant le frais dans son jardin, et il ne la ferait pas surélever d'un pouce !

— En quoi sont faites les marches qui mènent au kiosque et combien y en a-t-il ?

— Il y en a trois, Votre Excellence, et elles sont en marbre blanc.

— Distinguiez-vous avec netteté le défunt quand il a enjambé la balustrade ?

Leng réfléchit un instant avant de répondre :

— Il y a des arbustes dans le jardin, et comme monsieur Ko a disparu avant que nous ayons bien compris ce qui se passait...

Sans le laisser finir sa phrase, Teng se pencha vers lui et demanda :

— Pourquoi pensez-vous que monsieur Ko s'est suicidé ?

— Très bien, murmura le juge Ti à son lieutenant. Mon collègue arrive au point crucial !

— Le vieux bonhomme n'a-t-il pas sauté dans l'eau ? répliqua Tsiao Taï à voix basse. Ce n'était pas pour prendre un bain, j'imagine !

— Chut... écoute ! ordonna le juge Ti.

Décontenancé par la brusque question du magistrat, le banquier bredouilla :

— Mais... enfin... nous avons tous vu de nos propres yeux...

— Vous avez vu de vos propres yeux que le visage de monsieur Ko était couvert de sang, coupa Teng. Vous l'avez vu courir en direction du kiosque, puis obliquer ensuite vers la balustrade. Ne vous est-il pas venu à l'esprit que, aveuglé par le sang, il ait pu confondre cette barrière *blanche* avec les marches également *blanches* et pratiquement de même hauteur ? Au lieu d'enjamber la balustrade, n'a-t-il pas simplement trébuché contre elle, ce qui l'aurait fait basculer dans le fleuve ?

Comme Leng restait silencieux, le magistrat poursuivit :

— La façon dont monsieur Ko a trouvé la mort n'est pas clairement établie. Jusqu'à plus ample informé, il s'agit pour la cour d'un accident et non pas d'un suicide. La cour n'accepte pas non plus l'hypothèse de monsieur Leng en ce qui concerne la manière dont le défunt a reçu sa blessure à la tête. Tant que ces faits ne seront pas éclaircis, il ne peut être question d'enregistrer le décès de monsieur Ko.

Il frappa la table de son martelet et déclara l'audience close. Le conseiller Pan se hâta d'écarter la tenture ornée d'une licorne pour lui permettre de gagner son cabinet, situé, selon la coutume, derrière le tribunal.

— Évacuez la salle ! cria le chef des sbires aux spectateurs.

Tout en suivant la foule, le juge Ti constata :

— Mon collègue en a décidé très judicieusement. Les faits connus peuvent s'interpréter aussi bien en faveur d'un accident que d'un suicide. Je me demande pourquoi ce banquier a admis si aisément que son ami s'était donné la mort. Je me demande aussi ce qui s'est réellement passé pendant le séjour de monsieur Ko dans sa chambre.

— De jolies petites devinettes pour le magistrat Teng, constata Tsiao Taï avec un large sourire. Si nous allions goûter la cuisine locale, à présent ?

III

Un mendiant propose à Tsiao Taï un marché avantageux — Le juge Ti accepte l'aide d'un personnage équivoque.

Les deux hommes traversèrent la foule bruyante qui grouillait sur la place du marché et firent halte devant un petit caboulot d'aspect plutôt engageant. Les gros caractères inscrits sur les lanternes accrochées devant sa façade proclamaient pompeusement : Au rendez-vous de tous les gourmets de l'Empire.

— Inutile d'aller plus loin ! remarqua le juge Ti en souriant.

Il écarta le rideau de cotonnade bleue fort propre qui servait de porte et fut accueilli par une appétissante odeur d'oignons frits.

Un garçon empressé leur servit un excellent repas composé de riz, de porc rôti et de légumes salés. Faisant honneur à un capiteux vin du pays, ils parlèrent de leur récent voyage dans la préfecture et de l'année qu'ils venaient de passer à Peng-lai. Lorsqu'ils reprirent le chemin de l'hôtel de la Grue qui vole, ils étaient de la meilleure humeur du monde et le juge Ti avait perdu son air préoccupé. Dans les rues gaiement éclairées, ils ralentissaient de temps en temps le pas pour admirer les produits locaux vantés à tue-tête par des vendeurs ambulants, ou bien pour suivre avec amusement une scène de marchandage particulièrement acharnée.

S'apercevant que Tsiao Taï devenait moins loquace, le juge demanda :

— Qu'as-tu ? Ton souper ne passe pas ?

— Nous sommes suivis, répliqua son lieutenant à voix basse.

— Qui veux-tu qui nous suive, voyons ! protesta le juge, incrédule. Tu as vu quelqu'un ?

— Non, mais j'ai des antennes pour cette sorte de chose et elles ne me trompent jamais. Continuons d'avancer, je vais user d'un petit truc pour découvrir notre espion.

Hâtant le pas, il tourna le coin d'une rue moins fréquentée et tira aussitôt son compagnon sous un porche obscur. De leur abri, ils examinèrent soigneusement les passants, mais ne reconnurent aucun visage familier. Personne ne semblait prendre intérêt à eux. Ils se remirent en route, choisissant des ruelles sombres et désertes.

— Non, ça ne sert à rien, murmura Tsiao Taï, ceux qui nous suivent connaissent leur boulot. Vous feriez mieux de rentrer seul à l'hôtel. Voyez-vous ces mendiants rassemblés autour de l'éventaire d'un vendeur ambulant ? Quand nous passerons près d'eux, je me mêlerai à leur groupe. Vous, tournez vite au coin là-bas. Je vous amènerai bientôt le sale mouchard qui se permet de nous épier !

Le juge acquiesça. Tandis qu'il se frayait un passage parmi les loqueteux, Tsiao Taï disparut brusquement. Le juge prit la ruelle indiquée, puis une autre encore plus tortueuse, se guidant sur la rumeur de la foule qu'il entendait au loin. Lorsqu'il se trouva de nouveau dans une voie animée, il demanda le chemin de son hôtel et le retrouva sans difficulté.

Dès qu'il eut gagné sa chambre, un garçon apporta du thé et deux bougies. Tout en buvant à petites gorgées, le juge réfléchissait. Quelqu'un prenait-il vraiment un intérêt particulier à ses faits et gestes ? Cela lui semblait difficile à croire ! Pourtant, Tsiao Taï se trompait rarement dans ce domaine. À Peng-lai, un certain nombre de coquins avaient de bonnes raisons pour ne pas l'aimer, mais en admettant que l'un d'eux eût formé le téméraire projet de l'assassiner, comment aurait-il pu connaître sa décision de s'arrêter à Weiping ? L'idée lui en était seulement venue à la fin de son séjour dans la préfecture. À moins qu'une bande de malandrins de Peng-lai n'ait un complice dans le district de son collègue Teng ? Il caressa ses longs favoris d'un air songeur.

Bientôt la porte s'ouvrit. Essuyant la sueur qui coulait de son front, Tsiao Taï avoua piteusement :

— Il m'a filé entre les pattes. Et savez-vous qui c'est ? L'affreux borgne de cet après-midi ! Pendant que je goûtais à l'infâme breuvage servi aux mendigots par le vendeur ambulant, j'ai vu notre homme s'avancer en jetant des regards furtifs à droite et à gauche. Le temps de repousser mes voisins pour le rejoindre et il avait détalé comme un lièvre ! Je lui ai bien couru après, mais le coquin était devenu invisible.

— Je me demande ce que cet insaisissable personnage peut nous vouloir, dit le juge. L'as-tu déjà rencontré à Peng-lai ou à la préfecture ?

Tsiao Taï secoua la tête. Tandis que le magistrat lui montrait un siège, il s'écria :

— Si j'avais aperçu ce vilain museau quelque part, je m'en souviendrais ! Mais soyez sans inquiétude, à présent je sais qui chercher. Il nous suivra certainement encore, et cette fois je ne le laisserai pas échapper. À propos, votre collègue Teng n'est pas au bout de ses peines : on vient d'assassiner une bonne femme dans son district.

— Assassiner une bonne femme ? répéta le juge avec surprise. Devant toi ?

— Non. Mais il s'agit bien d'un assassinat. Pour l'instant, un vieux mendiant et moi sommes seuls au courant de la chose.

— Raconte, voyons ! Il faut prévenir Teng tout de suite !

— Ça serait lui rendre service, admit Tsiao Taï. Il se versa une tasse de thé et expliqua : Dès que le borgne eut disparu, je retournai vers le marchand de tord-boyaux pour le payer. Comme j'allais repartir, un vieux mendigot particulièrement sale s'est approché de moi et m'a demandé s'il ne se trompait pas en pensant que j'étais étranger à la ville. Je lui répondis que c'était la stricte vérité mais que j'aimerais savoir ce que ça pouvait lui faire. Me tirant à l'écart, il me demanda si je voulais acheter de beaux bijoux à vil prix. Désireux d'en apprendre davantage, je le suivis devant la boutique d'un vendeur de pilules capables de guérir tous les maux, et, à la lueur des lampions, le mendiant me montra une magnifique paire de boucles d'oreilles et deux bracelets en or, m'informant qu'il accepterait une seule pièce d'argent pour le tout. Pas de doute, le lascar avait barboté ces jolies choses, et je me demandais si j'allais vous l'amener ici ou le conduire directement au tribunal, quand, prenant mon hésitation pour la peur de complications possibles, il me dit : « Ne craignez rien, je les ai ramassés sur un cadavre, dans le marais de la porte Nord, et personne ne m'a vu. » Évidemment, j'exigeai toute l'histoire. Le bonhomme dormait parfois sous les arbustes qui bordent le marécage. En s'y rendant ce soir, il avait découvert, dissimulé sous la verdure, le corps d'une femme encore assez jeune enveloppé dans un manteau de beau brocart. Le manche d'un couteau sortait de sa poitrine et elle ne donnait plus signe de vie. Il fouilla d'abord les manches, mais, n'y trouvant pas d'argent, arracha boucles d'oreilles et bracelets, puis décampa. L'endroit est toujours désert à la tombée de la nuit et il n'y avait personne dans les environs. Comme membre de la guilde des mendiants, il est censé remettre tout ce qu'il trouve (ou vole, je suppose) au chef de la pègre, un truand appelé « le Caporal », qui lui donne ensuite sa part. Mais tirer un si maigre bénéfice d'un tel butin lui faisait mal au cœur, aussi cherchait-il une personne susceptible de lui acheter les bijoux sans le dénoncer au Caporal… de qui il semble avoir une sainte frousse.

— Où est ce mendiant ? demanda le juge Ti. Ne me dis pas qu'il t'a filé entre les doigts !

Tsiao Taï se gratta la tête d'un air embarrassé.

— Non, finit-il par répondre, mais le pauvre diable paraissait à moitié mort de faim. Vraiment, il était dans un état épouvantable. Je l'ai questionné à fond, et je suis sûr qu'il n'a rien à voir avec le meurtre. J'ai examiné les boucles d'oreilles. Elles étaient couvertes de sang séché, par conséquent il n'a pas menti en disant les avoir trouvées sur un cadavre. J'ai pensé que si nous le conduisions devant le tribunal, les sbires le bâtonneraient sans merci, et, s'il avait la chance de sortir vivant de leurs mains, ce serait pour tomber dans celles du Caporal qui le découperait en petits morceaux pour le punir de ne pas avoir apporté sa trouvaille. Je connais les douces manières de ces animaux-là ! Aussi, lui donnant une ligature de sapèques, je lui ai dit de filer. Quand nous ferons un rapport à votre collègue, nous pourrons peut-être dire qu'après nous avoir remis les bijoux, le bonhomme s'est enfui ?

Le juge Ti jeta un regard pensif à son lieutenant.

— Ce n'est pas très régulier, déclara-t-il, mais je comprends ton point de vue. Un vieux mendiant n'a jamais l'occasion de pénétrer dans la demeure d'une femme de condition élevée, et, lorsqu'elle sort en ville, c'est dans une litière accompagnée de serviteurs. Quand il a dit n'avoir vu personne aux alentours, c'est probablement la vérité, car sans cela il n'aurait pas osé s'emparer des bijoux.

Cette femme a été tuée ailleurs et l'assassin a transporté ensuite son corps dans ce terrain marécageux. Je ne pense pas que ton geste nuise à la bonne marche de l'enquête, Tsiao Taï, mais ne te laisse pas trop souvent guider par ton cœur ! Montre-moi ton acquisition. Ensuite nous filerons au tribunal ; il faut prévenir Teng immédiatement.

Tsiao Taï sortit de sa manche deux boucles d'oreilles et deux bracelets étincelants qu'il posa sur la table.

— Joli travail, murmura le juge après un rapide coup d'œil. Sur le point de se diriger vers la porte, il se ravisa soudain. Approchant la bougie des bijoux, il les examina minutieusement. Chacune des boucles d'oreilles était formée d'une petite fleur de lotus en argent montée sur filigrane d'or et entourée de six rubis minuscules mais parfaits. Les bracelets en or massif avaient la forme de serpents ; des émeraudes figuraient les yeux et brillaient d'un éclat maléfique à la lumière de la bougie. Le juge contempla longuement les précieux objets en tiraillant les poils de sa moustache.

Un peu inquiet, Tsiao Taï demanda :

— Votre Excellence ne croit-elle pas que nous ferions bien de partir ?

Le juge Ti fourra les quatre pièces d'orfèvrerie dans sa manche.

— Je crois sage de ne pas parler de cette affaire au magistrat Teng, dit-il d'un ton grave. Pas maintenant, en tout cas.

Lui jetant un regard de surprise, Tsiao Taï s'apprêtait à lui demander la raison de ce changement d'attitude quand le borgne fit irruption dans la pièce.

— Ils vous ont repérés ! cria-t-il. Quelle bêtise, aussi, de vous être rendus au tribunal ! En ce moment, le chef des sbires se fait indiquer votre chambre, mais ne craignez rien, avec mon aide vous leur échapperez. Suivez-moi !

Comme Tsiao Taï se préparait à répondre de verte façon, le juge lui fit signe de se taire et, après une courte hésitation, dit à l'étrange visiteur :

— C'est bon, montrez-nous le chemin.

Le borgne les entraîna dans un étroit couloir. La topographie de l'hôtel lui semblait familière ; après leur avoir fait suivre un long corridor obscur et malodorant, il poussa une porte branlante qui donnait sur une petite ruelle. À en juger par les relents de friture, ils devaient se trouver derrière les cuisines. Avançant avec précaution au milieu de détritus de toutes sortes, leur guide arriva devant l'entrée de service d'un débit de vin. Toujours suivi de ses deux compagnons, il pénétra dans la salle encombrée, se faufila entre les consommateurs, et sortit par la grande porte. Les trois hommes enfilèrent ensuite un labyrinthe de petites rues dont certaines montaient, d'autres descendaient, tournant tantôt à gauche, tantôt à droite, si bien qu'au bout de peu de temps, le juge eut complètement perdu tout sens de direction.

Quand le borgne s'arrêta enfin — si soudainement que le juge buta contre lui —, ils se trouvaient à l'entrée d'une ruelle d'aspect lugubre. Désignant l'unique fenêtre éclairée, leur guide expliqua :

— Voici l'auberge du Phénix. Vous y serez en sûreté si vous dites au Caporal que vous êtes des amis de Kouen-chan. Je reviendrai plus tard.

Pivotant sur lui-même, il évita prestement la main que Tsiao Taï tendait vers lui et disparut dans l'obscurité.

IV

LE JUGE TI SE VOIT OFFRIR UN POSTE DE CONFIANCE — SON LIEUTENANT VA DE SURPRISE EN SURPRISE.

TSIAO TAÏ JURA de tout son cœur, puis dit au juge d'un ton maussade :

— J'espère que Votre Excellence a une bonne raison pour agir ainsi, car malgré son nom poétique cette auberge est probablement le repaire de la pègre locale.

— C'est bien ce que je pense, répliqua le juge Ti sans se départir de son calme. Si le Caporal et notre ami borgne complotent ensemble à nos dépens, c'est l'occasion ou jamais de découvrir ce qu'ils ont derrière la tête... quitte à nous servir de nos poings pour nous tirer d'affaire. Mais si le Caporal n'a pas de mauvaises intentions à notre égard, c'est tout juste le genre d'homme dont j'ai besoin pour résoudre un petit problème qui présentement me tracasse. De toute manière, commençons par jouer le mieux possible le rôle de voleurs de grand chemin que nous a si aimablement distribué monsieur Kouen-chan !

Tsiao Taï perdit son air renfrogné.

— S'il y a de la bagarre, j'en suis ! s'écria-t-il en resserrant sa ceinture.

Les deux hommes s'approchèrent du misérable bâtiment en planches haut d'un étage. Dès que le lieutenant du juge Ti eut frappé à sa porte, le murmure de conversations qui venaient de la fenêtre éclairée cessa brusquement et un judas grillagé s'entrouvrit.

— Qui est là ? demanda une voix rauque.

— Deux visiteurs pour le Caporal, répondit Tsiao Taï.

On entendit glisser la barre transversale, puis un personnage débraillé s'effaça pour les laisser entrer dans une pièce basse sentant la vinasse et la vieille sueur. Une unique lampe à huile l'éclairait chichement. Celui qui venait de leur ouvrir était apparemment le garçon car il alla se mettre derrière un haut comptoir placé au fond de la salle. Regardant le juge et son compagnon d'un air revêche, il grommela :

— Le chef n'est pas encore arrivé.

— Nous l'attendrons, répondit le magistrat.

Il choisit une petite table, près de la fenêtre, et se laissa tomber sur la chaise qui faisait face à la salle. Son lieutenant s'assit devant lui et, par-dessus son épaule, cria au garçon :

— Deux tasses de vin. Du meilleur.

Quatre joueurs, installés à l'autre bout de la pièce, examinèrent les nouveaux venus d'un œil soupçonneux avant de reprendre leurs dés. Une jeune femme debout devant le comptoir les dévisagea avec insolence. Elle portait une longue jupe noire serrée à la taille par une ceinture rouge et une veste d'un vert sombre ouverte sur deux seins ronds et fermes. Une rose rouge plus très fraîche était piquée dans ses cheveux. Son examen terminé, elle se pencha vers un adolescent au beau visage déjà marqué par les fatigues d'une vie sans aucun doute peu exemplaire et lui murmura quelque chose à l'oreille. Haussant les épaules, il la repoussa brutalement et, le dos appuyé contre le meuble, concentra tout son intérêt sur les joueurs.

L'un d'eux, un homme maigre à la moustache en broussaille, secoua ses dés dans une coque faite d'une noix de coco, puis, les jetant sur la table, annonça d'une voix traînante :

— Deux fois quatre... Les putains vont se battre !

Son voisin, un chauve aux larges épaules, ramassa les dés. Après les avoir lancés, il jura et dit :

— Trois et six ! C'est mon soir de poisse !

— On ne peut pas toujours aider la chance ! persifla l'adolescent adossé au comptoir.

— Ferme-la, l'Étudiant, grommela l'homme au crâne dénudé.

Le quatrième joueur lança les dés à son tour. Abattant son poing sur la table, il cria aussitôt :

— Une paire de huit... deux pochards qui se cuitent ! À moi la cagnotte, mes petits agneaux !

Le serveur vint placer deux tasses de vin devant le juge en réclamant six sapèques d'un ton aigre.

Le juge Ti aligna lentement quatre pièces de cuivre.

— Je ne paie jamais plus de deux sapèques par tasse, précisa-t-il.

— Allongez-en encore au moins une ou filez ! répliqua le garçon.

Le juge ajouta une pièce de monnaie et, tandis que le serveur s'éloignait, il dit très haut :

— Quel sale voleur !

L'homme se retourna, furieux.

— Ça ne va pas ? demanda Tsiao Taï d'une voix douce.

Un coup d'œil à la musculature de son interlocuteur décida le garçon à disparaître sans ajouter un mot.

Des jurons éclatèrent à l'autre table, tandis que le truand chauve criait à l'adolescent :

— Ne te mêle pas du jeu, l'Étudiant ! Tu n'es même pas capable de rafler les aumônes dans la sébille d'un moine ! Quand on n'a pas deux sapèques à soi, on la ferme !

— Il n'a d'argent que les jours où Œillet-Rose lui en refile, remarqua le second joueur. Si le Caporal vient à le savoir, il lui en cuira à ce sale petit maquereau à la manque !

La buvette de l'auberge du Phénix

Le jeune homme se précipita sur lui, les poings serrés, mais le truand chauve l'arrêta d'un direct à l'estomac. Titubant, le jeunot s'appuya au comptoir, la bouche grande ouverte, et les quatre hommes se mirent à ricaner. La fille poussa un cri aigu et se hâta de soutenir le malheureux pendant qu'il vomissait dans un crachoir. Quand il se redressa, pâle comme un mort, elle le tira par son vêtement et lui chuchota quelque chose. Il la gifla aussitôt à toute volée en criant d'une voix encore haletante :

— Laisse-moi tranquille, bougre d'idiote !

Elle se réfugia derrière le comptoir et se mit à sangloter, le visage enfoui dans sa manche.

— Charmante compagnie, fit observer le juge Ti à son lieutenant. Ce dernier contemplait sa tasse d'un air lugubre. Il murmura :

— Ce vin est encore plus abominable que l'infâme tord-boyaux du marchand ambulant !

Il se retourna pour jeter un coup d'œil à la fille. Elle venait de s'essuyer la figure et regardait devant elle sans paraître rien voir. Sentencieux, il remarqua :

— Si on lui ôtait son rouge et sa poudre de riz, elle ne serait pas si mal. Elle est plutôt bien faite !

À peu près remis maintenant, l'adolescent tirait un couteau de sa ceinture. Le serveur allongea le bras par-dessus le comptoir et lui tordit le poignet.

— Tu sais bien que le chef ne veut pas de batailles de ce genre par ici, remarqua-t-il placidement, tandis que l'arme tombait par terre.

Le chauve se baissa pour la ramasser. Avant de se rasseoir, il souffleta d'un brutal revers de main le jeune homme dont le visage se couvrit aussitôt de sang.

— Tiens, Monsieur s'est déjà battu aujourd'hui, constata le truand. D'un ton satisfait, il ajouta : Et ton adversaire t'a bien entamé le front. On ne devrait pas laisser les enfants jouer avec des couteaux !

Deux coups violents ébranlèrent la porte. Il se précipita pour ouvrir en criant :

— Voilà le chef !

Un homme court et trapu entra, la moustache en bataille et un petit collier de barbe autour de son large visage aux traits taillés à coups de serpe. Un lambeau d'étoffe retenait ses cheveux grisonnants. Il portait un vaste pantalon bleu avec une sorte de gilet qui laissait apercevoir sa poitrine velue et ses bras musclés.

Sans répondre au salut respectueux du truand chauve il alla droit au comptoir.

— Une grande tasse de ma provision spéciale ! commanda-t-il. Un peu plus, j'étais fait comme un rat. Comment voulez-vous vivre tranquillement avec ces chiens du tribunal toujours en train de fourrer leur nez partout ?

Il vida sa tasse d'un trait, fit claquer ses lèvres et, avisant la fille qui pleurnichait encore, ordonna au garçon :

— Sers aussi Œillet-Rose. Sa vie n'est pas toujours gaie.

Son regard tomba sur l'adolescent en train d'essuyer le sang qui couvrait son visage.

— Qu'est-il arrivé à l'Étudiant ? demanda-t-il.

— Il m'a attaqué avec son couteau, chef, expliqua l'homme chauve.

— Non ? Viens ici, petite crapule !

Terrorisé, le jeune homme s'avança lentement. Lui jetant un regard plein de mépris, le Caporal continua :

— Ah ! ah !.... Monsieur aime sortir son couteau ? Eh bien, entendu, montre-moi ce que tu sais faire !

Une longue lame brillante venait d'apparaître dans la main droite du Caporal tandis que, de sa gauche, il empoignait l'Étudiant par le cou. Le serveur disparut sous le comptoir, mais la fille se pencha en avant et toucha l'épaule du Caporal.

— Ne lui fais pas de mal, s'il te plaît, supplia-t-elle.

Le chef des truands se libéra d'une secousse. Il venait d'apercevoir le juge Ti et son compagnon. Sans plus s'occuper de l'adolescent qui tremblait comme une feuille, il se dirigea vers les deux hommes en demandant d'une voix retentissante :

— Qui est ce barbu ?

— Ils sont nouveaux dans la ville, chef expliqua aussitôt l'Étudiant.

Le serveur venait de reparaître. D'un ton venimeux, il déclara :

— Le barbu m'a traité de voleur, chef !

— Personne n'a jamais prétendu que tu n'en étais pas un, mais je me méfie toujours des inconnus.

Le Caporal s'approcha du juge :

— D'où viens-tu ? s'enquit-il brièvement.

— Nous avons eu des ennuis, et Kouen-chan nous a envoyés ici, répliqua le juge Ti.

Le Caporal lui jeta un regard soupçonneux, puis, tirant une chaise, s'assit devant lui.

— Je ne connais pas tellement bien Kouen-chan, dit-il. Quel genre d'ennuis ?

— Moi et mon camarade, commença le juge, on essaie de gagner honnêtement notre vie sur la route. Ce matin, nous avons rencontré un marchand. Comme il nous trouvait sympathiques, il nous a offert dix pièces d'argent pour que nous gardions un bon souvenir de lui, puis il s'est allongé sur le bord du chemin... avec l'intention de faire un petit somme, j'imagine ! Nous avons pris la direction de la ville, espérant y trouver un placement pour nos dix pièces, mais voilà-t-il pas que le marchand s'est réveillé de mauvaise humeur et a été dire au tribunal que nous l'avions volé ! Les sbires se sont mis à notre recherche, et c'est alors que Kouen-chan nous a indiqué cette auberge. En somme, il s'agit d'un simple malentendu résultant du réveil prématuré de ce marchand.

— Elle est bien bonne ! s'esclaffa le Caporal. Vite soupçonneux de nouveau, il ajouta : Pourquoi cette barbe et ce langage de maître d'école ?

— Sa barbe, intervint Tsiao Taï, il l'a laissée pousser pour plaire à son patron. Il faut vous dire qu'autrefois mon camarade était chef des sbires, mais il a dû abandonner son poste avant l'âge de la retraite à cause d'une petite erreur dans ses comptes. À propos, ne serais-tu pas aussi un ancien chef de sbires ? Tu parais avoir l'habitude de poser des questions !

— Il faut bien que je me renseigne. Et ne m'insulte pas ! Je n'ai jamais exercé ce métier-là. Je viens de l'armée, moi. Caporal Liou, du troisième corps de l'armée de l'Ouest. Enfonce-toi bien ça dans la tête. Kouen-chan est-il de vos amis ?

— Non, reprit le juge. Nous l'avons rencontré aujourd'hui pour la première fois. Il s'est trouvé là quand les mignons de la loi sont venus nous chercher.

— J'aime mieux ça, dit le Caporal. À présent, c'est la tournée de la maison ! Il fit signe au garçon de servir tout le monde et, la première gorgée avalée, demanda :

— Où étiez-vous en dernier lieu ?

— À Peng-lai. Nous ne nous y sommes guère plu.

— Ça se comprend ! déclara le Caporal. J'ai entendu parler de leur nouveau fouineur-en-chef, un nommé Ti. Il y a une semaine, l'un de mes meilleurs amis a eu la tête coupée par la faute de cet oiseau-là. C'est le plus terrible persécuteur du pauvre monde de toute la province !

— C'est bien pourquoi nous ne sommes pas restés là-bas. Nous étions chez le Boucher, dans l'auberge de la porte Nord.

Le Caporal abattit un énorme poing sur la table.

— Pourquoi n'as-tu pas dit ça tout de suite ! Kouen-chan n'arrive pas à la cheville du Boucher. En voilà un qui était régulier. Un peu vif, peut-être. Combien de fois lui ai-je répété qu'il avait tort de jouer si facilement du couteau !

Le juge Ti pensa que le verdict du Caporal concordait, en somme, avec le sien. Le Boucher avait tué un homme d'un coup de couteau quelques jours auparavant et le juge s'était vu obligé de le condamner à mort avant de partir pour la préfecture.

— Kouen-chan appartient-il à ton organisation ? demanda-t-il.

— Non, il travaille seul. Il n'a pas son pareil pour les cambriolages, m'a-t-on dit. Mais quel mauvais coucheur ! Il ne vient pas souvent ici... et dans le fond, j'aime mieux ça. Vous deux, vous êtes sûrement de braves garçons puisque vous étiez les amis du Boucher. Mettez une ligature de sapèques dans le fonds commun et vous serez les bienvenus parmi nous.

Le juge sortit de sa manche la somme demandée. Le Caporal la lança au truand chauve qui l'attrapa au vol.

— Nous aimerions rester ici quelques jours, dit le juge Ti, le temps que notre affaire soit un peu oubliée.

— Entendu, acquiesça le Caporal. Se tournant vers la jeune femme toujours debout près du comptoir, il dit :

— Approche, Œillet-Rose, que je te présente deux nouveaux locataires.

Lorsqu'elle fut à ses côtés, il lui passa un bras autour de la taille et expliqua :

— Elle s'occupe de l'auberge. C'est une ancienne professionnelle, mais elle se défend encore bien... n'est-ce pas Œillet-Rose ? À présent, elle ne fait plus le trottoir que si elle a besoin d'une robe neuve. Comme qui dirait en amateur, quoi ! Elle couche aussi avec Crâne-chauve parce qu'il est mon second et que nous partageons les bénéfices. Alors forcément... tu piges ? Il examina le juge d'un air pensif et demanda : Sais-tu lire et écrire ?

Le magistrat ayant incliné affirmativement la tête, le Caporal s'écria, enthousiasmé :

— Mais pourquoi ne t'installerais-tu pas ici pour de bon, vieux frère ? Tu aurais ta chambre là-haut, tu descendrais quand la soif se ferait sentir, et si la nature parlait trop fort en toi, je ne verrais pas d'inconvénient à ce que tu t'envoies aussi Œillet-Rose à l'occasion. Allons, ma poulette, ne fais pas cette figure-là, tu te feras à sa barbe, tu verras !

Il pinça amicalement le postérieur de la jeune femme et reprit :

— Tu n'imagines pas le cassement de tête que peut donner une organisation comme celle-ci, vieux frère ! Plus de soixante-dix mendiants et vagabonds viennent me rendre leurs comptes tous les deux soirs. Je retiens vingt pour cent de la recette générale pour moi ; dix pour cent vont à Crâne-chauve et autant à la maison. Et comme je n'ai pas étudié l'arithmétique, je dois faire tous mes calculs avec des bâtons et des croix ! L'Étudiant pourrait m'aider, mais les hommes ne veulent pas de lui. Il ne leur inspire pas confiance ! Pour commencer, je te donnerai cinq pour cent, ce que tu gagneras toi-même n'étant pas taxé. Es-tu d'accord ?

— L'offre est généreuse, répondit le juge, mais je préfère ne pas m'éterniser ici. Je n'aime pas les assassinats.

Le Caporal repoussa mademoiselle Œillet-Rose. Posant ses gros poings sur ses genoux, il demanda en fronçant les sourcils :

— Tu as dit assassinat ? Où ?

— En ville, j'ai entendu un homme raconter qu'il avait aperçu un cadavre de femme dans le marais. Mon camarade et moi, on se contente de voler. À la longue, ça rapporte davantage. Avec les assassinats on finit toujours par avoir des ennuis.

— Crâne-chauve ! appela le Caporal. Pourquoi ne m'as-tu pas dit qu'on avait tué une femme ? Qui a fait le coup ?

— Je ne suis au courant de rien, moi ! glapit l'homme. Personne ne m'en a parlé.

— Je pourrais peut-être aller voir si c'est vrai ? proposa le juge.

— Ça ne serait pas toi, par hasard, qui lui aurait coupé la gorge ?

— Serais-je prêt à retourner là-bas si c'était moi ?

— Non, évidemment, admit le Caporal. Il frotta son front bas plissé de rides soucieuses en contemplant sa tasse d'un air morose.

Le juge se leva.

— Qu'un homme me conduise au marais par les petites rues, dit-il. Je verrai moi-même de quoi il s'agit. J'ai été chef de sbires, ne l'oublie pas, et les cadavres, ça me connaît. Peut-être pourrai-je te dire qui a fait le coup !

Le Caporal hésita un instant, puis déclara :

— D'accord. Emmène l'Étudiant. J'ai besoin des autres car mes hommes vont bientôt arriver pour les comptes. Hé, l'Étudiant... accompagne le barbu.

— Reste ici, camarade, dit le juge à Tsiao Taï. Si nous étions trop nombreux, cela risquerait d'attirer l'attention.

L'ex-chevalier des vertes forêts avait suivi la conversation avec un étonnement muet. Il grommela un acquiescement, puis, saisissant le cruchon de vin, se hâta d'emplir à nouveau sa tasse.

V

~ Le juge Ti reçoit les confidences d'un jeune voyou ~ L'examen d'un cadavre lui révèle un fait inattendu.

L'ÉTUDIANT entraîna le juge Ti dans le dédale de rues peu fréquentées qui descendaient vers le nord. Le marais, expliqua-t-il en chemin, était situé au bas de la ville, tandis que l'auberge du Phénix se trouvait sur l'une des hauteurs centrales de cette cité bâtie à flanc de montagne. Perdu dans ses pensées, le juge ne répondit rien. Le Caporal ne semblait pas plus au courant du meurtre de la femme que des plans de Kouen-chan. Un certain nombre de détails tendaient à le prouver, et pourtant...

— Y a-t-il beaucoup de gens qui traversent le marais dans la journée ? demanda-t-il.

— Oui, les paysans du faubourg nord apportent leurs légumes au marché, mais le soir l'endroit est désert. On dit qu'il est hanté.

— Pourquoi les autorités n'ont-elles pas fait combler ces marécages ?

— Il y a quatre ans, un tremblement de terre a dévasté la ville. J'avais alors quatorze ans et je m'en souviens fort bien. Le quartier nord souffrit beaucoup. Toutes les maisons bâties à l'endroit qui forme à présent le marais brûlèrent. Si vous aviez vu comme elles flambaient... c'était magnifique ! Les gens hurlaient en se précipitant dans le fleuve, les vêtements en flammes. Je n'ai jamais autant ri que ce jour-là ! Ce qui est dommage, c'est que le feu se soit arrêté avant d'atteindre le tribunal. Plus tard, quand on déblaya le terrain, on s'aperçut que le sol s'était affaissé au-dessous du niveau du fleuve. Une vraie fondrière sur laquelle il aurait été impossible de rebâtir, aussi la laissa-t-on en friche et maintenant elle est couverte de mauvaises herbes.

Le juge Ti hocha la tête, pensant que les séismes ne sont pas rares dans les régions où jaillissent les sources chaudes.

Ils descendaient à présent une rue étroite et tranquille. La silhouette sombre des toits incurvés se détachait sur le ciel éclairé par la lune.

— Je ne sais pas ce que je donnerais pour ne plus faire partie de la bande du Caporal, dit soudain l'Étudiant.

Le juge tourna la tête vers son compagnon. Il avait jusqu'ici considéré le jeune homme comme un échantillon d'humanité plutôt repoussant, mais peut-être s'était-il montré injuste à son égard.

— Ah oui ? dit-il sans se compromettre.

— Ben voyons ! répliqua l'adolescent d'un ton chargé de mépris. On voit tout de suite que je n'ai rien de commun avec cette racaille, j'imagine ! Mon père était maître d'école, j'ai de l'instruction, moi ! Je me suis sauvé de la maison parce que je voulais devenir quelqu'un qui compte. Cette bande était la seule à laquelle il était possible de se joindre ici, mais mendigoter ou chaparder, voilà tout ce qu'ils savent faire ! Aussi, ces imbéciles-là m'accablent-ils de sarcasmes parce qu'ils sentent ma supériorité.

— Je vois, dit le juge.

— Vous et votre camarade, vous n'êtes pas comme eux, poursuivit l'Étudiant d'un ton pensif. À vous deux, vous avez dû en couper des gorges ! Tout à l'heure, vous prétendiez ne pas aimer les assassinats, mais c'est parce que vous avez entendu dire au serveur que le Caporal n'en voulait pas dans sa ville. N'ayez pas peur, j'ai bien compris !

— Est-ce encore loin ? demanda le juge.

— La prochaine rue. Elle se termine en cul-de-sac derrière le tribunal, au milieu des ruines. Dites-moi, quand vous étiez chef de sbires, torturiez-vous souvent des femmes ?

— Dépêchons-nous, dit sèchement le magistrat.

— Je parie qu'elles gueulaient comme des cochons quand vous les brûliez au fer rouge ! Toutes les filles sont folles de moi, mais je me moque d'elles ! Parmi les instruments de torture, il y en a un pour leur broyer les bras, n'est-ce pas ? Est-ce qu'elles crient beaucoup quand on s'en sert ?

Le juge pratiqua une clef de bras sur l'Étudiant. Lorsque les doigts d'acier s'enfoncèrent dans la chair de l'adolescent, celui-ci se mit à hurler et ses plaintes ne cessèrent qu'au moment où l'étreinte se relâcha.

— Sale brute ! sanglota-t-il en soutenant de sa main gauche le membre douloureux.

— Tu as posé une question, déclara le juge d'un ton aimable, je t'ai mis en état de fournir toi-même la réponse.

Ils continuèrent leur chemin sans parler et atteignirent bientôt un large espace désolé. Une brume grisâtre et chaude flottait sur les buissons ; un peu plus loin se dressait la tour crénelée de la porte Nord.

— Le voilà, votre marais ! annonça l'Étudiant.

Le brouhaha des rues commerçantes ne descendait pas jusqu'à eux, et seul le cri des poules d'eau rompait de temps à autre le profond silence.

Fouillant les buissons du regard, le juge s'engagea dans un sentier glissant qui semblait faire le tour du marécage. Soudain, il s'arrêta : il venait d'apercevoir quelque chose de rouge au milieu des broussailles. Il s'approcha, enfonçant ses bottes dans la boue visqueuse, et se baissa pour écarter les branches. Un cadavre apparut, enveloppé jusqu'au cou dans un somptueux manteau de brocart écarlate brodé de fleurs d'or.

Il examina le visage sans rien dire. Les beaux traits réguliers de la morte étaient empreints d'une étrange sérénité. Sa chevelure soyeuse, extraordinairement longue et belle, avait été attachée de façon maladroite avec un ruban de coton. Le juge lui donna vingt-cinq, vingt-six ans. Le lobe des oreilles était déchiré, mais très peu de sang avait coulé. Il ouvrit le manteau qu'il referma bien vite.

— Retourne à l'entrée du marais. Tu siffleras si tu aperçois quelqu'un, commanda-t-il à l'Étudiant.

Dès que le jeune homme se fut éloigné, il ouvrit de nouveau la cape rouge. La femme était complètement nue. Un poignard enfoncé jusqu'à la garde sortait de sous le sein gauche et du sang séché entourait la blessure. Le juge étudia le manche de l'arme. En argent repoussé noirci par le temps, c'était une pièce ancienne de grande valeur ; si le mendiant l'avait négligée c'était sans doute par ignorance. Il posa sa main sur la poitrine de la morte. Elle était moite. Il souleva l'un des bras qu'il trouva encore souple et déduisit de ces deux faits que la mort remontait seulement à quelques heures. La sérénité du visage, la nudité du corps, l'absence de chaussures aux pieds, tout indiquait que cette femme avait été tuée dans son lit en plein sommeil. Après avoir noué en hâte les cheveux de sa victime, l'assassin l'avait enveloppée d'un manteau et transportée ici. Cela cadrait bien avec l'hypothèse que le juge commençait à former dans son esprit.

Il écarta les branchages pour que la lune éclairât mieux le beau corps svelte et, relevant ses manches, examina le ventre de la morte. Le juge Ti avait des connaissances étendues en médecine et en savait aussi long qu'un contrôleur des décès. Tandis qu'il s'essuyait les mains dans l'herbe, une expression perplexe se peignit sur ses traits : la défunte avait été violée, ce qui ne s'accordait pas du tout, mais pas du tout, avec ses premières suppositions. Il se releva et, ayant refermé le manteau écarlate, poussa le corps sous les branches afin de le rendre invisible du sentier.

Lorsqu'il rejoignit l'Étudiant, ce dernier, assis sur une grosse pierre, massait avec précaution son bras endolori.

— Je peux à peine le remuer, gémit-il.

— Quel dommage ! répliqua ironiquement le juge. Attends-moi ici, je vais fouiller les maisons voisines.

— Ne me laissez pas seul, pleurnicha le jeune voyou. Il paraît que les fantômes de ceux qui sont morts au cours de l'incendie hantent cet endroit !

— J'en suis désolé, répondit le magistrat. Tu m'as dit tout à l'heure que les cris poussés par eux en mourant t'avaient beaucoup amusé. Les fantômes t'ont sûrement entendu ! Ne crains rien, pourtant, je vais assurer ta protection.

Il fit trois fois le tour de son compagnon en marmottant des paroles pseudo-magiques et déclara :

— Tu n'as plus besoin d'avoir peur, maintenant. J'ai appris cette formule d'un vieux moine taoïste. Aucun fantôme ne pourra pénétrer à l'intérieur du cercle.

Assuré ainsi que l'adolescent n'approcherait pas du cadavre pendant son absence, il traversa rapidement les ruines et arriva devant une rangée de maisons désertes. Les ayant contournées, il aperçut les lampions de la maison de thé où Tsiao Taï l'avait attendu au début de l'après-midi. Deux minutes plus tard, il frappait à la petite porte du Yamen.

VI

Le magistrat de Wei-ping fait une douloureuse confidence à son collègue ❧ L'étudiant annonce de mystérieux projets.

La porte s'ouvrit plus tôt que le juge Ti ne s'y attendait, laissant voir le majordome. Visiblement soulagé, le vieux serviteur remarqua :

— Le message laissé par le chef des sbires vous a donc bien été remis ? Mon maître n'est pas couché, monsieur Chen, il espérait tant que vous pourriez venir.

Il conduisit directement le juge dans la bibliothèque. Deux bougies plantées dans des chandeliers d'argent éclairaient le visage crispé du magistrat assoupi dans un fauteuil. Quand le vieillard l'eut respectueusement tiré de son sommeil, Teng se précipita vers le juge Ti, et, dès qu'ils furent seuls, s'écria :

— Dieu merci, vous voilà ! Je suis dans une situation terrible, Ti. J'ai grand besoin de vos conseils. Prenez un siège, je vous prie.

Assis devant une tasse de thé, le juge Ti demanda :

— Il s'agit de l'assassinat de votre épouse ?

— Comment savez-vous cela ? répondit Teng, stupéfait.

— Je vais d'abord vous faire part des détails qui me sont connus, déclara son visiteur, vous m'expliquerez ensuite ce qui s'est passé.

Teng leva sa tasse. Sa main tremblait, et du thé se répandit sur le bois de la table.

— Quand je vous vis tantôt, commença le juge Ti, je ne pus m'empêcher de noter combien vous paraissiez soucieux et mal à l'aise. Je demandai à monsieur Pan si vous étiez souffrant, mais il m'assura que votre santé était excellente. Je pensai alors qu'un événement désagréable avait dû se produire juste avant mon arrivée. Puis je me souvins d'un autre détail : votre serviteur avait paru surpris que la chambre de votre femme fût fermée à clef. Votre épouse, lui répondîtes-vous, était partie précipitamment au reçu d'un message de sa sœur qui désirait la voir au plus vite. Même dans ce cas, pourquoi fermer la porte à clef ? La servante n'aurait-elle pas à faire le lit ? Le majordome vous informa ensuite qu'un vase ancien, placé dans le cabinet de toilette de votre femme, était brisé. Vous prîtes la nouvelle avec beaucoup de calme. Pourtant, monsieur Pan me dit plus tard que ce vase appartenait depuis de longues années à votre famille et que vous y teniez comme à la prunelle de vos yeux. Que déduire alors de votre attitude, sinon que l'accident vous était déjà connu et que vous aviez des motifs plus graves de vous affliger ? Conclusion logique : le fâcheux événement qui vous bouleversait tant s'était produit dans la chambre de votre épouse. Vos affaires personnelles ne me concernant pas, je cessai de penser à tout cela.

Le juge s'arrêta pour boire un peu de thé. Comme son collègue demeurait silencieux, il reprit :

— À la fin de l'après-midi, des circonstances fortuites placèrent entre mes mains des bijoux volés par un mendiant sur le cadavre d'une femme qui gisait dans le marais. Parmi ces bijoux, deux boucles d'oreilles attirèrent mon attention. Elles étaient formées de fleurs de lotus en argent enchâssées dans une riche monture d'or ornée de rubis. La monture valant vingt ou trente fois plus que la fleur elle-même, il était clair que celle-ci avait une signification particulière. Comme le nom de votre femme est Lotus d'Argent, la désagréable pensée me vint que ces bijoux lui appartenaient. Bien entendu, il pouvait y avoir dans cette ville une autre femme portant ce nom, mais votre trouble et la soudaine absence de votre épouse me firent supposer qu'un lien existait entre ces différents faits.

« J'en étais là de mon raisonnement quand votre chef des sbires vint me demander à l'hôtel de la Grue qui vole. Pensant que vous désiriez me consulter, je résolus, avant de vous voir, d'en apprendre davantage sur la morte. Je sortis donc par la porte de service et me fis conduire au marais. Je découvris sans peine le cadavre, que j'examinai. Aucun doute, il s'agissait d'une femme de haut rang. Sa nudité donnait à croire qu'elle avait été tuée dans son lit, et l'état du corps indiquait que la mort était survenue peu après l'heure du déjeuner. Le marais étant proche du Yamen, je conclus de tout cela que la personne assassinée était bien votre épouse, tuée dans sa chambre pendant la sieste, et déposée là au crépuscule. L'endroit est peu fréquenté le soir, et comme votre résidence possède une porte dérobée qui donne sur la petite rue déserte conduisant aux marécages, le transport du cadavre avait pu se faire avec le minimum de risque. Suis-je tombé juste ?

— Vos déductions sont parfaitement correctes, Ti, mais...

Le juge l'arrêta du geste.

— Avant d'entendre vos explications, dit-il, je tiens à préciser une chose : quoi qu'il soit arrivé, je ferai mon possible pour vous aider *dans la mesure où je ne serai pas obligé de transgresser la loi ou d'entraver le cours de la justice.* Je dois donc vous avertir que vos paroles pourront être répétées devant le tribunal si l'on me convoque comme témoin. C'est à vous de décider si notre conversation peut se poursuivre.

— Je suis bien d'accord avec vous, répondit le magistrat Teng, le préfet doit être mis au courant de cette terrible tragédie. Mais vous m'aiderez infiniment si vous me laissez tout vous raconter et si vous voulez bien me conseiller sur la façon de présenter ma défense, car c'est moi qui ai tué mon épouse.

— Pour quelle raison ? demanda doucement le juge Ti.

Teng se renversa dans son fauteuil et dit d'un ton las :

— Pour vous répondre, il faut remonter très loin. À plus de soixante-dix ans en arrière !

— Je ne vous donne pourtant pas plus de quarante ans et je n'ai pas l'impression que votre femme en ait plus de vingt-cinq, répliqua le juge avec surprise.

Le magistrat Teng acquiesça d'un signe de tête et dit :

— Le nom de Teng Kouo-yao vous est sans doute familier ?

Le juge Ti fronça ses épais sourcils.

— Teng Kouo-yao... murmura-t-il. Voyons... un habile général de ce nom s'est couvert de gloire pendant la grande campagne d'Asie centrale. Un brillant avenir l'attendait à la Cour quand il prit soudain sa retraite parce que... Le juge s'arrêta en jetant à son hôte un regard embarrassé.

— Auguste Ciel... ce général était-il votre grand-père ?

— Oui. Et ce que vous hésitez à dire, c'est qu'il dut prendre sa retraite pour avoir poignardé son meilleur ami dans un accès de démence. Il fut acquitté, mais il lui fallut donner sa démission de l'armée.

Il y eut un long silence, puis Teng reprit :

— Mon père était parfaitement équilibré et je n'avais aucune raison de croire le mal héréditaire. Il y a huit ans, j'épousai Lotus d'Argent. Je ne crois pas qu'on ait jamais rencontré deux époux aussi attachés l'un à l'autre. Si j'acquis la réputation d'être insociable, c'est parce qu'aucune compagnie ne pouvait remplacer pour moi celle de ma femme bien-aimée. Puis un jour (il y a de cela sept ans) mon épouse me trouva sans connaissance sur le plancher de ma chambre. Quand je revins à moi, la tête me faisait mal et d'étranges souvenirs dansaient dans mon cerveau enfiévré. Après des heures d'hésitation, j'avouai la vérité à Lotus d'Argent : ma raison venait de s'égarer momentanément et j'avais rêvé que j'assassinais un homme en prenant un horrible plaisir à répandre son sang. Je lui parlai de la malédiction qui pesait sur moi, et j'achevai en lui disant qu'elle ne pouvait pas vivre aux côtés d'un dément et que j'allais faire le nécessaire pour qu'un divorce rapide lui rendît sa liberté.

Teng se couvrit le visage de ses mains. Le juge Ti le regarda avec compassion. Se ressaisissant, le malheureux poursuivit :

— Lotus d'Argent refusa. Elle me dit qu'elle ne voulait pas me quitter et qu'elle s'arrangerait pour que rien de fâcheux n'arrivât si j'avais une nouvelle attaque. Elle appuya sur le *si*, ajoutant que nul ne pouvait dire si mon malaise n'était pas dû à une autre cause. Je ne voulus pas accepter son sacrifice, mais quand elle menaça de se suicider si je la contraignais au divorce, je me rendis à ses raisons, misérable que je suis. Nous n'avions pas d'enfants. Nous décidâmes de ne jamais en avoir, espérant que la joie de travailler ensemble à des œuvres littéraires remplacerait le bonheur de voir notre amour produire des fruits de chair. Si je paraissais froid et réservé à l'excès, j'espère, Ti, que vous en comprenez maintenant la raison ?

Le juge inclina la tête en silence. Que dire devant un tel malheur ? Teng reprit :

— Il y a quatre ans, j'eus une seconde attaque du mal, deux ans plus tard une troisième. La dernière fois, je devins si menaçant que ma femme me fit prendre de force un narcotique pour éviter le pire. Son soutien de tous les instants était mon seul réconfort, mais, il y a quatre semaines, un nouveau fait me priva de cette consolation en m'empêchant de me confier à elle.

PRINTEMPS

ÉTÉ

Désignant le grand paravent de laque rouge placé derrière son visiteur, Teng dit lentement :

— Le paravent de laque venait de prendre possession de mon âme.

Le juge Ti se retourna. La flamme vacillante des bougies mettait d'étranges reflets sur les délicats reliefs laqués. Teng ferma les yeux.

— Allez le voir de près, dit-il. Je vais vous le décrire, j'en connais chaque pouce par cœur.

Le juge s'approcha du paravent. Il se composait de quatre panneaux donnant chacun l'image d'une scène figurée avec art dans la laque rouge au moyen d'incrustations de jade vert, d'argent et d'or. Ce paravent devait être vieux d'au moins deux cents ans et sa valeur marchande était certainement considérable. D'une voix presque impersonnelle, Teng poursuivit :

— Les panneaux représentent les quatre saisons comme c'est souvent le cas. Le premier panneau, à gauche, figure le printemps.

UTOMNE

Un jeune homme s'est assoupi en étudiant à l'ombre d'un pin, dans la véranda de sa maison, pendant que son petit valet prépare le thé. Il fait un « rêve de printemps » au cours duquel quatre jeunes filles lui apparaissent. Toutes quatre sont belles, mais il n'a d'yeux que pour une seule.

« Le second panneau dépeint l'été, la saison où mûrit l'ambition. L'étudiant est à présent un homme fait. Suivi de son valet, il gagne la capitale pour passer le dernier examen qui fera de lui un fonctionnaire de l'Empire.

« Vient alors le troisième panneau : l'automne. L'ambition du jeune homme est satisfaite. Il a passé son examen avec succès et le voilà haut fonctionnaire. Vêtu d'un habit de cour et suivi d'un serviteur qui porte le grand éventail, symbole de sa position élevée, il passe devant une belle demeure. Sur le balcon, il aperçoit les quatre jeunes filles de son rêve, les trois qui lui sont indifférentes et celle qu'il souhaite avoir comme épouse.

Le magistrat se tut un instant. Le juge Ti s'avança vers le quatrième panneau et l'examina avec curiosité.

— Le quatrième panneau, reprit Teng, nous montre l'hiver, la saison où l'on médite sur ce qui est acquis avec une compréhension croissante et une joie tranquille. Ce tableau nous dépeint les délices du bonheur conjugal.

Le regard du juge Ti se posa sur le couple d'amoureux assis devant une table dans une opulente demeure. L'artiste les avait placés tout près l'un de l'autre, le bras gauche de l'amant passé autour des épaules de l'amante, tandis que de sa main droite il lui offre une tasse de thé. Son examen terminé, le juge voulut se rasseoir, mais Teng s'écria :

— Attendez ! J'ai découvert ce paravent chez un antiquaire de la capitale peu après mon mariage avec Lotus d'Argent. Je l'achetai sur-le-champ. Il me fallut pour cela engager certains de mes biens afin de pouvoir verser au marchand le prix élevé qu'il en exigeait. Je n'hésitai pas, cependant, *car ces panneaux dépeignaient exactement les instants décisifs de ma propre carrière*. Étudiant dans ma ville natale, je rêvai un jour de ces quatre jeunes filles. Plus tard, en gagnant la capitale dans un chariot, je les revis au balcon d'une demeure qui se trouva être celle de l'ancien préfet Wou. Et j'épousai par la suite sa seconde fille, Lotus d'Argent, la bien-aimée de mon rêve ! Cet écran est notre bien le plus précieux. Il nous a toujours accompagnés dans nos changements de résidence. Combien de fois, assis ensemble devant ces quatre panneaux, nous sommes-nous montré chaque détail en parlant du temps de nos fiançailles et du mariage qui suivit !

« Il y a environ une lune, l'après-midi fut exceptionnellement chaud. J'ordonnai à mon majordome de placer un lit de repos dans cette bibliothèque qu'une brise rafraîchissante traverse et rend d'un séjour agréable en de tels moments. L'oreiller faisait face au quatrième panneau, et le couple amoureux se trouvait juste devant mes yeux. Je fis alors une terrifiante découverte : une transformation s'était opérée dans l'image et l'homme plongeait un poignard dans le sein de mon épouse !

Le juge Ti courba sa haute taille pour mieux voir cette partie du tableau. Il étouffa une exclamation de surprise. La main gauche de l'homme — celle qu'il venait de glisser autour du cou de son épouse —

tenait bien un poignard dont la pointe se dirigeait vers le cœur de la malheureuse. Un petit copeau d'argent figurait l'arme meurtrière. Hochant la tête d'un air perplexe, le juge Ti retourna s'asseoir près de son hôte.

— J'ignore quand s'accomplit le changement, dit Teng. J'ai étudié avec soin cette partie de l'image, pensant que l'ouvrier avait peut-être laissé choir un copeau d'argent dans la laque encore chaude et que cette parcelle métallique venait d'apparaître parce que la surface de l'écran s'était récemment écaillée. Hélas, je ne fus pas long à me rendre compte que le fragment de métal avait été ajouté après coup... et de façon bien maladroite, comme en témoignaient de minuscules craquelures dans la laque environnante.

Le juge Ti acquiesça en silence. Lui aussi venait de les remarquer.

— C'était donc moi qui avais mis là ce simulacre d'arme au cours d'une crise de démence dont le souvenir m'échappait, reprit Teng. Et une seconde conclusion s'imposait : dans la partie malade de mon subconscient se formait le projet de poignarder mon épouse.

Il se passa la main sur le front, puis, détournant les yeux du panneau de laque rouge, il poursuivit d'une voix étranglée :

— Depuis lors, cette image ne cesse de me hanter. Au cours des dernières semaines, j'ai plusieurs fois rêvé que je tuais ma femme... horribles cauchemars à la fin desquels je me réveillai inondé de sueur. Le jour, la même pensée me torturait continuellement et l'image de l'écran me poursuivait sans trêve. Que faire ? Impossible d'en parler à ma femme. Elle était capable de tout supporter, tout, sauf l'idée que son mari bien-aimé pût, même lorsque sa raison l'abandonnait, devenir un ennemi pour elle. Non, ma confession lui aurait brisé le cœur !

Teng contempla un instant la table à thé sans la voir, puis, se ressaisissant, reprit d'une voix plus normale :

— Aujourd'hui, nous avons déjeuné tous deux dans un coin ombragé du jardin. L'atmosphère était oppressante et je sentais la migraine me tarauder les tempes. J'avertis Lotus d'Argent que je ferais la sieste dans ma bibliothèque en étudiant quelques documents officiels. Mais la chaleur était aussi accablante ici, et, comme je ne parvenais pas à me concentrer, je décidai d'aller rejoindre ma femme. Se levant, Teng ajouta : Venez, je vais vous montrer.

Il prit l'une des bougies et entraîna le juge dans un petit couloir. Après plusieurs détours, il s'arrêta dans une antichambre et, ayant ouvert une porte, il indiqua du seuil le cabinet de toilette. À droite se trouvait une coiffeuse en bois de rose avec son miroir d'argent poli. À gauche, devant une porte étroite, on apercevait un lit de repos en bambou. Une petite table ronde, en ébène délicatement sculptée, occupait le centre de la pièce au sol de marbre rouge.

— Sur cette table, expliqua Teng, était posé le vase ancien que j'ai renversé. La porte de gauche s'ouvre sur un jardin miniature dans lequel on peut voir des cyprins dorés s'ébattre au milieu d'un minuscule bassin. La servante dort toujours sur ce lit de bambou. La grande porte laquée de rouge que vous voyez en face donne dans la chambre de mon épouse. Attendez-moi un instant, je vous prie.

Traversant la pièce, il sortit de sa robe une clef au dessin compliqué et ouvrit la porte rouge, puis il revint vers le juge Ti.

— Quand je suis entré dans ce cabinet, dit-il, nous étions au début de l'après-midi et la servante dormait. Mon dernier souvenir est celui de ma femme entrevue à travers cette porte. Allongée toute nue sur le lit, elle sommeillait paisiblement, la tête nichée dans le creux de son bras droit replié. Je distinguai le beau profil aimé, mais la jambe droite reposait sur la gauche, si bien que le bas de son corps demeurait caché à mes yeux. Elle avait dénoué la longue chevelure qui la rendait si fière, et ses cheveux formaient un coussin de soie noire sous ses épaules avant de tomber en cascade soyeuse le long du lit. Au moment où je m'apprêtais à la réveiller, l'obscurité se fit brusquement dans mon cerveau.

« Je repris connaissance ici, étendu par terre au milieu des débris du vase ancien. L'esprit confus, la vision trouble, je souffrais d'une atroce migraine. Un coup d'œil vers la servante me la montra toujours endormie. Je me mis péniblement debout et me traînai jusqu'à la chambre. Mon épouse était dans la même position, les yeux clos. Le Ciel soit loué, pensai-je, elle ne s'est aperçue de rien ! Hélas, quand je fus dans la pièce, je vis le manche de mon poignard sortant de sa poitrine. Je l'avais tuée.

Teng se couvrit le visage avec ses mains et sanglota doucement, appuyé au chambranle de la porte.

Le juge Ti s'avança dans la chambre, parcourant du regard la vaste couche recouverte d'une natte de jonc souple finement tressée. Un

Le magistrat Teng aperçoit sa femme couchée

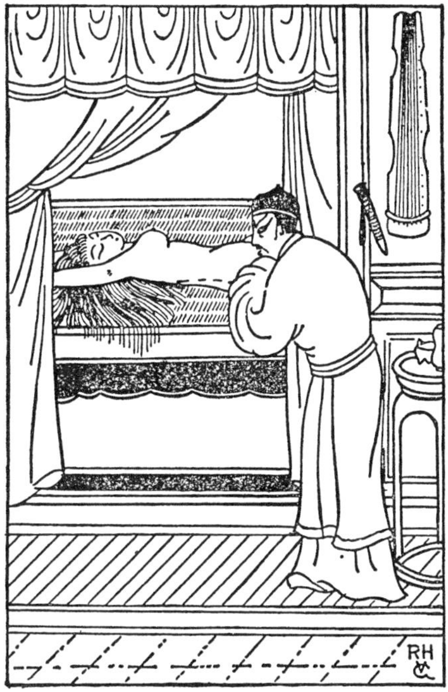

peu de sang la tachait près de l'oreiller. Levant les yeux, il remarqua la gaine vide d'un poignard accrochée non loin de la fenêtre. À côté étaient suspendus un vieux sabre dans son fourreau clouté de cuivre et un luth à sept cordes. Une barre de bois fermait cette unique fenêtre, faite d'un treillis de bambou sur lequel était collé un épais papier blanc. L'ameublement se réduisait à une petite table à thé ancienne en bois de santal sculpté et à deux tabourets assortis. Quatre coffres à vêtements en cuir rouge (un pour chacune des saisons de l'année) étaient empilés dans un coin de la pièce.

Son rapide examen terminé, le juge rejoignit Teng et demanda doucement :

— Que fîtes-vous ensuite ?

— L'horreur de ce deuxième choc acheva de m'enlever le peu de sang-froid qui me restait. Je sortis, fermai la porte à clef, et courus vers ma bibliothèque que j'atteignis je ne sais comment. L'esprit encore confus, je m'efforçais de comprendre ce qui s'était passé quand mon majordome vous annonça.

— Je suis désolé d'être survenu si mal à propos, dit le juge tout contrit. Je ne pouvais deviner...

— C'est moi qui vous présente mes plus humbles excuses pour le manque de courtoisie de ma réception, répondit poliment son hôte. Retournons dans la bibliothèque, si vous le voulez bien.

Quand les deux hommes furent de nouveau assis de part et d'autre de la table à thé, Teng reprit :

— Lorsque vous fûtes parti, je retrouvai peu à peu mes esprits, et le train-train habituel de l'audience du soir exerça sur moi une influence apaisante. Un curieux cas de suicide me fit un instant oublier ma tragédie personnelle, mais, à aucun moment je n'eus l'intention d'échapper aux suites légales de mon acte. La justice devait suivre son cours et mon devoir était d'aller me constituer prisonnier à la préfecture. Une chose, pourtant, me tracassait : que faire du cadavre de ma pauvre épouse et que dire aux serviteurs ? Je compris alors combien j'étais fortuné d'avoir près de moi, en ces pénibles circonstances, un collègue aussi sage que vous. J'envoyai mon chef des sbires à l'hôtel de la Grue qui vole avec mission de vous ramener au plus tôt. Quand, à son retour, il me dit que vous étiez sorti sans informer personne du but de votre promenade, je fus pris de panique. Je comptais tant sur votre présence immédiate, et vous ne seriez peut-être pas là avant le lendemain. À moins même qu'un accident ne vous arrivât, ce qui m'obligerait à décider seul de tout ! Bientôt la servante allait vouloir s'occuper du ménage... aérer la chambre... le majordome viendrait me réclamer la clef... L'idée qu'il fallait faire disparaître le cadavre s'empara de mon esprit. Je profitai du moment où mes serviteurs prenaient leur repas du soir pour retourner dans la chambre, nouer vite les cheveux de ma femme et envelopper son corps d'un manteau choisi au hasard. Sortant ensuite par la porte dérobée, je suivis la rue déserte, atteignis les ruines sans avoir été vu de personne, et déposai mon pitoyable fardeau sur le sol marécageux.

« À peine étais-je revenu ici que je compris toute la stupidité de mon acte. Dans mon affolement je n'avais pas pensé au moyen le plus simple de retarder la découverte du crime : il suffisait de dire au majordome que la clef de la chambre était égarée ! Ce fut l'explication que je lui donnai quand il vint me la réclamer. Cependant, cet incident me montra combien j'étais incapable de me débrouiller seul dans l'état où je me trouvais, et j'envoyai de nouveau mon chef des sbires à votre hôtel en lui commandant, cette fois, de laisser un message vous priant de venir ici le plus tôt possible. Depuis, je vous attendais, espérant que vous viendriez malgré l'heure tardive. Le Ciel soit loué, vous voilà ! Que me conseillez-vous de faire ?

Caressant sa longue barbe noire, le juge ne répondit pas tout de suite. Après avoir considéré un moment l'écran de laque, il se tourna vers Teng et décréta :

— Rien. Tout au moins pour l'instant.

— Que voulez-vous dire ? s'écria Teng en se redressant. Il faut que j'aille à Pien-fou demain matin, voyons ! Aidez-moi à composer une lettre pour le préfet. Un messager la portera ce soir même de façon que…

Le juge Ti leva la main.

— Calmez-vous, dit-il. J'ai examiné le cadavre, j'ai vu le lieu où s'est déroulée la tragédie, et je crois que nous n'en savons pas assez pour conclure à votre culpabilité.

Teng bondit sur ses pieds. Marchant de long en large, il cria :

— Ce que vous dites ne tient pas debout, Ti ! Quelle preuve supplémentaire vous faut-il ? Mes malaises, mes rêves, le paravent…

— Oui, oui, l'interrompit le juge. Mais certains détails sont pour le moins curieux. Des détails qui suggèrent une intervention extérieure.

Teng frappa le sol du pied.

— N'essayez pas de faire naître en moi de vains espoirs, Ti. Ce serait cruel ! Auriez-vous la ridicule idée qu'à l'instant précis où j'ai eu mon malaise un inconnu soit venu assassiner ma femme ? Quelle improbable coïncidence !

Le juge Ti haussa les épaules.

— Je n'aime pas plus que vous les coïncidences, dit-il, mais j'en ai déjà rencontré d'aussi extraordinaires. Et ce ne serait pas plus singulier que d'avoir mis une arme dans la main du personnage de ce paravent sans en conserver le souvenir ! Autre chose : la première fois que vous êtes entré dans la chambre, vous avez vu votre femme immobile sur son lit, et de dos, je crois. Peut-être était-elle déjà morte. Avez-vous des ennemis dans cette ville, Teng ?

— Certainement pas, répliqua aigrement le magistrat. De plus, ma femme et moi étions les seuls à connaître la signification particulière des quatre panneaux. Du reste, le paravent n'a pas quitté cette demeure depuis notre arrivée ici. Personne d'autre que moi ne peut donc y avoir ajouté ce copeau d'argent !

Plus calme, il ajouta :

— Qu'avez-vous l'intention de faire, Ti ?

— Accordez-moi un jour pour découvrir de nouveaux indices, répondit le juge. Un seul jour ! Si je n'y réussis pas, je vous accompagnerai à Pien-fou après-demain et j'expliquerai tout moi-même au préfet.

— Ne pas rendre compte d'un meurtre dans le délai le plus court est une faute grave, protesta Teng. Vous avez dit tout à l'heure que vous ne vouliez pas entraver...

— J'assume l'entière responsabilité du retard, coupa le juge Ti.

Les sourcils froncés, Teng reprit sa marche d'ours en cage. S'arrêtant enfin, il déclara d'un ton résigné :

— Eh bien, entendu, Ti, j'accepte. Je m'en remets complètement à vous. Que dois-je faire ?

— Peu de chose. Inscrivez le nom et l'adresse de votre femme sur une enveloppe.

Teng ouvrit le tiroir supérieur de son bureau pour y prendre une enveloppe. Après avoir tracé dessus quelques caractères, il la remit au juge. Celui-ci la glissa dans sa manche et dit :

— À présent, allez chercher un des costumes de votre épouse et faites-en un paquet. N'oubliez pas les chaussures !

Teng lui lança un regard de curiosité mais sortit sans ajouter un mot.

Resté seul, le juge s'approcha du bureau. Il prit dans le tiroir encore ouvert plusieurs feuilles de papier à lettre officiel ainsi que des enveloppes portant le large sceau vermillon du tribunal et mit soigneusement le tout dans sa manche.

Quand le magistrat Teng revint avec un petit ballot d'étoffe bleue, son regard s'arrêta sur la robe souillée de boue du juge. Plein de confusion, il s'écria :

— Je vous prie de bien vouloir m'excuser, Ti ! Je suis si préoccupé par mes problèmes personnels que je n'ai même pas songé à vous offrir des vêtements de rechange. Permettez-moi de vous prêter...

— Non, non ! répliqua le juge Ti. J'ai encore quelques visites à faire en des lieux où une robe impeccable attirerait sur moi plus d'attention que je ne le désire ! Je vais mettre le costume que vous venez de m'apporter au cadavre et je le tirerai au milieu du sentier. Ainsi, la première personne qui passera demain ne manquera pas de le découvrir. Je placerai l'enveloppe dans sa manche afin que le corps soit identifié immédiatement. Faites procéder à l'autopsie dès qu'on vous l'apportera. Vous avez un bon contrôleur des décès, j'imagine ?

— Oui. C'est le propriétaire de la grande pharmacie, place du marché.

— Bien. Vous déclarerez que votre femme a été tuée en se rendant à la porte Nord et qu'une enquête est en train. Après cela, vous pourrez faire mettre le corps dans un cercueil provisoire.

Le juge Ti ramassa le ballot de vêtements, posa sa main sur l'épaule de son collègue et conclut avec un sourire affectueux :

— À demain, Teng ; essayez de dormir un peu. Ne me reconduisez pas, je connais le chemin !

Il retrouva l'Étudiant dans un état pitoyable. Recroquevillé sur sa pierre, le jeune voyou était secoué de violents frissons malgré la température encore élevée. Grimaçant un sourire, il voulut parler au juge, mais, dès qu'il ouvrit la bouche, ses dents s'entrechoquèrent.

— Ne crains rien, Grand Maître du crime, c'est seulement moi, dit le juge Ti. Je vais jeter un dernier coup d'œil au cadavre et nous pourrons aller nous coucher.

L'adolescent était si prostré qu'il ne remarqua même pas le ballot sous son bras.

Après avoir retiré doucement le poignard, le juge l'enveloppa dans un morceau de papier huilé et le glissa dans sa robe. Puis il habilla le corps, chaussa ses pieds mignons, et le traîna jusqu'au sentier. Il appela ensuite l'Étudiant, et tous deux reprirent en silence la direction de la ville endormie.

Le jeune homme ne paraissait pas encore remis de sa longue attente solitaire. Le juge se dit que son affectation de scélératesse était peut-être un juvénile désir d'impressionner les gens. Il avait dix-huit ans à peine, dans une année ou deux son goût morbide de la violence l'abandonnerait sans doute. Il aurait pu faire pis que se joindre à la bande du Caporal. C'était un chenapan, bien sûr, mais il ne donnait pas l'impression d'être corrompu à fond. Si un malheureux accident ne venait pas mettre un terme à la carrière de l'Étudiant, il pouvait encore se repentir !

L'objet de ces charitables réflexions les interrompit en s'écriant soudain :

— Je sais que le Caporal et vous n'avez pas une haute idée de ma personne, mais laissez-moi vous dire qu'avant deux jours vous serez plutôt surpris ! Je posséderai alors plus d'argent que vous deux n'en aurez pendant toute la durée de vos existences !

Le juge ne répondit rien ; ce genre de vantardise l'assommait.

Lorsque l'auberge du Phénix fut en vue, l'Étudiant s'arrêta.

— Je vous dis au revoir ici, annonça-t-il. Une affaire importante me réclame ailleurs ! Le juge poursuivit seul son chemin.

VII

Des pensées printanières
viennent à Tsiao Taï
Il trouve une rose d'automne sur son chemin.

Après le départ de son maître et de l'Étudiant pour le marais, Tsiao Taï but quelques tasses de vin avec le Caporal. Assez vite, la conversation roula sur les batailles livrées par l'armée impériale au cours des dernières années. C'était visiblement le sujet favori du Caporal.

— Si tu aimes tant la vie militaire, pourquoi as-tu quitté le service ? demanda le lieutenant du juge Ti.

— À cause d'une bêtise que j'ai faite !

Des mendiants aux loques malodorantes commençaient à arriver par petits groupes. Le Caporal rejoignit Crâne-chauve et tous deux se plongèrent dans leurs comptes. Trouvant l'atmosphère de plus en plus irrespirable et craignant de voir apparaître le vieil homme qui lui avait vendu les bijoux, Tsiao Taï décida de sortir.

Dehors, la chaleur était encore accablante. Il pensa que la température serait plus supportable près du fleuve et enfila au hasard une rue en pente. Après s'être trompé plusieurs fois de chemin, il découvrit un grand pont en forme d'arc et gagna le point le plus élevé de sa courbe. Accoudé à la balustrade de marbre sculpté, il contempla l'eau sombre qui coulait avec un mugissement continu, couronnant d'écume claire la tête de rochers pointus qu'elle heurtait dans sa course. Tsiao Taï suivit rêveusement de l'œil les remous de l'impétueux courant et huma l'air frais avec plaisir.

Les passants étaient rares. À en juger par les riches demeures aux cours multiples qui bordaient ce côté du fleuve, il devait se trouver dans un quartier résidentiel. Sur l'autre rive s'élevait la caserne de la garnison avec son entrée monumentale, ses imposantes murailles crénelées et ses bannières multicolores qui pendaient mollement dans le ciel calme.

Silencieux sur leurs semelles de feutre, deux malandrins s'avancèrent vers lui mais, quand ils furent tout près, ils échangèrent un hochement de tête déçu. Mieux valait ne pas attaquer ce colosse à la mine résolue !

Cependant, Tsiao Taï était perplexe. Depuis la fin de l'après-midi, il essayait en vain de deviner les mobiles de son maître. Maussade, il décida de renoncer à comprendre. D'ailleurs, le juge ne le mettrait-il pas au courant lorsqu'il estimerait la chose nécessaire ? Le goût âcre du vin ingurgité en compagnie du Caporal persistait dans sa bouche. Il envoya un jet de salive par-dessus la balustrade et songea aux camarades laissés à Peng-lai. En ce moment Ma Jong et le brave sergent étaient sans doute attablés dans le Jardin aux neuf fleurs, la petite auberge qui s'élevait en face du tribunal. À moins que Ma Jong ne fût en train de lutiner quelque jolie fille rieuse ! Pour l'instant, lui-même se serait bien accommodé d'une présence féminine mais l'idée de se rendre dans une vulgaire maison accueillante lui fit faire la grimace. Avec un soupir, il décida de retourner à l'auberge du Phénix à présent les mendigots étaient probablement partis.

Quittant le pont, il se mit à longer la berge du fleuve. À un certain moment, il eut encore l'impression d'être suivi. Pourtant le borgne n'avait-il pas fait alliance avec eux ?

Il prit une rue qui montait vers le sud. Presque aussitôt une fenêtre ouverte attira son attention. Elle faisait partie d'une grande bâtisse séparée du chemin par une barrière en bambou. Curieux de voir qui pouvait être debout à une heure aussi tardive, Tsiao Taï se haussa sur la pointe des pieds et aperçut le coin d'une pièce richement meublée. Deux chandeliers d'argent posés sur une coiffeuse éclairaient une femme, vêtue d'une mince robe de soie blanche, qui se peignait devant son miroir.

Comme aucune personne honnête ne se serait exposée à être vue ainsi, Tsiao Taï tira la seule conclusion possible : cette belle créature était une courtisane établie à son propre compte. Il promena sur elle un regard appréciateur. Elle pouvait avoir la trentaine, et, avec ses formes opulentes et l'ovale plein de son visage, elle appartenait à ce genre de femme d'une savoureuse et experte maturité qui l'avait toujours plus particulièrement attiré. Tortillant sa petite moustache d'un air songeur, il se dit à nouveau que la compagnie temporaire d'une aimable personne conviendrait fort à son humeur présente. D'un autre côté, il se trouvait certainement devant une courtisane de haute volée ; en admettant qu'elle voulût bien lui accorder ses faveurs, le problème financier restait à résoudre. Il n'avait que deux ligatures de sapèques dans sa manche et cinq seraient au moins nécessaires... même peut-être une pièce d'argent. Enfin, il pouvait toujours faire connaissance avec la belle et tenter d'obtenir un rendez-vous pour le lendemain soir. De toute façon, cela valait la peine d'essayer !

Il traversa l'élégant jardinet fleuri et frappa de son index la porte laquée de noir. Ce fut la femme aperçue à la fenêtre qui ouvrit. Elle poussa un petit cri de surprise en le voyant, et, l'air embarrassé, se cacha la bouche sous sa manche.

Tsiao Taï s'inclina très bas et dit poliment :

— Je suis confus de vous déranger à une heure aussi tardive, Sœur-née-après-moi. En passant, je vous ai vue peigner votre magnifique

Tsiao Taï contemple un charmant spectacle

chevelure, et le charme qui se dégageait de votre personne m'a fait une telle impression que j'ose vous demander, humble voyageur solitaire, la faveur de me reposer un instant près de vous en écoutant vos sages paroles.

La jeune femme l'examina, le front légèrement plissé, puis, lui faisant un charmant sourire, elle répondit d'une voix douce :

— J'attendais quelqu'un d'autre, mais ce visiteur ne viendra plus maintenant et rien ne m'empêche de vous recevoir.

— Je ne voudrais pour rien au monde troubler un rendez-vous, se hâta de dire Tsiao Taï. Votre ami peut encore se présenter. Ce serait stupide de sa part de passer la soirée ailleurs qu'auprès de vous. Je reviendrai demain !

La jeune femme éclata de rire, encore plus séduisante.

— Je vous trouve très sympathique, dit-elle. Entrez donc !

Tandis qu'il la suivait dans la pièce, elle ajouta en minaudant :

— Asseyez-vous, le temps que je finisse d'arranger mes cheveux.

Tsiao Taï prit place sur un tabouret en porcelaine de couleur, se disant qu'il lui faudrait beaucoup de chance pour obtenir un rendez-vous car, visiblement, il était chez une courtisane fort cotée. Un épais tapis couvrait le plancher, des tentures de brocart décoraient les murs, et la vaste couche était faite d'ébène incrustée de nacre. Un peu plus loin, sur la coiffeuse, les odorantes volutes d'un encens coûteux montaient d'un brûle-parfum doré.

Tortillant de nouveau sa moustache, Tsiao Taï contempla le dos potelé et les hanches arrondies de son hôtesse. Après avoir suivi un instant de l'œil le mouvement gracieux des bras blancs le long des tresses brillantes, il déclara :

— Une personne aussi charmante doit posséder un joli nom ?

— Un joli nom ? répéta-t-elle en lui souriant à travers le miroir. Oh… vous pouvez m'appeler Rose d'Automne.

— On ne saurait mieux vous désigner. Quoique aucun nom ne puisse rendre justice à votre exquise beauté !

La jeune femme se retourna, radieuse, et, s'asseyant sur le bord de la couche, prit un éventail qu'elle agita d'un geste nonchalant. Après un petit examen de son visiteur, elle remarqua :

— Vous êtes bien bâti et plutôt beau garçon. L'air un peu sévère, peut-être ? Votre robe est toute simple, mais coupée dans une bonne étoffe et il est dommage que vous ne sachiez pas en tirer plus d'effet.

Maintenant, laissez-moi deviner votre profession… Officier en congé, n'est-ce pas ?

— Vous y êtes presque ! Et ce que j'ai dit tout à l'heure est vrai : je suis un étranger ici.

Le regard lumineux de Rose d'Automne se posa de nouveau sur lui.

— Resterez-vous longtemps parmi nous ? demanda-t-elle.

— Quelques jours seulement. À présent que je vous connais, j'aimerais y passer ma vie !

— Est-ce l'armée qui enseigne à ses officiers l'art de dire de si jolies choses ? Elle lui tapota les genoux avec son éventail, puis laissant négligemment sa robe s'entrouvrir sur deux globes magnifiques, elle ajouta en le regardant du coin de l'œil : Il fait chaud ce soir, ne trouvez-vous pas ?

Tsiao Taï s'agita sur son tabouret. Pourquoi une vieille femme n'apparaissait-elle pas avec le thé traditionnel ? La courtisane lui avait clairement indiqué son accord, et, suivant l'étiquette du « monde de la brise et des saules », il pouvait à présent s'occuper de la question financière avec la duègne. Voyant le regard interrogateur de Rose d'Automne, il toussa pour s'éclaircir la voix et s'enquit :

— Où puis-je rencontrer votre… euh, votre duègne ?

— Ma duègne ? répéta-t-elle en haussant les sourcils.

— Oui. Pour lui parler de…

— Lui parler de quoi ? Ma conversation ne vous suffirait-elle pas ?

— Ne me taquinez pas, voyons ! Lui parler du côté pratique de la chose !

— Que voulez-vous dire ? demanda-t-elle avec une adorable petite moue.

— Auguste Ciel ! explosa Tsiao Taï. Nous ne sommes tout de même plus des enfants. Il faut que quelqu'un me dise combien je dois vous payer et quel temps j'aurai le droit de rester pour cette somme !

Rose d'Automne éclata d'un rire perlé et se couvrit aussitôt la bouche avec son éventail. Tsiao Taï lui fit écho pour cacher son embarras. Quand l'hilarité de la jeune femme fut calmée, elle dit en fronçant les sourcils :

— Je regrette de vous informer que ma duègne est souffrante. Il vous faudra donc discuter avec moi du « côté pratique de la chose », pour employer votre délicate expression. Parlez, monsieur, à combien évaluez-vous mes faveurs ?

— À dix mille pièces d'or ! répondit galamment Tsiao Taï.

— Vous êtes un amour, dit-elle, heureuse. Mais un amour qui serait aussi un homme des bois ! Vos épouses ne doivent pas avoir un instant de répit quand vous êtes chez vous ! Aujourd'hui est pour moi un jour spécial, je vais donc vous garder un petit moment sans qu'il soit question de cet horrible « côté pratique de la chose ». Mais je dois quitter Wei-ping sous peu et une seconde visite n'est pas souhaitable. Me promettez-vous de ne pas chercher à me revoir ?

— Vous me brisez le cœur, mais je m'incline, répondit Tsiao Taï, enviant le riche personnage que la délicieuse créature allait sans doute accompagner.

Il alla s'asseoir près d'elle, mit son bras autour de ses épaules et, tout en lui donnant un long baiser, dénoua doucement la ceinture de la belle.

VIII

Un maître-chanteur demande sa collaboration au juge Ti. Un cambrioleur lui révèle ses petits secrets.

Tsiao Taï regagna l'auberge du Phénix en chantonnant. Mademoiselle Œillet-Rose se trouvait seule dans la buvette, maniant son balai de bambou d'un air maussade.

— Où est l'Étudiant ? demanda-t-elle.

— Pas bien loin, je suppose, répondit-il.

Et s'asseyant avec précaution dans un vieux fauteuil de rotin, le seul siège confortable de la pièce, il ajouta :

— Prépare un grand pot de thé. Pas pour moi, mais pour mon camarade qui avale ce liquide à longueur de journée. Kouen-chan n'est pas venu ?

Mademoiselle Œillet-Rose fit la grimace.

— Si, l'horreur ! Je l'ai prévenu que vous étiez sortis tous les deux et il a dit qu'il reviendrait. J'ai subi les caresses de beaucoup d'hommes dans ma vie, mais celui-là m'offrirait dix pièces d'or que je refuserais de coucher avec lui !

— En fermant les yeux ?

— Oh ! ce n'est pas à cause de sa laideur, mais c'est le genre de vicieux qui aime infliger des souffrances aux femmes. Une fois la gorge tranchée, que voudriez-vous que je fasse de dix pièces d'or ?

— T'en servir pour graisser la patte au juge noir des régions infernales ! Mais nous avons suffisamment parlé de Kouen-chan... Que dirais-tu de moi ?

La jeune femme le regarda de haut en bas. Reniflant avec mépris, elle répliqua :

— Vous ? La semaine prochaine peut-être, quand vous serez remis de vos fatigues. Ce sourire satisfait sur vos lèvres indique que vous vous en êtes payé jusqu'à la limite de vos forces. Et ça ne devait pas être du bon marché, si j'en crois le parfum dont vous êtes encore imprégné. Ce soir, vous ne seriez même pas capable de soulever l'ourlet de ma robe.

Elle se dirigea vers la cuisine, laissant Tsiao Taï rire de bon cœur. Lorsqu'elle revint, il était allongé dans le fauteuil, et, les pieds sur la table, dormait profondément.

Après avoir déposé une grosse théière près de lui, elle regagna sa place derrière le comptoir, bâillant à s'en décrocher la mâchoire.

Elle se curait les dents lorsque le juge Ti frappa. Allant vite lui ouvrir, elle demanda d'un ton anxieux :

— L'Étudiant n'est pas avec vous ?

— Je l'ai chargé d'un petit travail, répondit le juge en posant sur elle un regard aigu.

— Il n'aura pas d'ennuis, au moins ?

— Aucun dont je ne puisse le sortir. Tu parais lasse, ma petite. Va te coucher, nous en avons encore pour un bout de temps.

Tandis qu'elle montait l'étroit escalier, le juge réveilla son lieutenant.

Le visage de Tsiao Taï s'allongea quand il vit les traits tirés du magistrat.

— Que vous est-il arrivé ? demanda-t-il en lui versant une tasse de thé bouillant.

Le juge lui fit part de ses déductions au sujet du cadavre et résuma le début de son entretien avec Teng. Il finissait tout juste quand on frappa doucement à la porte. Tsiao Taï s'empressa d'ouvrir.

— Auguste Ciel ! grommela-t-il en apercevant Kouen-chan, encore ce vilain museau !

— Vous pourriez au moins dire merci, répliqua aigrement le borgne. Bonsoir, monsieur Chen ! J'espère que vous êtes bien ici ?

— Assieds-toi, ordonna le juge Ti. Je reconnais que tu nous a rendu service. Mais dans quel but ? Voilà ce que j'aimerais savoir !

— À dire vrai, répondit Kouen-chan, cela m'est parfaitement égal que vous soyez arrêtés et qu'on vous coupe la tête, à vous et à votre camarade. Mais il se trouve que j'ai besoin de vous deux, et tout de suite ! Alors, écoutez-moi bien : je suis le plus habile cambrioleur de la province. Il y a plus de trente ans que j'exerce cette profession sans avoir été pris et mon expérience est grande. D'un autre côté, la force corporelle me fait défaut. Je n'ai pas cherché à l'acquérir car je considère la violence chose vulgaire. Seulement, un travail se présente qui en exigera peut-être. Je vous ai observés tous deux avec attention et je crois que vous ferez l'affaire. Je vous donnerai une part du butin. Une part modeste, bien entendu, car le risque couru par vous sera pratiquement nul, et parce que la partie préparatoire du travail (la partie la plus difficile) a été entièrement faite par moi.

— C'est clair, résuma Tsiao Taï, les dangers seront pour nous et les profits pour toi ! Eh bien, tu te trompes, ça va te revenir plus cher que tu ne l'imagines, espèce de sale capon !

Le dernier mot fit pâlir Kouen-chan. Son interlocuteur avait dû toucher un point sensible. D'un ton venimeux, il lança :

— C'est facile de jouer les héros quand on a de gros bras ! Et vous pensez être irrésistible avec les femmes ? Tout à l'heure, j'ai bien cru que ce lit massif allait s'effondrer sous vos trémoussements. Comme dit le poète : « La pluie torrentielle a meurtri la rose d'automne. »

Se levant brusquement, Tsiao Taï attrapa le borgne par le cou et l'envoya rouler à terre. Puis il posa un genou sur sa poitrine et cria en lui serrant la gorge :

— Sale porc, tu m'as espionné ? Je vais te tordre le cou !

Le juge tira son lieutenant en arrière.

— Lâche-le ! ordonna-t-il. Je veux connaître sa proposition.

Le colosse laissa retomber la tête du cambrioleur. L'homme demeura immobile, respirant avec difficulté.

— Je viens de passer une heure avec une courtisane, expliqua Tsiao Taï livide de rage. Ce salaud a dû faire le voyeur !

— Je te croyais capable de mener tes amours de façon plus discrète, répliqua le juge d'un ton glacial. Je ne tolérerai pas que des aventures de ce genre viennent gêner mes enquêtes. Verse de l'eau sur la tête de ce coquin-là.

Tsiao Taï alla chercher la bassine à vaisselle et en répandit le contenu sur le visage de Kouen-chan.

— Ce chien en a pour un moment avant de revenir à lui, remarqua-t-il.

— Assieds-toi, commanda le juge avec impatience. J'ai encore quelque chose à te dire sur Teng.

Quand il eut terminé l'histoire du paravent de laque, la colère de son lieutenant s'était évanouie.

— Quelle aventure extraordinaire ! s'écria-t-il.

Le juge acquiesça et poursuivit :

— Je n'ai pas cru devoir confier à mon collègue la principale raison qui me fait attribuer le meurtre de son épouse à un étranger. Je puis te la dire à toi : elle a été violée. La peine du pauvre homme était trop grande pour que j'y ajoute encore en lui révélant ce détail.

— Ne m'avez-vous pas dit que les traits de la morte étaient détendus ? demanda Tsiao Taï. Je n'ai jamais violé de femme endormie, mais j'imagine qu'en de telles circonstances elle doit ouvrir les yeux et exprimer une certaine indignation, ne croyez-vous pas ?

— C'est là l'un des nombreux points déconcertants de cette étrange affaire. Attention, Kouen-chan reprend connaissance.

Tsiao Taï traîna le borgne jusqu'au siège en rotin et lui tendit une tasse de thé. Le cambrioleur but lentement, puis grommela :

— Tu me le paieras, salaud !

— Présente-moi la note quand tu voudras.

Kouen-chan lui lança un regard haineux et dit avec mépris :

— Tu ne t'es même pas rendu compte que la veuve joyeuse te faisait marcher !

— La veuve ? demanda Tsiao Taï.

— Veuve, oui. Et de fraîche date, encore ! Cette porte laquée de noir appartenait à la demeure de Ko Tse-yuan, le marchand de soieries qui s'est suicidé hier. Sa veuve a laissé la chambre conjugale pour ce petit boudoir où elle peut pleurer le défunt en paix. Et toi qui prétends connaître les femmes, tu l'as prise pour une courtisane !

Écarlate, Tsiao Taï murmura quelques paroles inintelligibles. Le juge eut pitié de lui.

— Les mœurs relâchées de son épouse expliquent peut-être le suicide de Monsieur Ko, déclara-t-il.

Kouen-chan se massa doucement le cou et avala une seconde tasse de thé.

— Les femmes sont des créatures sans mœurs, dit-il. Madame Ko ne fait pas exception à la règle. Chose curieuse, l'affaire que je veux vous proposer concerne son mari. Écoutez bien, je vais être bref. Un carnet appartenant à Leng Tsien, banquier connu de cette ville en même temps qu'associé et conseiller de Ko Tse-yuan, est tombé entre mes mains. Je m'y connais en chiffres : je ne fus pas long à m'apercevoir que ce calepin contenait la liste des gains illicites réalisés par Leng Tsien en cuisinant les comptes du vieux Ko. Il a raflé ainsi près de mille pièces d'or en deux ans.

— Comment t'es-tu procuré ce carnet ? demanda le juge Ti. Ce n'est pas le genre de document qu'on laisse traîner.

— Ça ne vous regarde pas ! Ce que je veux...

— Un moment... l'interrompit le magistrat. Il se trouve que moi aussi les questions financières m'intéressent. C'est même pour ça que j'ai dû abandonner mon poste de chef de sbires ! Tu es un vrai sorcier si tu en as appris aussi long en lisant de brèves notes sur des transactions compliquées. Et secrètes par-dessus le marché ! Non, mon ami, invente une histoire plus plausible !

— Vous êtes un gros malin, vous ! répliqua le borgne. Puisque vous voulez tout savoir, apprenez que je me suis introduit plusieurs fois chez le vieux Ko. À son insu, naturellement. J'ai pu ainsi examiner le contenu de son coffre et j'y ai trouvé des tas de paperasses — sans compter une réserve de deux cents pièces d'or qui forment à présent ma réserve personnelle ! Ce que j'ai vu dans ces papiers m'a aidé à comprendre les notes du carnet. Vous saisissez ?

— Oui. Continue.

Kouen-chan sortit de sa manche une feuille de papier qu'il étala sur la table. Après l'avoir défripée, il expliqua :

— Ceci est une page du fameux carnet. Vous deux allez rendre visite à Leng Tsien demain matin. Vous lui montrerez ce feuillet en lui disant que vous savez tout, et vous le prierez de vous remplir deux bons — l'un d'une valeur de six cent cinquante pièces d'or, l'autre de cinquante pièces — sans indiquer le nom du bénéficiaire. Cette petite saignée le laissera en possession de trois cents pièces d'or, ce qui est encore joli. Je préférerais tout prendre, bien sûr, mais dans le métier de maître-chanteur le secret de la réussite c'est de ne pas pousser sa victime au désespoir. Vous me remettrez le bon de six cent cinquante pièces d'or, ce n'est pas à dédaigner. Êtes-vous d'accord ?

Le juge Ti caressa doucement ses favoris et, regardant le borgne bien en face, répondit :

— Tu connais peut-être l'art de la cambriole comme pas un, mais lorsqu'il s'agit d'une rencontre d'homme à homme, mon camarade a dit vrai : le courage te fait défaut. Tu sais très bien que tu n'aurais jamais l'audace nécessaire pour aller trouver ce banquier et lui mettre le marché en main.

Kouen-chan écoutait, mal à l'aise. Quand le juge se tut, il se borna à dire d'un ton hargneux :

— Acceptez-vous ma proposition, oui ou non ?

Le magistrat prit le feuillet de papier et le glissa dans sa manche.

— Nous acceptons, dit-il, mais les bénéfices seront partagés en deux. Avec ce papier, que tu m'as si gentiment remis, je n'ai pas besoin de toi ni du carnet pour faire chanter Leng Tsien. Qu'est-ce qui nous empêcherait de garder tout l'argent, si nous voulions ?

— Oui, qu'est-ce qui nous en empêcherait ? répéta Tsiao Taï avec un sourire radieux.

— Et qu'est-ce qui m'empêcherait, moi, d'aller dire au tribunal où se trouvent deux voleurs de grand chemin ? riposta le borgne.

— La peur de ce qui te pendrait au nez, répondit le juge. Allons, décide-toi.

Kouen-chan lui jeta un regard mauvais. Appuyant la main sur sa joue que tordait un tic convulsif, il concéda :

— D'accord. On partage en deux.

— Parfait, dit le juge avec satisfaction. J'irai voir notre ami Leng Tsien demain matin. Où pourrai-je le rencontrer ?

Kouen-chan expliqua où se trouvait la boutique de changeur qui servait également à Leng de local pour traiter ses opérations financières. Lorsqu'il voulut se lever, le juge posa la main sur son bras et dit d'un ton affable :

— Il n'est pas tard. Buvons une tasse au succès de notre entreprise. Tsiao Taï, va donc voir si tu ne trouves pas la cruche personnelle du Caporal derrière le comptoir !

Le colosse obéit, se demandant pourquoi son maître, tout fatigué qu'il fût, éprouvait le besoin de prolonger cette conversation avec leur hideux partenaire. Sur la deuxième planche du comptoir, il aperçut le serveur endormi, et, sur la troisième, le cruchon qu'il apporta.

Quand ils eurent vidé une première tasse, le juge Ti essuya sa moustache.

— Tu es peut-être un maître-cambrioleur, dit-il, mais comparé au nôtre ton métier est un jeu d'enfants. Si tu savais quelles aventures nous arrivent sur les grands chemins ! Un jour, dans la province du Kiang-sou...

— Vos contes à dormir debout ne m'intéressent pas, l'interrompit le borgne. Vous tapez comme des brutes, moi je travaille avec mon cerveau. Il faut des années pour devenir réellement expert en matière de cambriolage.

— À d'autres ! s'écria le juge Ti. Forcer une serrure n'est pas bien difficile. Une fois entré, on réduit le propriétaire à l'impuissance, on lui demande poliment où sont rangés les objets de valeur et on file avec ! Rien de plus facile que ce genre de travail !

— Vous ne savez pas ce que vous dites, riposta le borgne. Le voleur stupide dont vous parlez s'en tire une fois ou deux, mais la police finit par le repérer, et alors il est cuit. J'ai une petite méthode à moi que je mets en pratique depuis plus de trente ans, et je n'ai encore jamais été pris, bien qu'en général je travaille deux années de suite dans la même ville.

Le juge cligna de l'œil vers Tsiao Taï.

— Notre ami a la langue bien pendue, tu ne trouves pas ? dit-il. Ce doit être une méthode secrète transmise de bouche à oreille par le maître à son apprenti le neuvième jour après la pleine lune !

— Vous n'êtes que de misérables vagabonds, répliqua dédaigneusement Kouen-chan. Je peux bien vous expliquer mon système car vous êtes incapables de le mettre en pratique. Voici comment je procède : je commence par étudier pendant plusieurs semaines une maison et ses habitants. Je bavarde avec les domestiques. Je bavarde avec les commerçants voisins. L'argent dépensé ainsi est un bon placement ! Lorsque ma petite enquête est terminée, je m'introduis dans la place, mais sans rien prendre encore. J'ai tout mon temps. Je me contente de regarder autour de moi. Je puis demeurer dans un placard pendant des heures, me dissimuler dans les plis d'un rideau, me blottir dans un coffre à vêtements ou m'aplatir dans l'étroit espace qui sépare le lit d'un mur. J'observe les habitants de cette demeure. Je les observe éveillés, je les observe endormis. Je les vois quand ils se croient seuls et je surprends leurs plus intimes conversations. Arrive alors l'instant de la visite finale. Pas besoin de forcer les serrures ni de farfouiller partout. Je ne dérange rien, je ne déplace rien. S'il existe une cachette pour l'argent, je la connais mieux que son propriétaire. S'il y a un coffre-fort, je sais où sont les clefs.

Personne ne me voit, personne ne m'entend. Bien souvent, plusieurs jours se passent avant que les volés s'aperçoivent de la disparition de leur argent. Et alors, ils n'accusent pas un cambrioleur. Non, les maris soupçonnent leurs épouses, les épouses soupçonnent les concubines. J'ai bien peur d'avoir semé la discorde dans plus d'un intérieur où régnait auparavant l'harmonie !

Il pouffa, se couvrant la bouche de sa main, et conclut d'une voix soudain durcie :

— Eh bien, gros malin, que dites-vous de ma méthode ?

— Elle est remarquable, reconnut le juge Ti. Il m'en coûte de l'admettre, mais je ne pourrais jamais rivaliser avec toi. Que de choses sur la nature humaine tu as dû apprendre en observant ainsi les hommes et les femmes à leur insu... y compris quelques variantes inédites des jeux pratiqués sur l'oreiller !

Le visage du borgne se tordit en une grimace qui le fit plus hideux encore. D'une voix sifflante, il s'écria :

— Épargnez-moi vos grivoiseries ! Je méprise les femmes... je les hais... Oui, elles et les jeux malpropres auxquels s'adonnent en leur compagnie des hommes aussi répugnants qu'elles-mêmes. Ah ! combien je les déteste, ces heures où, dissimulé dans une chambre à coucher, j'entends des créatures dissolues bêtifier en vendant leur corps à un mari stupide, ou bien se refuser avec une pudeur feinte jusqu'à ce qu'on les supplie pour obtenir chèrement ce qu'elles prodiguent gratis à d'autres. Ces abominables, ces écœurantes...

Il s'interrompit brusquement, une lueur farouche dans son œil unique. Se levant, il dit d'une voix rauque :

— Rendez-vous ici demain, à midi.

Dès que la porte se fut refermée sur lui, Tsiao Taï s'exclama :

— Quel ignoble individu ! Pourquoi Votre Excellence l'a-t-Elle encouragé à sortir tout cela ?

— Pour lui entendre décrire des façons de s'introduire chez les gens, qui m'aideraient à comprendre comment un inconnu a pu pénétrer dans la chambre de madame Teng. Pour mieux connaître aussi son caractère. Ce soir, j'ai appris jusqu'à quel point la frustration des désirs peut déformer une âme !

— Mais pourquoi son envie soudaine de faire ami-ami avec nous ?

— Probablement parce que nous sommes à ses yeux les auxiliaires parfaits dont il a besoin pour ses projets de chantage. J'ai l'air suffisamment respectable (du moins je l'espère !) pour être admis chez le banquier. Kouen-chan m'estime capable de présenter au mieux sa proposition, tandis que ton imposant physique ajoutera une note persuasive à l'entretien. Avantage supplémentaire : nous n'appartenons pas à la pègre de cette ville. Il lui était difficile de dénicher une paire de fripons convenant mieux à ses desseins, et j'imagine que c'est à cause de cela qu'il s'est donné autant de mal pour établir un contact avec nous. N'oublions pas cependant que tout cela peut cacher un piège. La facilité avec laquelle il a accepté de voir réduire sa part de bénéfice me paraît plutôt louche. Je m'attendais à un marchandage long et compliqué ! De toute façon, c'est un dangereux criminel et je m'arrangerai pour qu'il termine ses jours en prison.

Le juge Ti se passa la main sur les yeux et reprit :

— À présent, il faut que j'envoie un mot au contrôleur des décès. Tâche de me trouver une pierre à encre et un pinceau. Le Caporal doit sûrement en avoir, ne serait-ce que pour tracer ses barres et ses croix.

Tsiao Taï alla fourrager derrière le comptoir et revint avec une pierre à encre sale et fêlée et un pinceau mal en point. Le juge brûla quelques-uns des poils de ce dernier à la flamme de la bougie, puis, à force d'en sucer la pointe, réussit à le rendre utilisable. Sortant de sa manche la feuille de papier à lettre et l'enveloppe subtilisées dans le bureau de Teng, il écrivit le message suivant en caractères impersonnels, comme ceux tracés par les scribes :

« *Au contrôleur des décès. Vous êtes prié de vous rendre sans délai au village des Quatre Chèvres où votre présence est requise de façon urgente pour une autopsie.*

Teng, magistrat de Wei-ping. »

Il donna cette lettre à Tsiao Taï en disant :

— Je ne veux pas que le contrôleur des décès examine le cadavre de madame Teng. Nul besoin d'accroître le chagrin de mon infortuné collègue en lui révélant que sa femme a été violée. Demain matin, de bonne heure, tu remettras ce message au propriétaire de la grande pharmacie située place du marché. Tu la trouveras facilement. Nous avons traversé le village des Quatre Chèvres en venant de la préfecture : il est à cinq heures de cheval d'ici, de sorte que le contrôleur sera absent toute la journée.

Il s'arrêta pour se gratter la tête avec le manche du pinceau, puis reprit :

— Puisque j'use aussi librement de la permission donnée par Teng d'agir en son nom, je pourrais aussi bien ajouter sa signature à une autre missive !

Prenant une seconde feuille de papier officiel, il écrivit :

« Pour l'officier en charge de la troupe ; Bureau de la garnison. Urgent. Vous êtes prié de remettre au porteur de la présente tous renseignements fournis par vos dossiers sur un nommé Liou, déserteur, qui a servi ces dernières années comme caporal dans le troisième corps de l'armée de l'Ouest.

Teng, magistrat de Wei-ping. »

En remettant le papier à Tsiao Taï, il ajouta :

— Demain, tu porteras cette lettre à l'adresse indiquée. Il se peut que nous ayons recours à l'hospitalité du Caporal quelques jours encore et, comme dit le proverbe : « Si tu veux demeurer chez autrui, apprends à connaître ton hôte. » À présent, montons voir notre chambre !

IX

Le Caporal donne son opinion sur les femmes du monde — Le juge Ti envoie un message au magistrat Teng.

Le juge Ti passa une nuit détestable. Le réduit dans lequel il dut coucher ainsi que son lieutenant était à peine plus grand que les deux étroits lits en planches qui en formaient l'ameublement. Il avait conservé ses habits, mais leur protection se montra insuffisante contre la horde d'insectes voraces qui montèrent immédiatement à l'assaut. Tsiao Taï, lui, se coucha directement sur le plancher, la tête contre la porte, et bientôt ses ronflements se joignirent à ceux qui faisaient vibrer les minces cloisons de bois séparant les différentes chambres.

Dès l'aube tous deux furent sur pied et descendirent dans la salle commune, encore déserte. On ne se levait évidemment pas de bonne heure à l'auberge du Phénix ! Tsiao Taï ralluma le poêle de la cuisine et fit une toilette sommaire. Quand il eut préparé un pot de thé bouillant pour son maître, il partit pour la place du marché afin de remettre au contrôleur des décès la lettre qui lui était destinée. Le juge s'assit à la table de coin et avala son thé à petites gorgées.

Mademoiselle Œillet-Rose apparut la première. Elle éveilla le garçon en frappant du poing le comptoir et se dirigea vers la cuisine pour préparer son gruau matinal. Peu après, le Caporal et ses quatre séides se montrèrent à leur tour. Le Caporal tira une chaise jusqu'à la table du juge mais refusa l'offre d'une tasse de thé avec indignation.

— Fais-moi chauffer un bol de vin ! cria-t-il à mademoiselle Œillet-Rose. Quand il eut absorbé le contenu de ce bol avec une satisfaction visible, il demanda : Alors, vieux frère, hier soir ?

— La morte devait être une femme riche, répondit le juge. Et son assassin n'était sûrement pas pauvre non plus car il a laissé ces babioles sur elle.

Il sortit de sa manche les bracelets et les boucles d'oreilles qu'il étala sur la table.

— Quand j'aurai trouvé acquéreur, tu toucheras la moitié de la somme.

— Auguste Ciel ! Ça valait une petite promenade dans les marais ! s'écria le Caporal. Mais tu as raison, elle a été tuée par quelqu'un de son monde. Il faut rouler sur l'or pour mépriser des bijoux pareils ! Essaie de trouver ce cochon-là, on pourra peut-être le faire chanter. Par la même occasion, tu lui diras d'aller occire ses femmes ailleurs que sur mon territoire.

À ce moment, un loqueteux fit son apparition et réclama un bol de gruau. Quand il l'eut avalé jusqu'à la dernière goutte, il cria au Caporal :

— Savez-vous quel cadavre on vient d'amener au tribunal, chef ? Celui de la propre épouse du magistrat ! Elle a été tuée dans le marais.

Poussant un juron, le Caporal abattit son poing sur la table.

— Tu ne te trompais pas, dit-il au juge, c'était bien du gros gibier ! Fais en sorte de trouver l'assassin le plus vite possible, vieux frère. Rançonne-le autant que tu pourras, et livre-le au tribunal. Par le Ciel et l'Enfer... la propre épouse du magistrat !

— Eh bien ? demanda le juge Ti.

— Voyons, tu sais comment les choses se passent quand il s'agit de fonctionnaires impériaux. Si ta femme ou la mienne se font couper la gorge, quand nous prévenons le tribunal les sbires nous flanquent une bonne raclée en disant que nous aurions dû mieux surveiller notre cheptel et voilà tout. Mais la femme d'un magistrat, c'est une autre paire de manches ! Si son assassin n'est pas découvert dans le plus bref délai, la ville va fourmiller d'hommes de toutes les polices : militaire, secrète, préfectorale... sans compter les enquêteurs impériaux et leurs mignons. Ils vont passer la ville au peigne fin, vieux frère, et procéder à des arrestations en masse. Le mieux, pour nous, c'est de faire nos paquets et de filer. Mais avant, tâche de mettre la main sur le salaud qui nous cause tous ces ennuis-là.

— Ça ne sera pas facile, répondit le juge. L'homme est du même monde qu'elle.

— Son amant, sans aucun doute, grommela le Caporal. Ah ! ces femmes soi-disant convenables ! Le cordon de leur pantalon se dénoue aussi facilement que celui de nos poulettes à nous ! Quand la bonne femme a vu qu'il avait envie de la plaquer, elle lui a fait une scène et alors il lui a réglé son compte. C'est toujours pareil ! Je vais réunir mes hommes pour leur montrer ces bijoux. Ils ne seront pas longs à découvrir où la garce faisait ses parties de patte-en-l'air avec le cousin-par-le-ventre de notre magistrat. L'endroit connu, ce sera un jeu d'enfant de retrouver le fils de chien.

— Bonne idée, déclara poliment le juge Ti. Après avoir réfléchi un instant, il leva le nez de son gruau pour demander : Mais comment tes hommes s'y prendront-ils ? Aucun d'eux ne la connaît seulement de vue.

— Ils reconnaîtront les bijoux. Quand toi ou moi rencontrons une femme bien nippée, qu'elle trottine à petits pas ou que de robustes porteurs la trimballent en litière, nous essayons tout de suite d'apercevoir son museau. Un mendiant, lui, se contente de regarder les bijoux qu'elle porte. Les anciens de la profession lui ont enseigné ça ; son bol de riz quotidien en dépend. S'il devine une boucle d'oreille de prix à travers un voile, ou si un beau bracelet glisse sur la main qui écarte le rideau d'un palanquin, il les estime immédiatement dans sa tête afin de savoir si c'est la peine de suivre la propriétaire de ces objets. La bonne femme peut perdre un mouchoir de prix ou même des pièces de monnaie ! Or tes bijoux sont du travail de grande classe fait sur commande, et il y a donc les meilleures chances du monde pour qu'un de mes hommes les ait remarqués. Tu comprends ?

Le juge Ti fit un signe affirmatif et poussa bracelets et boucles d'oreilles vers le Caporal. Il venait d'apprendre là des choses intéressantes, susceptibles de lui servir plus tard. Apercevant Tsiao Taï qui revenait, il dit à son hôte :

— Je sors avec mon camarade pour m'occuper d'une affaire personnelle. À tout à l'heure.

Tandis que les deux hommes se dirigeaient vers la place du marché, Tsiao Taï demanda :

— Nous allons sans doute trouver votre collègue Teng pour le mettre au courant des malversations de Leng Tsien ?

— Pas si vite, mon cher ! répliqua le juge. Rendons d'abord visite à ce banquier. La façon dont il accueillera notre tentative de chantage nous montrera si Kouen-chan a dit vrai.

Comme la surprise rendait le lieutenant muet, le juge continua :

— Si Leng Tsien s'incline devant nos exigences, ce sera un aveu de culpabilité. Cependant, il faut tenir compte du fait que le borgne essaie peut-être de nous jouer un sale tour. J'observerai donc la réaction du banquier et, si, j'estime que nous pouvons y aller, je te ferai signe.

Tsiao Taï acquiesça, espérant bien avoir l'occasion d'intervenir.

La boutique de Leng Tsien occupait tout un coin de la place du marché. Haute d'un étage, elle possédait une imposante façade ouverte sur un long comptoir derrière lequel s'affairaient une douzaine d'employés. Les uns pesaient de l'argent, d'autres estimaient des bijoux, d'autres encore échangeaient des pièces de cuivre pour des lingots ou procédaient à l'opération inverse au milieu d'un brouhaha que dominait la voix monotone de deux caissiers en train de vérifier un compte.

Le juge Ti se dirigea vers l'extrémité du comptoir. Assis à un bureau dominant les autres, l'employé principal faisait des calculs sur un boulier. Le juge poussa une carte de visite sous la grille de bois et dit d'un ton suave :

— Je voudrais voir monsieur Leng. En personne si possible. Je désire virer une somme assez importante.

L'employé considéra la puissante carrure des deux visiteurs avec un petit froncement de sourcils et posa différentes questions à propos de l'opération envisagée. Le juge imagina sur-le-champ une histoire fort plausible. Son interlocuteur, rassuré par sa maîtrise du beau langage, traça quelques caractères sur la carte et envoya le petit commis la porter au premier étage. Au bout d'un instant, le jeune garçon revint annoncer que monsieur Leng était prêt à recevoir monsieur Chen et son associé.

Vêtu d'une robe de deuil d'une parfaite blancheur, le banquier était assis derrière un vaste bureau laqué de rouge. Tout en donnant des instructions à deux subordonnés, il désigna des fauteuils près de la table à thé qui se trouvait devant la fenêtre. Aussitôt, l'un des employés remplit des tasses pour les visiteurs, le juge Ti examina monsieur Leng pendant que celui-ci finissait de parler à ses commis.

Le banquier lui parut pâle et inquiet. Le regard du magistrat fit ensuite le tour de la pièce, s'arrêtant plus longuement sur une peinture accrochée à la cloison. Elle représentait des fleurs de lotus accompagnées d'un long poème en caractères très personnels. De sa place, il put seulement déchiffrer la dernière colonne : « *Votre frère cadet très ignorant, Té.* » Cette signature était évidemment celle du frère de Leng Tsien, le jeune peintre Leng Té, mort deux semaines auparavant comme il l'avait appris à l'audience du tribunal.

Leng Tsien renvoya ses commis et, se tournant vers le juge, demanda d'un ton bref en quoi il pouvait lui être utile.

— Il s'agit du transfert de sept cents pièces d'or, monsieur Leng, répondit le juge. Et voici le document le plus important du dossier.

Il sortit de sa manche la page de carnet et la posa sur la table.

Le visage de Leng devint couleur de cendre. Soulagé, le juge fit signe à Tsiao Taï. Le colosse gagna la porte d'un pas lourd, poussa le verrou, puis, s'approchant de la fenêtre, ferma les volets. Le banquier suivit ces mouvements d'un regard où se lisait la panique. Quand Tsiao Taï se fut placé derrière le fauteuil de Leng, le juge reprit :

— Bien entendu, je possède tout le carnet. Un carnet assez gros, ma foi.

— Comment se trouve-t-il entre vos mains ? demanda Leng d'une voix étranglée.

— Ne commençons pas à nous lancer dans les digressions, dit le juge. Je suis un homme raisonnable, mais, comme vous avez pu le voir sur ma carte de visite, je travaille à la commission et m'attends donc à en toucher une sur vos bénéfices. En l'occurrence, je les estime à environ mille pièces d'or.

— Combien exigez-vous ?

— Oh ! seulement sept cents pièces. Cela vous laissera un gentil petit capital.

— Je devrais vous dénoncer au tribunal ! grommela le banquier.

— Et moi, c'est vous que je devrais dénoncer, riposta aimablement le juge. Alors, vous voyez, nous sommes quittes !

Brusquement, Leng se cacha le visage dans ses mains.

— Le Ciel me punit, gémit-il. C'est le vieux Ko qui se venge.

Un coup fut frappé à la porte. Leng Tsien voulut se lever, mais, de sa lourde poigne, Tsiao Taï le cloua sur son siège.

— Du calme ! Du calme ! lui murmura-t-il à l'oreille. Les mouvements brusques sont mauvais pour la santé. Dites à celui qui frappe de s'en aller.

Docilement, Leng cria :

— Revenez plus tard, je suis occupé.

Le juge Ti examinait le banquier en se caressant la barbe :

— Puisque Ko ignorait que vous le voliez, dit-il, pourquoi craignez-vous son fantôme ?

Leng lui jeta un regard égaré.

— L'enveloppe était-elle ouverte ou fermée ? demanda-t-il d'une voix haletante.

Le juge Ti n'avait pas la moindre idée de ce que son interlocuteur voulait dire. Il pensait jusqu'ici que Kouen-chan avait dérobé le carnet à Leng Tsien, mais l'affaire paraissait plus compliquée.

— Ma foi, répondit-il, je n'ai pas prêté grande attention à la chose...

Si le carnet se trouvait dans une enveloppe, il semblait probable que celle-ci fût cachetée, aussi ajouta-t-il après réflexion :

— Ah ! oui, je me souviens à présent : l'enveloppe était fermée.

— Le Ciel soit béni ! s'écria Leng. Je ne l'ai donc pas envoyé à la mort !

— Vous en avez trop dit pour ne pas tout raconter, remarqua sèchement le juge. Je suis un homme raisonnable, comme j'ai déjà pris la peine de vous en informer, je pourrais peut-être adoucir mes conditions.

Leng essuya la sueur qui perlait à son front. L'idée de faire part à quelqu'un de ses soucis semblait visiblement le soulager.

— J'ai commis une stupide erreur, expliqua-t-il. En m'invitant à dîner, Ko me demanda de lui apporter une liasse de documents qu'il désirait vérifier. Je les plaçai dans une enveloppe que je cachetai et mis dans ma robe. Arrivé chez lui, j'oubliai de la lui remettre. Vers le milieu du repas, juste avant son malaise, il me la réclama. Par erreur, je sortis l'enveloppe, cachetée aussi, qui contenait mon carnet. Je la portais toujours sur moi et elle était de même format et de même poids que l'autre. Ce fut seulement lorsque Ko eut gagné la maison pour prendre son médicament que je me rendis compte de ma terrible méprise. Aussi, quand je le vis se jeter dans le fleuve, je pensai qu'il avait ouvert l'enveloppe, compris que moi, son meilleur ami, le trompais, et de désespoir s'était donné la mort.

Secouant tristement la tête, il conclut :

— Depuis deux jours, cette horrible pensée ne me quitte pas. Je n'arrive plus à dormir.

— Eh bien, si vous êtes obligé de vous séparer d'une partie de votre argent en notre faveur, vous avez au moins reçu une nouvelle consolante en échange, constata le juge Ti. J'imagine que vous vous prépariez à quitter subrepticement la ville un jour ou l'autre ?

— En effet. Si Ko n'était pas mort, je me serais enfui cette semaine, laissant une lettre dans laquelle j'aurais tout expliqué et le suppliant de me pardonner. J'avais besoin de neuf cents pièces d'or pour payer mes dettes et mon intention était d'utiliser le reste pour me refaire une situation dans un endroit éloigné. Après le suicide de Ko, j'ai espéré que le tribunal enregistrerait sa mort tout de suite, ce qui m'aurait donné accès au coffre-fort dans lequel il gardait toujours deux cents pièces d'or. À présent, il faut que je disparaisse au plus tôt, et mes créanciers devront passer mes dettes par profits et pertes !

— Je n'abuserai pas davantage de votre temps, dit le juge. L'opération est des plus simples. Où avez-vous déposé l'or ?

— Chez un changeur dont la boutique est à l'enseigne de La Pluie céleste.

— Parfait. Rédigez-moi deux bons de trois cent cinquante pièces d'or chacun, à valoir sur cette boutique. Apposez votre signature et votre sceau, mais laissez le nom du bénéficiaire en blanc.

Leng sortit de son tiroir deux formules portant le cachet de sa maison et, prenant un pinceau, acheva de les remplir. Le juge les ramassa et les lut pour s'assurer qu'elles étaient correctement rédigées. Les glissant dans sa manche, il demanda :

— Puis-je vous emprunter un instant ce joli pinceau et pourrais-je avoir une feuille de papier ?

Il plaça le feuillet sur la table à thé. Tandis que Tsiao Taï restait debout derrière le banquier, le juge se tourna pour que celui-ci ne vît pas ce qu'il allait écrire et traça le message suivant de son écriture élégante et expressive :

« Pour Teng Kan, le Frère-né-avant-moi. Que vos sbires se rendent immédiatement chez Leng Tsien et l'arrêtent pour détournement de fonds. Cette affaire est liée au décès de Ko Tse-yuan. Je vous expliquerai tout ultérieurement. Votre humble frère cadet Ti Jen-tsie s'incline deux fois devant vous. »

Il mit le feuillet dans une enveloppe et y apposa le petit sceau personnel qu'il portait toujours sur lui. Cette opération terminée, il se leva et dit :

— Au revoir, monsieur Leng. Ne quittez pas cette boutique avant une heure. Mon associé restera de l'autre côté de la rue pour vous surveiller. Désobéir serait chose malsaine. Nous nous retrouverons peut-être un jour !

Tsiao Taï déverrouilla la porte et les deux hommes descendirent l'escalier. Quand ils furent dans la rue, le juge remit à son lieutenant la note qu'il venait de rédiger et, y ajoutant l'une de ses cartes de visite au nom de « Monsieur Chen », lui dit :

— Cours au tribunal aussi vite que tu pourras et arrange-toi pour que mon collègue ait tout de suite cette lettre. Moi, je retourne à l'auberge du Phénix.

X

MADAME TENG APPARAÎT SOUS UN JOUR INATTENDU ❧ MADEMOISELLE ŒILLET-ROSE ACCEPTE UNE MISSION PARTICULIÈRE.

QUAND LE JUGE TI pénétra dans la buvette, le Caporal bavardait devant le comptoir avec un vieux bonhomme vêtu de loques crasseuses. Non loin d'eux, assise en tailleur sur un tabouret, mademoiselle Œillet-Rose se taillait les ongles des pieds.

— Approche, vieux frère ! cria le Caporal. J'ai de bonnes nouvelles pour toi !

Le mendiant tourna vers le juge le regard sans bienveillance de ses yeux rouges et larmoyants. Il avait le visage osseux, marqué par les intempéries, et plus ridé qu'une vieille pomme. Tiraillant sa barbe graisseuse, il commença d'un ton dolent :

— Je me tiens habituellement au coin de la deuxième rue en venant de la porte Ouest. Le quatrième immeuble est une maison de rendez-vous de bonne classe, aussi, à la fin de la journée, ma sébille est-elle toujours pleine.

— C'est une chouette boîte, remarqua mademoiselle Œillet-Rose. On m'y a emmenée une ou deux fois, les jours où j'étais vernie.

Le mendiant dirigea sur elle son regard larmoyant.

— Je t'aie vue ! lança-t-il aigrement. La prochaine fois, dis à ton client de me donner plus de deux sapèques. J'ai l'habitude d'en recevoir quatre… parfois davantage quand le miché est satisfait.

— Ne nous égarons pas, intervint le Caporal.

— Bon. La poulette qui portait les boucles d'oreilles que vous m'avez montrées est venue à deux reprises dans cette maison. Je n'ai pu voir son visage dissimulé sous un voile, mais les boucles s'apercevaient bien. Quand elle est sortie avec le jeune homme, elle m'a regardé et lui a dit : « Donne dix sapèques à ce pauvre vieux. » Et il l'a fait !

— Il ne faut pas que ça t'étonne, expliqua le Caporal au juge Ti. Ces mendigots gagnent bien leur vie. Un jour, tu devrais essayer toi-même.

Le juge réussit à répondre quelques paroles appropriées malgré la surprise où le plongeait la révélation du mendiant. Sauf l'éventualité tout à fait improbable d'une seconde paire de boucles d'oreilles identiques dans Wei-ping, il fallait admettre que madame Teng avait eu un amant, chose non seulement peu plausible, mais inconcevable ! Il demanda au vieux bonhomme :

— Es-tu bien sûr que c'étaient les mêmes boucles ?

La question remplit le mendiant d'indignation.

— Je peux avoir les paupières un peu humides de temps à autre, surtout les jours de grand vent, répliqua-t-il, mais je parierais que ma vue est meilleure que la vôtre !

— Larme-à-l'œil connaît son affaire, trancha le Caporal. Il ne te reste plus qu'à retrouver ce jeune homme, vieux frère. C'est lui l'assassin ! Comment était-il, Larme-à-l'œil ?

— Plutôt bien habillé. Peut-être aussi qu'il aimait bien lever le coude car il avait les pommettes rouges. Je ne l'ai jamais rencontré ailleurs.

Se caressant lentement la barbe, le juge dit au Caporal :

— Je vais aller questionner la propriétaire de cette maison.

Le Caporal pouffa. Lui donnant une bourrade amicale, il s'écria :

— Tu t'imagines être encore chef des sbires ? On arrête les gens, on les bâtonne et ils vous racontent tout ! Si tu vas poser tes petites questions à la patronne, que crois-tu qu'elle va faire ? T'offrir un couché gratis ?

Le juge se mordit les lèvres. Les choses allaient trop vite, il commettait des erreurs. À nouveau sérieux, le Caporal reprit :

— Le seul moyen d'apprendre quelque chose, c'est d'aller là-bas avec Œillet-Rose et de prendre une chambre comme des clients ordinaires. La patronne la connaît, elle n'aura pas de soupçons. Et si tu ne découvres pas l'assassin, tu verras au moins quels sont les talents d'Œillet-Rose. Elle sait y faire, mon vieux, et ça ne te coûtera rien !

— Ça vous coûtera tout de même quelques ligatures de sapèques, interrompit la demoiselle en question. Ce n'est pas un endroit bon marché. Quand à travailler gratis, je demande à réfléchir ! Ici, je vais avec la chambre, mais en ville c'est différent.

— Ne t'inquiète pas pour cela, dit le juge. Quand pouvons-nous y aller ?

— Après le riz de midi. Ces maisons-là n'ouvrent pas plus tôt.

Le juge offrit une tasse de vin au Caporal et au vieux mendiant. Ce dernier raconta quelques souvenirs curieux de sa longue carrière. Tsiao Taï reparut et se joignit à eux, d'autres tasses furent vidées. Quand mademoiselle Œillet-Rose s'en fut préparer le repas, le juge dit à son lieutenant :

— Je l'emmène tout à l'heure dans une maison de rendez-vous, près de la porte Ouest.

— Je pensais que vous aviez mieux à faire que d'aller voir les putains, lança une voix grinçante derrière eux. Suivant sa vieille habitude, Kouen-chan venait d'entrer silencieusement sur ses semelles de feutre.

— Nous avons terminé ton affaire au mieux, répliqua le juge. Viens avec nous au restaurant. On te doit bien un déjeuner !

Kouen-chan accepta l'invitation, et les trois hommes sortirent ensemble. Ils trouvèrent une petite gargote dans une rue voisine et s'assirent à une table écartée. Le juge Ti commanda un plat composé de riz et de porc frit, des légumes salés, et trois cruchons de vin. Dès que le serveur se fut éloigné, Kouen-chan demanda :

— Leng Tsien vous a remis les bons ? Il faut faire vite, il paraît qu'on vient de l'arrêter.

Sans répondre, le juge sortit de sa manche les deux bons portant la signature du banquier et les étala devant lui. Le borgne étendit la main en étouffant un cri de joie, mais le magistrat remit prestement les papiers dans sa robe.

— Pas si vite, l'ami ! déclara-t-il.

— Auriez-vous l'intention de revenir sur votre parole ? demanda Kouen-chan d'une ton menaçant.

— Tu nous as trompés en nous laissant croire qu'il s'agissait seulement de faire cracher un financier véreux, dit le juge. Tu as oublié de nous dire qu'un meurtre était lié à l'affaire.

— Quel meurtre ? Vous déraillez ! protesta Kouen-chan.

— Le prétendu suicide de monsieur Ko Tse-yuan.

— Je ne sais pas de quoi vous parlez, répondit le borgne avec colère.

— Tu ferais mieux de dire la vérité ! intervient Tsiao Taï. Nous n'aimons pas servir de bouc émissaire.

Kouen-chan allait répliquer, mais il se tut en voyant le serveur approcher avec le vin et la nourriture. Quand l'homme se fut éloigné de nouveau, il s'écria d'un ton hargneux :

— Vous essayez de me jouer un sale tour, mais je ne marche pas. Donnez-moi le bon qui me revient !

Le juge avait pris une paire de baguettes sur la table et remplissait son bol. Après avoir avalé quelques bouchées, il ordonna calmement :

— Tu vas me donner le carnet, et me dire où et de quelle façon tu te l'es procuré. Tu n'auras pas de billet avant.

Kouen-chan bondit sur ses pieds en faisant tomber sa chaise. Pâle de rage, il cria :

— Vous entendrez parler de moi, sales voleurs !

Tsiao Taï lui attrapa le bras.

— Emmenons-le à l'auberge, dit-il. Dans notre chambre nous pourrons avoir une petite conversation avec lui à l'abri des oreilles indiscrètes.

KOUEN-CHAN QUITTE LE RESTAURANT EN COLÈRE

Le borgne se libéra d'un mouvement brusque en crachant des injures obscènes.

— Vous regretterez votre attitude ! cria-t-il.

Tsiao Taï voulut se lever, mais le juge commanda :

— Pas de bagarre ici. Laisse-le filer.

À l'adresse de Kouen-chan, il ajouta :

— Tu sais où nous trouver si tu veux ton argent !

— Ça, oui ! lança le borgne en s'en allant.

— Est-ce bien sage de le laisser libre ? demanda Tsiao Taï.

— Il tient à sa part. Nous le reverrons quand il sera calmé, affirma le juge. Regardant le grand plat de riz et les trois cruchons de vin, il ajouta : Mais qu'allons-nous faire de toute cette nourriture ?

— Que votre Excellence ne se fasse pas de souci ! répliqua son lieutenant avec un large sourire. Prenant ses baguettes il se mit à manger rapidement tandis que le monceau de riz diminuait à vue d'œil.

Le juge Ti n'avait pas faim. Tournant distraitement sa tasse entre ses doigts, il songeait aux rendez-vous clandestins de madame Teng. La surprise était pour lui si complète qu'il sentit l'importance de ne pas agir trop précipitamment. Il avait fait une gaffe à l'auberge, et, à présent, il se demandait si sa façon d'opérer avec Kouen-chan était la bonne. Il s'agissait d'un dangereux personnage dont il ne connaissait même pas le repaire. Ne s'était-il pas lancé à l'aveuglette dans une entreprise trop compliquée ?

Il acheva de boire son unique tasse de vin. Tsiao Taï, qui avait avalé le reste, dit en faisant claquer ses lèvres :

— Qualité supérieure ! Quelle tâche me confiez-vous cet après-midi ?

S'essuyant barbe et moustache avec une serviette humide, le juge répondit :

— Tu vas te rendre aux bureaux de la garnison pour tâcher d'obtenir des renseignements sur le Caporal. Je ne crois pas qu'il soit mêlé à l'affaire qui nous occupe, mais on ne peut se fier à rien ni à personne ici ! Ensuite, va chez Pien Hong, le devin qui a prédit à Ko Tse-yuan que sa vie serait en danger le 15. Vois s'il s'agit d'un honnête devin ou d'un charlatan, et efforce-toi de savoir s'il connaît Kouen-chan. Par la même occasion, fais-le parler de Ko. La mort de ce négociant m'intrigue plus que je ne saurais dire.

Il régla l'addition, et tous deux regagnèrent l'auberge du Phénix.

XI

Le juge Ti découvre un poème mélancolique dans un lit hospitalier. Il fait l'éloge du peuple chinois à une jeune prostituée.

Mademoiselle Œillet-Rose attendait le juge. Elle portait une robe bleu sombre et une veste de soie noire ; avec ses cheveux coiffés en un simple chignon elle avait un certain charme malgré son maquillage excessif.

Elle était seule dans la buvette et expliqua au juge que les autres faisaient la sieste dans les chambres du haut.

— Moi aussi je vais dormir, annonça Tsiao Taï. Ce petit vin était plus capiteux qu'il n'en avait l'air.

Se laissant tomber sur le vieux fauteuil de rotin, il ajouta :

— Mais j'aime mieux faire mon somme en bas.

Le juge et mademoiselle Œillet-Rose sortirent dans la rue torride. La jeune femme précédait de quelques pas son compagnon, comme les prostituées ont coutume de le faire lorsqu'elles emmènent un client. Si une épouse accompagne son mari, c'est elle, au contraire, qui le suit.

Mademoiselle Œillet-Rose connaissait la ville. Presque tout de suite ils se trouvèrent dans une rue paisible bordée de maisons bourgeoises ; le quartier semblait habité par des commerçants retirés des affaires. La jeune femme fit halte devant un portail laqué de noir. Rien n'indiquait que ce fût une maison de rendez-vous.

Le juge Ti frappa, mais lorsque l'imposante matrone vêtue de soie damassée ouvrit, ce fut mademoiselle Œillet-Rose qui demanda une chambre. Ceci montrait qu'elle avait fourni elle-même l'adresse à son client et méritait donc une commission.

Toute souriante, la patronne les fit entrer dans un petit salon et se déclara prête à leur louer sa plus belle chambre pour l'après-midi moyennant trois ligatures de sapèques. Le juge protesta que la somme était trop élevée. Après un long marchandage on tomba d'accord sur deux ligatures. Quand elles furent versées, la patronne les conduisit au premier étage et les laissa dans une vaste pièce richement meublée.

Dès qu'ils furent seuls, mademoiselle Œillet-Rose dit à son compagnon :

— C'est vraiment la meilleure chambre. Vous pouvez être sûr que la dame rencontrait son amant ici.

— Nous allons l'inspecter soigneusement, déclara le juge Ti.

— Attendez un peu ! La patronne va revenir avec le thé. N'oubliez pas de lui donner une petite gratification, c'est l'usage.

Voyant le magistrat s'asseoir devant la table, elle ajouta négligemment :

— Je ne connais pas vos intentions, mais il serait préférable de mettre des robes de lit. Les gens ont l'œil, ici. Inutile d'éveiller leurs soupçons en n'agissant pas comme les clients habituels.

S'approchant de la coiffeuse, elle ôta veste et robe et fit tomber son large pantalon. Le juge se déshabilla également et prit la robe de gaze blanche fort propre accrochée au porte-habit. Toute nue devant la coiffeuse, mademoiselle Œillet-Rose procédait à sa toilette intime avec l'indifférence tranquille des membres de sa profession. Le juge fut frappé par la grâce de ses formes. Lorsqu'elle se pencha en avant, il remarqua de minces cicatrices blanches le long de son dos.

— Qui vous a maltraitée ? demanda-t-il en fronçant les sourcils. Le Caporal ?

— Oh ! non, répondit-elle calmement. Ça remonte plus loin ! Je n'étais plus une gamine quand on m'a vendue à un lupanar, et à seize ans ce genre de travail ne me disait rien, aussi me fouettait-on de temps à autre. Mais j'ai toujours eu de la veine. Un jour, le Caporal m'a vue et s'est toqué de moi. Il a dit au propriétaire de la maison qu'il voulait m'acheter. Le patron lui montra le reçu de quarante pièces d'argent signé par mon père le jour où il m'avait amenée.

Elle se retourna pour enfiler la robe de lit et, tout en nouant la ceinture de soie, poursuivit en souriant à ses souvenirs :

— Le patron énuméra toutes les autres dépenses dans lesquelles il voulait rentrer aussi, mais le Caporal lui arracha le papier des mains et dit : « Parfait, marché conclu. » Quand le bonhomme insista pour recevoir l'argent, le Caporal se contenta de le regarder d'un air féroce en répliquant : « Je viens de vous le donner, non ? Vous n'insinueriez pas que je suis un menteur, par hasard ? » Si vous aviez vu la tête du patron ! Il réussit tout de même à faire un semblant de sourire et bégaya : « Mais bien entendu vous m'avez payé, honorable monsieur. Merci beaucoup. » Et il me laissa partir. Il savait bien que s'il se plaignait au tribunal ou à sa guilde, le Caporal viendrait avec ses hommes et mettrait le mobilier en pièces. Ah, je peux dire que j'ai eu de la veine ! Le Caporal est un peu vif de caractère, mais dans le fond il n'est pas méchant. Et je n'ai pas honte de ces cicatrices, elles sont l'emblème de ma profession, en quelque sorte !

Tout en l'écoutant, le juge ouvrait l'un après l'autre les tiroirs de la coiffeuse.

— Aucun indice... aucun, murmura-t-il.

— Qu'est-ce que vous vous attendiez à trouver ? demanda sa compagne à présent assise sur le bord du lit. Ceux qui viennent ici prennent grand soin de ne rien laisser qui puisse trahir leur identité. Ils savent bien que les patronnes de ces maisons ne dédaignent pas un petit chantage, à l'occasion. C'est parmi les inscriptions et les peintures accrochées à l'intérieur du lit que vous avez le plus de chances de découvrir quelque chose. Elles sont seulement signées de noms de fantaisie, à ce que j'ai entendu dire, mais puisque vous savez lire vous trouverez peut-être une indication intéressante.

La patronne revint avec un grand plateau garni d'une théière et de plusieurs assiettes de fruits et sucreries diverses. Le juge lui donna une poignée de sapèques et elle s'esquiva, la bouche en cœur.

Mademoiselle Œillet-Rose écarta les rideaux du lit et grimpa dedans. Après avoir posé son bonnet sur la table à thé, le juge l'imita et vint s'asseoir, les jambes croisées, sur la natte de jonc d'une propreté parfaite. Avec son grand baldaquin soutenu de trois côtés par des cloisons d'ébène sculptée, le vaste meuble formait à lui seul une sorte de chambre en réduction. Agenouillée près de la paroi du fond, mademoiselle Œillet-Rose enfonça une épingle à cheveux dans une fissure de bois.

— Que fais-tu là ? demanda le juge avec curiosité.

— Je bouche le voyeur. Je ne pense pas qu'il y ait d'autres clients si tôt dans la journée, mais on ne sait jamais ! De toute façon, vous n'avez pas envie qu'on découvre ce que nous faisons ici, n'est-ce pas ?

Elle s'assit en face du magistrat, le dos contre un gros oreiller.

Le juge se dit qu'il apprenait quantité de choses utiles. Avant d'épouser sa Première, il avait occasionnellement rendu visite à des courtisanes de la capitale, mais ces demoiselles appartenaient à la classe la plus élevée du « monde des Fleurs et des Saules », de sorte qu'il ignorait tout des coutumes en usage dans les maisons plus modestes et des goûts dépravés que leurs patronnes s'efforcent de satisfaire. Se caressant les favoris, il se mit à étudier un par un les poèmes et les petits tableaux insérés dans les nombreuses divisions des panneaux d'ébène. Chez les couples régulièrement mariés, l'intérieur du lit est en général décoré d'inscriptions ou de gravures édifiantes. Elles rappellent aux époux la grave signification du mariage et les vertueux personnages des deux sexes offerts en exemple par l'antiquité. Ici, bien entendu, les allusions étaient de nature plus frivole. Les lettrés qui visitent cette sorte de maisons s'amusent souvent à improviser des vers en l'honneur de leur compagne du moment ou à esquisser en quelques traits de spirituels dessins inspirés par les circonstances. Si le résultat est digne d'être conservé, la patronne s'en sert pour décorer l'intérieur des lits, et, quand ils sont défraîchis, les remplace par des œuvres plus récentes. Le juge lut à haute voix un distique tracé par un pinceau habile :

Crains que la Porte par où tu es entré dans la vie
Ne devienne pour toi la Porte qui conduit à la mort.

Il hocha la tête en murmurant :

— La pensée est malheureusement juste, même si elle est exprimée de façon un peu crue.

Soudain un poème de quatre vers arrêta son regard. Les deux premiers étaient de la même main artiste qui avait rédigé l'inscription sur la peinture aux fleurs de lotus aperçue dans le bureau de Leng Tsien. Les caractères des deux derniers — petits et nets — appartenaient à cette forme de calligraphie enseignée aux demoiselles de bonne famille. Il n'y avait pas de signature. Le juge Ti lut lentement le premier distique à voix haute :

Combien rapide coule le fleuve de nos jours et de nos nuits,
Emportant de trop rares fleurs dans sa course impétueuse.

Puis le second :

N'essaie pas de les retenir, elles se flétriraient dans ta main,
Laisse-les plutôt fleurir le rêve d'un autre couple aimant.

Selon la vieille coutume, au premier distique écrit par l'homme, la femme avait répondu par le second. Tout semblait s'accorder. Le poème avec ses allusions aux fleurs tombées et aux trop courts plaisirs terrestres pouvait très bien se rapporter à des relations coupables. Le mendiant avait décrit l'amant de madame Teng comme un jeune homme élégant aux pommettes trop colorées. Au lieu d'être un signe d'intempérance, ces taches rouges ne révélaient-elles pas plutôt la maladie de poitrine dont était mort Leng Té ? Et la prédilection du jeune peintre pour les fleurs de lotus ne fournissait-elle pas encore un autre indice ? Le juge dit à mademoiselle Œillet-Rose :

— Ce poème est peut-être l'œuvre réunie de madame Teng et de son amant.

— Je ne comprends pas très bien sa signification, répondit-elle, mais il me semble plutôt triste. Avez-vous reconnu l'écriture de l'homme ?

— Je le crois, mais cela ne nous aidera pas à découvrir l'assassin de madame Teng. Celui qui a écrit le début du poème est mort aussi.

Il demeura un instant pensif, puis reprit :

— Maintenant, tu vas descendre et tu tâcheras d'obtenir de la patronne une bonne description du couple.

— Vous avez vraiment envie de vous débarrasser de moi ! répliqua-t-elle avec amertume. Je vais pourtant vous imposer ma compagnie un moment encore pour sauver les apparences.

— Je suis désolé ! s'écria le juge avec un sourire d'excuse.

Il n'avait pas pensé aux sentiments de la jeune femme, mais elle avait raison.

— Je suis préoccupé en ce moment, ajouta-t-il bien vite, mais je me plais beaucoup avec toi. Si tu allais chercher ce plateau à thé ? Comme cela nous pourrions boire et manger en bavardant un peu.

Mademoiselle Œillet-Rose sauta du lit sans rien dire. Quand elle eut placé le plateau entre eux sur la natte de jonc, elle servit deux tasses de thé et mangea un fruit confit. Soudain, elle dit :

— Ce doit être agréable de vous retrouver dans un vrai lit. Un lit comme celui que vous avez chez vous.

LE JUGE TI
DANS LA MAISON
DE RENDEZ-VOUS

Surpris dans ses pensées, le juge sursauta.

— Comment dis-tu ? demanda-t-il. Chez moi ? Tu sais bien que les vagabonds de mon espèce n'ont pas de domicile.

— Oh ! arrêtez cette comédie ! Vous jouez parfaitement votre rôle et vous n'avez pas à craindre que le Caporal ou ses hommes s'aperçoivent de quoi que ce soit. Mais ne vous imaginez pas que vous pouvez en faire accroire à une femme un peu expérimentée quand vous partagez son lit !

— Que veux-tu dire ? questionna le juge, agacé de voir son incognito compromis.

Se penchant vers lui, la petite prostituée tira la robe de son compagnon pour lui découvrir l'épaule.

— Voyez cette peau ! s'exclama-t-elle dédaigneusement. Un bain quotidien et des onguents coûteux sont nécessaires pour obtenir une douceur pareille ! Et voudriez-vous me faire croire que c'est le vent et la pluie qui ont donné leur lustre à vos cheveux ? Vous êtes fort, mais votre peau est blanche et sans cicatrices. Vos muscles, vous les avez obtenus en pratiquant l'escrime et la boxe dans un gymnase. Et la façon méprisante dont vous me traitez ! Vous pensez que je ne vaux pas la peine qu'on me regarde, mais laissez-moi vous dire qu'un véritable voleur de grand chemin ne resterait pas assis à boire tranquillement sa tasse de thé s'il était dans mon lit ! Ce n'est pas tous les jours que ces hommes-là ont l'occasion de rencontrer une femme comme moi, et même s'ils avaient une affaire urgente en train ils me sauteraient dessus aussitôt mon pantalon baissé. Le reste attendrait ! Ils ne voient pas les choses d'une façon aussi détachée que vous, avec vos quatre ou cinq épouses ou concubines qui passent leurs journées et leurs nuits à vous dorloter et qui ont de la poudre parfumée sur le derrière au lieu de cicatrices. Je ne sais pas qui vous êtes et je m'en moque, mais sachez bien que vos grands airs ne prennent pas avec moi !

Déconcerté par cette explosion inattendue, le juge resta muet et la jeune femme poursuivit d'un ton amer :

— Puisque vous n'appartenez pas à notre monde, pourquoi venir nous espionner ? Pourquoi fourrer le nez dans les affaires du Caporal, un brave garçon qui vous fait confiance ? Pour raconter tout ça plus tard à vos amis en vous moquant de nous ?

Des pleurs d'exaspération jaillirent soudain de ses yeux.

— Tu as raison, dit le juge avec calme. Je joue un rôle. Mais il ne s'agit pas d'une plaisanterie à tes dépens. Je suis un fonctionnaire impérial et j'enquête au sujet d'un meurtre. Sans le savoir, le Caporal et toi m'apportez toute l'aide que j'espérais quand j'ai décidé de prendre ce masque. Et si je n'appartiens pas exactement à ton monde, tu sauras que j'ai fait serment de servir l'État et le peuple chinois, ce qui veut dire aussi bien toi que la première épouse du préfet, aussi bien le Caporal que le Premier ministre. Le peuple chinois tout entier est une immense famille, Œillet-Rose. C'est là notre gloire éternelle et c'est ce qui rend les habitants cultivés de l'Empire du Milieu différents des barbares qui peuplent le reste de l'univers et se déchirent comme des bêtes sauvages. M'exprimé-je clairement ?

La petite prostituée fit oui de la tête, sa colère envolée, et s'essuya les yeux avec sa manche.

— De plus, reprit le magistrat, permets-moi de te dire que je te trouve très séduisante avec ton joli visage et ton corps splendide. Si un devoir pressant n'accaparait pas toutes mes pensées en ce moment, crois bien que je serais très fier d'obtenir tes faveurs.

— Ce n'est probablement pas vrai, rétorqua mademoiselle Œillet-Rose avec un petit sourire, mais c'est gentiment dit ! Vous avez l'air bien las. Étendez-vous, je vais vous éventer.

Le juge s'allongea sur la natte souple. La jeune femme fit glisser sa légère robe et, décrochant un éventail en feuilles de palmier suspendu dans un coin du lit, l'agita en cadence pour rafraîchir son compagnon. Le juge Ti ferma les yeux. Bientôt, il fut profondément endormi.

Quand il s'éveilla, mademoiselle Œillet-Rose se tenait tout habillée devant lui.

— Vous avez fait un bon somme, dit-elle, et pendant ce temps-là j'ai bavardé avec la patronne. Elle m'a remis une jolie commission sur le prix de la chambre. Cela me permettra de m'acheter quelque chose en souvenir de vous.

— Combien de temps ai-je dormi ? demanda anxieusement le juge.

— Deux heures. La patronne m'a dit que vous aviez dû vous montrer bien ardent ! Elle m'a raconté aussi que le couple en question est venu deux fois, comme l'avait remarqué Larme-à-l'œil. La femme était plutôt mince, mais très distinguée. Une vraie dame. Le jeune homme aussi paraissait être de bonne famille. Il n'avait pas l'air bien portant et toussait à fendre l'âme. Il s'est montré très généreux. La patronne a également ajouté qu'à chacune de leurs visites ils avaient été suivis.

Descendant du lit, le juge demanda :

— Suivis ? Comment cela ?

— Jusque dans cette maison. Les deux fois un homme est arrivé peu de temps après eux et a payé une somme rondelette pour les regarder par le trou du voyeur que je vous ai montré.

— Qui était cet homme ?

— Vous croyez peut-être qu'il a laissé sa carte ? La patronne dit qu'il était grand et mince. Son foulard lui cachait le bas du visage, ce qui assourdissait sa voix et empêchait qu'on distingue bien ses traits. Mais elle est sûre qu'il s'agissait d'un homme cultivé, et même d'un homme habitué à être obéi. Il boîtait légèrement.

Le juge Ti demeura immobile, sa robe à la main. Cet homme mystérieux était sûrement le conseiller du magistrat Teng, monsieur

Pan You-té ! Il acheva de s'habiller en silence. Quand il eut noué sa ceinture et mis son bonnet, il fouilla dans sa manche et dit avec un certain embarras :

— Je te suis profondément reconnaissant de ton aide si utile. Permets-moi de t'offrir…

— Les renseignements sont gratuits, l'interrompit-elle, mais ça ne me déplairait pas que vous m'ameniez ici une autre fois. Je suis sûre que vous pouvez être un compagnon de lit agréable… quand vous n'avez pas de meurtrier à découvrir ! Vous pourrez alors me verser soixante sapèques, ou cent si vous voulez passer la nuit. C'est mon tarif habituel quand je travaille au-dehors.

Elle se dirigea vers l'escalier. En bas, la patronne qui les attendait les escorta obséquieusement jusqu'à la porte.

Dans la rue, le juge dit à la jeune femme :

— Maintenant, il faut que je me rende dans le quartier Nord. Je te reverrai tout à l'heure à l'auberge du Phénix.

Elle lui indiqua la route à suivre et ils se séparèrent.

XII

LE JUGE TI POSE DES QUESTIONS INSIDIEUSES — LA LECTURE D'UN RECUEIL DE POÈMES LE REND PERPLEXE.

CETTE FOIS, le juge Ti pénétra dans le Yamen par la grande porte. Il s'approcha d'un des gardes, lui remit sa carte de visite rouge au nom de « Chen Mo » et, y ajoutant une petite gratification, le pria de la porter à monsieur Pan. Un commis vint presque aussitôt le chercher pour le conduire auprès du conseiller.

Pan You-té repoussa une pile de documents officiels et indiqua un siège à son visiteur. Il lui versa une tasse de thé, puis, le visage défait, s'écria :

— Vous connaissez sûrement la terrible nouvelle, monsieur Chen ! La douleur a presque fait perdre la raison à notre magistrat. Il m'inquiète beaucoup. Ce matin, il a brusquement donné l'ordre d'arrêter monsieur Leng Tsien. Ce banquier est l'un des principaux notables de Wei-ping et toute la ville ne parle que de cela ! J'espère que Son Excellence sait ce qu'elle fait. Tout marche de travers, aujourd'hui ! Impossible de procéder à l'autopsie car notre contrôleur des décès s'est absenté sans même nous prévenir. Un homme habituellement si respectueux de l'étiquette !

Cette dernière réflexion le rappela lui-même à la politesse et il demanda :

— J'espère que vous avez passé une journée agréable, monsieur Chen ? Avez-vous visité le temple du Dieu de la Cité ? Il a fait un peu chaud cet après-midi, mais...

— J'ai vu un endroit fort curieux, coupa le juge Ti. Dans la deuxième rue avant la porte Ouest.

Il surveilla le visage du conseiller, mais celui-ci demeura impassible et, après avoir répété :

— La deuxième rue ? Il ajouta : Oh ! je comprends ! Vous faites une légère erreur. Vous voulez dire la troisième rue ! Oui, en effet, cette vieille chapelle bouddhiste est bien curieuse. Elle est fort ancienne. Elle fut bâtie il y a trois cents ans par un prêtre hindou qui...

Le juge lui laissa raconter son histoire sans l'interrompre. Si Pan était bien l'homme qui avait suivi le couple, il possédait de remarquables dons de comédien ! Quand ses explications historiques furent terminées, le juge lui dit :

— Je ne veux pas abuser de votre temps. Vous devez avoir tellement à faire avec le meurtre de madame Teng. Des indices permettent-ils de deviner l'identité de l'assassin ?

— Pas que je sache. Mais notre magistrat en sait peut-être davantage. Il s'occupe personnellement de l'enquête, ce qui se comprend puisque la victime est sa propre épouse. Ah ! quelle terrible tragédie, monsieur Chen !

— Cette nouvelle va attrister tous leurs amis, remarqua le juge Ti. Madame Teng étant poétesse, je suppose qu'elle appartenait à un cercle littéraire féminin du district ?

— Je vois que vous ne connaissez pas très bien les Teng, répondit Pan en souriant. Ils sortaient peu. Le magistrat se montrait dans toutes les cérémonies officielles, mais à part cela il ne fréquentait personne et ne s'est fait aucun ami ici. Il déclare que, pour être complètement impartial, un magistrat ne doit pas avoir de liens locaux. Et madame Teng ne quittait pour ainsi dire jamais la maison. Sauf pour aller de temps à autre passer quelques jours chez sa sœur qui est veuve. Le mari de celle-ci était un riche propriétaire foncier. Il est mort jeune, à trente-cinq ans, alors que sa femme en avait tout juste trente. Il lui a laissé une splendide maison de campagne située au nord de la ville. L'air des champs faisait beaucoup de bien à madame Teng. Les servantes disaient toujours qu'elle était plus gaie et en meilleure forme quand elle revenait de ces visites. Mais depuis deux semaines sa santé laissait à désirer. Elle était si pâle... si mélancolique. Et maintenant, la voilà morte !

Après être resté silencieux le temps exigé par la bienséance, le juge Ti décida de lancer une nouvelle attaque directe. Il dit d'un ton détaché :

— En visitant les boutiques, j'ai vu aujourd'hui une peinture d'un de vos artistes locaux. Un certain Leng Té. On m'a assuré qu'il connaissait très bien madame Teng.

L'étonnement se peignit sur le visage du conseiller. Au bout d'un moment, il déclara :

— Je l'ignorais, mais en y réfléchissant c'est fort possible. Parent éloigné du défunt propriétaire foncier, ce peintre faisait de fréquents séjours chez sa veuve, la sœur de madame Teng. Il doit avoir rencontré cette dernière au cours de ses visites. Avec les dons qu'il avait, c'est vraiment dommage qu'il soit mort si jeune. Ses tableaux de fleurs et d'oiseaux sont excellents. Il s'était spécialisé dans les fleurs de lotus et les peignait de façon très personnelle.

Ce flot de paroles n'apprenait pas grand-chose au juge. Il savait maintenant comment les amoureux avaient dû se connaître, mais le point principal — l'identité du troisième personnage — demeurait toujours aussi mystérieux. Pourtant, la description faite par la proxénète semblait bien désigner Pan : grand et maigre... boiteux... un air d'autorité... Le juge décida de tenter une dernière fois sa chance. Se penchant vers le conseiller, il dit en baissant la voix :

— Hier, vous m'avez parlé des monuments historiques de cette ville. Il y a là de quoi occuper ses journées de façon fort intéressante, mais, le soir, les pensées d'un voyageur solitaire se tournent volontiers vers des beautés plus... tangibles. Wei-ping possède certainement des endroits où de charmantes demoiselles...

— Je n'ai ni le goût ni le temps de m'occuper de choses si frivoles, l'interrompit sèchement le conseiller. Je suis incapable de vous donner aucun renseignement de ce genre.

Se souvenant tout à coup que ce visiteur aux grossiers appétits était porteur d'une lettre d'introduction du préfet, il précisa, un sourire forcé sur les lèvres :

— Je me suis marié plutôt jeune. J'ai deux épouses, huit fils et quatre filles.

Le juge Ti songea tristement que, pour arriver à cette liste impressionnante, le vieux Pan n'avait pas eu le loisir de cultiver les perversions. Le mystérieux suiveur restait donc toujours à découvrir. Peut-être trouverait-il un indice dans les écrits de madame Teng ? Il vida sa tasse et reprit :

— Un homme qui s'occupe comme moi de ventes et d'achats n'a pas la prétention de s'y connaître en littérature, pourtant j'admire beaucoup les poèmes de votre magistrat. Je n'ai pas le plaisir de connaître ceux de son épouse ; auriez-vous la bonté de me dire où je pourrais trouver un recueil de ses œuvres ?

Le conseiller pinça les lèvres.

— Ce n'est pas facile, déclara-t-il. Madame Teng était d'une extrême modestie. Son mari m'a confié qu'il avait souvent tenté de lui faire publier ses vers mais qu'elle s'y était toujours refusée.

— Quel dommage ! J'aurais aimé en lire, ce qui m'aurait permis de dire quelques paroles plus senties au magistrat en lui présentant mes condoléances.

— Je vais pouvoir tout de même vous aider, dit Pan. La semaine dernière, madame Teng m'a fait remettre un cahier contenant certains poèmes qu'elle venait de composer. Une note l'accompagnait, me demandant de lui signaler les erreurs qui auraient pu s'y glisser au sujet des monuments historiques dont elle parlait dans ses poèmes. Avant de rendre ce manuscrit à Son Excellence, je puis vous le montrer.

— Voilà qui est parfait ! s'écria le juge Ti. Je vais m'asseoir près de la fenêtre pour le lire sans vous déranger dans votre travail.

Le conseiller Pan ouvrit un tiroir. Il en sortit un épais volume couvert de papier bleu qu'il tendit à son visiteur.

Le juge le prit et, installé un peu à l'écart, commença par le feuilleter rapidement. Les caractères étaient bien de la même main précise que ceux du second distique vu dans la maison de passe. De minimes différences pouvaient s'expliquer par le fait que les poèmes du gros cahier avaient été soigneusement écrits dans la tranquillité d'un cabinet de travail, et les deux vers du distique jetés en hâte pendant un rendez-vous amoureux.

Cette observation faite, il reprit sa lecture à partir du début et fut bientôt complètement captivé par la magnificence du style. En bon disciple de Confucius, il trouvait d'ordinaire que la seule poésie digne de ce nom était celle à tendance morale ou didactique. Se conformant à cette vue étroite, il avait écrit dans sa jeunesse un long poème sur l'importance de l'agriculture. Les vers qui se bornaient à décrire un sentiment fugitif ou n'étaient que purement lyriques présentaient peu d'intérêt à ses yeux. Mais il lui fallut bien admettre que la parfaite maîtrise de la langue et l'heureux choix d'images originales donnaient aux vers de la poétesse une beauté à laquelle il était impossible de résister. L'adjectif voulu venait naturellement sous son pinceau et lui suffisait pour dépeindre un sentiment ou décrire une scène, exprimant tout en un mot unique. Certaines comparaisons frappantes lui rappelèrent des phrases semblables rencontrées dans les œuvres de son mari. Évidemment, les deux époux avaient souvent travaillé ensemble.

Posant le volume sur ses genoux, il se caressa pensivement les favoris. Le conseiller Pan lui jeta un coup d'œil étonné qu'il ne remarqua même pas. Il se demandait comment une grande poétesse, une femme sensible et fine, heureusement mariée à un homme dont elle partageait les goûts, avait pu devenir une épouse adultère. Il pensait aux détails sordides de cette liaison... aux rencontres clandestines dans un mauvais lieu... aux pourboires glissés dans la main d'une proxénète au sourire équivoque. Il lui paraissait incroyable qu'une femme dont la délicatesse de sentiment éclatait dans sa poésie ait pu s'abaisser ainsi. Qu'elle se soit donnée à un fougueux damoiseau en une folle et brève rencontre, à la rigueur cela n'était pas impossible, les femmes sont de si étranges créatures. Mais le peintre appartenait au même type d'homme que son mari, il s'intéressait aux mêmes choses. Le juge tirailla sa moustache avec impatience : cette histoire ne tenait pas debout !

Soudain, la légère différence d'écriture lui revint à la mémoire. Se pouvait-il que la femme aux rendez-vous secrets fût non pas madame Teng, mais sa sœur aînée, la jeune veuve ? Elle portait les boucles d'oreilles et les bracelets de l'épouse du magistrat, mais des sœurs se prêtent souvent leurs bijoux. Le peintre était un parent éloigné du mari de la jeune veuve ; celle-ci avait donc eu plus d'occasion de le rencontrer que madame Teng. Et il existait encore deux sœurs. Il interrogea tout de suite Pan :

— Dites-moi, les autres sœurs de madame Teng vivent-elles aussi dans la maison de campagne de la porte Nord ?

— Autant que je sache, répondit le conseiller, une sœur seulement de madame Teng habite ce domaine : la veuve du propriétaire foncier.

Le juge lui rendit le volume de vers.

— Grand talent poétique, remarqua-t-il.

À présent, il était sûr que la jeune veuve avait été la maîtresse de Leng Té. L'écriture du distique ressemblait à celle de madame Teng ? Quoi de plus naturel, puisque les deux sœurs avaient dû apprendre à tracer leurs caractères sous la direction du même professeur. Cette femme avait sans doute eu l'intention d'épouser le peintre à la fin des années de deuil prescrites par les rites. Les rendez-vous clandestins étaient condamnables, mais cela ne le concernait pas. Les goûts dépravés du mystérieux inconnu qui avait épié le couple non plus. Allons, il s'était trompé. Avec un soupir, il pria monsieur Pan d'informer le magistrat de sa présence.

Quand il fut dans la bibliothèque, il annonça :

— Nous partons demain pour la préfecture, mon cher Teng. J'ai fait de mon mieux, mais impossible de découvrir la moindre preuve qu'un étranger se soit introduit chez votre femme. Vous aviez raison, la coïncidence eût été trop grande. Je suis désolé, croyez-moi. Ce soir, je vais imaginer une explication plausible de la présence du cadavre dans le marais, et nous dirons au préfet que c'est uniquement de ma faute si la tragédie ne lui a pas été signalée plus tôt.

Teng inclina gravement la tête.

— J'apprécie beaucoup votre dévouement, dit-il. C'est moi qui vous présente des excuses pour le dérangement que je vous ai causé, Ti. Et pendant vos vacances, encore ! Votre présence m'a été d'un grand réconfort. La sympathie compréhensive que vous m'avez témoignée et votre empressement à me venir en aide sont des choses que je n'oublierai pas.

Le juge Ti fut touché. Teng aurait pu l'abreuver de reproches justifiés pour avoir détruit d'importants indices et retardé l'enquête officielle. Sans compter les faux espoirs qu'il avait fait naître. Il pensa soudain au contrôleur des décès envoyé au loin par son message trompeur. Là, au moins, il avait eu raison. Par cette chaleur, la décomposition serait assez avancée pour rendre toute autopsie impossible et Teng ne saurait jamais quel acte il avait commis avant de tuer sa femme. Un acte étrange, évidemment, mais sait-on quelles pensées peuvent naître dans un esprit malade ? Tout haut, il dit :

— Accepterez-vous mon aide pour résoudre un autre problème, Teng ? Je veux parler du décès de Ko Tse-yuan. Vous allez me dire que vous en avez par-dessus la tête de mes théories, mais le fait est que je suis tombé par hasard sur une ramification plutôt curieuse de cette affaire. Oui, le banquier Leng Tsien m'a confessé qu'il avait détourné des fonds appartenant à monsieur Ko. La somme soustraite est considérable, et c'est pourquoi je vous ai envoyé un mot vous disant de l'arrêter. Je viens d'apprendre que vous avez suivi ma suggestion. Votre confiance en mes pauvres talents m'embarrasse, Teng, mais j'espère bien, cette fois, ne pas vous décevoir !

Le magistrat de Wei-ping se passa la main sur les yeux.

— Ah ! c'est vrai, dit-il, j'avais complètement oublié cette histoire !

— Vous n'êtes pas en état de vous en occuper aujourd'hui. Vous me feriez une grande faveur en m'autorisant à conduire l'enquête avec votre conseiller.

— De bon cœur ! s'écria Teng. Vous avez raison, je me sens incapable d'accorder à cette affaire compliquée toute l'attention qu'elle exige. Je n'arrive à penser à rien d'autre qu'à mon prochain entretien avec le préfet. Vous êtes un ami véritable, Ti !

Le juge se sentit un peu gêné. Teng pouvait paraître froid, mais sa réserve cachait une nature généreuse. C'était stupide d'avoir pu supposer que sa femme le trompait.

— Je vous remercie, Teng, dit-il. Je crois que nous ferions bien de révéler à monsieur Pan ma véritable identité de façon que je puisse étudier avec lui le dossier de l'affaire.

Le magistrat frappa dans ses mains. Quand le vieux majordome apparut, il lui ordonna d'aller chercher Pan You-té.

Le conseiller demeura un instant interdit en apprenant la qualité véritable de « monsieur Chen », puis il se confondit en excuses au sujet de la désinvolture avec laquelle il l'avait traité. Le juge Ti leva la main en souriant et demanda à Teng de leur permettre de se retirer.

Tout en suivant le conseiller, rouge de confusion, dans son bureau personnel, le juge vit que la nuit était tombée.

— Cela nous ferait du bien de respirer un peu d'air frais, dit-il à son compagnon. Faites-moi donc le plaisir de dîner avec moi au restaurant. Vous m'indiquerez les plats locaux !

Monsieur Pan protesta qu'il lui était impossible d'accepter un tel honneur, mais le juge insista, ajoutant qu'il restait « monsieur Chen » pour tout le monde. Le conseiller finit par se laisser convaincre et ils quittèrent ensemble le Yamen

XIII

Le juge fait la connaissance de madame Ko — Un lit conjugal révèle son tragique secret.

Monsieur Pan avait choisi un petit restaurant situé sur l'une des hauteurs de la ville. Du balcon, ils apercevaient le charmant spectacle de ses toits baignés de lune.

On leur servit du poisson de rivière dans une sauce au gingembre, des bécassines rôties, du jambon fumé, de la soupe aux œufs de cailles et d'autres spécialités locales d'un goût si délicat que le juge Ti eut un peu honte en songeant à Tsiao Taï attablé devant le gruau à la farine de fèves de l'auberge du Phénix.

Tout en dînant, le conseiller résuma de façon limpide les faits connus de l'affaire Ko Tse-yuan, puis le juge lui fit part des détournements de Leng Tsien et du vol de son carnet par Kouen-chan. Il parla aussi des deux cents pièces d'or conservées par Ko dans son coffre et (sans trop entrer dans les détails !) du chantage exercé par le borgne sur le banquier.

— J'ai exigé du cambrioleur qu'il me remît les deux bons, conclut-il. Le tribunal possède-t-il un dossier sur cet homme ?

— Non, Votre Excellence. Je n'ai même jamais entendu prononcer son nom. C'est stupéfiant de penser qu'en deux jours vous en avez plus appris sur les coquins de cette ville que moi pendant toutes les années que j'y ai passées !

— La chance m'a servi, répondit poliment le juge Ti. À propos, j'ai entendu dire que madame Ko était beaucoup plus jeune que son mari. Savez-vous à quelle époque a eu lieu leur mariage et s'il avait d'autres épouses ou concubines ?

— Monsieur Ko a d'abord eu trois épouses. Mais sa première et sa troisième sont mortes assez rapidement et il a perdu sa seconde l'année dernière. Comme il avait alors plus de soixante ans et que tous ses enfants étaient mariés, chacun pensa qu'il prendrait simplement une concubine pour s'occuper de lui. Un jour, cependant, il visita une petite boutique de soierie approvisionnée par sa firme et dont le propriétaire — un certain Sié — venait de mourir. La veuve essayait de continuer le commerce mais s'endettait de plus en plus. Le vieux monsieur Ko tomba amoureux d'elle et l'épousa. Les gens commencèrent par rire de cette union, mais la nouvelle madame Ko se révéla une excellente femme d'intérieur et, quand son mari se mit à souffrir de l'estomac, elle le soigna avec beaucoup de dévouement. À la fin, tout le monde s'accorda pour dire qu'il avait agi avec sagesse.

— A-t-il jamais couru des bruits sur l'infidélité de la dame ?

— Jamais ! Sa réputation est excellente. C'est pourquoi je ne me suis pas permis de la convoquer devant le tribunal, me contentant de l'interroger dans le hall de sa demeure après la tragédie. Bien entendu les règles de la bienséance ont été respectées, la veuve était assise derrière un paravent avec sa suivante.

Le juge se dit qu'il aimerait rencontrer cette femme. Les paroles louangeuses de monsieur Pan ne s'accordaient guère avec l'aventure relatée par Tsiao Taï.

— Cela m'intéresserait de voir le lieu de la tragédie, déclara-t-il. Nous avons toute notre soirée. Pourquoi n'irions-nous pas tous deux visiter la demeure de madame Ko ? Vous me présenterez comme un fonctionnaire attaché temporairement au tribunal.

Monsieur Pan acquiesça tout de suite, ajoutant :

— J'aimerais revoir moi-même la chambre à coucher. Nous pouvons le faire sans déranger la veuve car, à ce qu'on m'a dit, elle a fermé cette pièce pour s'installer dans un petit boudoir.

L'addition réglée, le juge Ti proposa de louer une chaise à porteur, mais monsieur Pan répliqua que sa claudication ne le gênerait pas pour descendre la colline. Marchant sans se presser, les deux hommes arrivèrent bientôt devant la demeure de madame Ko.

De solides colonnes de granit flanquaient la porte de laque rouge cloutée de cuivre. Le majordome les conduisit dans un grand hall meublé de fauteuils anciens et de massives tables d'ébène. Après leur avoir servi du thé et des fruits, il alla faire part de leur requête à sa maîtresse. Il revint bientôt avec un trousseau de clefs et les informa que madame Ko ne faisait pas d'objection à leur visite.

Un serviteur ayant apporté une lanterne, le majordome les précéda dans un labyrinthe de couloirs et de courettes avant d'accéder à un petit jardin clos par une palissade de bambou. La construction basse qui en occupait le fond avait été choisie comme appartement personnel par monsieur Ko, expliqua le majordome, à cause de sa belle terrasse surplombant le jardin et le fleuve.

Il ouvrit la porte massive et entra pour allumer la bougie placée sur une table de milieu.

— Si vous n'y voyez pas suffisamment, dit-il, j'allumerai aussi la grosse lampe à huile.

Le regard du juge fit rapidement le tour de la pièce. Elle contenait peu de meubles et sentait le renfermé, sans doute parce que les fenêtres étaient closes depuis deux jours. Il s'avança vers une porte étroite percée dans le mur opposé. Le majordome tourna la clef. Le juge descendit trois marches et se trouva dans un étroit couloir qui aboutissait à une large terrasse de marbre. Au-delà de cette terrasse, le jardin s'étalait en pente douce jusqu'au fleuve ; le kiosque dans lequel le vieux monsieur Ko avait soupé pour la dernière fois de sa vie s'élevait un peu sur la gauche, et les tuiles vertes de sa toiture brillaient au clair de lune.

Le juge Ti demeura un long moment sur la terrasse, goûtant le charme de ce magnifique spectacle. Lorsqu'il retourna dans la maison, il nota que la porte était plutôt basse ; pourtant, il aurait fallu posséder une taille supérieure à la sienne pour risquer de se meurtrir la tête au linteau. En rentrant dans la chambre à coucher, il vit une femme vêtue de blanc qui l'attendait. Assez grande, elle pouvait avoir la trentaine et le souple drapé de sa robe de deuil ne réussissait pas à dissimuler complètement la sculpturale beauté de ses formes pleines. Admirant sa distinction et son regard pudiquement baissé, le juge ne put s'empêcher de se dire que ce coquin de Tsiao Taï était un homme de goût. Plus que son collègue et ami Ma Jong, toujours attiré par des créatures vulgaires et tapageuses. Il fit une profonde révérence, à laquelle madame Ko répondit par une inclination de tête.

Le conseiller Pan présenta son compagnon comme « monsieur Chen, en mission particulière auprès du tribunal ». Madame Ko leva ses grands yeux limpides vers le juge. Elle l'examina un instant puis dit au majordome de se retirer et fit signe à ses deux visiteurs de prendre les sièges placés devant la fenêtre basse. Elle-même demeura debout, très droite. En s'asseyant, le juge remarqua, dans l'ombre de leur hôtesse, une petite servante au maintien modeste. Jouant avec son éventail de soie blanche, madame Ko dit avec une froide politesse :

— Puisque vous vous donnez la peine de venir enquêter ici, j'ai pensé qu'il était de mon devoir de veiller personnellement à ce que tout soit fait pour faciliter votre tâche.

Monsieur Pan se lança dans une longue phrase d'excuses, mais le juge l'interrompit en disant :

— Nous vous en sommes très reconnaissants, Madame. Je comprends combien cela doit vous être pénible de revoir ce lieu où a débuté la tragédie. Je ne me serais pas permis d'ajouter ainsi à votre affliction sans mon grand désir de mettre fin au plus vite à la procédure déclenchée par le décès de votre mari. J'espère donc, Madame, que vous voudrez bien pardonner notre intrusion.

Madame Ko se contenta d'incliner la tête sans répondre. Pour une ancienne boutiquière, pensa le juge Ti, elle a eu vite fait de prendre les manières du grand monde !

— Voyons... que je m'oriente, reprit-il tout haut.

Son regard passa sans s'y arrêter sur le lit aux simples rideaux bleus placé contre le mur qui faisait face à madame Ko. Derrière celle-ci se trouvait la pile habituelle des coffres à vêtements en cuir laqué de rouge. Les murs passés à la chaux et le sol pavé étaient nus.

— Cette pièce ne contient pas beaucoup de meubles, remarqua-t-il négligemment. Je suppose, Madame, qu'il y en avait davantage du vivant de votre époux ? Une table de toilette ou quelques tableaux aux murs ?

— Mon mari avait des goûts simples, répliqua-t-elle d'un ton froid. Malgré son immense fortune, il était ennemi de tout luxe et vivait de façon austère.

— Cela prouve avec éloquence la noblesse de son caractère, déclara le juge en s'inclinant. Voyons, que nous reste-t-il à vérifier ?

Son regard se posa de nouveau sur les coffres à vêtements.

— Ah ! oui... je n'aperçois ici que les trois boîtes marquées Automne, Hiver, Printemps. Où donc se trouve la quatrième, celle qui contient les vêtements d'été ?

— Je l'ai fait enlever. Elle avait besoin de réparations.

La voix de madame Ko trahissait un peu de fatigue.

— Ah ! bien, répondit le juge. On est tellement habitué à en voir quatre que l'absence de celle-ci m'a frappé ! À présent, Madame, j'aimerais que vous me racontiez, aussi bien que vous pourrez vous en souvenir, ce qui s'est passé ici au cours de la fatale soirée. J'ai lu le dossier, mais...

Il s'interrompit, madame Ko venait brusquement de frapper l'air avec son éventail et criait à la petite servante :

— Combien de fois t'ai-je dit que je ne voulais pas voir ces horribles bêtes dans la maison ? Vite... tue-la... Ah ! elle s'envole !

Le juge la regarda, surpris par sa véhémence, tandis que monsieur Pan disait, pour apaiser la jeune femme :

— Il y a seulement une ou deux mouches, Madame. Voulez-vous que...

Madame Ko ne répondit pas, absorbée par les frénétiques efforts de sa suivante qui essayait de tuer l'insecte ailé à grands coups de mouchoir.

— Pourquoi ne tapes-tu pas dessus ? criait-elle impatiemment. Elle est ici... vite !

Le magistrat suivait la scène avec un intérêt croissant. Se levant soudain, il prit la bougie pour allumer la lampe à huile.

— Ne touchez pas à cette lampe ! cria madame Ko.

— Mais pourquoi, Madame ? Je voulais simplement vous permettre de voir s'il n'y avait pas d'autres mouches ici.

— C'est manquer de respect aux morts que de faire trop de lumière dans leur chambre, répliqua-t-elle d'un ton glacial.

Le juge ne l'entendit pas. Son regard fixé sur le plafond, il dit lentement :

— Il y a en effet beaucoup de mouches dans cette pièce. C'est d'autant plus curieux qu'elle est close depuis deux jours. Elles semblent endormies, là-haut, mais la lumière va les réveiller !

N'écoutant pas les protestations de madame Ko, il alluma prestement les quatre mèches de la grosse lampe et l'éleva au-dessus de sa tête pour examiner le plafond. Madame Ko suivit la direction de son regard. Très pâle, elle respirait avec difficulté.

— Souffrez-vous, Madame ? demanda anxieusement la petite servante. Sans s'occuper d'elle, sa maîtresse recula en voyant une nuée de mouches tourbillonner autour de la lampe.

— Tenez… dit le juge au conseiller Pan, les voilà qui descendent. Ce n'est plus la lumière qui les attire, maintenant.

Le vieil homme le considéra d'un air ahuri. Il se demandait visiblement si son cerveau ne se dérangeait pas.

S'approchant du lit, le juge se baissa pour examiner le sol. Il se releva vite en disant :

— N'est-ce pas étrange, elles se rassemblent le long de la frange du rideau.

Il souleva l'étoffe pour regarder sous le lit.

— Ah ! je vois ! s'écria-t-il. C'est le carrelage qui les intéresse. Ou plus exactement quelque chose sous le carrelage.

Un cri sourd le fit pivoter sur lui-même. Madame Ko venait de s'affaisser, évanouie. La petite servante courut s'agenouiller à côté d'elle. À son tour, le juge s'approcha et, songeur, regarda le corps étendu pendant que monsieur Pan murmurait :

— C'est son cœur qui…

MADAME KO PERD CONNAISSANCE

— Balivernes ! jeta le juge, et à la servante il ordonna : Laissez votre maîtresse tranquille. Aidez-moi plutôt à repousser le lit. Il doit être assez lourd. Si vous nous donniez aussi un coup de main, Pan ?

Mais le carrelage était si poli que le meuble glissa sans difficulté jusqu'à la fenêtre.

Le juge s'agenouilla pour étudier le dallage. À l'aide d'un cure-dent pris au revers de sa robe, il sonda les interstices qui séparaient les pierres.

— Certaines de ces dalles ont été soulevées récemment..., dit-il au vieux conseiller. Se tournant vers la servante, il commanda : Cours me chercher un couteau de cuisine et une pelle. Et reviens tout de suite sans cancaner avec les autres domestiques, tu m'as compris ?

Quand la fille eut disparu, terrorisée, le juge regarda monsieur Pan d'un air grave.

— Un plan diabolique, en vérité ! murmura-t-il.

— Oui, Votre Excellence, répondit le conseiller.

Sa mine de plus en plus ahurie montrait qu'il n'avait pas la moindre idée de ce que voulait dire le juge. Sans s'occuper davantage de lui, le magistrat caressait lentement sa barbe, les yeux toujours fixés sur le sol.

Quand la servante fut de retour, il se remit à genoux et utilisa le couteau de cuisine pour dégager deux dalles. Au-dessous, la terre était humide. Employant cette fois la pelle, il fit sauter quatre autres carreaux déjà descellés. L'espace libre formait à présent un rectangle d'environ trois pieds sur cinq. Le juge roula ses longues manches et se mit à enlever la terre meuble à grandes pelletées.

— Ce n'est pas un travail pour Votre Excellence ! s'écria monsieur Pan consterné. Permettez-moi d'appeler les serviteurs !

— Taisez-vous ! répondit le juge.

Son outil venait de toucher quelque chose de mou. Quand il reprit sa besogne, une odeur fétide s'échappa du trou tandis qu'apparaissait un morceau de cuir rouge.

— Voilà le quatrième coffre à vêtements ! s'exclama-t-il. Se tournant vers la petite servante accroupie près de sa maîtresse, il cria : Cours à la grande porte ! Dis au concierge que le conseiller Pan lui ordonne d'aller immédiatement au tribunal et de ramener le chef des sbires avec quatre de ses hommes et la femme du gardien de la prison. Quand tu reviendras, prends un faisceau de bâtonnets d'encens sur l'autel de la maison et apporte-les-moi. Fais vite !

Il essuya la sueur qui couvrait son front. Monsieur Pan regardait d'un air désolé la femme étendue. Timidement, il demanda :

— Ne pourrions-nous l'installer de façon plus confortable, Votre Excellence ? Elle...

— Non, coupa le juge. La fraîcheur des dalles la fera revenir à elle mieux que n'importe quoi. Elle savait fort bien que le cadavre de son époux était enterré ici. C'est la complice de l'assassin.

— Mais son mari s'est jeté dans le fleuve, Votre Excellence. Je l'ai vu sauter... je l'ai vu de mes propres yeux !

— Et l'on n'a pas retrouvé son corps ! Non, je vous dis, moi, que Ko Tse-yuan a été tué dans cette pièce lorsqu'il est venu prendre son médicament.

— Mais alors, qui est sorti en courant ?

— L'assassin ! Son plan était bien conçu. Quand il eut enterré Ko sous les dalles, il mit la robe et le bonnet de sa victime et se barbouilla le visage de sang, puis il s'est précipité dans le jardin. Vous vous attendiez tous à voir Ko sortir, et comme l'individu portait la robe et le bonnet que vous connaissez bien et que, d'autre part, ses cris et le sang sur son visage vous ont inquiétés, votre méprise n'a rien d'extraordinaire. L'assassin s'est d'abord dirigé vers le kiosque en prenant soin de ne pas approcher trop près. À mi-chemin, il a changé de direction pour courir vers le fleuve, dans lequel il a sauté. J'imagine qu'il s'est laissé dériver jusqu'à un endroit désert où il est sorti de l'eau, jetant son bonnet pour créer une fausse piste.

Monsieur Pan hocha lentement la tête.

— Oui, dit-il, à présent je comprends. Mais qui était cet homme ? Kouen-chan ?

— C'est notre suspect numéro un. Après avoir tué Ko, il a dû voler le carnet du banquier. Malgré son aspect peu robuste, c'est peut-être un bon nageur.

— Il s'est probablement blessé exprès pour que le sang dissimule ses traits, remarqua monsieur Pan.

— Il s'est plutôt servi de celui de sa victime. Mais voici la servante qui revient. Nous allons voir comment Ko a été tué. Prenez l'encens allumé et tenez-le près de mon visage.

Monsieur Pan obéit. La bouche et le nez couverts par son foulard, le juge Ti dégagea le coffre à vêtements. Quand le dessus de la grande boîte rouge apparut, il arracha la bande de toile huilée collée autour et souleva le couvercle du bout de sa pelle.

Une odeur nauséabonde monta aussitôt vers eux. Monsieur Pan se protégea le nez avec sa manche et se mit à agiter les bâtonnets d'encens jusqu'à ce qu'un nuage bleuâtre les enveloppât. Plié en deux, un corps frêle était tassé dans le coffre. Il portait seulement son vêtement de dessous et aucune coiffure ne couvrait ses cheveux gris. Le manche d'un poignard sortait de sous son omoplate gauche. Lorsque le juge eut retourné le cadavre avec sa pelle, un visage ridé devint visible.

— Est-ce Ko Tse-yuan ? demanda-t-il.

Monsieur Pan fit oui de la tête, trop ému pour parler. Le juge laissa retomber le couvercle, jeta sa pelle par terre, et alla ouvrir la fenêtre toute grande. Après avoir respiré une bouffée d'air pur, il rajusta son bonnet et essuya la sueur qui perlait à son front.

— Quand nos hommes seront ici, dit-il au conseiller, faites-leur sortir le coffre. Ils le porteront au tribunal tel qu'il est, avec le cadavre à l'intérieur. Envoyez aussi chercher un palanquin fermé. La gardienne y fera monter madame Ko, qu'elle escortera jusqu'à la prison, où on l'enfermera. Allez tout expliquer ensuite au magistrat Teng, et dites-lui que je vais m'efforcer de mettre la main sur Kouen-chan. Si ce n'est pas lui l'assassin, il pourra du moins nous fournir d'utiles renseignements. Votre maître avait l'intention de prendre demain le chemin de la préfecture où l'appelait une affaire urgente. Après ce que nous venons de découvrir, il préférera d'abord entendre madame Ko. Si je trouve Kouen-chan, je pense que nous pourrons en terminer avec cette histoire pendant l'audience du matin et partir ensuite pour Pien-fou. Rédigez votre rapport sur la découverte du cadavre, je le signerai comme témoin. À présent, je file.

Dehors, il faisait encore très chaud, mais tout lui semblait préférable à l'atmosphère de la chambre qu'il venait de quitter. Suant et soufflant, il grimpa jusqu'au centre de la ville d'où il gagna l'auberge du Phénix.

Un bruit de rires et de chansons indiquait que ses hôtes n'étaient pas encore couchés ; ils allaient pouvoir le renseigner immédiatement sur le borgne. Ce fut le garçon qui vint lui ouvrir, plus maussade que jamais. Cet homme-là ne devait pas aimer qu'on rentre tard !

XIV

Le passé du Caporal est révélé au juge Ti — Un devin prédit à Tsiao Taï son avenir.

Six chandelles fumeuses éclairaient la buvette devenue très animée. Au quatuor habituel des joueurs de dés s'étaient joints Tsiao Taï et l'Étudiant qui, à chaque combinaison heureuse, hurlaient avec les autres une traditionnelle formule rimée. Un peu plus loin, mademoiselle Œillet-Rose, assise sur les genoux du Caporal, chantait à pleine gorge une chanson grivoise tandis que son amoureux battait la mesure avec la main qui n'était pas occupée à tenir la taille de la belle. Quand il aperçut le juge Ti, le chef des truands s'écria :

— Holà, pince-voleur, as-tu pincé ton homme ?

— Pincé ? Je ne l'ai pas même aperçu !

— Eh bien, la poulette ici présente prétend que tu l'as pincée, elle ! répliqua le facétieux Caporal avec un gros rire. À partir de maintenant nous allons nous appeler cousins, nous sommes tous les deux de la même famille ! Il posa la fille par terre, et lui appliquant une claque joviale sur le derrière, ordonna : Viens m'apprendre les belles choses que le barbu t'a montrées !

Le couple grimpa l'escalier en riant aux éclats.

Le juge s'assit devant la table placée près de la fenêtre. Tsiao Taï alla prendre deux tasses sur le comptoir et vint le rejoindre. Comme il se laissait tomber sur son siège, le juge lui demanda :

— Kouen-chan s'est-il montré ?

— Personne ne l'a vu.

Le juge reposa violemment sa tasse et dit avec humeur :

— J'aurais dû suivre ton conseil. J'ai fait une bêtise en le laissant filer. Pourtant, il est assez fin pour se rendre compte qu'une fois Leng arrêté, le tribunal peut confisquer ses biens, et alors le changeur refusera d'honorer les bons tirés sur lui.

Se tournant vers les joueurs, il cria :

— Hé, là-bas ! L'un de vous sait-il où je pourrais trouver Kouen-chan ?

Le chauve se retourna. Secouant la tête, il dit :

— Je ne crois pas qu'il ait de domicile fixe. En tout cas, s'il en a un, je n'en ai pas connaissance. Il dort sous un tas de pierrailles avec les autres vermines de son espèce, je suppose !

Un rire général accueillit cette repartie.

— Le coquin a-t-il encore fait des siennes ? demanda Tsiao Taï.

— Il est peut-être coupable d'un meurtre, répliqua le juge.

À voix basse, il mit son lieutenant au courant de ce qui s'était passé dans la demeure de Ko.

Lorsqu'il arriva au bout de son récit, les quatre joueurs se dirigeaient vers l'escalier après avoir réglé leurs comptes tandis que l'Étudiant quittait l'auberge. Le garçon s'approcha du juge et demanda s'il avait encore besoin de ses services. Quand le magistrat eut répondu par la négative, il disparut sous le comptoir.

— Dort-il là ? demanda le juge avec surprise.

— Bien sûr, répliqua Tsiao Taï. La seconde planche a juste la longueur voulue ! Mais en ce qui concerne Kouen-chan, je dois dire, à mon grand regret, qu'il ne peut pas avoir tué le vieux Ko pour la bonne raison qu'il n'aurait jamais pu plonger dans le fleuve. J'ai vu l'endroit ; le courant est très rapide, des rochers pointus émergent un peu partout et les tourbillons ne manquent pas. Pour sauter dans l'eau, descendre le courant et s'en tirer indemne, il est non seulement nécessaire de connaître le fleuve comme le creux de sa main et d'être un nageur émérite, mais il faut encore de bons muscles. Non, vous pouvez m'en croire, Kouen-chan n'a pas les qualités requises !

— Dans ce cas, dit le juge, il devait avoir un complice qui a sauté dans le fleuve. Cette idée de suicide feint porte la marque de son esprit tortueux. Et pour voler le carnet de Leng Tsien, il fallait bien qu'il se trouvât sur les lieux au moment du meurtre. Je dirai demain au conseiller Pan de lancer ses meilleurs hommes sur la piste du coquin. Il n'a sûrement pas quitté la ville avant d'avoir touché l'argent, ou sans essayer au moins de nous jouer un sale tour.

— À propos de complice, dit Tsiao Taï, il me vient une idée. Lors de ma visite à madame Ko, elle me confia qu'une personne attendue par elle n'était pas venue. La prenant pour une courtisane, je pensai à un habitué, mais ne s'agirait-il pas de son amant qui serait le complice de Kouen-chan ? Auguste Ciel ! Cela me rappelle autre chose : elle va quitter la ville sous peu !

— Pas de danger, répliqua le juge. Son attitude m'a montré de façon indubitable qu'elle était au courant du meurtre et je l'ai fait mettre sous clef ! Demain, je demanderai au magistrat Teng de me nommer assesseur temporaire, de façon à être présent quand on l'interrogera.

Le juge parla ensuite à son lieutenant des deux visites du peintre Leng Té et de sa maîtresse à la maison de rendez-vous. Il décrivit le mystérieux personnage qui avait épié les amants et conclut :

— La femme ne pouvait pas être madame Teng. Je suis heureux d'avoir débrouillé l'affaire Ko Tse-yuan, je devais bien ça à mon collègue. Et toi, qu'as-tu fait cet après-midi ?

— Mon travail fut des plus faciles. Je suis parti après ma petite sieste. Cet antipathique jeune homme surnommé l'Étudiant insista pour m'accompagner une partie du chemin. Il me dit en confidence qu'il préparait un coup susceptible de lui rapporter deux cents pièces d'or.

— L'année où des cornes pousseront aux chevaux, railla le juge. En allant au marais il m'a régalé d'un conte semblabe. Que t'ont appris les bureaux de la garnison sur notre digne hôte ?

— Comme d'habitude on m'a renvoyé de service en service. L'officier qui s'occupait des hommes m'a dit que la police militaire possédait les dossiers des déserteurs, et la police militaire m'a dit qu'ils étaient au recrutement. À la fin, un vieux sergent me prit à part et me prévint que j'aurais les cheveux tout blancs quand le dossier serait retrouvé, mais que le capitaine Mao, de la police militaire, avait servi dans le troisième corps de l'armée de l'Ouest et pourrait peut-être me renseigner. Or, il se trouve que ce capitaine Mao est le propre neveu du colonel Mao en garnison à Peng-lai. Malgré les moustaches les plus féroces que j'aie jamais vues, il a été fort aimable et s'est souvenu de notre Caporal, excellent soldat plusieurs fois cité pour actes de bravoure et adoré de ses camarades. Mais un jour, son commandant fut remplacé par un certain capitaine Wou, un fripon qui carottait sur la solde de la troupe. L'un des hommes ayant protesté, Wou commanda au Caporal de lui donner cent coups de sa corde d'arc. Le Caporal refusa, et, quand Wou essaya de le frapper, tomba sur lui à bras raccourcis. Lever la main sur un officer étant un crime capital, il ne lui restait plus qu'à s'enfuir. On découvrit par la suite que ce Wou avait accepté l'argent d'un espion au service des barbares et il fut décapité. Le capitaine Mao ajouta que si le Caporal n'avait pas fait de bêtises depuis sa désertion, l'armée fermerait les yeux sur le passé. On a besoin de braves soldats comme lui ; si le magistrat Teng veut bien dire un mot en sa faveur, il sera enrôlé de nouveau et promu sergent. Voilà toute l'histoire.

— Je suis heureux qu'il en soit ainsi. Le Caporal est une nature fruste, mais il a du cœur. Je verrai ce qu'on peut faire pour lui. Et le devin ?

— Aucun doute sur sa sincérité. C'est un vieillard très digne qui prend son art au sérieux. Il connaissait Ko Tse-yuan depuis longtemps et l'aimait bien. Selon lui, le vieux monsieur Ko était un brin tatillon, mais brave homme et toujours prêt à rendre service à son prochain. Je lui ai décrit Kouen-chan : il ne l'a jamais vu. J'ai alors demandé à ce devin une petite consultation personnelle. Quand il eut examiné ma main, il m'annonça que je mourrais par l'épée. Je lui répondis que rien ne pourrait me plaire davantage, mais il trouva mes paroles inconsidérées. Comme je vous l'ai dit, il prend son art très au sérieux.

— Bon, déclara le juge. Voilà un point d'acquis. Je me demandais si un ennemi de Ko n'avait pas soudoyé le devin pour lui faire dire à son client que le 15 serait un jour néfaste, ce qui aurait facilité ses machinations. Maintenant, allons nous coucher ; il faut être au tribunal de bonne heure demain ! C'est notre dernière nuit à l'auberge du Phénix, Tsiao Taï. Je vais abandonner mon incognito et nous logerons au Yamen pendant le reste de ce congé.

Tsiao Taï accueillit la nouvelle avec une grimace réjouie et, prenant une chandelle, suivit son maître dans l'escalier.

L'atmosphère de la minuscule chambre leur parut encore plus brûlante et irrespirable que la veille. Le juge s'approcha de la fenêtre pour l'ouvrir, mais des milliers de petits chocs contre la paroi de papier huilé lui rappelèrent l'armée d'insectes prête à se lancer à l'assaut. Poussant un soupir résigné, il vint s'étendre sur la planche qui servait de couchette et ramena sa robe autour de lui afin de se protéger contre les hordes d'autres bestioles qui rampaient déjà dans sa direction. Tsiao Taï s'allongea sur le plancher comme la nuit précédente, la tête contre la porte.

Le juge se tourna et se retourna sur sa couche pendant un long moment. Depuis qu'il avait soufflé la chandelle, les insectes ailés se pressaient en moins grand nombre dehors, aussi, trouvant l'atmosphère de plus en plus suffoquante, résolut-il d'ouvrir la fenêtre. Il tira sur le châssis... le poussa. En vain, elle était coincée. Prenant l'épingle de son chignon, il se servit de sa pointe aiguë pour découper le papier sale tendu sur l'armature de bambou. Une brise légère pénétra dans la pièce éclairée par la lumière froide de la lune. Le juge se sentit mieux. Il regagna sa planche se couvrit le visage avec son foulard pour se protéger des moustiques et, la fatigue aidant, finit par trouver le sommeil.

Le bruit rythmé de ronflements divers fut bientôt seul à troubler le silence de l'auberge.

XV

KOUEN-CHAN RACONTE LE DÉBUT DE SES INFORTUNES LE JUGE TI LUI PROMET LA FIN DE SES TOURMENTS.

TSIAO TAÏ se réveilla en sursaut. Quelque chose d'âcre lui picotait les narines. Une année de vie citadine n'avait pas affaibli l'acuité de ses sens, acquise pendant un long séjour dans les « vertes forêts ». Il éternua et pensa tout de suite à un incendie possible dans ce bâtiment construit en planches. Il se leva d'un bond, saisit son maître par les pieds, et se jeta contre la porte. Elle ne résista pas. Dans l'étroit couloir obscur, il heurta une forme visqueuse qu'il tenta d'agripper. Elle lui échappa, et le bruit d'une dégringolade le long des marches de bois fut suivi de gémissements sourds. Tsiao Taï se mit à tousser. Entre deux quintes, il hurla :

— Au feu ! Réveillez-vous tous !

Un vacarme indescriptible commença. Tandis que des hommes à demi nus se bousculaient dans le couloir, Tsiao Taï et le juge descendirent l'escalier quatre à quatre. En bas, Tsiao Taï buta contre un corps humain, reprit son équilibre, et courut vers la porte qu'il ouvrit d'un coup de pied. Il respira une bouffée d'air frais, puis toussant de nouveau, gagna le comptoir et chercha le briquet pour allumer une chandelle. Le juge Ti se précipita dehors. Il avait la nausée, tout dormait autour de lui, mais après avoir éternué à plusieurs reprises, il se sentit mieux. Il leva la tête vers le premier étage : aucune trace de flammes nulle part. Brusquement, il comprit ce qui avait dû se passer et rentra dans l'auberge.

Ses cheveux en broussaille, le garçon venait d'émerger du comptoir et allumait d'autres chandelles. Leur lumière éclaira un étrange tableau. Le Caporal, nu comme un ver mais plus semblable à un énorme singe velu, se penchait avec Crâne-chauve sur Kouen-chan, totalement nu lui aussi et le corps luisant d'huile. Assis par terre, le borgne tenait sa jambe gauche en gémissant. Les trois autres compagnons du Caporal, à peine plus vêtus, se regardaient avec des yeux larmoyants. Nue également, mademoiselle Œillet-Rose serrait une petite serviette sur son ventre en contemplant la scène d'un air horrifié. Le juge Ti (avec Tsiao Taï la seule personne complètement habillée de l'assistance) se pencha pour ramasser une sarbacane en bambou de deux pieds de long à l'extrémité de laquelle était attachée une gourde. Après l'avoir rapidement examinée, il demanda au borgne :

— Quel poison as-tu soufflé dans notre chambre ?

— Ce n'était pas du poison... Seulement un soporifique ! pleurnicha Kouen-chan. Je ne voulais faire de mal à personne, et maintenant j'ai la cheville cassée !

Le Caporal lui lança un coup de pied dans les côtes.

RÉVEIL MOUVEMENTÉ À L'AUBERGE DU PHÉNIX

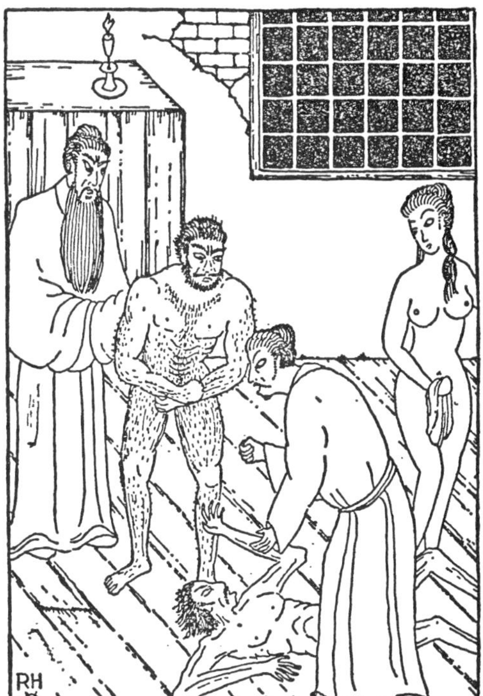

— Je vais te rompre les os ! tonna-t-il. Pourquoi t'es-tu introduit ici, fils de chien ?

— C'est moi qu'il voulait cambrioler, expliqua le juge Ti. Il se tourna vers Tsiao Taï qui fouillait une pile de vêtements posée par terre. Tu peux refermer la porte, lui dit-il, la poudre que ce coquin a vaporisée dans la maison est partie maintenant. S'adressant au Caporal, il ajouta : Le chien s'est déshabillé ici et s'est enduit le corps d'huile pour glisser plus facilement entre les mains de ceux qui essaieraient de l'attraper. Son intention était de disparaître après avoir volé tout ce qu'il aurait pu.

— Ma décision est facile à prendre, alors, répondit le chef des truands. Je n'aime pas tuer, mais la loi du milieu ordonne la mort pour celui qui vole ses camarades. Nous allons lui faire son affaire. Si vous désirez l'interroger d'abord, allez-y, vous avez la priorité.

Il fit signe à ses hommes. Ceux-ci étendirent Kouen-chan en croix sur le sol et montèrent sur les mains et les pieds du misérable pour lui interdire tout mouvement. Lorsque Crâne-chauve pesa de tout son poids sur sa cheville brisée, le borgne poussa un hurlement de douleur. Le Caporal voulut lui donner quelques coups de talon pour le faire taire, mais le juge Ti s'interposa en fixant avec curiosité le corps émacié à l'extrême et couvert de longues cicatrices d'un vilain aspect. Des cicatrices de brûlures, lui sembla-t-il.

Tsiao Taï s'approcha de son maître et lui remit deux paquets qu'il venait de ramasser dans les vêtements de Kouen-chan. Le juge rendit le plus lourd à son lieutenant et ouvrit l'autre. Il contenait un gros calepin tout taché d'eau.

— Où as-tu volé cela ? demanda-t-il à l'homme étendu.

— Je l'ai trouvé, pleurnicha le borgne.

— Ne mens pas !

— C'est la vérité !

— Va me chercher des pincettes et une pelletée de charbon rouge dans la cuisine, commanda le Caporal au serveur. Nous poserons quelques braises ardentes sur le ventre de ce cochon-là. Ça leur délie toujours la langue. L'inconvénient, c'est que ça pue un peu... mais on ne peut pas tout avoir !

— Non ! Non ! hurla Kouen-chan. Ne me brûlez pas ! Je l'ai trouvé, je le jure !

— Où ? demanda le juge.

— Ici ! L'autre nuit je suis venu et j'ai fouillé toutes les chambres pendant que vous dormiez. Le calepin était derrière le lit de cette fille.

Le juge Ti regarda mademoiselle Œillet-Rose. Portant la main à sa poitrine nue, elle étouffa un cri. L'expression suppliante qu'il lut dans ses yeux fit tout comprendre au magistrat. Il se hâta de dire :

— Le chien ment, mais nous n'arriverons à rien ici. Mon camarade et moi allons l'emmener dans un endroit tranquille où nous pourrons l'interroger à notre aise. Nos méthodes risquent d'être un peu bruyantes et ce n'est pas la peine que tout le voisinage soit au courant de ce qui se passe !

— Je ne veux pas aller avec eux ! cria Kouen-chan.

Le Caporal le fit taire d'un coup de talon en disant :

— Le sale chien ! Accuser ma mignonne !

— Mais c'est vrai, je vous assure ! hurla le borgne. J'en ai déchiré une ou deux pages et je l'ai remis en place. Quand je suis revenu ce soir...

Le juge Ti avait prestement retiré l'un de ses chaussons de feutre. Il en enfonça l'extrémité dans la bouche ouverte de Kouen-chan et dit :

— Tu nous raconteras le reste plus tard.

Montrant au Caporal la sarbacane en bambou, il expliqua :

— La poudre est dans la gourde. Je suppose que si l'on en souffle suffisamment sous le bas d'une porte, elle se répand dans l'air de la pièce et son pouvoir soporifique endort tous ses occupants. Mais le coquin n'a pas eu de chance, mon camarade dormait sur le sol et reçut toute la poudre en pleine figure. Un éternuement immédiat l'en débarrassa, et, avant qu'elle eût le temps de faire son effet, nous étions dans le couloir. J'avais découpé le papier des fenêtres avant de me coucher, si bien que la brise du soir a fini de disperser le narcotique. Sans cela, vous seriez tous profondément endormis à présent, et mon camarade et moi aurions la gorge tranchée.

Se tournant vers le borgne, il demanda :

— C'est toi qui avais coincé la fenêtre, j'imagine ?

Kouen-chan fit un signe affirmatif, essayant de rejeter le chausson qui distendait ses mâchoires.

— Mettez-lui un emplâtre adhésif sur la bouche, commanda le juge Ti. Roulez-le dans une vieille couverture, nous passerons deux perches dedans pour l'emporter sur nos épaules. Si nous rencontrons les veilleurs de nuit, nous dirons qu'il est atteint d'une maladie contagieuse et que nous l'emmenons chez le médecin.

— Descends de là, ordonna le Caporal au truand chauve toujours debout sur un pied du borgne, et va chercher un emplâtre. De toute façon, il ne peut pas se servir de sa patte !

Au juge, il demanda :

— N'as-tu pas besoin de quelques instruments ?

— J'ai été chef des sbires, je connais mon travail, répliqua le juge. Mais prête-moi tout de même un couteau.

— Entendu. Ça me fait penser à une chose : rapporte-moi ses oreilles et ses doigts. Je les enverrai comme avertissement à quelques bonshommes qui en prennent un peu trop à leur aise ! Tu les envelopperas dans un morceau de papier huilé. Où cacheras-tu le reste du cadavre ?

— Nous l'enterrerons dans le marécage. Personne ne le trouvera jamais.

— Très bien. En principe, je n'aime pas qu'on tue, mais quand on y est obligé, autant que le boulot soit fait proprement.

Les yeux exorbités, Kouen-chan se tortillait comme une anguille sous le poids des truands et, quand le chauve retira le chausson de sa bouche, il émit des sons incohérents aussitôt étouffés par l'emplâtre appliqué sur ses lèvres. Le Caporal en personne lui attacha les pieds et les mains avec une corde solide. Mademoiselle Œillet-Rose tendit une vieille couverture à Tsiao Taï et tous deux enroulèrent le prisonnier dedans. Deux perches furent ensuite apportées et les truands y ficelèrent solidement le long colis.

Au moment où le juge et Tsiao Taï soulevaient la civière improvisée pour la placer sur leurs épaules, l'Étudiant apparut. Il jeta un coup d'œil étonné aux hommes peu vêtus et à la jeune fille sans vêtements du tout et demanda :

— Que se passe-t-il ?

— Ça ne te regarde pas, gringalet ! répliqua le Caporal tandis que le juge et son lieutenant sortaient chargés de leur fardeau.

La rue était vide. Si des voisins avaient entendu quelque chose, ils trouvaient plus sage de ne pas se montrer.

Après quelques minutes de marche, le juge et son compagnon rencontrèrent les veilleurs de nuit. S'adressant à leur chef, le juge Ti commanda :

— Aidez-nous à porter cet homme au tribunal. C'est un dangereux criminel.

Deux des veilleurs se chargèrent aussitôt de l'encombrant colis.

À l'entrée du Yamen, le juge remit sa carte à un garde somnolent et l'envoya réveiller monsieur Pan. Les veilleurs de nuit déposèrent leur charge sur le sol et se retirèrent. Un lampion à la main, le garde revint bientôt, suivi du conseiller en robe de chambre. Monsieur Pan commença tout de suite à poser des questions, mais le juge répondit seulement :

— Je vous amène Kouen-chan. Dites aux gardes de le conduire dans votre bureau et faites appeler le magistrat Teng. Je vous expliquerai tout plus tard.

Lorsque le prisonnier fut dans le cabinet de monsieur Pan, le juge demanda une cruche de vin chaud, puis, aidé de Tsiao Taï, il débarrassa Kouen-chan de sa couverture et coupa ses cordes avec le couteau du Caporal. Toujours aidé par Tsiao Taï, il l'assit dans un fauteuil qu'il tourna face au mur. Kouen-chan voulut arracher l'emplâtre de sa bouche, mais les liens avaient si cruellement mordu dans sa chair qu'il lui fut impossible de remuer le bras et il se mit à gémir. La lumière de l'unique bougie éclairait son visage contracté par la douleur et son maigre corps couvert de cicatrices.

Le regard de Tsiao Taï tomba sur la cheville enflée du misérable.

— Cette patte démolie me donne une idée, s'écria-t-il. Ne serait-ce pas ce chien-là qui aurait suivi le couple d'amoureux en faisant semblant de boiter pour ne pas être reconnu ? Il est plutôt grand et maigre, ça correspond au signalement.

Le juge Ti pivota sur lui-même et regarda fixement son lieutenant. Déconcerté, celui-ci balbutia :

— Enfin... je... c'est seulement une idée qui m'était venue.

— Tais-toi ! commanda le juge.

Il se mit à marcher de long en large, marmonnant des paroles indistinctes. Soudain, il s'arrêta et dit posément :

— Merci, Tsiao Taï. Ta remarque vient de me faire découvrir la vérité. J'ai été un imbécile de me laisser aveugler ainsi, mais à présent mon problème est résolu !

On entendit des pas dans le couloir. Le juge fit signe à Tsiao Taï de rester avec le prisonnier et sortit.

Teng arrivait, en robe de chambre comme monsieur Pan, et les paupières gonflées de sommeil. Il voulut parler, mais le juge lui dit à voix basse :

— Renvoyez votre conseiller.

Lorsqu'il eut obéi, le juge continua :

— Demain, vous ferez comparaître Kouen-chan devant vous. La loi interdit au magistrat d'interroger un prisonnier hors du tribunal, mais cela ne s'applique pas à moi en ce moment. je vais le questionner. Allez vous placer sans bruit derrière son fauteuil pour qu'il ne se doute pas de votre présence.

Un garde apparut, portant sur un plateau une cruche de vin et une tasse. Le juge les prit et retourna dans le cabinet. Tirant une chaise près de Kouen-chan, il s'assit, la cruche dans une main, et la tasse dans l'autre. Le magistrat Teng et Tsiao Taï demeurèrent debout. Le juge fit signe à son lieutenant de fermer la porte à clef, puis il arracha l'emplâtre des lèvres du prisonnier.

Le borgne ouvrit et ferma la bouche plusieurs fois de suite.

— Ne... ne me... bégaya-t-il.

— Tu ne seras pas torturé, Kouen-chan, je te le promets, dit le juge d'un ton doucement persuasif. Je suis un agent spécial. Je t'ai sauvé du Caporal et des cruautés de sa bande. Bois un peu de vin.

Il approcha la tasse des lèvres de Kouen-chan et lui fit avaler quelques gorgées de liquide, puis, dénouant son propre foulard, il le posa sur les cuisses nues de son interlocuteur.

— Tout à l'heure, je te ferai donner une robe propre et un médecin soignera ta cheville. Ensuite, tu pourras dormir longtemps... longtemps. Tu dois être bien fatigué, Kouen-chan, et ta cheville te fait bien souffrir...

Ce soudain changement d'atmosphère déconcerta le borgne. Des larmes roulèrent sur ses joues creuses. Le juge sortit un petit paquet de sa robe et l'ouvrit pour montrer le poignard ancien à Kouen-chan. Du même ton apaisant, il demanda :

— Ce poignard était-il accroché au-dessus de la table de toilette ?

— Non, il était suspendu près du lit, à côté du luth, répondit machinalement le prisonnier. Il tenta vainement de lever la main. Le juge le fit boire à nouveau.

— Ma cheville ! gémit Kouen-chan. Elle me fait terriblement mal !

— Nous allons nous en occuper, ne t'inquiète pas. Bientôt, tu te sentiras mieux. Je te promets que tu ne seras pas torturé. La dernière fois, on t'a brûlé le corps, n'est-ce pas ?

— Avec des fers rouges ! Et j'étais innocent, c'est la fille qui les avait appelés !

— Il y a longtemps de cela, Kouen-chan. Maintenant, tu vas être condamné pour avoir tué une femme, mais je te promets que ce sera une mort facile et sans torture préalable.

— C'est elle qui s'est offerte, la garce, je vous le jure ! Juste comme la petite putain la première fois. Et voyez ce qu'ils ont fait de mon corps avec leurs fers rouges.

— Pourquoi t'ont-ils brûlé, Kouen-chan ?

— J'étais jeune alors... presque un enfant. Je passais devant la maison, et cette fille m'a souri derrière la fenêtre. C'était une invite, croyez-moi ! Mais quand je suis entré, elle a prétendu qu'elle avait seulement ri de ma laideur. Je sentis une bouffée de désir monter en moi... je l'ai attrapée par le cou... elle s'est débattue en poussant des cris et m'a frappé avec un cruchon de vin. Le pot s'est brisé sur ma figure tandis qu'un fragment pointu m'entrait dans l'œil. Vous pouvez voir le résultat. Alors, des hommes sont arrivés. Elle a dit que j'avais voulu la violer. Ils m'ont jeté à terre, m'ont brûlé. Quand ils sont sortis chercher les sbires, j'en ai profité pour m'enfuir...

Il se mit de nouveau à sangloter, tremblant de tous ses membres et claquant des dents. Sans rien dire le juge le fit boire et, au bout d'un instant, Kouen-chan reprit :

— Je n'ai jamais approché une autre femme depuis... jamais... sauf hier, à l'heure de la sieste, cette garce qui s'est offerte à moi. Je ne voulais pas vraiment, je vous le jure ! J'étais venu pour l'argent... Il faut me croire !

— Étais-tu déjà entré auparavant chez le magistrat ? demanda le juge.

— Seulement une fois. Aussi pendant la sieste. C'est l'instant le plus propice, car la nuit il y a les gardes. Je suis entré par la porte dérobée. La femme se trouvait dans la bibliothèque. Au moment où j'ai découvert le coffre-fort derrière la table de toilette, j'ai entendu quelqu'un arriver. Je suis sorti dans le jardin, j'ai grimpé sur le toit et me suis laissé tomber dans la rue déserte.

— Par où es-tu passé la seconde fois ?

— Par le toit et le jardin. J'ai soufflé ma poudre sous la porte et quand je suis entré, quelques minutes plus tard, la servante dormait profondément sur la couche de bambou. J'ai été dans la chambre à coucher pour ouvrir le coffre. C'est alors que je l'ai vue, endormie aussi. Elle était étendue sur son lit, toute nue, la garce ! Je ne voulais pas la prendre… mais une force irrésistible m'y a poussé. Pourquoi n'avait-elle pas voilé décemment son corps ? Pourquoi était-elle nue comme une putain ? Elle s'offrait à moi, je vous dis ! Et elle me narguait avec son visage immobile, paupières baissées ! J'ai pris le poignard et je l'ai enfoncé dans son cœur impur. J'aurais voulu la couper en morceaux… détruire complètement cette débauchée… cette…

Il s'arrêta. La sueur inondait son visage et coulait le long du torse huilé. Il fixa sur le juge son œil unique où brillait une lueur démente et reprit :

— J'entendis une porte claquer dans la maison. Je courus vers le cabinet de toilette. La servante était toujours sous l'empire de ma drogue, mais des pas précipités approchaient dans le couloir. Je soufflai toute la poudre de ma sarbacane de ce côté et filai dans le jardin, refermant la porte derrière moi. Je me hissai sur le toit, dégringolai dans la rue et courus jusqu'à la première maison de thé. Il était tôt, et seul le garçon se trouvait sur la terrasse. Je lui dis que je ne me sentais pas bien et me laissai tomber dans un fauteuil. Après avoir avalé plusieurs tasses de thé, je me remis un peu. Je compris qu'il me fallait quitter cette ville maudite où j'avais été humilié… souillé. Pour cela, il était nécessaire que je mette le plus tôt possible la main sur l'argent de Leng Tsien. Alors, je pourrais partir loin, bien loin, en un lieu où je me débarrasserais de ma souillure. À ce moment, vous êtes arrivés tous les deux. Vous êtes repartis en laissant votre compagnon. Je l'ai bien examiné. Quand vous êtes revenus, je vous ai de nouveau étudiés l'un et l'autre. Je compris que vous seriez capables de faire cracher son argent à Leng. Je vous ai suivis jusqu'à votre hôtel et…

— Oui, je sais, l'interrompit le juge. Je sais aussi comment le carnet est venu entre tes mains. Tu l'as trouvé dans la chambre de mademoiselle Œillet-Rose et tu t'es d'abord contenté d'en déchirer deux ou trois pages. Ce soir tu l'as volé, mais cela n'a aucune importance. À présent, notre seule tâche est d'adoucir tes dernières heures. Si nous voulons y arriver, il faut que l'assassinat de madame Teng passe pour un simple meurtre. Si tu racontes que tu l'as d'abord violée, tu n'échapperas pas à la torture et tu seras condamné au supplice de la mort lente. Tu sais comment la chose se passe, n'est-ce pas ? Le bourreau commence par découper de petites tranches de ta poitrine…

— Non ! hurla Kouen-chan. Je ne veux pas, aidez-moi !

— Bien. Mais alors il faut m'écouter avec soin et faire exactement ce que je vais dire. Tu savais, expliqueras-tu, que madame Teng allait souvent voir sa sœur aînée qui habite une villa située aux environs de la porte Nord. Tu as pénétré dans le Yamen par le petit jardin et, après t'être assuré que la servante n'était pas là, tu as frappé à la porte. Tu as dit à madame Teng que sa sœur lui demandait d'apporter dix pièces d'or pour régler une affaire de famille secrète et urgente et qu'elle recommandait de n'en parler à personne, pas même à son mari. Elle te crut, prit l'argent, et sortit avec toi par la porte de derrière. Pendant l'heure de la sieste la rue était vide, aussi personne ne vous a vus traverser le quartier en ruine pour aller au marais. Là, tu lui dis de te remettre son or et ses bijoux. Elle voulut appeler au secours. Effrayé, tu sortis ton poignard en lui criant de se taire. Elle tenta de t'arracher l'arme, et dans la lutte, sans que tu comprennes comment la chose est arrivée, elle s'écroula morte. Tu lui as arraché boucles d'oreilles et bracelets et pris les pièces d'or. Cet or, tu l'as dépensé, mais tu n'as pas osé te défaire des bijoux. Les voici, ils serviront à prouver tes dires.

Sortant de sa manche les boucles d'oreilles et les bracelets de madame Teng, il les montra au prisonnier et reprit :

— Tiens-t'en à cette histoire, Kouen-chan. Je te garantis que tu ne seras ni battu ni torturé. Tu mourras, mais d'une mort rapide et tes tourments seront terminés. Maintenant, on va te donner un bon lit. Un médecin va s'occuper de ta cheville. Après cela tu pourras dormir. Tu comparaîtras à l'audience de demain matin, tu raconteras ton histoire et personne ne t'ennuiera plus. Pendant des jours et des nuits, tu pourras te reposer, Kouen-chan. Tu m'entends : te reposer !

Le malheureux ne répondit pas. Son menton descendait lentement vers sa poitrine ; il avait atteint la limite de son endurance.

Le juge Ti se leva.

— Appelle les gardes, murmura-t-il à Tsiao Taï. Tu leur diras de l'enfermer dans une cellule. Qu'un médecin soigne sa cheville et lui donne un sédatif.

Il fit signe à Teng de le suivre au-dehors.

Le visage du magistrat était d'une pâleur mortelle. Il voulut parler de sa reconnaissance, mais le juge l'interrompit en disant :

— J'espère que vous me permettrez de passer la nuit au Yamen ?

— Mais certainement, Ti ! Tout ce que vous voudrez ! Arrivé dans la cour, il ajouta : C'était horrible, Ti !

— Oui, répondit brièvement le juge. Voulez-vous faire venir votre conseiller et lui dire de mettre douze sbires à la disposition de mon lieutenant ? Ils vont arrêter le chef de la pègre — que ses hommes appellent le Caporal — et un jeune voyou surnommé l'Étudiant.

— À vos ordres, Ti.

Teng frappa dans ses mains, et quand monsieur Pan apparut, l'air terrifié, il lui dit de faire préparer l'appartement d'honneur pour le juge et de suivre ses instructions en ce qui concernait les deux arrestations. Avec un sourire forcé, il ajouta :

— Si vous demeurez quelques jours encore dans mon district, Ti, la geôle sera trop petite !

— Les prisonniers comparaîtront demain matin, répondit le juge toujours impassible. Je vous demanderai de me désigner comme votre assesseur au début de l'audience afin que je puisse interroger moi-même certains d'entre eux. Bonne nuit.

Il donna ses dernières instructions à Tsiao Taï et au conseiller Pan, puis un serviteur le conduisit à l'appartement des invités, derrière la grande salle de réception. La chambre était vaste et confortable. Il s'assit dans un fauteuil et suivit d'un regard absent les mouvements des deux domestiques qui allumaient les grands candélabres d'argent sur la haute table murale et ouvraient les rideaux du lit en bois de rose sculpté. Le vieux majordome arriva, portant un plateau à thé couvert de sucreries et de fruits divers. Une petite servante qui avait de la peine à garder ses yeux ouverts trottinait à sa suite. Elle tenait une robe de lit propre qu'elle accrocha au portemanteau de laque rouge. Le vieil homme remplit une tasse de thé bouillant. Il alluma ensuite un bâtonnet d'encens devant la grande peinture représentant un paysage qui décorait la cloison latérale et, avant de se retirer, s'inclina très bas devant le juge en lui souhaitant bonne nuit.

Le juge Ti se carra dans le fauteuil pour boire lentement son thé, puis il leva le bras gauche d'un geste las et sortit de sa manche la sarbacane de Kouen-chan. Poussant un soupir, il la posa sur la table Il aurait dû penser de lui-même à l'emploi d'un tel instrument. La femme de chambre qui n'était pas sortie de son sommeil lorsque Teng avait renversé le vase sur les dalles de marbre... le visage serein de la morte… tout cela aurait dû lui faire immédiatement comprendre qu'un soporifique avait été utilisé. Et les coïncidences ne jouaient aucun rôle dans l'affaire. Teng, par exemple, n'avait pas perdu conscience à la suite d'un accès de folie, il s'était simplement endormi sous l'effet du somnifère envoyé par Kouen-chan avant de s'enfuir. Et madame Teng était déjà morte quand son mari l'avait aperçue par la porte entrouverte.

Le juge entendit vaguement la claquette des veilleurs de nuit qui passaient devant le tribunal. Dans quelques heures, ce serait l'aube et il y avait peu de chances pour qu'il dormît maintenant.

Son regard tomba sur l'élégante petite bibliothèque en bambou poli placée dans un coin de la pièce. Il se leva pour aller choisir un volume à la riche reliure de brocart. L'ayant ouvert, il découvrit que c'était une édition privée des poèmes du magistrat Teng, imprimée sur un coûteux papier lisse comme du beau jade blanc. Avec une exclamation irritée, il le posa et prit un autre livre au hasard. Cette fois, il tomba sur un ouvrage bouddhiste. Assis de nouveau dans son fauteuil, il lut lentement à voix haute :

La naissance est le commencement de la souffrance,
La vie est la continuation de la souffrance.
Mourir sans jamais renaître est l'unique chemin
Qui mène à l'extinction de toute souffrance.

Il referma le livre. En bon disciple de Confucius, il prisait peu l'enseignement bouddhiste, mais ce qu'il venait de lire s'accordait de façon saisissante à sa présente humeur.

Il s'endormit avec le volume sur les genoux.

XVI

MADAME KO PRÉSENTE SA DÉFENSE DEVANT LE TRIBUNAL
L'ÉTUDIANT DÉCRIT UN HORRIBLE ASSASSINAT.

AUX PREMIÈRES LUEURS de l'aube, Tsiao Taï vint faire son rapport. Pendant que le juge Ti terminait sa toilette en peignant sa barbe, il commença ainsi :

— Le Caporal et l'Étudiant sont sous les verrous. Pendant un instant j'ai eu peur de voir les choses se gâter. Le chauve et ses compagnons avaient déjà le couteau à la main pour défendre leur chef, mais celui-ci a crié : « Ne vous ai-je pas suffisamment dit que je ne veux pas de batailles ? Mon rôle est fini. Que Crâne-chauve prenne ma place. » Puis il se laissa entraîner sans résistance.

Le juge Ti hocha la tête avec satisfaction.

— J'ai encore du travail pour toi, dit-il. Emprunte un cheval aux gardes du Yamen et rends-toi à la maison de campagne de la sœur ainée de madame Teng, au sortir de la porte Nord. Tâche de savoir où habitent ses autres sœurs. En revenant, achète deux rouleaux de belle soie, comme celle utilisée pour les vêtements des femmes de qualité. Voici la somme nécessaire.

Il donna dix pièces d'argent à Tsiao Taï et ajouta :

— Si tu es de retour avant la fin de l'audience, viens me retrouver derrière la table du tribunal et ouvre bien l'oreille.

Tsiao Taï partit en toute hâte, désireux d'assister aux débats. Le juge avala une tasse de thé bouillant et gagna le cabinet de monsieur Pan.

Le vieux conseiller lui dit que le magistrat Teng le priait de bien vouloir préparer lui-même le programme du jour.

— Avez-vous rédigé le rapport relatant la découverte du cadavre de monsieur Ko ? demanda le juge.

Pan You-té lui tendit quelques feuillets. Le juge les lut avec soin. Il corrigea plusieurs phrases de façon à donner le bénéfice de la découverte au conseiller, puis il signa le document et y apposa les sceaux voulus. Rendant les papiers à monsieur Pan, il dit :

— Après m'avoir nommé assesseur, le magistrat Teng entendra Kouen-chan. Je n'interviendrai que si l'accusé tente de déformer les faits. J'interrogerai ensuite madame Ko. Enfin, le magistrat et moi nous nous occuperons ensemble du banquier Leng Tsien. Voici deux bons, chacun de trois cent cinquante pièces d'or. Ils représentent environ les deux tiers de l'argent volé à Ko par Leng Tsien. Inscrivez dessus le nom des héritiers de Ko, l'argent leur appartient.

Il sortit de sa manche le pesant paquet trouvé par Tsiao Taï dans les vêtements de Kouen-chan. L'ayant ouvert, il continua :

— Ces quatre lingots représentent la valeur de deux cents pièces. C'est le fonds de secours de monsieur Ko, volé dans son coffre par Kouen-chan. Cet or revient aussi aux héritiers de monsieur Ko. Restent enfin trois cents pièces déposées par Leng chez le changeur ayant pour enseigne La Pluie céleste. Faites-les restituer également.

Monsieur Pan écrivit des reçus pour les bons et pour l'or. Les tendant au juge Ti, il déclara en souriant :

— Votre Excellence a découvert le coupable et recouvré tout l'argent volé ! Comment Votre Excellence s'y est-Elle prise pour faire si vite ?

— J'ai été aidé par les circonstances, répondit le juge sans se compromettre. Pouvez-vous me prêter une robe et un bonnet convenables pour l'audience ?

Le conseiller appela un commis qui revint bientôt avec une longue robe de damas bleu et un bonnet en velours noir galonné d'or. Le juge Ti enfila le vêtement par-dessus le sien, fourra sa vieille coiffure dans sa manche et plaça celle ornée d'or sur sa tête. Il rejoignit l'appartement des invités dans cette majestueuse tenue et commanda un petit déjeuner frugal au majordome.

Quand il eut reposé ses baguettes, il sortit dans le jardin de rocaille et se promena les mains derrière le dos. Il se sentait nerveux et, en même temps, las. Enfin le grand gong de bronze de la porte du tribunal résonna par trois fois, annonçant l'audience du matin.

Teng attendait le juge Ti dans son bureau. Il avait mis sa robe officielle de brocart vert et portait sur sa tête le bonnet noir à deux ailes de sa charge. Il écarta le rideau orné de la traditionnelle licorne, et les deux hommes passèrent ensemble sur l'estrade. Teng insista pour que son collègue prît place à sa droite.

La sinistre trouvaille faite chez madame Ko, son arrestation et celle des deux truands étaient connues à présent dans toute la ville. La salle du tribunal regorgeait de monde et les nombreux spectateurs qui n'avaient pu y pénétrer se pressaient au-dehors.

Quand le magistrat Teng eut déclaré l'audience ouverte, il remplit la formule qui faisait du juge Ti son assesseur. Le pinceau levé, il s'enquit :

— Combien de jours dois-je mettre pour la durée de votre mandat, Ti ?

— Un seul jour, répliqua le juge. Aujourd'hui.

Teng signa et apposa son sceau sur les feuillets qu'il tendit à son collègue pour que celui-ci procédât à la même opération. Il rédigea ensuite un ordre pour le geôlier, et Kouen-chan fut amené devant le tribunal. Deux sbires l'aidaient à marcher. Sa cheville avait été mise entre deux planchettes et il semblait appartenir davantage au monde des morts qu'à celui des vivants. Le juge ne put s'empêcher de penser à la description faite par Tsiao Taï après leur première rencontre du borgne : un répugnant insecte qui a perdu sa carapace.

Après lui avoir posé les questions habituelles sur ses nom et profession, Teng déclara que Kouen-chan était accusé de vol et d'assassinat. Le borgne récita la confession qui lui avait été soufflée, s'embrouillant un peu en cours de route, mais vite remis dans la bonne voie par une ou deux adroites interventions du juge Ti.

Le premier scribe lut à haute voix la déposition qu'il venait de prendre par écrit. Kouen-chan reconnut qu'elle correspondait bien à ce qu'il venait de dire et y apposa la marque de son pouce. Teng le déclara coupable des deux crimes dont il était accusé, et le condamna à la décapitation. Les gardes le reconduisirent dans sa cellule où il attendrait la confirmation de la sentence ; celle-ci ne pouvait être prononcée que par la Cour métropolitaine, chargée de ratifier toutes les condamnations à la peine capitale. Des bruits confus montèrent de la salle. Quelques spectateurs injuriaient le criminel, d'autres criaient leur admiration pour le magistrat Teng. Comme celui-ci frappait la table de son martelet, le juge Ti se pencha vers lui et murmura :

— À présent, j'aimerais qu'on fasse venir madame Ko.

Teng remplit une nouvelle formule, et une geôlière amena l'accusée. Madame Ko avait tiré ses cheveux en arrière pour les coiffer en un chignon tout simple retenu par un peigne de jade vert, seul ornement qu'elle portât. Sans fard, vêtue d'une robe blanche unie, elle avait l'air d'une tranquille femme d'intérieur. Tandis qu'elle s'agenouillait lentement sur les dalles, le juge Ti eut un instant d'inquiétude et se demanda si, après tout, il ne s'était pas trompé à son sujet.

Teng posa plusieurs questions insignifiantes puis déclara que son assesseur allait poursuivre l'interrogatoire. Le juge Ti prit alors la parole :

— Hier soir, madame Ko, le cadavre de votre mari fut découvert devant vous sous le carrelage de sa chambre. Votre attitude laissait voir clairement que vous connaissiez la présence du corps en cet endroit, le conseiller Pan You-té et moi-même sommes prêts à en témoigner. Avant que la cour ne formule son accusation, je vous demanderai de nous dire, de façon détaillée, ce qui s'est passé le 15 au soir, quand votre époux eut quitté le kiosque pour se rendre dans sa chambre.

Madame Ko releva la tête et commença d'une voix douce mais parfaitement audible :

— L'humble veuve ici présente se reconnaît coupable de ne pas avoir averti immédiatement le tribunal de la terrible vérité. Daigne la cour se montrer clémente en se souvenant que je suis une femme faible et ignorante ayant toujours mené une vie retirée.

Elle s'arrêta un instant et un murmure de sympathie monta de la salle. Le magistrat frappa la table de son martelet pour rappeler les spectateurs à l'ordre. Madame Ko reprit :

— Combien de fois, au cours d'épouvantables cauchemars, je les ai vécues à nouveau, ces atroces minutes ! Je venais de quitter mon boudoir pour aller vérifier si la servante avait bien préparé la robe de lit de mon époux. Soudain j'eus la sensation de ne plus être seule ; je me retournai vivement et vis les rideaux du lit s'ouvrir tandis qu'un homme en sortait. Je voulus appeler au secours, mais l'inconnu leva un grand couteau et, paralysée par la frayeur, je ne pus que pousser un faible gémissement. Il s'avança vers moi...

— Décrivez cet homme, coupa le juge Ti.

— Il avait noué un léger voile bleu autour de son visage, Votre Excellence. Il était grand et svelte et portait un… une… je ne sais plus très bien, tant j'avais peur. Ah ! si… je crois qu'il portait une veste bleue et un pantalon comme les travailleurs manuels.

Le juge inclina la tête et elle poursuivit :

— Appuyant la pointe du couteau sur ma poitrine, il me dit d'une voix sifflante, étouffée d'horrible façon par son voile : « Un cri et tu es morte ! Ton mari va venir. Parle-lui naturellement et fais ce qu'il te dira. » À ce moment, j'entendis des pas dans le couloir de la terrasse. L'homme bondit vers la porte et se colla le dos au mur. Mon époux entra et, me voyant, voulut parler. Sans lui en laisser le temps, l'homme le frappa dans le dos.

Madame Ko se cacha le visage entre ses mains et se mit à sangloter. Le juge fit signe au chef des sbires de lui donner du thé fort. Elle but la tasse avec avidité et reprit :

— J'ai dû perdre connaissance. Quand je revins à moi, mon mari n'était plus là. Je vis seulement sa robe et son bonnet sur une chaise. L'homme enfila le vêtement par-dessus le sien et se coiffa du bonnet. Oh ! l'horreur de ce visage masqué d'un voile au-dessus de la robe que mon pauvre mari avait coutume de porter ! Et il y avait du sang sur le voile. L'homme murmura : « Ton mari est mort. Il s'est suicidé, tu entends ? Si jamais tu dis autre chose, je reviendrai te couper la gorge ! » Il me poussa brutalement vers la porte. Je me traînai jusqu'à mon boudoir, et à peine m'étais-je effondrée sur mon lit que des cris montèrent du jardin. Les domestiques hurlaient que mon mari venait de se jeter à l'eau, qu'il s'était noyé. J'ai voulu dire la vérité, Votre Excellence, je le jure ! Mais dès que j'eus décidé de venir devant le tribunal, je revis par la pensée l'horrible masque couvert de sang… et je n'ai pas osé ! Je sais que je suis coupable de ne pas être venue, Votre Excellence, mais vraiment j'ai eu peur…

Les larmes coulèrent à nouveau de ses yeux.

— Relevez-vous, Madame, dit le juge Ti.

La geôlière aida madame Ko à se remettre debout. Elle demeura appuyée contre la table du scribe, à gauche du tribunal, regardant devant elle d'un air hagard. Le juge Ti se pencha vers son collègue et dit :

— Faites appeler Pao Liang, s'il vous plaît.

Deux sbires amenèrent l'Étudiant au pied du tribunal. Il était vêtu d'une veste ouverte et d'un pantalon trop large. Le juge lui trouva une expression aussi maussade qu'à leur première rencontre à l'auberge du Phénix. Quand le jeune homme aperçut le juge, il se raidit, puis son regard tomba sur madame Ko qui le fixait d'un air glacial. Lentement, il s'agenouilla.

— Énoncez vos nom et profession, commanda le juge.

D'une voix ferme le jeune voyou dit :

— L'humble étudiant que je suis se nomme Pao. Mon nom personnel est Liang. Je suis diplômé de l'école municipale.

— Comment avez-vous l'audace de faire état de votre rang scolaire, vous qui avez apporté la honte sur la classe des lettrés et commis l'ignoble crime dont on vous accuse ? Cette femme vient de tout confesser !

— Je ne sais pas de quel crime parle Votre Excellence, répondit l'Étudiant d'une voix calme. Et je n'ai jamais vu cette femme.

Le juge éprouva une certaine mortification. Il avait compté que sa présence derrière le tribunal et une confrontation inattendue avec madame Ko feraient perdre son sang-froid au jeune homme. Il avait apparemment sous-estimé son adversaire. D'un ton sec, il ordonna :

— Lève-toi, Pao Liang, et regarde cette femme ! Puis, à madame Ko il demanda : Reconnaissez-vous en cet homme le meurtrier de votre mari ?

Elle se tourna vers l'Étudiant. Pendant un bref instant leurs regards se croisèrent.

— Comment pourrais-je le reconnaître ? répondit-elle posément. N'ai-je pas expliqué à Votre Excellence que l'homme était masqué ?

— Par déférence pour la mémoire de votre défunt mari, la cour vous a donné l'occasion de justifier vos dires, déclara le juge Ti. Bien que ce soit à l'accusé de prouver son innocence, la cour a fait venir un suspect pour vous permettre de l'identifier. Comme il est évident que vos explications sont fausses, la cour va procéder à votre inculpation : madame Ko, je vous accuse d'avoir assassiné votre mari avec l'aide d'un complice encore inconnu. Chef des sbires, relâchez le témoin Pao Liang.

— Attendez, laissez-moi réfléchir ! cria la belle veuve. Elle examina de nouveau l'Étudiant en se mordillant les lèvres. Après avoir un peu hésité, elle déclara :

— Oui, la taille est bien la même... Quant au visage...

— Cela ne suffit pas, Madame, l'interrompit le juge. Il faut fournir une preuve concrète.

— Avec tout ce sang sur le voile... commença-t-elle d'une voix tremblante, puis, se tournant vers le juge, elle dit brusquement : Si c'est l'assassin, il doit avoir une blessure à la racine des cheveux !

Le juge fit un signe au chef des sbires, qui attrapa le jeune homme par les épaules et lui tira la tête en arrière. Sa mèche s'écarta, laissant apercevoir une vilaine cicatrice à l'endroit indiqué.

— C'est lui ! dit-elle en se cachant le visage entre les mains.

L'Étudiant essaya de se libérer. Pourpre de rage, il cria :

— Putain sans foi !

— Il est fou ! s'exclama madame Ko. Que Votre Excellence fasse taire ce sale mendiant qui ose m'insulter !

— Mendiant ? répéta l'Étudiant. C'est toi qui mendiais mon amour ! Idiot que je suis, de ne pas avoir compris ton plan ! Tu voulais seulement que je tue ton mari pour devenir maîtresse de son argent et ensuite te débarrasser de moi ! Et, bien entendu, c'est toi qui t'es emparée des deux cents pièces d'or !

Madame Ko voulut protester mais il couvrit sa voix en criant :

— Mais oui, tu les as prises ! Et moi qui peux m'envoyer toutes les filles qui me plaisent, je me forçais à te caresser, toi qui as des années de plus que moi. C'était à mon corps défendant, mais, imbécile que j'étais...

— Ne dis pas cela, Liang ! cria madame Ko. Se retenant au bord de la table pour ne pas tomber, elle répéta d'un ton pitoyable : Tu n'aurais pas dû dire cela, Liang ! Je t'aimais... Elle s'arrêta, puis reprit d'une voix à peine audible : Oui, peut-être ai-je su depuis le début que toi tu ne m'aimais pas, mais je ne voulais pas l'admettre. Je pensais qu'au fond de toi-même...

Elle éclata d'un rire strident et cria :

— Il y a une minute encore j'espérais que tu te sacrifierais pour moi ! Le rire devint sanglot. Elle s'essuya le visage, puis, levant la tête, dit avec une fermeté soudaine : Ce garçon était mon amant, Votre Excellence. Il a tué mon mari et je suis sa complice. Se tournant de nouveau vers Pao Liang qui la regardait avec stupeur, elle ajouta doucement : À présent, Liang, nous allons partir ensemble... enfin !

— Pao Liang, confesse ton crime ! tonna le juge Ti.

Hébété, l'Étudiant secoua la tête en murmurant :

— L'insensée, elle nous a perdus !

Le chef des sbires le mit brutalement à genoux et le jeune homme poursuivit d'une voix rauque :

— Eh bien oui, j'ai tué le négociant Ko, mais c'est elle qui m'y a obligé. Je voulais seulement cambrioler sa maison. Les truands de l'auberge se moquaient toujours de moi, me répétant que j'étais incapable de mener à bien la plus petite affaire. J'avais remarqué devant le mur de sa demeure un arbre qui permettrait de s'y introduire facilement. Je voulais faire voir aux autres de quoi j'étais capable... leur montrer de l'or ! Il y a deux lunes, j'ai entendu les serviteurs de Ko dire que leur maître s'absentait pour quelques jours. Grimper pardessus le mur fut un jeu pour moi. Je me faufilai ensuite dans une chambre et je cherchai mon chemin à tâtons dans l'obscurité. Tout à coup, je me heurtai à une femme. Auguste Ciel, que j'ai donc eu peur !

« On m'avait pourtant assuré que personne n'habitait cette aile de la maison en l'absence du maître. Quelle déveine pour ma première affaire ! Qu'allait-il se passer si elle criait ? Vite, je lui appliquai ma main sur la bouche. À ce moment, la lune nous éclaira et nous nous regardâmes. Je chuchotai : « Où sont les pièces d'or ? » Je sentis ses lèvres bouger. Je retirai mes doigts. Sans être effrayée le moins du monde, elle se mit à rire. Alors... alors je suis resté toute la nuit, quoi ! En me laissant partir à l'aube, elle m'a donné un peu d'argent.

Il se passa la main sur le visage. Le juge dit :

— Si vous gardez le silence, madame Ko, la cour en déduira que vous reconnaissez l'exactitude de sa déposition. Avez-vous une remarque à faire ?

Madame Ko ne quittait pas l'Étudiant des yeux. Elle secoua la tête distraitement.

— Continuez, ordonna le juge à Pao Liang.

— Après cela, reprit le jeune homme, j'allai la voir régulièrement. Son mari était très riche, m'expliqua-t-elle, mais d'une avarice sordide. Il ne lui laissait pas suffisamment d'argent pour ses besoins, et comme il gardait toujours les clefs sur lui, elle ne pouvait m'en donner davantage. Je répondis que la menue monnaie ne m'intéressait pas. Alors elle me confia que son mari avait deux cents pièces d'or en réserve dans son coffre. Si nous nous débarrassions de lui, nous pourrions les prendre et filer tous les deux. Deux cents pièces d'or, ce n'était pas mal, mais un assassinat, ça demandait réflexion ! Je finis par lui dire que si nous faisions ce genre d'ouvrage, il faudrait tout préparer dans les plus petits détails sans nous presser. Mais elle me talonnait, répétant qu'elle en avait assez de vivre ainsi. J'imaginai alors un très bon plan. Je donnai un sachet d'arsenic à ma maîtresse et lui dis d'en mettre une pincée tous les matins dans le thé de son mari. Juste assez pour lui donner des maux d'estomac... qu'elle lui ferait passer grâce à une poudre dont je lui remis également une boîte. Ce que le vieil imbécile a pu lui être reconnaissant de le soigner si bien ! Mais aussi, a-t-on idée de prendre une garce pour épouse !

Madame Ko étouffa un petit cri. Pao Liang continua :

— Il y a quelques jours, elle me dit qu'un devin avait prévenu son mari que sa vie serait en danger le 15 de la présente lune. Des blagues, bien entendu, mais ça pouvait nous servir. Quel bon motif pour un suicide ! Elle cajole son mari et le persuade de donner un souper à ses amis ce soir-là. Avant qu'il ne parte pour le kiosque elle lui fait prendre une bonne petite dose d'arsenic. Moi, j'arrive en passant par-dessus le mur (elle avait expédié tous les domestiques dans l'autre aile, soi-disant pour aider aux préparatifs du souper). Après avoir repoussé le lit, je prépare le trou, puis je remets le lit en place (ce qui dissimule la terre et les dalles enlevées) et nous attendons. J'avais une de ces venettes ! Elle, non ; rien ne la trouble jamais. Enfin, des pas résonnent dans le couloir et je me colle contre le mur juste au moment où entre le vieux. Tout miel et tout sucre, elle lui dit : « Je crains que votre estomac ne vous cause encore des ennuis, mon cher cœur. Je vais vous préparer un petit remède. » Et le pauvre imbécile de répondre : « Merci, mon amour. Je ne sais pas ce que je deviendrais sans vos soins attentifs. Dans le kiosque, mes amis ne savent que se moquer de moi ! » Elle me lance un coup d'œil par-dessus l'épaule de son cocu et me fait signe d'y aller. Je bondis et je plante mon poignard dans le dos du vieux. Heureusement, la blessure ne saigne pas trop. Nous lui ôtons sa robe. Elle voit une enveloppe cachetée dans la manche et me la passe en disant : « Prends ça... c'est peut-être de l'argent ! » Ensuite, nous mettons le cadavre dans un des coffres à vêtements. Nous scellons le couvercle avec une bande de papier huilé avant de le descendre dans le trou que je rebouche avec la terre. Je replace les dalles et nous ramenons le lit dessus. Au moment où j'allais enfiler la robe du mort, elle se précipite sur moi, me passe les bras autour du cou et gémit : « Prends-moi, mon chéri... prends-moi ! » Je la repousse. Qu'est-ce qu'elle s'imaginait, la garce, j'avais encore du boulot à faire ! J'enfonce le bonnet sur ma tête, mais elle dit : « Il y a un grand clair de lune, ils vont te reconnaître ! » Alors elle sort ses ciseaux et me fait une entaille au front. Le sang coule, je m'en barbouille le visage et je sors en courant. Quand j'estime que les invités assis dans le kiosque ont eu le temps de me voir, j'oblique vers le fleuve et je saute dedans. La maison de mon père était sur la berge du fleuve, aussi je connaissais les courants depuis ma plus tendre enfance. Mais que cette eau pouvait donc être froide ! Et la deuxième robe gênait mes mouvements. Aussitôt que j'ai vu un endroit du rivage abrité par des broussailles, je me suis hissé à terre. J'ai fait un ballot de la robe et, après avoir jeté le bonnet dans le fleuve, j'ai tordu mes vêtements pour les sécher.

Il jeta un coup d'œil satisfait autour de lui. Le juge comprit que le jeune dévoyé, emporté par son récit, oubliait à présent sa peur et savourait la joie d'être regardé comme un dangereux criminel. Son lamentable idéal était atteint ! Le juge Ti soupira. Il avait appris tout ce qu'il désirait savoir et pouvait dire à l'Étudiant de se taire. Il décida cependant de le laisser parler jusqu'au bout. Le jeune homme avait tué un vieillard sans défense, mais en le poussant à commettre son forfait, la femme n'était-elle pas plus coupable que lui ? Et n'y avait-il pas des crimes plus atroces, plus impardonnables que les meurtres ? Le juge songea avec dégoût à la tâche qui l'attendait tout à l'heure.

L'Étudiant but un peu de thé, puis, ayant craché par terre, il poursuivit :

— De retour à l'auberge, j'ouvris l'enveloppe. Elle ne contenait pas d'argent, c'eût été trop beau ! Simplement un carnet bourré de chiffres. Dans le cas où ils auraient indiqué d'autres cachettes imaginées par le vieil avare, je le conservai pour le montrer à sa femme. Je vais la voir le lendemain et nous regardons d'abord dans le coffre. Pas la moindre pièce d'or ! J'aurais dû comprendre le jeu de la garce, mais, bonne bête, je l'aide à chercher partout. Sans succès, bien entendu. Alors, je lui fais voir le carnet. Elle le feuillette et me dit qu'elle n'y comprend rien. Nous avions tué le bonhomme pour la peau ! Elle me dit que l'or était sûrement quelque part... qu'elle finirait par le découvrir. Si elle ne le trouvait pas, elle vendrait ses bijoux et nous partirions dès que la somme nécessaire serait réunie. Moi, je ne demandais pas mieux. J'en avais soupé de cette ville, et je pouvais toujours la vendre dans un bordel en route. J'en tirerais peut-être un lingot d'or. Ce n'est plus une pucelle, mais elle sait ce qui plaît aux hommes et cela se paie aussi ! Le soir, à l'auberge, j'ai voulu jeter le fichu carnet, mais je me suis dit qu'après tout on ne savait jamais et je l'ai confié à Œillet-Rose. C'était plus sûr, parce que les hommes furetaient souvent dans ma chambre. La fille n'a pas demandé mieux. Elle aussi elle a un petit béguin pour moi ! Voilà, je pense que c'est tout.

Le juge fit signe au scribe qui se leva aussitôt et lut à haute voix la confession de Pao Liang. Celui-ci reconnut que tout était exact et apposa la marque de son pouce à la fin de chaque feuillet. Le chef des sbires la porta ensuite à madame Ko qui fit de même.

Le juge Ti se pencha vers son collègue et lui parla tout bas, puis il s'éclaircit la voix et annonça :

— La cour déclare madame Ko, née Sié, et Pao Liang, dit l'Étudiant, coupables du meurtre de monsieur Ko Tse-yuan, négociant en soieries. Elle décide qu'il y a eu préméditation et propose la peine de mort pour les deux accusés. Les autorités de la capitale diront quel genre de supplice sera réservé à chacun des deux accusés selon son degré de culpabilité personnel.

Il frappa la table de son martelet ; les sbires emmenèrent madame Ko et l'Étudiant.

XVII

LE JUGE TI REÇOIT LES REMERCIEMENTS DE SON COLLÈGUE ❧ IL REMET AU CAPORAL UN CADEAU POUR MADEMOISELLE ŒILLET-ROSE.

UN GRONDEMENT de colère monta de la foule pendant la sortie des prisonniers et le magistrat Teng dut se servir plusieurs fois de son martelet. Un commis vint déposer une tasse de thé près du juge Ti. Celui-ci se retourna et aperçut Tsiao Taï debout à côté de lui. Son lieutenant devait être là depuis un certain temps déjà car son visage était très pâle. Les amours de ce pauvre garçon finissent toujours mal, pensa le juge. Quand il eut bu un peu de thé, il dit au magistrat Teng :

— Vous plairait-il de faire comparaître Leng Tsien, à présent ?

Pendant que le chef des sbires allait chercher le banquier, le juge tira le carnet de sa manche et le tendit à son collègue en disant :

— Voici le carnet dont Pao Liang a parlé. Toutes les fraudes de Leng y sont consignées de sa propre main.

Quand le banquier eut répondu aux questions préliminaires, le juge Ti déclara :

— Vous êtes accusé d'avoir commis une série de fraudes aux dépens de votre associé, le défunt Ko Tse-yuan. Les sommes volées se montent à mille pièces d'or. Vous avez vous-même indiqué le détail des opérations dans ce carnet. La cour se propose d'étudier les documents propres à l'éclairer sur l'étendue exacte de vos malversations. Elle vous autorise auparavant à faire une confession sommaire de votre faute.

— Je confesse avoir volé mon associé Ko Tse-yuan, dit aussitôt Leng Tsien d'un ton las. Je suis un homme ruiné, mais je suis heureux d'apprendre que ce n'est pas ma mauvaise action qui a causé la mort de mon associé. Enfin mon âme a retrouvé la paix !

— Celles de vos créanciers aussi, dit le juge d'un ton sec. L'autre jour vous ne sembliez guère vous souvenir de leurs intérêts ! Le moment venu, ils n'auront qu'à présenter leurs titres de créance devant la cour pour règlement.

Se tournant vers Teng, il demanda :

— Êtes-vous d'accord pour que le prisonnier reste détenu jusqu'au jour où, les divers documents ayant été étudiés, il pourra être statué sur son cas ?

— Je suis d'accord, répondit Teng. Leng Tsien, cette cour vous déclare coupable de manœuvres frauduleuses. Lorsque nos experts auront terminé l'examen du dossier, je proposerai un emprisonnement proportionné à l'étendue de vos détournements. Qu'on reconduise le prisonnier dans sa cellule.

Il frappa trois fois la table avec son martelet pour annoncer la fin de l'audience, puis les deux magistrats se retirèrent, suivis de Tsiao Taï et du conseiller Pan You-té.

Avec un pâle sourire, Teng constata :

— Vous avez résolu tous mes problèmes, Ti ! Je vais changer de robe dans ma bibliothèque. Venez y prendre une tasse de thé avec moi quand vous serez un peu reposé. Maintenant qu'il n'est plus question d'un voyage à la préfecture, nous avons du temps devant nous. Je projette quelques excursions pour vous cette semaine. Il y a dans la montagne des endroits curieux que j'aimerais vous montrer.

Il s'inclina et sortit. Monsieur Pan demanda la permission de se retirer ; il lui fallait aller au greffe surveiller la rédaction des rapports à envoyer au préfet. Tandis que le juge Ti s'asseyait dans un fauteuil, Tsiao Taï vint placer sur la table un gros paquet enveloppé de papier aux vives couleurs en disant :

— Voici la soie demandée par Votre Excellence. La meilleure qualité suivant vos instructions. J'ai été voir la villa où habite la sœur de madame Teng. Une belle demeure, et qui a dû coûter chaud ! Elle lui appartient entièrement car madame Teng était son unique sœur. À en croire les serviteurs, Leng Té y faisait de fréquents séjours. Il a peint plusieurs fois le jardin ; ces tableaux sont maintenant accrochés dans la salle de réception. Sa mort fut un grand coup pour tous les habitants de la villa.

Le juge acquiesça d'un signe de tête et tira pensivement sa moustache. Après un petit silence, Tsiao Taï demanda :

— Comment Votre Excellence a-t-Elle deviné que l'Étudiant était l'assassin du vieux monsieur Ko ?

Cette question fit tressaillir le juge. Sortant de sa rêverie, il répliqua :

— L'Étudiant ? Oh ! quatre faits au moins le désignaient. En premier lieu, lorsque ton aventure amoureuse a montré combien madame Ko se souciait peu de la mémoire de son mari, j'ai pensé qu'elle avait pu avoir un amant du vivant de celui-ci, un amant qui aurait joué un rôle dans la disparition du vieillard. En fait, l'Étudiant avait rendez-vous avec madame Ko la nuit où tu l'as vue, mais il ne put se rendre chez elle parce que je le fis m'accompagner au marais. Deuxièmement, il s'est vanté, pendant cette expédition, d'avoir un grand coup en train. Un coup qu'il mènerait à bien tout seul. Un peu plus tard, il t'a informé que cette affaire lui rapporterait deux cents pièces d'or. C'est précisément la somme que contenait le coffre de Ko, comme nous l'avaient révélé à la fois Leng Tsien et Kouen-chan. Troisièmement, lorsque l'Étudiant fut frappé au visage, le soir de notre arrivée à l'auberge du Phénix, il saigna abondamment et Crâne-chauve remarqua tout haut qu'il avait une blessure au front. Ce fut cependant le quatrième et dernier détail qui me fit voir brusquement le rapport entre les trois premiers. Je fais allusion aux aveux de Kouen-chan à propos du carnet de Leng Tsien, qu'il nous a dit avoir trouvé derrière le lit de mademoiselle Œillet-Rose. J'avais déjà remarqué les tendres sentiments que cette demoiselle portait au jeune voyou, et le regard suppliant qu'elle me jeta quand Kouen-chan nous eut appris la présence du carnet dans sa chambre me fit comprendre que l'Étudiant le lui avait confié à l'insu du Caporal. Ce dernier, en effet, ne consent à partager les faveurs de la belle qu'avec le chauve et un très petit nombre d'amis choisis. Sans compter les « sorties en ville », bien entendu, mais cela fait partie du *travail* ! Auguste Ciel, nous parlons du Caporal et cela me fait penser que le pauvre homme est toujours dans sa prison ! Va demander au chef des sbires de l'amener ici.

Quand le Caporal fut agenouillé devant le juge, celui-ci fit signe au chef des sbires de les laisser et il dit au truand :

— Relève-toi et parlons en amis !

Le Caporal se mit debout. De sous ses gros sourcils en broussaille partit un regard piteux vers le juge Ti et, plissant son front bas, il murmura d'un ton amer :

— Alors, vous êtes vraiment un pince-voleur, et celui-là est votre chien courant ! On ne peut se fier à personne, sur cette terre !

— Si j'ai déguisé ma personnalité, répondit le juge, c'est uniquement parce que j'avais besoin de toi pour découvrir l'auteur d'un crime ignoble. Ton aide m'a été utile et je garde un bon souvenir de ton hospitalité. J'ai noté que tu ne permettais à tes hommes que la mendicité ou les délits mineurs et que tu les empêchais de commettre de mauvais coups. J'ai aussi demandé à la police militaire de me communiquer tes états de service.

— C'est encore pire que je ne pensais, grommela le Caporal. Je ne vais pas garder longtemps ma tête sur mes épaules. Il est vrai qu'elle ne me sert pas à grand-chose !

— Tais-toi et écoute, commanda impatiemment le juge Ti. L'Armée impériale est ton véritable élément et tu vas la rejoindre. Crâne-chauve dirigera les mendiants selon les principes que tu lui as inculqués. Voici une lettre pour les bureaux de la garnison, dans laquelle je dis que tu as fait du bon travail pour le magistrat de Wei-ping. Je demande en son nom ta réintégration dans l'armée avec le grade de sergent. Maintenant, tu n'as plus qu'à porter ce billet doux à l'officier de service !

— Plutôt au capitaine Mao, intervint Tsiao Taï. Il le connaît bien.

— Au capitaine Mao, alors, reprit le juge. Et quand tu auras touché ton casque et ta cuirasse, fais-toi beau pour te présenter à mademoiselle Œillet-Rose. Garde-la pour toi seul, sergent Liou. Elle est trop bien pour la partager avec les autres. Et elle a besoin de toi !

Il prit le paquet apporté par Tsiao Taï et le tendit au Caporal.

— Remets-lui ce petit cadeau de ma part, je veux qu'elle ait une jolie robe pour faire honneur à son sergent de mari ! Et dis-lui aussi que je regrette de ne pas pouvoir t'appeler *cousin* !

Le Caporal glissa la lettre dans sa ceinture. Plaçant le paquet sous son bras, il regarda le juge avec des yeux ronds. Soudain son visage se détendit. Radieux, il cria

— Sergent ! Auguste Ciel... Sergent ! Puis il fit un brusque demi-tour et partit en courant.

— Voilà donc pourquoi Votre Excellence l'avait fait arrêter, remarqua Tsiao Taï avec un petit sourire.

— T'imagines-tu qu'il serait venu au tribunal de son plein gré ? Et je n'avais certes pas le temps de courir après lui. Nous allons bientôt reprendre le chemin de Peng-lai. Envoie un sbire chercher les bagages que nous avons laissés à l'hôtel de la Grue qui vole et dis aux garçons d'écurie du Yamen de nous préparer deux bonnes montures.

Le juge quitta son fauteuil. Après s'être débarrassé de la robe en damas et de la coiffure officielle, il remit son vieux bonnet sur sa tête et se dirigea vers les appartements particuliers de Teng.

XVIII

Le juge Ti échange des paroles aigres-douces avec son collègue. Il reprend mélancoliquement la route de Peng-lai.

Le vieux majordome vint à la rencontre du juge et le fit entrer dans la bibliothèque.

Le magistrat Teng était en tenue d'intérieur. Il pria son visiteur de s'asseoir près de lui sur la grande banquette et dit au serviteur de se retirer. La scène rappela au juge Ti leur première entrevue. Teng, qui préparait une tasse de thé pour son hôte, le vit regarder la place vide précédemment occupée par le paravent de laque. Un sourire douloureux sur les lèvres, il expliqua :

— Oui, j'ai fait mettre le paravent dans la chambre de débarras. Il me rappelait trop...

Le juge Ti posa brusquement sa tasse et dit d'un ton sec :

— Épargnez-moi l'histoire du paravent de laque. Je l'ai entendue une fois, cela suffit.

Teng jeta un regard stupéfait à son hôte, qui resta impassible.

— Que veut dire cette remarque ? demanda-t-il.

— Exactement ce qu'elle dit. L'histoire est jolie, pleine de sentiment, vous l'avez bien racontée et l'autre soir j'étais fort ému en vous écoutant. Mais c'est de la pure fantaisie. Pour ne citer qu'un détail, votre épouse avait seulement une sœur et non pas trois.

Teng devint livide. Il ouvrit la bouche, mais aucun son n'en sortit. Le juge Ti se leva. Il s'approcha de la fenêtre ouverte et, les mains derrière le dos, regarda les bambous du jardin qu'agitait une brise légère. Sans se retourner, il reprit :

— Votre conte du paravent de laque était aussi mensonger que votre amour pour Lotus d'Argent. Vous n'aimez qu'une personne,

Teng : vous-même. Une seule chose vous tient à cœur : votre renommée de poète. Vous êtes vaniteux et égoïste à un point inimaginable mais vous n'avez jamais eu d'accès de démence. Je soupçonne pourtant la nature de vous avoir défavorisé d'une autre manière. Privé de descendance, et n'éprouvant pas le besoin de prendre d'autres épouses ou concubines, vous avez utilisé votre... disons votre imperfection pour vous bâtir une légende de fidélité à toute épreuve. Je ne peux pas souffrir les épouses adultères, mais la vôtre, Teng, avait probablement bien des excuses !

Il se tut un instant. N'entendant derrière lui que la respiration laborieuse du magistrat, il poursuivit :

— Un beau jour, vous avez soupçonné votre femme d'entretenir des relations coupables avec le jeune peintre Leng Té. Elle avait sans doute fait sa connaissance dans la maison de campagne de sa sœur. Il savait ses jours comptés, elle était mariée à un homme froid et cruel. Il est probable que cette double infortune les rapprocha. Pour vous assurer de votre disgrâce, vous les avez suivis discrètement lorsqu'ils se sont rendus dans la maison accueillante. Vous vous dissimuliez le visage avec votre foulard, mais la patronne de l'établissement s'est souvenue que vous boitiez. D'après ce que m'a dit monsieur Pan, vous vous étiez foulé la cheville à une époque qui doit correspondre au moment de cette filature. Votre claudication momentanée valait un bon déguisement, car c'est surtout cela qu'on remarquait en vous et elle allait disparaître quand votre cheville serait guérie. J'avais oublié ce point, mais hier soir mon lieutenant fit une remarque à propos de la cheville brisée de Kouen-chan. Je pensai alors aux paroles de votre conseiller et la vérité m'apparut !

« La chasteté de la femme est la base fondamentale de nos institutions, et la loi prescrit la mort pour la femme adultère aussi bien que pour son amant. Les ayant pris sur le fait, vous aviez le droit de les tuer sur-le-champ. Ou vous pouviez les dénoncer au préfet et tous deux auraient eu la tête tranchée. Mais votre vanité vous empêcha d'adopter l'une ou l'autre de ces solutions. L'idée de voir la légende des « amants éternels » détruite et votre infortune conjugale révélée à tous vous était insupportable. Vous avez donc décidé de ne rien dire et d'élaborer un scénario selon lequel vous pourriez tuer votre épouse sans qu'il soit question de son infidélité. La tuer d'une façon qui, au lieu de détruire l'image des « amants éternels », la ferait vivre à jamais en lui ajoutant une note tragique. Le tout, bien entendu, sans courir le risque d'y laisser votre tête ! La maladie mentale de votre grand-père et le paravent de laque vous fournirent un point de départ. L'idée était vraiment ingénieuse, Teng. Combien de longues soirées avez-vous dû passer à y réfléchir, assis dans votre bibliothèque pendant que votre femme était peut-être auprès de son amant. Non pas, d'ailleurs, que ce dernier fait vous dérangeât le moins du monde ! Vous n'éprouviez aucun sentiment amoureux pour elle. Bien plus, je crois même que vous la haïssiez parce qu'elle possédait de réels dons poétiques, et vous lui avez volé ses meilleurs vers pour les incorporer à votre œuvre. Vous jalousiez son talent, vous l'avez dissuadée de publier ses poèmes, mais j'ai vu un manuscrit d'elle et je vous assure, Teng, que vous n'atteindrez jamais la sublime hauteur où elle se mouvait si aisément.

« Vous imaginez donc une excellente histoire. Oh ! elle possédait toutes les qualités requises pour devenir fameuse et être répétée dans les cercles littéraires de l'Empire fleuri avec un mélange d'admiration et de sympathie émue. Vieille malédiction qui pèse sur une famille, paravent ancien aux propriétés magiques, idylle romanesque, rien n'y manquait ! J'ai moi-même commencé par croire chacune de vos paroles et mon émotion a été profonde. Si le scénario conçu par vous s'était déroulé sans anicroche, voici comment les choses se seraient passées : vous commenciez par tuer Lotus d'Argent au cours d'un accès de démence simulé, puis vous alliez vous accuser devant le préfet qui, bien entendu, vous acquittait. Vous preniez alors votre retraite et consacriez le reste de votre existence à l'accroissement de votre gloire poétique. Les femmes vous laissant froid, vous ne vous seriez pas remarié, et — veuf inconsolable — vous portiez jusqu'à la fin de vos jours le deuil de votre épouse bien-aimée !

« Vous aviez sans doute préparé aussi un plan ingénieux pour vous venger de Leng Té, mais il est mort avant que vous puissiez le mettre à exécution. Le désespoir de Lotus d'Argent vous donna un horrible plaisir. Tandis qu'elle tombait malade, vous vous êtes montré, à ce qu'on m'a dit, exceptionnellement joyeux au cours de ces deux dernières semaines.

« Quand Kouen-chan a poignardé votre femme, elle dormait profondément sous l'action de sa poudre et n'a pas souffert. Vous avez pénétré dans le cabinet de toilette au moment où il venait de vider son infernale sarbacane pour la seconde fois. La drogue pulvérisée dans l'air a agi sur vous instantanément. Lorsque vous vous êtes réveillé, voyant le cadavre de votre femme, vous avez cru que c'était vous qui l'aviez assassinée. La chose en elle-même ne vous a pas autrement affecté puisque c'était précisément ce que vous aviez projeté de faire, mais ce qui vous a terrifié, c'est de ne pas vous souvenir de votre acte. Les pensées de folie que vous rouliez dans votre tête vous auraient-elles dérangé le cerveau ? Ce précieux cerveau de grand poète ! Vous étiez dans une telle inquiétude que, lors de ma première visite, vous n'avez même pas songé à me raconter l'histoire du paravent de laque. Bien plus, vous avez dit au majordome — mensonge stupide — que votre épouse était partie voir sa sœur, et vous vous êtes débarrassé de moi le plus vite possible. Plus tard, lorsque le train-train de l'audience de l'après-midi vous eut aidé à vous ressaisir, vous avez compris que ma présence à Wei-ping était une véritable aubaine. Vous alliez avoir en moi un témoin capable de confirmer votre histoire de paravent, un collègue prêt à vous accompagner devant le préfet, et dont les déclarations ajouteraient de la couleur à votre tragique récit. Vous m'avez donc envoyé quérir par votre chef des sbires afin de me faire une touchante confession.

« Il ne m'a pas trouvé. Dans l'état d'esprit où vous étiez, cette déception vous affola. De nouveau, vous vous mîtes à douter de votre équilibre mental et de la valeur de votre plan. Puis, comme les domestiques commençaient à trouver bizarre que la chambre de votre femme restât fermée à clef, la présence du cadavre dans cette pièce vous devint intolérable. Sans même l'examiner, vous fîtes la bêtise d'aller le déposer dans le marais.

« J'arrivai enfin, assez tard. Vous me racontâtes, la petite histoire toute préparée et la confiance vous revint peu à peu. Cependant, je parlai de points douteux et conclus qu'après tout vous n'aviez pas forcément tué votre femme. Rien ne pouvait vous être plus désagréable, mais, songeant soudain à la bévue que vous aviez commise en vous débarrassant du corps, vous vous dîtes que j'allais peut-être trouver un moyen de réparer votre erreur. Vous avez donc consenti à retarder votre visite au préfet et à me laisser les mains libres.

« En fin de compte, les choses ont tourné au mieux pour vous. Évidemment, vous n'avez pas la satisfaction d'avoir tué vous-même l'infidèle, mais, d'un autre côté, vous voilà le héros d'une aventure encore plus tragique. Votre épouse bien-aimée a été la victime d'un crime sauvage, et si l'histoire du paravent de laque ne peut plus servir, elle sera remplacée par celle de l'amant inconsolable ! Vos poèmes ne deviendront pas meilleurs, mais chacun dira que c'est à cause du coup cruel qui a brisé votre bonheur. On vous plaindra beaucoup et on n'en louera pas moins vos vers. Je ne serais pas autrement surpris que vous deveniez le premier poète de l'Empire fleuri ! Voilà ce que je tenais à vous dire, Teng. Bien entendu, je garderai secret tout ce que j'ai découvert... mais vous pouvez être sûr que je ne lirai plus jamais une ligne de vos poésies !

Le juge Ti s'arrêta. Pendant un long moment on entendit seulement frémir le feuillage des bambous au-dehors. Enfin, Teng répliqua :

— Vous êtes profondément injuste envers moi, Ti. Il est faux que je n'aie pas aimé ma femme. J'avais pour elle une grande affection, et la stérilité de notre union fut la seule ombre à mon bonheur. Sa violation de la foi conjugale me fut extrêmement pénible. En fait, elle ébranla ma raison, et c'est à force de remâcher ma douleur que j'en vins à imaginer cette atroce histoire du paravent de laque. J'avais également le droit de tuer le coupable ; vous l'avez reconnu vous-même, Ti. Puisque je ne l'ai pas fait, et la confession de Kouen-chan l'a démontré, les paroles que vous venez de prononcer sont superflues. Même après avoir découvert que l'histoire du paravent n'était pas exacte, vous auriez dû avoir pitié d'un malheureux mari trompé et ne pas vous acharner aussi cruellement sur mes faiblesses. Vous me décevez beaucoup car j'avais entendu parler de vous comme d'un homme juste et charitable. Or vous avez manqué : *primo* à la charité en m'abaissant et m'humiliant dans le but de faire éclater votre propre intelligence ; *secundo* à la justice en m'accusant de haïr ma femme et en prétendant justifier votre ingérence dans ma vie privée par des déductions fantaisistes qui ne reposent sur aucune preuve.

Le juge Ti regarda son collègue bien en face et répliqua d'un ton glacial :

— Je ne profère jamais d'accusation sans pouvoir l'étayer de preuves concrètes. Votre première visite à la maison de rendez-vous était pleinement justifiée : il vous fallait vérifier l'infidélité de votre épouse. Si vous vous étiez alors précipité sur les amants pour les tuer, ou si vous aviez mis fin à vos jours, ou commis n'importe quel acte désespéré, j'aurais cru à cet amour pour votre femme. Même si je n'avais pas été jusque-là, je vous aurais du moins laissé le bénéfice du doute. Mais vous êtes retourné une seconde fois dans la maison infâme pour épier leurs ébats. Ce fait m'a révélé la dépravation de votre âme et m'a fourni la preuve indiscutable dont j'avais besoin. Adieu !

Il s'inclina légèrement et sortit. Son lieutenant l'attendait dans la cour, tenant deux chevaux par la bride.

— Partons-nous vraiment pour Peng-lai, Votre Excellence ? demanda-t-il. Nous ne sommes restés que deux jours ici !

— C'est bien suffisant, répondit le juge. Il sauta en selle et tous deux gagnèrent la rue.

Ils sortirent de la ville par la porte Sud. Tandis qu'ils chevauchaient sur la route poudreuse, le juge sentit un froissement de papier dans sa manche. Guidant sa monture avec les genoux, il sortit du vêtement la dernière des cartes de visite au nom de « Monsieur Chen, courtier ». Il la déchira en menus morceaux qu'il contempla une seconde avant de les jeter au vent.

Les petits fragments rouges voltigèrent un instant derrière sa bête, puis s'éparpillèrent dans la poussière du chemin.

Meurtre sur un bateau-de-fleurs

Roman

Traduit de l'anglais par Roger Guerbet

LES PERSONNAGES

PERSONNAGES PRINCIPAUX ✥ Ti Jen-tsie, *magistrat nouvellement nommé à Han-yuan, petit district de montagne près de la capitale* ✥ HONG Liang, *Sergent du tribunal* ✥ MA Jong et TSIAO Taï, *premier et second lieutenants du Juge Ti* ✥ TAO Gan, *qui fait son apparition au chapitre XII et devient le troisième lieutenant du juge.*

PERSONNAGES QUI JOUENT UN RÔLE DANS L'AFFAIRE DE LA COURTISANE NOYÉE ✥ HAN SEI-YU, *gros propriétaire foncier, l'un des premiers citoyens de Han-yuan* ✥ Chaton-de-Saule, *sa fille* ✥ Mademoiselle Fleur-d'Amandier ✥ Mademoiselle Anémone ✥ Mademoiselle Fleur-de-Pêcher, *courtisanes du quartier des Saules de Han-yuan* ✥ WANG, *maître de la guilde des orfèvres* ✥ PENG, *maître de la guilde des argentiers-joailliers* ✥ SOU, *maître de la guilde des ciseleurs de jade* ✥ KANG Po, *riche marchand de soieries* ✥ KANG Tchong, *son frère cadet*

PERSONNAGES QUI APPARAISSENT DANS L'AFFAIRE DE L'ÉPOUSÉE DISPARUE ❧ TCHANG Wen-tchang, *docteur en littérature* ❧ TCHANG Hou-piao, *son fils, candidat aux examens littéraires* ❧ LIOU Fei-po, *riche marchand de la capitale* ❧ Fée-de-la-Lune, *sa fille* ❧ MAO Yuan, *charpentier* ❧ MAO Lou, *son neveu.*

PERSONNAGES APPARAISSANT DANS L'AFFAIRE DU CONSEILLER PRODIGUE ❧ LIANG Meng-kouang, *conseiller impérial ; retiré à Han-yuan* ❧ LIANG Fen, *son neveu qui lui sert de secrétaire* ❧ WAN Yi-fan, *agent d'affaires.*

ET ENFIN ❧ MENG Ki, *grand inquisiteur impérial.*

Le Ciel, qui composa le Grand Rouleau de notre vie,
Seul en connaît le début et la fin... s'il a une fin !
D'humbles mortels sont incapables de déchiffrer son texte,
Nous ignorons même dans quel sens il se lit.

Assis derrière le siège du tribunal recouvert d'écarlate,
Les juges ont comme le Ciel pouvoir de mort et de vie,
Sans pourtant posséder la Lumière d'En-Haut.
Qu'ils prennent garde.
Et nous avec eux : ceux qui jugent seront un jour jugés !

Vue de Han-yuan ☙ 1 Le Yamen ☙ 2 Temple de Confucius ☙ 3 Temple bouddhiste ☙ 4 Demeure du conseiller Liang ☙ 5 Demeure de Han Sei-yu ☙ 6 Maison du docteur Tchang ☙ 7 Villa de Liou Fei-po ☙ 8 Quartier des Saules ☙ 9 Le marché aux Poissons

I

UN FONCTIONNAIRE IMPÉRIAL DE L'ÉPOQUE MING ACHÈVE DANS LE DÉSESPOIR UNE SINGULIÈRE CONFESSION — LE JUGE TI SE REND SUR UN BATEAU-DE-FLEURS POUR ASSISTER À UN BANQUET.

PERSONNE, je crois, ne qualifiera d'insignifiante carrière les vingt années passées par moi au service de notre illustre empereur Ming[1]. Il est vrai que mon père vénéré le servit cinquante années et venait de célébrer son soixante-dixième anniversaire quand il mourut avec le titre de conseiller d'État. J'aurai quarante ans dans trois jours, mais fasse le Ciel Auguste que je ne sois plus alors de ce monde.

Au cours des instants de plus en plus rares où mon pauvre cerveau tourmenté redevient un peu lucide, je revis par la pensée les heures d'autrefois. C'est la seule évasion qui me soit encore permise. Il y a quatre ans, je fus nommé investigateur de la Cour métropolitaine, honneur insigne pour un fonctionnaire de trente-cinq ans, et tout le monde me prédit alors le plus bel avenir. Combien j'étais fier de la magnifique demeure qui me fut attribuée, et comme j'aimais parcourir ses splendides jardins, la main de ma fille dans la mienne. Ma fille ! Si jeune que fût alors cette enfant de quatorze ans, elle connaissait déjà le nom littéraire de toutes les fleurs que je lui montrais. Il y a seulement quatre années de cela et ces choses me paraissent à présent lointaines comme les souvenirs confus d'une vie antérieure.

1. *Dynastie Ming.* Les empereurs de cette dynastie ont régné de 1368 à 1644, alors que le juge Ti, né en 630 et mort en l'an 700, a vécu sous la dynastie T'ang *(NdT).*

Ah, te voilà revenue, ombre menaçante ! Tu approches, et moi je recule, terrifié. Mais je dois t'obéir. Tu trouves qu'un instant de répit si bref est encore trop pour moi ? Pourtant, n'ai-je pas exécuté tous tes ordres ? Le mois dernier, à mon retour de cette funeste cité de Han-yuan nichée au bord de son lac sinistre, n'ai-je pas immédiatement choisi une date propice pour les noces de ma fille ? N'est-elle pas mariée depuis une semaine ? Je ne saisis pas tes paroles... mes sens sont engourdis par une insupportable douleur. Comment ? Ma fille doit apprendre la vérité ? N'auras-tu donc pas pitié de moi ! Ce secret de mon cœur va briser le sien. Non... non, ne me torture pas davantage, j'obéirai.

Je vais tout écrire sous ton regard glacé, bourreau impitoyable que je suis seul à voir. Mais lorsque la Mort a posé sa main sur un homme, les compagnons du condamné ne s'en aperçoivent-ils pas ? Lorsque je croise une de mes épouses ou une de mes concubines dans les couloirs à présent déserts, elle détourne la tête. Quand, assis devant mon bureau, je lève les yeux du rouleau que j'étudie, c'est pour rencontrer le regard de mes employés ; et quand vite ils se penchent à nouveau sur leur travail, je sais qu'ils touchent à la dérobée les amulettes dont ils ne se séparent plus. Depuis ma visite à Han-yuan, ils sentent bien que ce n'est pas la maladie seule qui me mine. On plaint un malade, un homme possédé du démon, on l'évite.

Ah, pourquoi me refusent-ils leur pitié ! À moi qui ressemble au misérable condamné que le bourreau force à s'infliger lui-même le terrible supplice de la mort lente. On souffre pour lui quand on le voit trancher morceau par morceau sa propre chair, mais chaque lettre que j'écris, chaque message chiffré que j'envoie, n'est-ce pas une parcelle de chair que je détache de moi ? Les fils de cette ingénieuse toile d'araignée tissée par mon intelligence sur toute l'étendue de l'Empire sont sectionnés les uns après les autres, et chaque fil coupé représente un espoir déçu, un rêve évanoui. À présent, il ne reste plus trace de mon œuvre. Personne ne saura jamais de quoi il s'agissait. J'imagine même que la *Gazette impériale* imprimera une notice nécrologique consacrée « au jeune fonctionnaire plein de promesses, mort prématurément à la suite d'une longue maladie ». Longue, oui... longue au point de ne plus laisser de moi qu'une carcasse exsangue.

Voici venu le moment où le bourreau plonge sa longue lame dans le cœur du supplicié pour le miséricordieux coup final. Pourquoi veux-tu prolonger mon agonie, Ombre terrible au nom pourtant fleuri ? Pourquoi veux-tu déchirer mon cœur jusqu'au dernier lambeau en m'obligeant à tuer l'âme de ma fille trop aimée ? Elle n'a commis aucun crime. Oui, oui, je t'entends, tu veux qu'elle sache *tout* ! Eh bien, je vais lui dire comment les Pouvoirs d'En-Haut m'ont refusé la mort rapide choisie par moi pour me condamner à une lente agonie entre tes mains cruelles, et cela après m'avoir accordé la brève vision d'un bonheur possible.

Ma fille connaîtra notre rencontre sur le lac et la vieille histoire que tu m'as racontée, mais, s'il y a un Ciel, je jure qu'elle me pardonnera. Elle pardonnera au traître et au meurtrier, mais à toi, elle ne pardonnera pas car tu es la haine incarnée, et tu vas mourir avec moi... mourir pour toujours. Non, n'essaie pas à présent de retenir ma main. Tu m'as dit d'écrire, j'écrirai ! Que le Ciel ait pitié de moi... et, peut-être, de toi aussi. Trop tard maintenant je te reconnais pour ce que tu es, et je sais que tu tortures seulement ceux dont les noires actions t'arrachent au monde infernal.

Voici donc comment les choses se passèrent.

La Cour m'avait envoyé faire une enquête à Han-yuan. Il s'agissait d'une affaire assez compliquée de détournement de fonds et l'on soupçonnait les autorités locales d'avoir participé aux malversations. Cette année-là, tu t'en souviens, le printemps fut précoce. Un sentiment d'attente faisait vibrer l'air attiédi, et, avec une insouciante témérité je songeai, l'espace d'un instant, à emmener ma fille avec moi. Mais je sus me ressaisir à temps, et pris à sa place Chrysanthème — la plus jeune de mes concubines — espérant ainsi retrouver la paix de l'âme, car Chrysanthème m'avait été très chère... avant. Arrivé à Han-yuan, je me rendis compte de la vanité de mon espoir. Celle que j'avais laissée dans la capitale tenait une place plus grande que jamais dans mon âme. Toujours son image se dressait entre Chrysanthème et moi et m'empêchait de seulement effleurer la jolie main effilée de ma compagne.

M'efforçant d'oublier, je consacrai fiévreusement toutes mes heures à l'affaire de détournement. Je l'éclaircis en une semaine ; le coupable était un employé de la capitale et il avoua tout. Le dernier soir de mon séjour, des citoyens reconnaissants m'offrirent un splendide banquet d'adieu dans leur quartier des saules, renommé depuis des siècles pour la grâce et l'esprit de ses chanteuses et de ses courtisanes. Admirant la promptitude avec laquelle j'avais débrouillé cette pénible affaire, ils ne me ménagèrent pas les compliments. Leur seul regret, me dirent-ils, était que je ne puisse voir danser Fleur-d'Amandier, la plus belle et la plus accomplie de leurs danseuses. Elle portait ce nom en souvenir d'une fameuse beauté d'autrefois dont on avait beaucoup parlé à l'époque T'ang. Malheureusement, elle venait, le matin même, de disparaître d'inexplicable façon. Si je pouvais rester quelques jours de plus, ajoutèrent-ils, j'éclaircirais sans doute aussi ce mystère-là ! Leur flatterie me chatouilla plaisamment, je bus plus que de coutume, et quand, tard dans la nuit, je regagnai le somptueux logis mis à ma disposition, j'étais d'excellente humeur. Tout irait bien, j'allais rompre l'envoûtement !

Chrysanthème m'attendait revêtue d'une légère robe couleur de pêche qui mettait en valeur ses formes juvéniles. Le doux regard de ses beaux yeux m'enflamma et je m'apprêtais à la prendre dans mes bras quand, brusquement, une autre silhouette — la silhouette à laquelle je n'avais pas le droit de penser — apparut entre ma concubine et moi.

Un violent frisson me secoua. Murmurant je ne sais quelle excuse, je sortis et courus jusqu'au jardin. Je suffoquais, il me fallait de l'air, et, comme la nuit était chaude et étouffante, je décidai de gagner le lac. Je sortis sur la pointe des pieds pour ne pas éveiller le portier et j'atteignis bientôt le bord de l'eau. Le cœur plein de désespoir, je m'arrêtai pour contempler sa surface tranquille. À quoi serviraient mes plans si soigneusement conçus ? Peut-on commander aux autres si l'on est incapable de se maîtriser soi-même ? Un seul dénouement était concevable, je venais de le comprendre.

Ma décision prise, je sentis la paix renaître dans mon âme. J'ouvris un peu ma robe de soie cramoisie et repoussai mon bonnet de gaze noire afin de dégager mon front moite. Je longeai tranquillement le bord du lac, cherchant l'endroit voulu pour réaliser mon dessein. Je crois bien même que je chantonnais. Le meilleur moment pour quitter le grand hall décoré n'est-il pas celui où les bougies rouges brûlent encore et où le vin ne s'est pas refroidi dans les gobelets d'or ? Je goûtais le charme du décor qui m'entourait. À ma gauche, des amandiers en fleurs emplissaient de leur lourd parfum la tiède nuit printanière, à ma droite l'étendue argentée du lac étincelait sous la lune.

À un détour du chemin, j'aperçus sa silhouette.

Debout sur la rive, et tout près de l'eau, elle était vêtue d'une robe de soie blanche[1] qu'une ceinture verte serrait à la taille ; un nénuphar blanc ornait sa chevelure. Lorsqu'elle tourna la tête vers moi, un rayon de lune éclaira son adorable visage. Je compris dans un éclair que je venais de trouver la femme que le Ciel me destinait, la femme capable de rompre le charme maléfique.

Elle aussi le savait, car lorsque je fus près d'elle nous n'échangeâmes pas les rituelles formules de politesse. Elle dit simplement :

— Les amandiers fleurissent de bonne heure, cette année !

Et je répondis :

— Les bonheurs inattendus sont les plus grands !

— Le sont-ils toujours ? demanda-t-elle avec un doux sourire un peu moqueur. Venez, je vais vous montrer où j'étais assise.

Elle passa entre les arbres, et je la suivis jusqu'à une petite clairière proche de la route. Nous nous assîmes côte à côte. Les lourdes branches fleuries des amandiers formaient un dais au-dessus de nos têtes.

— Comme tout ceci est étrange, murmurai-je ravi en saisissant sa petite main fraîche. J'ai l'impression d'avoir pénétré dans un autre monde !

Elle se contenta de sourire en me regardant du coin de l'œil. Je passai un bras autour de sa taille et j'appuyai ma bouche sur ses lèvres rouges, ses belles lèvres humides d'amour.

Son étreinte me guérit ; elle rompit le charme néfaste, et notre passion brûlante cautérisa la blessure de mon âme.

Suivant du bout du doigt l'ombre des branches sur son beau corps aussi lisse que le jade le plus blanc, je m'entendis soudain lui expliquer le miracle qu'elle venait d'accomplir. D'un geste plein de langueur elle se débarrassa des fleurs que la brise avait fait voltiger sur ses seins et me dit en se redressant :

---

1. *Couleur blanche*. Le blanc est, en Chine, la couleur de la tristesse et de la mort. Il peut symboliser aussi la pureté, et c'est pour ces différentes raisons que l'héroïne du prologue est vêtue de blanc. La couleur de la joie — et du mariage — est le rouge. Le mariage est donc appelé l'« affaire rouge » tandis que la cérémonie funèbre s'appelle l'« affaire blanche » (*NdT*).

— J'ai entendu la même histoire il y a bien longtemps. Après une courte hésitation, elle ajouta : N'êtes-vous pas juge ?

Je lui montrai l'insigne d'or qu'un rayon de lune faisait luire sur mon bonnet accroché à une branche basse, et je répondis avec un petit sourire :

— Mieux que cela, je suis investigateur de la Cour métropolitaine.

Elle hocha gravement la tête et, se faisant un oreiller de ses bras ronds, dit d'une voix songeuse :

— Je connais une vieille histoire qui vous intéressera peut-être. Il s'agit d'un juge très perspicace qui fut magistrat ici il y a plusieurs siècles. À cette époque...

Je ne sais combien de temps j'écoutai sa voix insinuante mais quand elle se tut la terreur me glaçait à nouveau le cœur. Je me levai d'un mouvement brusque, et, tout en rajustant ma robe, je lui dis d'un ton rauque :

— Ne te moque pas de moi avec cette histoire inventée de toutes pièces ! Explique-moi plutôt comment tu as découvert mon secret. Parle, voyons !

Elle se contenta de me regarder, un sourire provocant sur ses lèvres charmantes. Ma colère n'y résista pas. Tombant à genoux, je m'écriai :

— Qu'importe après tout comment tu l'as appris ! Je ne me soucie pas de savoir qui tu es réellement ni d'où tu viens. Mes plans sont mieux établis que ceux dont tu m'as parlé, et je te jure que toi, toi seule, seras ma reine ! La regardant avec tendresse, je ramassai sa robe et murmurai : Le vent souffle du lac, tu vas prendre froid !

Mais, au moment où je m'apprêtais à déposer le soyeux vêtement sur sa pâle nudité, j'entendis parler tout près de nous.

Un groupe d'hommes venait d'envahir la clairière. Embarrassé, je me plaçai entre les nouveaux arrivants et la femme étendue dans l'herbe. Un grave personnage que je reconnus pour être le magistrat de Han-yuan jeta un coup d'œil par-dessus mon épaule. Il s'inclina profondément, et d'une voix où perçait l'admiration me dit :

— Ainsi, vous l'avez trouvée, Noble Seigneur ! En fouillant sa chambre du quartier des saules, nous avons découvert le message laissé par elle. Nous sommes tout de suite venus ici, car un courant du lac coule en direction de cette crique. Ce qui tient du prodige, par

RENCONTRE
AU BORD
DU LAC

exemple, c'est que vous ayez pu tout démêler si vite. Mais vous n'auriez pas dû vous donner la peine de la sortir de l'eau et de l'amener jusqu'à la route !

Se tournant vers ses hommes, il commanda :

— Allons, vous autres, apportez la civière !

Je me retournai brusquement. La robe blanche qui adhérait comme un suaire au corps de la jeune femme était ruisselante d'eau, et des herbes aquatiques se mêlaient aux mèches de cheveux collées sur son visage rigide et sans vie.

Le crépuscule achevait de descendre sur Hanyuan. Assis bien droit dans un fauteuil placé sur la haute terrasse du tribunal, le juge Ti buvait son thé à petites gorgées en contemplant le panorama de la ville.

Des lumières commençaient à s'allumer un peu partout, trouant les unes après les autres la masse indistincte des toits. Plus bas s'étendait l'eau lisse et noire du lac dont la rive opposée s'estompait dans la brume accrochée aux contreforts montagneux.

La journée avait été torride et la nuit s'annonçait moite et étouffante. Sur les arbres qui bordaient la rue, au-dessous de lui, aucune feuille ne bougeait.

Le juge fit jouer ses épaules dans la robe officielle de lourd brocart, cherchant à les placer de façon plus confortable. L'homme d'un certain âge qui se tenait à son côté lui jeta un regard empreint d'une respectueuse sollicitude. Les notables de Han-yuan avaient décidé d'offrir à son maître un banquet sur l'un des bateaux-de-fleurs du lac et il songeait qu'à moins d'un changement de temps, cela n'aurait rien d'une partie de plaisir.

Caressant distraitement son épaisse barbe noire, le juge suivait des yeux les évolutions d'une barque lointaine qu'un pêcheur attardé ramenait vers le rivage. Lorsqu'elle eut complètement disparu, le magistrat leva la tête.

— Je n'arrive pas à m'habituer à cette ville sans remparts, dit-il. L'absence de murailles me met mal à l'aise.

— Han-yuan n'est qu'à une soixantaine de milles de la capitale, Noble Juge. Les gardes de l'Empereur pourraient être ici très vite. De plus, les différentes garnisons...

— Non, non, je ne fais pas allusion au problème militaire, l'interrompit impatiemment le magistrat. Je parle de l'atmosphère de la ville. J'ai l'impression qu'il se passe beaucoup de choses ici dont on se garde bien de nous parler. Dans les cités pourvues d'une enceinte, les portes sont closes à la tombée de la nuit. On se sent tout à fait maître de la situation. Mais dans une ville ouverte aux quatre vents comme celle-ci, une ville dont les faubourgs s'égaillent au pied de la montagne ou s'étendent sur la rive du lac, les gens peuvent entrer ou sortir absolument comme il leur plaît !

Ne sachant que répondre, le sergent tirailla sa maigre barbiche grise. Il s'appelait Hong Liang et, vieux serviteur de la famille Ti, il avait bercé dans ses bras le juge quand celui-ci n'était encore qu'un poupon. Lorsque son maître fut nommé magistrat du district de Peng-lai (il y avait de cela trois ans), Hong insista malgré son âge pour l'accompagner dans ce premier poste provincial. Le juge le fit nommer sergent du tribunal afin de lui donner un statut officiel, mais sa principale tâche consistait à servir de conseiller au nouveau magistrat qui pouvait parler à cœur ouvert avec lui de tous ses problèmes.

— Il y a deux mois que nous sommes installés ici, sergent, reprit-il, et pas une seule affaire tant soit peu importante n'est venue dans le tribunal.

— Cela signifie que les citoyens de Han-yuan sont des gens respectueux des lois, Votre Excellence !

Le juge secoua la tête.

— Non, sergent. Cela signifie qu'on nous tient à l'écart. Comme tu viens de le dire, Han-yuan n'est pas très éloignée de la capitale. Mais sa situation sur le bord d'un lac de montagne en fait un district plus ou moins isolé et peu de personnes étrangères à la région sont venues se fixer ici. Les membres d'une telle communauté sont étroitement solidaires, et si quelque événement désagréable se produit, on fait tout pour que le magistrat — cet intrus — n'en sache rien. Je le répète, sergent, il se passe ici plus de choses que nous ne l'imaginons. De plus, ces singulières histoires qu'on raconte à propos du lac...

Comme il n'achevait pas sa phrase, le sergent Hong demanda :

— Votre Excellence ne croit pas à ces contes ?

— Y croire ? Non, je ne vais pas jusque-là. Mais quand j'entends dire qu'en moins d'une année quatre personnes se sont noyées sans qu'on ait pu retrouver leurs corps...

À ce moment, deux hommes de haute taille vêtus de simples robes brunes et coiffés de petits bonnets noirs apparurent. C'étaient Ma Jong et Tsiao Taï, les deux autres lieutenants du juge. Chacun mesurait plus de six pieds de haut, et leur cou puissant ainsi que leurs larges épaules révélaient des boxeurs bien entraînés. Après avoir salué respectueusement son maître, Ma Jong annonça :

— L'heure fixée pour le banquet approche, Votre Excellence. Le palanquin est prêt.

Le juge se leva. Son regard s'arrêta un instant sur les deux hommes. Ma Jong et Tsiao Taï étaient tous deux d'anciens « chevaliers des vertes forêts » — le nom poli qu'on donne aux voleurs de grand chemin. Trois années auparavant, ils avaient attaqué le juge sur une route déserte, mais le courage et la vigoureuse personnalité de leur victime les impressionnèrent tellement qu'ils renoncèrent à leur déplorable profession et supplièrent le magistrat de les prendre à son service. Touché par leur visible sincérité, le juge Ti accepta[1]. La suite montra qu'il avait eu raison ; les deux colosses le servirent avec loyauté et se montrèrent fort utiles en arrêtant de dangereux malfaiteurs et en accomplissant maintes tâches délicates.

— Comme je viens de le dire au sergent, il se passe dans cette ville des choses qu'on nous cache avec soin, expliqua le juge. Pendant que j'assisterai à ce banquet, arrangez-vous pour faire boire les serviteurs et les membres de l'équipage, et faites-les parler !

Ma Jong et Tsiao Taï s'inclinèrent avec un large sourire. Ni l'un ni l'autre ne détestaient les missions de ce genre.

Les quatre hommes descendirent les degrés de pierre et arrivèrent dans la grande cour du Yamen.

Le palanquin de cérémonie attendait au bas des marches. Le juge Ti et le sergent Hong y prirent place, et douze porteurs hissèrent les perches sur leurs épaules calleuses. Deux coureurs prirent la tête du cortège, tenant de grandes lanternes en papier sur lesquelles on pouvait lire : « Le tribunal de Han-yuan ». Ma Jong et Tsiao Taï suivaient, accompagnés d'une demi-douzaine de sbires en veste de cuir, la ceinture rouge autour de la taille et le casque de fer sur la tête.

Les gardes ouvrirent la lourde porte à deux battants du Yamen et le petit groupe sortit. Les porteurs franchirent d'un pied sûr les marches qui descendaient vers la ville ; ils arrivèrent bientôt devant le temple de Confucius, près de la place du marché, et les coureurs se mirent à frapper leurs gongs portatifs en criant : « Place ! Place ! Son Excellence le Magistrat approche ! »

La foule dense qui entourait les éventaires éclairés par des lampes à huile s'écarta, jeunes et vieux regardant passer le cortège avec une crainte respectueuse.

Le palanquin continua sa descente à travers les quartiers populaires avant d'atteindre la grande route qui longeait le lac. Un demi-mille plus loin, les porteurs prirent le chemin bordé de saules élégants qui donnaient leur nom au quartier des courtisanes et des chanteuses. Des lampions de soie aux couleurs vives illuminaient gaiement les demeures de ces belles filles, et dans l'air nocturne flottaient des bribes de chansons qu'accompagnait la musique d'instruments à corde. Des jeunes femmes vêtues de robes voyantes

1. Voir *Trafic d'or sous les Tang*.

se pressaient sur les balcons laqués de rouge et regardaient passer le cortège en bavardant avec animation.

Ma Jong, qui se proclamait volontiers fin connaisseur en vins et en femmes, leva la tête afin de ne rien perdre du charmant spectacle. Il réussir à capter l'attention d'une jeune personne potelée, au visage avenant, penchée au balcon d'une des plus belles demeures. L'ex-chevalier des vertes forêts lui décocha une œillade éloquente et fut récompensé par un sourire engageant.

Arrivés devant l'embarcadère, les porteurs déposèrent le palanquin sur le sol. Des notables vêtus de longues robes de brocart chatoyant attendaient l'arrivée du juge, et un homme de haute taille, en robe violette décorée de fleurs d'or, s'avança pour lui faire une profonde révérence. C'était le riche Han Sei-yu, l'un des plus importants citoyens de Han-yuan. Depuis des siècles sa famille occupait la vaste habitation bâtie sur le flanc de la montagne, à la même hauteur que le Yamen.

Han Sei-yu mena cérémonieusement le juge à un magnifique bateau-de-fleurs dont le large pont avant se trouvait de niveau avec le quai. Des centaines de lampions multicolores accrochés au toit de la grande cabine illuminaient les alentours. Lorsque le juge traversa l'entrée ornementale pour pénétrer dans la salle du festin, l'orchestre attaqua un air joyeux.

Han conduisit le magistrat à la place d'honneur, une haute table disposée au fond de la salle. Il lui indiqua un siège à sa droite, et les autres convives s'assirent aux deux tables plus petites placées en face l'une de l'autre, à angle droit avec celle de leur invité.

Le juge Ti promena son regard autour de lui. Il connaissait de réputation les fameux bateaux-de-fleurs de Han-yuan, ces maisons de rendez-vous flottantes où le visiteur d'un soir pouvait souper en compagnie féminine et passer la nuit sur le lac, mais le luxe du décor surpassa son attente. La pièce mesurait bien trente pieds de long, et des rideaux en bambou la fermaient à bâbord et à tribord. Quatre grosses lanternes tendues de soie peinte étaient suspendues au plafond laqué rouge, et les minces colonnes de bois doré avaient été sculptées par un ciseau de la plus délicate habileté.

Un léger balancement révéla que le bateau s'éloignait du rivage : quand la musique s'arrêta, on entendit le bruit rythmé des rames manœuvrées par des hommes enfermés dans la cale.

Han Sei-yu se hâta de présenter ses compagnons. La table de droite était présidée par monsieur Kang Po, un vieillard maigre et légèrement voûté qui faisait le commerce de la soie. Quand il se leva pour s'incliner trois fois devant le juge, ce dernier constata que la bouche du vieil homme se tordait en un rictus nerveux et que son regard changeait à tout instant de direction.

Le gros homme à l'expression pleine de suffisance assis près de lui était son frère cadet, Kang Tchong. « Voilà deux frères qui doivent se ressembler aussi peu au moral qu'au physique », pensa distraitement le juge Ti.

Le troisième invité, un personnage tout rond à l'air pompeux, se nommait Wang. Il était maître de la Guilde des orfèvres.

Un homme assez grand et large d'épaules présidait la table opposée. Il était vêtu d'une robe prune brodée d'or et portait sur la tête un bonnet carré en gaze noire. L'expression autoritaire de son visage brun aux traits accusés, ses longs favoris et son épaisse barbe noire lui donnaient l'air d'un fonctionnaire impérial. Han le présenta comme un riche marchand de la capitale nommé Liou Fei-po qui avait fait construire une magnifique villa près de sa demeure pour y passer l'été. Les deux autres convives, monsieur Peng et monsieur Sou, étaient respectivement maître de la Guilde des argentiers joailliers et maître de la Guilde des ciseleurs de jade. Le juge Ti nota le contraste formé par leurs deux personnes : monsieur Peng était un vieil homme très mince, aux épaules étroites, à la longue barbe de neige ; monsieur Sou, beaucoup plus jeune, avait la carrure d'un lutteur professionnel et ses traits vulgaires exprimaient un ennui maussade.

Han Sei-yu frappa dans ses mains. Aussitôt l'orchestre entama un air gai, et quatre serviteurs entrèrent, portant des plateaux chargés de plats froids et de cruchons de vin. Han Sei-yu proposa un toast de bienvenue et le souper commença.

Tout en grignotant canard et poulet, Han adressa quelques paroles polies à son hôte. C'était évidemment un homme cultivé, mais sous la courtoisie de ses phrases perçait un certain manque de cordialité ; il éprouvait visiblement peu de sympathie pour ceux qui n'avaient pas eu le bonheur de naître à Han-yuan. Quand il eut avalé plusieurs coupes de vin, il sembla se détendre et dit en souriant :

— Pour cinq tasses que je vide, Votre Excellence en boit seulement une !

— Je sais apprécier une coupe de bon vin, répondit le juge, mais il faut une agréable occasion comme celle-ci pour me faire boire. Vous traitez magnifiquement vos invités !

Han Sei-yu s'inclina.

— Nous faisons de notre mieux pour rendre tolérable à Votre Excellence son séjour dans notre humble district. Mais de simples paysans comme nous sont indignes de votre noble compagnie et je crains fort que Votre Excellence ne trouve Han-yuan bien morne ; il ne se passe jamais rien d'important ici !

— Les dossiers du tribunal, répondit le juge, m'ont révélé que les citoyens de ce district sont travailleurs et respectueux des lois, ce qui est une très agréable constatation pour un magistrat. Quant au manque de personnes éminentes, mon honorable hôte est beaucoup trop modeste ! En plus d'une personnalité aussi distinguée que la sienne, n'avons-nous pas à Han-yuan le fameux conseiller impérial Liang Meng-kouang qui, m'a-t-on dit, a choisi cet endroit pour y finir ses jours ?

Han leva sa tasse vers le juge et répliqua :

— La présence du conseiller Liang est un grand honneur pour cette ville ! Nous regrettons que l'état de sa santé l'empêche depuis six lunes de nous dispenser ses précieux enseignements.

Il vida sa tasse d'un trait ; le juge Ti pensa que son hôte buvait un peu trop.

— Il y a une quinzaine de jours, dit-il, je me suis rendu chez le vieux conseiller pour lui faire une visite de courtoisie, mais on m'a déclaré qu'il était souffrant. J'espère que ce n'est pas très grave ?

Han regarda un instant le juge avant de répondre :

— Le conseiller a près de quatre-vingt-dix ans. À part quelques rhumatismes et de petits ennuis avec sa vue, il jouissait jusqu'ici d'une santé remarquable pour une personne de son âge. Mais, il y a six lunes, son cerveau... Je crois que Votre Excellence ferait mieux de se renseigner auprès de Liou Fei-po à ce sujet ; leurs jardins sont contigus et il rencontre le conseiller plus souvent que moi.

— J'ai été fort étonné d'apprendre que Liou Fei-po était un négociant, remarqua le magistrat. Son physique, son allure, ses manières, tout en lui évoque le fonctionnaire impérial !

Baissant la voix, Han répondit :

— Il s'en est fallu de peu qu'il en soit un. Liou appartient à une vieille famille de la capitale et commença ses études avec l'intention de suivre la carrière administrative. Mais il ne fut pas reçu au second examen et en ressentit une telle amertume qu'il abandonna ses livres et se fit négociant. Sa réussite dans ce nouveau domaine fut si complète qu'il est à présent l'un des hommes les plus riches de notre province. Ses entreprises commerciales couvrent tout l'Empire, c'est pourquoi il voyage tant. Mais ne faites jamais allusion devant lui à ce que je viens de vous dire, car il n'a pas encore digéré son échec littéraire[1] !

Le juge fit un signe d'assentiment. Tandis que son voisin continuait à vider coupe sur coupe, il écouta négligemment ce qui se disait aux autres tables. Le jovial Kang Tchong venait de lever sa tasse vers Liou Fei-po en s'écriant :

— À la santé des jeunes mariés ! Puissent-ils couler des jours heureux jusqu'à ce que leurs têtes soient devenues blanches !

Tous battirent des mains, mais Liou Fei-po se contenta de s'incliner légèrement.

Se penchant vers le juge, Han Sei-yu lui murmura :

— Liou a une fille qui s'appelle Fée-de-la-Lune[2]. Elle a épousé, hier, le fils unique du docteur Tchang. Le docteur Tchang est un ancien professeur de littérature classique qui habite de l'autre côté de la ville. Le mariage s'est célébré chez lui et les invités ont fait montre

---

1. *Examens littéraires.* — Dans ces examens triennaux les candidats avaient à exposer leur connaissance des « livres classiques » (ensemble des enseignements confucéens) en composant des poèmes et des essais sur des thèmes donnés. C'est parmi les lauréats des examens du troisième degré que se recrutaient les magistrats de district, base de la colossale pyramide formée par l'ancien système administratif chinois. Ce sont ces lettrés-fonctionnaires que les Occidentaux nomment « mandarins », mot d'origine indo-portugaise (*NdT*).

2. *Fée-de-la-Lune.* — Une vieille légende raconte que Tch'ang Ngo, la belle épouse d'un chef de clan légendaire, s'empara de l'élixir d'immortalité offert par les dieux à son mari pour le remercier d'un service rendu. Grondée par son époux furieux d'être ainsi frustré de sa récompense, elle alla se réfugier dans la lune. De nos jours encore, à la Fête de la mi-automne, les théâtres chinois donnent une pièce appelée *Tch'ang Ngo s'envole dans la lune*, et l'on dit couramment d'une jolie femme : « Elle est belle comme la Fée de la Lune ! » (*NdT*).

d'une gaieté... un peu tapageuse. Élevant la voix, Han ajouta : Notre savant professeur nous manque. Il avait promis d'être des nôtres ce soir, mais au dernier moment il s'est fait excuser. Le vin servi à sa propre table s'est probablement montré trop capiteux !

Tout le monde éclata de rire, à l'exception de Liou Fei-po qui se contenta de hausser les épaules en conservant son air morose. Le juge se dit que le riche négociant avait peut-être, lui aussi, fait trop honneur au festin nuptial. Il lui présenta ses félicitations, ajoutant :

— Je regrette que le professeur ne soit pas venu. Sa conversation aurait sans doute été des plus intéressantes.

— Un simple marchand comme moi ne prétend pas comprendre la littérature classique, répliqua sèchement Liou, mais j'ai entendu dire que les bonnes mœurs ne sont pas toujours les compagnes fidèles du savoir.

Il y eut un silence gêné.

Han fit signe aux garçons qui roulèrent rapidement les rideaux de bambou. Tous les convives posèrent leurs baguettes pour admirer la splendeur du spectacle nocturne. On était à présent loin du rivage et les milliers de lumières de Han-yuan se réfléchissaient sur la nappe sombre du lac tandis que le bateau se balançait mollement sur place. Dans la cale, les rameurs mangeaient leur riz du soir.

Le rideau en perles de cristal placé à gauche du juge s'écarta soudain avec un tintement musical. Six courtisanes apparurent et vinrent s'incliner profondément devant l'invité d'honneur.

Han Sei-yu fit signe à deux d'entre elles qui demeurèrent près d'eux tandis que leurs compagnes se dirigeaient vers les autres convives.

Han présenta la première jeune femme au juge Ti.

— Voici mademoiselle Fleur-d'Amandier, dit-il. Nous admirons tous son grand talent de danseuse.

Bien qu'elle gardât les yeux modestement baissés, le juge remarqua le charme de son visage aux traits réguliers mais à l'expression un peu froide. L'autre courtisane, mademoiselle Anémone, semblait d'un naturel plus enjoué : quand ce fut son tour d'être présentée au magistrat, elle lui sourit immédiatement.

Tandis que mademoiselle Fleur-d'Amandier remplissait la coupe du juge, ce dernier s'enquit du nombre de ses verts printemps.

— Dix-neuf, tous inutilement gaspillés, répondit-elle.

Sa voix douce était celle d'une personne cultivée et son accent rappela au juge celui de sa province natale. Agréablement surpris, il lui demanda si elle n'était pas originaire du Chan-si.

Elle leva la tête pour acquiescer d'un air grave. À présent qu'il voyait tout l'éclat de ses grands yeux, le juge découvrit à quel point mademoiselle Fleur-d'Amandier était belle. Mais il nota aussi dans son regard une sorte de feu sombre qui contrastait de façon curieuse avec la fraîcheur de sa jeunesse.

— J'appartiens à la famille Ti, de Tai-yuan, poursuivit-il. Dans quelle ville de notre grand Empire avez-vous vu le jour ?

— Votre indigne servante est originaire de Ping-yang, répondit-elle.

Le juge Ti la fit boire dans sa propre coupe. Il s'expliquait maintenant l'étrange regard de son interlocutrice. Ping-yang était un district situé à quelques milles au sud de Tai-yuan, et ses femmes avaient la réputation d'être quelque peu sorcières. Elles connaissaient les incantations qui guérissent les malades, et certaines d'entre elles passaient même pour pratiquer la magie noire. Le juge se demanda comment une fille aussi belle — et visiblement de bonne famille — avait pu quitter le lointain Chan-si pour venir exercer la triste profession de courtisane dans leur petit district. Il se mit à bavarder avec elle, évoquant les beaux paysages de Ping-yang et les vestiges historiques qui abondent dans cette région.

Pendant ce temps, Han Sei-yu jouait au jeu des poèmes avec mademoiselle Anémone. Chacun récitait à son tour un vers. Celui des deux partenaires qui se montrait incapable de dire aussitôt le vers suivant était mis à l'amende et devait vider une tasse de vin. À en juger d'après le manque de netteté de sa diction, Han avait dû perdre souvent. Renversé sur son siège, il contemplait l'assemblée avec un sourire béat, et sous ses lourdes paupières ses yeux semblaient sur le point de se fermer. Mademoiselle Anémone avait fait le tour de la table pour mieux voir son partenaire et suivait avec beaucoup d'intérêt ses efforts pour rester éveillé. Soudain elle pouffa et dit à Fleur-d'Amandier debout entre Han et le juge :

— Je vais lui chercher du vin bien chaud. Cela le remettra d'aplomb ! Pivotant sur elle-même, elle trottina jusqu'à la table des frères Kang et s'empara d'un gros cruchon qu'un serviteur venait d'apporter.

À côté du juge, Han Sei-yu ronflait doucement. Maussade, le magistrat se dit qu'avec des convives déjà ivres morts, le souper allait manquer d'agrément ; il cherchait quel prétexte invoquer pour partir le plus tôt possible quand il entendit soudain mademoiselle Fleur-d'Amandier lui dire à voix basse mais de façon fort distincte :

— Il faut que je vous voie tout à l'heure, Seigneur Juge. Un dangereux complot se trame dans cette ville !

II

Le juge Ti admire la danse de la Fée des Nuages. Il fait une bien macabre découverte.

Le juge Ti se tourna vivement vers la courtisane, mais, évitant de le regarder, elle se pencha sur Han dont les ronflements venaient de cesser. Mademoiselle Anémone arrivait, tenant à deux mains un gobelet empli jusqu'au bord. Toujours sans regarder le magistrat, Fleur-d'Amandier dit rapidement :

— J'espère que Votre Excellence joue aux échecs...

Elle s'arrêta net en apercevant sa camarade et prit le gobelet qu'elle approcha des lèvres de Han Sei-yu. Celui-ci avala une longue gorgée de vin.

— Ah ! petite friponne, s'écria-t-il en riant, me crois-tu incapable de tenir moi-même ma coupe ? Il passa son bras autour de la taille de la jeune femme et ajouta : Si tu montrais à Son Excellence une de tes jolies danses ?

Fleur-d'Amandier acquiesça d'un sourire, puis, se dégageant prestement de son étreinte, lui fit une profonde révérence et disparut à travers la portière de cristal.

Han commença une description assez confuse des pas dansés par les courtisanes de Han-yuan. Le juge l'écoutait en hochant la tête ; il ne s'ennuyait plus du tout et pensait aux paroles de mademoiselle Fleur-d'Amandier. Son intuition ne l'avait donc pas trompé, une force malfaisante était à l'œuvre dans la ville. Dès que la danseuse aurait terminé son numéro, il s'arrangerait pour avoir un tête-à-tête avec elle. Une courtisane intelligente apprend bien des secrets en bavardant avec ses admirateurs !

L'orchestre attaqua un air vif scandé de battements de tambour. Deux jeunes femmes vinrent se placer au milieu de la salle et commencèrent une danse du glaive. Chacune d'elles tenait une longue lame et la pointait, la baissait, la retirait rapidement, ponctuant la musique du cliquetis de leurs armes.

Le coup de tambour final fut noyé sous d'enthousiastes applaudissements et le juge Ti complimenta son hôte.

— Simple exercice d'adresse, Votre Excellence ! répondit Han. Cela n'a aucun rapport avec l'art véritable. Attendez d'avoir vu la danse de Fleur-d'Amandier. Tenez, la voici !

Vêtue seulement d'une légère robe de soie blanche aux longues manches traînantes, la jeune courtisane s'avançait à son tour vers le centre de la salle. On la devinait nue sous la mince étoffe qu'une ceinture verte serrait à la taille. Une grande écharpe, verte également, couvrait ses épaules et descendait jusqu'au sol, et dans ses cheveux relevés en un haut chignon était piqué un nénuphar blanc, sa seule parure.

Secouant ses manches, elle fit signe aux musiciens et les flûtes préludèrent par une mélodie étrange qui semblait appartenir à un autre monde.

Fleur-d'Amandier leva lentement les bras au-dessus de sa tête et, les pieds fixés au sol, se mit à faire osciller ses hanches en mesure. Sa mince robe collante révélait la jeunesse de ses formes et le juge

DANSE DE LA FÉE DES NUAGES

Ti pensa qu'il avait rarement contemplé corps féminin aussi parfait.

D'une voix rauque, Han murmura :

— C'est la danse de la Fée des Nuages[1] !

Les castagnettes claquèrent. La jeune femme baissa les bras et, pinçant les deux extrémités de l'écharpe entre ses doigts, la fit tourbillonner autour d'elle en balançant son buste avec grâce. Cithares et violons reprirent le motif musical sur un rythme plus cadencé ; à leur tour les genoux de la danseuse s'animèrent et le mouvement onduleux monta progressivement tandis que ses pieds conservaient leur parfaite immobilité.

Le juge Ti n'avait jamais vu spectacle aussi fascinant. L'impassibilité hautaine du visage aux paupières à demi baissées ajoutait une sorte de piment voluptueux aux torsions de la souple silhouette, devenue le flamboyant symbole de la passion.

Tout à coup, le haut de la robe glissa, l'émouvante rondeur des jeunes seins apparut et un puissant fluide sensuel sembla se dégager de tout son corps. Le juge tourna les yeux vers les invités. Le vieux Kang Po fixait sa tasse d'un air absent, les sourcils froncés. En revanche, le regard de son cadet était rivé sur la jeune femme ; sans la quitter des yeux, il murmura quelque chose à monsieur

1. *La Fée des Nuages.* Les nuages ont parfois une signification sexuelle dans la cosmogonie chinoise. L'homme y est considéré comme un microcosme et son union avec la femme est, en petit, une réplique du mariage cosmique du Ciel et de la Terre, dans lequel les nuages sont l'ovule terrestre fécondé par la pluie, semence céleste.
Une charmante histoire contée par le poète Song Yu (IIIe siècle avant J.-C.) décrit ainsi l'aventure arrivée à un prince des temps anciens en promenade près de Kao-t'ang : « Fatigué, il s'endormit dans la campagne et rêva qu'une inconnue s'avançait vers lui. "Je suis la Dame de la Montagne Wou, lui dit-elle, et je réside en ce moment à Kao-t'ang. Ayant appris que vous étiez ici, je suis venue partager couche et oreiller avec vous." Le prince s'unit à elle. En le quittant, elle lui dit : "Ma demeure se trouve sur le versant méridional de la Montagne Wou. À l'aube, je suis le nuage matinal, le soir, je suis la pluie qui tombe..." » Cette dernière phrase séduisit immédiatement un peuple amateur de symboles poétiques et d'allusions littéraires, et l'étreinte de deux amants devint pour les Chinois : l'« affaire des nuages et de la pluie ». Dans une littérature amoureuse plus tardive, on trouve des images comme celles-ci : « Lorsque la pluie fut tombée, les nuages se dispersèrent », ou bien : « Le nuage enfin creva et répandit l'ondée bienfaisante », qui sont autant d'allusions à la rencontre du prince d'autrefois et de la Fée de la Montagne Wou. Toutes ces choses sont racontées dans le passionnant et très érudit ouvrage de Robert Van Gulik intitulé *Sexual Life in Ancient China*, Édit. Leyde, 1961, (*La Vie sexuelle dans la Chine ancienne*, Gallimard, Paris, 1987), auquel nous renvoyons le lecteur désireux d'en savoir plus long à ce sujet *(NdT)*.

Wang, assis à côté de lui. Tous deux eurent un déplaisant petit rire.

— Ceux-là, ce n'est pas la danse qui les intéresse ! fit sèchement remarquer Han Sei-yu. La demi-ébriété dans laquelle il se trouvait n'entamait évidemment par sa faculté d'observation.

Monsieur Peng et monsieur Sou semblaient en extase, mais l'attitude de Liou Fei-po frappa le juge. Tandis que son visage impérieux était figé dans une expression impassible, ses lèvres minces se serraient comme malgré lui et son regard brûlant trahissait une haine violente mêlée de désespoir.

La musique se fit plus douce et devint mélodie tendre, presque murmurée. Fleur-d'Amandier décrivait un grand cercle sur la pointe des pieds, exécutant à chaque pas une pirouette qui faisait voler autour d'elle ses longues manches et son écharpe vaporeuse. Le rythme s'accéléra... La danseuse se mit à tourner de plus en plus vite. On eût dit à présent que ses orteils ne touchaient plus le sol et qu'elle flottait au milieu de nuages arrondis figurés par la gaze verte et les manches virevoltantes.

Un coup de gong assourdissant claqua soudain. L'orchestre se tut et la danseuse s'arrêta net, semblable à une statue de marbre ; seuls ses beaux seins nus continuèrent à se soulever doucement dans le profond silence de la salle.

Elle baissa enfin les bras, enroula l'écharpe autour de ses épaules, et vint s'incliner devant la table du juge Ti. Puis, tandis qu'éclatait un tonnerre d'applaudissements, elle se hâta vers la porte et disparut à travers le rideau de cristal.

— Quelle extraordinaire artiste ! déclara le juge à son voisin de table. Elle est digne de paraître devant l'empereur !

— C'est exactement ce que nous a dit l'autre jour un haut fonctionnaire de la capitale — un ami de Liou Fei-po — qui l'a vue danser au cours d'une fête. Il a proposé au maître de la jeune femme de parler d'elle à la Duègne du Sérail impérial. Mais Fleur-d'Amandier refuse absolument de quitter notre ville... et nous lui en sommes tous très reconnaissants.

Le juge se leva. Haussant sa coupe, il proposa un toast en l'honneur des charmantes courtisanes de Han-yuan, geste qui suscita un grand enthousiasme parmi les convives. Le magistrat se dirigea ensuite vers la table de Kang Po et entama une conversation polie avec le marchand de soie et ses deux voisins pendant que Han Sei-yu complimentait le chef des musiciens.

Le vieux monsieur Kang Po avait évidemment fait honneur au vin. Des taches rouges marbraient son visage maigre et la sueur lui coulait du front. Il réussit cependant à répondre de façon cohérente aux questions du juge sur le commerce local. Après un petit silence, son cadet Kang Tchong dit en souriant :

— L'humeur de mon aîné est meilleure ce soir ! Ces derniers jours il n'a cessé de se faire du mauvais sang à propos d'une affaire parfaitement sûre !

— Une affaire parfaitement sûre ? répliqua Kang Po avec colère. Tu oses appeler un prêt à ce Wan Yi-fan une affaire parfaitement sûre ?

— Qui ne risque rien ne gagne rien ! plaisanta le juge Ti pour le calmer.

— Wan Yi-fan est une fripouille ! s'obstina Kang Po.

— Seuls les imbéciles attachent crédit aux ragots ! laissa tomber Kang Tchong.

— Je... je refuse de me laisser insulter par un frère-né-après-moi ! bégaya le vieillard au comble de la fureur.

— Ton frère-né-après-toi a le devoir de te faire connaître la vérité, répliqua Kang Tchong.

— Allons, en voilà assez... dit derrière eux une voix grave. Qu'est-ce que Son Excellence va penser de nous ?

Tout en parlant, Liou Fei-po avait rempli leurs tasses et, soudain apaisés, les deux frères burent à leurs santés réciproques.

Le juge Ti profita de la circonstance pour demander à Liou des nouvelles du conseiller Liang.

— Monsieur Han, ajouta-t-il, m'a dit que votre demeure touchait celle du conseiller et que vous le voyiez fréquemment.

— Il y a six mois encore, oui. Le conseiller me faisait alors souvent l'honneur de m'inviter à le joindre dans ses promenades, car nos deux propriétés communiquent par une petite porte. Mais, à présent, il n'est plus le même homme. Il a des absences, sa conversation devient de plus en plus confuse, et il lui arrive même de ne pas me reconnaître. Je ne l'ai pas vu depuis plusieurs mois. Que c'est donc triste, Votre Excellence, d'assister au déclin d'un grand esprit !

Monsieur Peng et monsieur Wang vinrent se joindre au petit groupe. Han Sei-yu apporta une cruche de vin et insista pour remplir les tasses de tous les convives. Le juge bavarda un instant encore avec les deux maîtres de Guilde, puis regagna sa table. Han avait déjà repris sa place et plaisantait avec mademoiselle Anémone. En s'asseyant à son tour, le juge demanda :

— Où donc est Fleur-d'Amandier ?

— Oh, elle va revenir, répondit son hôte sans s'émouvoir. Quand ces filles se remettent du rouge et de la poudre, elles perdent la notion du temps !

Le juge regarda autour de lui. Tous les invités étaient de nouveau attablés et attaquaient le second service, un plat de poisson farci. Les quatre courtisanes versaient du vin dans les gobelets de chacun, mais Fleur-d'Amandier demeurait invisible.

— Allez jusqu'à la loge des danseuses, commanda le juge à mademoiselle Anémone, et dites à votre compagne que nous l'attendons.

— Ah ! ah ! s'exclama Han, je vois que les charmes rustiques de nos belles ont fait une favorable impression sur Votre Excellence. C'est un grand honneur pour Han-yuan !

Il y eut un éclat de rire général, auquel le juge se joignit poliment. Mademoiselle Anémone reparut bientôt.

— C'est étrange, dit-elle, notre Mère-adoptive affirme que Fleur-d'Amandier a quitté la loge il y a un moment déjà, mais j'ai regardé dans toutes les chambres sans la trouver !

Priant son hôte de l'excuser, le juge Ti se leva et sortit par la porte de droite. Empruntant l'allée de tribord, il gagna l'arrière.

Là, on ne s'ennuyait pas. Le sergent Hong, Tsiao Taï et Ma Jong étaient assis sur la banquette placée contre la cabine, une petite jarre de vin entre les genoux et une tasse à la main. Une demi-douzaine de serviteurs, accroupis en demi-cercle autour d'eux, étaient suspendus aux lèvres de Ma Jong qui terminait une histoire risquée. Se frappant le genou du poing, le colosse conclut :

— Et à ce moment précis, le lit s'effondra !

Tous partirent d'un grand éclat de rire. Le juge tapa sur l'épaule du conteur qui leva la tête et donna aussitôt un coup de coude à ses camarades. Les trois hommes se levèrent et suivirent leur maître à tribord.

— Une danseuse vient de disparaître, expliqua le magistrat. Je crains un accident. L'un de vous a-t-il vu passer une jeune femme ?

Le sergent Hong secoua la tête.

— Non, noble juge, dit-il. Nous étions assis face à l'arrière du bateau, devant l'écoutille qui dessert la cuisine et la cale. Nous avons vu les garçons aller et venir, mais pas de femme.

À ce moment, deux serviteurs apparurent, se dirigeant vers l'avant. Interrogés, ils répondirent qu'ils n'avaient pas aperçu la danseuse depuis sa sortie de la salle du banquet.

— Et il y a peu de chances pour que nous la rencontrions, ajouta le plus âgé des deux, car le règlement nous oblige à toujours passer par tribord. La loge de ces demoiselles est à bâbord, ainsi que la grande chambre. En principe, nous n'allons de ce côté-là que lorsque nous en recevons l'ordre.

Le juge Ti hocha approbativement la tête. Il regagna l'arrière, suivi de ses trois lieutenants. Sentant que quelque chose d'anormal venait de se produire, les serviteurs entouraient le timonier et discutaient avec lui.

Le juge passa près du groupe et tourna vers bâbord. La porte de la première cabine était entrouverte. Il entra. Contre le mur du fond se trouvait une large couche en bois de rose sculpté que recouvrait une courtepointe de brocart. Deux bougies brûlaient dans des chandeliers d'argent posés sur une haute table, à droite d'une élégante coiffeuse et de deux tabourets. Il n'y avait personne dans la pièce.

Le juge ne s'arrêta pas. Il jeta un coup d'œil à travers le rideau de gaze de la cabine suivante, évidemment la loge des danseuses. Une imposante matrone vêtue de soie noire sommeillait dans un fauteuil et une servante pliait des robes de couleurs vives.

La dernière fenêtre, celle du salon, était ouverte. Personne ne s'y trouvait.

— Votre Excellence a-t-elle regardé sur le pont supérieur ? demanda Tsiao Taï.

Le juge secoua la tête et se hâta vers l'escalier central. Son lieutenant avait raison, Fleur-d'Amandier était sûrement montée sur le toit des cabines pour y chercher la fraîcheur, pensa-t-il.

Un regard cependant suffit à lui prouver que personne ne se trouvait là-haut. Il redescendit et resta un long moment au pied de l'escalier, caressant sa barbe noire d'un air songeur. Anémone ayant déjà visité les chambres de tribord, où donc pouvait bien être la danseuse ?

— Examinez toutes les cabines, commanda-t-il à ses lieutenants. Et n'oubliez pas les lavabos.

Il revint dans l'allée de bâbord et s'appuya contre le bastingage, non loin de la coupée. Les bras croisés dans ses larges manches, il contempla l'eau noirâtre. Il n'y avait pas le moindre souffle d'air et la chaleur était étouffante. Dans la salle du banquet, les convives étaient de plus en plus bruyants, le son de leurs voix joyeuses venait jusqu'à lui, accompagné de lambeaux de musique.

Comme il se penchait sur la rambarde pour mieux voir le reflet des lanternes multicolores, il sentit soudain son estomac se contracter : affleurant la surface de l'eau, un visage livide le fixait de ses yeux grands ouverts.

III

Le tribunal siège dans un décor inhabituel — La soubrette de mademoiselle Fleur-d'Amandier décrit une hideuse apparition.

Un simple coup d'œil suffit au juge : la danseuse était retrouvée.

Il s'apprêtait à descendre le long de l'échelle de coupée quand Ma Jong apparut. Sans un mot, le magistrat lui désigna du doigt sa trouvaille.

L'ancien chevalier des vertes forêts poussa un juron. Il dégringola rapidement les échelons, prit le corps dans ses bras et le remonta sur le pont. Le juge lui fit signe de le suivre dans la grande cabine, et là tous deux étendirent le cadavre sur la couchette.

— Cette malheureuse pèse plus que je n'aurais cru, remarqua Ma Jong en tordant ses manches. Je suppose qu'on a fourré quelque chose de lourd dans sa veste.

Le juge n'entendit pas la remarque de son lieutenant. Il contemplait le visage de la morte dont les yeux le fixaient toujours. Elle avait encore son costume de soie blanche et s'était contentée d'enfiler pardessus une veste de soie verte. La robe mouillée collait à son corps, moulant ses formes pures d'une façon un peu gênante. Le juge Ti frissonna. Quelques instants plus tôt, la jeune femme dansait, charmante et pleine de vie... et voilà ce qu'elle était devenue.

Chassant de son esprit ces désagréables pensées, il se pencha sur le cadavre pour examiner une meurtrissure qui bleuissait sa tempe droite, puis il essaya de clore les yeux obstinément fixés sur lui. N'y parvenant pas, il sortit un mouchoir de sa manche et en couvrit le visage de la morte.

Le sergent Hong et Tsiao Taï arrivèrent à cet instant. Se tournant vers eux, le juge expliqua :

— Ce cadavre est celui de mademoiselle Fleur-d'Amandier. Elle a été assassinée, on pourrait presque dire sous mes yeux. Mets-toi devant la porte, Ma Jong, et ne laisse entrer personne. Je ne veux être dérangé sous aucun prétexte. Si l'on t'interroge, pas un mot de tout ceci.

Il souleva le bras inerte de la courtisane et fouilla sa manche droite. Non sans difficulté, il en retira un lourd brûle-parfum de bronze qu'il tendit au sergent. Il examina ensuite la table : sur le tapis de brocart rouge, entre les deux chandeliers, on distinguait trois légères dépressions. Il fit signe à Hong Liang de poser le brûle-parfum. Ses trois pieds correspondaient exactement aux trois creux. Le juge se laissa tomber sur l'un des tabourets.

— Méthode simple et sûre ! murmura-t-il. L'assassin attire cette malheureuse ici sous un prétexte quelconque. Il l'assomme par-derrière, fourre ce pesant brûle-parfum dans sa manche, et la fait glisser doucement le long de la coupée. Pas de choc bruyant sur l'eau et le cadavre va descendre jusqu'au fond du lac. Dans sa hâte, pourtant, le misérable ne s'aperçoit pas que sa manche s'est accrochée à un clou... ce qui n'empêche d'ailleurs pas sa victime d'être noyée, car ce lourd brûle-parfum a maintenu son visage sous l'eau. À quelques pouces seulement de la surface, peut-être ! D'un geste las, il passa la main sur son front et ajouta : Regarde s'il n'y a rien dans l'autre manche, sergent.

Hong Liang obéit. Il trouva seulement un paquet de petites cartes de visite rouges appartenant à la morte et un papier plié en quatre qu'il remit au juge[1].

Ce dernier ouvrit le feuillet avec précaution.

— C'est un problème d'échecs ! s'écrièrent en même temps Tsiao Taï et le sergent.

Le juge pensa immédiatement aux dernières paroles de la courtisane. Il demanda au sergent son mouchoir pour envelopper la feuille de papier mouillée et glissa le tout dans sa manche.

— Reste ici et garde cette cabine, commanda-t-il à Tsiao Taï. Le sergent et Ma Jong vont m'accompagner dans la salle du banquet où je procéderai à l'enquête préliminaire.

Tout en marchant, Ma Jong remarqua :

1. *Manches servant de poches.* — À l'époque du juge Ti, les vêtements chinois étaient dépourvus de poches, aussi fourrait-on dans les plis des larges manches tous les menus objets qu'on désirait emporter *(NdT)*.

— Nous n'aurons pas à chercher bien loin, Votre Excellence. L'assassin est forcément à bord !

Sans répondre, le juge écarta la portière de cristal et pénétra dans la grande salle.

Le souper touchait à sa fin et les invités mangeaient le dernier bol de riz traditionnel en bavardant gaiement. Lorsque Han Sei-yu aperçut le juge, il s'écria :

— Votre Excellence arrive à point ! Nous allions monter sur le pont supérieur pour admirer la lune.

Le magistrat ne répondit pas. S'approchant de la table, il frappa trois petits coups secs avec ses phalanges repliées en ordonnant :

— Silence, s'il vous plaît !

Tous le regardèrent, surpris.

— Permettez-moi d'abord, messieurs, de vous remercier de cette charmante petite fête, commença-t-il d'une voix claire. Il nous faut malheureusement l'interrompre. Comprenez bien que si j'agis à présent en magistrat et non plus en invité, c'est pour remplir mon devoir envers l'État et envers tous les citoyens de ce district, vous compris. Se tournant vers son voisin, il ajouta : Je dois vous prier de quitter cette table, monsieur Han.

Interloqué, Han Sei-yu se leva. Mademoiselle Anémone porta sa chaise près de celle de Liou Fei-po, et il se rassit en se frottant les yeux.

Le juge Ti se plaça bien au centre, et lorsque le sergent et Ma Jong furent debout à sa droite et à sa gauche, il reprit :

— Moi, votre magistrat, déclare ouverte la session de ce tribunal temporairement institué pour éclaircir les circonstances dans lesquelles la courtisane Fleur-d'Amandier a trouvé la mort. D'ores et déjà, je puis vous préciser qu'il s'agit d'un meurtre.

Il regarda son auditoire. Personne ne semblait saisir pleinement le sens de ses paroles. Il commanda au sergent Hong d'aller chercher le capitaine du bateau et d'apporter de quoi écrire.

Han Sei-yu venait de se ressaisir. Il chuchota quelque chose à Liou Fei-po. Ce dernier hocha approbativement la tête. Han se leva et dit :

— Cette façon de procéder est des plus irrégulière, Votre Excellence. Au nom des notables de Han-yuan, permettez-moi...

— Le témoin Han Sei-yu est prié de se rasseoir et de garder le silence jusqu'à ce qu'on l'interroge, trancha le juge Ti d'un ton froid.

Han devint cramoisi et se laissa retomber sur son siège.

Le sergent reparut, accompagné d'un homme au visage grêlé. Le magistrat lui donna l'ordre de s'agenouiller devant la table et de dessiner un plan de son bateau. Pendant qu'il se mettait à l'œuvre d'une main tremblante, le juge regarda de nouveau les convives. La brusque transformation d'une partie de plaisir en enquête criminelle les avait complètement dégrisés et tous semblaient mal à l'aise. Quand le capitaine eut terminé son croquis, il le posa respectueusement devant le juge. Celui-ci poussa la feuille vers le sergent Hong, lui commandant d'y indiquer la position des tables et le nom des personnes présentes. Le sergent fit signe à un garçon qui lui murmura le nom de chacun des invités à mesure que le sergent le lui désignait. D'une voix posée, le juge dit alors :

— Lorsque la courtisane Fleur-d'Amandier eut achevé sa danse, il y eut un va-et-vient général. Je vais vous demander de me dire, l'un après l'autre, à quel endroit précis vous vous êtes trouvés à ce moment-là.

Monsieur Wang se leva. Avec un dandinement qui le faisait ressembler à un canard empressé, il vint s'agenouiller devant la grande table et déclara :

— L'insignifiante personne prosternée devant Votre Excellence la supplie respectueusement de lui permettre d'exposer une idée. Le juge ayant acquiescé, le gros homme poursuivit : La nouvelle stupéfiante de cet horrible assassinat nous bouleverse tous. Mais, si terrible que soit cette affaire, nous devons considérer la situation en toute objectivité.

« Au cours de ces dernières années, j'ai assisté à de nombreuses fêtes sur ce bateau et je puis affirmer que je le connais comme le dos de ma main. J'informe donc respectueusement Votre Excellence que dans sa cale se trouvent dix-huit rameurs. Douze manœuvrent les avirons et six autres les remplacent à tour de rôle. Loin de moi l'idée de dire du mal d'hommes qui, après tout, sont mes concitoyens, mais, Votre Excellence le découvrira bien tôt ou tard, ces rameurs sont, en général, des gens peu recommandables qui s'adonnent au jeu et à la boisson. C'est donc de ce côté-là qu'il faut chercher l'assassin. Ce ne serait pas la première fois qu'un coquin de cette espèce mieux tourné que les autres aurait eu une aventure avec quelque courtisane et soit devenu violent, pour peu que celle-ci manifestât l'intention de rompre avec lui.

Le maître de la Guilde des orfèvres se tut un instant. Après un coup d'œil inquiet à l'étendue sombre du lac, il reprit :

— Il y a autre chose que nous ne devons pas non plus perdre de vue. Un mystère a de tout temps plané sur ces eaux. Il est communément admis qu'elles viennent des entrailles mêmes de la terre et que certaines créatures innommables montent parfois de leurs profondeurs pour le plus grand dommage des vivants. Quatre personnes se sont noyées dans le lac cette année. On n'a jamais pu retrouver leurs corps, et les fantômes de ces malheureux ont été aperçus errant le soir dans notre ville.

« Je crois que mon devoir est d'attirer l'attention de Votre Excellence sur ces deux aspects de la question, afin de placer ce crime horrible dans sa véritable atmosphère et d'épargner à mes amis ici présents la honte d'être interrogés comme de vulgaires malfaiteurs.

Un murmure approbatif accueillit ce discours.

Le juge Ti frappa de nouveau la table. Regardant monsieur Wang bien en face, il déclara :

— J'écoute avec attention tout avis correctement exprimé. J'ai déjà envisagé le fait que le meurtrier pouvait appartenir au personnel de la cale. Le moment venu, je questionnerai l'équipage. Je ne suis pas non plus un mécréant et je ne rejette pas la possibilité d'une immixtion de créatures des ténèbres dans les affaires terrestres.

« Quant à l'expression : « de vulgaires malfaiteurs » employée par le témoin Wang, je ferai remarquer que tous les citoyens sont égaux devant ce tribunal. Aussi longtemps que l'assassin ne sera par découvert, les mêmes soupçons pèseront sur *tous* les passagers de ce bateau, aussi bien sur les invités que sur les rameurs ou les cuisiniers. Quelqu'un a-t-il autre chose à dire ?

Monsieur Peng se leva et vint s'agenouiller à son tour devant le tribunal improvisé. D'une voix tremblante, il demanda :

— Votre Excellence daignera-t-elle nous révéler de quelle manière l'infortunée jeune femme a trouvé la mort ?

— Ces détails ne peuvent être divulgués pour l'instant, répondit le juge. L'un de vous a-t-il encore une déclaration à faire ?

Personne ne prenant la parole, il continua :

— Chacun de vous a eu la possibilité de s'exprimer librement, je vous demande donc à présent de garder le silence et de me laisser, moi, votre magistrat, mener cette affaire comme je l'entends. Que le témoin Peng retourne à sa place et que le témoin Wang s'avance pour nous décrire ses mouvements depuis la sortie de la danseuse.

— Après le toast en l'honneur de nos courtisanes si gracieusement proposé par Votre Excellence, déclara aussitôt Wang, je suis sorti par la porte de gauche pour gagner le salon. Comme personne ne se trouvait là, j'ai emprunté le couloir central pour aller aux lavabos. En revenant ici, j'ai entendu les frères Kang se quereller et je me suis approché au moment où monsieur Liou rétablissait la paix entre eux.

— Avez-vous rencontré quelqu'un dans le couloir ou les lavabos ?

Wang secoua la tête. Le juge attendit que le sergent eût noté sa déposition et appela Han Sei-yu.

— Je suis allé dire quelques paroles aimables aux musiciens, expliqua Han d'un ton aigre, puis ayant brusquement éprouvé une sorte d'étourdissement causé, je suppose, par la chaleur, j'ai gagné l'avant-pont. Appuyé au portique d'entrée, j'ai admiré le spectacle de l'eau tranquille, et quand je me sentis un peu mieux, je me suis assis sur le cylindre de porcelaine placé à cet endroit. C'est là que m'a trouvé Anémone. Votre Excellence connaît le reste.

Le juge fit appeler le chef des musiciens, debout dans un coin avec ses hommes, et lui demanda :

— Pouvez-vous confirmer les paroles de monsieur Han ?

Le chef des musiciens regarda ses artistes qui se contentèrent de secouer négativement la tête. Il répondit d'un ton désolé :

— Non, Seigneur Juge. Nous étions occupés à accorder nos instruments et nous n'avons pas levé les yeux avant la venue de mademoiselle Anémone. À ce moment, je suis sorti avec elle et nous avons vu monsieur Han assis à l'endroit qu'il vient d'indiquer.

— Vous pouvez reprendre votre place, dit le juge à Han Sei-yu. Il fit ensuite venir Liou Fei-po. Liou semblait moins maître de lui que précédemment et un léger tic crispait le bas de son visage. C'est cependant d'une voix ferme et bien assurée qu'il expliqua :

— Lorsque la courtisane eut terminé sa danse, je vis que mon voisin, le maître de Guilde Peng, ne semblait pas à l'aise. Juste après que monsieur Peng eut quitté la salle du banquet, je conduisis donc monsieur Peng sur le pont, en passant par la porte de gauche. Pendant qu'il se penchait au-dessus du bastingage, j'allai aux lavabos qui se trouvent dans le fond du couloir, puis je revins sans avoir rencontré personne. Peng me dit qu'il se sentait mieux, et nous avons regagné ensemble la salle à manger. Les frères Kang se disputaient ; afin de les réconcilier, je leur proposai de boire une tasse de vin. C'est tout.

Le juge Ti remercia Liou d'un signe de tête et fit appeler monsieur Peng. Ce dernier confirma dans tous ses détails la déclaration de Liou. Ce fut ensuite au tour de monsieur Sou de parler.

Fronçant ses épais sourcils, le maître de Guilde lança un regard dépourvu d'aménité au juge Ti, et, d'une voix monocorde, commença :

— Le pauvre marchand de jade que je suis confirme avoir vu d'abord Wang, et ensuite monsieur Liou, quitter la pièce. Resté seul à notre table, j'ai bavardé un peu avec les deux courtisanes qui avaient exécuté la danse du sabre. L'une d'elles me fit remarquer une large tache de sauce de poisson sur ma manche gauche. Je me rendis donc dans la seconde cabine du couloir. Cette chambre m'est réservée, et mon serviteur y a porté mes objets de toilette et des vêtements. Je changeai rapidement de robe. Quand je fus de nouveau dans le couloir, j'aperçus Fleur-d'Amandier qui sortait du salon. Je la rejoignis et la complimentai sur sa danse. Elle paraissait surexcitée. M'ayant dit que nous pourrions parler plus tard dans la salle du banquet, elle se dirigea vers bâbord et tourna à gauche. Je revins ici par la porte de tribord. Peng, Wang et monsieur Liou n'étaient pas encore de retour, je repris ma conversation avec les deux courtisanes.

— Comment Fleur-d'Amandier était-elle habillée quand vous l'avez aperçue ?

— Elle portait encore son costume de danse, Votre Excellence, mais elle avait jeté par-dessus une courte veste de brocart vert.

Le juge renvoya monsieur Sou et dit à Ma Jong d'aller chercher la duègne.

Après s'être agenouillée à son tour, cette imposante personne expliqua que son mari était le propriétaire de la maison du quartier des Saules à laquelle appartenaient Fleur-d'Amandier et ses cinq compagnes.

— Quand avez-vous vu Fleur-d'Amandier pour la dernière fois ? demanda le juge.

— Lorsqu'elle est revenue après sa danse, Votre Excellence. Comme elle était belle ! Je lui ai dit : « Tu ferais bien de te changer tout de suite, ma poulette. Te voilà en sueur, tu vas attraper froid ! » Et j'ai commandé à la servante de lui préparer sa jolie robe bleue. Mais voilà-t-il pas que notre Fleur-d'Amandier repousse brusquement la petite, enfile sa veste verte, et pftt... la voilà partie ! Je ne l'ai pas revue depuis, Notre Juge, cela, je suis prête à le jurer ! Comment la pauvre mignonne a-t-elle été tuée ? Notre servante m'a raconté une histoire tellement curieuse... Elle m'a dit que...

— C'est suffisant ! l'interrompit le juge. Je vous remercie, Madame. Puis il fit signe à Ma Jong d'aller chercher la soubrette.

Elle arriva, secouée de gros sanglots. Tandis que Ma Jong lui tapotait paternellement le dos pour la rassurer, elle s'écria :

— C'est ce monstre de malheur qui l'a emportée, Seigneur Juge ! S'il vous plaît, donnez l'ordre de retourner à terre avant qu'il n'emmène aussi le bateau au fond du lac !

— Quel monstre ? demanda le juge, surpris.

— L'horrible monstre qui lui faisait des signes de l'autre côté de la fenêtre. Je l'ai vu comme je vous vois, Votre Excellence. C'était juste au moment où notre Mère-adoptive me disait de préparer la robe bleue. Et mademoiselle Fleur-d'Amandier l'a bien vu aussi ! Il lui faisait signe de venir, Seigneur Juge, elle ne pouvait pas désobéir à l'appel d'un fantôme, n'est-ce pas ?

Un murmure étouffé monta de l'auditoire. Le juge frappa sur la table.

— À quoi ressemblait ce fantôme ? demanda-t-il.

— C'était un énorme monstre tout noir, Votre Excellence. Je l'ai bien vu à travers la gaze du rideau ! Dans une main il tenait un grand couteau, et de l'autre il lui faisait signe !

— Pourriez-vous me décrire les vêtements qu'il portait ?

— Mais ce n'était pas un homme, Votre Excellence, c'était un monstre ! protesta la pauvre fille. Il n'avait pas forme humaine... c'était juste une sorte d'affreuse ombre toute noire !

Le juge regarda Ma Jong qui fit immédiatement sortir la petite servante.

Le magistrat entendit ensuite Anémone et ses quatre compagnes. À l'exception d'Anémone, sortie sur l'ordre du juge pour chercher la danseuse, aucune des courtisanes n'avait quitté la salle. Elles étaient restées à bavarder, soit ensemble, soit avec monsieur Sou ; elles n'avaient pas vu monsieur Peng, monsieur Wang ou monsieur Liou s'absenter et elles étaient incapables de préciser le moment exact du retour de monsieur Sou.

Le juge Ti se leva.

— Je vais interroger les garçons et l'équipage sur le pont supérieur, dit-il. La chaleur sera peut-être moins accablante là-haut.

Tandis qu'il grimpait les marches roides qui conduisaient au toit des cabines, Ma Jong et le capitaine partirent rassembler l'équipage.

Le magistrat s'assit sur un siège cylindrique en porcelaine, près du garde-fou, et repoussa son bonnet. « Il fait aussi étouffant ici qu'à l'intérieur ! » murmura-t-il.

Le sergent s'empressa de lui offrir son éventail, en disant d'un ton découragé :

— Cet interrogatoire ne nous a pas beaucoup avancés, Votre Excellence !

— Oh, je ne sais pas trop ! répliqua le juge en manœuvrant l'éventail avec vigueur. Il a certainement clarifié la situation. Auguste Ciel, ce Wang n'a pas menti en nous assurant que l'équipage était composé de gens sans aveu ! Quelles mines peu engageantes !

Les rameurs arrivaient sur la plate-forme en grommelant entre leurs dents, mais quelques mots du capitaine, ponctués de jurons par Ma Jong, leur firent vite adopter une attitude plus respectueuse. Les garçons et les cuisiniers se placèrent à côté d'eux. Quant au timonier et aux serviteurs, le juge ne trouva pas nécessaire de les interroger car le sergent l'assura qu'ils avaient écouté les histoires gaillardes de Ma Jong avec trop d'attention pour songer à quitter leur place.

Le juge Ti commença par les garçons, mais ceux-ci ne savaient rien. Dès le début de la danse, ils étaient descendus se restaurer à la cuisine, et seul l'un d'entre eux, revenu un instant voir si les convives désiraient quelque chose, avait aperçu monsieur Peng penché sur le bastingage. Monsieur Peng vomissait de tout son cœur et monsieur Liou n'était pas avec lui à ce moment-là.

L'interrogatoire de l'équipage et des cuisiniers montra que personne n'avait quitté la cale. Quand le timonier leur eut crié à travers l'écoutille qu'ils pouvaient se reposer, les rameurs s'étaient mis à jouer et aucun d'eux n'avait abandonné ses dés une seconde.

Le capitaine examinait depuis quelques instants le ciel d'un air soucieux. Lorsque le juge se leva, il lui dit :

— Une belle tempête se prépare, Votre Excellence. Nous ferions bien de rentrer, ce bateau n'est pas facile à manœuvrer par gros temps.

Le juge acquiesça d'un air distrait et regagna la cabine où Tsiao Taï montait sa garde solitaire devant le corps de la courtisane morte.

IV

LE JUGE TI VEILLE UNE JEUNE MORTE — IL LIT DES LETTRES PASSIONNÉES ET DES POÈMES D'AMOUR.

AU MOMENT où le juge Ti s'asseyait devant la coiffeuse, un roulement de tonnerre déchira le silence, aussitôt suivi du crépitement de la pluie sur le toit de la cabine. Le bateau se mit à tanguer fortement.

Tsiao Taï courut fermer les volets. Le regard perdu, le juge caressait pensivement ses favoris. Debout derrière lui, le sergent et Ma Jong contemplaient la forme immobile étendue sur la couchette.

Quand Tsiao Taï eut de nouveau verrouillé la porte, le juge se tourna vers ses trois lieutenants et dit avec un morne sourire :

— Il y a seulement quelques heures, je me plaignais qu'il n'arrivât rien ! Il hocha la tête et poursuivit sur un ton plus grave : Nous voici devant un assassinat des plus mystérieux, avec une profusion de suspects et un brin de surnaturel par-dessus le marché !

Voyant Ma Jong jeter un regard anxieux à Tsiao Taï, il s'empressa d'ajouter :

— Si, au cours de l'interrogatoire, je n'ai pas repoussé l'idée qu'un fantôme puisse avoir trempé dans l'affaire, c'est uniquement pour dérouter le coupable. N'oubliez pas qu'il ignore encore où et comment nous avons découvert le cadavre. Il doit se demander par quel miracle sa victime n'a pas coulé à pic, car, je puis vous l'assurer, l'assassin est bien une créature de chair et de sang ! Je sais même pourquoi il a tué la danseuse !

Le juge leur fit part des révélations de Fleur-d'Amandier.

— C'est donc sur Han Sei-yu que mes soupçons se portent d'abord, conclut-il. Il est le seul qui ait pu, tout en feignant de dormir, surprendre les paroles de la courtisane. Mais s'il est coupable, c'est un acteur consommé !

— Il affirme être resté sur l'avant-pont, remarqua le sergent. Cependant, personne n'a confirmé ses dires. Il a très bien pu se diriger vers l'arrière et faire signe à la courtisane à travers la fenêtre.

— Mais ce long couteau dont parlait la servante ? demanda Ma Jong.

Le juge Ti haussa les épaules.

— L'imagination joue un rôle important dans cette affaire. N'oublions pas que la servante n'a raconté son étrange histoire qu'après avoir appris le meurtre de la danseuse. Elle a simplement vu un homme vêtu d'une large robe aux longues manches comme nous en portons tous. D'une main il faisait signe à Fleur-d'Amandier, de l'autre il devait tenir un éventail plié : voilà l'explication du couteau !

Le bateau tanguait de plus en plus. Une grosse vague vint s'écraser sur la coque avec un bruit assourdissant.

— Malheureusement, reprit le juge, Han est loin d'être notre unique suspect. Lui seul peut avoir entendu les paroles de Fleur-d'Amandier, mais n'importe quel autre invité a pu la voir me parler à voix basse. La façon dont elle chuchotait sans se tourner directement vers moi laissait deviner qu'il s'agissait d'un important secret et on l'aura tuée pour l'empêcher de m'en dire davantage.

— Cela fait donc quatre autres suspects, constata Tsiao Taï. Les maîtres de Guilde Wang, Peng et Sou, plus Liou Fei-po. Les frères Kang sont les seules personnes insoupçonnables, puisque Votre Excellence est sûre qu'ils n'ont pas quitté la salle du banquet. Tous les autres se sont absentés pendant un temps plus ou moins long.

— C'est exact, répondit le juge. Mais je parierais que le vieux Peng est innocent pour la bonne raison qu'il n'aurait pas eu la force d'assommer la danseuse et de porter son corps jusqu'à la coupée. J'avais d'abord pensé, avant de questionner l'équipage, à un complice de Peng parmi eux. Mais aucun des rameurs n'a quitté la cale.

— Han, Liou, Wang, ou bien Sou auraient parfaitement eu la force de la tuer, fit observer Tsiao Taï. Sou en particulier : c'est un très robuste gaillard.

— Après Han Sei-yu, monsieur Sou semble être notre meilleur candidat au titre d'assassin, constata le juge. Si c'est vraiment lui, c'est un dangereux criminel. Avec quel parfait sang-froid il a combiné son affaire pendant la danse de Fleur-d'Amandier, tachant exprès sa manche afin d'avoir un prétexte pour quitter plus tard la salle du festin. Ce qui lui fournissait aussi une bonne excuse pour changer de vêtement s'il éclaboussait sa robe en jetant le corps dans l'eau. Il a dû se rendre directement devant la fenêtre de la loge et faire signe à la danseuse de venir le retrouver. Ensuite il l'a assommée et l'a lancée dans le lac. C'est seulement après son mauvais coup qu'il est allé se changer. Va donc t'assurer tout de suite, Tsiao Taï, que la robe laissée par Sou dans sa cabine n'est pas mouillée.

— J'irai moi-même, si vous le permettez, Seigneur Juge, dit vivement Ma Jong. Il venait de remarquer la pâleur de son camarade et savait que Tsiao Taï n'avait pas le pied marin.

Le juge Ti acquiesça et Ma Jong revint presque aussitôt en s'exclamant :

— Il y a de l'eau partout, Votre Excellence ! Partout... sauf sur la robe de Sou ! Elle est absolument sèche.

— Bon, dit le juge. Cela ne prouve pas l'innocence de Sou, mais c'est un fait dont il faut tenir compte. Nos suspects sont donc : Han, Sou, Liou, Wang et Peng. Et dans cet ordre-là.

— Pourquoi donnez-vous la troisième place à Liou, Noble Juge ? demanda le sergent.

— Parce que, à mon avis, l'assassin était l'amant de la danseuse. Sinon, elle ne l'aurait pas rejoint dans cette cabine à son premier appel. La position d'une courtisane est bien différente de celle d'une simple prostituée. Cette dernière est tenue de se donner à qui verse le prix fixé, mais, avec une courtisane, les choses sont toutes différentes. Ses faveurs se gagnent par des soins assidus, et si l'on ne réussit pas à se faire bien voir d'elle, rien ne peut l'obliger à vous les accorder. Les femmes de cette classe rapportent plus par leur chant et leur danse qu'en dormant avec les clients, aussi ne les force-t-on jamais à coucher avec eux. Et cela est encore plus vrai d'une courtisane aussi cotée que Fleur-d'Amandier. Je vois très bien un homme du monde encore dans la fleur de l'âge comme Han Sei-yu ou Liou Fei-po gagner l'amour d'une belle danseuse. La chose n'est pas improbable non plus s'il s'agit de monsieur Sou. Il respire la force brutale, et certaines femmes ne sont pas insensibles à cela. Mais le rondouillard Wang ou le cadavérique Peng... non ! En vérité, je crois que nous pouvons rayer définitivement monsieur Peng de notre liste !

Ma Jong n'avait pas écouté les dernières paroles du juge ; il regardait la noyée avec épouvante et finit par s'écrier :

— Elle remue !

Tous les yeux se portèrent vers la couchette. Le roulis imprimait un léger mouvement de va-et-vient à la tête de la morte. Le mouchoir s'était déplacé, et la lumière vacillante des bougies faisait luire de façon étrange sa chevelure encore humide.

Le juge Ti vint se pencher sur la danseuse. Profondément ému, il contempla un instant le beau visage pâle dont les yeux étaient enfin clos, puis il le cala doucement au moyen de deux oreillers. Se rasseyant, il dit avec calme :

— Notre première tâche est donc de découvrir quel est celui de ces messieurs qui filait le parfait amour avec Fleur-d'Amandier. La meilleure méthode est de questionner les autres courtisanes de sa maison ; ces femmes ont rarement des secrets les unes pour les autres.

— Mais les leur faire raconter à un étranger, cela c'est une autre paire de manches, intervint Ma Jong.

La pluie avait cessé. Le bateau se tenait mieux, et Tsiao Taï semblait moins souffrir du gros temps.

— À mon avis, dit-il, le plus urgent, c'est d'aller fouiller sa chambre du quartier des Saules. L'assassin a été contraint d'agir à l'improviste, alors qu'il se trouvait déjà sur le bateau. Si la fille gardait chez elle des lettres ou d'autres preuves de leurs relations, il ira les détruire au plus tôt.

— Tu as raison, approuva le juge. Dès que nous serons à terre, Ma Jong va courir jusqu'au quartier des Saules et arrêtera toute personne qui essaierait de pénétrer chez la danseuse. Je vais m'y rendre moi-même en palanquin et nous fouillerons la chambre tous les deux.

Des cris annonçaient que le bateau approchait du débarcadère. Le juge se leva.

— Attends les sbires ici, dit-il à Tsiao Taï. Tu leur donneras l'ordre d'apposer les scellés sur cette cabine et tu laisseras deux hommes devant la porte. Je vais dire au propriétaire de la maison à laquelle appartenait Fleur-d'Amandier qu'il pourra faire procéder demain à la mise en bière.

En sortant sur le pont, ils virent que la lune avait fait sa réapparition. Mais combien était à présent sinistre le spectacle éclairé par ses

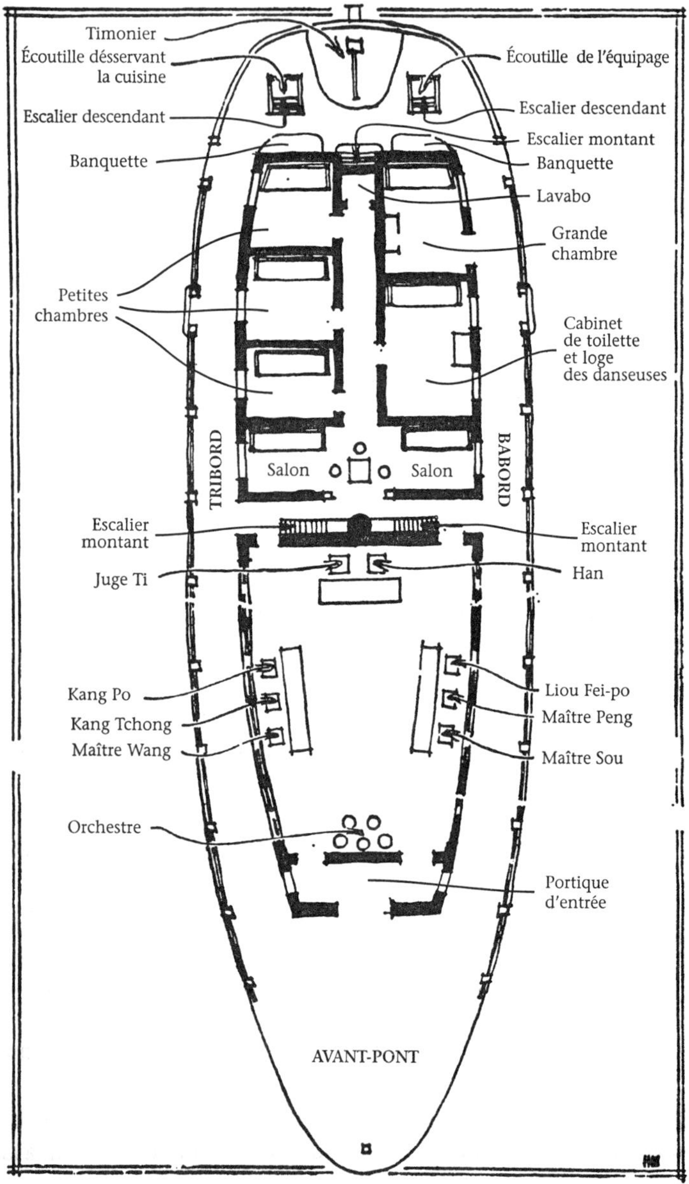

PLAN DU BATEAU-DE-FLEURS

rayons : la tempête avait emporté les gais lampions de couleurs, arraché les rideaux de bambou, et transformé le pimpant bateau de plaisir en une lamentable épave !

Une foule consternée attendait devant le débarcadère. Après les pénibles moments passés dans l'étroit salon où ils avaient cherché refuge contre les éléments déchaînés, les convives étaient tous en piteux état. Dès qu'ils eurent reçu l'autorisation de s'en aller ils rejoignirent en hâte leurs chaises à porteurs.

Le magistrat attendit qu'ils se fussent un peu éloignés et donna l'ordre à ses hommes de le conduire au quartier des Saules, à la maison où la courtisane avait vécu. Lorsque le palanquin traversa la première cour de la maison accueillante, le juge Ti et le sergent entendirent de bruyants éclats de rire : malgré l'heure tardive on festoyait encore dans le quartier de la joie !

Le patron se précipita vers eux. Quand il reconnut le magistrat, il fit trois fois le ko-téou et s'enquit respectueusement de l'objet de sa visite.

— Je viens examiner la chambre de la courtisane Fleur-d'Amandier, répondit le juge d'un ton sec. Montrez-nous le chemin.

Le tenancier les accompagna vers un large escalier en bois poli. Arrivés au premier étage, ils s'engagèrent dans un couloir sombre que bordait une suite de portes laquées de rouge. L'homme s'arrêta devant l'une d'elles, mais, au moment où il l'ouvrait, une poigne solide lui saisit le bras. Il poussa un hurlement de terreur.

— C'est le patron, lâche-le ! dit le juge. Après une courte pause, il ajouta : Mais comment es-tu venu ici ?

— J'ai pensé qu'il valait mieux qu'on ne me voie pas entrer, répliqua Ma Jong avec un large sourire. J'ai donc escaladé le mur du jardin, grimpé le long du balcon, et, ayant trouvé une servante endormie dans un coin, je me suis fait indiquer la chambre de la danseuse. Après cela, je vous ai tranquillement attendus, et je puis vous assurer que l'assassin n'a pas encore montré le bout de son nez.

— Parfait ! À présent, redescends avec le patron et surveille l'entrée.

Le juge s'assit devant la coiffeuse en ébène sculptée et ouvrit les tiroirs. Le sergent s'approcha des boîtes à vêtements en cuir laqué de rouge empilées près du lit monumental. La première portait sur son couvercle le caractère signifiant « été ». Il se mit à en examiner le contenu.

Dans le premier tiroir de la coiffeuse, le juge ne trouva que les habituels articles de toilette, mais celui du bas était rempli de cartes et de lettres. Il les parcourut rapidement. Quelques-unes venaient du Chan-si. La mère de Fleur-d'Amandier remerciait sa fille de l'argent envoyé par elle et donnait des nouvelles d'un jeune frère qui travaillait bien en classe. Le père semblait être mort. Ces lettres étaient rédigées dans un style très châtié, et le juge déplora une fois de plus qu'une fille d'un aussi bon milieu eût choisi pareille profession. Le reste se composait de lettres et de poèmes d'admirateurs. La signature de chacun des invités présents figurait sur ces documents — y compris celle de Han Sei-yu — mais comme il s'agissait uniquement d'invitations à souper ou de compliments sur sa danse écrits en termes cérémonieux, il était difficile d'établir la nature exacte des relations de la courtisane avec ces divers personnages.

Le juge rassembla tous les papiers en une liasse qu'il fourra dans sa manche.

— Voici d'autres lettres, Noble Juge ! s'exclama soudain le sergent Hong. Il tendit au magistrat un paquet enveloppé de papier de soie qu'il venait de découvrir dans le fond d'une des boîtes à vêtements. Au premier coup d'œil, le juge vit que, cette fois, il s'agissait bien de lettres d'amour ; leur ton était des plus passionné et toutes avaient pour signature le même pseudonyme : *L'Étudiant du bosquet de bambous.*

— Voilà son amant, déclara le juge avec satisfaction. Le style est excellent et la calligraphie très belle : cet homme doit faire partie du petit groupe de nos lettrés et nous pourrons l'identifier sans peine.

De minutieuses recherches ne firent rien découvrir de plus. Le juge alla s'accouder sur le balcon et contempla un moment les rayons de la lune que réfléchissait l'eau d'un petit étang couvert de lotus. Combien de fois la danseuse avait-elle admiré la beauté nostalgique de ce charmant décor ? Fâché de se laisser ainsi attendrir, le juge tourna brusquement le dos au jardin ; sans doute n'exerçait-il pas ses fonctions depuis assez longtemps pour garder l'impassibilité voulue devant la fin tragique d'une jolie femme ?

Il éteignit les bougies et, suivi du sergent Hong, regagna le rez-de-chaussée.

Ma Jong bavardait dans l'entrée avec le patron. En apercevant le magistrat l'homme s'inclina profondément.

Le juge croisa ses bras dans les larges manches de sa robe et déclara d'un ton sévère :

— Comme il s'agit d'un meurtre, j'aurais pu donner l'ordre à mes sbires de mettre votre maison sens dessus dessous et d'interroger tous vos clients. Je ne l'ai pas fait car cela ne me semble pas nécessaire pour l'instant, et ma règle est de ne causer d'ennuis à personne sans y être absolument obligé. Mais vous allez me rédiger un rapport détaillé contenant tout ce que vous savez sur la morte. Son vrai nom... son âge... à quelle date elle est entrée chez vous... dans quelles circonstances... quelles personnes elle fréquentait... quels étaient ses jeux favoris, etc. Je veux avoir ce rapport demain à la première heure en trois exemplaires.

Le tenancier se laissa tomber à genoux et exprima sa reconnaissance en une longue tirade. Sans l'écouter, le juge ajouta :

— Vous enverrez demain un homme des pompes funèbres prendre le corps. Et prévenez la famille de cette pauvre enfant.

Au moment où le magistrat se tournait vers la porte, Ma Jong murmura :

— Je prie Votre Excellence de m'autoriser à ne la rejoindre que plus tard.

Le juge vit son clin d'œil et acquiesça d'un signe de tête. Il monta dans son palanquin avec le sergent Hong, les sbires allumèrent leurs torches et le cortège remonta lentement les rues désertes de Han-yuan.

V

MA JONG RÉVÈLE LES PETITS SECRETS D'UNE DANSEUSE — UN SAVANT PROFESSEUR EST ACCUSÉ D'UN CRIME ATROCE.

QUAND, le lendemain, le sergent Hong vint prendre son service au lever du jour, il trouva le juge Ti tout habillé et déjà installé dans son cabinet situé derrière la salle d'audience.

Les lettres découvertes dans le coffre à vêtements de la courtisane étaient disposées en petites piles bien régulières sur son bureau. Tandis que le brave Hong lui versait une tasse de thé, il lui expliqua :

— Je viens de lire cette correspondance avec une grande attention, sergent. L'aventure de Fleur-d'Amandier avec celui qui signe *L'Étudiant du bosquet de bambous* a dû commencer il y a six lunes environ. Les premières lettres parlent d'amitié, les dernières sont brûlantes de passion. Il y a deux lunes, cependant, la température semble avoir un peu baissé, le ton n'est plus le même et certains passages sont peut-être des menaces déguisées. Il faut que je sache qui est cet homme !

— Notre premier scribe est un poète amateur, Noble Juge, répondit le vieux sergent, il occupe ses loisirs en servant de secrétaire à la société littéraire locale et pourra sans doute nous dire qui a pris ce pseudonyme.

— Parfait ! Tu iras tout à l'heure au greffe lui poser la question. Mais auparavant je veux te montrer quelque chose.

Le juge prit dans un tiroir de son bureau une mince feuille de papier et l'étala devant lui. Le sergent reconnut le problème d'échecs trouvé dans la manche de la morte. Tapotant le papier avec son index, le magistrat poursuivit :

— Hier soir, en revenant du quartier des Saules, j'ai examiné ce problème et je n'y comprends absolument rien ! Je ne suis certes pas un champion du jeu d'échecs, mais j'y ai beaucoup joué au temps où j'étais étudiant. Comme tu le vois, dix-sept lignes divisent l'échiquier dans le sens de la hauteur et dix-sept lignes dans le sens de la largeur, ce qui donne 289 points d'intersection. L'un des joueurs a 150 pions blancs, son partenaire le même nombre de pions noirs. Ces pions sont de petites pierres rondes, toutes de même valeur. Partant de l'échiquier vide, les deux joueurs posent alternativement un pion sur un point choisi par eux. Le but est de capturer le plus de pions possible à l'adversaire en les cernant de toutes parts, isolément ou en groupes. Les pions pris sont aussitôt retirés et le vainqueur est celui qui réussit à occuper le plus grand nombre de points sur l'échiquier.

— Cela paraît vraiment simple ! observa le sergent.

Le juge sourit.

— Les règles sont en effet fort simples, répondit-il, mais le jeu est si compliqué que la vie d'un homme ne saurait suffire à en saisir toutes les finesses !

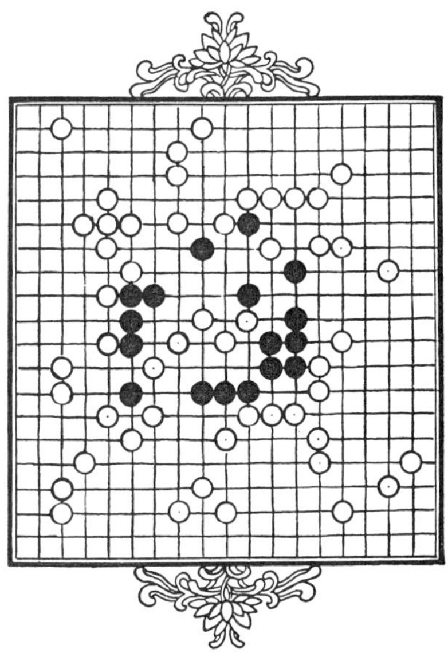

LE PROBLÈME D'ÉCHECS

« Les grands maîtres du jeu d'échecs ont publié de nombreux manuels illustrés de figures montrant les plus intéressantes parmi les positions que peuvent occuper les pions. Il existe aussi des recueils de problèmes avec explications détaillées. Cette feuille doit provenir d'un tel recueil. Ce doit même en être la dernière page, car on peut voir le mot « fin » imprimé en bas à gauche. Essaie donc de découvrir un amateur d'échecs et demande-lui de quel ouvrage il s'agit. Nous trouverons probablement l'explication de notre problème sur la page précédente.

À ce moment, Ma Jong et Tsiao Taï entrèrent dans le cabinet et vinrent saluer le juge. Dès qu'ils furent assis, le magistrat dit à Ma Jong :

— Je suppose qu'hier soir tu es resté avec l'intention de recueillir quelques renseignements sur Fleur-d'Amandier. As-tu appris quelque chose ?

Ma Jong posa ses poings massifs sur ses genoux et, le visage illuminé d'un grand sourire, commença :

— Votre Excellence a parlé, hier, de la possibilité d'obtenir des renseignements sur la vie privée de la courtisane en interrogeant d'autres filles de sa maison. Or il se trouve que lorsque nous avons traversé le quartier des Saules pour nous rendre au banquet, j'ai particulièrement remarqué une jolie fille debout sur un balcon. Pendant que Votre Excellence examinait la chambre de Fleur-d'Amandier, je l'ai décrite au propriétaire et cet homme obligeant l'a envoyée chercher. Elle se nomme Fleur-de-Pêcher... et je puis vous dire que ce nom printanier lui va tout à fait bien !

Ma Jong s'arrêta un instant pour tortiller avantageusement sa moustache et, avec un sourire si possible encore plus large, continua :

— Oui, c'est une fille vraiment charmante, et, de mon côté, je crois ne pas lui avoir déplu ! Pour tout dire, elle m'a...

— Épargne-nous les détails de tes exploits amoureux, l'interrompit le juge avec humeur. Nous te croyons sur parole, il y a eu coup de foudre mutuel. Dis-nous plutôt ce qu'elle t'a raconté sur la danseuse.

Ma Jong poussa un soupir et, l'air froissé, reprit avec résignation :

— Eh bien, Noble Juge, Fleur-de-Pêcher était l'amie intime de la morte. Fleur-d'Amandier est arrivée dans le quartier des Saules il y a environ un an. Elle faisait partie d'un lot de quatre filles amenées par un proxénète de la capitale. Elle a confié à Fleur-de-Pêcher qu'elle venait du Chan-si, qu'elle avait dû quitter son village natal à cause d'un désagréable incident et qu'elle ne pouvait pas y retourner. Elle était très difficile sur le choix de ses amis, et quoique de nombreuses personnes fort distinguées aient tout fait pour gagner ses faveurs, elle s'est poliment refusée à tous. Monsieur Sou figurait parmi ses admirateurs les plus assidus et lui a fait de nombreux présents, mais sans arriver à rien.

— Notons ceci comme un point contre Sou, interrompit le juge. L'amour repoussé est souvent un puissant motif de haine.

— Et pourtant, reprit Ma Jong, Fleur-de-Pêcher est convaincue que Fleur-d'Amandier n'était pas une femme froide. Elle demandait une fois par semaine la permission d'aller faire des courses. Comme c'était une fille posée, n'ayant jamais donné l'impression de vouloir s'enfuir, le tenancier la lui accordait toujours. Elle sortait seule, et Fleur-de-Pêcher est sûre que c'était pour se rendre à un rendez-vous amoureux. Mais, malgré tous ses efforts, elle n'a pu découvrir le nom de l'amant ni le lieu de la rencontre !

— Combien de temps demeurait-elle dehors ? demanda le juge Ti.

— Elle sortait aussitôt après le repas de midi et rentrait juste avant qu'on ne serve le riz du soir.

— Donc, elle n'avait pas le temps de quitter Han-yuan. Va interroger le scribe au sujet du pseudonyme littéraire, sergent.

Le sergent Hong s'empressa d'obéir. En s'en allant, il croisa un employé du tribunal qui apportait un pli cacheté. Le magistrat ouvrit l'enveloppe et en tira une longue lettre qu'il sépara des deux copies jointes. Après l'avoir étalée sur son bureau il la lut avec beaucoup d'attention et s'apprêtait à se renverser dans son fauteuil quand le sergent reparut, la tête basse.

— Non, Noble Juge, dit-il, aucun lettré de ce district n'utilise *L'Étudiant du bosquet de bambous* comme pseudonyme. Le premier scribe en est certain.

— C'est dommage ! murmura le juge.

Se carrant sur son siège, il ajouta en désignant le papier posé devant lui :

— Voici le rapport du patron de Fleur-d'Amandier. Son vrai nom était mademoiselle Fan Ho-yi et elle a été achetée il y a dix lunes à un proxénète de la capitale, exactement comme Fleur-de-je-ne-sais-quoi l'a dit à Ma Jong. Le prix était de deux lingots d'or.

« Le vendeur déclara que les circonstances dans lesquelles il l'avait lui-même achetée étaient inhabituelles. La jeune fille était venue personnellement le trouver et s'était proposée contre un lingot d'or et cinquante pièces d'argent, mettant comme condition au marché qu'elle serait revendue dans la ville de Han-yuan. Le proxénète avait trouvé étrange que la jeune fille l'ait approché directement au lieu d'envoyer, selon la coutume, ses parents ou un entremetteur. Mais elle était jolie, chantait et dansait bien, et la perspective de faire un appréciable bénéfice l'empêcha de la questionner davantage. Il lui remit l'argent dont elle put disposer à sa guise. Cependant, comme le tenancier du quartier des Saules était un bon client, le proxénète l'informa des conditions particulières de l'achat, afin de dégager sa responsabilité si des complications survenaient plus tard.

Le juge Ti secoua la tête d'un air irrité, puis reprit :

— Le tenancier a bien posé quelques conditions à la jeune femme, mais celle-ci lui répondit de façon vague et il n'insista pas. Il crut, prétend-il, que ses parents l'avaient mise à la porte à cause d'une histoire d'amoureux. Les autres détails sur sa vie en maison correspondent aux renseignements recueillis par Ma Jong. J'ai ici le nom de tous ceux qui s'intéressèrent particulièrement à elle, c'est-à-dire à peu près tous les citoyens notables de Han-yuan, à l'exception de Liou Fei-po et de Han Sei-yu. De temps à autre le tenancier la pressait de prendre un amant parmi eux, mais elle refusait toujours obstinément. Comme ses danses seules lui rapportaient beaucoup d'argent, il n'insistait pas.

« À la fin de son rapport, il ajoute qu'elle aimait les jeux littéraires, qu'elle avait une écriture très élégante et que ses peintures de fleurs et d'oiseaux étaient nettement au-dessus de la moyenne, mais il spécifie qu'elle n'avait aucun goût pour les échecs !

Le magistrat se tut un instant, puis demanda à ses lieutenants :

— Dans ce cas, pourriez-vous me dire pourquoi elle se promenait avec un problème d'échecs dans la manche et pourquoi elle voulait savoir si je m'intéressais à ce jeu ?

Ma Jong se gratta la tête d'un air perplexe. Tsiao Taï demanda :

— Pourrais-je jeter un coup d'œil à ce problème, Votre Excellence ? J'aimais assez les échecs, autrefois.

Le juge poussa la feuille de papier vers lui. Après l'avoir étudiée un moment Tsiao Taï s'écria :

— Mais, Noble Juge, cela n'a pas de sens ! Les blancs occupent presque tout l'échiquier. On pourrait, à la rigueur, reconstituer quelques-uns de leurs mouvements pour arrêter les noirs, mais ces derniers ont l'air d'être posés au petit bonheur.

Le juge fronça les sourcils et demeura quelque temps songeur.

Trois coups de gong l'arrachèrent à ses pensées. Le disque de bronze accroché à la grand-porte annonçait l'ouverture de l'audience matinale.

Poussant un soupir, le juge replaça le problème dans son tiroir et, aidé par le sergent, enfila sa robe officielle en brocart vert sombre. Puis, tout en ajustant sur sa tête le bonnet à ailes noires, il dit aux trois hommes :

— Je vais d'abord récapituler les faits concernant le meurtre sur le bateau-de-fleurs. Il n'y a pas d'autre affaire en cours, nous pourrons donc nous consacrer entièrement à ce déconcertant mystère.

Ma Jong écarta le lourd rideau qui séparait le cabinet de la salle d'audience afin de permettre au juge Ti de passer sur l'estrade. Le magistrat s'assit derrière la haute table recouverte du tapis écarlate. Ma Jong et Tsiao Taï se tinrent debout, un peu en arrière, et le sergent Hong prit sa place habituelle, à la droite du juge.

Les sbires étaient disposés en deux rangs devant l'estrade. Ils tenaient à la main les fouets, chaînes, matraques, poucettes et autres terribles instruments de leur profession. Le premier scribe et ses aides étaient assis à des tables plus basses, prêts à noter les dépositions.

Le juge parcourut du regard la grande salle remplie de spectateurs. La nouvelle qu'une courtisane avait été assassinée sur le bateau-de-fleurs s'était répandue comme une traînée de poudre et les citoyens de Han-yuan voulaient entendre tous les détails de l'affaire. Au premier rang, le juge aperçut Han Sei-yu, les frères Kang, monsieur Peng et monsieur Sou. Liou Fei-po et monsieur Wang n'étaient pas là, ce qui lui parut étrange puisque le chef des sbires les avait convoqués aussi.

Frappant la haute table de son martelet, il déclara l'audience ouverte et allait procéder à l'appel des témoins quand, soudain, un petit groupe de personnes fit irruption dans la salle.

À leur tête, Liou Fei-po s'avançait en criant :

— Justice ! Justice ! Un crime odieux a été commis !

Le juge fit un signe au chef des sbires. Celui-ci alla au-devant des nouveaux venus et les conduisit devant l'estrade.

Liou Fei-po s'agenouilla sur les dalles de pierre, imité par un homme d'âge moyen, vêtu d'une simple robe bleue et coiffé d'une petite calotte noire. Quatre autres personnes demeurèrent debout derrière les sbires. Le juge reconnut monsieur Wang : il n'avait jamais vu les autres.

— Votre Excellence ! s'écria Liou Fei-po, ma fille a été sauvagement assassinée pendant sa nuit de noces !

Le juge Ti leva les sourcils et répondit sèchement :

— Que le plaignant s'en tienne à l'ordre dans lequel les faits se sont produits. J'ai appris hier soir, au cours du banquet, que le mariage de sa fille avait été célébré la veille. Pourquoi avoir attendu deux jours avant d'avertir le tribunal de sa mort ?

— À cause des machinations infernales de ce monstre à forme humaine ! cria Liou en désignant du doigt l'homme agenouillé près de lui.

— Déclinez vos nom et profession, commanda le juge.

LIOU FEI-PO ACCUSE LE DOCTEUR TCHANG

— L'insignifiante personne qui est devant vous se nomme Tchang Wen-tchang et est docteur en littérature, répondit le personnage en robe bleue d'un ton posé qui contrastait avec la surexcitation de Liou Fei-po. Un grand malheur s'est abattu sur ma maison, me privant à la fois de ma bru et de mon fils bien-aimé. Comme si cela ne suffisait pas, on me traîne ici pour répondre de leur mort, moi, le père de ces enfants ! Je supplie très respectueusement Votre Excellence d'obliger mon accusateur à réparer le tort terrible qu'il me cause.

— L'impudent coquin ! cria Liou Fei-po.

Le juge frappa plusieurs fois la table de son martelet.

— Le plaignant Liou Fei-po est prié de ne pas proférer d'injures dans l'enceinte de ce tribunal, dit-il d'un ton sévère. Exposez les faits.

Liou Fei-po réussit à se maîtriser. Il était visiblement fou de rage et de douleur, et rien en lui ne rappelait l'homme impassible de la veille. Il reprit sur un ton plus modéré :

— Le Ciel Auguste ne m'a pas accordé de descendance mâle. Mon unique enfant était une fille appelée Fée-de-la-Lune, mais ses qualités me firent vite oublier le chagrin de ne pas avoir de fils. Elle était si douce et si jolie que la voir devenir une belle et intelligente jeune femme fut la grande joie de ma vie. Je...

Un brusque sanglot l'empêcha de continuer. Il avala plusieurs fois sa salive avant de reprendre d'une voix tremblante :

— L'année dernière, elle me demanda la permission de suivre un cours de littérature classique que ce professeur donnait chez lui à un groupe de jeunes filles. J'acquiesçai à son désir, car jusqu'alors l'équitation et la chasse représentaient ses seuls passe-temps, et j'étais heureux de la voir enfin attirée par les arts et les lettres. Comment aurais-je pu prévoir le malheur qui en résulterait ? Fée-de-la-Lune rencontra dans la maison de son professeur le fils de celui-ci, le candidat aux examens littéraires Tchang Hou-piao et se prit d'amour pour lui. Je voulus faire une petite enquête sur la famille Tchang avant d'accorder mon consentement au mariage, mais Fée-de-la-Lune insista pour que les fiançailles fussent annoncées tout de suite, et ma Première Épouse — femme stupide — appuya sa requête au lieu de l'engager à être raisonnable.

« Je n'eus pas plus tôt dit oui qu'une marieuse fut choisie et le contrat rédigé. Mon ami, l'homme d'affaires Wan Yi-fan, m'avertit alors que le docteur Tchang était un abominable débauché qui avait tenté, précédemment, de séduire mademoiselle Wan et d'abuser d'elle. Je décidai tout de suite de rompre les fiançailles, mais Fée-de-la-Lune tomba malade et ma Première Épouse prétendit qu'elle se languissait d'amour et finirait par trépasser si je ne revenais pas sur ma décision. De plus, le docteur Tchang, peu disposé à voir sa proie lui échapper, refusait d'annuler le contrat. »

Liou jeta un regard venimeux au professeur et reprit :

— Je m'inclinai donc et, bien à contrecœur, permis qu'on célébrât le mariage. Avant-hier les bougies rouges furent allumées dans la demeure des Tchang et la cérémonie solennellement célébrée devant les tablettes des ancêtres. Le festin donné à cette occasion réunit plus de trente éminents citoyens de cette ville, parmi lesquels figuraient nos invités d'hier soir.

« Et voilà que ce matin, le professeur se précipite chez moi à la première heure pour me dire que, *la veille*, Fée-de-la-Lune avait été trouvée morte sur sa couche nuptiale. Je voulus savoir pourquoi il ne m'avait pas prévenu immédiatement. Il me répondit que son fils ayant disparu, il avait d'abord essayé de le retrouver. Je le pressai de me dire de quoi ma fille était morte, mais il se contenta de murmurer quelques paroles incompréhensibles. Je voulus aller voir le corps de mon enfant. Très calme, il me dit qu'on l'avait déjà mise en bière et déposée dans le temple bouddhiste !

Le juge Ti se redressa brusquement et fut sur le point d'interrompre Liou, mais, se ravisant, il le laissa terminer son récit.

— Un horrible soupçon m'assaillit, continua le malheureux père. J'en parlai à mon voisin, monsieur Wang, et il fut tout de suite d'accord avec moi : ma fille bien-aimée avait été la victime d'un ignoble attentat. Je prévins le docteur Tchang que j'allais déposer une plainte contre lui. Monsieur Wang alla chercher Wan Yi-fan pour servir de témoin. À présent, agenouillé devant le tribunal, je supplie Votre Excellence de punir cet abominable criminel, afin que l'âme de ma pauvre enfant repose en paix !

Liou Fei-po se tut et fit trois fois le ko-téou.

Le juge Ti caressa lentement sa grande barbe. Après avoir réfléchi un instant, il demanda :

— Voulez-vous dire que candidat Tchang a tué sa jeune épouse et a pris la fuite ?

— Je demande humblement pardon à Votre Excellence, dit Liou, je suis si bouleversé que je n'arrive pas à m'exprimer clairement. Ce gamin sans caractère est innocent. C'est son père, ce dégénéré lubrique, qui est le coupable ! Il convoitait Fée-de-la-Lune, et, excité par le vin, osa porter les mains sur elle la nuit même où elle devait devenir l'épouse de son propre fils. Accablée de honte, ma pauvre enfant se tua, et candidat Tchang, frappé d'horreur par l'odieuse conduite de son père, s'enfuit plein de désespoir. Le lendemain matin, quand ce professeur dépravé eut cuvé sa boisson, il découvrit le cadavre de ma fille. Désireux d'échapper aux conséquences de son acte, il le fit aussitôt placer dans une bière afin qu'on ne s'aperçût pas du suicide. J'accuse donc le docteur Tchang Wen-tchang ici présent d'avoir violé ma fille Fée-de-la-Lune et d'être la cause de sa mort.

Le juge dit au premier scribe de lire à haute voix l'accusation telle qu'il venait de la noter. Liou trouva ce texte correct et apposa la marque de son pouce sur le document. Le magistrat prit de nouveau la parole :

— Que l'accusé Tchang Wen-tchang nous donne à présent sa version personnelle des événements.

— L'infortuné qui a le malheur de se trouver ici, commença le professeur avec une pointe de pédantisme dans son élocution, supplie respectueusement Votre Excellence de lui pardonner sa conduite. J'ai agi de façon stupide, je le reconnais, et désire que le fait soit noté. Une vie tranquille passée au milieu de mes livres m'a rendu incapable de prendre les mesures réclamées par l'horrible catastrophe qui a soudainement frappé ma pauvre demeure. Mais je nie de toutes mes forces avoir jamais nourri la moindre pensée coupable à l'égard de ma bru, et je n'ai certes pas abusé d'elle. Ce qui s'est passé, je vais vous le dire en toute sincérité et sans omettre aucun détail.

Le professeur s'arrêta un instant pour rassembler ses souvenirs, puis poursuivit :

— Hier matin, tandis que je prenais mon premier repas dans le kiosque du jardin, ma petite servante Pivoine vint me dire qu'elle avait voulu porter le riz matinal aux nouveaux mariés, mais que les coups frappés par elle à leur porte n'avaient pas obtenu de réponse. Je lui dis qu'il était trop tôt pour déranger de jeunes époux.

« Une heure plus tard, alors que j'arrosais mes fleurs, Pivoine vint m'informer qu'on ne lui répondait toujours pas. Un peu inquiet, je me rendis dans la cour assignée au nouveau ménage et frappai moi-même à la porte de la chambre. Personne ne donna signe de vie. Je criai alors à plusieurs reprises le nom de mon fils. Toujours en vain.

« Comprenant que quelque chose de fâcheux avait dû se produire, je courus chercher mon voisin et ami, le négociant en thé Kong, et lui demandai son avis. Mon devoir, dit-il, était de faire enfoncer la porte ; j'appelai donc mon intendant qui prit une hache et démolit la serrure.

Le docteur Tchang s'arrêta de nouveau pour avaler sa salive, puis continua d'une voix sans timbre :

— Je vis Fée-de-la-Lune allongée sur le lit, nue et couverte de sang. Mon fils n'était pas dans la chambre. Je me dépêchai d'étendre une couverture sur le corps de la jeune femme et lui tâtai le pouls. Il ne battait plus... la malheureuse était morte.

« Kong alla quérir le docteur Houa, un savant médecin qui habite non loin de ma demeure. La mort, nous expliqua-t-il après un bref examen, était due à une sévère hémorragie survenue à la suite de la défloration. Je compris alors que mon fils, fou de chagrin, avait fui la scène de sa tragique mésaventure. Convaincu qu'il s'était rendu dans quelque endroit désert pour mettre fin à ses jours, ma première idée fut de partir immédiatement à sa recherche afin de l'empêcher d'accomplir cette funeste action. Mais le docteur Houa me fit observer qu'en raison de la chaleur dont nous jouissions en ce moment, il valait mieux procéder d'abord à la mise en bière. Je donnai donc des ordres pour qu'un entrepreneur des pompes funèbres vînt laver le corps et le mît dans un cercueil provisoire. Monsieur Kong suggéra de déposer le cercueil dans le temple bouddhiste en attendant qu'une décision fût prise pour le lieu de l'enterrement[1]. Je priai les personnes

1. *Intervalle entre la mise en bière et la mise en terre du cercueil.* — Il n'est pas inhabituel de conserver assez longtemps chez soi, ou le plus souvent dans un temple voisin, le cercueil contenant un parent défunt. Pour les Chinois, en effet, le site dans lequel le cercueil sera mis en terre a une grande importance, et richesses, honneurs, nombreuse postérité seront accordés au descendant du mort si la nature du sol, la configuration du terrain, la proximité d'un bosquet de bambous ou d'un cours d'eau, en un mot si tous les éléments naturels forment une harmonieuse combinaison correspondant bien à la personnalité du défunt. Il faut donc attendre, pour procéder à l'enterrement définitif, qu'un géomancien professionnel ait découvert ce site idéal en s'aidant d'une boussole particulière, ce qui peut demander des semaines ou même des mois (*NdT*).

présentes de garder la chose secrète jusqu'à ce que j'aie retrouvé mon fils, vivant ou mort, puis je partis à sa recherche, accompagné de monsieur Kong et de mon intendant.

« Nous passâmes la journée entière à parcourir la ville et ses faubourgs, mais quand tomba le crépuscule, nous n'avions rien trouvé qui pût nous mettre sur sa trace. En rentrant chez moi, je vis un pêcheur devant la porte. Il m'attendait pour me remettre une ceinture de soie qu'il avait accrochée avec son hameçon au cours de sa pêche sur le lac. Je n'eus pas besoin de lire le nom brodé sur la doublure pour reconnaître celle de mon pauvre fils. Ce second choc m'acheva et je tombai évanoui. Monsieur Kong et mon intendant me mirent au lit. Complètement épuisé, je dormis jusqu'à ce matin.

« Aussitôt éveillé, je pensai à mes devoirs envers le père de ma belle-fille et me hâtai d'aller le mettre au courant de la terrible tragédie. Au lieu de se lamenter avec moi, cet homme dépourvu d'entrailles entassa sur ma tête les accusations les plus insensées et me traîna devant ce tribunal. Je supplie Votre Excellence de faire rendre justice à l'infortuné que je suis, privé en un jour de son fils unique et de sa bru, perdant ainsi tout espoir de posséder jamais une descendance capable de prendre soin de ses tablettes[1] !

Le professeur se tut et frappa le sol avec son front plusieurs fois de suite.

Le juge fit signe au scribe. Celui-ci donna lecture de la déclaration du docteur Tchang et ce dernier y apposa l'empreinte de son pouce.

— À présent, nous allons entendre les témoins, déclara le juge. Faites approcher monsieur Wan Yi-fan.

Se souvenant que les frères Kang avaient prononcé ce nom au cours de leur querelle, il accorda une attention toute particulière à l'homme qui s'avançait vers l'estrade. Wan Yi-fan pouvait avoir une

1. *Importance de la descendance mâle.* — Le culte des ancêtres joue, on le sait, un grand rôle dans la vie chinoise. « Il dépasse infiniment la portée du respect filial, écrit Louis Bréhier, et répond à un sentiment de solidarité qui unit dans un même intérêt de conversation sociale les morts et les vivants : les mânes ont en effet besoin, pour "vivre", d'être entretenus par les offrandes de leurs descendants ; en retour, ils veillent sur ceux-ci et protègent leurs travaux. » Comme c'est le fils qui prend soin des tablettes ancestrales – la fille, dès son mariage, appartient à sa nouvelle famille –, il est donc très important pour un Chinois d'avoir une descendance mâle, et un vieil auteur a pu écrire à ce sujet : « Une bonne épouse qui, à trente ans, n'a pas donné de fils à son mari doit engager ses bijoux pour lui acheter une concubine » (*NdT*).

quarantaine d'années et, à part une courte moustache noire qui faisait ressortir la pâleur de son visage, il était imberbe.

— Il y a deux ans, expliqua-t-il après avoir décliné ses noms et qualités, la Seconde Épouse du docteur Tchang mourut. Comme le docteur avait déjà perdu sa Première et sa Troisième, il se trouva très seul et vint me demander de lui donner ma fille comme concubine. Je refusai avec indignation cette proposition faite sans l'intermédiaire d'une marieuse comme cela eût été séant. Le docteur Tchang, dont les instincts libidineux se trouvaient ainsi frustrés, se mit alors à répandre des bruits malveillants sur mon compte, essayant de me faire passer pour un filou dont les affaires ne supporteraient pas un examen trop attentif. Ainsi, quand la fille de mon ami Liou Fei-po s'amouracha du rejeton de cet homme malhonnête, j'ai pensé que mon devoir me commandait d'éclairer Liou sur le genre de beau-père que sa fille allait avoir.

D'une voix tremblante de colère, le docteur Tchang s'écria :

— Je supplie Votre Excellence de ne pas croire cette grotesque histoire où le mensonge vient insidieusement se mêler à la vérité ! J'ai souvent parlé du témoin de façon défavorable, cela est vrai, mais parce que c'est un coquin et un escroc ! Après la mort de ma Seconde Épouse, c'est lui-même qui m'a offert sa fille comme concubine, m'expliquant que depuis le décès de sa femme il ne se sentait plus capable de la surveiller convenablement. Son but était de m'extorquer de l'argent et de me clore la bouche, et c'est moi qui ai refusé son impudente proposition !

Le juge Ti frappa la table de son poing.

— On se moque du magistrat ! s'écria-t-il. De toute évidence, l'un de ces deux hommes ment. Je vais étudier cette affaire à fond, et malheur à celui qui a essayé de se jouer de moi !

Tiraillant sa barbe avec colère, il ordonna qu'on fît avancer monsieur Wang.

Les déclarations de ce dernier confirmèrent les dires de Liou Fei-po en ce qui concernait l'exposé des faits, mais il se montra beaucoup plus réservé au sujet de l'accusation portée par Liou contre le docteur Tchang. Il n'avait pas voulu contredire son ami Liou afin de ne pas augmenter l'état d'excitation dans lequel celui-ci se trouvait, mais il préférait ne pas émettre d'opinion sur ce qui s'était réellement passé au cours de la nuit de noces.

Le juge Ti donna ensuite la parole aux deux témoins de la défense. Le marchand de thé Kong vint confirmer la description des événements faite par le docteur Tchang et ajouta que le professeur était un homme d'habitudes frugales et d'un caractère élevé. Quand ce fut le tour du docteur Houa de s'agenouiller sur les dalles de pierre, le juge ordonna au chef des sbires d'aller chercher le contrôleur des décès, puis il dit au témoin d'un ton sévère :

— En tant que médecin, vous devriez savoir que dans un cas de mort subite le cadavre ne doit pas être mis en bière avant que toutes les circonstances du décès aient été exposées au tribunal ni avant l'examen du corps par le contrôleur des décès. Vous serez puni pour n'avoir pas respecté la loi. À présent, vous allez dire devant notre contrôleur dans quel état vous avez trouvé le corps et comment vous avez déterminé les causes du décès.

Le docteur Houa s'empressa de donner une description détaillée du cadavre et fit part au tribunal de ses différentes observations. Quand il se tut, le juge se tourna vers le contrôleur des décès qui prit la parole à son tour.

— J'informe respectueusement Votre Excellence que, si la mort d'une vierge dans les circonstances décrites par le témoin est un fait très rare, il n'en est pas moins vrai que nos livres médicaux en citent quelques exemples. Une trop abondante perte de sang au cours de la défloration peut sans doute causer la mort, mais, en général, la jeune femme reste seulement évanouie pendant un temps plus ou moins long. Pour le reste, tous les symptômes relevés par le docteur Houa correspondent à ceux décrits dans nos meilleurs traités de médecine.

Le juge Ti infligea une forte amende au docteur Houa, puis conclut :

— Mon intention était d'examiner ce matin l'affaire de la courtisane noyée, mais me voici contraint par les circonstances d'aller immédiatement inspecter les lieux où le crime allégué aurait été commis.

Il frappa la table de son martelet et déclara l'audience close.

VI

~ Le juge Ti visite la bibliothèque d'un candidat aux examens littéraires ~ On ouvre un cercueil dans un temple désert.

Avant de quitter le tribunal, le juge dit à Ma Jong :

— Commande aux porteurs de se tenir prêts à me conduire chez le docteur Tchang et envoie quatre hommes faire les préparatifs pour l'autopsie dans le temple bouddhiste. Je me rendrai là-bas dès que j'en aurai terminé avec le professeur.

Il gagna ensuite son cabinet et le sergent s'empressa de lui servir une tasse de thé. Tsiao Taï attendait que son maître fût assis pour prendre un siège à son tour, mais le juge se mit à marcher de long en large, les mains derrière le dos et les sourcils froncés. Il ne s'arrêta que lorsque le sergent lui tendit sa tasse. Après avoir bu quelques gorgées, il s'écria :

— Je n'arrive pas à comprendre pourquoi Liou Fei-po a formulé une telle accusation ! Cette mise en bière hâtive peut faire naître des soupçons, je le reconnais, mais n'importe quel homme ayant tout son bon sens aurait réclamé une autopsie au lieu de proférer une aussi fantastique accusation. Hier soir, Liou m'avait pourtant donné l'impression d'être un homme calme et maître de lui.

— Au tribunal, remarqua le sergent, on l'aurait plutôt pris pour un dément. Ses mains tremblaient et il avait de l'écume au coin des lèvres.

— L'accusation de Liou est complètement absurde, dit Tsiao Taï. S'il était vraiment convaincu de la vilenie du professeur, pourquoi a-t-il consenti au mariage ? Il ne semble pas être homme à se laisser tyranniser par sa femme ou sa fille ! Et il n'avait nul besoin de l'accord du docteur Tchang pour faire annuler le contrat de mariage.

Le juge Ti hocha la tête.

— Cette histoire de mariage n'est peut-être pas aussi simple qu'elle le paraît, dit-il. Et il faut bien reconnaître que le docteur Tchang, malgré sa façon touchante de raconter le désastre qui le prive de postérité, prenait la chose avec assez de calme !

Ma Jong étant venu annoncer que le palanquin attendait, le juge se dirigea vers la grande cour du Yamen avec ses trois lieutenants.

Le docteur Tchang habitait une vaste demeure bâtie à flanc de montagne, à l'ouest du tribunal. Son intendant ouvrit le portail à deux battants et le palanquin du juge s'avança dans la première cour.

Le professeur vint aider respectueusement le juge à descendre et le conduisit dans la salle de réception. Le sergent les suivit, mais Ma Jong et Tsiao Taï restèrent auprès du palanquin avec le chef des sbires et deux de ses hommes.

Tout en prenant place devant la table à thé, le juge examina son hôte. Le docteur Tchang était un homme de haute taille, bien proportionné, avec un visage fin et intelligent. Il ne paraissait pas

LE DOCTEUR TCHANG FAIT VISITER AU JUGE TI ET AU SERGENT HONG LA COUR RÉSERVÉE À SON FILS

beaucoup plus de cinquante ans, un âge relativement jeune pour avoir déjà pris sa retraite. Il versa le thé dans les tasses, puis il s'assit et attendit que son visiteur voulût bien entamer la conversation. Le sergent Hong se tenait debout, derrière le fauteuil de son maître.

Le juge regarda les rayons bien garnis de livres et demanda au professeur quels sujets l'intéressaient plus particulièrement. Le docteur Tchang expliqua en quelques mots bien choisis la nature de ses travaux consacrés à l'étude critique d'anciens textes. Ses réponses aux questions posées par le juge à propos de certains points démontraient qu'il possédait son sujet à fond. Ses remarques sur l'authenticité d'un passage discuté dénotaient un esprit original, et il les accompagna de citations érudites. Si l'intégrité morale du professeur n'était pas établie, le fait qu'il fût un véritable lettré ne pouvait être mis en doute.

— Vous enseigniez au temple de Confucius, je crois, dit le juge. Pourquoi avez-vous abandonné votre chaire de si bonne heure ? Bien des lettrés conservent des positions de ce genre jusqu'à soixante-dix ans, ou même plus tard encore.

Le docteur Tchang regarda soupçonneusement le juge et répondit d'un ton sec :

— J'ai préféré consacrer tout mon temps à des travaux personnels, et, pendant ces trois dernières années, je me suis contenté de faire, ici même, un cours de littérature auquel assistent seulement quelques étudiants choisis.

Le juge se leva en exprimant le désir de voir le lieu où s'était déroulée la tragédie.

Le professeur leur fit suivre un couloir à ciel ouvert qui menait à la seconde cour. S'arrêtant devant la gracieuse arcade d'entrée, il expliqua :

— Voici la cour que j'avais attribuée à mon fils. Après la levée du corps, j'ai interdit à tout le monde d'y pénétrer.

Le juge vit un joli petit jardin d'agrément avec, au milieu, une rustique table de pierre abritée du soleil par deux massifs de bambous. Le bruissement des feuilles vertes fit un instant oublier au magistrat l'accablante chaleur.

Le docteur Tchang poussa la porte du bâtiment de gauche et montra un minuscule studio à ses visiteurs. Un vieux fauteuil et un bureau placé devant la fenêtre occupaient la presque totalité de l'espace disponible et des piles de livres et de rouleaux manuscrits s'entassaient sur les rayons. La voix du professeur se fit très douce pour dire :

— Mon fils aimait beaucoup sa petite bibliothèque. Il signait ses essais littéraires *L'Étudiant du bosquet de bambous...* bien qu'il soit difficile d'appeler bosquet les cinq ou six arbustes qui croissent dans la cour !

Le juge entra pour examiner les ouvrages disposés sur les rayons. Se tournant vers le professeur, il dit négligemment :

— Le choix des livres montre que la curiosité de votre fils le portait vers des sujets très variés. Il est dommage que son intérêt se soit étendu aussi à ces demoiselles du quartier des Saules !

— Comment Votre Excellence peut-elle croire une chose pareille ! s'écria le docteur Tchang d'un ton irrité. Mon fils était un garçon rangé ; il ne sortait jamais le soir. Qui a pu vous raconter ces sornettes ?

— Oh, j'ai peut-être mal compris ce qu'on m'a dit ! répliqua le juge sans s'expliquer davantage. Mais, puisque votre fils poursuivait ses études avec tant d'ardeur, je suppose qu'il devait avoir une belle écriture ?

Le professeur désigna du doigt une pile de papiers sur le bureau et répondit sèchement :

—Voici le dernier travail de mon fils : ses commentaires sur les analectes de Confucius.

Le juge feuilleta le manuscrit.

— Une calligraphie vraiment très expressive, déclara-t-il en rejoignant le professeur et le sergent restés dehors.

Le docteur Tchang ne semblait pas avoir digéré la réflexion du magistrat sur les prétendues fredaines de son fils. Il lui montra le petit salon qui faisait face à la bibliothèque en disant d'un ton froid :

— Si vous voulez bien passer par là, vous trouverez au fond un couloir qui mène à la chambre nuptiale. Avec la permission de Votre Excellence, j'attendrai ici.

Le juge acquiesça. Suivi du sergent Hong, il traversa un passage sombre et s'arrêta devant une porte aux gonds à demi arrachés. Le magistrat la poussa et, sans d'abord entrer, regarda la pièce. Elle était plutôt exiguë, éclairée par une unique fenêtre dont le papier translucide ne laissait filtrer qu'une maigre lumière.

Le sergent murmura, les yeux brillants :

— C'était donc candidat Tchang l'amant de Fleur-d'Amandier !

— Et il a fallu qu'il aille se noyer à son tour ! répondit le magistrat avec mauvaise humeur. Nous n'avons découvert *L'Étudiant du bosquet de bambous* que pour le reperdre aussitôt ! Il y a cependant un point qui me chiffonne : son écriture est très différente de celle des lettres d'amour trouvées chez la courtisane. (Tout en parlant, le juge s'était baissé.) Une couche de poussière couvre uniformément tout le plancher, constata-t-il. Le professeur a donc apparemment dit vrai : personne n'est venu ici depuis qu'on a emporté le corps de Fée-de-la-Lune.

Il examina longuement le grand lit placé contre le mur du fond. Des taches brunâtres apparaissaient sur la natte de jonc qui le recouvrait. À droite se trouvait une table de toilette, à gauche une pile de coffres à vêtements ; une petite table à thé et deux tabourets complétaient l'ameublement de la pièce qui sentait le renfermé.

Le juge s'approcha de la fenêtre et tenta de l'ouvrir. Elle était fixée par une barre de bois transversale, couverte elle aussi de poussière. L'ayant manœuvrée non sans peine, il aperçut, entre les barreaux de fer, un coin de jardin potager entouré d'un haut mur en brique. Une porte basse permettait au cuisinier de venir chercher les légumes.

Le juge hocha la tête d'un air perplexe.

— La porte de la chambre était fermée de l'intérieur, remarqua-t-il, et la fenêtre est pourvue de solides barreaux de fer. De plus, elle n'a certainement pas été ouverte depuis plusieurs jours. Comment candidat Tchang s'y est-il pris pour quitter cette pièce au cours de la nuit tragique ?

Interloqué, le brave sergent Hong murmura :

— Voilà qui est en effet curieux ! Après un instant d'hésitation, il ajouta : Cette chambre possède peut-être une issue secrète, Votre Excellence ?

Le magistrat s'approcha du lit et, aidé par le sergent, le déplaça de façon à pouvoir étudier le mur du fond. Mais il eut beau l'examiner pouce par pouce et étendre ses recherches aux autres murs et au plancher, il ne découvrit rien d'anormal.

S'asseyant sur l'un des tabourets, il épousseta ses genoux et commanda au sergent :

— Va trouver le professeur et prie-le de m'établir la liste de ses amis et de ceux de son fils. Quant à moi, je reste encore un petit moment ici.

Lorsque le sergent fut sorti, le juge se croisa les bras et se mit à réfléchir. Dans l'affaire de la danseuse noyée il y avait au moins quelques indices. Le mobile était clair : empêcher la courtisane de poursuivre ses révélations. Les suspects ne manquaient pas non plus ; une étude systématique de leurs relations avec la victime révélerait l'identité du coupable et il serait alors facile de déjouer le complot. L'enquête marchait bien, et voilà qu'à présent survenait cette étrange affaire dans laquelle les deux principaux intéressés étaient morts ! Et, cette fois, aucun indice pour le guider. Le professeur méritait peut-être sa réputation d'original, mais ce n'était certainement pas un libertin. Du moins, le juge Ti n'en avait pas l'impression. D'un autre côté, il ne fallait pas toujours se fier aux apparences et Wan Yi-fan aurait-il osé mentir devant le tribunal ? Et le professeur, n'avait-il pas fait une entorse à la vérité en prétendant que son fils ne fréquentait pas le quartier des Saules ? Le docteur Tchang devait bien savoir que de tels faits sont faciles à vérifier ! À moins qu'il n'ait eu lui-même une aventure avec la danseuse ? Dans ce cas, il se serait servi du pseudonyme littéraire de son fils pour signer ses lettres d'amour ! Il n'était plus très jeune, évidemment, mais avec sa forte personnalité il pouvait encore plaire. Et puis allez donc savoir ce qui se passe dans la tête des femmes ! La première chose à faire serait de comparer l'écriture du professeur avec celle des lettres. La liste qu'il allait établir permettrait de vérifier ce point. Mais le docteur Tchang ne pouvait pas avoir assassiné la danseuse pour la bonne raison qu'il n'était pas à bord ! Oui, mais les amours de la courtisane avaient-elles vraiment quelque chose à voir avec son assassinat ?

Le juge eut soudain la désagréable impression qu'on l'observait. Levant la tête, il aperçut un visage blême aux traits tirés qui le regardait fixement.

Il bondit sur ses pieds, trébucha contre le second tabouret, et n'atteignit la fenêtre que pour voir la porte du jardin se refermer.

Furieux de sa maladresse, il se précipita vers la première cour et donna l'ordre à Ma Jong et à Tsiao Taï de fouiller la rue voisine.

— Tâchez de mettre la main sur un homme de taille moyenne à la tête rasée comme celle d'un moine ! précisa-t-il.

Puis, s'adressant au chef des sbires, il lui commanda de réunir toute la maisonnée dans la salle de réception et d'explorer ensuite la demeure pièce par pièce pour s'assurer que personne ne s'y cachait. Il se rendit le premier dans la grande salle et, les sourcils froncés, se mit à marcher de long en large.

Intrigués par tout ce remue-ménage, le sergent Hong et le docteur Tchang arrivèrent en courant et voulurent savoir ce qui se passait. Sans leur répondre, le juge demanda d'un ton sec au professeur :

— Pourquoi ne m'avez-vous pas dit qu'il y avait une issue secrète dans la chambre nuptiale ?

Stupéfait, le docteur Tchang le regarda en répétant :

— Une issue secrète ? À quoi pourrait-elle me servir, à moi, paisible citoyen d'une époque tranquille ? J'ai dirigé en personne la construction de cette demeure et je puis affirmer à Votre Excellence qu'il n'y a pas d'issues secrètes chez moi !

— Dans ce cas, répliqua le juge, expliquez-moi donc comment votre fils est sorti d'une chambre dont la fenêtre est munie de barreaux, en laissant derrière lui la porte fermée à l'intérieur !

Le professeur porta la main à son front.

— Dire que je n'ai même pas pensé à cela ! s'écria-t-il, vexé.

— Eh bien, je vais vous donner le temps de réfléchir à cette énigme, répliqua le juge d'un ton cassant. Vous me ferez le plaisir de ne pas quitter votre demeure sans mon autorisation ! Je me rends de ce pas au temple bouddhiste où l'on va procéder à l'autopsie de Fée-de-la-Lune. J'estime que cela est nécessaire pour découvrir la vérité, aussi épargnez-moi vos protestations.

Le docteur Tchang lui jeta un regard noir et sortit sans répondre.

Le chef des sbires arriva poussant devant lui une douzaine de personnes des deux sexes.

— Voilà tout ce que j'ai trouvé, Votre Excellence, annonça-t-il.

Le juge Ti regarda les serviteurs apeurés. Aucun d'eux ne ressemblait à l'homme entrevu à la fenêtre.

Il questionna Pivoine — la petite servante qui avait frappé en vain à la porte des jeunes mariés — mais ses réponses confirmèrent point par point la déposition de son maître.

Désappointé, il les renvoya tous. Quelques instants plus tard, Ma Jong et Tsiao Taï revinrent.

— Nous avons fouillé les environs sans résultat, Noble Juge, dit Ma Jong en essuyant la sueur qui lui couvrait le visage. À part un marchand de limonade paisiblement endormi à côté de sa carriole, nous n'avons rencontré personne. À cette heure-ci, et par cette chaleur, les rues sont désertes. Près de la porte du jardin, nous avons trouvé deux fagots oubliés sans doute par un vendeur ambulant, mais du vendeur lui-même, aucune trace !

En deux mots le juge leur raconta l'apparition de l'homme mystérieux à la fenêtre de la chambre nuptiale, puis il envoya le chef des sbires prier monsieur Liou Fei-po et monsieur Wang de venir assister à l'autopsie. Ma Jong reçut l'ordre de se rendre au temple bouddhiste pour s'assurer que tout était prêt, et à Tsiao Taï échut la mission d'empêcher le docteur Tchang de sortir de chez lui, au cas où il en manifesterait l'envie.

— Prends deux sbires avec toi, ajouta le juge, et tâche d'ouvrir l'œil : si le singulier personnage qui m'a espionné revient, je ne veux pas qu'il disparaisse de nouveau !

Après quoi, le magistrat s'engouffra dans son palanquin en agitant ses manches d'un air mécontent. Le fidèle sergent le suivit aussitôt, et les porteurs prirent le chemin du temple.

En gravissant les larges degrés qui menaient au portail, le juge remarqua l'herbe qui poussait entre les joints et vit que la laque rouge des hauts piliers s'écaillait en maints endroits. Il se souvint avoir entendu dire que les moines étaient partis depuis plusieurs années et que seul un vieux bonhomme s'occupait maintenant du temple.

Un long couloir délabré le conduisit dans une salle latérale. Il y trouva Ma Jong qui l'attendait en compagnie des sbires et du contrôleur des décès. L'entrepreneur des pompes funèbres et ses deux assistants se tenaient un peu plus loin.

Le cercueil reposait sur deux tréteaux, devant un autel dépouillé de ses ornements. Une grande table qui devait remplacer celle du tribunal était disposée à l'autre bout de la salle, flanquée d'une autre plus petite pour le scribe.

Avant de s'asseoir, le juge fit signe aux hommes des pompes funèbres d'approcher. Quand ils se furent agenouillés, il leur demanda :

— Vous rappelez-vous, alors que vous faisiez la toilette de la morte, si la fenêtre de la chambre nuptiale était ouverte ou fermée ?

L'entrepreneur regarda ses assistants avec des yeux ronds, mais le plus jeune répondit immédiatement :

— Elle était fermée, Votre Excellence ! J'ai voulu l'ouvrir, car il faisait très chaud dans la pièce, mais la barre était coincée et je n'ai pas pu la déplacer.

Le juge réfléchit un instant et posa une nouvelle question :

— En lavant le corps, avez-vous remarqué des signes de violences : blessures, contusions, décoloration de la peau ?

L'entrepreneur secoua la tête.

— J'étais plutôt étonné de voir tant de sang, Votre Excellence, aussi ai-je examiné le cadavre avec un soin tout particulier. Je n'ai rien découvert de suspect. Pas même une égratignure ! J'ajouterai que le corps était bien charpenté, un peu plus robuste qu'on ne s'y serait attendu chez une jeune fille de cette classe sociale.

— L'avez-vous placé dans le cercueil aussitôt après l'avoir lavé et enveloppé de son linceul ?

— Oui, Seigneur Juge. Monsieur Kong nous avait dit d'apporter un cercueil provisoire, car les parents devaient décider plus tard du lieu et de la date de l'enterrement. Il était fait de planches minces et il n'a pas fallu longtemps pour ajuster le couvercle.

Pendant cette conversation, le contrôleur des décès avait étendu une épaisse natte de jonc devant le cercueil. Il apportait un récipient de bronze rempli d'eau chaude quand Liou Fei-po et Wang apparurent.

Lorsqu'ils eurent salué le juge, celui-ci alla prendre place derrière la grande table. Il frappa trois coups avec son index replié et dit :

— Cette audience spéciale a été ordonnée en raison des doutes qui se sont élevés sur les circonstances exactes de la mort de madame Tchang Hou-piao, née Liou. Le tribunal a décidé que le cercueil serait ouvert et qu'il serait procédé à l'autopsie du cadavre. Étant donné qu'il ne s'agit pas d'une exhumation, mais simplement de l'examen habituel, le consentement des parents de la défunte n'est pas nécessaire. J'ai cependant convoqué son père, monsieur Liou Fei-po, et le maître de Guilde Wang, afin qu'ils assistent à l'opération en qualité de témoins. Le docteur Tchang n'est pas ici, car il est aux arrêts chez lui sur l'ordre du tribunal.

Le juge fit un signe. L'un des sbires alluma deux faisceaux de bâtonnets d'encens. Il en plaça un sur la table du juge et mit l'autre dans un vase qu'il déposa sur le plancher, à côté de la bière. Quand l'épaisse fumée eut rempli la salle de son âcre parfum, le juge Ti donna l'ordre d'ouvrir le cercueil.

L'entrepreneur des pompes funèbres glissa un ciseau sous le couvercle et ses aides firent sauter les clous qui le retenaient.

Comme ils le soulevaient, leur patron qui s'était penché pour voir l'intérieur du cercueil recula brusquement en poussant un cri. Effrayés les deux hommes lâchèrent la planche qui tomba bruyamment sur le sol.

Le contrôleur des décès s'avança pour se rendre compte de ce qui les terrifiait ainsi.

— Une chose scandaleuse s'est produite, Votre Excellence ! s'exclama-t-il.

Le juge Ti se leva et vint regarder à son tour. Involontairement, il fit un pas en arrière.

Le cadavre d'un homme en vêtements de travail occupait le cercueil, et sa tête n'était qu'un amas de sang coagulé.

VII

UNE MACABRE DÉCOUVERTE
CRÉE DE NOUVELLES COMPLICATIONS
LE JUGE TI DÉCIDE DE RENDRE VISITE
À DEUX ÉMINENTS PERSONNAGES.

RASSEMBLÉS AUTOUR du cercueil, tous regardaient le hideux spectacle sans en croire leurs yeux. Un coup terrible avait fendu le front de l'inconnu, et sa tête couverte de sang séché n'était pas belle à voir.

— Où est ma fille ? cria brusquement Liou Fei-po. Qu'on me rende ma fille !

Monsieur Wang passa son bras autour des épaules du pauvre homme et l'entraîna dans un coin, tout sanglotant.

Le juge revint s'asseoir derrière la grande table.

— Que chacun reprenne sa place, dit-il d'un ton irrité. Ma Jong, fouille ce temple ! Et vous autres des pompes funèbres, sortez ce cadavre du cercueil.

Les deux aides empoignèrent le corps raidi et le déposèrent sur la natte de jonc. Le contrôleur des décès s'agenouilla, et, avec précaution, le dépouilla de ses vêtements. La veste et le pantalon malhabilement rapiécés étaient en grosse cotonnade. Il les plia, les posa soigneusement l'un sur l'autre, et se tourna vers le juge.

Celui-ci prit son pinceau vermillon ; il écrivit dans le haut d'une formule officielle : « *Une personne de sexe masculin ; identité inconnue.* » Puis il passa le papier au scribe.

Le contrôleur des décès trempa une serviette dans le récipient de cuivre et frotta doucement la tête du mort pour enlever le sang. La terrible blessure apparut, béante. Il poursuivit sa besogne, lavant tout le corps qu'il examina méthodiquement. Lorsqu'il eut terminé, il se releva et dit :

— Cadavre de sexe masculin ; musculature bien développée ; âge approximatif cinquante ans. Mains rêches aux ongles cassés ; callosité prononcée au pouce droit. Chauve ; maigre barbiche et moustaches grises. Cause du décès : une blessure en forme d'entaille au milieu du front, large d'un pouce, profonde de deux, probablement infligée par une épée-à-deux-mains ou une grosse hache.

Quand le scribe eut achevé d'inscrire ces détails sur sa formule, le contrôleur des décès y ajouta l'empreinte de son pouce et présenta le papier au juge. Ce dernier lui commanda de fouiller les vêtements du mort. Le contrôleur trouva dans l'une des manches de la veste une règle en bois et un morceau de papier chiffonné. Il déposa ces deux objets sur la table.

Le juge n'accorda qu'un bref regard à la règle, mais il défripa soigneusement le morceau de papier. Levant les sourcils d'un air étonné, il le glissa dans sa manche sans rien dire.

— Toutes les personnes présentes vont maintenant défiler devant le cadavre pour tenter de l'identifier, commanda-t-il. Monsieur Liou Fei-po et monsieur Wang, veuillez commencer.

Liou Fei-po jeta un coup d'œil rapide au mort, secoua la tête, et, le visage blême, se hâta de regagner sa place. Monsieur Wang allait suivre son exemple quand il poussa un cri. Malgré son dégoût, il se pencha sur le cadavre.

— Je reconnais cet homme ! s'exclama-t-il. C'est Mao Yuan, le charpentier. La semaine dernière il est venu réparer une table chez moi.

— Où habitait-il ? demanda vivement le magistrat.

— Je l'ignore, Seigneur Juge, mais je pourrai interroger mon intendant ; c'est lui qui l'a fait venir.

Le juge caressa lentement ses favoris. Se tournant vers l'entrepreneur des pompes funèbres, il demanda d'un ton sévère :

— Pourquoi, vous qui par profession êtes censé vous y connaître en cercueil, ne m'avez-vous pas immédiatement prévenu qu'on avait touché à celui-ci ? À moins que ce ne soit pas le même que celui dans lequel se trouvait la morte ? Allons, je vous écoute... tâchez de dire la vérité.

Bégayant de frayeur, l'homme répondit :

— Je... je jure que c'est le même cercueil, Votre Excellence. Je l'ai acheté moi-même il y a deux semaines et ai inscrit ma marque au fer rouge dans le bois. Mais on pouvait l'ouvrir facilement. Comme c'était un cercueil provisoire, nous n'avions pas...

Le juge l'interrompit impatiemment.

— Ce cadavre, annonça-t-il, sera enveloppé dans un linceul convenable et replacé dans la bière. Je consulterai la famille du défunt au sujet de l'enterrement. Jusque-là, deux hommes monteront la garde dans cette salle, de crainte qu'il ne disparaisse à son tour ! Chef des sbires, amenez-moi le gardien de ce temple. Le coquin aurait dû se présenter devant moi dès mon arrivée ici.

— C'est un très vieil homme, Votre Excellence, s'empressa de dire le chef des sbires. Il se nourrit d'un peu de riz que des personnes pieuses lui apportent deux fois par jour. Il est sourd et presque complètement aveugle.

— Sourd et aveugle, il ne manquait plus que cela ! grommela le juge dont la colère ne diminuait pas. Se tournant vers Liou Fei-po, il ajouta : Je vais faire immédiatement tout le nécessaire pour retrouver le corps de votre fille.

À ce moment, Ma Jong revint et dit :

— J'informe respectueusement Votre Excellence que j'ai fouillé entièrement ce temple et le jardin y attenant sans découvrir de cadavre caché ou enterré.

— Accompagne monsieur Wang chez lui, commanda le juge. Son intendant te donnera l'adresse du charpentier. Tu t'y rendras sans délai. Je désire savoir ce qu'il a fait ces derniers jours. Et s'il a des parents de sexe masculin, amène-les au tribunal afin que je les interroge.

Puis, frappant sur la table, il déclara l'audience close.

Avant de quitter la salle, il s'approcha du cercueil pour l'examiner. Il n'y avait pas de taches de sang à l'intérieur. Il n'en vit pas non plus sur le sol, qui n'avait cependant pas été lavé, comme en témoignaient les traces de pas intactes dans la poussière. De toute évidence, l'assassin n'avait pas opéré dans le temple et le sang de la blessure était déjà coagulé avant le transport du cadavre.

Le juge prit congé des différentes personnes présentes et sortit, suivi du sergent Hong. Il demeura silencieux pendant le trajet de retour, mais quand le sergent l'eut aidé à remplacer son costume officiel par une confortable robe d'intérieur, sa mauvaise humeur sembla disparaître comme par enchantement. Il s'assit à son bureau et dit en souriant :

— Eh bien, sergent, nous ne manquons plus de travail maintenant ! Mais je ne suis pas fâché d'avoir mis le professeur aux arrêts chez lui. Vois plutôt ce que ce charpentier portait dans sa manche !

Il poussa le morceau de papier vers le sergent Hong qui s'exclama :

— C'est le nom et l'adresse du docteur Tchang, Noble Juge !

— Oui. Notre savant docteur n'a pas songé à cela. Donne-moi la liste rédigée de sa main.

Hong sortit un papier de sa manche et le tendit au magistrat en disant d'un ton découragé :

— Autant que je puisse en juger, Votre Excellence, son écriture diffère complètement de celle des lettres d'amour.

— Tu as raison. Il n'y a pas la plus petite analogie, constata le juge en jetant la feuille sur la table. Quand tu auras mangé ton riz de midi, tâche de me dénicher au greffe quelques spécimens des écritures de Liou Fei-po, de Han Sei-yu, de Sou et de Wang. Ils ont sûrement eu l'occasion d'écrire au tribunal à un moment ou à un autre de leur existence.

Il sortit d'un tiroir deux cartes de visite rouges — de grandes cartes officielles — et les remit à Hong en ajoutant :

— Fais-les porter à Han Sei-yu et au conseiller Liang, accompagnées d'un message dans lequel tu annonceras ma visite pour cet après-midi.

Quand il se leva, le sergent ne put s'empêcher de demander :

— Votre Excellence a-t-elle idée de ce qu'est devenu le cadavre de la jeune madame Tchang ?

— C'est perdre son temps que de vouloir résoudre un problème avant d'en connaître les données, sergent ! Et je ne veux plus penser à ce mystère pour l'instant ; je vais plutôt aller manger mon riz chez moi en compagnie de mes épouses et de mes enfants. L'autre jour, la Troisième m'a dit que mes deux aînés sont déjà capables d'écrire des essais fort passables. Ce sont deux beaux petits fripons, crois-moi !

Vers la fin de l'après-midi, quand le juge fut de retour dans son cabinet, il trouva Ma Jong et le sergent penchés sur diverses feuilles de papier. Le sergent leva la tête et dit :

— Voici des échantillons calligraphiques de nos quatre suspects, Noble Juge. Mais aucun ne ressemble à l'écriture des lettres trouvées chez la courtisane.

Le juge s'assit et compara soigneusement les différents textes.

— Non, déclara-t-il, nous ne sommes pas plus avancés ! La façon dont Liou Fei-po trace ses caractères rappelle un peu celle de l'Étudiant du bosquet de bambous. On pourrait imaginer qu'il a déguisé sa main pour écrire les lettres d'amour. Le pinceau est un instrument d'une si grande sensibilité qu'il est très difficile de ne pas trahir sa personnalité en le maniant, même si l'on emploie un différent type d'écriture.

— Liou Fei-po a pu connaître par sa fille le pseudonyme littéraire de candidat Tchang, Votre Excellence ! s'écria le sergent. Et, faute de mieux, il s'en sera servi !

— C'est possible, dit le juge, songeur. Je voudrais en savoir davantage sur cet homme. C'est pourquoi je veux rendre visite à Han Sei-yu et au conseiller Liang. Ils pourront me parler un peu de ce personnage. Et toi, Ma Jong, qu'as-tu appris sur le charpentier ?

Ma Jong secoua tristement la tête.

— Il n'y a pas grand-chose à apprendre sur lui, Votre Excellence ! Mao Yuan habitait une pauvre masure près du marché aux poissons. J'ai vu sa femme, une vieille harpie d'une laideur incroyable. L'absence de son mari ne l'inquiétait pas, car il arrivait fréquemment à celui-ci de s'en aller ainsi plusieurs jours quand il avait un travail en train. Avec une femme comme la sienne, on ne peut vraiment pas le blâmer ! Il y a trois jours, il est parti de bonne heure en disant qu'il se rendait chez le docteur Tchang pour faire quelques réparations avant le festin nuptial. Il a prévenu sa femme qu'il en aurait pour un certain temps et qu'il trouverait bien un endroit pour dormir dans le coin des serviteurs. Elle ne l'a pas revu depuis.

Ma Jong fit une grimace comique et continua :

— Quand j'eus fait part de la triste nouvelle à cette charmante créature, elle répliqua simplement : « Je l'avais bien dit qu'il finirait mal à toujours courir les cabarets et les maisons de jeu avec son neveu Mao Lou ! » Puis elle me réclama le prix du sang.

— Quelle femme impie ! s'exclama le juge avec colère.

— Je lui répondis qu'elle ne toucherait rien tant que l'assassin ne serait pas pris et condamné. Elle se mit alors à m'injurier, m'accusant d'avoir gardé l'argent ! Je ne me suis pas attardé auprès d'elle, et j'ai été faire ma petite enquête dans le quartier. Tout le monde m'a dit que Mao Yuan était un brave homme très travailleur, et personne ne le blâme de lever un peu le coude, car lorsqu'on est marié à une telle harpie, il faut bien se consoler comme on peut. En revanche, son neveu Mao Lou ne vaut pas cher. Lui aussi est charpentier de son état, mais il n'a pas de domicile fixe. Il est toujours par monts et par vaux, bricolant par-ci par-là dans les riches demeures où il y a quelque chose à réparer. Tout son argent passe en boisson ou va dans les maisons de jeu. On ne l'a pas aperçu depuis quelque temps, et le bruit court qu'il a été chassé de la Guilde des charpentiers pour avoir donné un coup de couteau à un collègue après boire. Mao Yuan n'a pas d'autre parent de sexe masculin.

— Tu as bien travaillé, mon brave Ma Jong. À présent, nous savons ce que signifie le morceau de papier trouvé dans la manche de ce pauvre homme. Tu vas maintenant aller chez le professeur, et, avec l'aide de Tsiao Taï qui est de garde là-bas, tu te renseigneras pour savoir quand Mao Yuan est arrivé chez le docteur Tchang, quel travail il a exécuté et à quel moment il est reparti. Et si tu rencontres mon mystérieux espion, amène-le moi !

Puis, s'adressant à son vieux conseiller, il ajouta :

— Quant à toi, sergent, tu vas te rendre dans la rue où habite Liou Fei-po et tu interrogeras discrètement les commerçants. Si c'est lui le plaignant dans l'affaire Liou contre Tchang, il ne faut tout de même pas oublier que c'est un de nos principaux suspects dans l'affaire de la danseuse noyée !

Le juge acheva sa tasse de thé, puis il se rendit dans la grande cour où l'attendait son palanquin.

Il faisait encore très chaud dehors, mais, heureusement, la demeure de Han Sei-yu n'était pas très éloignée du tribunal.

Han se tenait prêt à accueillir le visiteur sous son portique monumental. Après un échange de phrases polies, il le mena dans une salle sombre, rafraîchie à l'aide de grands récipients en cuivre emplis de morceaux de glace, et lui désigna un fauteuil placé près de la table à thé. Tandis que son hôte donnait à un obséquieux majordome l'ordre de servir les rafraîchissements, le juge Ti jeta un regard plein de curiosité autour de lui. Le bois des massives colonnes et des poutres sculptées était noirci par le temps et les rouleaux peints suspendus aux murs avaient acquis la teinte moelleuse du vieil ivoire. Cette maison datait probablement d'une centaine d'années et une atmosphère de distinction tranquille imprégnait toute la pièce.

Après que le thé eut été servi dans de vénérables tasses en porcelaine coquille d'œuf, Han toussota pour s'éclaircir la voix et dit avec une dignité un peu raide :

— Je prie humblement Votre Excellence de bien vouloir excuser mon inconvenante conduite d'hier soir.

— La situation était tout à fait exceptionnelle, répliqua le juge en souriant. Oublions cet incident et dites-moi plutôt le nombre de vos honorables fils.

— Je n'ai qu'une fille, répondit Han d'un ton de nouveau très froid.

Il y eut un petit silence. Le juge n'avait pas été heureux dans le choix de sa première phrase. Mais était-il à blâmer ? Non, pensa-t-il. Comment imaginer qu'un homme du rang de son hôte et possédant de nombreuses épouses et concubines n'eût pas de fils ? Aussi, sans se déconcerter, passa-t-il à un autre sujet.

— Je dois vous avouer, dit-il, que l'assassinat de cette petite danseuse et l'étrange aventure survenue à la fille de Liou Fei-po me rendent perplexe. Oserai-je avoir recours à votre bienveillante assistance pour m'éclairer sur le caractère des personnes mêlées à ces affaires ?

Han s'inclina poliment.

— Votre Excellence peut disposer de moi, répondit-il. La querelle de mes amis Liou et Tchang me navre. Tous deux sont d'éminents citoyens de Han-yuan et j'espère... je suis certain même, que Votre Excellence pourra effectuer entre eux un rapprochement qui...

— Avant de tenter une réconciliation, l'interrompit le juge, il me faut d'abord établir si la jeune femme est morte naturellement ou non. Et si c'est non, punir l'assassin, quel qu'il soit. Mais commençons, si vous le voulez bien, par la danseuse.

Han leva les bras en l'air et s'écria, choqué :

— Que Votre Excellence ne perde pas son temps avec cette affaire insignifiante ! La courtisane était belle, pleine de talent, mais, après tout, ce n'était qu'une danseuse professionnelle ! Ces filles sont souvent mêlées à des histoires louches et beaucoup d'entre elles meurent de mort violente !

Se penchant vers le juge, il continua sur un ton confidentiel :

— Je puis même affirmer à Votre Excellence qu'aucune des personnes qui comptent ici n'élèvera la moindre objection si le tribunal... hum... n'approfondit pas trop cette affaire. Et je ne crois pas non plus que les hautes autorités de la capitale s'intéressent beaucoup à la mort d'une femme légère. Tandis que le différend qui oppose Liou au docteur Tchang nuit à la bonne renommée de notre ville ! C'est pourquoi nous serions très reconnaissants à Votre Excellence si elle arrivait à les persuader de s'entendre. Peut-être qu'en leur suggérant...

— Nos vues respectives sur l'administration de la justice sont trop éloignées l'une de l'autre pour qu'il soit utile de discuter, coupa le juge d'un ton froid. Je me contenterai donc de vous poser quelques questions. Premièrement : qu'était pour vous la danseuse Fleur-d'Amandier ?

Han devint écarlate. D'une voix tremblante de colère, il répliqua :

— Vous attendez-vous à ce que je réponde à une pareille question ?

— Certainement. Sans quoi je ne l'aurais pas posée.

— Eh bien, je refuse de répondre.

— C'est votre droit, déclara le juge avec calme. Mais je vous la poserai de nouveau lorsque vous comparaîtrez devant le tribunal, et alors il vous faudra parler... ou recevoir cinquante coups de fouet pour désobéissance à un magistrat. C'est afin de vous épargner la mortification d'avoir à répondre en public que je vous interroge maintenant.

Les yeux brillants de rage, Han expliqua d'une voix blanche :

— La courtisane Fleur-d'Amandier était jolie, bonne danseuse, et de conversation fort agréable. Par conséquent je la jugeai propre à divertir mes invités. À part cela, cette femme n'existait pas pour moi, et qu'elle soit morte ou vivante me laisse absolument froid.

— Ne venez-vous pas de me dire que vous aviez une fille ?

Malgré le ton brusque du magistrat, Han considéra visiblement cette nouvelle question comme un désir de changer le cours de la conversation. Il commanda au serviteur, qui attendait à une distance respectueuse, d'apporter les sucreries et les fruits confits, puis, d'un ton plus aimable, répondit :

— Oui, Noble Juge. Elle s'appelle Chaton-de-Saule. Je sais qu'on ne doit pas louer son propre enfant, mais j'ose dire que c'est une jeune fille tout à fait remarquable. Elle montre un certain talent dans l'art de la peinture et de la calligraphie... Il s'arrêta brusquement, et, embarrassé, ajouta : Mais les affaires de ma maison n'offrent aucun intérêt pour Votre Excellence.

— J'en viens donc à ma deuxième question. Que pouvez-vous me dire des maîtres de Guilde Wang et Sou ?

— Il y a de nombreuses années, répondit Han d'un ton de nouveau neutre, Wang et Sou ont été élus à l'unanimité par leurs collègues pour veiller aux intérêts des deux guildes. Ils furent choisis à cause de leur caractère élevé et de leur conduite irréprochable. Je n'ai rien à ajouter à cela.

— Une question, à présent, au sujet de l'affaire Liou contre Tchang. Pourquoi le professeur a-t-il pris sa retraite de si bonne heure ?

Han s'agita sur sa chaise en proie à un vif embarras.

— Pourquoi revenir sur cette vieille histoire ? demanda-t-il avec mauvaise humeur. Il a été irréfutablement établi que l'étudiante avait le cerveau dérangé. On ne peut qu'admirer le docteur Tchang d'avoir insisté pour que sa démission fût acceptée. Le nom d'un professeur à l'École du temple de Confucius ne doit pas être mêlé à des affaires de mœurs, a-t-il déclaré, même si son innocence est pleinement reconnue.

— Je consulterai le dossier au greffe, répondit le juge.

— Oh, mais Votre Excellence ne trouvera rien. L'affaire n'a pas été si loin ! Les notables de Han-yuan ont écouté les personnes mêlées à cette histoire et, d'accord avec le recteur de l'École, nous avons tout arrangé entre nous. Nous estimons qu'il est de notre devoir d'épargner le plus possible de tracas aux autorités.

— C'est ce que j'ai déjà observé, remarqua le juge.

Puis, se levant, il remercia Han de son aimable accueil. Quand celui-ci l'eut reconduit jusqu'à son palanquin, le magistrat se dit que les bases d'une solide et durable amitié n'avaient probablement pas été établies au cours de cet entretien.

VIII

LE JUGE TI S'ENTRETIENT AVEC UN OISEAU ET DES POISSONS — IL FAIT À SES LIEUTENANTS UN RÉSUMÉ DE LA SITUATION.

LORSQUE LE JUGE remonta dans son palanquin, les porteurs l'informèrent que la maison du conseiller se trouvait au coin de la même rue. Pendant ce court trajet, il songea que le conseiller Liang, étranger comme lui à Han-yuan, n'éprouverait pas les mêmes scrupules que Han Sei-yu à le renseigner sur ses concitoyens.

L'imposante entrée de sa demeure apparut bientôt, flanquée de lourds piliers qu'un ciseau habile avait ornés d'un curieux motif de nuages et d'oiseaux fabuleux.

Dans la première cour, un jeune homme au long visage triste attendait le visiteur à l'ombre d'arbres centenaires.

— Je me nomme Liang Fen, expliqua-t-il après s'être incliné très bas. Je suis le neveu du conseiller, et en même temps son secrétaire. Mon oncle regrette infiniment de ne pouvoir venir en personne au-devant d'un hôte si distingué, mais...

— Je sais que la santé de Son Excellence le Conseiller n'est pas bonne, interrompit le juge. Et je ne me serais jamais permis de l'importuner si les pressants devoirs de ma charge ne m'obligeaient à lui poser quelques questions.

Le secrétaire s'inclina de nouveau et indiqua au juge un long couloir mal éclairé. Nulle part on ne voyait de serviteurs. Après quelques instants de marche ils arrivèrent devant un charmant petit jardin. Liang Fen s'arrêta et, se frottant nerveusement les mains, dit :

— Je me rends compte de l'irrégularité de ma démarche, Seigneur Juge, et je suis confus de vous présenter une requête de façon si peu

LIANG FEN S'INCLINE DEVANT LE JUGE TI

conforme à l'étiquette, mais je vous serais infiniment reconnaissant si vous daigniez m'accorder un moment d'entretien lorsque vous aurez vu mon oncle. Je me trouve dans une situation des plus embarrassantes et je ne sais comment... comment...

Il n'arriva pas à terminer sa phrase. Après lui avoir jeté un bref regard le juge inclina la tête en signe d'acquiescement. Le jeune homme parut soulagé d'un grand poids. Ils traversèrent le jardin et, s'arrêtant devant une porte massive, Liang Fen l'ouvrit et fit passer le magistrat devant lui.

— Son Excellence le Conseiller va vous recevoir dans un instant, annonça-t-il, puis il sortit en refermant silencieusement le battant derrière lui.

Le juge cligna des paupières. Il faisait plus que sombre dans la grande pièce, et tout ce qu'il distingua d'abord fut un carré plus clair, vers le fond de la salle. Vérification faite, ce carré était une fenêtre basse, sur le treillis de laquelle on avait collé un papier grisâtre.

Le juge s'avança, marchant avec précaution sur l'épais tapis dans la crainte de heurter quelque objet. Quand ses yeux se furent habitués à la demi-obscurité, il vit que son appréhension était injustifiée. À part un grand bureau et son fauteuil disposés devant la fenêtre, le mobilier consistait seulement en quatre chaises à haut dossier, rangées contre le mur de droite sous des rayons chargés de livres.

De la pièce aux trois quarts vide se dégageait la curieuse impression désolée que donnent les logis dans lesquels personne n'habite plus depuis longtemps.

Le juge remarqua une vasque de porcelaine contenant des cyprins dorés, posée sur un support en bois sculpté, près du bureau. Il s'apprêtait à l'examiner quand une voix stridente cria brusquement :

— Va t'asseoir !

Surpris, le magistrat fit un pas en arrière.

Un rire aigu éclata près de la fenêtre. Le juge se retourna et sourit en apercevant une petite cage en fils d'argent accrochée au mur. Elle était occupée par un mainate qui sautillait en battant des ailes.

Le juge Ti s'approcha de la cage, et, la tapotant du bout de son doigt, dit avec reproche :

— Tu m'as fait peur, vilain oiseau !

— Vilain oiseau ! répéta le mainate en tournant sa petite tête lisse vers le magistrat. Il le regarda un instant de son œil sagace et se remit à crier : Va t'asseoir !

— Entendu ! répondit le magistrat. Mais avec ta permission, je veux d'abord admirer ces jolis poissons !

Quand il se pencha vers la vasque, une demi-douzaine de petites créatures or et noir, aux longues nageoires et aux belles queues traînantes, montèrent à la surface et vinrent fixer sur lui le regard solennel de leurs gros yeux protubérants.

— Je suis désolé, mais je n'ai rien à vous offrir ! dit-il.

Au milieu de la vasque, une statuette de la Fée des fleurs était fixée sur un piédestal en forme de rocher. Ses joues coquettement fardées rosissaient la porcelaine du souriant visage et son chapeau de paille semblait réel. Le juge avança la main pour la toucher. Les poissons commencèrent aussitôt à s'agiter avec irritation, nageant tout près de la surface et faisant rejaillir l'eau autour d'eux. Sachant à quel point ces coûteux petits animaux de race sont excitables, le juge craignit de les voir endommager leurs longues nageoires. Il les abandonna donc pour se diriger vers les rayons de livres.

À ce moment la porte s'ouvrit et un vieillard au dos très voûté entra, soutenu par Liang Fen. Le juge s'inclina profondément et attendit que le secrétaire eut mené à petits pas son maître jusqu'au vaste fauteuil. Le vieil homme s'accrochait d'une main au bras de Liang Fen et de l'autre s'appuyait sur un long bâton laqué de rouge. Il était vêtu d'une robe de roide brocart brun et portait sur la tête un haut bonnet de gaze noire brochée de fils d'or. Une visière noire en forme de croissant protégeait sa vue, de sorte que le juge ne put distinguer ses yeux. Une grosse moustache et de longs favoris cachaient une partie de son visage tandis qu'une impressionnante barbe de neige descendait en trois pointes sur sa poitrine.

Pendant que le vieillard se laissait doucement tomber sur le fauteuil, le mainate se mit à battre des ailes et cria :

— Cinq mille... Comptant !

Le conseiller fit un signe. Liang Fen se hâta de couvrir la cage avec son mouchoir. Le vieillard posa alors ses deux coudes sur la table et pencha sa tête en avant. L'étoffe raide de la robe se gonfla, s'écarta comme deux ailes, donnant à la silhouette sombre qui se détachait sur le fond plus clair de la fenêtre l'apparence de quelque énorme oiseau de proie perché pour la nuit.

D'une voix faible, presque indistincte, le vieil homme murmura :

— Asseyez-vous, Ti. Je suppose que vous êtes le fils de feu mon collègue le conseiller d'État dont vous portez le nom ?

— Votre Excellence ne se trompe pas, répondit respectueusement le juge en s'asseyant tout au bord d'une haute chaise.

Liang Fen resta debout près du conseiller.

— J'ai quatre-vingt-dix ans, Ti ! continua le vieil homme. Ma vue s'en va... j'ai des rhumatismes. Mais qu'espérer d'autre à mon âge ?

Son menton descendit plus bas encore sur sa poitrine.

— L'humble magistrat que je suis, commença le juge Ti, est confus d'importuner Votre Excellence et la supplie de bien vouloir l'excuser. Je vais lui exposer le plus brièvement possible l'objet de ma visite. Deux délicats problèmes criminels m'embarrassent fort. Votre Excellence sait, sans doute, à quel point les habitants de cette ville sont peu communicatifs...

Il s'arrêta en voyant Liang Fen lui faire des signes désespérés.

— Le conseiller vient de s'endormir ! murmura le jeune homme. Cela lui arrive de plus en plus fréquemment. Il en a pour une bonne heure avant de se réveiller. Venez chez moi, je vais prévenir les domestiques.

Le juge Ti jeta un regard de compassion au vieil homme qui respirait de façon laborieuse, la tête soutenue par ses deux bras posés sur la table. Il poussa un soupir et suivit Liang Fen dans le petit bureau de celui-ci, à l'autre bout de la maison. Une porte ouverte laissait apercevoir un minuscule mais charmant jardin fleuri entouré d'une haute palissade.

Liang Fen fit asseoir le juge Ti dans un grand fauteuil placé devant la table couverte de livres et de registres.

— Si vous le permettez, dit-il très vite, je vais prévenir le vieux couple de serviteurs que leur maître s'est assoupi.

Laissé seul, le juge se caressa lentement la barbe. Il n'avait vraiment pas de chance aujourd'hui, songea-t-il avec découragement.

Le jeune secrétaire fut bientôt de retour et s'affaira autour de la table à thé. Quand il eut versé au juge une tasse de liquide bouillant, il se laissa tomber sur un tabouret et dit d'un ton désolé :

— Quel dommage, Seigneur Juge, que le sommeil se soit emparé de Son Excellence le Conseiller juste au moment où vous venez le voir ! Puis-je vous être de quelque utilité ?

— Je ne crois pas. Depuis combien de temps le conseiller est-il sujet à ces assoupissements soudains ?

— Depuis cinq ou six lunes, Noble Juge. Il y a huit lunes, son fils aîné qui habite la capitale m'a envoyé ici pour servir de secrétaire au vieux conseiller. Ce fut un coup de chance inespéré, car j'appartiens à une branche pauvre de la famille et me voici maintenant logé et nourri, avec suffisamment de temps à moi pour préparer le second examen littéraire. Les deux premières lunes, tout alla bien. Le conseiller me faisait vernir chaque matin une heure ou deux dans sa bibliothèque ; il me dictait son courrier, ou, s'il se sentait d'humeur réminiscente, me racontait une foule d'anecdotes sur sa longue carrière. À part quelques rhumatismes et sa vue extraordinairement basse — il a fait enlever presque tout le mobilier de cette pièce afin de ne pas se cogner dans les meubles —, il se portait comme un charme.

Il avait encore toute sa lucidité et gérait lui-même au mieux ses immenses propriétés.

« Mais, il y a environ six lunes, il dut avoir une attaque au cours de la nuit. Depuis lors, il s'exprime avec difficulté et a souvent l'air égaré. Il ne me fait plus venir dans la bibliothèque qu'une fois ou deux par semaine et se met à somnoler au milieu de la conversation. Il lui arrive souvent de garder la chambre plusieurs jours de suite, ne prenant que du thé, des graines de pin, et des infusions spéciales qu'il prépare lui-même. Le vieux couple qui le sert pense qu'il cherche l'élixir d'immortalité !

Le juge Ti secoua tristement la tête.

— Ce n'est pas toujours un avantage d'atteindre un âge si avancé, dit-il en poussant un soupir.

— C'est une catastrophe, Noble Juge ! s'écria le jeune homme, et c'est à cause de cela que je désire vous consulter. Malgré l'état dans lequel il se trouve, mon vénérable parent veut absolument administrer lui-même ses biens. Il écrit des lettres que je ne vois pas, et a de longs entretiens avec Wan Yi-fan, un homme d'affaires que monsieur Liou Fei-po lui a fait connaître. Je n'assiste pas à ces conversations, mais comme je tiens la comptabilité, je me suis aperçu que depuis quelque temps Son Excellence se livre à d'étranges opérations et vend quantité de bonne terre arable à des prix ridiculement bas. Petit à petit toutes ses propriétés sont ainsi cédées contre des sommes très inférieures à leur valeur réelle. La famille va me tenir pour responsable, mais que puis-je faire ? Un garçon de mon âge ne peut tout de même pas se permettre de donner des conseils à une personne comme Son Excellence... surtout quand on ne lui demande rien !

Le juge hocha la tête avec sympathie. C'était en effet un délicat problème. Après avoir réfléchi, il déclara :

— Votre tâche ne va pas être agréable, monsieur Liang, mais il faut que vous mettiez le fils de Son Excellence au courant de la situation. Pourquoi ne pas lui suggérer de venir passer quelque temps ici afin de se rendre compte à quel point les facultés de son père sont affaiblies ?

L'idée ne sembla pas enchanter Liang Fen outre mesure. Le juge Ti fut ému en remarquant l'air misérable du jeune homme, et, comprenant combien il lui était difficile d'annoncer aux membres importants de sa famille que le chef du clan perdait la tête, il ajouta :

— Si vous pouviez me fournir un exemple précis des désastreuses opérations effectuées par Son Excellence, je rédigerais une note déclarant que moi, magistrat du district, suis personnellement convaincu que le conseiller n'est plus capable de gérer ses affaires.

Le visage de Liang Fen s'éclaira. Pénétré de reconnaissance, il s'écria :

— Cela m'aiderait beaucoup, Noble Juge ! J'ai établi un état de ses dernières opérations pour mon édification personnelle. Il vous éclairera. Et voici le registre comptable avec les instructions de Son Excellence écrites de sa propre main dans la marge. Les caractères sont minuscules, à cause de sa myopie, mais leur signification n'est que trop claire ! Vous verrez, Noble Juge, que le prix offert pour ce terrain est bien au-dessous de sa valeur réelle. Il est vrai que l'acheteur a payé comptant — et en lingots d'or — mais...

Le magistrat ne l'écoutait plus, apparemment perdu dans sa lecture. Ce n'était cependant pas le texte rédigé par le jeune homme qui l'intéressait, mais son écriture. Elle ressemblait étrangement à celle des lettres d'amour envoyées par l'Étudiant du bosquet de bambous à la danseuse assassinée.

Le juge s'arrêta de lire et dit :

— Je garde cet état pour l'étudier à loisir.

Il le roula et le mit dans sa manche en ajoutant :

— Le suicide de candidat Tchang Hou-piao a dû être un coup désagréable pour vous.

— Pour moi ? demanda Liang Fen, surpris. J'ai entendu parler de cette triste affaire, naturellement, mais je n'avais jamais rencontré le malheureux. D'ailleurs je ne connais à peu près personne ici, Noble Juge. Je sors peu et toujours pour aller au temple de Confucius. Il y a là une belle bibliothèque et il m'arrive d'en consulter les livres, car je continue mes études et cela me prend tous les instants de loisir dont je dispose.

— Cependant vous trouvez tout de même le temps de faire de petites visites au quartier des Saules !

— Qui a pu répandre pareille calomnie ? s'écria Liang Fen avec indignation. Je ne sors jamais le soir, Seigneur Juge. Le vieux couple de serviteurs vous le confirmera. Ces femmes légères ne m'intéressent absolument pas. Mes goûts... D'ailleurs où pourrais-je trouver l'argent nécessaire ?

Le juge ne répondit rien. Il se leva et, s'approchant de la porte donnant sur le petit jardin, demanda :

— Le conseiller se promenait-il par ici avant son attaque ?

Liang Fen tourna vivement la tête vers le magistrat.

— Non, Seigneur Juge, répondit-il. Ceci est seulement un arrière-jardin. Cette porte, là-bas, donne sur le chemin qui contourne la propriété. Le parc est de l'autre côté. J'espère que Votre Excellence n'attache aucun crédit à ces viles calomnies ! Je ne vois vraiment pas qui peut...

— Cela n'a aucune importance ! Dès que j'aurai un instant, j'étudierai l'état que vous m'avez remis et je ferai le nécessaire.

Liang Fen se confondit en remerciements et reconduisit le magistrat jusqu'à la première cour où il l'installa dans son palanquin.

De retour au tribunal, le juge Ti trouva le sergent et Tsiao Taï dans son bureau. Le sergent dit aussitôt :

— Tsiao Taï a fait une découverte importante dans la maison du docteur Tchang, Votre Excellence !

— Voilà enfin une nouvelle agréable, remarqua le juge en s'asseyant. Parle, Tsiao Taï, qu'as-tu trouvé ?

— Oh, pas grand-chose, Noble Juge. En ce qui concerne l'affaire principale, nous en sommes toujours au même point. Ma Jong a eu beau me donner un coup de main à son retour du temple bouddhiste, nous n'avons pas encore réussi à découvrir l'identité de votre mystérieux espion. Nous n'avons rien appris d'intéressant non plus au sujet du charpentier. L'intendant du docteur Tchang l'a envoyé chercher deux jours avant le mariage. Au cours de la première journée, Mao Yuan construisit une plate-forme pour les musiciens. Il passa la nuit dans la loge du portier. Le lendemain, il répara différents meubles et remit en état le plafond de la chambre nuptiale qui laissait passer l'eau. Il a de nouveau dormi chez le portier. La matinée suivante fut consacrée à la réparation de la grande table autour de laquelle devaient prendre place les convives. Mao rendit ensuite de menus services à la cuisine, mais, dès que le festin commença, il a surtout aidé les serviteurs à finir le vin qui restait dans les cruches. Le soir, il était ivre mort ! C'est le lendemain qu'on découvrit le cadavre de la mariée, et Mao, curieux comme une vieille femme, resta jusqu'au retour du professeur.

Celui-ci revint sans avoir retrouvé son fils, et Mao partit alors avec sa boîte à outils et sa hache. Peu après, l'intendant le vit bavarder dans la rue avec le pêcheur qui venait de rapporter la ceinture de candidat Tchang. Le professeur n'eut jamais l'occasion d'adresser la parole au charpentier ; c'est l'intendant qui lui donna tous les ordres nécessaires et qui le paya.

Tsiao Taï tortilla un instant sa courte moustache, puis il reprit :

— Cet après-midi, pendant que le professeur faisait la sieste, j'ai pu examiner sa bibliothèque. Elle contient, entre autres trésors, un vieux livre sur le tir à l'arc, et ses magnifiques gravures m'ont beaucoup intéressé. Lorsque je le remis en place, j'aperçus un autre ouvrage tombé par-derrière. Je le feuilletai machinalement. C'était un traité d'échecs, et le problème qui figure sur sa dernière page est celui que vous avez trouvé dans la manche de la courtisane assassinée !

— Splendide ! s'exclama le juge Ti. L'as-tu apporté ?

— Non, Noble Juge. J'ai pensé que le professeur pourrait avoir des soupçons s'il s'apercevait que le traité a disparu. J'ai donc laissé frère Ma en surveillance et me suis rendu dans une librairie qui se trouve en face du temple de Confucius. Quand j'eus mentionné le titre de l'ouvrage, le libraire me répondit qu'il en possédait encore un exemplaire. Et, aussitôt, il se mit à discourir sur le dernier problème ! Ce livre, m'expliqua-t-il, fut offert au public il y a plus de soixante-dix ans par l'arrière-grand-père de Han Sei-yu, un vieil original que les gens appelaient Han l'Ermite. C'était un joueur réputé, et son livre fait encore autorité de nos jours. Deux générations de passionnés des échecs ont pâli sur ce fameux problème sans que personne en découvrît la solution. Il n'en est pas question dans le traité, aussi croit-on généralement que l'imprimeur l'a placé à cette page par erreur et qu'il ne fait pas partie de l'ouvrage. Han l'Ermite mourut pendant son impression, de sorte qu'il ne put en corriger les épreuves. J'ai acheté le livre afin que vous puissiez l'examiner vous-même, Noble Juge.

Tsiao Taï tendit au magistrat un volume jauni, aux pages toutes cornées.

— Quelle passionnante histoire ! s'écria le juge Ti en se dépêchant d'ouvrir le traité. L'aïeul de Han était un vrai lettré, dit-il après avoir parcouru la préface. Son style est original, mais excellent.

Il feuilleta le livre page par page, et, arrivé à la dernière, il sortit de son tiroir la feuille trouvée dans la manche de Fleur-d'Amandier.

— Oui, dit-il, cette page vient bien du livre de Han l'Ermite. Mais pourquoi l'a-t-on déchirée ? Quel rapport peut-il y avoir entre un problème d'échecs imprimé il y a soixante-dix ans et un complot ourdi à présent dans cette ville ? Tout cela est vraiment étrange !

Hochant la tête, il rangea livre et feuille dans son tiroir, puis demanda au sergent :

— As-tu appris quelque chose au sujet de Liou Fei-po, mon brave Hong ?

— Rien qui ait un rapport direct avec les affaires en cours, Seigneur Juge. Naturellement, la mort de Fée-de-la-Lune, suivie de la disparition de son cadavre, fait marcher les langues. On dit que Liou a dû avoir la prémonition que ce mariage serait malheureux et qu'il voulait faire annuler le contrat pour cette raison. J'ai bu une coupe ou deux avec l'un de ses porteurs de palanquin, et ce garçon m'a dit que Liou était assez aimé de ses gens. Il est plutôt strict, mais comme il voyage beaucoup, ils se la coulent douce ! Ce porteur m'a pourtant raconté une curieuse histoire. Il prétend que son maître est capable de disparaître à volonté !

— Disparaître à volonté ! répéta le juge, étonné. Que veut-il dire par là ?

— Eh bien, il semble que lorsque Liou se retire dans sa bibliothèque et que l'intendant a besoin de le voir, il trouve la pièce vide ! Il a beau chercher de tous côtés, impossible de découvrir son maître nulle part. Et pourtant personne ne le voit sortir. À l'heure du dîner, sans que nul ne l'ait vu non plus revenir, on le rencontre soudain dans un couloir ou bien dans le parc. La première fois que la chose se produisit, le pauvre homme dit à son maître qu'il l'avait cherché en vain toute la journée. Liou se mit dans une colère terrible, le traita de vieux gâteux et de chauve-souris aveugle, et prétendit qu'il n'avait pas bougé de son kiosque. Plus tard, quand le fait se renouvela, l'intendant se garda bien de faire la moindre réflexion.

— Ton porteur n'en était sûrement pas à sa première coupe quand il t'a raconté cette histoire, déclara le juge en souriant. Laissez-moi plutôt vous faire part de ce que j'ai appris tantôt. À propos du docteur Tchang d'abord. S'il a pris une retraite prématurée, c'est parce que l'une de ses étudiantes l'a accusé d'attentat à la pudeur ! Han Sei-yu, qui a laissé échapper cette confidence au cours de la conversation, prétend que le professeur était innocent… mais à l'en croire, tous les notables de Han-yuan sont des petits saints ! Lorsque Liou soutient que le docteur Tchang a fait subir les derniers outrages à Fée-de-la-Lune, son accusation n'est donc peut-être pas aussi absurde qu'elle a pu nous le paraître.

« Deuxième découverte : un neveu du conseiller Liang habite chez lui, et l'écriture de ce garçon ressemble beaucoup à celle qui nous intrigue tant. Passe-moi tes fameuses lettres, sergent.

Le juge sortit de sa manche le document remis par Liang Fen et le compara à l'une des épîtres signées « *L'Étudiant du bosquet de bambous* ». Presque aussitôt, son poing s'abattit sur la table et il dit d'un ton irrité :

— Non, c'est toujours la même chose, si l'on y regarde de près la ressemblance s'évanouit ! Voyez, c'est le même genre de caractères, tracés avec une encre et un pinceau analogues, mais les traits sont légèrement différents. Secouant la tête, il continua : Et pourtant comme tout s'accordait bien : le vieux conseiller est gâteux et il y a seulement un couple de serviteurs âgés dans toute cette grande bâtisse. La chambre de Liang Fen donne sur une arrière-cour en bordure d'un chemin écarté. N'est-ce pas l'endroit rêvé pour recevoir discrètement une aimable visiteuse ? Je vois très bien Fleur-d'Amandier venir passer là ses après-midi. Liang Fen avait pu faire sa connaissance en ville, dans un magasin, par exemple. Il prétend ne pas avoir connu candidat Tchang, mais il sait fort bien que je ne puis vérifier ses dires puisque le malheureux n'est plus de ce monde ! Dis-moi, sergent, le nom de Liang figure-t-il sur la liste du professeur ?

Le sergent Hong secoua négativement la tête tandis que Tsiao Taï s'écriait :

— Mais, Noble Juge, que Fleur-d'Amandier ait été ou non la maîtresse de Liang Fen, il ne pourrait tout de même pas l'avoir assassinée puisqu'il ne se trouvait pas sur le bateau ! Et il en est de même pour le docteur Tchang.

Le juge Ti se croisa les bras. Le menton appuyé sur sa poitrine, il demeura un long moment songeur.

— Je vous avoue franchement que je n'y comprends rien ! finit-il par dire. À présent, mes amis, allez donc souper. Tsiao Taï ira ensuite relever Ma Jong chez le docteur Tchang. Toi, sergent, tu diras en sortant qu'on me serve le riz du soir ici. Je vais relire tous les documents qui se rapportent à ces deux affaires. Cela me donnera peut-être une idée.

Il tirailla sa moustache d'un geste rageur et reprit :

— Pour l'instant, nos hypothèses ne nous mènent nulle part. Première affaire : une danseuse est tuée afin de l'empêcher de me mettre au courant d'un complot. Quatre personnes ont la possibilité matérielle d'avoir commis le crime : Han, Liou, Sou et Wang. Il y a, de plus, un lien quelconque entre ce complot et un problème d'échecs vieux de soixante-dix ans ! La danseuse avait un amoureux que nous ne connaissons pas, mais cela n'a peut-être rien à voir avec sa mort. Son amant était : soit le docteur Tchang qui connaissait le pseudonyme dont sont signées les lettres ; soit Liou, pour la même raison, plus la ressemblance de son écriture avec celle des lettres ; soit Liang Fen à cause aussi de la ressemblance des écritures, plus le fait qu'il pouvait facilement recevoir la demoiselle chez lui à l'insu de tous.

« Deuxième affaire : un professeur de grand savoir mais de petite vertu viole sa belle-fille, laquelle se suicide. Le nouveau marié se suicide également. Le professeur essaie de faire enterrer le cadavre avant qu'on puisse l'examiner, mais un charpentier soupçonne la vérité à la suite d'une conversation avec un pêcheur — note donc, sergent, qu'il faut absolument retrouver ce pêcheur ! —, ledit charpentier est aussitôt assassiné, apparemment avec sa propre hache. Et le professeur s'arrange pour que le cadavre de la jeune épousée disparaisse sans laisser de trace.

« Et voilà ! N'allez cependant pas vous imaginer qu'il y ait du louche là-dedans ! Pas du tout, car dans cette somnolente petite cité de Han-yuan, il ne se passe jamais rien d'illégal… si nous en croyons Han Sei-yu. Allons, bonne nuit mes enfants !

IX

Assis sur la terrasse du tribunal,
le juge contemple l'astre des nuits
Il entend d'étranges confidences
au cours d'une visite nocturne.

SON REPAS ACHEVÉ, le juge ordonna qu'on servît le thé sur la terrasse, puis il gravit les larges degrés de pierre et s'installa confortablement dans un fauteuil. Une brise plus fraîche avait chassé les nuages et les rayons de la pleine lune baignaient maintenant le lac de leur étrange clarté.

Il avala une gorgée de thé brûlant. Lorsque le serviteur se fut silencieusement éloigné sur ses chaussons de feutre, le juge desserra sa robe avec un soupir d'aise et, se renversant dans son fauteuil, leva les yeux vers l'astre du soir.

Son intention était de passer en revue les événements des deux dernières journées, mais il découvrit avec agacement qu'il n'arrivait pas à concentrer sa pensée. Le regard fixe de la danseuse noyée, le crâne béant de Mao Yuan, le visage défait entrevu à la fenêtre de la chambre nuptiale, toutes ces visions de cauchemar revenaient sans cesse devant ses yeux.

Impatienté, il se leva et vint s'accouder à la balustrade de marbre. Le bruit nocturne de Han-yuan montait jusqu'à lui. En prêtant l'oreille, il distinguait même le brouhaha du marché aux poissons, pourtant situé plus bas que le temple de Confucius. C'était là sa ville — des milliers de braves gens confiés à ses soins — et lui, leur magistrat, se montrait incapable d'arrêter les assassins qui y complotaient tranquillement il ne savait trop quoi.

Mortifié à l'extrême, il se mit à marcher de long en large, les mains derrière le dos. Au bout de quelques minutes de ce manège, il s'arrêta court, les sourcils froncés, puis regagna en hâte son cabinet.

Là, il choisit dans un coffre plein de vieilles hardes une robe de coton bleu tout en loques et une casaque rapiécée. Il les endossa, ceignit sa taille d'une corde, défit son chignon et noua une guenille sale autour de sa tête. Après quoi, il fourra deux ligatures de sapèques dans sa manche, traversa la grande cour du Yamen sur la pointe des pieds et sortit par une porte latérale.

Dans la ruelle, il ramassa une poignée de poussière et s'en frotta la barbe et les favoris, puis il descendit tranquillement les marches qui menaient au cœur de la ville.

Sur la place du marché, il y avait foule et il dut se frayer un passage à coups de coude pour atteindre l'éventaire d'un marchand auquel il acheta un gâteau frit à l'huile rance. Se forçant à mordre dans la peu appétissante pâtisserie, il se barbouilla de graisse moustaches et visage afin de mettre la dernière touche à son déguisement.

Flânant d'un air désœuvré, il essaya de lier connaissance avec les miséreux qui se trouvaient là, mais tous étaient trop absorbés par leurs activités personnelles pour lui répondre. Il voulut alors engager la conversation avec un marchand de croquettes de viande. L'homme lui fourra une pièce de cuivre dans la main et continua de crier à pleins poumons :

— Mes boulettes, mes belles boulettes, ce n'est pas cher !

Le juge songea qu'il lui serait probablement plus facile d'entrer en contact avec la pègre dans une gargote bon marché ; il enfila une petite ruelle, et aperçut bientôt une lanterne rouge vantant des nouilles toutes chaudes.

Une odeur mi-vinasse mi-graillon assaillit ses narines quand il écarta le rideau sale qui servait de porte. Installés autour des tables en bois, une douzaine de coolies engloutissaient bruyamment leur nourriture. Sans les regarder, le juge alla s'asseoir dans un coin, et, lorsqu'un serveur débraillé parut, il lui commanda un bol de nouilles.

Bien que le magistrat eût étudié les mœurs des basses classes et parlât couramment leur langage, le garçon lui jeta un coup d'œil soupçonneux ; l'air renfrogné, il demanda :

— D'où sors-tu, toi ?

Le juge comprit que dans une si petite communauté tout nouveau venu était immédiatement remarqué, il s'en voulut de ne pas y avoir songé et se hâta de répondre :

— J'arrive de Kiang-pei. Mais qu'est-ce que ça peut te faire ? Sers-moi sans t'occuper du reste et grouille-toi un peu !

Le garçon haussa les épaules et passa la commande au cuisinier.

À ce moment le rideau de l'entrée s'écarta brutalement pour laisser passer deux hommes. Le premier, un grand gaillard bien découplé, portait un large pantalon et une veste sans manches qui laissait voir ses longs bras musclés. Une barbiche raide et une moustache aux poils hérissés ornaient son visage presque triangulaire. Le second, plus maigre, était vêtu d'une robe rapiécée ; un emplâtre noir cachait son œil gauche. Donnant un coup de coude à son compagnon, il lui désigna le juge. Sans mot dire, les deux truands se laissèrent choir sur le même banc que le magistrat, l'un à sa gauche, l'autre à sa droite.

— Qui vous a demandé de vous asseoir ici, têtes de chien ? grommela le juge Ti.

— La ferme, sale étranger ! répondit l'homme aux bras nus, tandis que le magistrat sentait la pointe d'un couteau se poser sur ses côtes.

Le borgne se pencha vers lui, répandant une écœurante odeur d'ail et de sueur séchée.

— Je t'ai vu empocher une sapèque place du Marché ! lança-t-il d'une voix sifflante. Si tu t'imagines que les mendiants d'ici vont permettre à un sale étranger de venir fourrer ses baguettes dans leur bol de riz, tu te trompes, mon vieux !

Le juge mesura toute l'étendue de sa folie : il avait exercé la profession de mendigot sans payer tribut à la guilde, violant ainsi l'une des plus anciennes lois non écrites de la pègre.

La pointe du couteau se fit plus insistante.

— Sors avec nous ! ordonna Bras-nus d'une voix rauque. Il y a une petite cour derrière. Nous y serons tranquilles pour décider avec nos lames si tu as le droit ou non de travailler chez nous.

Le juge connaissait la boxe et maniait l'épée d'experte façon, mais il ignorait la technique du combat au couteau tel qu'on le pratique dans les bas quartiers. Révéler son identité était cependant hors de question : il aimait mieux mourir que devenir la fable de toute la province ! Et en forçant ces deux brutes à engager tout de suite le combat, il aurait peut-être la bonne fortune de voir les coolies se joindre à la bagarre, ce qui lui donnerait une petite chance de s'en tirer.

D'une vigoureuse poussée, il envoya le borgne rouler à terre, tandis qu'un brusque mouvement de son coude droit écartait l'arme du premier malandrin. Il sentit tout de même une douleur aiguë dans le côté, mais, debout à présent, il put abattre son poing sur le visage du truand. Sans attendre sa riposte, il fit rapidement le tour de la table et saisit un tabouret dont il arracha un pied avant de s'en servir comme d'un bouclier.

Vomissant d'horribles imprécations, les deux hommes se précipitèrent sur lui sans dissimuler plus longtemps leurs armes. Les coolies s'étaient retournés. Bien loin de prendre part à la lutte, ils s'installèrent pour jouir paisiblement de ce spectacle gratuit.

Bras-nus fonça, le couteau en avant. Le juge Ti para l'attaque avec le tabouret et fit tournoyer sa matraque improvisée. Au moment où l'homme baissait la tête pour esquiver le coup, une voix truculente demanda :

— Qu'est-ce qui se passe ici ?

En apercevant le squelettique personnage à barbe grise debout près de la porte, les assaillants du magistrat se hâtèrent de cacher leurs armes et s'inclinèrent très bas. Les deux mains appuyées sur un gros gourdin, le nouveau venu les examina d'un œil critique ; en dépit de sa vieille robe brune et de sa culotte graisseuse il avait un indiscutable air d'autorité. S'adressant à l'homme aux bras nus, il dit, aigre-doux :

— Je n'aime pas qu'on tue en ville, Mao Lou. Tu le sais pourtant bien.

— Les étrangers qui viennent mendier ici sans permission doivent être mis à mort. C'est la loi !

— Je décide moi-même de ces choses-là. On ne m'a pas nommé chef de la guilde des mendiants pour rien. Et vous savez que je ne condamne jamais personne sans l'avoir entendu. Se tournant vers le juge, il demanda : Hé, toi... Qu'as-tu à dire pour ta défense ?

— Je voulais avaler un morceau avant d'aller vous voir, répliqua le juge Ti d'une voix geignarde. Il y a une heure à peine que je suis dans cette maudite ville, mais si l'on ne peut même pas y manger ses nouilles en paix, je ferais mieux de m'en retourner !

— C'est vrai, intervint le garçon. Quand j'ai pris sa commande, il m'a dit qu'il arrivait de Kiang-pei.

L'homme à la barbe grise jeta un regard dubitatif au juge.

— As-tu de l'argent ? demanda-t-il.

Le magistrat tira une ligature de sapèques de sa manche. Son interlocuteur s'en saisit avec une prestesse inattendue et dit d'un ton placide :

— Le droit d'inscription est d'une demi-ligature, mais j'accepte la ligature complète comme marque de ta bonne volonté. Tu viendras me remettre dix pour cent de tes gains tous les soirs à l'auberge de la Carpe rouge. Jetant sur la table une petite lame de bois fort sale portant un numéro et un signe cabalistique, il ajouta : Voici ton insigne de membre de la guilde. Bonne chance !

Le grand truand lui jeta un regard mauvais.

— Si vous voulez savoir ce que je pense... commença-t-il.

— Ça n'intéresse personne ! N'oublie pas que j'ai bien voulu t'accepter parmi nous quand la guilde des charpentiers t'a rejeté. Et j'aimerais savoir ce que tu fais encore à Han-yuan ? Je te croyais à l'île des Trois Chênes ?

— Fallait que je voie quelqu'un avant de partir, grommela Mao Lou.

— Quelqu'un ? Plutôt quelqu'*une* ! précisa le borgne en clignant son œil unique. Monsieur veut emmener sa petite amie, mais elle prétend qu'elle est malade. Alors Monsieur est de mauvais poil !

— Tais-toi, imbécile, et allons-nous-en !

Les deux hommes s'inclinèrent devant leur chef et sortirent.

Le juge Ti voulut engager la conversation avec l'étrange vieillard, mais, respectueusement escorté par le serveur, ce digne personnage gagna la porte sans lui prêter davantage attention.

Déçu, le magistrat vint se rasseoir à sa table. Le garçon déposa devant lui un bol de nouilles et un gobelet de vin en disant d'un ton presque aimable :

— Simple petit malentendu, l'ami ! Le patron t'envoie ce vin pour te consoler. Reviens souvent nous voir.

Tout en savourant ses nouilles avec un appétit qui l'étonna, le juge songeait : « Cette aventure me servira de leçon. Si je dois me déguiser de nouveau, je prendrai le costume d'un diseur de bonne aventure ou d'un médecin ambulant. Ces gens-là ne s'éternisent nulle part et ne sont pas organisés en guildes. » Son repas terminé, il paya le garçon, et, s'apercevant que sa blessure saignait encore, il se rendit chez un apothicaire de la place du Marché.

Le praticien lava la plaie, et, tout en la recouvrant d'un emplâtre, remarqua :

— Tu as de la veine, mon brave, ce n'est qu'une simple égratignure. J'espère que ton adversaire ne s'en est pas tiré à si bon compte !

Le juge lui versa cinq sapèques pour ses soins et remonta lentement vers la haute ville, notant au passage que les boutiquiers mettaient déjà leurs volets de bois. Enfin la vue du Yamen lui arracha un soupir de soulagement. Après s'être assuré qu'aucun garde ne se trouvait à proximité, il se glissa dans la ruelle. Presque aussitôt, il s'immobilisa : une silhouette sombre était penchée sur la serrure de la petite porte.

Plaqué contre la muraille, il s'efforça de voir ce que manigançait l'inconnu, mais celui-ci, levant la tête, découvrit sa présence et voulut s'enfuir. Le magistrat fut sur lui en trois bonds et lui saisit le bras.

— Lâchez-moi ! cria le prisonnier. Lâchez-moi, ou j'appelle !

Stupéfait, le juge Ti relâcha son étreinte. Le prisonnier était une prisonnière !

— Ne craignez rien, dit-il. J'appartiens au tribunal. Qui êtes-vous ?

La jeune femme hésita un instant. D'une voix tremblante, elle murmura :

— Vous avez plutôt l'air d'un voleur de grand chemin !

— Je me suis déguisé pour remplir une mission spéciale, répliqua le juge avec irritation. Allons, répondez... que faites-vous ici ?

L'inconnue baissa l'écharpe qui lui voilait le visage, révélant les traits ravissants d'une belle adolescente.

— Je veux voir le magistrat au sujet d'une affaire urgente, dit-elle.

— Alors, pourquoi ne pas vous présenter à la grande porte ?

— Ma démarche doit rester ignorée du personnel. J'espère attirer l'attention d'une servante et lui demander de me conduire dans les appartements du juge. Lui jetant un regard scrutateur, elle ajouta : Qu'est-ce qui me prouve que vous appartenez réellement au Yamen ?

Le juge sortit une clef de sa manche et ouvrit la porte.

— Je suis le magistrat, dit-il sèchement. Suivez-moi.

La jeune fille demeura un instant interdite, puis, s'approchant, elle expliqua en baissant la voix :

— Je me nomme Chaton-de-Saule, Votre Excellence. Je suis la fille de Han Sei-yu. Mon père vient d'être attaqué et blessé ; il vous supplie de venir tout de suite. Personne d'autre que Votre Excellence ne doit connaître ma démarche, c'est très important.

— Qui s'est permis d'attaquer votre père ? demanda le juge de plus en plus surpris.

— L'assassin de la courtisane Fleur-d'Amandier. Venez vite s'il vous plaît, Seigneur Juge. Notre maison est à deux pas d'ici.

Le juge Ti alla cueillir deux roses rouges dans le jardin du tribunal et les tendit à la jeune fille.

— Mettez ces fleurs dans vos cheveux, commanda-t-il. Maintenant, conduisez-moi auprès de votre père.

Elle obéit et le magistrat la suivit, marchant à quelques pas derrière elle. S'ils rencontraient le veilleur de nuit ou un passant attardé, ceux-ci les prendraient pour une prostituée et le client qu'elle emmène chez elle.

Quelques minutes plus tard, ils arrivaient devant la demeure de Han. Au lieu de franchir le magnifique portail, Chaton-de-Saule contourna la maison et gagna la porte des cuisines. Elle l'ouvrit avec une clef qu'elle tira de l'échancrure de sa robe et pénétra dans un petit jardin. Après l'avoir traversé, la jeune fille poussa une nouvelle porte et fit signe au magistrat d'entrer.

Le juge Ti se trouva dans une pièce minuscule mais somptueusement décorée. Han Sei-yu gisait sur une couche assez large, en bois de santal sculpté, qui occupait presque tout le mur du fond. Il était appuyé contre de gros coussins de soie, et la lumière d'une bougie placée sur la table à thé éclairait son visage pâli aux traits tirés. En apercevant ce visiteur vêtu de loques sales, il poussa un cri et voulut se lever. Le juge se hâta de dire :

— Ne craignez rien, je suis votre magistrat. Où êtes-vous blessé ?

— Il a reçu un coup en pleine tempe, Votre Excellence ! expliqua Chaton-de-Saule. Tandis que le juge s'asseyait sur un tabouret, la jeune fille alla prendre une serviette dans le récipient d'eau chaude posé sur la table à thé ; elle la passa sur le visage de son père et indiqua la tempe droite au magistrat. Le juge se pencha et aperçut une vilaine contusion bleuâtre. Chaton-de-Saule appliqua doucement sa serviette sur la blessure. Maintenant qu'elle avait retiré sa cape noire on voyait mieux l'élégance de son vêtement et la grâce de sa silhouette. Le regard anxieux qu'elle posait sur son père trahissait toute l'affection qu'elle lui portait.

Han, lui, ne quittait pas le juge des yeux ; défait et visiblement en proie à une terreur intense, il avait perdu son air hautain et ne ressemblait pas au Han Sei-yu qu'avait vu jusqu'ici le juge. Il murmura d'une voix étranglée :

— Je suis très reconnaissant à Votre Excellence d'être venue. J'ai été enlevé tout à l'heure.

Il jeta un regard effrayé vers la porte et ajouta, baissant davantage encore la voix :

— C'est le Lotus blanc !

— Le Lotus blanc ? s'exclama le juge avec incrédulité, mais c'est impossible, il y a longtemps que tous ses membres ont été exterminés !

Han secoua lentement la tête. Chaton-de-Saule se dirigea vers la table pour servir le thé.

Le juge Ti regarda son hôte d'un œil circonspect. Le Lotus blanc était le nom d'une puissante société secrète qui avait autrefois tenté de renverser l'empereur. Certains hauts personnages aigris s'étaient mis à la tête du mouvement. À les en croire, des présages les avaient avertis que la maison régnante allait se voir retirer le mandat céleste et que leur mission était de fonder une nouvelle dynastie. Des fonctionnaires ambitieux, des chefs de bande, des déserteurs, d'anciens forçats entrèrent dans la société qui étendit vite ses ramifications sur tout l'Empire. Les autorités eurent vent de ce qui se tramait et purent heureusement déjouer le plan de ces traîtres. Les chefs furent exécutés avec toute leur famille. Les autres membres périrent également de la main du bourreau. Cette sombre histoire datait du règne précédent, mais la tentative de rébellion avait profondément secoué l'Empire fleuri, et, aujourd'hui encore, bien peu osaient prononcer un nom aussi dangereux. Le juge Ti n'avait cependant jamais entendu parler d'une reconstitution du mouvement. Haussant les épaules, il demanda :

— Que s'est-il passé exactement ?

Chaton-de-Saule vint lui offir une tasse de thé, puis en porta une autre à son père. Celui-ci but avec avidité et commença ainsi :

— Après dîner, je vais souvent me promener jusqu'au temple bouddhiste pour jouir de la brise nocturne. Je ne prends jamais de domestique avec moi, et ce soir il n'y avait, comme d'habitude, que de rares promeneurs. Au moment où je passais à côté d'un palanquin clos porté par six hommes, un voile épais s'abattit sur ma tête. Avant de comprendre ce qui m'arrivait je sentis qu'on me liait les bras derrière le dos et qu'on me jetait dans le palanquin. On m'attacha les deux jambes avec une corde et les porteurs démarrèrent à vive allure.

— L'étoffe épaisse m'empêchait d'entendre quoi que ce fût et je commençais à étouffer. Dans la mesure où mes liens me le permettaient, je me mis à donner des coups de pied contre les parois. Quelqu'un desserra un peu l'étoffe et je pus de nouveau respirer. Je ne sais combien de temps dura le voyage... une heure peut-être. Quand le palanquin s'arrêta, deux hommes m'en firent brutalement descendre et, me portant, grimpèrent plusieurs marches. J'entendis une porte s'ouvrir. On me posa sur le sol. La corde qui liait mes jambes fut tranchée, on me poussa jusqu'à un fauteuil et ma tête fut débarrassée du voile qui l'entourait.

Han respira profondément avant de poursuivre :

— J'étais dans une petite pièce, assis devant une table en ébène de forme carrée. En face de moi se trouvait un homme vêtu d'une robe verte. Sa tête et ses épaules disparaissaient sous une cagoule blanche percée de deux fentes pour les yeux. Encore à demi hébété je commençai à protester, mais l'inconnu abattit violemment son poing sur la table et...

— Décrivez-moi sa main, l'interrompit le juge.

Han hésita. Il réfléchit un instant.

— Ce n'est pas facile, Votre Excellence. Il portait de gros gants de chasse. Absolument rien ne permettait de l'identifier. Sa robe tombait en plis lâches, de sorte qu'il était impossible de deviner la forme exacte de son corps, et la cagoule étouffait sa voix. Où en étais-je ? Ah oui ! Il me coupa la parole et dit : « Ceci est un avertissement, Han Sei-yu ! L'autre soir, une danseuse t'a confié un secret qu'elle n'avait pas le droit de révéler. Tu sais quel a été son sort. Tu as agi fort sagement en ne répétant rien au magistrat... fort sagement en vérité ! Le Lotus blanc est puissant, comme te l'a montré l'exécution de ta maîtresse Fleur-d'Amandier.

Han porta la main à la contusion qui marbrait sa tempe. Chaton-de-Saule se précipita vers lui, mais il secoua la tête et continua d'un ton plaintif :

— Je n'ai pas la plus petite idée de ce qu'il voulait dire, Votre Excellence ! Cette danseuse n'a jamais été ma maîtresse. Vous-même avez pu voir qu'elle ne m'a pour ainsi dire pas adressé la parole pendant tout le souper. Furieux, je répliquai à mon ravisseur qu'il déraisonnait. Cela le fit éclater de rire. Ah, Noble Juge, vous ne pouvez pas imaginer combien ce rire étouffé par la cagoule pouvait être horrible à entendre. « Ne mens pas, Han, cria-t-il. Je peux te répéter ses paroles exactes. Ta belle amie t'a dit : *Il faut que je vous voie tout à l'heure. Un dangereux complot se trame dans cette ville.* »

— Pareil tissu d'absurdité me suffoqua. Mon ravisseur poursuivit : « Qu'as-tu à répondre à cela, Han ? Tu vois que le Lotus blanc sait tout et que sa puissance est grande. Obéis donc, et oublie les paroles de cette femme ! » Il fit signe à quelqu'un qui devait se trouver derrière moi depuis le début et lui dit : « Aide ce libertin à oublier. Aide-le de toutes tes forces ! » Je reçus un terrible coup sur la tête et perdis connaissance.

Han Sei-yu poussa un profond soupir.

— Quand je revins à moi, conclut-il, j'étais étendu sur le sol, près des communs de ma demeure. Personne ne passait, heureusement. Je réussis à me remettre debout, gagnai ce studio, et fis appeler ma fille que j'envoyai immédiatement prévenir Votre Excellence. Mais surtout, gardez ma confidence pour vous, Noble Juge, car ma vie est en jeu ! Je suis persuadé que le Lotus blanc a des espions partout, même dans votre tribunal.

Il laissa retomber sa tête sur les coussins et ferma les yeux.

Le juge Ti caressa ses favoris d'un air songeur, puis il demanda :

— Décrivez-moi la salle dans laquelle on vous a emmené.

Han rouvrit les yeux. Il fronça les sourcils et parut réfléchir.

— J'ai vu seulement la partie qui se trouvait en face de moi, répondit-il au bout d'un instant. J'ai l'impression que c'était une petite pièce hexagonale. Sans une forte odeur de renfermé, j'aurais pensé au kiosque d'un jardin. Le seul meuble — à part la table carrée et le fauteuil de l'homme en cagoule — était un cabinet de laque noire. Il me semble aussi me souvenir que des tentures d'un vert passé couvraient les murs.

— Avez-vous quelque idée de la direction prise par vos ravisseurs ?

— Seulement une impression assez vague. J'ai été trop surpris pour songer tout d'abord à m'orienter, mais je crois que nous avons dû marcher vers l'est. Le chemin a commencé par descendre et ensuite nous avons fait les trois autres quarts de la route en terrain plat.

Le juge Ti se leva. La blessure de son côté le gênait et il avait hâte de rentrer chez lui.

— Je vous sais gré de m'avoir si vite averti, déclara-t-il. Quelqu'un a dû vouloir vous jouer un tour. Vous connaissez-vous un ennemi capable de se livrer à une plaisanterie d'aussi mauvais goût ?

— Je n'ai aucun ennemi ! s'écria Han, indigné. Et celui qui m'a frappé ne plaisantait pas, je vous le jure !

— Je pensais à une mystification, répliqua le juge avec calme, parce que, en réfléchissant bien, je suis arrivé à la conclusion que Fleur-d'Amandier a probablement été assassinée par un rameur. L'un de ceux-ci avait la mine d'un franc coquin et il ne semblait pas à son aise quand je l'ai questionné. Mon intention est de reprendre l'interrogatoire au tribunal en employant tous les moyens que la loi met à ma disposition.

Le visage de Han s'éclaira.

— Ne l'avais-je pas dit tout de suite à Votre Excellence ? s'écria-t-il d'une voix triomphante. Mes amis et moi avons toujours eu l'impression que l'assassin serait découvert parmi les rameurs. Quant à mon enlèvement, Votre Excellence a peut-être raison, rien ne dit que ce n'est pas l'œuvre d'un mauvais plaisant ! Par exemple, je me demande bien qui a pu avoir cette idée !

— Je vais procéder à une petite enquête, dit le juge, et je vous tiendrai au courant.

Han parut ravi.

— Le concierge doit être endormi, dit-il à sa fille en souriant. Conduis toi-même Son Excellence jusqu'à la grande porte. Ce ne serait pas convenable de faire sortir notre magistrat par la porte de derrière, comme un voleur !

Et croisant ses mains grassouillettes sur sa poitrine, Han Sei-yu posa sa tête sur les coussins avec un soupir satisfait.

X

UN CHARMANT GUIDE MONTRE AU JUGE QUELQUES RELIQUES DU PASSÉ — CONVERSATION CONFIDENTIELLE SOUS L'ŒIL DU BOUDDHA.

CHATON-DE-SAULE fit signe au juge de la suivre. Dans le couloir obscur, elle chuchota :

— Je n'ai pas osé prendre de bougie car les épouses de mon père ont leurs appartements de ce côté-ci, mais je vais vous guider.

Il sentit une petite main chercher la sienne tandis qu'une robe de soie froufroutait contre sa vieille casaque. « Quelle singulière situation », pensa-t-il en respirant le délicat parfum d'orchidée dont usait la jeune fille.

Lorsqu'ils débouchèrent dans une grande cour pavée, la lune les éclaira suffisamment pour que Chaton-de-Saule puisse le lâcher. Un rayon de lumière venant d'une porte entrouverte le fit s'arrêter. Une lourde odeur d'encens flottait dans l'air.

— Pouvons-nous passer sans être aperçus ? demanda-t-il.

— Oh oui, Noble Juge. Ce bâtiment est notre chapelle bouddhiste, construite par mon arrière-grand-père qui était un fervent adorateur de Bouddha. Suivant les instructions laissées par lui nous n'en fermons jamais la porte et une lampe reste toujours allumée devant l'autel. Personne ne s'y trouve en ce moment, voulez-vous y jeter un coup d'œil ?

Malgré sa fatigue, le juge Ti s'empressa d'accepter. Il ne voulait pas négliger pareille occasion d'apprendre quelque chose sur l'auteur du mystérieux problème d'échecs.

Un autel carré, en brique, s'élevait contre le mur du fond et occupait une bonne moitié de la petite chapelle. Une inscription gravée sur une plaque de jade vert de deux pieds de haut et deux pieds de large en décorait le devant. Cet autel supportait une grande statue dorée représentant le Bouddha assis sur un trône de lotus, les jambes croisées. Sa tête touchait presque le plafond et le juge distingua vaguement son sourire serein dans la demi-obscurité qui régnait là-haut. Différents épisodes de la vie du sage étaient peints sur les murs, un coussin à prières de forme ronde reposait sur le sol, et, suspendue à un support en fer forgé, une lampe à huile éclairait le tout.

— Cette chapelle, expliqua Chaton-de-Saule avec une visible fierté, a été bâtie sous la direction personnelle de notre ancêtre. Quel homme sage et bon c'était, Noble Juge ! Sa vie est devenue une sorte de légende pour nous. Il n'a jamais voulu se présenter aux examens littéraires, préférant vivre à l'écart du monde et se consacrer uniquement à ce qui l'intéressait. Les gens du pays l'appelaient Han l'Ermite !

L'enthousiasme de son guide fit plaisir au magistrat. De nos jours, si peu de jeunes femmes comprennent encore l'importance des traditions familiales.

CHATON-DE-SAULE ET LE JUGE TI DANS LA CHAPELLE BOUDDHISTE

— Il me semble avoir entendu dire que Han l'Ermite était grand amateur d'échecs. Votre père aime-t-il aussi ce jeu ? demanda-t-il.

— Non, Votre Excellence. Nous jouons aux cartes ou aux dominos. Les échecs prennent trop de temps et c'est seulement un jeu pour deux personnes. Mais Votre Excellence a-t-elle remarqué cette inscription ? C'est Han l'Ermite lui-même qui l'a gravée. Il était très adroit de ses mains !

Le juge s'approcha de l'autel et lut à haute voix :

« Ainsi parlait le Bouddha : si vous voulez vraiment Me suivre, cherchez à répandre Ma Doctrine parmi les créatures des trois mondes. Ainsi le chemin de la délivrance sera ouvert à tous ceux qui souffrent. Appuyez-vous sur Moi et retenez bien ces mots : en sauvant les autres, vous serez sauvé vous-même et vous trouverez dans ce monde illusoire le salut éternel du Nirvana. »

Il hocha la tête et dit :

— Han l'Ermite a fait là un magnifique travail et le texte exprime une pensée très haute. Personnellement, je suis un fidèle disciple de notre grand maître Confucius, mais je reconnais volontiers qu'il y a des choses très belles dans la doctrine bouddhiste.

Chaton-de-Saule contemplait la plaque avec respect.

— Bien entendu, remarqua-t-elle, il n'était pas possible de trouver un morceau de jade de cette dimension. Han l'Ermite a donc gravé chaque mot sur un petit cube de jade pour former ensuite une sorte de mosaïque. C'était vraiment un homme extraordinaire, Noble Juge ! Il possédait d'énormes richesses, mais après sa mort si soudaine on ne trouva rien dans la pièce où il gardait ses lingots d'or. On pense qu'il les avait distribués à des organisations charitables. Notre famille n'en avait d'ailleurs pas besoin ; il laissait de nombreuses propriétés dont les revenus suffisent amplement à nos besoins.

Le juge Ti regardait son interlocutrice avec intérêt. Son visage expressif au modelé délicat ne manquait pas de distinction. Elle était vraiment charmante.

— Puisque les histoires de jadis vous plaisent tant, je suppose que vous connaissiez la fille de Liou Fei-po ? Liou m'a confié qu'elle aussi aimait beaucoup l'étude.

— Oh oui, Noble Juge, j'ai bien connu Fée-de-la-Lune. La solitude dans laquelle la laissaient les fréquents voyages de son père lui pesait et elle venait souvent me voir. Elle était hardie... décidée. Elle adorait la chasse et l'équitation. Un vrai garçon manqué ! Son père lui permettait toujours d'agir à sa guise, il l'aimait tellement. Mourir si jeune... Je ne comprends vraiment pas ce qui lui est arrivé !

— Je fais de mon mieux pour le découvrir, répliqua le juge. Et vous pouvez m'aider en me parlant d'elle. Vous dites qu'elle aimait les sports, mais ne suivait-elle pas également les cours littéraires du docteur Tchang ?

Un sourire amusé parut sur les lèvres de Chaton-de-Saule.

— Je ne crois pas trahir de secret en vous révélant ce que tout le monde sait dans les appartements des femmes ! Fée-de-la-Lune ne s'est intéressée à la littérature que du jour où elle a rencontré candidat Tchang. Ce jeune homme fit une telle impression sur son cœur qu'elle suivit les cours du père afin de voir le fils plus souvent ! Je plaisante, Noble Juge, mais ils s'aimaient vraiment, et quand on pense qu'à présent ils sont morts tous les deux...

Elle secoua tristement sa jolie tête. Le juge attendit un instant, puis demanda :

— Comment était-elle physiquement ? Vous savez sans doute que son cadavre a disparu ?

— Oh, elle était très belle ! Pas si menue que moi, plutôt grande et bien découplée. Elle ressemblait beaucoup à cette pauvre danseuse qui est morte aussi, mademoiselle Fleur-d'Amandier.

— Vous connaissiez cette courtisane ? demanda le magistrat surpris.

— Non, Noble Juge, je ne lui ai jamais parlé. Mais papa la faisait souvent venir pour distraire ses invités. Je collais mon œil à la fenêtre du grand hall toutes les fois que je le pouvais, elle dansait si bien ! Et Fleur-d'Amandier avait le visage du même ovale que celui de Fée-de-la-Lune, avec le même arc des sourcils et un corps de proportions aussi parfaites. Elles auraient pu être sœurs. Leur regard seul différait, et je vous avoue, Noble Juge, que celui de la courtisane m'effrayait un peu. Je suis sûre qu'elle ne pouvait pas m'apercevoir dans le couloir obscur, et pourtant, quand sa danse l'amenait devant la fenêtre, elle fixait toujours ses yeux sur moi. Je trouvais son regard étrange. À la fois perçant et indéchiffrable. Pauvre femme, quelle vie que la sienne. Obligée de se montrer à tous ces hommes... Et finir d'une manière si horrible. Votre Excellence croit-elle que le lac y soit pour quelque chose ?

— Je ne le pense pas. Mais cette mort a dû porter un grand coup à monsieur Sou. Il semblait très épris d'elle.

Chaton-de-Saule sourit de nouveau.

— Monsieur Sou l'adorait seulement de loin, Noble Juge. Il est extrêmement timide et sa force colossale l'embarrasse beaucoup. Un jour il a broyé une des jolies tasses anciennes de papa rien qu'en la prenant dans sa main. Il ne s'est jamais marié, car il a une peur bleue des femmes. Monsieur Wang ne lui ressemble pas. Il aime beaucoup la compagnie des dames, paraît-il. Mais si je continue ainsi, Votre Excellence va me prendre pour une terrible cancanière !

— Non, non, s'écria vivement le juge. Cette conversation est fort intéressante. J'aime connaître l'atmosphère dans laquelle vivent les personnes mêlées aux affaires que j'étudie. Mais nous n'avons pas encore parlé de Liou Fei-po. Croyez-vous qu'il puisse m'apprendre d'autres détails sur mademoiselle Fleur-d'Amandier ?

— C'est peu probable, Votre Excellence. Il la connaissait naturellement, puisqu'elle paraissait dans toutes les fêtes données par les notables. Mais monsieur Liou est un homme grave et taciturne qui ne prend pas part à nos frivoles amusements. Avant de faire construire sa villa d'été, il passa une dizaine de jours chez nous, et j'ai pu remarquer que lorsque papa donnait une réception, monsieur Liou restait assis dans un coin avec l'air de s'ennuyer prodigieusement. En dehors de ses affaires, seuls les manuscrits et les vieux bouquins comptent pour lui. Et, bien entendu, sa fille ! Il fallait voir son visage s'éclairer lorsque papa lui demandait des nouvelles de Fée-de-la-Lune. Vous comprenez, papa n'a pas d'autre enfant que moi, et cela établissait une sorte de lien entre eux. La mort de sa fille fut un coup terrible pour lui. Papa dit qu'à présent c'est un homme changé…

La jeune fille prit une petite jarre d'huile et se mit à regarnir la lampe. Le juge Ti observa pensivement son profil délicat et la grâce de ses longs doigts fuselés. Évidemment, elle était l'enfant chérie de son père, et si celui-ci avait une âme corrompue il prenait soin de dissimuler le fait à sa fille ! Après l'invraisemblable histoire d'enlèvement que Han venait de lui raconter, le juge le soupçonnait fort d'être l'assassin et de chercher à l'intimider par de subtiles manœuvres. Avec un soupir de regret, il poursuivit :

— Afin de compléter ma liste, dites-moi : avez-vous jamais rencontré le vieux conseiller Liang ou son neveu ?

— Non, répondit très vite la jeune fille en rougissant. Mon père a fait une visite de courtoisie au conseiller, mais celui-ci n'est jamais venu chez nous. Rien ne l'y obligeait, bien entendu, étant donné son haut rang.

— On m'a dit que son neveu était un jeune débauché.

— C'est une atroce calomnie ! s'écria Chaton-de-Saule avec chaleur. Liang Fen est un garçon très sérieux qui travaille assidûment dans la bibliothèque du temple.

— Comment savez-vous cela ?

— Oh, je fais parfois une promenade avec ma mère dans le jardin du temple ; c'est comme cela que j'ai aperçu monsieur Liang.

Le juge hocha doucement la tête.

— Eh bien, mademoiselle Han, dit-il, je vous remercie beaucoup des précieux renseignements que vous avez bien voulu me donner.

Il se tourna vers la porte. Chaton-de-Saule s'approcha vivement de lui et dit :

— J'espère que Votre Excellence découvrira quelles sont ces affreuses gens qui ont maltraité mon père. Il ne s'agit certainement pas d'une plaisanterie. Papa est un peu formaliste et guindé, Noble Juge, mais il est foncièrement bon. Je suis inquiète à son sujet. Il a dû se faire des ennemis sans même s'en douter, et quelqu'un lui veut réellement du mal.

— Vous pouvez être sûre que j'accorde toute mon attention à ce problème, répondit le juge.

Chaton-de-Saule lui jeta un regard reconnaissant.

— Je voudrais offrir à Votre Excellence un petit souvenir de cette visite à la chapelle de Han l'Ermite. Mais il ne faudra pas le dire à papa, car, en principe, seuls les membres de la famille y ont droit !

Elle prit un rouleau de papier dans une cavité du mur et en détacha une feuille qu'elle remit au juge avec une profonde révérence. C'était une fidèle copie de l'inscription gravée dans le jade.

Le juge Ti plia soigneusement la feuille et la glissa dans sa manche en disant avec gravité :

— Recevoir ce cadeau est un grand honneur pour moi !

Il éprouva un certain plaisir en remarquant que ses deux roses étaient encore dans la chevelure de la jeune fille et seyaient vraiment à sa beauté.

Après avoir suivi un interminable couloir ils atteignirent la grande porte. Son charmant guide ouvrit le lourd battant, et le juge s'inclina en silence avant de gagner la rue déserte.

XI

MA JONG ÉPROUVE DÉCONVENUE SUR DÉCONVENUE — LE JUGE TI DÉCIDE DE FAIRE UNE TOURNÉE D'INSPECTION.

QUAND, AU PETIT JOUR, deux serviteurs arrivèrent pour balayer le cabinet du magistrat, ils virent ce dernier endormi sur son divan. Se retirant sans bruit, ils prévinrent un employé du tribunal qui prépara vite le thé du matin.

Le juge ne s'éveilla qu'une heure plus tard. Assis sur le bord de sa couche, il souleva un coin de l'emplâtre posé par l'apothicaire et examina sa blessure. La cicatrisation se faisait normalement. Il se leva, encore un peu raide, et, après une légère toilette, s'installa devant son bureau. Frappant dans ses mains, il commanda au commis qui parut aussitôt :

— Sers le petit déjeuner et appelle mes lieutenants.

Les trois hommes s'assirent sur des tabourets et, tandis que le magistrat mangeait son riz, le sergent fit son rapport :

— Je viens de chez le marchand de thé, annonça-t-il. Monsieur Kong m'a dit que le professeur et lui avaient été trop accablés en reconnaissant la ceinture de candidat Tchang pour demander son nom au pêcheur qui la rapportait. Ce ne sera donc pas facile de retrouver cet homme.

Ma Jong expliqua ensuite que rien d'extraordinaire ne s'étant passé chez le docteur Tchang au cours de la nuit, il avait laissé deux sbires sur place et s'était décidé à regagner le Yamen en compagnie de Tsiao Taï.

Le juge posa ses baguettes. Tout en buvant son thé à petites gorgées, il raconta l'aventure qui lui était arrivée dans la gargote aux nouilles. Quand il eut terminé son récit, Ma Jong s'écria, consterné :

— Pourquoi Votre Excellence ne m'a-t-elle pas emmené ?

— J'ai suffisamment attiré l'attention en y allant tout seul ! répliqua le juge. Mais ne crains rien, tu feras quand même la connaissance de mon agresseur. Je veux l'interroger pour savoir s'il a vu son oncle le soir où celui-ci a été assassiné. Tu vas donc te rendre à l'auberge de la Carpe rouge et tu demanderas au chef des mendiants ou loge ce Mao Lou, puis tu iras l'arrêter et tu l'amèneras. Profite de ta visite au chef des mendiants pour lui remettre deux pièces d'argent : cet homme m'a rendu un fier service ! Tu lui diras que le tribunal lui accorde cette prime parce que le magistrat a été informé de la stricte discipline qu'il faisait régner parmi ses guenilleux.

Ma Jong se leva.

— Attends, s'écria le juge, je n'ai pas fini. La nuit dernière a été fertile en événements.

Il mit les trois hommes au courant de sa conversation avec Han Sei-yu, sans cependant parler du Lotus blanc, ce nom redoutable ne devant pas être prononcé à la légère. Il se contenta de dire que le ravisseur s'était donné comme le chef d'une puissante bande de brigands. Quand il eut terminé, Tsiao Taï s'écria :

— Je n'ai jamais rien entendu d'aussi invraisemblable ! J'espère que Votre Excellence ne croit pas un mot de tout cela !

— Han Sei-Yu est un rusé criminel, répliqua le juge. Sur le bateau-de-fleurs il feignait de dormir pour mieux écouter les révélations de la danseuse. Lorsque je lui ai rendu visite, hier après-midi, il a voulu me convaincre d'étouffer l'affaire. Voyant qu'il ne parvenait pas à ses fins, il a décidé d'employer l'intimidation. Et, ma foi, il s'y est fort bien pris, me racontant une histoire à dormir debout, non pas dans l'intention de me tromper, mais afin que je comprenne sa menace sans cependant pouvoir en référer à mes chefs. Imaginez-vous ce que ceux-ci penseraient de moi si j'accusais Han Sei-yu à présent ? S'il avait voulu vous en faire accroire, me rétorquerait-on, cet homme aurait certainement trouvé mieux ! Et c'était très habile de me faire son récit devant sa fille et de nous montrer à tous deux une blessure qu'il s'était bien entendu infligée lui-même ! Vous voyez à quel dangereux bonhomme nous avons affaire.

— Il faut soumettre ce gros coquin à la question, s'écria Ma Jong avec colère.

— Malheureusement, nous ne possédons pas un brin de preuve, et il est interdit d'employer la torture tant que la culpabilité de l'accusé n'est pas nettement établie. Comme il ne sera pas facile d'en arriver là, j'ai choisi une autre tactique. Je lui ai laissé entendre que je prenais bonne note de son avertissement et j'ai ajouté que l'assassin de la danseuse était certainement l'un des rameurs. À présent qu'il croit m'avoir intimidé, j'espère qu'il va commettre des imprudences et finira par se trahir !

Quand le magistrat se tut, le sergent qui avait écouté ce récit avec beaucoup d'attention demanda :

— Êtes-vous absolument sûr, Noble Juge, que personne ne se trouvait derrière vous pendant que Fleur-d'Amandier parlait ? Un serveur ou une autre courtisane ?

— Non, sergent, je n'en suis pas *absolument* sûr. Tout au moins en ce qui concerne les serveurs, car, pour les courtisanes, je les voyais toutes les cinq. Mais les serveurs... on arrive à ne plus faire attention à leur présence.

Il tortilla pensivement sa moustache.

— Dans ce cas, Votre Excellence, reprit le sergent, l'histoire est peut-être vraie. Il est possible qu'un serveur ait surpris les paroles de Fleur-d'Amandier et cru qu'elles s'adressaient à Han. La danseuse était debout entre vous deux, n'est-ce pas ? Si l'homme se trouvait derrière elle, il ne pouvait pas voir que Han sommeillait. Ce garçon — un complice des conjurés — se sera empressé d'avertir leur chef, et, un peu plus tard, celui-ci a tué la courtisane. Ensuite, il a enlevé Han et l'a prévenu que s'il avait le malheur de vous transmettre les confidences de la jeune femme, il serait tué à son tour.

— Oui, tu as raison, sergent. Mais attends... non ! Le serveur ne peut pas avoir cru que Fleur-d'Amandier s'adressait à Han car elle a employé l'expression « Seigneur Juge », je m'en souviens parfaitement.

— Cet homme n'a peut-être pas tout entendu, Votre Excellence. Aux premières paroles de la danseuse, il a dû se précipiter vers son chef. La preuve de cela, c'est que le ravisseur de Han n'a pas fait allusion à la phrase sur les échecs.

Le juge ne répondit pas tout de suite. Une pensée fort désagréable lui venait à l'esprit. Si Han avait dit la vérité, la société du Lotus blanc s'était reconstituée ; aucun criminel n'aurait osé employer à la légère ce nom redoutable. D'ailleurs, la courtisane avait bien parlé d'un complot dangereux. Il ne s'agissait donc pas d'un simple assassinat mais d'une vaste conspiration qui pourrait mettre la dynastie impériale en danger ! Se ressaisissant avec effort, il dit d'un ton posé :

— Y avait-il ou non quelqu'un derrière moi ? La seule personne qui puisse trancher la question, c'est mademoiselle Anémone. Dès que Mao Lou sera sous les verrous, tu iras la voir, Ma Jong. Cette visite au quartier des Saules te paiera de tes peines ! Rappelle à cette jeune femme l'état dans lequel se trouvait Han Sei-yu ce soir-là... fais-lui préciser le moment où elle est allée chercher la coupe de vin... et, tout en parlant, demande sans avoir l'air d'y attacher d'importance qui était derrière moi à cet instant-là. Tu sauras bien la faire parler !

— Soyez tranquille, Seigneur Juge, s'écria Ma Jong rayonnant. J'y cours avant que Mao Lou n'ait quitté sa tanière.

Dans sa hâte, il manqua de renverser le premier scribe qui entrait, les bras chargés de dossiers. Lorsque le vieux commis eut déposé ses papiers sur le bureau, le sergent Hong et Tsiao Taï approchèrent leurs tabourets pour aider le juge à en prendre connaissance. Il s'agissait de problèmes administratifs qui les tinrent occupés une grande partie de la matinée. Quand tout fut enfin réglé, le juge Ti se renversa dans son fauteuil et, pendant que le sergent lui servait une tasse de thé, il s'écria :

— Cette histoire d'enlèvement ne cesse de me trotter par la tête. Ma Jong apprendra peut-être quelque chose d'utile chez mademoiselle Anémone, mais nous avons un autre moyen de vérifier l'exactitude de ce que m'a raconté Han. Va me chercher une bonne carte des environs, sergent. Il y en a sûrement une au greffe.

Le sergent Hong revint un instant plus tard, tenant sous son bras un gros rouleau qu'il étendit sur la table avec l'aide de Tsiao Taï. C'était une carte très détaillée du district de Han-yuan. Le magistrat l'étudia longuement, puis, désignant de l'index un petit carré, il expliqua :

— Voici le temple bouddhiste, devant lequel — à l'en croire — Han fut attaqué. Il m'a dit que ses ravisseurs avaient pris la direction de l'est. Cela s'accorde avec les indications portées sur la carte. Le terrain est plat dans le quartier résidentiel et dévale ensuite vers la plaine. Si Han m'a dit la vérité, c'est la seule route possible, car si les ravisseurs avaient gagné la basse ville, Han aurait été secoué en passant sur les marches, et s'ils s'étaient dirigés vers le nord ou l'ouest, le palanquin aurait dû grimper de plus en plus dans la montagne. Mais — toujours selon lui — après une petite pente le voyage s'est poursuivi en terrain plat. Ses ravisseurs pourraient donc avoir suivi cette grande route qui traverse la rizière, à l'est de Han-yuan, avant d'atteindre le poste militaire que vous voyez ici, près du pont qui enjambe le fleuve séparant notre district de celui de Kiang-pei.

« Si Han-yuan était entourée d'une muraille comme la plupart de nos villes, le problème serait vite résolu. Une simple question posée aux gardes de la porte Est et nous serions fixés ! Essayons de nous débrouiller autrement. C'est à la tombée de la nuit que Han a été emmené dans cette mystérieuse maison et l'entrevue avec l'homme à la cagoule a été assez courte. Nous ne nous tromperons donc pas beaucoup si nous disons que le voyage a duré une heure. Quelle distance crois-tu qu'un palanquin puisse parcourir sur cette route-là en une heure, Tsiao Taï ?

Tsiao Taï se pencha sur la carte.

— Il fait plus frais le soir. Les porteurs ont dû marcher d'un bon pas. Ils se sont arrêtés ici, Votre Excellence.

Du doigt, il traça un cercle autour d'un village de la plaine.

— Oui, ce pourrait être là, murmura le juge. Donc, si Han n'a pas menti, nous trouverons à cet endroit une maison de campagne, probablement construite sur une petite éminence de terrain puisqu'il a fallu monter quelques marches avant d'atteindre l'entrée.

À ce moment la porte s'ouvrit et Ma Jong reparut, l'air déconfit. Après s'être incliné respectueusement devant le juge, il se laissa choir sur un tabouret et grommela :

— Rien ne me réussit, aujourd'hui !

— Tu n'as certainement pas la mine d'un triomphateur ! répondit le magistrat. Que t'est-il arrivé ?

— Une série de déboires, Noble Juge. Tout a commencé au marché aux poissons. J'ai dû demander mon chemin plus de cent fois dans ce labyrinthe de ruelles sales avant de dénicher l'auberge de la Carpe rouge. Et il faut avoir du toupet pour appeler ça une auberge ! C'est un trou dans le mur, rien de plus. J'aperçois votre mendigot à barbe grise en train de somnoler dans un coin et, suivant vos instructions, je lui remets deux pièces d'argent en lui expliquant les raisons de ma générosité. N'importe qui, à sa place, aurait sauté de joie. Pas Barbe-Grise. Le vieux coquin ne va-t-il pas s'imaginer que je cherche à lui jouer un vilain tour ? Il veut voir mon insigne, et encore manque-t-il se casser les deux dents qui lui restent en mordant les pièces pour s'assurer qu'elles sont bonnes ! Enfin, il finit par les accepter et il me confie que Mao Lou loge avec sa petite amie dans un lupanar voisin. Je laisse donc Barbe-Grise toujours en train d'examiner soupçonneusement les deux pièces et je file à l'endroit indiqué.

« Auguste Ciel, quel trou puant ! Un lupanar ? Même pas. Un simpe bouge pour coolies pas trop exigeants ! Et, comble de malchance, la tenancière m'informe que Mao Lou, sa compagne et l'ami borgne se sont mis en route le matin même pour Kiang-pei. Et voilà pour la première partie de ma mission !

« Grand imbécile que je suis, je pense alors que la petite visite au quartier des Saules va me changer les idées. Ah bien ouiche ! La belle Anémone a une gueule-de-bois carabinée. Elle est d'une humeur massacrante et, en réponse à mes questions réitérées, finit par admettre que quelqu'un avait pu se trouver derrière Votre Excellence..., mais était-ce un serveur ou bien le Premier ministre, elle n'en a pas la moindre idée ! Voilà tout ce que j'ai pu tirer de cette oie stupide.

— N'as-tu pas une autre amie dans ce quartier ? demanda doucement le juge. Tu aurais pu l'interroger sur la morte.

Ma Jong lui lança un regard plein de reproche.

— La gueule de bois d'Anémone n'était rien à côté de celle que tenait cette fille-là, dit-il piteusement.

Une lueur amusée passa dans les yeux du juge Ti.

— Le soleil ne brille pas tous les jours, Ma Jong ! Parlons d'autre chose. Nous allons visiter la partie orientale du district pour tâcher de découvrir la maison dont m'a parlé Han. Si nous ne la trouvons pas, nous saurons qu'il a menti, et cela nous aura fait connaître la région. C'est le grenier du district et je n'ai pas encore eu le temps de l'inspecter. Nous irons jusqu'à la limite est de ma juridiction et nous passerons la nuit dans ce village-frontière. Nous verrons ainsi le pays, et ce voyage nous éclaircira peut-être les idées. Va choisir trois bons chevaux et fais annoncer qu'il n'y aura pas d'audience aujourd'hui.

De toute façon ces deux affaires sont au point mort et je n'ai rien de nouveau à dire aux citoyens de Han-yuan.

Ma Jong sortit avec Tsiao Taï, l'air un peu plus gai qu'en arrivant. Seul avec le sergent, le juge lui dit :

— Cette longue chevauchée dans les plaines brûlantes serait trop fatigante pour toi, mon brave Hong. Tu vas rester ici pour t'occuper du greffe. Tu en profiteras pour rassembler toutes les pièces de nos archives concernant monsieur Wang et monsieur Sou. Après ton déjeuner, tu pourras faire un tour dans le coin où habite Wan Yi-fan. Ce garçon joue un rôle dans l'affaire Kiou contre Tchang et dans celle du conseiller prodigue. Je trouve assez étrange qu'un obscur agent d'affaires comme lui soit en aussi bons termes avec l'influent Liou Fei-po. Vérifie spécialement la partie de l'histoire qui concerne sa fille, mademoiselle Wan.

Le juge se caressa la barbe d'un air méditatif et continua :

— Le conseiller Liang m'inquiète. Depuis que son neveu m'a informé de l'état dans lequel se trouve le vieillard, ma responsabilité est engagée aux yeux de sa famille. Elle va attendre de moi que je prenne des mesures propres à empêcher l'honorable vieux monsieur de dissiper sa fortune. Avant d'agir, je veux cependant m'assurer que ce n'est pas le neveu qui fait main basse sur l'argent... et voir s'il n'est pas mêlé à l'assassinat de la danseuse.

— Ne pourrais-je pas aller chez ce jeune homme tantôt, Votre Excellence ? J'en profiterais pour examiner les comptes avec lui, et je tâcherais de découvrir le rôle exact joué par Wan Yi-fan dans cette affaire.

— Excellente idée.

Le juge prit son pinceau et rédigea pour le sergent une courte lettre d'introduction adressée à Liang Fen. Il choisit ensuite une feuille de papier à lettres officiel. Ayant écrit rapidement quelques lignes, il apposa le grand sceau rouge du tribunal en expliquant :

— Ceci est une requête à mon collègue le magistrat de Ping-yang, dans la province de Chan-si. Je lui demande de m'envoyer par retour du courrier tous les renseignements qu'il possède sur la famille Fan, et plus particulièrement sur mademoiselle Fan Ho-yi, appelée ici Fleur-d'Amandier. Il est vraiment curieux que cette fille ait insisté pour être vendue si loin de l'endroit où elle a vu le jour. Le premier chaînon de cette affaire se trouve peut-être dans son village natal ! Expédie cette lettre par messager spécial.

Le juge se leva en concluant :

— À présent, il va falloir que je me mette en route. Sors mon costume de chasse et mes bottes de cheval. Je crois que le changement d'air me fera du bien !

XII

Ma Jong et Tsiao Taï ramènent
à la raison des villageois indisciplinés
Un filou révèle au juge Ti
les petits secrets de son métier.

Ma Jong et Tsiao Taï attendaient dans la cour avec les chevaux. Ils avaient accroché aux pommeaux des trois selles de larges chapeaux de soleil en paille tressée.

Après avoir examiné les montures, le juge Ti enfourcha la sienne, ses lieutenants l'imitèrent, les gardes ouvrirent la lourde porte du Yamen, et la petite troupe prit la direction de l'est.

Les trois cavaliers furent bientôt hors de la ville, et, du haut d'une sorte de terrasse, ils découvrirent la plaine fertile qui s'étendait à perte de vue. La descente se fit rapidement. Quand ils eurent atteint les champs brûlés par le soleil de midi, le juge échangea son bonnet de gaze contre le large chapeau de paille ; ses deux compagnons suivirent aussitôt son exemple. Contemplant le vaste océan d'épis verts qui ondulaient de chaque côté de la route, il remarqua d'un ton satisfait :

— Le riz promet, nous aurons une bonne récolte cet automne. Mais je n'aperçois pas de maison de campagne !

Ils s'arrêtèrent dans une auberge de modeste apparence et, pendant qu'on leur servait un repas frugal, l'ancien du village vint présenter ses respects au magistrat. Le juge lui demanda s'il n'existait pas une belle demeure dans les environs. Le vieux bonhomme secoua la tête.

— Il n'y a pas de maisons en brique par ici, répondit-il. Nos propriétaires habitent la montagne, où la chaleur est moins accablante que dans la plaine.

— N'avais-je pas dit que ce Han était un coquin ? grommela Ma Jong.

— Nous serons peut-être plus heureux au prochain village, répliqua le juge.

Une demi-heure de chevauchée amena les trois hommes à l'entrée d'une autre bourgade. Tandis qu'ils s'engageaient dans l'étroite ruelle bordée de masures misérables, ils entendirent des vociférations. Pressant leurs montures, ils débouchèrent sur la place du marché et aperçurent un groupe d'hommes qui brandissaient des bâtons en jurant et sacrant de tout leur cœur.

Le juge se dressa sur ses étriers et vit que ces paysans s'acharnaient sur un malheureux couvert de sang, étendu au pied d'un gros arbre.

— Arrêtez immédiatement ! cria-t-il. Comme personne ne semblait l'entendre, il se tourna vers ses compagnons et leur donna l'ordre d'intervenir.

En un clin d'œil les deux hommes furent à bas de leurs chevaux et se précipitèrent dans la mêlée. Ma Jong empoigna par le fond de son pantalon le premier paysan qui se trouva sur son chemin, le souleva au-dessus de sa tête et le lança au milieu de la foule. Puis il suivit ce projectile improvisé, distribuant force coups de poing et coups de pied autour de lui tandis que Tsiao Taï le couvrait par-derrière. En quelques instants ils furent au pied de l'arbre et arrachèrent à ses bourreaux la victime gémissante.

— Arrêtez, espèces de brutes ! cria Ma Jong. Désignant son maître, il ajouta : Ne voyez-vous pas que Son Excellence le magistrat du district est là ?

Toutes les têtes se tournèrent vers le juge Ti. À la vue de ce cavalier à la mine imposante, les paysans lâchèrent leurs bâtons et un vieillard vint se prosterner devant lui en disant :

— L'humble personne respectueusement agenouillée à vos pieds est l'ancien de ce village, Votre Excellence.

— Expliquez-moi ce qui se passe ! commanda le juge. Si l'homme que vous étiez en train de tuer à coups de bâton est un criminel, votre devoir était de l'amener devant mon tribunal. Puisque vous êtes le chef de ce village vous devez bien savoir que se faire justice soi-même est une faute extrêmement grave.

— Je supplie Votre Excellence de nous pardonner ! gémit le vieux paysan. Notre conduite a été inconsidérée, mais c'est la faute de ce coquin. Nous peinons tout le jour pour gagner les quelques sapèques nécessaires à l'achat de notre bol de riz quotidien et ce filou est venu

LE JUGE TI
ÉCOUTE
UN VILLAGEOIS

nous les voler ! Oui, Votre Excellence, l'un des nôtres a découvert que le misérable employait des dés pipés ! Je supplie humblement le Seigneur Juge de ne pas se montrer impitoyable envers nous !

— Que celui qui a découvert la tromperie s'avance, ordonna le juge Ti. Et toi, Ma Jong, amène le blessé ici.

Un robuste campagnard et un curieux personnage à la tête ensanglantée furent bientôt à genoux devant le magistrat.

— Peux-tu m'apporter la preuve que cet homme a triché ? demanda le juge au paysan.

— La voici, Votre Excellence, répliqua aussitôt le villageois en tirant deux dés de sa manche.

Il se leva pour les remettre au juge, mais avec une agilité inattendue le blessé le devança, lui arracha les dés et, après les avoir vivement secoués, cria :

— S'ils sont pipés, que toutes les malédictions divines et infernales descendent sur la tête de votre infortuné serviteur !

Il exécuta une profonde révérence et les tendit au magistrat.

Le juge fit rouler les dés dans sa paume, les examina soigneusement et regarda le bizarre bonhomme. Plutôt efflanqué, celui-ci pouvait avoir une cinquantaine d'années et ses mèches grises tombaient en désordre sur un long visage creusé de rides. Du sang frais barbouillait encore son front, et une grosse verrue agrémentée de trois poils raides mettait une note cocasse sur sa joue gauche.

— Je ne trouve rien de suspect à ces dés, prononça le juge. (Il les lança au chef du village qui les saisit au vol et se mit à les examiner avec étonnement.) Que ceci vous serve de leçon, continua le juge. Si vous êtes victimes d'un voleur, ou si vous avez à vous plaindre de vos propriétaires, présentez-vous à mon tribunal et je vous accorderai toute mon attention. Mais si vous essayez encore de vous faire justice vous-mêmes, vous serez punis de la plus sévère façon. À présent, retournez à vos travaux et ne perdez plus votre temps ni votre argent au jeu !

Le chef du village tomba aux pieds du juge et frappa plusieurs fois le sol de son front pour le remercier de tant d'indulgence.

Sur l'ordre de son maître, Ma Jong prit le blessé en croupe et la cavalcade se dirigea vers le village suivant où le juge s'arrêta pour permettre à leur compagnon de se laver à l'eau du puits communal. Pendant que l'homme remettait un peu d'ordre dans ses vêtements, le magistrat fit appeler l'ancien du village et lui demanda s'il existait dans les environs une demeure bâtie sur une petite éminence.

— Pas que je sache, répondit le bonhomme. Comment s'appelle le propriétaire et quel genre de maison est-ce ?

— Bah, cela n'a pas d'importance. Nous verrons plus loin, répliqua le juge Ti.

À ce moment, le blessé vint s'incliner très bas devant lui et sollicita la permission de les quitter. Remarquant sa pâleur et la façon dont il boitait, le juge décréta :

— Tu as besoin d'un médecin, mon garçon. Je n'ai aucune estime pour les joueurs professionnels, mais nous ne pouvons pas t'abandonner dans l'état où tu es. Tu vas venir avec nous jusqu'au poste frontalier.

La petite troupe atteignit le fleuve vers la fin de l'après-midi. Le juge dit à Ma Jong de conduire le blessé chez le médecin, puis, accompagné de Tsiao Taï, il s'en fut inspecter le poste chargé de la garde du pont.

Le caporal-chef fit aligner ses douze hommes. Le juge vit que leurs cottes de mailles et leurs casques de fer étaient parfaitement astiqués et qu'ils avaient un air tout à fait martial. Pendant l'inspection du dépôt d'armes, le caporal expliqua :

— Ce que Votre Excellence aperçoit est seulement un bras du grand fleuve qui traverse le district voisin. La navigation est tout de même très importante, mais si tout est tranquille sur notre rive, il n'en est pas de même de l'autre côté. Les vols à main armée se multiplient, et la garnison de Kiang-pei a dû être renforcée.

Il escorta ses visiteurs jusqu'à l'auberge du bourg où un hôtelier obséquieux les accueillit avec force courbettes. Tandis qu'un garçon d'écurie prenait soin des chevaux, l'hôte insista pour retirer lui-même les bottes du juge et les remplaça par de confortables sandales de paille. Il le conduisit ensuite dans une chambre du premier étage, maigrement meublée mais fort propre. Lorsque la fenêtre fut ouverte, le juge découvrit, au-delà des toits, la grande nappe du fleuve qu'empourpraient les rayons du soleil couchant.

Un serviteur apporta des chandelles, une cuvette, et des serviettes chaudes. Le juge fit un brin de toilette, puis Ma Jong et Tsiao Taï vinrent le rejoindre ; tout en lui préparant une tasse de thé, Ma Jong dit à son maître :

— L'homme aux dés est un drôle de corps, Votre Excellence ! Il m'a raconté sa vie. Il est né dans le Sud. Lorsqu'il était tout jeune encore, sa femme — une assez jolie personne paraît-il — tapa dans l'œil du négociant en soie chez qui il était employé. Pour se débarrasser du mari, son patron l'accusa d'un vol imaginaire et les sbires du tribunal le battirent comme plâtre. Il réussit à leur fausser compagnie, mais, en son absence, le négociant prit sa femme comme concubine. Quand l'homme aux dés revint la presser en secret de fuir avec lui, elle éclata de rire, préférant, dit-elle, être la concubine d'un riche commerçant plutôt que la première épouse d'un pauvre employé. Il partit donc seul et, pendant des années, parcourut l'Empire en tous sens. Il s'exprime comme un vrai lettré et m'a dit qu'il exerçait la profession de courtier. À mon avis, c'est tout bonnement un hôte des rivières et des lacs ou, si vous préférez, un vulgaire chevalier d'industrie !

— Ces gens-là ont toujours une histoire touchante à vous raconter, fit observer le juge. Nous ne le reverrons pas de sitôt.

On entendit frapper à la porte et deux coolies entrèrent, chargés de quatre grosses bourriches. La première contenait trois magnifiques poissons préparés avec une sauce au gingembre, la seconde un bol de riz et d'œufs salés, le tout accompagné d'une carte de visite rouge expliquant que ces présents étaient offerts par le caporal. Dans les autres paniers, il y avait trois poulets rôtis, trois assiettes de porc aux légumes et un pot de soupe, cadeau de bienvenue des anciens du village. Enfin, un garçon apporta trois jarres de vin de la part de l'hôtelier.

Quand les coolies eurent tout disposé sur la table, le juge leur offrit en retour quelques pièces d'argent enveloppées dans un morceau de papier rouge, puis il dit à ses lieutenants :

— En voyage, pas de cérémonies. Vous dînez avec moi !

Ma Jong et Tsiao Taï protestèrent qu'ils n'en feraient rien, mais le juge Ti insista et les deux hommes finirent par s'asseoir en face de lui. La longue chevauchée leur avait donné faim et tous mangèrent avec appétit. Le juge se sentait d'excellente humeur. Han avait menti, donc c'était bien lui l'assassin de Fleur-d'Amandier et tôt ou tard on trouverait le moyen de le confondre. Plus question de Lotus blanc, puisqu'il s'agissait d'une histoire inventée de toutes pièces !

Pendant que les trois convives buvaient la dernière tasse de thé, un garçon apporta une grande enveloppe adressée au juge Ti. Elle contenait une lettre rédigée en termes fort élégants et calligraphiée de façon impeccable. Le signataire, un certain Tao Gan, demandait l'autorisation de se présenter devant Son Excellence le magistrat.

— L'un des anciens du village, probablement, dit le juge. Qu'on le fasse monter !

À son grand étonnement ce fut la silhouette dégingandée du joueur professionnel qui apparut dans l'embrasure de la porte. En sortant de chez le médecin, il avait visiblement fait le tour des différentes boutiques du lieu. Un bandage lui recouvrait le front, mais son apparence générale était grandement améliorée. Une ceinture de soie noire serrait sa robe bleue toute simple et son chef s'ornait du haut bonnet de gaze noire qu'affectionnent les rentiers d'un certain âge. S'inclinant avec aisance, il commença un petit discours de remerciement.

— L'insignifiante personne qui salue avec respect Votre Excellence se nomme Tao Gan. Les mots ne sauront jamais exprimer toute la...

— Cela suffit, l'interrompit le juge d'un ton glacial. Remercie plutôt la Providence, mon ami, et ne t'imagine pas que j'éprouve beaucoup de sympathie pour toi. La volée que tu as reçue était probablement méritée. Je suis sûr que, d'une façon ou d'une autre, tu as dupé ces paysans, et si je suis intervenu c'est uniquement parce que je ne tolérerai jamais que mes administrés se fassent justice eux-mêmes.

Nullement démonté, le visiteur répondit :

— J'espère tout de même qu'en léger témoignage de ma reconnaissance il me sera permis de placer mes faibles talents à la disposition de Votre Excellence, car je suppose que vous enquêtez au sujet d'un enlèvement, Noble Juge ?

Dissimulant sa surprise, le magistrat répondit sèchement :

— Je me demande ce qui peut te faire croire cela ?

— L'exercice de ma profession développe les facultés déductives, répliqua Tao Gan en souriant modestement. Sans le vouloir, j'ai entendu Votre Excellence s'enquérir d'une certaine maison de campagne. Une maison dont il était clair que Votre Excellence ne connaissait ni l'aspect ni le nom du propriétaire.

Il enroula les longs poils de sa verrue autour de son index et poursuivit :

— Ceux qui enlèvent les gens pour leur extorquer la forte somme bandent les yeux de leur victime et l'emmènent dans un endroit écarté où ils l'obligent, sous la menace, à écrire une lettre demandant à sa famille d'envoyer une substantielle rançon. Quand les bandits sont en possession de l'argent, ou bien ils tuent le prisonnier, ou bien ils le renvoient chez lui, les yeux bandés comme précédemment. Dans ce dernier cas, le malheureux connaît vaguement la direction prise par ses ravisseurs, mais il est incapable de décrire la maison dans laquelle il fut enfermé et il ignore le nom de son propriétaire. Ayant ainsi déduit que la victime d'un lâche attentat de ce genre avait dû se présenter devant le tribunal de Votre Excellence pour réclamer justice, je me permets, Noble Juge, de vous offrir mes services.

Tao Gan s'inclina de nouveau fort respectueusement et le magistrat se dit, à part lui, que ce garçon ne manquait pas de finesse. Tout haut, il demanda :

— Supposant que tu sois dans le vrai, que faudrait-il faire, à ton avis ?

— J'ai parcouru tout ce district, répondit Tao Gan, il n'existe pas dans la plaine de maison répondant à votre description. Mais dans les coins montagneux, au nord et à l'ouest de la ville, j'ai vu plusieurs villas qui y ressemblent assez.

— Et si la victime se souvient distinctement que la plus grande partie du trajet s'est effectuée en terrain plat ?

Un sourire matois apparut sur les lèvres du joueur de dés.

— En ce cas, Votre Excellence, la maison se trouve à l'intérieur de la ville.

— Tu déraisonnes !

— Non, Votre Excellence. Il suffit à ces coquins d'avoir une maison possédant un assez grand jardin avec une terrasse et le tour est joué. Ils amènent la victime en palanquin clos à l'intérieur de la propriété et marchent en rond pendant une petite heure. Ces gens-là sont rusés : pour faire croire au malheureux qu'il traverse une région montagneuse, ils grimpent plusieurs fois de suite sur la terrasse et en redescendent en gromelant : « Attention au ravin ! » Ils connaissent leur métier à fond, Votre Excellence, et savent être convaincants !

Le juge regarda son interlocuteur d'un air pensif.

— C'est très astucieux, finit-il par dire. Je m'en souviendrai à l'occasion. À présent, mon ami, je vais te donner un bon conseil : change de profession. Tu es assez intelligent pour gagner ta vie de façon honnête !

Il s'apprêtait à clore la conversation quand il se ravisa soudain.

— Comment t'y es-tu pris pour duper ces paysans ? demanda-t-il. Je te pose la question par simple curiosité et n'utiliserai pas ta réponse contre toi.

Avec un petit sourire Tao Gan commanda au garçon :

— Va chercher la botte droite de Son Excellence !

Quand l'objet fut en sa possession, il fourra les doigts dans son revers et en sortit deux dés qu'il tendit au magistrat en disant :

— Après avoir arraché ces dés pipés au benêt qui s'apprêtait à vous les remettre, Noble Juge, je vous ai tendu une paire d'honnêtes dés que je tenais cachés dans le creux de ma main.

« Pendant que tout le monde avait les yeux fixés sur vous, je me suis permis de déposer — temporairement, je l'espérais — les dés truqués dans la botte de Votre Excellence.

Le magistrat ne put s'empêcher de rire.

— Sans me vanter, continua Tao Gan avec le plus grand sérieux, je puis dire que peu de personnes connaissent aussi bien que moi les ruses familières à tous les fripons. La fabrication de faux documents n'a pas de secrets pour moi, je sais contrefaire les signatures, rédiger un contrat en y glissant quelque clause équivoque, crocheter la serrure — ordinaire ou à combinaison — de n'importe quelle porte ou fenêtre. Ouvrir un coffre-fort dont je ne possède pas la clef m'est un jeu, et je suis un expert en issues secrètes, trappes cachées et autres inventions du même genre. Je puis aussi savoir ce que dit une personne placée loin de moi en observant simplement le mouvement de ses lèvres. Je...

— Un instant ! l'interrompit le juge. Le dernier article de ton imposant catalogue correspond-il vraiment à la réalité ?

— Certainement, Noble Juge. Permettez-moi seulement d'ajouter qu'il est plus facile de lire sur les lèvres des femmes et des enfants que sur celles des vieillards à grande barbe ou à grosse moustache.

Le juge revit le fin visage de Fleur-d'Amandier. Il aurait donc été possible à un autre que Han Sei-yu de saisir les paroles de la courtisane ! Il regarda de nouveau Tao Gan. Baissant le ton, celui-ci continua :

— J'ai déjà raconté à votre lieutenant l'événement malheureux qui fit de moi un homme aigri. Cette amère expérience me retrancha de la communauté humaine. Depuis trente ans je parcours l'Empire, prenant plaisir à duper les nigauds trop sûrs d'eux-mêmes, mais je jure à Votre Excellence que je n'ai jamais porté la main sur mon semblable ni causé à personne de préjudice irréparable. Aujourd'hui, Noble Juge, votre bonté me fait voir les choses sous un jour différent et je voudrais renoncer à ma carrière d'hôte des rivières et des lacs. Mes différents talents pourraient servir à démasquer les criminels et à les empêcher de nuire. Je demande donc humblement à Votre Excellence la permission d'entrer au service du tribunal. Je n'ai plus de famille, ayant rompu avec tous mes parents lorsqu'ils prirent le parti de ma traîtresse d'épouse, et j'ai un peu d'argent devant moi. Mes désirs seraient donc comblés s'il m'était permis à présent de me rendre utile et de recevoir les enseignements de Votre Excellence.

Le juge Ti regarda le curieux personnage. Il crut deviner sous son expression désabusée les signes d'une émotion vraie. Et puis cet homme ne venait-il pas de lui donner deux idées intéressantes et ne possédait-il pas tout un bagage de connaissances pratiques qui manquait à ses autres lieutenants ? Bien dirigé il pourrait se montrer fort utile. Ceci acheva de le décider. Il dit toutefois :

— Tu comprendras, Tao Gan, que je ne puis te donner une réponse immédiate, mais comme je te crois sincère, je vais te prendre quelques semaines à mon service. Au bout de ce temps, je verrai s'il m'est possible d'accepter définitivement ta proposition.

Tao Gan s'agenouilla et fit trois fois le ko-téou en signe de gratitude.

— Ces deux hommes, reprit le juge, sont mes lieutenants. Tu les aideras de ton mieux et eux, de leur côté, t'instruiront des affaires en cours.

Tao Gan s'inclina devant chacun de ses nouveaux collègues. Tsiao Taï conserva une certaine réserve, mais Ma Jong tapa sur son épaule osseuse en s'écriant :

— Viens avec moi dans la salle du bas, vieux frère, et apprends-moi quelques-uns de tes tours.

Tsiao Taï moucha la chandelle, souhaita une bonne nuit au magistrat, et suivit ses camarades.

Le juge Ti ne bougea pas. Pendant un long moment il observa les moucherons qui formaient un nuage bruissant autour de la flamme ravivée.

Les paroles de Tao Gan montraient que l'histoire de Han Sei-yu pouvait être vraie en dépit du fait que la maison dans laquelle ses ravisseurs l'avaient entraîné restait introuvable. Mais alors la société du Lotus blanc tissait encore une fois sa sinistre toile sur l'Empire fleuri. Han-yuan avait beau n'être qu'une petite ville isolée, elle occupait une position stratégique tout près de la capitale, cœur de l'Empire. Quel lieu plus propice pour établir le quartier général d'un complot contre le Trône ? N'était-ce pas là l'explication de cette atmosphère oppressante dont il avait, dès son arrivée, intuitivement senti la maléfique influence ?

Mais puisque n'importe quel convive avait pu lire sur les lèvres de la danseuse les paroles qu'elle prononçait, n'importe lequel d'entre eux pouvait être son assassin. Il était possible que Han Sei-yu soit innocent, mais rien ne l'empêchait non plus d'être le chef des conjurés ! Quant à Liou Fei-po, son immense fortune, ses fréquents voyages, son animosité contre le gouvernement, tout contribuait à faire de lui un suspect fort présentable. En vérité tous les convives rassemblés ce soir-là sur le bateau-de-fleurs avaient pu comploter ensemble la mort de la courtisane ! Le juge Ti secoua la tête avec colère. Le nom sinistre du Lotus blanc agissait déjà et le privait de son sens critique. Le mieux était d'examiner de nouveau les faits à partir du début...

La chandelle commençait à grésiller. Il était temps de retirer sa robe de dessus et d'aller s'étendre sur le lit de bois. Poussant un soupir, le juge se leva.

XIII

LE BRAVE SERGENT EST SOUPÇONNÉ D'IMPUDIQUES DESSEINS
UN FAUX MOINE ET SON ACOLYTE PRENNENT LE CHEMIN DU TRIBUNAL.

LE JUGE TI et ses trois compagnons quittèrent le village le lendemain à l'aube. Chevauchant sans arrêt, ils se retrouvèrent à Han-yuan vers la fin de la matinée.

Le juge gagna directement ses appartements, prit un bain chaud, et passa une légère robe d'été en coton bleu. Il se rendit ensuite dans son cabinet et présenta sa nouvelle recrue au sergent. Ma Jong et Tsiao Taï arrivèrent à leur tour, et tous prirent place sur des tabourets. Tao Gan se conduisit avec la modestie qui sied à un nouveau venu, sans cependant afficher une humilité excessive ; cet homme singulier était évidemment capable de s'adapter à n'importe quelle situation.

Le juge fit part au sergent de leurs aventures.

— Nous n'avons pas découvert la maison des ravisseurs, conclut-il, mais les suggestions de Tao Gan me font entrevoir de nouvelles possibilités. À présent, j'écoute ton rapport.

Le sergent sortit de sa manche une feuille de papier sur laquelle il avait jeté quelques notes.

— Les archives, annonça-t-il, ne possèdent sur monsieur Wang que des pièces sans intérêt pour nous : enregistrement de naissance des enfants, déclarations d'impôts, etc. Toutefois, le premier scribe, qui le connaît bien, m'a dit qu'il est propriétaire des deux plus importantes bijouteries de la ville. Il passe pour aimer le vin et les femmes, mais n'en est pas moins considéré comme un homme d'affaires sérieux. Des ennuis financiers l'ont récemment obligé à demander un délai à ses fournisseurs d'or ; on n'attache cependant pas grande importance à ce fait car on est persuadé qu'il se remettra vite à flot.

« La réputation de monsieur Sou est très bonne elle aussi. Il souffrait beaucoup de voir ses avances repoussées par la courtisane. Ses amis ne la regrettent pas ; ils le plaignaient d'être tombé amoureux d'elle et espèrent que Sou, sa douleur apaisée, épousera une femme sérieuse.

Le sergent consulta de nouveau ses notes et poursuivit :

— Après avoir recueilli ces divers renseignements, je me suis occupé de Wan Yi-fan. Il n'est pas très populaire dans son quartier où les gens le considèrent comme un homme fourbe et dur. C'est l'âme damnée de Liou Fei-po, pour le compte duquel il harcèle les petits débiteurs en retard.

« Je n'ai pas voulu interroger les commerçants sur sa fille afin de ne pas la compromettre. J'ai donc engagé la conversation avec une vieille qui vendait de la poudre de riz et des fards au coin d'une rue. Ces créatures ont leurs petites entrées dans l'appartement des femmes et sont au courant de tout ce qui s'y passe. Quand je lui ai demandé si elle connaissait mademoiselle Wan... Le brave sergent jeta un regard gêné à son maître et continua d'un air penaud : Elle me répondit : « Eh bien vous, au moins, l'âge ne vous a pas refroidi ! Mademoiselle Wan prend deux ligatures pour un petit moment, et quatre si l'on veut passer la nuit avec elle, mais les messieurs trouvent toujours qu'ils en ont pour leur argent ! » Je lui expliquai que j'étais seulement un courtier en mariages chargé par un commerçant du quartier Ouest de lui trouver une femme et qu'on m'avait indiqué mademoiselle Wan. « Les gens du quartier Ouest parlent toujours à tort et à travers ! répliqua-t-elle avec dédain. Tout le monde sait bien qu'après la mort de sa mère, mademoiselle Wan s'est mise à faire la vie. Monsieur Wan a essayé de la vendre à un professeur, mais celui-ci n'en a pas voulu ! À présent qu'elle gagne assez d'argent pour subvenir à ses besoins, le père ferme les yeux sur sa conduite ; c'est un vrai grippe-sou, et il est joliment content de ne plus avoir à la nourrir ! »

— Ainsi, l'impudent coquin s'est permis de mentir au tribunal ! s'écria le juge. Cela lui coûtera cher. Qu'as-tu appris chez le conseiller Liang ?

— Liang Fen m'a paru être un jeune homme intelligent. J'ai travaillé plus de deux heures avec lui sur ses livres de comptes. Il est clair que le conseiller vend ses propriétés à perte pour obtenir de l'or le plus rapidement possible, mais nous n'avons pas pu découvrir l'usage qu'il en faisait. L'inquiétude de son neveu ne m'étonne donc nullement.

Tao Gan qui écoutait avec beaucoup d'attention dit alors :

— On prétend que les chiffres ne peuvent mentir, Votre Excellence ; rien n'est plus faux. Tout dépend de la façon dont on les présente ! Ce neveu les a peut-être cuisinés pour qu'on ne s'aperçoive pas de ses malversations.

— Nous avons déjà songé à cela, répliqua le juge. Quelle situation embarrassante !

— Pendant que nous chevauchions, reprit Tao Gan, Ma Jong m'a exposé l'affaire Liou contre Tchang. Est-on tout à fait sûr que, sauf le vieux gardien, personne n'habite le temple bouddhiste ?

Le juge Ti jeta un coup d'œil interrogateur à Ma Jong qui se hâta de dire :

— Absolument, Votre Excellence ! J'ai fouillé tout le temple, jardin compris.

— Voilà qui est étrange, remarqua Tao Gan. Je suis passé par là l'autre jour et j'ai aperçu un moine debout derrière un pilier. Il se démanchait le cou pour essayer de voir l'intérieur du temple. Étant d'un naturel curieux, je me suis approché pour l'aider à regarder. Il a eu l'air surpris en m'apercevant et est parti sans demander son reste.

— Ce moine avait-il un visage blême et les traits tirés ? demanda vivement le juge.

— Non, Votre Excellence. C'était un grand gaillard rouge de figure. J'ai d'ailleurs l'impression qu'il ne s'agissait pas d'un véritable moine.

— Ce n'est donc pas l'homme que j'ai aperçu à la fenêtre de la chambre nuptiale. Je vais te confier un petit travail, Tao Gan. Nous savons que le charpentier Mao Yuan venait d'être payé lorsqu'il sortit de chez le docteur Tchang. Nous savons également qu'il aimait la boisson et le jeu. Il est possible qu'on l'ait tué pour lui prendre son argent car on n'a pas trouvé une seule sapèque sur le cadavre. Je soupçonne le docteur Tchang d'avoir joué un rôle dans le meurtre, mais cela ne doit pas nous empêcher d'examiner les autres possibilités. Tu vas donc faire le tour des différentes maisons de jeu et tu tâcheras de savoir si Mao Yuan s'est rendu récemment dans l'une d'elles. J'imagine que tu ne seras pas embarrassé pour découvrir ces endroits-là ! Toi, Ma Jong, retourne à l'auberge de la Carpe rouge et demande au chef des mendiants dans quelle localité du district de Kiang-pei s'est rendu Mao Lou. Il l'a mentionnée, le soir de notre rencontre, mais le nom m'est sorti de la tête.

Les deux hommes s'en allèrent pendant que le sergent et Tsiao Taï déposaient sur la table du juge les dossiers d'autres affaires à examiner.

En traversant la cour, Tao Gan dit à son compagnon :

— Je ne suis pas fâché d'avoir à m'occuper tout de suite du charpentier car les nouvelles circulent vite parmi la pègre et l'on ne tardera pas à savoir que je travaille pour le tribunal. À propos, où se trouve donc cette auberge de la Carpe rouge ? Je croyais bien connaître la ville, mais je n'en ai jamais entendu parler.

— Tu ne perds pas grand-chose ! C'est une minable gargote cachée derrière le marché aux poissons. Bonne chance, camarade !

Tao Gan se dirigea vers le quartier Ouest et, après avoir suivi un dédale d'étroites ruelles, s'arrêta devant une petite fruiterie. Prenant soin de ne pas renverser les jarres de choux marinés, il gagna l'escalier du fond en marmonnant un vague bonjour à l'adresse du boutiquier.

Au premier étage régnait une obscurité presque complète. Tao Gan tâta le plâtre tapissé de toiles d'araignées jusqu'à ce que sa main eût rencontré une porte. Il la poussa et demeura sur le seuil, examinant la pièce basse et mal éclairée. Deux hommes étaient assis autour d'une petite table ronde au centre de laquelle se trouvait un creux pour recevoir les dés. L'un de ces hommes avait un lourd visage inexpressif et le crâne complètement rasé. C'était le gérant et son embonpoint contrastait avec la maigreur du second, un petit bonhomme qui louchait d'affreuse façon. Les individus affligés de strabisme se voient souvent confier le poste de surveillant dans les maisons de jeu parce que les tricheurs ne savent jamais s'ils sont ou non observés par eux.

— C'est l'ami Tao, dit le gros homme sans montrer beaucoup d'enthousiasme. Ne reste pas planté là, entre ! Il est encore trop tôt, mais les gens vont bientôt arriver.

— Non, je suis pressé, répondit Tao Gan. Je viens seulement voir si Mao Yuan est ici. Il me doit de l'argent.

Les deux hommes se mirent à rire.

— Si tu veux le retrouver, ricana le gros gérant, tu auras un long voyage à faire… un voyage dans les régions infernales ! Ne sais-tu pas que le vieux Mao est mort ?

Tao Gan jura copieusement et s'assit sur un siège bancal. Feignant la colère, il s'écria :

— C'est bien ma veine ! Moi qui avais tant besoin de cet argent ! Qu'est-ce qu'il lui est arrivé ?

— Toute la ville est au courant, remarqua le louchon. On l'a trouvé dans le temple bouddhiste avec un trou gros comme le poing dans la tête.

— Sait-on qui l'a arrangé comme ça ? Avec un brin de chantage je pourrais peut-être me faire rembourser la somme… plus les intérêts !

Le gérant donna un coup de coude à son voisin et tous deux se mirent de nouveau à rire.

— Qu'y a-t-il de si comique dans mes paroles ? demanda Tao Gan d'un ton vexé.

— Ce qu'il y a de comique, mon ami, expliqua le gros homme, c'est que Mao Lou a probablement trempé dans ce meurtre. Alors, si tu veux le faire chanter, va le retrouver à l'île des Trois Chênes !

Le petit louchon se tordit.

— Ah, vous l'avez bien eu, patron ! pouffa-t-il.

— Quelle blague ! s'exclama Tao Gan. Mao Lou est le propre neveu du charpentier.

Le gérant cracha par terre.

— Écoute, dit-il, et peut-être comprendras-tu. Il y a trois jours Mao Yuan est arrivé ici vers la fin de l'après-midi. Il venait de terminer un petit boulot et avait de l'argent dans sa manche. Les joueurs ne manquaient pas, la chance lui sourit et il venait de ramasser une assez jolie somme quand son neveu est arrivé. Depuis quelque temps, le vieux Mao lui battait plutôt froid, mais d'avoir du vin plein l'estomac et de l'argent plein sa manche, ça vous attendrit le cœur. Toujours est-il que le vieux Mao accueille son neveu à bras ouverts et qu'ils s'envoient quatre jarres de mon meilleur vin. Pour ne pas être en reste, Mao Lou invite son oncle à souper. Ils sortent tous les deux… et après cela on ne les a plus revus. Comprends-moi bien, je n'accuse personne… j'expose simplement les faits.

Tao Gan hocha la tête.

— Je n'ai pas de veine, dit-il d'un ton attristé. Allons, je ferais mieux de filer.

Comme il se levait, la porte s'ouvrit. Un homme puissamment bâti et vêtu d'une robe de moine en loques entra dans la pièce.

Tao Gan se rassit.

— Tiens, voilà le moine ! s'exclama le gérant.

Le nouveau venu se laissa lourdement tomber sur un siège et cracha d'un air écœuré en voyant le tenancier pousser vers lui une tasse de thé.

— Ne pourrais-tu pas me servir autre chose que ce pissat d'âne ? demanda-t-il.

Le gros homme étendit la main droite, formant un cercle avec son pouce et son index.

Le moine secoua la tête.

— Je suis à sec, dit-il. Mais attends que j'aie réduit mon petit richard en compote et ce n'est pas l'argent qui manquera.

Le gérant haussa les épaules.

— Alors, ce sera seulement du thé, moine !

Tao Gan se joignit à la conversation.

— Il me semble vous avoir déjà rencontré, dit-il. Ne vous promeniez-vous pas l'autre soir du côté du temple bouddhiste ?

Le nouveau venu lui jeta un regard soupçonneux.

— Quel est cet épouvantail à moineaux ? demanda-t-il au gérant.

— C'est l'ami Tao. Un brave garçon, mais pas une lumière ! Qu'allais-tu faire au temple, moine ? Songerais-tu à joindre le clergé pour de bon ?

Le louchon pouffa. Le moine se tourna brusquement vers lui.

— Cesse de rire, imbécile ! gronda-t-il. Devant le regard glacial du gérant, il continua, plus calme : Je ne suis pas de bonne humeur, je ne le cache pas. Avant-hier j'ai rencontré Mao Lou près du marché aux poissons. Ses manches étaient lourdes de sapèques. « À quel arbre as-tu cueilli ces beaux fruits-là ? » lui demandai-je, histoire de plaisanter. « Oh, je n'ai pas tout cueilli, il en reste dans le verger du temple bouddhiste », me répondit-il. Moi, bonne poire, j'y suis allé. Et qu'ai-je trouvé là-bas ? Il avala une gorgée de thé en faisant la grimace. Un vieux portier gâteux encore plus pauvre que moi et un cercueil !

Le gros gérant rit de bon cœur. Les yeux du moine étincelèrent de rage, mais il se contint.

— Alors, dit le tenancier, tu ferais bien d'accompagner l'ami Tao à l'île des Trois Chênes. Il voudrait également dire deux mots à Mao Lou.

— La crapule t'a possédé aussi ? demanda le moine d'un ton un peu rasséréné.

— Oui, grommela Tao Gan, mais nous ferions mieux de faire cracher le garçon dont vous parliez tout à l'heure. Ça serait plus facile que de s'en prendre à Mao Lou.

— Tu t'imagines ça, répliqua le moine avec dégoût. J'ai rencontré ce jean-foutre en pleine nuit, détalant comme si le roi des régions infernales était à ses trousses. « Pourquoi es-tu si pressé ? » lui ai-je demandé en l'attrapant par le cou. « Lâchez-moi ! » piailla-t-il. Je vis tout de suite que j'avais affaire à l'un de ces jeunes richards qui mangent leur riz avec des baguettes d'argent et qui, visiblement, venait de commettre quelque grosse bêtise. Je lui ai un peu tapoté la tête pour le calmer, puis le flanquant sur mon épaule, je l'ai amené chez moi.

Le moine s'éclaircit bruyamment le gosier et envoya un jet de salive dans un coin de la pièce.

— À présent, ce garçon refuse d'ouvrir la bouche. Après tout le mal que je me suis donné, comprend-on ça ? Une petite affaire de chantage comme celle-là pourrait me rapporter gros s'il voulait bien parler, mais impossible d'en tirer un seul mot ! Il hocha la tête et, un sourire cruel sur les lèvres, ajouta : J'ai pourtant employé les meilleurs moyens de persuasion.

Tao Gan se leva.

— Bah ! dit-il en poussant un soupir résigné, poisse et déveine, c'est notre lot, à nous autres ! Dire que si j'étais bâti comme vous, je pourrais me faire trente pièces d'argent ce soir. Enfin, tant pis ! bonne chance tout de même !

Il se dirigea vers la porte.

— Hé là ! Ne sois pas si pressé ! cria son interlocuteur. Tu as bien dit trente pièces d'argent ?

— Qu'est-ce que ça peut bien vous faire ? demanda Tao Gan en ouvrant la porte.

Le moine bondit sur lui et, le saisissant par le col de sa robe, le ramena dans la pièce.

— Lâche-le, moine ! commanda le patron. S'adressant à Tao Gan, il dit : Tu n'es pas raisonnable, voyons. Puisque tu ne peux pas t'occuper de cette affaire toi-même, pourquoi ne pas la passer à un autre et empocher une petite commission ?

— Bien sûr que j'y ai pensé, répliqua Tao Gan avec mauvaise humeur. Mais vous savez que je suis nouveau venu dans la ville. Je n'ai pas compris le nom de l'endroit où l'on doit se rassembler. Quand ils ont dit qu'il leur fallait un gaillard capable de faire le coup de poing, je n'ai pas attendu davantage.

— Quel imbécile ! s'écria le moine. Trente pièces d'argent ! Tâche de te rappeler, maudit chien !

Tao Gan fronça les sourcils, donnant une bonne imitation de l'homme qui cherche à se souvenir. Puis, semblant y renoncer, il haussa les épaules et déclara :

— Ça ne sert à rien, il y avait de la carpe dedans, mais...

— L'auberge de la Carpe rouge ! s'écrièrent en même temps le moine et le gérant.

— Oui, c'est ça ! dit Tao Gan. Mais je ne sais pas où elle perche, cette carpe.

Le moine saisit Tao Gan par le bras.

— Viens, frère ! cria-t-il. Je connais l'endroit.

Tao Gan se dégagea et tendit la main devant lui, la paume creusée de façon expressive.

— Cinq pour cent de ce qu'on me donnera, concéda le moine sans enthousiasme.

— Quinze pour cent ou rien ! répondit Tao Gan en se dirigeant vers la porte.

— Sept pour toi et trois pour moi ! intervint le gérant. Voilà qui est réglé. Conduis notre ami là-bas, et dis-leur que je garantis la qualité de son travail !

Le moine entraîna Tao Gan vers le marché aux poissons. Dans une ruelle où semblaient s'être donné rendez-vous toutes les mauvaises odeurs de la ville, il désigna une sorte de misérable baraque en bois et murmura :

— Passe le premier.

Tao Gan ouvrit la porte. Il poussa un soupir de soulagement : Ma Jong était encore là, bavardant avec le chef des mendiants.

— Je suis bien content de te retrouver, s'écria-t-il. Je t'amène l'homme que ton maître désire voir !

Le moine s'inclina, un sourire mielleux sur les lèvres.

Ma Jong se leva et vint l'examiner de près.

— Pour quelle raison mon maître voudrait-il voir cette vilaine tête-de-chien ? demanda-t-il.

— Il en sait long sur l'assassinat du temple bouddhiste ! répondit Tao Gan.

Le moine fit un pas en arrière. Sans lui laisser le temps de se mettre en garde, Ma Jong lui envoya un direct au cœur qui le fit basculer par-dessus une petite table.

Ce n'était pas la première fois que le moine se trouvait dans semblable situation. Au lieu de se relever, il sortit son couteau et, rapide comme l'éclair, le lança sur Ma Jong. Ce dernier se baissa vivement et l'arme vint s'enfoncer dans le bois de la porte avec un bruit sourd. L'ex-chevalier des vertes forêts empoigna la table et, au moment où son adversaire tentait de se remettre debout, l'abattit sur sa tête. L'homme s'écroula et demeura immobile.

Ma Jong le retourna, puis, déroulant la mince chaîne qu'il portait toujours autour de sa taille, il s'en servit pour lui attacher les mains derrière le dos.

— Cet individu en sait plus long sur Mao Yuan et son neveu qu'il ne veut bien l'admettre, expliqua Tao Gan. Et par-dessus le marché, il fait partie d'une bande spécialisée dans les enlèvements.

— Tu as bien travaillé, dit Ma Jong avec un sourire approbateur. Mais comment as-tu fait pour m'amener ce coquin ? Je croyais que tu ne connaissais pas l'auberge de la Carpe rouge ?

— Oh, je lui ai raconté une histoire... et il m'a montré lui-même le chemin.

Ma Jong regarda son compagnon.

— Toi, avec ton petit air inoffensif tu es rudement dangereux ! remarqua-t-il.

Sans paraître l'entendre, Tao Gan continua :

— Il a récemment enlevé un jeune homme de bonne famille. Il fait peut-être partie de la bande qui s'est attaquée à Han Sei-yu. Ordonnons-lui de nous mener à leur repaire et nous aurons de quoi rédiger un rapport intéressant !

Ma Jong acquiesça. Prenant à pleins bras son prisonnier toujours évanoui, il le déposa sur un siège et dit au chef des mendiants d'aller chercher des bâtonnets d'encens. Barbe-Grise se hâta d'obéir et revint avec deux baguettes allumées.

Ma Jong redressa la tête du prisonnier et approcha l'encens de son nez. L'homme éternua, puis, après avoir un peu toussé, ouvrit des yeux injectés de sang.

— Nous voulons voir ton gîte, Face-de-grenouille, dit Ma Jong. Comment se rend-on chez toi ?

— Qu'est-ce que vous allez prendre quand le gérant saura ce qui vient de se passer ! dit le moine d'une voix pâteuse. Il vous arrachera le foie !

— Je suis de taille à me défendre, répliqua Ma Jong sans s'émouvoir. Réponds plutôt à ma question.

Il approcha les bâtonnets incandescents du visage de son prisonnier. Celui-ci leur jeta un regard d'appréhension et se hâta de dire :

— On sort de la ville par un sentier qui part du temple bouddhiste, et...

— Ça va ! l'interrompit Ma Jong. Quand nous serons là-bas, tu nous montreras le reste du chemin. Il fit apporter une vieille couverture et commanda au chef des mendiants d'aller quérir deux coolies et une civière.

Avec l'aide de Tao Gan, il enroula le moine dans la couverture. Le malheureux protesta qu'il étouffait, mais Tao Gan se contenta de lui distribuer quelques coups de pied dans les côtes en disant :

— N'oublie pas que tu as la fièvre, mon mignon !

Le paquet fut placé sur la civière, et le lieutenant du juge Ti recommanda aux porteurs :

— Ne secouez pas trop mon ami, il est très malade.

Lorsque le cortège arriva dans le petit bois de pins qui se trouvait derrière le temple bouddhiste, Ma Jong commanda aux coolies de déposer le brancard sur le sol et leur remit quelques sapèques. Dès qu'ils furent hors de vue, il libéra le moine de sa couverture pendant que Tao Gan sortait de sa manche un emplâtre huilé qu'il colla sur la bouche du prisonnier.

— Simple précaution, expliqua-t-il. Ces coquins-là ont des façons de siffler particulières pour avertir leurs complices. S'adressant au moine, il ajouta : Fais-nous signe quand nous approcherons de chez toi.

Un coup de pied bien placé décida leur guide involontaire à se mettre en marche. Il s'engagea dans un sentier qui grimpait vers la montagne et, au bout d'un moment, l'abandonna pour s'enfoncer dans l'épaisseur de la forêt. S'arrêtant brusquement, il désigna du menton un amas de roches.

Tao Gan arracha l'emplâtre et dit d'un ton menaçant :

— Les beautés de la nature ne nous intéressent pas, c'est ta demeure que nous cherchons.

— Je n'en ai pas. Je vis dans cette caverne.

— Dans cette caverne ? s'écria Ma Jong. Ne te fiche pas du monde ! Conduis-nous au quartier général de ta bande ou je t'étrangle !

Il saisit le moine à la gorge. Le souffle coupé, l'homme gémit :

— C'est la vérité, je vous le jure. J'appartiens uniquement à la bande des joueurs professionnels et je vis seul dans cette caverne depuis mon arrivée à Han-yuan.

Ma Jong desserra son étreinte. Prenant le couteau que le moine lui avait lancé dans le tripot, il demanda en jetant un regard complice à Tao Gan :

— On le découpe en tranches ? Il y en a parfois à qui ça délie la langue !

Tao Gan haussa les épaules.

— Examinons d'abord la caverne, dit-il.

Tout tremblant, le moine les conduisit jusqu'aux rochers. Il écarta les broussailles avec son pied, faisant apparaître une fente sombre assez haute pour laisser passer un homme.

Tao Gan se mit à quatre pattes et pénétra en rampant dans l'ouverture, un couteau à lame mince entre les dents.

Quelques instants plus tard, il revenait, marchant cette fois sans se baisser.

— Il y a là un jeunot en train de pleurnicher, c'est tout, annonça-t-il, déçu.

Ma Jong s'introduisit dans l'ouverture en tirant le moine derrière lui. Après une douzaine de pas à travers un tunnel obscur, il déboucha dans une grotte spacieuse qu'éclairait une crevasse de la voûte. Un lit fait de planches grossières et une boîte de cuir passablement usagée formaient tout l'ameublement ; sur le sol, gisait un jeune homme vêtu d'un simple lambeau d'étoffe autour des reins, les pieds et les mains liés.

— Délivrez-moi, s'il vous plaît ! gémit-il en les apercevant.

Tao Gan trancha la corde. Le malheureux se mit péniblement sur son séant ; de nombreuses traces de coups zébraient son dos ensanglanté.

— Qui vous a mis en pareil état ? s'enquit Ma Jong d'un ton bourru.

Sans rien dire, le jeune homme désigna le moine qui, voyant Ma Jong se tourner lentement vers lui, se laissa tomber à genoux en criant :

— Il ment, Votre Excellence ! Ne me touchez pas !

Avec un regard de mépris, Ma Jong répliqua :

— Je laisserai au chef des sbires le soin de s'occuper de toi. Il aime ce genre de besogne.

Pendant ce temps, Tao Gan aidait le jeune homme à gagner la couche. Il ne paraissait guère plus de vingt ans, et, malgré son crâne grossièrement rasé et ses traits tordus par la souffrance, on se rendait compte qu'il appartenait à une famille aisée.

— Quel est votre nom et comment avez-vous fait votre compte pour être arrangé de la sorte ? demanda Tao Gan avec curiosité.

— Cet homme m'a enlevé ! Emmenez-moi, s'il vous plaît !

— Nous allons faire mieux, répondit Ma Jong. Nous allons vous conduire tous les deux devant Son Excellence le magistrat.

— Non, non ! Laissez-moi partir !

— Ah, ah ! dit Ma Jong. C'est ainsi ? Eh bien, mon petit ami, que tu le veuilles ou non, tu vas nous accompagner au tribunal. Arrive, toi, commanda-t-il au moine. Cette fois-ci, on ne va pas te porter comme un bébé. Puisque tu n'as pas de complices, ça m'est égal qu'on te voie.

Il souleva le jeune homme, et, malgré ses protestations, le mit à califourchon sur les épaules de son bourreau. Il lui plaça la vieille couverture sur les épaules, ramassa une branche de saule tachée de sang qui traînait par terre, et, s'en servant pour cingler les mollets de la monture improvisée, cria :

— Avance, maudit chien !

XIV

UN JEUNE ÉTUDIANT RACONTE SON ÉTRANGE AVENTURE ✤ LE JUGE TI INTERROGE UNE TENANCIÈRE DE MAUVAIS LIEU.

UN PEU AVANT le repas de midi, le juge fit ouvrir les portes du tribunal. Les citoyens de Han-yuan accoururent en foule, persuadés que si le magistrait tenait séance à cette heure inhabituelle, c'est que du nouveau s'était produit dans les deux dramatiques affaires qui défrayaient la chronique locale.

À leur grand désappointement, le juge s'occupa d'abord d'un litige qu'il venait d'étudier avec le sergent et Tsiao Taï. Il s'agissait d'un désaccord entre les pêcheurs et le marché aux poissons au sujet des méthodes employées pour la fixation des prix. Le juge écouta les deux parties et proposa un compromis qui finit par être accepté.

Il s'apprêtait à examiner un problème de taxation quand des cris éclatèrent au-dehors. Un instant plus tard, Ma Jong et Tsiao Taï entraient dans la salle, chacun traînant un prisonnier, et suivis de nombreuses personnes qui s'étaient jointes à eux en cours de route. Les spectateurs présents assaillirent les nouveaux venus de questions et la confusion fut bientôt à son comble.

Le juge frappa trois fois la table de son martelet.

— Silence ! tonna-t-il. Si j'entends encore un seul mot, je fais évacuer la salle.

Le bruit cessa immédiatement : personne ne voulait manquer l'interrogatoire des deux singuliers prisonniers à genoux devant l'estrade.

Le juge les examina d'un air impassible. Intérieurement, il était cependant loin d'être aussi calme qu'il le paraissait car il venait de reconnaître l'un des deux hommes.

Ma Jong expliqua comment Tao Gan et lui avaient procédé à la capture du moine et de son acolyte. Le juge caressait doucement sa barbe, et, quand son lieutenant se tut, il ordonna au plus jeune des deux prisonniers de décliner ses nom et qualité.

— L'insignifiante personne que je suis se nomme Tchang Hou-piao, répondit-il d'une voix à peine audible. J'étudie les classiques pour me présenter aux examens littéraires.

Un murmure d'étonnement monta de la salle.

Le juge Ti leva la tête d'un air courroucé et frappa la table de son martelet.

— Ceci est mon dernier avertissement ! cria-t-il. S'adressant au prisonnier, il ajouta : On a déclaré au tribunal que candidat Tchang s'était noyé dans le lac il y a quatre jours.

— Votre Excellence, répliqua le jeune homme d'une voix mal assurée, cela m'afflige plus que je ne saurais dire d'avoir, par ma stupidité et bien involontairement, induit le tribunal en erreur. Je reconnais avoir agi avec une grande étourderie et j'ai montré un regrettable manque de caractère. J'ose seulement espérer, Seigneur Juge, que lorsque vous connaîtrez les circonstances de mon aventure, vous voudrez bien m'accorder un peu d'indulgence.

Il s'arrêta un instant, puis reprit dans le profond silence :

— Je ne souhaite à personne de subir une épreuve aussi atroce que celle qui me fit passer, au cours de ma nuit nuptiale, du bonheur suprême au plus affreux désespoir. À peine uni à ma bien-aimée, Noble Juge, je découvris que mon amour même venait de la tuer !

Il avala sa salive avec difficulté et poursuivit :

— Quand, fou de douleur, je contemplai son corps inerte, la panique me saisit. Après avoir ruiné ses espoirs de postérité, comment oserais-je maintenant me présenter devant un père qui m'avait toujours témoigné tant d'amour ? La seule chose qui me restait à faire, c'était de mettre fin à ma malheureuse existence.

« J'enfilai rapidement une robe légère et me dirigeai vers la porte. Mais je songeai soudain que la maison était remplie d'invités en train de faire honneur au repas de noce. Comment m'échapper sans être vu ? Je me souvins que le vieux charpentier venu remettre en état le plafond de ma chambre n'avait pas fixé les deux dernières planches. « Ça ferait une jolie petite cachette ! » avait-il remarqué. Monté sur un tabouret, je m'agrippai à la poutre, fis un rétablissement, et me trouvai dans le grenier. Après avoir remis les planches en place derrière moi, je passai sur le toit et n'eus qu'à me laisser glisser dans la rue.

« À cette heure avancée il n'y avait plus personne dehors et j'atteignis la rive du lac sans rencontrer âme qui vive. Je dénouai ma ceinture de soie et me préparai à retirer tous mes vêtements afin de ne pas être retenu à la surface par ma robe. Lâche que je suis, la vue de l'eau noire m'effraya. Les histoires macabres sur les monstres qui habitent les profondeurs du lac me revinrent à l'esprit ; il me sembla voir de vagues formes s'agiter et des regards malveillants se poser sur moi. Bien que la chaleur fût encore étouffante, je fus saisi de frissons et je compris que je n'aurais jamais le courage de mettre à exécution mon fatal projet.

« Ma ceinture était tombée à l'eau. Sans essayer de la repêcher, je m'enfuis en serrant ma robe autour de mon corps. Quel chemin ai-je suivi, je ne saurais le dire car je ne repris conscience de la réalité qu'en apercevant devant moi le portail du temple bouddhiste. L'homme qui est à présent agenouillé à mon côté surgit à ce moment de l'ombre et me saisit par l'épaule. Pensant avoir affaire à un voleur, j'essayai de me dégager, mais il m'assena un coup sur la tête et je perdis connaissance. Quand je revins à moi, je gisais sur le sol d'une sombre caverne, et mon ravisseur me demanda comment je m'appelais, où j'habitais, et quel crime j'avais commis. Je compris que son intention était de me faire chanter, et je refusai de répondre. Avec un hideux sourire, il me dit que je devrais le remercier de bien vouloir me cacher dans cette grotte où les sbires ne me trouveraient jamais. Malgré mes protestations, il me rasa le crâne. Je passerais ainsi pour son acolyte, m'expliqua-t-il, et ne risquerais pas d'être reconnu. Puis, après m'avoir donné l'ordre de ramasser du bois et de faire cuire le riz, il s'en alla.

« Je passai toute cette première journée à me demander ce que j'allais faire. Tantôt je songeais à fuir dans un endroit éloigné, tantôt je me disais que la meilleure solution serait de rentrer à la maison et d'affronter la colère paternelle. Le soir, le moine revint. Il était ivre et se remit à me questionner. Comme je refusais toujours de répondre, il m'attacha et me battit avec une branche de saule. Après quoi, il me laissa étendu sur le sol, et je passai une nuit affreuse. Le lendemain matin, il me détacha, me donna de l'eau à boire, et, quand je fus un peu remis, m'envoya de nouveau ramasser du bois. Je décidai de m'enfuir, et dès que j'eus rassemblé deux fagots, je courus vers la ville. Avec mon crâne rasé et ma robe en loques personne ne me reconnut. J'étais épuisé de fatigue, mes pieds et mon dos me faisaient cruellement souffrir, mais la pensée de revoir mon père me redonnait des forces et je finis par atteindre notre rue.

Candidat Tchang s'arrêta pour essuyer la sueur qui inondait son visage. Sur un signe du juge, le chef des Sbires lui tendit une tasse de thé très fort. Après avoir bu, il reprit :

— Comment vous dire ma détresse en apercevant les hommes du tribunal à notre porte ? Leur présence ne pouvait avoir qu'une signification : incapable de supporter la honte dont j'avais couvert notre maison, mon père venait de mettre fin à ses jours. Je voulus cependant m'assurer que mes craintes étaient fondées, et, laissant mes fagots dehors, je me glissai par la porte du jardin pour aller regarder ce qui se passait dans ma chambre. Quelle terrible vision s'offrit à mes yeux ! Le roi des régions infernales fixait sur moi son regard flamboyant. Les démons de l'enfer me poursuivaient donc, moi, le parricide ! Perdant complètement la tête, je me précipitai dans la rue déserte et regagnai la forêt.

« Avec beaucoup de mal je finis par retrouver la caverne. Le moine m'y attendait, furieux. Il arracha mes vêtements, et la branche de saule me flagella de nouveau tandis que mon bourreau criait sans arrêt : « Allons, avoue... confesse ton crime ! » Je finis par m'évanouir, incapable de subir plus longtemps pareil supplice.

« Après cela, ma vie devint un effrayant cauchemar. Grelottant de fièvre, je perdis toute notion de lieu et de temps. J'étais toujours attaché. Le moine me réveillait de temps à autre pour me faire boire un peu d'eau et quand j'avais bu il recommençait à me battre. En plus de la souffrance physique que j'endurais, mon cerveau était torturé par l'horrible pensée que j'étais responsable de la mort des deux êtres que j'aimais le plus au monde : mon père et ma jeune épouse.

La voix de Tchang Hou-piao devint complètement indistincte. Il vacilla et, à bout de forces, s'effondra sans connaissance.

Le juge Ti se tourna vers le sergent.

— Fais transporter ce malheureux dans mon bureau, commanda-t-il. Dis au contrôleur des décès de le ranimer, de panser ses blessures, et de lui faire prendre une potion calmante. Donne-lui une robe et un bonnet convenables, et préviens-moi dès qu'il se sentira mieux. Je désire lui poser une question avant de le renvoyer chez lui.

Le juge se pencha vers le second prisonnier.

— Qu'as-tu à dire pour ta défense ?

Le faux moine avait réussi à éviter jusqu'ici tout contact avec les autorités. Il ne savait pas comment on doit s'adresser à un magistrat et il ignorait quelles méthodes rigoureuses les sbires emploient pour rappeler les insolents à l'ordre.

— Moi, le moine, commença-t-il donc, je proteste...

Le magistrat fit un signe au chef des sbires. Celui-ci frappa la bouche du prisonnier avec le manche de son gros fouet en disant d'une voix sifflante :

— Emploie un langage respectueux pour t'adresser à Son Excellence !

Livide de rage, le moine voulut se jeter sur lui.

Les matraques des sbires entrèrent immédiatement en action.

Le juge ouvrit un dossier posé devant lui et dit :

— Qu'on me prévienne quand cet homme saura parler poliment.

Au bout d'un moment, un bruit de seaux d'eau lancés à toute volée indiqua qu'on ranimait le prisonnier, et le chef des sbires annonça que l'interrogatoire pouvait reprendre.

Le juge Ti leva les yeux. La tête du moine était couverte d'entailles sanglantes et son œil gauche refusait de s'ouvrir. Il regardait le magistrat du droit, l'air hébété.

— Il est venu à mes oreilles, dit le juge, que tu as eu des démêlés avec un homme appelé Mao Lou. Tu vas me dire la vérité à ce sujet, *toute* la vérité. Je t'écoute.

Le faux moine lança un jet de salive sanglante sur le sol et commença d'une voix pâteuse :

— L'autre soir, juste après la première veille de nuit[1], l'envie me prit de faire un petit tour. En débouchant du sentier qui mène au temple bouddhiste, j'aperçus un homme occupé à creuser un trou au pied d'un arbre. À ce moment la lune sortit de derrière un nuage et je reconnus Mao Lou. Il se servait de sa hache comme d'une houe et semblait très pressé. Tiens, me dis-je, frère Mao manigance quelque chose. Un combat au couteau ou à poings nus avec lui n'aurait rien

1. *Veilles de nuit.* — La nuit chinoise est divisée en cinq veilles de deux heures chacune. La première veille de nuit va de dix-neuf heures à vingt et une heures.

eu pour m'effrayer, mais la grosse hache qu'il tenait à la main ne me plaisait guère, aussi décidai-je de ne pas me montrer.

« Le trou terminé, il jeta dedans sa hache et une boîte en bois et se mit à recouvrir le tout avec de la terre. Je sortis alors de ma cachette et lui dis, en manière de plaisanterie : « Veux-tu un coup de main, frère Mao ? » Il me répondit : « Tu te promènes bien tard, moine ! » Je lui demandai : « Qu'est-ce que tu viens d'enterrer ? » Il me répondit : « Oh, rien que de vieux outils, mais il y a un joli magot dans le temple ! » Et il secoua sa manche qui rendit un son argentin. « Il n'y en a pas un peu pour le pauvre moine ? » demandai-je. « C'est ta nuit de chance ! » me répondit-il. « Quand je me suis sauvé après avoir fait main basse sur une partie du trésor, ils se sont lancés à ma poursuite ; je les ai semés dans le bois, et, à présent, il n'y a plus là-dedans qu'un vieux bonhomme. Vas-y tout de suite et rafle le reste avant leur retour. Moi, j'en ai autant que je puis porter ! » Et il fila sans attendre ma réponse.

Le faux moine passa le bout de sa langue sur ses lèvres tuméfiées. Le juge fit signe au chef des sbires qui tendit au prisonnier une tasse de thé noir. Il la vida d'un trait, cracha par terre, et reprit :

— Je commençai par déterrer le coffre pour m'assurer qu'il ne renfermait pas quelque chose dont Mao Lou aurait oublié de parler ! Mais il ne contenait que de vieux outils de charpentier. Pour une fois, le maudit chien n'avait pas menti. Je me glissai dans le temple. Tout ce que je trouvai, c'est un vieux crâne-rasé endormi dans sa cellule et un cercueil dans une salle désaffectée. Je compris que Mao Lou m'avait raconté une histoire pour se débarrasser de moi. C'est tout. Si vous voulez en savoir plus long, vous n'avez qu'à le retrouver et lui faire dire le reste !

Le juge caressa ses favoris, puis demanda d'un ton glacé :

— Reconnais-tu avoir enlevé et maltraité ce jeune homme ?

— Si je l'ai emmené dans ma grotte, c'était pour l'empêcher de fuir la justice, répondit le faux moine. Mais il refusait de travailler ; comme je ne pouvais le loger et le nourrir à ne rien faire, il a bien fallu que je l'encourage un peu !

— Ne mens pas ! tonna le juge. Avoue que tu l'as amené de force dans ta caverne et battu avec une branche de saule.

L'accusé jeta un regard torve au chef des sbires qui commençait à faire sauter son fouet dans sa main. Haussant les épaules, il grommela :

— Bon, j'avoue !

Le juge fit signe au scribe de lire à haute voix la déposition qu'il venait de noter. La partie concernant l'enlèvement de candidat Tchang était rédigée en termes plus explicites que ceux employés par le prisonnier, mais celui-ci reconnut qu'elle exprimait la vérité et apposa l'empreinte de son pouce au bas du document.

Le juge dit alors :

— Tu mérites une punition exemplaire. Je ne rendrai cependant mon verdict qu'après avoir vérifié l'exactitude de tes paroles au sujet de ta rencontre avec Mao Lou. Entre-temps, on va te mettre dans un cachot où tu auras tout loisir de méditer sur le sort qui t'attend si tu m'as menti.

Tandis qu'on faisait sortir le prisonnier, le sergent Hong vint prévenir le juge que candidat Tchang était suffisamment remis pour répondre, et deux sbires amenèrent le jeune homme devant le tribunal. Une calotte noire dissimulait son crâne rasé et il portait une robe bleue, simple mais propre. Malgré sa mine encore un peu défaite on voyait qu'il était très beau.

Il écouta fort attentivement la lecture de sa déposition et apposa l'empreinte de son pouce sur la feuille de papier. Le juge Ti le considéra d'un air grave :

— Vous n'avez pas fait preuve de beaucoup d'intelligence en entravant ainsi la marche de la justice, dit-il. J'estime cependant que votre pénible aventure constitue une punition suffisante. Apprenez maintenant une bonne nouvelle : votre père est vivant et ne vous en veut pas de ce qui est arrivé. Sa douleur a même été fort grande lorsqu'il vous a cru mort. Mais quelqu'un l'a accusé d'être responsable du décès de votre femme ; c'est pour cette raison que vous avez vu des sbires chez vous, et c'est moi que vous avez pris pour une apparition infernale. Dans l'état d'esprit où vous étiez, j'ai dû vous paraître redoutable !

« À mon grand regret, je dois ajouter que le corps de votre femme a disparu de façon inexplicable. Le tribunal met tout en œuvre pour le retrouver afin de lui donner une sépulture décente.

Tchang Hou-piao se cacha le visage dans les mains et sanglota doucement. Le juge attendit un peu et reprit :

— J'ai encore une question à vous poser et vous pourrez partir. À part votre père, y a-t-il quelqu'un qui sache que vous signez vos essais littéraires *L'Étudiant du bosquet de bambous* ?

— Seule mon épouse, Fée-de-la-Lune, connaissait ce pseudonyme, Votre Excellence. Je ne l'ai employé qu'après avoir fait sa connaissance, et j'ai toujours signé ainsi les poèmes que je lui envoyais.

Le juge Ti se renversa dans son fauteuil.

— Ce sera tout, dit-il. Vous êtes libre, candidat Tchang. Quant à votre persécuteur, il attendra dans son cachot la juste punition qu'il mérite.

Ordre fut donné à Ma Jong de reconduire le jeune homme chez lui en palanquin fermé et d'annoncer au docteur Tchang qu'il pouvait maintenant sortir à sa guise.

Puis, ayant frappé la table de son martelet, le juge déclara l'audience close.

De retour dans son cabinet, il dit à son nouveau lieutenant :

— Tu t'es bien acquitté de ta tâche, Tao Gan ! Avec un sourire sans gaieté, il ajouta : Il ne reste plus qu'à retrouver le cadavre de cette malheureuse jeune femme pour en avoir fini avec l'affaire Liou contre Tchang.

— Mao Lou nous renseignera sur ce point, Votre Excellence, dit le sergent. Il a évidemment tué son oncle pour le voler. Quand nous l'aurons arrêté, il nous expliquera ce qu'est devenu le cadavre de madame Tchang.

— Pourquoi Mao Lou aurait-il fait disparaître le corps de cette jeune femme ? lui demanda le juge Ti. Lorsqu'il eut tué son oncle, il s'est vraisemblablement introduit dans le temple pour y cacher le cadavre. Il a découvert le cercueil et l'a facilement ouvert avec les outils de sa victime. Tout cela je l'admets, mais pourquoi n'a-t-il pas fourré tout simplement le corps du charpentier sur celui de la jeune femme ? Pourquoi sortir la dépouille de cette dernière puisque cela le remettait exactement dans la même situation que précédemment : c'est-à-dire avec un cadavre sur les bras ?

Tao Gan qui avait jusqu'ici écouté en tiraillant les trois poils de sa verrue dit soudain :

— Une troisième personne — que nous ne connaissons pas — avait peut-être enlevé le corps de la jeune madame Tchang avant l'arrivée de Mao Lou. Une personne qui, pour une raison ou pour une autre, voulait à toute force empêcher l'examen du cadavre. À moins que la morte ne soit sortie toute seule de son cercueil !

Le juge Ti posa son regard aigu sur Tao Gan. Croisant les bras dans ses larges manches, il demeura quelque temps perdu dans ses pensées. Brusquement, il s'écria en frappant la table de son poing :

— C'est pourtant ce qu'elle a fait. Mais elle n'était pas morte !

Ses lieutenants le regardèrent, au comble de la stupéfaction.

— Mais comment cela se pourrait-il, Noble Juge ? demanda le sergent. Un médecin a constaté sa mort, un homme des pompes funèbres a procédé à sa dernière toilette, elle est restée enfermée dans un cercueil plus d'une douzaine d'heures !

— Elle n'était pas morte ! assura le juge. Rappelez-vous les paroles du contrôleur des décès : lorsqu'un accident de ce genre arrive au cours de la défloration, la jeune femme perd connaissance *mais la mort est extrêmement rare*. Il est donc possible que Fée-de-la-Lune se soit évanouie et que le choc nerveux ait produit un arrêt momentané des fonctions vitales. Nos traités de médecine disent comment les choses se passent dans de tels cas : la respiration cesse complètement, le pouls devient insaisissable, le regard est vitreux, et parfois même le visage prend l'aspect cadavérique. Cet état peut se prolonger plusieurs heures.

« Or nous savons qu'on a procédé tout de suite à la mise en bière et que le cercueil a été immédiatement transporté dans le temple bouddhiste. Il s'agissait d'un cercueil provisoire, fait de planches très minces, et j'ai remarqué qu'elles ne joignaient pas hermétiquement. La jeune femme n'a donc pu mourir étouffée. Au bout d'un certain temps elle a dû reprendre connaissance. Elle se sera mise à crier et à frapper les parois de son étroite prison... mais elle se trouvait dans la salle latérale d'un temple désert avec un gardien sourd !

« Ce qui suit est pure hypothèse : Mao Lou assassine son oncle, vole son argent et entre dans le temple afin d'y cacher le cadavre. Il entend les cris qui sortent du cercueil...

— Il a dû avoir une peur bleue et se sauver à toutes jambes ! remarqua Tao Gan.

— Il nous faut admettre, au contraire, qu'il a ouvert le cercueil avec les outils de son oncle, répliqua le juge. La jeune madame Tchang lui aura fait part de son aventure et... Non, il y a là quelque chose qui ne va pas ! Mao Lou se serait empressé de la reconduire chez le professeur dans l'espoir de toucher une généreuse récompense. Pourquoi ne l'a-t-il pas fait ?

— La jeune femme avait vu le cadavre du charpentier, Votre Excellence, dit Tao Gan. Elle pouvait témoigner contre Mao Lou et il a eu peur qu'elle le dénonçât.

— Mais oui, s'écria le juge. C'est cela. Mao aura décidé de l'emmener avec lui en attendant que le cercueil soit mis en terre. À ce moment-là, il pourrait dire à sa prisonnière : « Si tu t'engages à raconter au docteur Tchang que je t'ai sauvé la vie et ne rien dire de plus, je te ramène chez toi... sinon je te vends comme prostituée. Choisis, ma belle ! » D'une façon ou d'une autre, Mao Lou était certain de toucher deux beaux lingots d'or.

— Mais où se trouvait madame Tchang pendant que Mao enterrait la boîte d'outils ? demanda le sergent Hong. Vous pouvez être sûr que le moine a fouillé le temple avec soin et pourtant il ne l'a pas découverte.

— Nous apprendrons tout cela quand nous aurons arrêté Mao, répliqua le juge. Mais nous savons déjà où il cachait cette malheureuse avant de quitter la ville : dans le lupanar qui se trouve près du marché aux poissons. Cette petite amie de Mao dont parlait le borgne, c'était tout simplement madame Tchang !

Un employé du tribunal entra, apportant sur un plateau le déjeuner du magistrat. Pendant que le commis disposait les différents bols sur la table, le juge reprit :

— Mon hypothèse est facile à vérifier. Dès que vous aurez mangé votre riz de midi, Tsiao Taï ira chercher la patronne de cette maison. Elle nous donnera le signalement de la femme amenée chez elle par Mao.

Les trois hommes s'inclinèrent et sortirent. Le juge prit ses baguettes, mais, malgré lui, toute son attention se concentrait sur les faits nouvellement mis au jour. Oui, l'on pouvait considérer l'affaire Liou contre Tchang comme pratiquement terminée ; seuls quelques points secondaires demandaient encore à être éclaircis. Le vrai problème était de découvrir quel lien il pouvait y avoir entre cette histoire et l'assassinat de la courtisane. L'innocence du professeur ne faisait plus aucun doute, mais Liou Fei-po apparaissait à présent sous un jour singulier.

Quand un serviteur eut desservi la table et placé une tasse de thé devant lui, le juge sortit de son tiroir les documents relatifs au meurtre commis sur le bateau-de-fleurs et se mit à les relire en caressant doucement ses favoris.

Il était toujours plongé dans cette lecture quand ses lieutenants reparurent. Ma Jong parla le premier.

— Eh bien, pour une fois, le professeur n'a pas caché ses sentiments, annonça-t-il. En voilà un qui était heureux de revoir son fils !

— Sa bru est probablement vivante aussi, dit le juge. Mais tes camarades ont dû te mettre au courant de ma dernière hypothèse. Et toi, Tsiao Taï, as-tu amené la patronne de maison de joie ?

— Mais oui, répondit Ma Jong avant que son camarade ait ouvert la bouche. Elle est là, cette beauté. Elle attend dans le couloir l'honneur d'être présentée à Votre Excellence.

— Qu'elle entre donc, ordonna le juge.

Tsiao Taï revint avec une grande femme maigre au visage plat, aux traits grossiers. Elle fit une profonde révérence et commença immédiatement sur un ton plaintif :

— Il ne m'a même pas laissé le temps de changer de robe, Votre Excellence. J'ai honte de me présenter devant vous dans ce misérable accoutrement. Je lui ai dit...

— Taisez-vous et écoutez-moi ! l'interrompit le magistrat. Vous savez que je puis fermer votre établissement si bon me semble. Vous avez donc intérêt à faire attention à vos paroles et à me dire toute la vérité. Comment s'appelle la femme que Mao Lou vous a amenée ?

La tenancière se laissa tomber à genoux.

— Je savais bien que ce chien-là me causerait des ennuis, gémit-elle. Mais que peut une faible femme contre un coquin de son espèce, Votre Excellence ? Si j'avais refusé, il me coupait la gorge ! Je supplie humblement Votre Excellence de me pardonner !

Avec de bruyants sanglots elle se mit à frapper le sol de son front.

— Ne faites pas tant de bruit ! dit le juge. Et répondez à ma question. Qui était cette femme ?

— Comment voulez-vous que je sache son nom, Votre Excellence ? Mao Lou est arrivé chez moi au milieu de la nuit. Je jure à Votre Excellence que je la voyais pour la première fois. Elle portait un drôle de vêtement — une sorte de suaire — et elle avait l'air effrayé. Frère Mao dit alors : « La poulette ne sait pas ce qui est bon pour elle. Crois-tu, elle refuse un beau mari comme moi ! » J'ai bien vu que la pauvre enfant n'était pas à son aise, aussi ai-je conseillé à Mao de la laisser tranquille pour l'instant. Voilà comme je suis, Votre Excellence, toujours prête à rendre service au monde. Je conduisis la mignonne dans une jolie chambre et lui donnai du bon gruau de riz et du thé. Je peux répéter à Votre Excellence les paroles exactes que j'ai prononcées. Je lui ai dit : « Dors, ma poulette, et ne te fais pas de bile. Demain tout ira bien, tu verras ! »

La grande cavale maigre s'arrêta le temps de pousser un profond soupir et reprit vite :

— Oh, mais vous ne connaissez pas ces filles-là, Votre Excellence. On aurait pu s'attendre à ce qu'elle me dise au moins merci le lendemain matin. Eh bien, non ! Elle réveille toute la maison avec de grands coups de pied dans la porte et pousse des hurlements. Lorsque j'ai été voir ce qui se passait, elle m'a injuriée et s'est mise à raconter des bêtises. À l'en croire, on l'avait enlevée... elle appartenait à une bonne famille... enfin le genre d'histoire qu'elles racontent toutes. Dans ce cas-là, il n'y a qu'une façon de leur faire entendre raison, c'est d'employer le fouet. Après une bonne petite séance, elle n'était plus la même, et quand frère Mao est revenu, elle est partie bien tranquillement avec lui. C'est tout, Votre Excellence, je vous le jure !

Le juge Ti lui jeta un regard écœuré. Il se demanda un instant s'il n'allait pas la faire arrêter pour avoir battu la jeune femme, puis il se dit qu'elle avait agi suivant ses lumières. Ces maisons de basse catégorie étaient un mal nécessaire. Les autorités pouvaient les surveiller de façon à éviter les excès, mais il était impossible de protéger complètement les malheureuses pensionnaires contre la cruauté de leurs employeurs. D'un ton sévère, il dit :

— Vous savez fort bien que vous ne devez pas loger de filles non enregistrées. Passe pour cette fois, mais je vais faire vérifier votre histoire, et si vous n'avez pas dit toute la vérité, vous vous en mordrez les doigts !

La femme se mit à faire ko-téou sur ko-téou pour exprimer sa reconnaissance. Sur un signe du juge, Tao Gan la fit sortir.

— Notre théorie est donc correcte, dit le magistrat, l'épouse de candidat Tchang est bien vivante. Mais la mort aurait peut-être été préférable au sort qui est le sien. Il faut la délivrer le plus tôt possible. Mao Lou se trouve à l'île des Trois Chênes, dans le district de Kiang-pei. Quelqu'un sait-il où cela se trouve ?

— Je n'y suis jamais allé, Votre Excellence, dit Tao Gan, mais j'en ai beaucoup entendu parler. C'est une agglomération de petites îles basses, ou plutôt une sorte de marécage situé au milieu du Grand

Fleuve. Le terrain est couvert de broussailles et est à demi submergé la plus grande partie de l'année. Une épaisse forêt s'étend sur certains endroits un peu plus élevés. Seuls les hors-la-loi rassemblés là connaissent les passes et les chenaux qui donnent accès aux îlots et permettent de circuler entre eux. Ils prélèvent un tribut sur tous les bateaux qui s'aventurent dans leurs parages et effectuent souvent des descentes dans les villages riverains. On dit que cette bande comprend plus de quatre cents hommes.

— Pourquoi le Gouvernement n'a-t-il pas détruit ce repaire de brigands ? demanda le juge, surpris.

— Ce n'est pas une entreprise facile, Votre Excellence. Elle nécessiterait une opération navale coûteuse en vies humaines. Ces marécages sont inaccessibles aux jonques de guerre. Il faudrait employer de petites embarcations découvertes et leur équipage servirait de cible aux flèches des hors-la-loi. Il paraît que l'armée a établi une chaîne de postes le long de la rive et que les soldats patrouillent dans toute la région. L'intention du haut commandement est de soumettre les îlots à un blocus qui obligerait les bandits à se rendre. Mais ceux-ci sont là depuis si longtemps qu'il s'est formé des liens secrets entre eux et la population. Jusqu'ici ils ne semblent pas être à court de nourriture.

— Voilà qui est affligeant ! s'écria le juge. Se tournant vers Ma Jong et Tsiao Taï, il demanda : Vous serait-il possible d'aller là-bas, de vous emparer de Mao Lou, et de le ramener ici avec madame Tchang ?

— C'est exactement le genre de travail que nous aimons, Votre Excellence ! répondit Ma Jong tout joyeux. Nous ferions bien de partir tout de suite et nous verrons sur place comment les choses se présentent.

— Parfait, conclut le juge. Je vais vous donner une lettre d'introduction pour mon collègue, le magistrat de Kiang-pei.

Il prit son pinceau et écrivit rapidement quelques lignes sur un papier à en-tête du tribunal, puis il apposa son grand sceau carré au bas de la feuille.

— Je lui demande de vous accorder toute l'aide possible, dit-il en remettant le document à Ma Jong. Et maintenant bonne chance, mes enfants !

XV

LE SERGENT HONG ET TAO GAN RENDENT VISITE À UN IMPORTANT PERSONNAGE. UN AGENT D'AFFAIRES CONCLUT SON ULTIME OPÉRATION.

Dès que Ma Jong et Tsiao Taï furent sortis, le juge se tourna vers ses deux autres lieutenants.

— Nous n'allons pas nous croiser les bras pendant l'absence de nos amis, annonça-t-il. Tout en déjeunant, je songeais au meurtre de la petite danseuse et à nos deux principaux suspects : Liou Fei-po et Han Sei-yu. Je n'ai pas l'intention d'attendre leur prochain exploit tranquillement assis dans mon fauteuil : je vais arrêter Liou aujourd'hui même.

Consterné, le sergent s'écria :

— Votre Excellence ne peut faire cela ! Nous n'avons que de vagues soupçons et...

— J'ai un bon prétexte pour Liou, l'interrompit le juge. Il a porté une grave accusation contre le docteur Tchang et cette accusation s'est avérée sans fondement. Nul ne me blâmerait si je laissais les choses en rester là, je l'admets, et cela d'autant plus que sa douleur l'égarait visiblement et que le professeur n'a pas déposé de plainte contre lui. Mais la loi spécifie que toute personne, en accusant à tort une autre d'avoir commis un crime, sera punie comme si elle avait commis elle-même ce crime. La jurisprudence laisse l'interprétation de cet article à la discrétion du magistrat, mais dans ce cas particulier je choisis d'appliquer la loi à la lettre.

Malgré l'air soucieux du sergent, le juge prit son pinceau et traça sur une formule officielle l'ordre d'arrêter Liou Fei-po. Puis, prenant une seconde formule, il la remplit en expliquant :

— Je donne aussi l'ordre d'arrêter Wan Yi-fan pour son faux témoignage au sujet de la prétendue tentative de séduction de sa fille par le docteur Tchang. Vous allez vous rendre tous les deux au domicile de Liou avec quatre sbires et vous vous assurerez de sa personne. Avant de partir, sergent, tu diras au chef des sbires de prendre deux hommes et de procéder à l'arrestation de Wan Yi-fan. Que les prisonniers soient amenés ici en palanquins fermés et qu'on ne les place pas dans des cellules voisines. Ils doivent ignorer qu'ils partagent l'hospitalité du tribunal ! J'ai l'intention de les entendre au cours de l'audience du soir et j'espère apprendre quelques petits détails intéressants.

Le sergent n'avait pas encore l'air bien convaincu, mais Tao Gan fit observer en souriant :

— C'est la même chose avec les dés : si on les secoue bien, il arrive qu'on amène un coup intéressant !

Quand ses lieutenants se furent éloignés, le juge sortit de son tiroir la feuille sur laquelle se trouvait le problème d'échecs. Il n'était pas aussi sûr d'avoir raison qu'il le prétendait, mais cette double arrestation était l'unique moyen d'arracher à l'assassin l'initiative des opérations. Il prit un échiquier et disposa les pions noirs et les pions blancs comme l'indiquait le dessin. Il avait la conviction que ce problème — qui depuis soixante-dix ans intriguait les joueurs les plus fameux — renfermait la clef du complot découvert par la courtisane. Fleur-d'Amandier ne jouait pas aux échecs, elle devait donc l'avoir choisi pour une raison n'ayant aucun rapport avec le jeu lui-même. S'agissait-il d'une sorte de rébus ? Les sourcils froncés, le juge déplaça les pions, s'efforçant de lire leur message caché.

Pendant ce temps, le sergent et Tao Gan se dirigeaient vers la demeure de Liou Fei-po. Quatre sbires les suivaient discrètement avec un palanquin fermé.

Arrivé devant le haut portail rouge, le sergent frappa. Lorsque le guichet fut entrebaillé, il montra son insigne et expliqua :

— Nous venons voir monsieur Liou sur l'ordre de Son Excellence le magistrat du district.

Le portier leur ouvrit et les fit entrer dans une petite salle d'attente. Au bout d'un instant, un homme aux cheveux grisonnants parut.

— Je suis l'intendant de monsieur Liou Fei-po, dit-il. Veuillez me faire part de l'objet de votre visite. Mon maître fait la sieste dans son jardin et on ne peut pas le déranger.

— Nous avons l'ordre de parler à monsieur Liou en personne, répliqua le sergent. Allez le réveiller !

— Impossible ! répéta l'intendant horrifié. Je perdrais ma place !

— Menez-nous près de lui, dit Tao Gan. Nous le réveillerons nous-mêmes. Et n'oubliez pas que nous sommes en mission officielle, mon ami, faites vite !

L'intendant fit demi-tour, sa barbiche grise toute frémissante de rage. Les deux émissaires du juge sur les talons, il traversa une vaste cour pavée de briques aux couleurs vives, enfila les uns après les autres quatre couloirs aux nombreux détours et déboucha enfin dans un grand parc clos de murs. Des fleurs rares, cultivées dans des pots de porcelaine, bordaient une terrasse de marbre au-delà de laquelle on apercevait un pittoresque jardin d'agrément. Leur guide contourna un étang couvert de lotus, passa près de curieux rochers ingénieusement cimentés ensemble, et s'arrêta devant une charpente de bambou qui disparaissait sous le lierre. Leur désignant l'abri rustique, l'intendant déclara :

— Vous trouverez mon maître sous cette tonnelle. Moi, je préfère vous attendre ici.

Le sergent Hong écarta le feuillage. Un fauteuil en rotin et une petite table à thé meublaient la fraîche retraite, mais, à part cela, elle était vide.

Sans s'attarder, le sergent fit demi-tour en criant :

— N'essaie pas de te payer notre tête, coquin, Liou n'est pas dans cette tonnelle !

Terrorisé, l'intendant bégaya :

— Il... il doit être allé dans la bibliothèque, alors.

— Eh bien, nous allons suivre son exemple, répliqua Tao Gan. Montre-nous le chemin.

Un nouveau voyage à travers de longs corridors les amena devant une porte d'ébène que décoraient des fleurs en métal délicatement ciselées. Leur guide frappa un coup timide. Il n'obtient pas de réponse, frappa encore, puis essaya en vain de pousser le battant.

— Ôte-toi de là ! commanda Tao Gan. Il sortit de sa vaste manche une trousse remplie de curieux petits instruments et se mit à travailler la serrure. On entendit un claquement sec et la porte s'ouvrit, laissant voir une belle pièce luxueusement meublée. Les tables, les lourds fauteuils, les hautes bibliothèques, tout était en ébène finement sculptée. Mais Liou ne se trouvait pas plus là que sous la tonnelle.

Tao Gan s'approcha du bureau. Ses tiroirs étaient grands ouverts ; dossiers vides et lettres froissées jonchaient l'épais tapis de laine bleue.

— Un voleur s'est introduit ici ! cria l'intendant.

— Je t'en fiche ! répliqua Tao Gan. Ces tiroirs n'ont pas été forcés, on les a ouverts avec une clef. Où est le coffre-fort ?

L'intendant désigna d'un doigt tremblant une peinture ancienne suspendue entre deux bibliothèques. Tao Gan souleva la pièce de soie jaunie. Une porte de fer apparut qu'il ouvrit sans difficulté : l'intérieur de la cachette était vide.

— Cette serrure-là non plus n'a pas été forcée, remarqua-t-il. Fouillons la maison, mais je crains bien que l'oiseau ne soit envolé !

Le sergent appela ses sbires et tous les six explorèrent la vaste demeure pièce par pièce, entrant même dans l'appartement des femmes. Liou Fei-po demeura introuvable ; personne ne l'avait aperçu depuis le repas de midi.

L'oreille basse, le sergent et son compagnon reprirent le chemin du Yamen. Dans la grande cour ils rencontrèrent le chef des sbires qui leur rendit compte de sa mission. Wan Yi-fan s'était laissé prendre sans difficulté et occupait maintenant une cellule de la prison.

Les deux hommes se rendirent dans le bureau du juge Ti et le trouvèrent encore absorbé par le problème d'échecs.

— Wan Yi-fan est sous clef, Votre Excellence, annonça le sergent, mais Liou Fei-po a disparu sans laisser de trace !

— Disparu ? répéta le juge surpris.

— Il a emporté son argent et ses papiers les plus importants, dit Tao Gan. Il a dû sortir par la porte du jardin et n'a prévenu personne de son départ.

Le poing du juge s'abattit sur la table.

— J'ai trop attendu, murmura-t-il. Il se leva et se mit à parcourir la pièce à grandes enjambées. S'arrêtant brusquement, il s'écria, furieux : C'est la faute de ce grand dadais de candidat Tchang ! Si l'innocence de son père m'avait été connue plus tôt... Il tiraillait sa barbe avec colère. Tao Gan, commanda-t-il soudain, va chercher le neveu du conseiller Liang. J'ai encore le temps de l'interroger avant l'audience.

Tao Gan partit aussitôt.

— La fuite de Liou est un mauvais point pour nous, sergent, reprit le juge. Si grave que soit un meurtre, il ne faut pas oublier que certaines choses sont plus importantes !

Le sergent s'apprêtait à demander ce que signifiaient ces paroles, mais, en voyant les lèvres serrées de son maître, il se ravisa. Le juge marcha encore de long en large pendant quelques instants, puis il s'immobilisa devant la fenêtre, les mains derrière le dos.

Au bout d'un temps fort court, Tao Gan reparut, suivi de Liang Fen. Le jeune homme paraissait encore plus nerveux que lors de sa première rencontre avec le juge. Ce dernier se croisa les bras, et sans inviter le visiteur à s'asseoir, le regarda droit dans les yeux.

— Cette fois-ci, dit-il, je vais vous parler sans ambages. Liang Fen, je vous soupçonne d'être mêlé à un crime abject. C'est par égard pour le vieux conseiller que je vous interroge ici et non pas en audience publique.

Le visage du jeune homme devint couleur de cendre. Il voulut parler, mais le juge leva la main et poursuivit :

— *Primo* : la touchante histoire des prodigalités de votre oncle n'est peut-être qu'un conte destiné à dissimuler le fait que vous vous appropriez peu à peu sa fortune. *Secundo* : j'ai trouvé dans la chambre de Fleur-d'Amandier des lettres d'amour écrites de votre main. Les plus récentes montraient que vous désiriez rompre avec elle, probablement parce que vous êtres tombé amoureux de Chaton-de-Saule, la fille de Han Sei-yu.

— Comment savez-vous cela ? s'écria Liang Fen. Nous ne... Mais le juge lui imposa encore une fois silence et continua :

— Vous n'avez pas tué la danseuse, puisque vous n'étiez pas sur le bateau. Mais vous aviez une liaison avec elle et vous la receviez secrètement dans votre chambre. Cela vous était facile grâce à la petite porte du jardin. Attendez, je n'ai pas fini ! Votre vie privée ne m'intéresse pas le moins du monde et il m'est indifférent que vous batifoliez avec toutes ces demoiselles du quartier des Saules, mais vous allez me faire un récit détaillé de votre aventure avec la morte. Un jeune nigaud a déjà considérablement gêné mes recherches et je ne tolérerai pas que le fait se reproduise. Alors, parlez, et tâchez de dire la vérité.

— Mais ce n'est pas vrai, Votre Excellence, je vous le jure ! gémit Liang Fen en se tordant les mains. Je ne connaissais pas cette courtisane et je n'ai jamais touché à l'argent de mon oncle ! J'admets que j'aime Chaton-de-Saule ; j'en suis fier et j'ai tout lieu de croire que mes sentiments sont partagés. Je ne lui ai encore jamais parlé, mais je l'aperçois souvent dans le jardin du temple et... Oh, Noble Juge, puisque vous connaissez mon secret, vous devez bien savoir que tout le reste est faux ?

Le magistrat lui tendit une des lettres trouvées chez la morte et demanda :

— Avez-vous écrit ceci ou non ?

Le jeune homme examina soigneusement la lettre.

— Cette calligraphie ressemble beaucoup à la mienne, reconnut-il. Elle reproduit même certains détails qui me sont personnels. Cependant, elle n'est pas de ma main. La personne qui a contrefait mon écriture doit en avoir eu de nombreux exemples sous les yeux. C'est tout ce que je peux dire.

Le juge Ti le foudroya du regard.

— Wan Yi-fan a été arrêté, annonça-t-il. Je vais l'interroger pendant l'audience de ce soir. Je désire que vous soyez présent. Allez dans la salle.

Quand Liang Fen fut sorti, le sergent remarqua :

— Je crois qu'il a dit la vérité, Votre Excellence.

Le juge ne répondit rien et lui fit signe de l'aider à passer sa robe de brocart.

Trois battements de gong annoncèrent que l'audience était sur le point de commencer. Suivi du sergent Hong et de Tao Gan, le magistrat quitta son cabinet pour aller prendre place derrière la grande table du tribunal. Une douzaine de citoyens tout au plus s'étaient dérangés, les autres habitants de la ville ayant apparemment abandonné tout espoir d'entendre des nouvelles sensationnelles. Au premier rang se trouvaient Han Sei-yu et Liang Fen. Monsieur Sou se tenait derrière eux.

Dès qu'il eut déclaré l'audience ouverte, le juge remplit une formule qu'il tendit au chef des sbires en lui disant d'aller chercher Wan Yi-fan.

L'agent d'affaires ne semblait pas troublé par son arrestation. Il regarda le juge avec insolence avant de s'agenouiller et déclina ses nom et qualité d'une voix ferme.

— Je possède la preuve que vous avez menti, annonça le juge. Ce n'est pas le docteur Tchang qui a voulu acheter votre fille, c'est vous qui avez essayé de la lui vendre. Voulez-vous que j'entre dans les détails de l'affaire ou reconnaissez-vous les faits ?

— L'insignifiante personne à genoux devant le tribunal reconnaît avoir induit Votre Excellence en erreur, répondit Wan Yi-fan en affectant un grand respect. Mon ardeur à aider mon ami monsieur Liou Fei-po dans ses démêlés avec le professeur m'a entraîné trop loin. La loi permet cependant que je sois libéré sous caution. Monsieur Liou Fei-po acceptera sans aucun doute d'être mon répondant et versera la somme requise, pour peu que Votre Excellence veuille bien la fixer.

— Le tribunal, reprit le juge, possède aussi la preuve que vous avez mis à profit la sénilité du conseiller Liang pour l'entraîner dans des opérations financières onéreuses pour lui... mais fort avantageuses pour vous.

Cette deuxième accusation ne sembla pas plus troubler Wan Yi-fan que la première. Il répondit avec calme :

— Je nie de toutes mes forces avoir entraîné le conseiller Liang dans des opérations désastreuses. Monsieur Liou Fei-po m'a présenté à Son Excellence le conseiller, et c'est sur l'avis de monsieur Liou que j'ai recommandé au conseiller de vendre certaines de ses terres qui, suivant la compétente opinion de monsieur Liou, devaient perdre beaucoup de leur valeur dans le proche avenir. Monsieur Liou pourra témoigner des faits.

— Non, il ne le pourra pas, dit sèchement le juge. Monsieur Liou Fei-po est parti sans prévenir personne, emportant avec lui ses papiers les plus importants et tout son argent liquide.

Wan Yi-fan se leva d'un bond. Le visage soudain très pâle, il cria :

— Où est-il ? Dans la capitale ?

Le chef des sbires s'apprêtait à remettre le prisonnier à genoux, mais le juge secoua la tête et dit :

— Monsieur Liou a disparu. Ses proches mêmes ignorent où il se trouve.

La sueur perlait au front de Wan Yi-fan et il perdait visiblement son sang-froid.

— Liou s'est enfui... murmura-t-il. Regardant le juge, il annonça : Dans ce cas je suis obligé de reconsidérer quelques-unes de mes déclarations. Il hésita un instant puis ajouta : Je demande à Votre Excellence de m'accorder un peu de temps pour réfléchir.

— Accordé, répliqua le juge devant le regard significatif du prisonnier.

Quand Wan Yi-fan eut été reconduit dans sa cellule, le juge leva son martelet pour clore l'audience. Juste à ce moment, monsieur Sou s'avança, suivi par deux membres de sa guilde : un artisan et un marchand de jade. Ce dernier avait vendu au premier un bloc qui, lorsqu'il fut travaillé, laissa apparaître un défaut. Le tailleur de jade refusa de payer au marchand le prix convenu, mais comme il n'avait découvert l'imperfection de la pierre qu'après avoir commencé son travail, il ne pouvait pas la rendre intacte au commerçant. Maître Sou avait en vain essayé de trouver un compromis acceptable par les deux intéressés.

Le juge Ti écouta les verbeuses explications des deux parties avec beaucoup de patience. Parcourant machinalement l'auditoire du regard il nota que Han Sei-yu n'était plus dans la salle. Quand maître Sou eut résumé de nouveau les différents arguments, le magistrat prit la parole :

— Le tribunal déclare les deux parties fautives, annonça-t-il. En tant qu'expert, le commerçant aurait dû remarquer le défaut de la pierre lorsqu'il l'a achetée. L'expérience professionnelle du tailleur de jade aurait dû lui permettre de le découvrir avant de la travailler. Le commerçant a payé la pierre dix pièces d'argent et l'a revendue quinze à l'artisan. Le tribunal décide que ce dernier recevra dix pièces d'argent du commerçant et que les morceaux de jade seront également partagés entre eux. Chacun d'eux aura donc ainsi payé une amende de cinq pièces d'argent pour son manque de compétence dans l'exercice de sa profession.

Frappant la table de son martelet, le magistrat déclara l'audience close.

De retour dans son cabinet, il dit d'un air satisfait au sergent et à Tao Gan :

— Wan Yi-fan désire me faire part d'une chose qu'il n'a pas osé révéler en public. En principe, on ne doit pas interroger un prisonnier hors du tribunal, mais aujourd'hui je crois avoir le droit d'agir de façon exceptionnelle. Je vais le faire venir ici. Vous avez sans doute remarqué qu'il a employé l'expression « s'est enfui » en parlant de Liou Fei-po ? Nous allons bientôt savoir.

La porte s'ouvrit brusquement et le chef des sbires entra en coup de vent, suivi du geôlier. Ce dernier cria d'une voix haletante :

— Wan Yi-fan vient de se suicider, Votre Excellence !

Le magistrat abattit son poing sur la table et demanda d'un ton courroucé :

— Tu n'avais pas fouillé le prisonnier, chien de malheur ?

L'homme se laissa tomber à genoux.

— Je jure qu'il n'avait pas de gâteau sur lui quand je l'ai enfermé dans sa cellule, Votre Excellence ! Quelqu'un a dû lui faire passer secrètement cette pâtisserie empoisonnée.

— Ainsi, tu as laissé un visiteur entrer dans la cellule ! tonna le juge.

— Aucun visiteur n'a été admis auprès du prisonnier, Votre Excellence, gémit le geôlier. La chose est une énigme pour moi.

Le juge courut vers la porte. Suivi du sergent et de Tao Gan, il traversa rapidement la grande cour, prit le couloir qui passait derrière le greffe et pénétra dans la prison. Le gardien les précédait, une lanterne à la main.

Wan Yi-fan gisait sur le sol, au pied du bâti en bois qui servait de lit. La lumière de la lanterne éclaira son visage, montrant ses traits convulsés et l'écume au coin de ses lèvres. Le geôlier désigna sans rien dire un petit gâteau rond, tombé près de la main du mort. Wan n'avait visiblement mordu qu'une seule fois dedans. Le juge Ti se baissa. C'était une pâtisserie à base de soja telle qu'en vendait chaque boulanger de la ville, mais au lieu de la marque du commerçant moulée dans la pâte, on distinguait nettement une petite fleur de lotus.

Le juge enveloppa cette pièce à conviction dans son mouchoir et glissa le tout dans sa manche, puis il regagna son cabinet sans mot dire.

Le sergent Hong et Tao Gan regardaient avec inquiétude le visage tendu de leur maître. Celui-ci avait compris que le lotus symbolique ne pouvait pas avoir été mis là à l'intention de Wan Yi-fan puisque le cachot était obscur quand on lui avait présenté le cadeau fatal. Non, si le poison était bien pour Wan, en revanche l'avertissement qui l'accompagnait était destiné au magistrat de Han-yuan. D'un ton las, il murmura :

— On a tué Wan pour l'empêcher de parler, et ce gâteau empoisonné lui a été remis par un membre du tribunal. Il y a un traître dans le Yamen !

XVI

DEUX FIEFFÉS VAURIENS
NARGUENT LES SBIRES DE KIANG-PEI
UNE PAISIBLE JONQUE EST CAPTURÉE PAR SURPRISE.

APRÈS AVOIR ÉTUDIÉ une carte de la province, Ma Jong et Tsiao Taï établirent un premier plan de campagne, puis ils choisirent deux bonnes montures et quittèrent Han-yuan par la porte Est.

Quand ils eurent chevauché une demi-heure sur la grand-route, Ma Jong arrêta son cheval et dit :

— Ne crois-tu pas qu'en coupant à travers la rizière, à droite, nous atteindrions plus vite le fleuve qui sépare les deux districts ? Sauf erreur, nous devrions le rejoindre à environ quinze milles en aval du pont où se trouve notre dernier poste militaire.

— Ça me semble correct, admit Tsiao Taï.

Les deux cavaliers s'engagèrent dans un sentier qui serpentait au milieu des champs. La chaleur était accablante et ils furent enchantés d'apercevoir bientôt une petite ferme. Ils burent longuement au seau que le paysan tira du puits et, moyennant une poignée de sapèques, l'homme accepta de s'occuper des chevaux jusqu'à leur retour. Dès qu'il fut parti en direction de l'écurie, les deux amis ébouriffèrent leurs cheveux et les nouèrent avec un vieux chiffon. Ils remplacèrent ensuite leurs bottes par des sandales de paille apportées dans leurs sacoches. Tout en retroussant ses manches, Tsiao Taï ne put s'empêcher de dire :

— Cela ne te rappelle-t-il pas le bon vieux temps des vertes forêts ?

Ma Jong lui donna une bourrade fraternelle, puis, empruntant chacun une perche à la barrière de bambou, ils reprirent le chemin du fleuve.

Pour deux sapèques, un vieux pêcheur qui faisait sécher ses filets au bord de l'eau accepta de les faire passer sur l'autre rive. En le payant, Ma Jong demanda :

— J'espère qu'il n'y a pas de soldats par ici, au moins ?

Le vieux bonhomme leur lança un regard effaré. Il secoua négativement la tête et se hâta de remonter dans sa barque.

En émergeant des roseaux, les voyageurs aperçurent un petit chemin tortueux.

— Ça m'a tout l'air d'être ça, dit Tsiao Taï. D'après la carte, ce chemin doit mener au village.

Leur bambou sur l'épaule, ils se remirent en marche, chantant à pleins poumons un refrain gaillard.

Une demi-heure plus tard ils arrivaient devant les premières maisons et Ma Jong quitta son camarade pour gagner directement la place du marché. Il entra dans l'auberge et se laissa tomber sur un banc de bois en réclamant à boire. Quelques instants plus tard, Tsiao Taï venait s'asseoir en face de lui, disant à voix haute :

— J'ai examiné les alentours, frère. Rien à craindre !

Quatre vieux paysans qui occupaient la table voisine leur jetèrent des regards effrayés. L'un d'eux leva sa main, l'index et le petit doigt repliés, ce qui voulait dire : « Voleurs de grand chemin. » Les autres hochèrent la tête d'un air entendu.

L'hôte arriva en hâte avec deux cruchons de vin. L'attrapant par la manche, Tsiao Taï s'écria :

— Qu'est-ce que cela veut dire, maudit chien ? Remporte ces misérables petits pots et amène-nous la jarre tout entière !

L'aubergiste disparut sans mot dire. Il revint peu après, portant avec l'aide de son fils une énorme jarre et des louches de bambou.

— Voilà qui est mieux ! approuva Ma Jong. À quoi bon s'embarrasser de tasses ou de gobelets. Ils plongèrent les louches dans le grand récipient et burent à longs traits. L'hôte posa sur leur table une assiette de légumes salés. Tsiao Taï en saisit une poignée, et remarquant le généreux assaisonnement d'ail et de poivre rouge, fit joyeusement claquer sa langue.

— Frère Ma, déclara-t-il, les amusettes qu'on sert en ville ne sont rien à côté de cela !

La bouche pleine, Ma Jong fit un signe d'assentiment. Quand la jarre fut à moitié vide, ils avalèrent un grand bol de nouilles et se

DEUX VAURIENS
RIDICULISENT
LES SBIRES
DE KIANG-PEI

rincèrent la bouche avec un thé du pays à la saveur agréablement amère. Puis, se levant de table, ils sortirent quelques pièces de monnaie de leurs ceintures. L'hôte se hâta de refuser cet argent et les assura que leur visite avait été un honneur pour sa maison. Ma Jong insista cependant pour payer leur écot et y ajouta un généreux pourboire.

Les deux voyageurs allèrent ensuite s'étendre à l'ombre d'un vieux figuier et des ronflements réguliers annoncèrent bientôt que leur sieste était commencée.

Un brutal coup de pied réveilla Ma Jong. Il se mit sur son séant et, apercevant cinq hommes armés de matraques, enfonça son coude dans les côtes de Tsiao Taï. Les deux amis se levèrent sans se presser tandis que les villageois contemplaient la scène d'assez loin.

— Nous appartenons au tribunal de Kiang-pei, dit un petit homme trapu qui était manifestement le chef. Qui êtes-vous... d'où venez-vous ?

— Seriez-vous aveugle, par hasard ? demanda Ma Jong d'un ton hautain. Ne voyez-vous pas que je suis le gouverneur de la province voyageant incognito ?

Les villageois s'esclaffèrent. Furieux, le petit homme leva sa matraque. Ma Jong le saisit par le revers de sa veste, l'arracha du sol, et se mit à le secouer à en faire s'entrechoquer les dents du malheureux. Les sbires voulurent se porter au secours de leur chef, mais Tsiao Taï glissa son bambou entre les jambes du plus grand qui s'étala par terre. Il se mit ensuite à faire tournoyer rapidement sa longue perche à quelques pouces au-dessus de la tête des autres. Affolés, les représentants de l'ordre s'enfuirent, hués par la foule et talonnés par Tsiao Taï qui courait derrière eux en débitant les plus horribles jurons de son répertoire.

Le chef des sbires n'était cependant pas un lâche. Il lançait de grandes ruades pour essayer de faire lâcher prise à Ma Jong qui finit par le reposer sur le sol et ramassa son bambou afin de tenir à distance le petit homme déchaîné. Un coup sec sur le bras lui fit enfin lâcher sa matraque, mais, nullement découragé, il voulut sauter sur Ma Jong qui le repoussa en faisant des moulinets. Au bout de quelques minutes de cette lutte inégale, le belliqueux petit bonhomme comprit qu'il n'avait aucune chance d'être vainqueur et, tournant brusquement casaque, s'enfuit à son tour.

Un instant plus tard, Tsiao Taï reparaissait.

— Ces chiens de malheur ont fichu le camp ! dit-il en s'asseyant pour reprendre souffle.

— Vous leur avez donné une bonne leçon, déclara un vieux paysan avec un plaisir visible.

L'aubergiste avait assisté au combat à distance prudente. Il s'approcha des deux amis et murmura :

— Vous feriez bien de filer ! Il y a de la troupe par ici, le magistrat va envoyer des soldats pour vous arrêter.

Tsiao Taï se gratta la tête.

— J'ignorais cela, dit-il en prenant un air piteux.

— Ne vous inquiétez pas, reprit l'hôte. Mon fils va vous conduire jusqu'au Grand Fleuve. Vous trouverez un bateau sur la rive et dans une heure ou deux vous serez à l'île des Trois Chênes. Ceux de là-bas vous aideront si vous leur dites que vous êtes envoyés par le vieux Chao !

Ma Jong et Tsiao Taï s'empressèrent de le remercier et suivirent le jeune homme à travers la rizière. Après avoir marché assez longtemps sur la terre boueuse, leur guide fit halte et, désignant un rideau d'arbres tout proche, leur expliqua :

— Prenez la petite barque cachée dans cette crique. Le courant vous mènera là où vous désirez aller, mais méfiez-vous des remous.

Les deux amis n'eurent pas de peine à découvrir l'embarcation. Ma Jong se servit d'abord de sa perche pour la dégager des basses branches qui la dissimulaient aux regards indiscrets, puis il empoigna une pagaie. Dérivant sur l'eau couleur de boue, ils furent bientôt assez loin de la berge.

— Ce bateau me paraît bien petit pour traverser un si grand fleuve, remarqua Tsiao Taï en se cramponnant aux plats-bords.

— N'aie pas peur, répondit Ma Jong en riant. Je suis né dans le Kiang-sou et j'ai passé les premières années de ma vie sur l'eau.

Il joua habilement de sa pagaie pour éviter les remous d'un contre-courant. La barque se trouvait presque au milieu du fleuve et les roseaux de la rive apparaissaient comme une mince bande grise. Bientôt on ne les distingua plus ; partout où se portait le regard, il ne rencontrait que l'eau brune.

— Une pareille étendue liquide me donne envie de bâiller, dit Tsiao Taï avec mauvaise humeur. Il se coucha sur le dos et finit par s'endormir tandis que toute l'attention de son camarade se concentrait sur le pilotage du bateau. Soudain Ma Jong rompit le silence.

— Regarde, cria-t-il, on aperçoit quelque chose de vert.

Tsiao Taï se redressa. Il vit une multitude de taches verdâtres, petits îlots s'élevant à peine au-dessus de l'eau et couverts d'herbes folles. Une demi-heure plus tard, leur embarcation passa entre des îles plus élevées sur lesquelles croissaient des arbustes. Le crépuscule commençait à descendre, et, de tous côtés, les oiseaux aquatiques lançaient leurs appels mystérieux. Tsiao Taï prêta l'oreille.

— Ce ne sont pas des cris d'oiseaux ! s'écria-t-il. Ce sont les signaux de soldats en reconnaissance !

Absorbé par sa difficile manœuvre entre les rives sinueuses, Ma Jong grommela quelques paroles inintelligibles. Soudain la barque oscilla et la pagaie lui fut arrachée des mains tandis que trois têtes émergeaient de l'eau.

— Qui êtes-vous ? Ne bougez pas, sans ça on vous fait chavirer ! cria l'un des nageurs en posant sa main sur le plat-bord. Avec l'eau boueuse qui dégoulinait le long de son corps, il avait l'air de quelque inquiétant génie aquatique.

— Nous avons eu des ennuis avec les sbires du tribunal, expliqua Ma Jong. Alors le vieux Chao, l'hôtelier du premier village en aval, nous a conseillé de venir ici.

— Vous raconterez votre histoire au Capitaine ! répliqua son interlocuteur en lui rendant la pagaie. Dirigez-vous sur les feux que vous apercevez là-bas.

Six hommes armés les attendaient à une sorte de débarcadère fait de troncs d'arbre mal équarris. La lanterne que tenait leur chef permit à Tsiao Taï de voir qu'ils portaient l'uniforme de l'armée, mais sans aucun insigne régimentaire. Ils entraînèrent les deux amis vers l'épaisseur de la forêt.

Bientôt des lumières parurent entre les arbres et la petite troupe déboucha dans une vaste clairière. Une centaine d'hommes rassemblés autour de feux de camp faisaient cuire du riz pour le repas du soir. Tous étaient armés jusqu'aux dents.

Ma Jong et Tsiao Taï furent conduits devant l'état-major de la bande qui siégeait au pied de trois chênes plus que centenaires. Le chef de leur escorte s'avança vers un personnage au torse puissant, vêtu d'un ample pantalon de cuir et d'une cotte de mailles, les cheveux serrés dans une écharpe rouge. Très respectueusement, leur guide expliqua :

— Voici les visiteurs annoncés par nos sentinelles, Capitaine.

Le regard de deux petits yeux cruels se posa sur les lieutenants du juge Ti et, d'une voix brève, l'homme demanda :

— Vos noms ? D'où venez-vous ? La raison de votre présence ici ? Allons, parlez, coquins !

Il avait le ton autoritaire d'un officier. Probablement un déserteur, pensa Tsiao Taï.

— Je m'appelle Yong Bao, Capitaine, répondit Ma Jong avec son plus gracieux sourire. Mon camarade et moi sommes deux chevaliers des vertes forêts. Il raconta leur équipée avec les sbires et expliqua comment l'hôte leur avait indiqué l'île des Trois Chênes. Ce serait un grand honneur pour nous d'être acceptés dans votre groupe, termina-t-il.

— Nous allons d'abord vérifier ton histoire ! répondit le Capitaine qui ajouta, à l'adresse de leur garde : Mettez-les dans l'enclos avec les autres.

Ils reçurent chacun un bol de gruau de riz et on les conduisit dans une clairière plus petite. La lueur d'une torche permettait d'apercevoir une cabane faite de troncs d'arbres. Accroupi dans l'herbe, un homme mangeait son riz. Un peu plus loin, une jeune femme vêtue d'une veste bleue et du pantalon des paysannes était à genoux sous un arbre, occupée elle aussi à manœuvrer ses baguettes.

— Ne bougez pas de cet endroit, les avertit le garde en s'en allant. Ma Jong et Tsiao Taï s'assirent en tailleur en face de l'homme accroupi.

— Je m'appelle Yong Bao, dit Ma Jong d'un ton engageant. Et toi ?

— Mao Lou, grommela l'autre, et jetant son bol vide à la jeune femme, il ordonna : Fais la vaisselle !

Elle se leva sans mot dire et ramassa le bol, puis elle attendit que Ma Jong et Tsiao Taï eussent avalé leur pitance pour les débarrasser également. Ma Jong, qu'aucune personne du sexe féminin ne laissait indifférent, la suivit d'un regard approbateur. Elle paraissait triste et marchait avec une certaine difficulté, mais on la devinait extrêmement bien faite. Mao Lou, à qui l'expression de Ma Jong n'avait pas échappé, dit en fronçant les sourcils :

— Cherche ailleurs, c'est ma femme.

— Jolie poulette ! remarqua Ma Jong d'un air détaché. Sais-tu pourquoi on nous parque ici ? Nous serions des criminels qu'on n'agirait pas autrement.

Mao Lou cracha par terre. Après un coup d'œil circulaire, il dit en baissant la voix :

— Je n'aime pas ces gens-là, mon vieux. Je suis arrivé ici l'autre jour avec un camarade pour joindre leur bande. Le Capitaine nous a posé des tas de questions. Mon camarade n'a pas goûté la façon dont il nous parlait et il a eu la langue trop longue. Sais-tu ce qui lui est arrivé ?

Ma Jong secoua négativement la tête.

Mao Lou se passa l'index en travers de la gorge.

— Comme ça ! dit-il avec amertume. Moi, ils m'ont mis ici, quasiment en prison. Et figure-toi qu'hier soir deux de ces cocos-là ont essayé de me soulever ma femme ! J'ai dû me battre avec eux jusqu'à ce que des gardes viennent les arrêter. Oh, pour de la discipline, il y a de la discipline, mais quand même, c'est pas des gens sympathiques et je regrette bien d'être venu !

— Je pensais avoir affaire à d'honnêtes voleurs qui seraient contents de nous accueillir, soupira Tsiao Taï. Que manigancent-ils donc ?

— Va leur poser la question ! répliqua Mao Lou en ricanant.

La jeune femme reparut et, toujours muette, rangea sous un arbre les bols nettoyés.

— Tu ne pourrais pas dire un mot ? grommela le charpentier.

— Joue tout seul, mon gros, répondit-elle sans se départir de son calme.

Le visage de Mao Lou s'empourpra de rage, mais il ne la suivit pas dans la cabane. Après avoir poussé un juron ou deux pour se soulager, il confia à Ma Jong :

— J'ai sauvé la vie à cette garce-là et qu'ai-je obtenu en retour ? Des mines dégoûtées, c'est tout ! J'ai beau lui tanner le cuir, ça ne sert à rien.

— Il faut taper longtemps sur une femme avant qu'elle devienne raisonnable, remarqua Ma Jong avec philosophie.

Mao Lou se leva et, ayant rassemblé un tas de feuilles à grands coups de pied, s'allongea dessus. Ma Jong et Tsiao Taï trouvèrent une place parmi les feuilles mortes, de l'autre côté de l'enclos, et bientôt tous furent profondément endormis.

Tsiao Taï se réveilla en sentant un souffle chaud sur son visage. Dès qu'il eut ouvert les yeux, Ma Jong lui dit à l'oreille :

— Je viens de reconnaître le pays, vieux frère. Deux grandes jonques sont amarrées dans la crique principale, prêtes à mettre à la voile demain matin. Il n'y a pas de sentinelles. Rien ne serait plus facile que d'étourdir notre ami Mao d'un bon coup de poing et de les porter, la fille et lui, dans l'une de ces jonques. Mais à deux, nous ne pourrions pas faire sortir de la crique une aussi lourde embarcation. Sans compter qu'il faudrait connaître le chenal.

— Cachons-nous dans la cale ! proposa Tsiao Taï. Demain quand ces maudits chiens auront amené la jonque au milieu du fleuve, nous sortirons de notre cachette et nous les prendrons par surprise.

— Parfait ! répondit Ma Jong avec satisfaction. Ou bien nous aurons leur peau, ou bien ils auront la nôtre. J'aime quand les choses sont aussi simples que cela ! Et comme, en général, ils attendent l'aube pour se mettre en route, nous avons encore le temps de faire un petit somme.

Un instant plus tard les deux amis dormaient profondément.

Une heure avant le lever du soleil, Ma Jong secoua le charpentier. Celui-ci se souleva sur un coude et Ma Jong l'étourdit d'un vigoureux coup de poing en pleine tempe. Il lui attacha les mains et les pieds avec la chaîne mince qu'il portait toujours autour de sa taille et le bâillonna en lui enfonçant dans la bouche un morceau d'étoffe prélevé sur sa veste. Il éveilla ensuite Tsiao Taï, et tous deux pénétrèrent dans la cabane.

Tsiao Taï fit de la lumière au moyen de son briquet pendant que Ma Jong réveillait la jeune femme.

— Nous appartenons au tribunal de Han-yuan, dit-il. Nous avons l'ordre de vous ramener là-bas, madame Tchang.

Fée-de-la-Lune les examina soupçonneusement dans la demi-obscurité.

— Pourquoi vous croirais-je ? répliqua-t-elle. Si vous faites mine d'approcher, je hurle !

Avec un soupir, Ma Jong déroula le morceau d'étoffe crasseuse qui retenait sa chevelure et en sortit la lettre du juge Ti. Elle la lut rapidement et demanda :

— Comment allons-nous faire pour partir d'ici ?

Quand Ma Jong lui eut expliqué leur plan, elle remarqua :

— Les gardes apportent le premier bol de riz peu après l'aube. Ils donneront tout de suite l'alarme.

— J'ai passé une heure à préparer une fausse piste qui les mènera dans la direction opposée à celle que nous aurons prise, répondit Ma Jong. Nous connaissons notre boulot, ma jolie !

— Je vous prie de rester poli, mon garçon !

— Quelle tigresse ! murmura-t-il, épanoui. Tous trois sortirent de la cabane. Ma Jong jeta le corps inerte du charpentier sur son épaule et, guidant ses compagnons à travers l'épaisse forêt, leur fit prendre la direction de la crique. La silhouette sombre de deux grandes nefs leur annonça bientôt qu'ils touchaient au but.

Ils montèrent à bord de la jonque la plus avancée. Ma Jong s'approcha de la trappe arrière, fit glisser Mao Lou le long de l'échelle, et descendit à sa suite, imité par Tsiao Taï et madame Tchang. Cette partie de la cale formait la cuisine, le reste étant rempli jusqu'au plafond par des caisses en bois qu'entouraient d'épais liens de paille tressée.

— Grimpe là-dessus, dit Ma Jong à son camarade, et tâche de pousser les caisses de la seconde rangée. Ça nous fera une bonne cachette. Puis il attrapa la boîte à outils du bateau, escalada l'échelle, et disparut en criant : Je reviens tout de suite.

Pendant que Fée-de-la-Lune examinait la cuisine, Tsiao Taï monta sur l'une des piles et se glissa dans l'étroit espace libre entre son sommet et le plafond. Tout en déplaçant les caisses, il grommela :

— Elles sont joliment lourdes ; ces gars-là ont dû les remplir de pierres, pas possible !

Il venait à peine de terminer l'aménagement d'une cachette suffisante pour quatre personnes, quand Ma Jong reparut. En descendant l'échelle il dit avec satisfaction :

— J'ai percé deux trous dans l'autre jonque. Lorsque ses passagers s'apercevront que leur cale est inondée, il sera un peu tard pour les boucher !

Il aida Tsiao Taï à hisser Mao Lou dans la cachette. Le charpentier avait repris connaissance et roulait des yeux furibonds.

— Ne t'étouffe pas, mon gros ! lui dit Tsiao Taï. Souviens-toi que notre magistrat désire te poser quelques questions avant que tu passes de vie à trépas.

Quand le prisonnier fut installé entre deux caisses, Ma Jong rampa jusqu'à la première rangée et tendit la main à Fée-de-la-Lune.

— Venez, dit-il, je vais vous aider à monter.

La jeune femme ne bougea pas. Les lèvres serrées, elle semblait réfléchir. Soudain elle demanda :

— Combien d'hommes comprend l'équipage d'une jonque comme celle-ci ?

— Six ou sept, répondit impatiemment Ma Jong. Allons, dépêchez-vous.

— Je reste en bas, déclara-t-elle, et fronçant son joli petit nez. Elle ajouta : Je ne me vois pas très bien à plat ventre sur ces caisses malpropres !

Ma Jong laissa échapper un juron.

— Si vous ne...

Il s'arrêta court. Des pas pesants résonnaient sur le pont et une voix impatiente criait des ordres.

Fée-de-la-Lune souleva le mantelet du sabord arrière et jeta un coup d'œil au-dehors.

— Une quarantaine d'hommes armés jusqu'aux dents montent dans l'autre jonque, murmura-t-elle.

— Venez nous rejoindre immédiatement ! commanda Ma Jong à mi-voix.

Avec un rire moqueur elle se débarrassa de sa veste, et, le torse nu, se mit à laver la vaisselle.

— Quel buste ! murmura Ma Jong avec une admiration non déguisée. Mais, Auguste Ciel, je me demande ce qui peut se passer dans la tête de ce petit chameau-là !

De lourds cordages tombèrent sur le pont... la jonque s'ébranla, et la lente mélopée dont les matelots accompagnaient la manœuvre de leurs perches parvint jusqu'à eux.

L'échelle se mit à craquer, puis le bruit cessa brusquement tandis qu'un robuste gaillard s'arrêtait pour contempler avec stupeur cette passagère à demi-nue. Fée-de-la-Lune lui décocha une œillade espiègle et demanda innocemment :

— Vous venez m'aider ?

— Il faut que j'inspecte la cargaison, parvint à dire l'homme, les yeux fixés sur les seins aimablement arrondis de la jeune femme.

— Si vous préférez la compagnie de ces sales caisses, à votre aise ! Je saurai bien m'arranger toute seule.

— Non ! non ! s'écria-t-il. Et dégringolant très vite les derniers échelons il s'approcha d'elle en ajoutant avec un sourire admiratif :

— Vous êtes rudement bien balancée, vous savez !

— Vous n'êtes pas si mal vous-même ! répondit poliment Fée-de-la-Lune. Elle laissa les mains de l'homme courir un instant sur son corps, puis les repoussa en disant : Le travail d'abord, le plaisir ensuite. Allez me chercher un seau d'eau.

— Chang, où es-tu ? cria sur le pont une voix enrouée.

— J'inspecte la cargaison ! répondit vivement l'admirateur de Fée-de-la-Lune. Je remonterai dès que j'aurai fini. Vérifie si les voiles sont prêtes.

— Pour combien de personnes dois-je préparer le riz ? s'enquit la jeune femme. Y a-t-il des soldats à bord ?

— Non, ils sont sur la seconde jonque, celle qui nous suit, dit Chang en lui tendant le seau demandé. Prépare seulement quelque chose pour moi, ma belle. Je suis le chef, ici. Le timonier et les quatre matelots se contenteront de ce que je leur laisserai.

On entendit un cliquetis d'armes sur le pont.

— Je croyais que nous n'avions pas de soldats à bord ? demanda Fée-de-la-Lune.

— Ce sont les gardes de notre avant-poste. Ils viennent fouiller la jonque avant son départ.

— Ah, ce que j'aime les militaires ! s'écria la jeune femme. S'il vous plaît, monsieur Chang, dites-leur de descendre !

Sans répondre, l'amoureux capitaine grimpa rapidement le long de l'échelle et, passant la tête dans l'écoutille, cria :

— J'ai fouillé toute la cale, mes enfants ! Il fait une chaleur infernale en bas. On entendit une courte discussion, puis Chang redescendit. Je me suis débarrassé d'eux ! expliqua-t-il. Avec un clin d'œil polisson, il ajouta : Moi aussi, j'ai été soldat, ma belle, et je n'ai pas mon pareil pour monter à l'assaut !

Il lui passa un bras autour de la taille et, de sa main libre, se mit à tirer sur le lien qui tenait le pantalon de la jeune femme.

— Pas ici ! cria Fée-de-la-Lune. Je suis une personne convenable, moi. Allez plutôt voir s'il n'y a pas un petit coin pour nous derrière ces boîtes, là-haut.

Chang se hâta d'obéir. Comme il arrivait au sommet de la pile, Ma Jong le saisit par le cou, le tira sur les caisses, et serra jusqu'à ce que sa victime ait perdu connaissance. Il sauta ensuite dans la cuisine pendant que la jeune femme fermait le mantelet du sabord et remettait sa veste.

— Du beau travail, ma petite ! Il n'en dit pas davantage et bondit vers l'échelle. La trappe venait de s'ouvrir de nouveau et deux grosses bottes apparaissaient dans l'ouverture. Une voix coléreuse demanda :

— Qu'est-ce que tu fabriques, Chang ?

Ma Jong tira sur les jambes de l'homme. Celui-ci dégringola, sa tête vint heurter le plancher avec un bruit mat, et il demeura inerte. Du haut de son perchoir, Tsiao Taï tendit les bras, Ma Jong lui passa l'homme qu'ils firent ensuite glisser derrière la rangée de caisses.

— Ligote-le bien et redescends, murmura Ma Jong. Moi, je vais là-haut et je t'envoie les autres. Sois prêt à les recevoir.

Il se faufila par le sabord, et, s'aidant du cordage de l'ancre, se hissa sans bruit sur le pont. Après s'être assuré que personne ne s'était aperçu de son manège, il s'approcha nonchalamment du timonier qui tenait à deux mains sa lourde barre et remarqua tout haut :

— Il commence à faire chaud dans la cale.

Ayant noté que le bateau était à présent au milieu du fleuve et que la deuxième jonque les suivait, il s'étendit tranquillement sur le plancher.

Le timonier le regarda bouche bée, puis soudain siffla de toutes ses forces. Trois solides matelots accoururent aussitôt.

— Qui diable es-tu ? demanda le premier.

Ma Jong replia les bras derrière sa tête et bâilla longuement avant de répondre :

— On m'a mis là pour surveiller la cargaison. Ce brave vieux Chang et moi nous venons juste de compter les caisses.

— Le capitaine ne nous tient au courant de rien ! grommela le matelot avec mauvaise humeur. Ce qu'il peut se croire, celui-là ! Je vais descendre lui demander quelles voiles il faut hisser.

L'homme se dirigea vers l'écoutille suivi de ses deux camarades.

Ma Jong se releva tranquillement et, lorsque le matelot fut penché au-dessus de la trappe, il lui expédia un coup de pied qui le fit dégringoler par l'ouverture. Rapide comme l'éclair, il envoya ensuite son poing dans la mâchoire du second matelot. L'homme recula en titubant. Un direct au cœur le fit basculer par-dessus bord. Le troisième marin se lança sur Ma Jong, un couteau à la main. Ma Jong se baissa et, tandis que l'arme passait au-dessus de lui, il donna un formidable coup de tête dans le ventre de son assaillant. Le souffle coupé, celui-ci s'affala sur le dos de Ma Jong qui se redressa brusquement, envoyant ainsi son agresseur rejoindre le second matelot dans le fleuve.

— Les poissons ne manqueront pas de nourriture cette année, dit-il à l'homme de barre. Je te conseille de rester au gouvernail si tu ne veux pas aller retrouver tes amis.

Il chercha du regard la seconde jonque, assez loin derrière eux maintenant. Elle avait pris un fort gîte à tribord et la confusion semblait régner sur le pont couvert d'hommes courant en tous sens. La chemise de ces gens-là ne demeurera pas longtemps sèche, remarqua-t-il avec bonne humeur avant de se pencher sur la voile en nattes de jonc.

Tsiao Taï passa la tête hors de l'écoutille.

— Tu ne m'en as envoyé qu'un seul, dit-il. Où sont les autres ?

Sans lâcher sa voile, Ma Jong lui indiqua le fleuve. Tsiao Taï fouilla des yeux les deux rives et demanda au timonier :

— Quand passerons-nous devant un poste militaire ?

— Dans deux heures, répondit l'homme d'un ton hargneux.

— Quelle était votre destination, fils de chien ?

— Liou-kiang, à quatre heures d'ici. Des amis à nous doivent se battre là-bas.

— Tu as de la veine, dit Tsiao Taï, tu ne risques pas d'attraper un mauvais coup à leur côté !

Tandis qu'ils déjeunaient assis à l'ombre de la grande voile, Ma Jong mit madame Tchang au courant des aventures de son mari. Quand il se tut, les yeux de la jeune femme étaient embués de larmes.

— Le pauvre, pauvre garçon ! murmura-t-elle doucement.

Ma Jong échangea un coup d'œil avec son camarade.

— Je me demande ce qu'une belle fille comme ça peut trouver de bien chez ce lamentable freluquet, lui glissa-t-il à l'oreille.

Tsiao Taï avait les yeux fixés sur la rive.

— Ne vois-tu pas ces étendards ? s'écria-t-il. C'est le poste militaire, frère Ma !

Ma Jong bondit sur ses pieds. Il donna un ordre à l'homme de barre et se hâta de réduire la voile. Une demi-heure plus tard, la jonque était à quai.

Ma Jong tendit la lettre du juge Ti au caporal qui commandait le poste et fit son rapport.

— J'amène quatre voleurs de l'île des Trois Chênes et une de leurs jonques, dit-il. Je ne sais pas ce qu'elle transporte, mais ça m'a l'air bigrement lourd.

Accompagné de quatre soldats, le caporal alla inspecter la cargaison. Tout comme leur chef, les hommes portaient le casque à jugulaire et un haut d'armure par-dessus leur cotte de maille. En plus de leur sabre, une lourde hache de guerre pendait à leur ceinture.

— Pourquoi diable trimballez-vous cette quincaillerie ? demanda Ma Jong, surpris.

Le caporal le regarda d'un air soucieux.

— Le bruit court que des escarmouches ont eu lieu entre nos troupes et des bandes armées, en aval du fleuve. Ces quatre hommes forment tout l'effectif de la garnison. Le reste est parti pour Liou-kiang avec notre capitaine.

Pendant cette conversation, les soldats avaient ouvert l'une des caisses. Elle contenait des casques, des vestes de cuir, des sabres, des arbalètes avec leurs flèches et d'autres pièces d'équipement militaire. Une petite fleur de lotus blanc ornait le devant des casques et un sac était rempli de reproductions en argent du même emblême. Tsiao Taï en fourra une poignée dans sa manche et dit au caporal :

— La jonque faisait route vers Liou-kiang, ainsi qu'une autre transportant quarante bandits armés. Mais cette dernière a coulé en amont.

— Enfin une bonne nouvelle ! s'écria le caporal. Ces gens-là auraient donné du fil à retordre à mon capitaine qui a seulement une trentaine d'hommes avec lui. Que puis-je faire pour vous ? Sur la rive opposée du fleuve, juste en face de nous, se trouve le poste frontalier du district de Han-yuan.

— Ça tombe on ne peut mieux, dit Ma Jong. Faites-nous vite passer de l'autre côté.

Aussitôt débarqué, Ma Jong réquisitionna quatre chevaux. Le sergent qui commandait le poste lui expliqua qu'en suivant la rive du lac, ils attendraient Han-yuan en moins de deux heures.

Tsiao Taï retira le bâillon de Mao Lou. L'ex-charpentier voulut se mettre à jurer, mais sa langue enflée ne lui permit d'émettre que des sons rauques et — heureusement — inintelligibles. Tout en attachant les pieds du prisonnier à la sangle de sa selle, Ma Jong demanda :

— Savez-vous monter à cheval, madame Tchang ?

— Bien sûr, répondit-elle. Mais prêtez-moi votre veste car ce qui me sert à m'asseoir est encore un peu sensible !

Elle plaça le vêtement plié en deux sur le dos de sa bête, et, dès qu'elle eut prestement sauté en selle, la petite troupe prit le chemin de Han-yuan.

XVII

UN TÉMOIN OCULAIRE DÉCRIT L'ASSASSINAT DU TEMPLE BOUDDHISTE
LE JUGE TI RÉSOUT UNE VIEILLE ÉNIGME.

PENDANT QUE Fée-de-la-Lune et ses compagnons chevauchaient vers Han-yuan, le juge Ti présidait l'audience vespérale.

La température continuait d'être accablante. Le juge étouffait dans sa lourde robe de brocart ; il était fatigué et irritable, ayant passé toute la nuit et toute la matinée à examiner les antécédents et la façon de vivre de chacun des membres du tribunal. Le sergent et Tao Gan l'assistaient dans ce travail, mais les trois hommes n'avaient rien découvert de suspect dans le comportement des sbires et des différents commis : aucun d'eux ne faisait de dépenses exagérées, ne s'absentait trop fréquemment, ou ne se conduisait de façon étrange. Officiellement, la mort de Wan Yi-fan avait été présentée comme un suicide ; en attendant l'autopsie, le corps reposait dans l'une des cellules de la prison.

L'audience n'en finissait pas. De nombreux détails réclamaient l'attention du magistrat ; pris séparément, leur importance était minime, négligés, leur ensemble eût fini par nuire au bon fonctionnement administratif du district.

Le sergent seul l'aidait dans cette tâche, Tao Gan étant parti faire, sur son ordre, le tour de la ville pour se rendre compte de l'état d'esprit des habitants.

Ce fut avec un soupir de soulagement qu'il sortit enfin du tribunal. Pendant que le sergent l'aidait à changer de robe, Tao Gan reparut, l'air soucieux.

— Il y a du drame dans l'air, Votre Excellence, déclara-t-il. J'ai écouté ce qui se disait dans les maisons de thé. Les gens s'attendent à un événement fâcheux, mais quel événement, ils n'en savent rien. De vagues rumeurs circulent à propos de voleurs de grand chemin qui se rassembleraient dans le district de Kiang-pei. Certains murmurent que ces bandes armées vont traverser le fleuve pour venir ici. Les boutiquiers sont déjà en train de mettre leurs volets ; quand ils ferment si tôt, c'est toujours mauvais signe.

Le juge tirailla sa moustache.

— Dès notre arrivée à Han-yuan, j'ai constaté une certaine tension dans l'atmosphère, dit-il, mais à présent les choses semblent se gâter tout à fait.

— J'ai été suivi, reprit Tao Gan, ce qui ne me surprend nullement. Je suis assez connu, et mon rôle lors de l'arrestation du moine a fait marcher les langues.

— As-tu identifié ton suiveur ?

— Non, Votre Excellence. C'était un homme de haute taille, puissamment charpenté, rouge de visage et avec une barbe en collier.

— Tu ne l'as pas fait arrêter par les gardes en arrivant ici ?

— Non, Votre Excellence. Au moment où je traversais une petite rue écartée, un autre individu l'a rejoint, et, comme ils s'apprêtaient à m'attaquer, je me suis arrêté devant le magasin d'un marchand d'huile. Il y avait une grande jarre sur le trottoir ; quand mon suiveur a voulu porter la main sur moi, je lui ai fait un croc-en-jambe et il est tombé sur cette jarre qui s'est renversée. Quatre vigoureux commis se sont aussitôt précipités hors de la boutique et le coquin a eu beau prétendre que je l'avais attaqué, sa puissante carrure comparée à ma piètre apparence leur fit comprendre qu'il se moquait d'eux. Lorsque je suis parti, ils étaient en train de lui casser une jarre sur le crâne tandis que son complice détalait à toutes jambes.

Le juge considéra pensivement son frêle interlocuteur. Il se souvint de la façon dont Tao Gan avait attiré le moine à l'auberge de la Carpe Rouge : décidément, ce personnage d'aspect si paisible était pour ses ennemis un redoutable adversaire !

À ce moment, la porte du cabinet s'ouvrit et Fée-de-la-Lune entra, escortée de Ma Jong et de Tsiao Taï.

— Mao est sous les verrous, Votre Excellence ! annonça triomphalement Ma Jong, et voici la petite poupée disparue !

Le visage du juge Ti s'éclaira.

— Félicitations à mes braves lieutenants ! s'écria-t-il. Puis, désignant un siège à la jeune femme, il dit avec bonté : Vous avez certainement hâte de rentrer chez vous, madame. Nous entendrons votre déposition plus tard, mais je serais heureux si vous vouliez bien m'expliquer rapidement ce qui vous est arrivé après qu'on eut placé votre cercueil dans le temple bouddhiste. Je connais déjà les malencontreuses circonstances qui vous ont fait passer pour morte.

Les joues de Fée-de-la-Lune s'empourprèrent. Surmontant sa gêne, elle commença :

— Lorsque je repris connaissance, je crus d'abord que le cercueil était déjà enterré, mais un peu d'air que je sentis filtrer entre les planches me rassura et j'essayai de soulever le couvercle. N'y réussissant pas, je me mis à crier et à donner des coups de pied et des coups de poing dans les parois. Bientôt mes pieds et mes mains furent en sang, l'air se fit plus rare, et la peur de mourir étouffée me saisit. Je ne sais depuis combien de temps durait cette terrible situation quand j'entendis de gros rires.

« Je me remis à bourrer de coups de pied les parois du cercueil. Les rires cessèrent aussitôt. « C'est un fantôme, murmura une voix effrayée, sauvons-nous ! » Je criai de toutes mes forces : « Je ne suis pas un fantôme, j'ai été mise en bière vivante ! Aidez-moi à sortir ! » Des coups de marteau retentirent au-dessus de ma tête, le couvercle se souleva et je respirai l'air pur.

« Deux hommes qui me parurent être des artisans se tenaient près de moi. Le visage tout ridé du plus vieux était bienveillant mais son compagnon avait une mine renfrognée. À leur teint rubicond je vis que tous deux venaient certainement de boire plus qu'à leur soif. Ma présence inattendue les dégrisa quelque peu. Ils m'aidèrent à sortir du cercueil et me conduisirent dans le jardin du temple. Là, je m'assis sur le banc de pierre qui se trouve à côté de l'étang aux lotus. Le plus âgé des deux hommes y puisa de l'eau pour me rafraîchir le visage, l'autre me fit boire à sa gourde une gorgée de liqueur forte. Quand je me sentis mieux, je leur expliquai qui j'étais et comment je me trouvais là. L'aîné des deux hommes — il s'appelait Mao Yuan — me dit qu'il était charpentier et venait justement de travailler chez mon beau-père. Il avait soupé avec son neveu Mao Lou et, comme il se faisait tard, ils avaient décidé de dormir dans le temple désert. « Mais nous allons vous reconduire chez vous, ajouta-t-il, et le docteur Tchang vous mettra au courant du reste. »

Fée-de-la-Lune s'arrêta un instant. Après une courte hésitation elle continua :

— Pendant qu'il parlait ainsi, je sentais sur moi le regard brûlant de son neveu. « Réfléchissons avant d'agir, mon oncle ! s'écria-t-il. Le Destin a décidé que cette femme passerait pour morte. Qui sommes-nous pour oser contrevenir à ses décret ? » Je me rendais bien compte qu'il me désirait, et toute ma frayeur était revenue. Je suppliai Mao Yuan de me ramener chez moi. Le vieux charpentier tança son neveu. Ce sermon le mit en rage et les deux hommes se querellèrent violemment. Soudain Mao Lou leva sa hache et en porta un coup terrible à son oncle.

Fée-de-la-Lune était devenue très pâle. Le juge fit signe au sergent Hong qui apporta aussitôt du thé bouillant à la jeune femme. Après l'avoir avalé, elle reprit :

— La vue de cette affreuse blessure me fit tourner le cœur et je m'évanouis. Quand je revins à moi, Mao Lou me regardait avec une expression cruelle. « Tu vas m'accompagner et te taire, me dit-il. Si tu cries, je te tue aussi ! » Nous sortîmes du jardin par la porte de derrière et, après m'avoir attachée à un arbre, il disparut un moment. À son retour il n'avait plus la boîte d'outils ni l'horrible hache. M'entraînant à travers un dédale de ruelles obscures, il me conduisit dans ce qui me parut être une auberge de dernière catégorie. Une déplaisante créature nous fit monter dans une chambre d'une saleté repoussante. Mao Lou me demanda : « Que penses-tu de ce charmant petit nid pour notre nuit de noces ? » Je suppliai la femme de me délivrer de lui. Elle sembla comprendre. « Laisse la poulette tranquille, dit-elle, je ferai le nécessaire et demain tu la trouveras plus docile. » Il partit sans un mot. La femme me donna une vieille robe ; je pus enfin ôter mon suaire et, après avoir mangé un peu de riz qu'elle m'apporta, je dormis jusqu'au lendemain.

« Lorsque je m'éveillai, je me sentis mieux. Je voulus sortir, mais la porte était fermée à clef. Je donnai de grands coups de pied dedans. La femme parut aussitôt. Je lui dis mon nom, puis lui expliquai que Mao Lou m'avait enlevée de force et que je désirais m'en aller. Elle éclata de rire. « Toutes ces filles racontent la même histoire ; s'exclama-t-elle. Va, ma poulette, ce soir tu seras madame Mao. »

« À ces paroles, la colère me prit et je la menaçai de me plaindre au tribunal. Elle m'appela d'un vilain nom et m'arracha ma robe. Je suis assez vigoureuse, aussi quand je la vis tirer une corde de sa manche pour m'attacher, je la repoussai violemment. Hélas, je n'étais pas de taille à lutter avec elle et un coup inattendu dans l'estomac me coupa le souffle. Elle en profita pour me tirer les bras derrière le dos et me lier les poignets ensemble. Elle m'attrapa ensuite par les cheveux et me fit tomber à genoux, m'obligeant à toucher le sol de mon front.

Fée-de-la-Lune avala sa salive avec effort, les joues toutes roses à l'évocation de ce désagréable souvenir.

— Se servant de sa corde comme d'un fouet, reprit-elle, l'horrible mégère me cingla les hanches. Je criai, autant de colère que de douleur, et tentai de lui échapper, mais elle me planta son genou dans le dos, me releva brutalement la tête avec sa main gauche et, levant sa corde, se mit à me fouetter de toutes ses forces. J'eus beau la supplier, elle ne m'écouta pas et je dus recevoir jusqu'au bout l'humiliante correction.

FÉE-DE-LA-LUNE MALTRAITÉE PAR UNE MATRONE

« Mon bourreau ne s'arrêta qu'en voyant le sang couler le long de mes cuisses. Tout essoufflée, elle me tira par les cheveux pour me remettre debout, me poussa contre l'un des montants du lit et m'y attacha solidement. Après quoi, l'ignoble créature sortit en fermant la porte à clef derrière elle. Gémissant de honte et de douleur, je demeurai ainsi pendant un temps qui me parut interminable. Mao Lou parut enfin. Mon état sembla lui faire pitié, il coupa la corde en grommelant des paroles que je ne compris pas. Mes pauvres jambes enflées étaient incapables de me soutenir, aussi dut-il m'aider à m'étendre sur le lit. Il me donna une serviette mouillée et, posant la vieille robe sur moi, me dit : « Dors, maintenant. Demain nous partirons en voyage. » J'étais si épuisée que je m'endormis dès qu'il eut quitté la chambre.

« Quand je m'éveillai de nouveau, le lendemain matin, je découvris que le moindre mouvement me faisait atrocement souffrir. L'horrible femme reparut, d'humeur amicale à présent. « Mao Lou est un coquin, dit-elle, mais je dois avouer qu'il paie de façon royale ! » Après m'avoir donné une tasse de thé, elle étala un onguent sur mes plaies. Mao Lou arriva et me fit mettre une veste et un pantalon. Un individu borgne nous attendait dans la rue. Chaque pas était une agonie pour moi, mais les deux hommes me faisaient avancer en proférant d'effroyables menaces et je n'osais rien dire aux gens que nous rencontrions. Le voyage en carriole à travers la rizière, puis la traversée en barque furent un véritable martyre. La première nuit, Mao voulut s'approcher de moi. Je prétendis être malade. Un peu plus tard, deux des bandits tentèrent de me violer ; Mao Lou se battit avec eux et des gardes les emmenèrent. Le lendemain vos hommes sont arrivés...

— Cela suffit, madame, dit le juge Ti, mes lieutenants me raconteront le reste. Il fit signe au sergent de verser une autre tasse de thé à la jeune femme et poursuivit d'un ton plus grave : Vous avez montré beaucoup de caractère dans des circonstances difficiles, madame Tchang. En un court espace de temps, votre mari et vous avez traversé de terribles épreuves physiques et morales sans vous laisser abattre. À présent, vos maux sont terminés, et je suis certain que de longues années de bonheur vous attendent.

« Je dois cependant vous informer que votre père, Liou Fei-po, a quitté la ville dans des circonstances fâcheuses. Pouvez-vous nous dire les raisons de ce départ précipité ?

Le visage de Fée-de-la-Lune se rembrunit.

— Père ne me tenait pas au courant de ses affaires, dit-elle. J'ai toujours pensé qu'elles marchaient bien, car nous n'avions pas de soucis financiers. C'est un homme volontaire et d'humeur difficile, Noble Juge. Je sais que ma mère et ses autres épouses ne sont pas toujours très heureuses. Mais avec moi il est si gentil... si prévenant... Je ne vois vraiment pas...

— Cela ne fait rien, l'interrompit le juge. Nous le retrouverons en temps voulu. S'adressant au sergent Hong, il ordonna : Conduis madame Tchang à la loge du portier et envoie chercher un palanquin fermé. Commande au chef des sbires de monter à cheval et d'aller prévenir le docteur Tchang et son fils de l'arrivée de madame.

Fée-de-la-Lune s'inclina devant le magistrat pour le remercier, puis elle suivit le sergent.

Le juge Ti se renversa dans son fauteuil.

— À présent, je vous écoute, dit-il à ses deux lieutenants.

Ma Jong raconta leurs aventures en détail, insistant sur le courage et l'esprit d'initiative de madame Tchang. Quand il en vint à la seconde jonque avec ses bandits armés et révéla le contenu de la cargaison entreposée sur le premier bâtiment, le juge se redressa, les sourcils froncés. Ma Jong rapporta les paroles du caporal au sujet des troubles de Liou-kiang sans souffler mot des fleurs de lotus dont la signification lui échappait. Lorsqu'il se tut, Tsiao Taï posa sur la table la poignée d'emblèmes en argent rapportés par lui et dit avec un air soucieux :

— Cet insigne se trouvait aussi sur les casques, Votre Excellence. J'ai entendu dire qu'une société secrète appelée le Lotus blanc s'est autrefois rendue tristement célèbre dans l'Empire, et je me demande si les bandits de Kiang-pei n'utilisent pas ce nom redoutable pour intimider la population.

Le juge jeta un coup d'œil aux lotus d'argent, puis il se leva et se mit à arpenter son cabinet en grommelant des paroles indistinctes. Ses lieutenants se regardèrent avec inquiétude : ils n'avaient jamais vu leur maître dans un pareil état.

Brusquement, il se ressaisit.

— Il faut que je réfléchisse à un grave problème, dit-il en essayant de sourire. Allez vous distraire un peu, mes enfants, vous l'avez bien mérité.

Ma Jong, Tsiao Taï et Tao Gan sortirent en silence. Le sergent hésita un instant, mais, quand il vit le visage crispé de son maître, il baissa la tête et les suivit sans rien dire.

Le juge regagna lentement son fauteuil. Il s'assit et, croisant les bras, laissa tomber son menton sur sa poitrine. Ainsi, ses pires craintes étaient fondées : le Lotus blanc se reconstituait et allait passer à l'action. L'un des foyers de la conspiration se trouvait à Han-yuan même, et lui, le magistrat du district, n'avait rien su voir. Une sanglante guerre civile était sur le point d'éclater, des innocents allaient périr, de florissantes cités seraient détruites. Ce désastre national, il ne pouvait certes l'empêcher puisque le Lotus blanc étendait vraisemblablement ses tentacules sur tout l'Empire, mais si Hanyuan n'était qu'une des nombreuses citadelles de la société secrète, sa proximité de la capitale lui conférait une valeur particulière et il avait été incapable d'avertir le gouvernement de ce qui s'y tramait. Il avait failli à sa tâche… La tâche la plus importante de toute sa carrière ! Il se cacha le visage dans les mains, en proie à un violent désespoir.

Bientôt, cependant, il recouvra son sang-froid. Peut-être n'était-il pas trop tard pour donner l'alarme. L'escarmouche de Liou-kiang n'était qu'un coup de sonde et, grâce à Ma Jong et à Tsiao Taï, les rebelles avaient été privés des renforts attendus. Il leur faudrait un jour ou deux pour organiser une nouvelle attaque ; le commandant du poste de Liou-kiang avait sans aucun doute averti ses chefs et le gouvernement allait ouvrir une enquête. Tout cela prendrait du temps… trop de temps ! Son devoir était de dire à ses supérieurs que l'insurrection de Liou-kiang n'était pas un simple soulèvement local, mais faisait partie d'un vaste complot organisé par un nouveau Lotus blanc. Il lui fallait envoyer tout de suite au gouvernement un message accompagné de preuves irréfutables. Et ces preuves, il ne les possédait pas !

Pourtant, si Liou Fei-po venait de disparaître, Han Sei-yu était encore là. La première chose à faire était donc d'arrêter Han. Au besoin on emploierait la torture pour l'obliger à parler. Les preuves justifiant cette action manquaient, mais quand la sûreté de l'État est en jeu, au diable les règlements ! Et le problème d'échecs conduisait aussi à Han Sei-yu. L'ancêtre de celui-ci, Han l'Ermite, avait probablement fait une importante découverte dont le mystérieux problème contenait la clef. Une découverte à présent utilisée par ses descendants corrompus pour mener à bien leurs funestes desseins. Mais de quelle invention pouvait-il s'agir ? Han l'Ermite n'était pas seulement un sage philosophe et un joueur d'échecs fameux, il s'y connaissait aussi en architecture. On lui devait une chapelle bouddhiste dont il avait lui-même gravé la plaque d'autel...

Le juge se redressa brusquement et, fermant les yeux, se remémora sa conversation nocturne avec mademoiselle Chaton-de-Saule. Il revoyait les longues mains fines de la jeune fille lui montrant l'inscription... Cette inscription occupait un carré parfait, il s'en souvenait distinctement. La fille de Han Sei-yu lui avait dit que chaque mot était gravé sur un petit cube de jade. Il s'agissait donc d'un grand carré divisé en carrés plus petits. Et Han l'Ermite avait aussi laissé un problème d'échecs, c'est-à-dire un grand carré divisé également en carrés plus petits...

Le juge ouvrit un tiroir. Jetant sur le sol les papiers qui l'encombraient, il chercha fiévreusement la copie de l'inscription offerte par mademoiselle Chaton-de-Saule.

Il finit par retrouver le feuillet. Vite, il le déroula, le posa sur sa table, mit sur ses bords deux presse-papiers pour le maintenir bien à plat, puis, plaçant le problème d'échecs à côté, compara les deux feuilles.

Le texte bouddhique comprenait soixante-quatre mots arrangés en huit colonnes de chacune huit mots. Oui, cela faisait bien un carré parfait. Le juge Ti fronça ses épais sourcils. Le problème d'échecs se présentait aussi sous la forme d'un carré, mais celui-ci était divisé en dix-huit colonnes de dix-huit cases. Et, même si la similitude de forme avait une signification particulière, quel rapport y avait-il entre un texte bouddhique et un problème d'échecs ?

PARTIE DE L'ÉCHIQUIER DÉLIMITÉE PAR LES PIÈCES NOIRES ET QUI RETINT PARTICULIÈREMENT L'ATTENTION DU JUGE TI

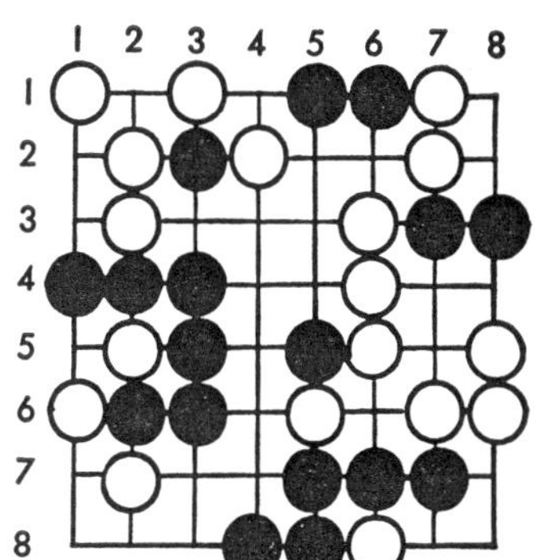

« Voyons, se dit-il, réfléchissons avec calme. Ce texte est une citation provenant d'un vieux livre bouddhique. On ne peut donc pas s'en servir pour transmettre un message caché sans en modifier la rédaction. Par conséquent, s'il existe une relation entre le texte et le problème, c'est dans le problème que se trouve la clef de l'énigme. »

Il tirailla sa moustache. En réalité ce problème d'échecs n'en était pas un, car Tsiao Taï avait observé que pions blancs et pions noirs semblaient disposés au hasard. La position des pièces noires, en particulier, était absolument dépourvue de sens. La clef ne se trouvait-elle pas dans cette position des pions noirs, les blancs ajoutés après coup pour dérouter les indiscrets ?

Le juge examina plus attentivement la disposition des pièces noires et trouva qu'elles occupaient un espace délimité par huit points d'intersection en hauteur et huit points d'intersection en largeur. Les soixante-quatre mots du texte bouddhique remplissaient un espace exactement semblable !

Le magistrat saisit rapidement son pinceau et, se référant au problème d'échecs, et négligeant complètement les pions blancs, il traça un cercle autour de chacun des mots du texte correspondant à la position de chaque pion noir du problème. Il poussa un gros soupir. Les dix-sept mots lus les uns à la suite des autres formaient une phrase ne pouvant avoir qu'un seul sens. L'énigme était résolue !

Il jeta le pinceau sur la table et essuya la sueur qui perlait à son front. Il savait maintenant où trouver le quartier général du Lotus blanc.

D'un pas de nouveau élastique, il s'en fut ouvrir la porte de son cabinet. Rassemblés dans un coin du couloir, ses quatre lieutenants discutaient à voix basse, cherchant la cause possible du désespoir de leur maître.

Il leur fit signe d'entrer. Tout de suite ils virent que la crise était passée. Debout devant son bureau, les bras croisés dans ses larges manches et fixant sur eux son regard étincelant, le juge Ti annonça :

— Ce soir, mes amis, nous allons en finir avec l'affaire de la courtisane noyée. Je viens de comprendre son dernier message !

XVIII

Un curieux incendie
endommage une belle demeure
Le juge Ti, enfin, découvre ce qu'il cherchait.

À voix basse, le juge expliqua son plan aux quatre hommes.

— Faites bien attention, conclut-il, il y a un traître dans ce tribunal et ses murs mêmes ont des oreilles.

Ma Jong et Tsiao Taï sortirent en toute hâte pour aller accomplir la mission dont ils venaient d'être chargés.

— Toi, sergent, dit le magistrat au fidèle Hong, tu vas te rendre au corps de garde. Sans en avoir l'air, tu surveilleras les hommes, et si une personne étrangère au tribunal vient parler à l'un d'eux, fais-le immédiatement arrêter ainsi que son visiteur.

Cet ordre donné, il gagna la terrasse de marbre, suivi de Tao Gan. Quand il eut atteint les dernières marches, son regard anxieux monta vers le ciel où brillait la lune. Il étendit la main : pas le moindre souffle d'air. Rassuré, il s'assit près de la balustrade et, le menton posé sur ses deux mains réunies en coupe, contempla la ville envahie par la nuit.

La première veille était passée maintenant et les lumières s'éteignaient une à une. Debout derrière le fauteuil du juge, Tao Gan jouait machinalement avec les poils de sa verrue en essayant de percer l'obscurité.

Les deux hommes gardèrent le silence un long moment. Le son d'un claquoir monta de la rue : le veilleur de nuit faisait sa ronde.

— Que peuvent-ils bien fabriquer ? murmura le juge en se levant.

— Ce n'est pas une besogne facile, Votre Excellence. Cela peut prendre plus de temps que nous ne l'avons calculé.

Le magistrat saisit la manche de son lieutenant.

— Regarde ! s'écria-t-il. Ça y est !

Vers l'est, une colonne de fumée grise s'élevait lentement au-dessus des toits, et bientôt une flamme claire jaillit.

— Viens ! cria le juge en courant vers l'escalier.

Lorsqu'ils arrivèrent dans la grande cour, le gong du tribunal commençait à faire entendre sa voix de bronze. Deux gardes le frappaient en cadence avec leurs lourds battoirs de bois pour annoncer qu'un incendie venait d'être aperçu ; de tous côtés, les hommes accouraient en fixant la jugulaire de leur casque.

— Que deux sbires demeurent ici, commanda le juge, et que tous les autres aillent lutter contre le feu ! Puis, suivi de Tao Gan, il se précipita dans la rue.

Chez Han Sei-yu le portail était grand ouvert. Les flammes léchaient déjà le toit de la resserre, derrière le bâtiment principal, et les derniers serviteurs sortaient en courant, un petit baluchon hâtivement jeté sur l'épaule. Sous la direction du surveillant de quartier de nombreuses personnes formaient la chaîne et passaient des seaux d'eau aux sbires montés sur le mur du jardin.

Le juge cria d'une voix forte :

— Que deux hommes montent la garde devant cette porte et empêchent les pillards d'entrer. Je vais voir s'il ne reste personne dans la maison.

Toujours suivi de Tao Gan, il gagna rapidement la chapelle bouddhiste. S'approchant de l'autel, il sortit de sa manche la copie de l'inscription et montra les dix-sept mots qu'il avait entourés d'un cercle.

— Vois, dit-il. *Si vous cherchez le chemin de la délivrance appuyez sur ces mots et vous trouverez le salut.* Cette phrase est une clef qui doit permettre d'ouvrir le panneau de jade. C'est sa seule signification possible et ce panneau est sûrement la porte d'une chambre secrète. Tiens-moi le papier !

Le juge appuya son index sur le petit bloc de jade qui portait le mot « si ». Le bloc s'enfonça légèrement. Se servant de ses deux pouces, le juge appuya plus fort. Le bloc céda encore un peu, puis refusa de descendre davantage. Le magistrat pressa le « vous », puis chacun des autres mots. Quand il arriva au dernier caractère, on entendit un déclic et une légère pression sur le panneau suffit à le faire pivoter, révélant une ouverture de quatre pieds carrés.

Le magistrat prit la lanterne des mains de Tao Gan et se glissa dans l'étroit passage, mais, quand son lieutenant l'eut suivit, la porte se referma lentement sur eux. Le juge se hâta d'examiner la face interne du panneau et finit par découvrir un bouton qui permettait de la manœuvrer de l'intérieur. Rassuré, il s'engagea dans le tunnel.

Au bout d'une dizaine de pas le plafond plus élevé lui permit de se tenir debout et sa lanterne éclaira le départ d'un escalier qui s'enfonçait dans l'obscurité. Le juge descendit les marches — il en compta vingt — et se trouva dans une crypte d'une quinzaine de pieds carrés creusée à même le roc. Le long du mur de droite, il aperçut douze grandes jarres fermées par des feuilles de parchemin. L'une de ces feuilles était déchirée ; il plongea la main dans l'ouverture : la jarre contenait du riz séché. Devant lui s'ouvrait un autre tunnel obscur, mais plus à gauche il distingua une porte en fer. Sans hésiter il tourna le bouton et la porte pivota silencieusement sur des gonds bien huilés. Le juge retint son souffle : au centre d'une petite salle hexagonale un homme était plongé dans la lecture d'un document. Assis devant une table carrée, il tournait le dos au magistrat qui discernait seulement de larges épaules sur lesquelles tombait la lumière d'une bougie fixée à une applique murale.

Le juge s'avança sur la pointe des pieds, mais l'homme l'entendit et se retourna. C'était monsieur Wang.

Se levant brusquement, il lança dans les jambes du juge le fauteuil qu'il venait de quitter. Quand le magistrat eut repris son équilibre, le maître de la Guilde des orfèvres était de l'autre côté de la table, un long sabre à la main. Le juge sentit quelque chose passer en sifflant au-dessus de son épaule. Avec une agilité surprenante pour un homme de sa corpulence, Wang se baissa et le couteau de Tao Gan alla se planter dans la porte d'un petit cabinet placé le long du mur.

Le magistrat saisit un pesant presse-papiers et, tout en reculant pour échapper à la pointe du sabre, réussit à renverser la table sur son adversaire. Malgré un rapide saut sur le côté, celui-ci ne put éviter le bord du meuble qui lui heurta les genoux. Il tomba, lame en avant. Le tranchant affilé coupa un morceau de la manche du juge qui lâcha son presse-papiers. Le crâne défoncé, Wang s'écroula sur le sol.

Le juge Ti se baissa pour examiner la tête du malheureux.

— Il est mort, constata-t-il. Ce presse-papiers était plus lourd que je ne l'imaginais !

En se redressant, il aperçut des boîtes de cuir noir empilées de chaque côté de la porte. Il en compta vingt-quatre, chacune pourvue d'une poignée et d'un cadenas en cuivre.

— Nos aïeux gardaient leurs lingots d'or dans des boîtes semblables, fit-il observer, mais celles-ci sont vides. Après avoir jeté un coup d'œil autour de lui, il ajouta : Han Sei-yu sait évidemment que les meilleurs mensonges sont ceux qui contiennent une part de vérité : lorsqu'il m'a raconté son prétendu enlèvement, c'est le repaire du Lotus blanc creusé sous sa propre demeure qu'il m'a décrit. C'est probablement lui le Grand Maître de la conjuration et Liou Fei-po doit être en train de porter ses dernières instructions aux chefs locaux. Wang devait aussi avoir un rang important dans l'organisation. Il a beaucoup saigné. Essuie le sang avec ton foulard et noue-le bien serré autour de sa tête. Nous cacherons tout à l'heure ce cadavre afin que rien ne signale notre passage.

Tandis que Tao Gan obéissait, le juge ramassa le petit rouleau de papier qu'étudiait Wang à leur arrivée. La feuille était couverte de caractères minuscules ; il l'approcha de la bougie pour les déchiffrer.

— C'est le plan de campagne du Lotus blanc ! s'exclama-t-il. Les noms de personnes et de lieux sont en code, mais la clef n'est certainement pas loin. Regarde si tu ne vois rien dans ce cabinet.

Tao Gan arracha son couteau encore planté dans le bois et ouvrit la porte du petit meuble. Sur la planche du bas se trouvait une série de cachets gravés reproduisant divers mots d'ordre de la société secrète. Il avisa une boîte à documents en bois de santal posée sur le rayon supérieur et la tendit à son maître. Elle était vide, mais avait été évidemment conçue pour contenir deux objets de forme cylindrique. Le juge Ti roula le document qu'il tenait et, après l'avoir glissé dans son enveloppe de brocart pourpre, constata qu'il laissait dans la boîte assez d'espace pour y placer un autre cylindre de même volume.

— Il faut retrouver le second rouleau, s'écria le juge. C'est sûrement le code. Vois s'il n'y a pas de coffre-fort dissimulé dans le mur.

Pendant que lui-même soulevait le tapis pour inspecter le carrelage, Tao Gan arracha la tenture à demi pourrie et examina soigneusement le mur.

— Du roc partout, déclara-t-il. Mais il doit y avoir des ouvertures un peu plus haut car je sens de l'air frais.

— Ce sont des conduits d'aération, répondit le juge avec impatience. Ils viennent du toit. Cherchons plutôt dans les boîtes de cuir.

Ils les secouèrent une par une sans succès.

— Explorons l'autre tunnel, commanda le magistrat.

Tao Gan prit sa lanterne et les deux hommes regagnèrent la crypte. Montrant une ouverture carrée, à ras du sol, Tao Gan murmura :

— Ce doit être un puits.

— Oui. Han l'Ermite pensait à tout. Cette crypte était probablement destinée à servir de refuge aux siens pendant les périodes troublées. Ils auraient trouvé là tout son or, du riz pour se nourrir et de l'eau pour boire. Éclaire-moi.

Tao Gan obéit et s'écria aussitôt :

— Ce tunnel a été creusé longtemps après l'autre, Votre Excellence. Ce n'est plus du roc. Les parois sont en terre et la menuiserie de soutènement semble toute récente.

Le juge prit la lanterne des mains de son lieutenant pour examiner une caisse étroite et longue placée près de la muraille.

— Ouvre cette boîte, ordonna-t-il

Tao Gan s'accroupit et glissa son couteau sous le couvercle. Dès qu'il l'eut soulevé, il détourna vivement la tête tandis qu'une odeur nauséabonde envahissait le couloir. Le magistrat se couvrit le bas du visage avec son foulard et, se penchant à son tour sur la caisse, vit un cadavre en pleine décomposition sur lequel couraient en tous sens des insectes affolés par la lumière.

— Remets vite le couvercle, nous verrons cela plus tard. Pour l'instant nous n'avons pas de temps à perdre !

Ils descendirent dix nouvelles marches et avancèrent d'une soixantaine de pas avant d'être arrêtés par une étroite porte en fer. L'ayant ouverte, le juge aperçut, au milieu d'un jardin éclairé par la lune, une charpente de bambou que recouvrait du lierre.

— Nous sommes chez Liou Fei-po ! s'exclama Tao Gan. Après avoir examiné l'extérieur de la porte, il ajouta : Ce côté-ci est recouvert de petits morceaux de roc cimentés ensemble et fait partie de la grande rocaille. Et là-bas, Noble Juge, c'est la tonnelle où Liou venait faire la sieste !

— Cette porte secrète explique ses disparitions soudaines, remarqua le juge. À présent, retournons sur nos pas.

Tao Gan ne sembla pas entendre, perdu dans la contemplation de l'ingénieux ouvrage.

— Allons, ferme cette porte et viens, répéta impatiemment le juge.

— Pour du beau travail, c'est du beau travail ! murmura Tao Gan en suivant son maître à regret. Sa lanterne éclaira soudain un renfoncement du mur. Saisissant le magistrat par la manche, il lui montra sans rien dire quatre tas d'ossements blanchis.

— Les exécutions capitales du Lotus blanc paraissent avoir lieu dans ce souterrain, remarqua le juge Ti. Ces quatre hommes sont morts depuis très longtemps, mais le cadavre du coffre est plus récent. Il grimpa rapidement les marches qui conduisaient à la salle hexagonale en ajoutant : Aide-moi à porter Wang jusqu'au puits.

Quand ils eurent fait basculer le cadavre dans le trou noir, ils prêtèrent l'oreille et entendirent un « plouf » étouffé, bien loin au-dessous d'eux.

Le juge retourna éteindre la bougie et sortit en fermant la porte derrière lui. Accompagné de Tao Gan, il regagna la crypte, puis monta les marches qui conduisaient à l'autel. Quand les deux hommes furent de nouveau dans la chapelle, le panneau de jade se referma silencieusement.

Par curiosité, Tao Gan appuya au hasard sur l'un des caractères, puis sur un second. Dès qu'il poussa celui-ci, le premier reprit sa position initiale. L'expérience renouvelée avec d'autres caractères donna toujours le même résultat.

— Quel génie, ce Han l'Ermite, soupira Tao Gan. Si l'on ne connaît pas la phrase clef, on peut appuyer sur chacun de ces blocs jusqu'à la consommation des siècles !

Le juge le tira par la manche.

— Allons viens, dit-il, tu étudieras cela plus tard.

Dans la cour, ils croisèrent des serviteurs qui arrivaient en criant :

— L'incendie est éteint !

Han Sei-yu apparut en robe de chambre. D'une voix émue il dit au magistrat :

— Grâce à la prompte action de vos sbires les dégâts sont insignifiants. Il ne reste pas grand-chose du toit de la resserre et l'eau a endommagé quelques balles de riz, mais le mal s'arrête là. C'est le foin entreposé sous le toit qui a dû s'échauffer et mettre le feu au reste. Deux de vos hommes, sur place en un temps miraculeusement court, ont pu empêcher le pire ! Grâce au Ciel, il n'y avait pas de vent : c'est ce que je craignais le plus.

— Moi aussi ! dit bien sincèrement le juge.

Quelques phrases de politesse furent encore échangées, puis le magistrat et son lieutenant regagnèrent le Yamen.

La robe en lambeaux, le visage barbouillé de suie, Ma Jong et Tsiao Taï les attendaient dans le bureau du juge.

— Cette maudite fumée m'a parcheminé la gorge, se plaignit Ma Jong, mais nous avons au moins appris une chose, Votre Excellence : il est plus facile d'allumer un feu que de l'éteindre !

Le juge ne répondit que par un pâle sourire à cette plaisanterie et, s'asseyant derrière son bureau, déclara :

— Une fois de plus, mes enfants, vous vous êtes bien tirés de votre tâche. Je regrette de ne pouvoir vous accorder un repos mérité, mais le plus gros reste à faire et un autre genre de travail vous attend.

— Rien ne me plaît autant que la variété, répliqua Ma Jong avec bonne humeur.

— Allez d'abord vous laver et prendre un peu de nourriture, poursuivit le juge. Ensuite, revenez ici avec vos casques et vos cottes de mailles. Toi, Tao Gan, va chercher le sergent.

Dès qu'il fut seul, le juge Ti humecta son pinceau et choisit un long rouleau de papier blanc. Puis, sortant de sa manche le document trouvé dans le repaire souterrain, il se mit à l'étudier.

Il ne leva la tête qu'à l'arrivée de Hong et de Tao Gan.

— Placez sur cette table tous les papiers relatifs à l'affaire de la courtisane noyée, dit-il. Disposez-les de façon à pouvoir me lire les passages dont j'aurai besoin.

Pendant que les deux hommes obéissaient, le juge commença son travail, couvrant rapidement la feuille de caractères aux formes élégantes. Son pinceau semblait voler, et le magistrat s'arrêtait seulement pour demander à ses seconds de lire à haute voix telle ou telle partie d'une déposition qu'il désirait faire figurer dans le rapport.

Il posa enfin son pinceau et poussa un profond soupir. Roulant son travail avec le document trouvé dans la crypte, il enveloppa le tout d'un papier huilé et dit au sergent d'y apposer le grand sceau du tribunal.

À ce moment, Ma Jong et Tsiao Taï reparurent. Leurs lourdes cottes de mailles, leurs épaulières en métal et leurs heaumes pointus les faisaient paraître plus formidables que jamais.

Le magistrat leur remit à chacun trente pièces d'argent et les instruisit de ce qu'ils devaient faire :

— Vous allez partir tout de suite pour la capitale. En route, changez fréquemment de monture. Si vous n'en trouvez pas aux relais, louez-en. L'argent que je vous donne y pourvoira. Si tout va bien, vous serez là-bas avant l'aube.

« Galopez jusqu'au palais du président de la Cour métropolitaine. Un gong d'argent est suspendu devant le grand portail. Tout citoyen de l'Empire fleuri victime d'une injustice a le droit de venir le frapper. Faites-le résonner bien fort, mes amis, et quand vous serez à genoux devant le président, remettez-lui ce rouleau. Vous n'aurez rien d'autre à ajouter.

Comme il tendait le paquet scellé à Ma Jong, ce dernier dit en souriant :

— Cela semble facile, Votre Excellence. Un simple costume de chasse ne suffirait-il pas pour le voyage ? Toute cette quincaillerie est bien lourde pour les pauvres chevaux.

Le juge leur jeta un regard empreint d'une gravité particulière.

— Votre mission ne sera peut-être pas aussi aisée à remplir qu'il le semble. Il se pourrait qu'on vous tendît une embuscade en route. Il est donc préférable que vous conserviez cet équipement. Encore un mot : ne réclamez l'aide d'aucun fonctionnaire de l'Empire et si l'on essaie de vous arrêter, passez quand même. Si l'un de vous deux est blessé ou tué, que son camarade continue seul jusqu'à la capitale. Et rappelez-vous bien que ce rouleau doit être remis au président en personne.

— Il faut que ce document ait une importance extraordinaire, Votre Excellence ! s'exclama Tsiao Taï en serrant son ceinturon.

Le juge Ti croisa ses bras dans les longues manches de sa robe.

— Il concerne le mandat du Fils du Ciel, répliqua-t-il.

Avec un éclair de compréhension, Tsiao Taï se mit au garde-à-vous et s'écria :

— Dix mille années de vie à la Maison impériale !

Jetant un regard surpris à son camarade, Ma Jong compléta automatiquement la phrase séculaire :

— Et vive à jamais l'Empereur !

XIX

LE JUGE TI REÇOIT LA VISITE D'UN REDOUTABLE PERSONNAGE — UN DANGEREUX CRIMINEL MET BAS LE MASQUE.

LA JOURNÉE du lendemain s'annonça exceptionnellement belle. Une petite brume était descendue de la montagne pendant la nuit et l'air ensoleillé du matin en conservait encore une agréable fraîcheur.

Par un si beau temps, le sergent pensa trouver son maître sur la terrasse. Il s'apprêtait à y monter, quand un scribe le prévint que le magistrat était dans son cabinet de travail.

Le sergent eut le cœur serré en voyant le juge affalé sur son bureau, les yeux rouges, le regard dans le vague. Il était resté là toute la nuit, comme en témoignaient sa robe froissée et l'odeur de renfermé qui régnait dans la pièce.

Devant l'air navré du fidèle Hong, le magistrat dit avec un semblant de sourire :

— Hier soir, après avoir dépêché nos amis vers la capitale, je m'aperçus qu'il m'était impossible de fermer l'œil. J'ai donc profité de mon insomnie pour faire le point à la lumière des derniers événements. Notre découverte du quartier général des factieux sous la demeure de Han Sei-yu et du souterrain qui le relie au jardin de Liou Fei-po démontre l'importance du rôle joué par ces deux hommes dans l'affaire. Je puis te révéler à présent qu'il s'agit d'un complot contre le Fils du Ciel, et qu'il a des ramifications dans tout le pays. La situation est sérieuse, je ne la crois cependant pas désespérée. Mon rapport doit être maintenant entre les mains du président de la Cour métropolitaine ; sans aucun doute, le gouvernement va prendre immédiatement les mesures qui s'imposent.

Le juge but une gorgée de thé avant de poursuivre :

— Hier soir, une pièce de puzzle manquait encore. Au cours de ma nuit sans sommeil, j'ai soudain pensé qu'un détail insolite avait récemment attiré mon attention... un détail si infime qu'après m'avoir frappé sur le moment il m'était sorti de l'esprit. Cette nuit, j'eus l'impression que ce détail en apparence insignifiant était d'une importance capitale et qu'il me mènerait au morceau du puzzle qui manquait encore... si seulement je parvenais à me souvenir de quoi il s'agissait !

— Et vous y êtes arrivé, Noble Juge ?

— Oui ! Ce matin, quand les coqs se sont mis à chanter, tout m'est brusquement revenu à la mémoire. As-tu remarqué, sergent, que les coqs chantent avant que le soleil ne nous envoie ses premiers rayons ? Les animaux ont des sens plus subtils que les nôtres ! Ouvre la fenêtre et demande qu'on m'apporte un bol de riz et du poisson salé... avec du poivre vert. J'ai envie de quelque chose qui ait un peu de goût. Et fais-moi un grand pot de thé bien fort !

— Y aura-t-il audience ce matin, Votre Excellence ?

— Non. Dès que Ma Jong et Tsiao Taï seront de retour nous rendrons visite à Han Sei-yu et au conseiller Liang. J'aurais aimé les voir maintenant mais, en devenant une affaire d'État, l'assassinat de cette courtisane sort de ma compétence et je ne peux rien faire sans instructions de la capitale. Espérons que Ma Jong et Tsiao Taï seront vite là.

Lorsqu'il eut pris son petit déjeuner, le juge envoya le sergent travailler au greffe avec Tao Gan. Lui-même monta sur la terrasse.

S'approchant de la balustrade de marbre, il contempla un long moment le paisible panorama. D'innombrables petits bateaux de pêche étaient alignés le long du quai. Sur la route qui bordait le lac couleur de plomb, les carrioles des fermiers se pressaient vers la ville : les laborieux habitants des campagnes apportaient aux citadins leur nourriture quotidienne, et l'imminence même d'un soulèvement n'arrivait pas à interrompre leur patiente activité.

Le juge traîna un fauteuil à l'ombre et s'assit. Le besoin de dormir fut bientôt le plus fort, ses yeux se fermèrent, et il ne les rouvrit que lorsque le sergent lui apporta sur un plateau son repas de midi. Courant aussitôt vers la balustrade, il se fit une visière de son éventail et scruta l'horizon. Ni la silhouette de Ma Jong ni celle de Tsiao Taï n'étaient en vue. Déçu, il remarqua :

— Nos amis devraient pourtant être là, sergent !

— Les autorités supérieures les ont peut-être retenus pour les questionner, Votre Excellence.

Le juge Ti secoua la tête d'un air soucieux. Il déjeuna rapidement et regagna son bureau ; le sergent Hong et Tao Gan prirent place en face de lui, et tous trois se mirent à expédier les affaires courantes.

Ils travaillaient depuis une demi-heure quand des pas pesants résonnèrent dans le couloir. Presque aussitôt, Ma Jong et Tsiao Taï firent leur entrée, épuisés de chaleur et de fatigue.

— Le Ciel soit loué ! s'écria le juge. Avez-vous pu voir le Président ?

— Oui, Votre Excellence, répondit Ma Jong d'une voix morne. Je lui ai remis les papiers et il les a feuilletés devant nous.

— Qu'a-t-il dit ?

Ma Jong haussa les épaules.

— Il les a roulés de nouveau et les a glissés dans sa manche en nous priant d'informer Votre Excellence qu'il les lirait à son premier moment de loisir.

Le visage du magistrat s'assombrit. Le coup était aussi dur qu'imprévu ; il n'y avait évidemment aucune raison pour que le Président parlât de l'affaire avec ses messagers, mais il ne s'attendait pas à voir son rapport accueilli de façon si désinvolte. Il resta songeur un instant, puis se ressaisit.

— Enfin, soupira-t-il, je suis heureux qu'il ne vous soit rien arrivé de fâcheux.

— Personne ne nous a attaqués, Votre Excellence, répondit Ma Jong en repoussant son casque en arrière, mais il se passe des choses bien bizarres. Ce matin, quand nous avons quitté la capitale par la porte Ouest, deux cavaliers nous ont rattrapés. Deux hommes d'un certain âge. « Nous faisons le commerce du thé, nous ont-ils dit, et nous nous rendons dans les provinces occidentales. Nous permettez-vous de voyager en votre compagnie jusqu'à Han-yuan ? » Ils s'exprimaient poliment et ne portaient pas d'armes, nous ne pouvions donc que dire oui. Mais le plus âgé des deux avait un air si peu commode que je sentais les poils de mon dos se hérisser chaque fois que nos regards se croisaient. Nous n'avons pas eu d'ennuis avec eux et ils n'ont pas ouvert la bouche de tout le voyage.

— La fatigue te rendait soupçonneux.

— Ce n'est pas tout, Votre Excellence, dit à son tour Tsiao Taï. Une demi-heure plus tard, une trentaine de cavaliers sortirent d'un chemin creux. Leur chef nous expliqua qu'ils étaient de simples marchands, en route — eux aussi ! — pour les provinces de l'Ouest. Si ces gens-là étaient des marchands, Votre Excellence, moi je suis bonne d'enfants ! J'ai rarement vu pareille collection de faces patibulaires et je suis certain qu'ils cachaient des sabres sous leurs robes. Comme ils avaient pris la tête du cortège et ont constamment chevauché devant nous, leur présence ne nous inquiétait pas trop, mais, un quart d'heure plus tard, une trentaine d'autres marchands du même acabit sont encore venus se joindre à nous... et ceux-là fermaient la marche ! Frère Ma et moi nous sommes dit que les choses allaient sûrement se gâter.

Le juge s'était redressé dans son fauteuil et regardait fixement Tsiao Taï.

— Comme nous n'avions plus les documents sur nous, notre inquiétude n'était pas trop grande, continua le messager. Nous pensions que, si la fête commençait, l'un de nous deux pourrait toujours se frayer un passage et, en prenant à travers champs, gagner un poste militaire pour y chercher du secours. Mais on nous laissa bien tranquilles. Ces gens-là avaient apparemment mieux à faire qu'à expédier dans l'autre monde deux simples voyageurs. À moins qu'ils n'aient eu seulement pour mission de nous empêcher de donner l'alarme. Cela nous aurait d'ailleurs été impossible, tous les postes que nous dépassions étant déserts. Lorsque nous avons atteint la route qui borde le lac, notre escorte s'est mise à fondre à vue d'œil. De petits groupes de cinq ou six hommes s'en détachaient les uns après les autres et disparaissaient. À l'entrée de Han-yuan, il ne restait plus que les deux « marchands » du début. Nous leur avons dit de se considérer en état d'arrestation, et nous les avons amenés au tribunal. Cela n'a pas eu l'air de les ennuyer outre mesure, et ces insolents-là ont déclaré qu'ils désiraient justement parler à Votre Excellence !

— Ces soixante bandits étaient des rebelles, Votre Excellence, intervint Ma Jong. En arrivant près de Han-yuan, j'en ai aperçu d'autres qui descendaient de la montagne en deux longues files. Ils

ARRESTATION D'UN DANGEREUX CRIMINEL

s'imaginent peut-être nous prendre par surprise, mais les murs du Yamen sont solides et sa position le rend facile à défendre.

Le poing du magistrat s'abattit sur la table.

— Le Ciel seul sait pourquoi le gouvernement n'attache pas d'importance à mon rapport ! s'écria-t-il avec colère. Mais quoi qu'il advienne, les rebelles ne s'empareront pas facilement de ma ville ! Ils n'ont pas de béliers, et nous disposons de trente hommes bien aguerris. Quel est l'état du magasin d'armes, Tsiao Taï ?

— Les flèches ne manquent pas, Votre Excellence. Nous pouvons tenir au moins deux jours et vendre chèrement notre peau !

— Va chercher ces deux misérables traîtres, commanda le juge à Ma Jong. Ils espèrent sans doute que je vais composer avec eux et leur remettre la ville sans combat. Nous allons leur montrer leur erreur. Mais tout d'abord, essayons d'obtenir d'eux des renseignements sur les effectifs dont ils disposent et sur l'emplacement de leurs positions.

Un sourire heureux sur les lèvres, Ma Jong sortit pour reparaître presque aussitôt avec deux hommes vêtus de longues robes bleues et coiffés de calottes noires. Le plus âgé était assez grand, et son visage impassible aux lourdes paupières demi-closes s'ornait d'un maigre collier de barbe. Son compagnon avait au contraire une silhouette trapue et une expression sardonique. Sa barbiche raide et ses moustaches étaient d'un noir de jais. Il promena immédiatement sur le magistrat et ses lieutenants le regard aigu de ses petits yeux brillants, mais le juge Ti, muet de surprise, ne semblait voir que l'homme au collier de barbe.

Quelques années auparavant, alors qu'il travaillait au cabinet des Archives de la capitale, on lui avait montré de loin ce personnage redoutable en lui murmurant son nom à l'oreille avec une crainte respectueuse.

Ce visiteur de marque examina un instant le juge, puis, laissant retomber ses paupières sur d'étranges yeux couleur d'ardoise, il désigna les quatre lieutenants d'un bref mouvement de tête. Le juge leur fit aussitôt signe de sortir. Sidérés, Ma Jong et Tsiao Taï ne bougèrent pas, et c'est seulement quand leur maître répéta impatiemment son geste qu'ils se décidèrent à quitter la pièce, suivis du sergent et de Tao Gan.

Les nouveaux venus s'installèrent dans les fauteuils à hauts dossiers réservés aux personnages importants ; le juge Ti s'agenouilla devant eux et fit trois fois le ko-téou.

L'homme aux lourdes paupières sortit un éventail de sa manche. Tout en le manœuvrant, il dit à son compagnon :

— C'est le magistrat Ti. Il lui a fallu deux mois pour s'apercevoir qu'un complot se tramait sous ses yeux et que les conjurés avaient choisi Han-yuan, sa propre ville, pour y établir leur quartier général. Apparemment, on ne lui a pas appris qu'un magistrat est censé savoir ce qui se passe dans son district.

— Il ne sait même pas ce qui se passe dans son propre tribunal, Vénérable Seigneur ! répliqua l'homme aux moustaches de jais. Dans son rapport, il déclare ingénument que les factieux y ont placé un espion. Quelle criminelle incurie !

Son interlocuteur poussa un soupir résigné.

— Dès que ces jeunes gens sont nommés hors de la capitale, ils commencent à se relâcher. Manque de contrôle de la part de leurs supérieurs immédiats, je suppose. Faites-moi penser à convoquer le préfet de cette région, j'aurai deux mots à lui dire au sujet de cette honteuse affaire.

Les deux visiteurs se turent. Le juge Ti se garda bien d'ouvrir la bouche ; on ne parlait à ce haut personnage que s'il vous adressait lui-même la parole. En distribuant blâme et critique, il remplissait d'ailleurs son devoir le plus strict puisqu'il était non seulement censeur impérial, mais aussi grand inquisiteur et chef du service secret de Sa Majesté. Il s'appelait Meng Ki, et ce nom faisait frissonner dans leurs robes brodées d'or les plus hauts dignitaires de l'Empire. D'une fidélité absolue et aussi incorruptible que froidement cruel, cet homme avait un pouvoir à peu près sans limite. Suprême vérificateur, c'est lui qui exerçait l'ultime contrôle au sommet de la colossale pyramide formée par l'ensemble des services civils et militaires de l'Empire fleuri.

— Heureusement, Vénérable Seigneur, il est impossible de vous prendre en défaut, déclara l'homme aux moustaches noires. Quand, il y a dix jours, nos agents nous firent part des rumeurs qui couraient sur la renaissance du Lotus blanc, le généralissime fut prévenu et prit immédiatement les mesures nécessaires. Et lorsque ce Ti s'est enfin réveillé de son paisible sommeil pour nous dire que le quartier général de la rébellion se trouvait à Han-yuan, la garde impériale a pris position dans la montagne et autour du lac. Personne n'a encore réussi à surprendre votre vigilance, Vénérable Seigneur !

— Le peu qu'il est en notre pouvoir de faire, nous le faisons, répondit le grand inquisiteur. C'est le fonctionnaire local qui est le point faible de notre administration. Les rebelles seront battus, mais beaucoup de sang coulera. Si ce Ti avait été un peu plus assidu à remplir ses devoirs, nous aurions immédiatement arrêté les chefs de la conjuration et la révolte aurait été écrasée dans l'œuf. Sa voix sourde prit un accent métallique pour s'adresser au juge : Vous êtes coupable d'au moins quatre fautes inexcusables, Ti ! Premièrement, bien que vos soupçons aient été éveillés, vous avez laissé fuir Liou Fei-po. Deuxièmement, vous avez permis aux rebelles d'assassiner un de leurs agents dans votre propre prison avant de lui avoir arraché les renseignements qu'il détenait. Troisièmement, vous avez tué Wang au lieu de le capturer vivant pour l'interroger. Quatrièmement enfin, vous nous envoyez un rapport incomplet, sans la clef qui nous permettrait de déchiffrer les noms des conjurés. Allons, Ti, parlez ! Où se trouve cette clef ?

— L'insignifiante personne agenouillée devant vous confesse ses torts ! répondit le juge. Le chiffre n'est pas en ma possession, mais je présume que...

— Faites-moi grâce de vos hypothèses, l'interrompit le grand inquisiteur. Je répète : où se trouve ce chiffre ?

— Dans la demeure du conseiller Liang, Vénérable Seigneur.

Le grand inquisiteur sursauta.

— Êtes-vous devenu fou, Ti ? demanda-t-il avec colère. Je ne supporterai pas que l'intégrité du conseiller Liang soit mise en doute !

— L'insignifiante personne agenouillée devant vous confesse sa faute, murmura le juge en répétant la formule exigée par l'étiquette. Le conseiller ne s'est pas rendu compte de ce qui se tramait chez lui.

— Ce juge incapable essaie de gagner du temps, dit d'un ton dégoûté l'homme aux moustaches noires. Il faut le jeter dans sa propre prison.

Le grand inquisiteur ne répondit pas. Il marchait de long en large, faisant tournoyer ses longues manches avec colère. Il finit par s'arrêter devant le magistrat toujours à genoux et demanda sèchement :

— Comment se fait-il que ce document soit dans la demeure du conseiller ?

— Les chefs du Lotus blanc l'ont placé là pour plus de sûreté, Vénérable Seigneur. Je propose humblement que les hommes de Votre Excellence occupent la maison du conseiller et arrêtent toutes les personnes qu'elles y trouveront, sans que le conseiller ni personne d'autre le sache. Je voudrais ensuite qu'il me soit permis d'envoyer quelqu'un auprès de Han Sei-yu et de Kang Tchong. Ce messager prétendrait venir de la part du conseiller et leur dirait que son maître désire les voir immédiatement pour une affaire urgente. Je propose qu'après cela Votre Excellence se rende aussi chez le conseiller en me permettant de l'accompagner.

— Pourquoi toutes ces manigances, Ti ? La ville est entre mes mains, je vais immédiatement faire arrêter Han Sei-yu et Kang Tchong. Nous irons ensuite chez le conseiller Liang ; je lui expliquerai le but de notre visite et vous me montrerez le document.

— L'insignifiante personne agenouillée à vos pieds voudrait empêcher les chefs du Lotus blanc de s'enfuir. Je soupçonne Han Sei-yu,

Liou Fei-po et Kang Tchong, mais j'ignore leurs rôles respectifs. Je ne sais même pas si le chef de la conjuration se trouve parmi eux, ou s'il s'agit de quelqu'un d'autre que nous ne connaissions pas et qui, alerté par leur arrestation, pourrait prendre la fuite.

Après un instant de réflexion, le grand inquisiteur commanda :

— Qu'on amène ce Han et ce Kang chez le conseiller. Et que tout se passe dans le plus grand secret.

L'homme aux moustaches de jais voulut parler, mais, voyant les sourcils froncés de Meng Ki, il sortit sans rien dire.

— Vous pouvez vous lever, Ti, déclara le grand inquisiteur. Prenant dans sa manche un rouleau de documents, il s'absorba dans leur lecture.

Le juge s'approcha de la table. Timidement, il demanda :

— Votre Excellence fera-t-elle à son serviteur indigne l'honneur d'accepter de sa main une tasse de thé ?

Meng Ki leva les yeux de son papier pour répondre sèchement :

— Impossible. Je ne bois et ne mange que ce qui est préparé par mon propre personnel.

Il se remit à lire. Le juge Ti resta debout, les bras le long du corps, comme le prescrit le règlement de la Cour. Il ne sut jamais combien de temps il demeura dans cette position. Le soulagement éprouvé en apprenant que l'autorité suprême prenait les mesures voulues faisait place à de nouvelles inquiétudes. Avec une anxiété croissante, il se demandait si ses suppositions étaient justes, passant en revue les différentes possibilités et cherchant quel indice révélateur il pouvait avoir négligé.

Une petite toux sèche le tira de ses réflexions. Le grand inquisiteur venait de remettre les documents dans sa manche et se levait en disant :

— Le moment est venu, Ti. La demeure du conseiller Liang est-elle loin d'ici ?

— À quelques instants de marche, Vénérable Seigneur.

— Alors nous allons nous y rendre à pied, de façon à ne pas attirer l'attention.

Dans le couloir, Ma Jong et Tsiao Taï les regardèrent passer d'un air déconfit. Avec un sourire rassurant, le juge leur dit :

— Je sors. Vous allez tous deux garder la grande porte du Yamen pendant que le sergent et Tao Gan surveilleront la porte de derrière.

Ne laissez personne — absolument personne — entrer ou sortir avant mon retour.

Dans la rue, les gens vaquaient à leurs occupations habituelles. Le juge n'en fut pas surpris : il connaissait la terrible efficacité des agents secrets impériaux et nul n'aurait pu se douter que la ville entière était entre leurs mains. Précédant le grand inquisiteur de quelques pas, il avançait rapidement sans que personne accordât la moindre attention à ces deux passants vêtus de simples robes bleues.

Chez le conseiller Liang, la porte fut ouverte par un homme mince et impassible que le juge n'avait encore jamais vu. Il dit respectueusement au grand inquisiteur :

— Nous avons arrêté tous les habitants de cette maison, Vénérable Seigneur. Les deux personnes convoquées viennent d'arriver ; elles sont dans la bibliothèque, avec le conseiller.

Il les conduisit dans la pièce pauvrement éclairée où Han Sei-yu et Kang Tchong se trouvaient déjà, assis très droits sur les fauteuils alignés contre le mur.

Le vieux conseiller se tenait derrière son bureau de laque rouge. Il leva la tête avec difficulté, et, soulevant un peu sa visière, laissa son regard errer dans leur direction.

— Encore des visiteurs ! grommela-t-il.

Le grand inquisiteur resta debout dans l'embrasure de la porte. Le juge Ti s'approcha du bureau et dit :

— Je suis le magistrat de ce district, Excellence. Je vous prie de bien vouloir excuser cette visite peu protocolaire. Avec votre permission, je voudrais...

Le vieillard l'interrompit pour marmonner d'un ton dolent :

— Soyez bref, c'est le moment où je dois prendre ma médecine !

Le juge plongea sa main dans la vasque aux cyprins dorés et tâtonna un instant. Affolés, les poissons se mirent à nager en rond, frôlant sa main de leurs petits corps froids. La partie supérieure du piédestal pouvait se dévisser, elle formait une sorte de couvercle dont la Fée-des-Fleurs était la poignée. Le juge fit tourner la statuette et la souleva doucement. Un cylindre de cuivre devint visible, son extrémité supérieure dépassant légèrement le niveau de l'eau. Le juge Ti glissa ses doigts dans la cavité et en sortit un rouleau enveloppé de brocart pourpre.

Le conseiller, Han Sei-yu et Kang Tchong n'avaient pas bougé.

— Va t'asseoir ! cria soudain le mainate dans la cage d'argent.

Le juge Ti s'approcha du grand inquisiteur et lui tendit le rouleau pourpre en murmurant :

— Voici la clef du code, Vénérable Seigneur.

Meng Ki déroula le document et se mit à déchiffrer rapidement les premiers caractères. Le juge se tourna vers les autres occupants de la pièce. Le vieux conseiller regardait ses poissons sans plus remuer qu'une statue, Han Sei-yu et Kang Tchong ne quittaient pas le grand inquisiteur des yeux.

Celui-ci leva la main et le couloir se trouva soudain rempli de gardes impériaux en armures dorées. Leur désignant Han Sei-yu et Kang Tchong, il ordonna :

— Emparez-vous de ces hommes.

Tandis que les soldats obéissaient, il ajouta, s'adressant au juge Ti :

— Le nom de Han Sei-yu ne figure pas sur cette liste, mais je le fais tout de même arrêter. Maintenant nous allons présenter nos excuses à Son Excellence.

Le juge le retint. Bondissant vers le conseiller, il lui arracha sa visière, et d'une voix soudain durcie, commanda :

— Lève-toi, Liou Fei-po ! Je t'accuse d'avoir lâchement assassiné le conseiller impérial Liang Meng-kouang !

L'homme assis derrière le bureau de laque rouge se leva lentement, laissant ses épaules reprendre toute leur largeur. En dépit de la fausse barbe et du fard, on reconnaissait à présent le visage impérieux de Liou Fei-po. Il n'eut pas un regard pour son accusateur, mais, fixant ses yeux étincelants sur Han Sei-yu que des soldats enchaînaient, il cria en soulevant sa barbe postiche d'un geste de défi :

— J'ai tué ta maîtresse, Han !

— Arrêtez cet homme ! tonna le grand inquisiteur.

Le juge s'écarta pour laisser passer les soldats qui s'approchaient, l'un d'eux faisant déjà sauter une corde dans sa main.

Liou Fei-po s'avança vers eux les bras croisés. Brusquement, sa main droite jaillit de sa large manche, il y eut un éclair d'acier et un jet de sang gicla de sa gorge. Il chancela, puis son corps puissant s'abattit sur le plancher.

Le chef du Lotus blanc, le prétendant au trône du Dragon, venait de mettre fin à ses jours.

XX

LE JUGE TI FAIT UNE PARTIE DE PÊCHE AVEC SES LIEUTENANTS
IL ÉCLAIRCIT LE MYSTÈRE DU LAC DE HAN-YUAN.

DANS LES JOURS qui suivirent, la main de l'empereur s'appesantit sur les membres du nouveau Lotus blanc. De nombreux fonctionnaires de tous grades et quelques riches propriétaires furent appréhendés, entendus, et immédiatement exécutés.

Cette action rapide priva la sédition de ses chefs. Il n'y eut pas de vaste mouvement insurrectionnel, et les garnisons locales suffirent pour écraser, sans grande effusion de sang, les petits soulèvements qui éclatèrent dans certains districts éloignés.

À Han-yuan, les hommes du grand inquisiteur administraient provisoirement la ville à la place du juge Ti. Meng Ki avait regagné la capitale aussitôt après le suicide de Liou Fei-po, laissant derrière lui son compagnon aux moustaches de jais. Celui-ci utilisa le juge comme conseiller local et, avec son aide, débarrassa le district de tous ses éléments subversifs. Kang Tchong passa aux aveux et dénonça le commis du tribunal inféodé au Lotus blanc. Quelques amis de Wang furent arrêtés, ainsi qu'une douzaine d'individus de sac et de corde que Liou avait employés pour ses basses besognes. Tous ces criminels prirent le chemin de la capitale.

Ayant été suspendu pour un temps de ses fonctions, le juge Ti n'eut pas besoin, à son grand soulagement, d'assister à l'exécution de Mao Lou. En haut lieu, on avait d'abord décidé que l'assassin du vieux charpentier subirait le châtiment du fouet jusqu'à ce que mort s'ensuivît, mais le juge réussit à faire commuer cette peine en simple décapitation. Mao Lou — plaida-t-il — n'avait pas violé madame Tchang ; il s'était même porté à son secours quand les bandits de l'île des Trois Chênes avaient tenté d'abuser d'elle. Le faux moine fut condamné à dix ans de travaux forcés, peine qu'il alla purger à la frontière nord de l'Empire.

Le matin où Mao Lou eut la tête tranchée, une pluie torrentielle s'abattit sur la ville ; les habitants en conclurent que leur divinité tutélaire voulait laver le sang répandu sur son territoire. La pluie cessa aussi soudainement qu'elle avait commencé, et l'après-midi fut frais et ensoleillé.

Comme le juge devait reprendre ses fonctions officielles le soir même, il décida de profiter de ses dernières heures de liberté pour faire une partie de pêche sur le lac.

Il chargea Ma Jong et Tsiao Taï de louer une barque à fond plat et, le chef couvert d'un vaste chapeau de soleil, s'en fut à pied jusqu'à l'embarcadère, suivi du sergent Hong et de Tao Gan portant l'attirail de pêche.

Tout le monde prit place à bord du bateau que Ma Jong, debout à l'arrière, fit avancer à la godille. Les cinq hommes goûtèrent un instant la fraîcheur de la brise et le doux clapotis des vagues, puis le juge prit la parole.

— Durant cette dernière semaine, dit-il, j'ai observé avec beaucoup d'intérêt la façon dont opèrent nos agents des services secrets. L'homme aux moustaches noires — je ne connais toujours pas son nom ni son titre exact ! — s'est d'abord montré plutôt réservé. Toutefois, il se dégela vite et finit par me laisser voir les documents les plus importants. C'est un excellent policier, méthodique et ne craignant pas sa peine. J'ai appris bien des choses à son contact, mais il m'a tellement accablé de besogne que ceci est ma première occasion de bavarder tranquillement avec vous !

Le juge laissa prendre sa main dans l'eau et continua :

— Hier, j'ai rendu visite à Han Sei-yu. Il n'est pas encore complètement remis de son sévère interrogatoire. Je crois que ce qui l'a le plus secoué c'est le fait que sa bonne ville de Han-yuan ait pu abriter dans son sein les membres d'un complot aussi scélérat. Il ignorait l'existence de la crypte creusée par son aïeul, mais cela, notre moustachu s'est refusé à le croire ! Il l'a questionné sans arrêt pendant deux jours et commençait à se montrer très désagréable. À la fin, cependant, il l'a remis en liberté quand je lui eus rappelé que Han m'avait tout de suite fait part de son enlèvement malgré les terribles menaces des conjurés.

LA PARTIE DE PÊCHE DU JUGE TI

Han m'a dit combien il m'était reconnaissant de cette intervention, et j'en ai profité pour lui glisser deux mots au sujet de sa fille et de Liang Fen. Il m'a tout d'abord répondu avec indignation que ce petit secrétaire n'était pas un assez beau parti pour son enfant, puis il s'est rendu à mes raisons et ne s'opposera pas aux fiançailles. Liang Fen est un garçon honnête et sérieux et Chaton-de-Saule une jeune fille tout à fait charmante ; je suis persuadé que leur union sera heureuse.

— Mais Han n'était-il pas l'amant de la courtisane Fleur d'Amandier ? demanda le sergent.

Le juge eut un petit sourire mi-figue mi-raisin.

— Je me suis trompé tout du long sur le compte de Han, avoua-t-il. Vieux jeu... un peu bigot... d'esprit plutôt étroit, au fond c'est quand même un brave homme. Et il n'a jamais levé les yeux sur la danseuse assassinée ! Elle, en revanche, sortait vraiment de l'ordinaire. Elle fut grande par l'amour autant que par la haine. Regardez ces piliers de marbre blanc qu'on aperçoit dans la verdure, au centre du quartier des Saules. C'est l'arc commémoratif qui lui est élevé sur l'ordre de son Auguste Majesté. L'inscription sera ainsi libellée :

EXEMPLE DE FIDÉLITÉ À LA FAMILLE ET À L'ÉTAT.

La barque était à présent loin du rivage. Le juge qui venait de lancer sa ligne la retira aussitôt tandis que Ma Jong lâchait un juron. Tous deux venaient de voir une grande forme sombre passer sous leur bateau. L'espace d'une seconde, ils entrevirent deux petits yeux brillants, puis l'animal s'enfonça dans l'eau couleur d'émeraude.

— Nous n'attraperons rien ici, s'écria le juge avec humeur. Ces monstrueuses bêtes vont faire fuir tout le poisson. Tenez, en voilà une autre... Je me doutais bien que la disparition des malheureux qui se noyaient dans le lac était due à ces grosses tortues. Quand elles ont goûté à la chair humaine...

Remarquant l'air peu rassuré de ses compagnons, il ajouta vite :

— Ne craignez rien, elles ne s'attaquent jamais aux vivants ! Mène-nous un peu plus loin, Ma Jong, nous aurons peut-être plus de chance ailleurs !

Ma Jong se mit à godiller vigoureusement. Le juge croisa ses bras dans ses grandes manches et regarda d'un air songeur la ville qui s'éloignait.

— À quel moment Votre Excellence a-t-elle découvert que Liou Fei-po avait pris la place du vieux conseiller ? demanda le sergent.

— Seulement vers la fin, au cours de la nuit sans sommeil que j'ai passée dans mon bureau en attendant le retour de Ma Jong et de Tsiao Taï. L'affaire du conseiller prodigue n'avait cependant qu'un intérêt secondaire. Le vrai problème, c'était l'assassinat de la danseuse, et l'on peut dire que le début de cette affaire-là remonte très loin, puisqu'elle a commencé le jour où Liou Fei-po dut renoncer à ses ambitions littéraires. Mais pendant sa dernière phase — celle qui s'est déroulée sous nos yeux — les visées politiques de Liou passèrent au second plan, préoccupé qu'il était par ses relations avec deux femmes : sa fille — Fée-de-la-Lune — et sa maîtresse — Fleur-d'Amandier. Là se trouve vraiment la clef du drame et, dès que je l'eus compris, tout le reste devint limpide.

« La Nature avait comblé Liou Fei-po de ses dons. Intelligent, énergique, intrépide, c'était un chef né, mais son manque de conformisme l'empêcha de réussir aux examens littéraires. Cet échec l'atteignit profondément dans son orgueil, et les grands succès qu'il remporta par la suite dans le monde des affaires ne purent jamais guérir sa blessure. Elle suppura, s'envenima, et finit par faire de lui l'ennemi de notre gouvernement.

« Un événement fortuit lui donna l'idée de faire revivre la vieille société du Lotus blanc, de renverser le Fils du Ciel, et de fonder lui-même une nouvelle dynastie. Un jour, tout à fait par hasard, il dénicha chez un antiquaire un vieux manuscrit rédigé par Han l'Ermite — le grand inquisiteur l'a découvert à son tour parmi les papiers de Liou restés dans la capitale. Ces feuillets jaunis exposent le projet favori de Han l'Ermite : créer un refuge où ses descendants pourraient s'abriter en cas de troubles. Un plan de la crypte y figure, suivi d'une note expliquant son intention de cacher dans le souterrain tout son trésor personnel — vingt boîtes de cuir pleines de lingots d'or —, d'y creuser un puits et d'y emmagasiner des provisions de bouche. Le manuscrit se termine par un dessin du mécanisme qui permet de faire pivoter le panneau de jade, et une dernière phrase annonce que le secret sera transmis de père en fils dans la famille Han.

« Lorsque Liou lut ce document, il commença sans doute par n'y voir que les divagations d'un vieillard. Puis il pensa que la chose valait la peine d'être vérifiée et s'arrangea pour passer une huitaine de jours chez le représentant actuel de la famille. Il découvrit que ce dernier — Han Sei-yu — ignorait le projet de son aïeul et avait seulement entendu dire que la porte de la chapelle ne devait jamais être fermée et qu'une lampe devait toujours brûler devant l'autel. Il ne voyait là qu'une preuve de la piété de son ancêtre, mais, bien entendu, l'idée véritable de Han l'Ermite était que ses descendants pussent se réfugier dans la crypte à n'importe quel moment du jour ou de la nuit. Liou a probablement visité la chapelle à l'insu de son hôte et s'est aperçu que la crypte existait réellement. Il comprit que la mort soudaine du vieil ermite l'avait empêché de révéler le secret à son fils, le grand-père de Han Sei-yu. Quant au traité d'échecs, l'imprimeur le composa en suivant scrupuleusement le texte laissé par Han l'Ermite, y compris la dernière page et son énigmatique problème.

« Personne — sauf Liou Fei-po et, vraisemblablement, Fleur-d'Amandier — ne sut jamais que ce problème n'était rien d'autre que la clef d'une porte secrète.

— Quel homme avisé, cet ermite ! s'écria Tao Gan. La publication du problème d'échecs empêchait la clef de se perdre... sans que les non-initiés puissent y comprendre quoi que ce soit !

— Oui, Han l'Ermite était aussi prudent que sage et j'aurais aimé le connaître, répondit le juge. Mais revenons à notre affaire. Le trésor de l'ermite fournit à Liou les capitaux nécessaires à l'organisation de son vaste complot. De plus, il disposait à présent du quartier général rêvé. Il fit bâtir une villa sur le terrain situé entre la demeure de Han Sei-yu et la résidence du conseiller Liang. Quatre maçons creusèrent le passage souterrain reliant la crypte à son jardin et, leur besogne achevée, il les tua de ses propres mains. Je déduis ceci des ossements trouvés dans le passage secret.

« Mais, à mesure que le complot prenait de l'ampleur, les dépenses de Liou augmentaient aussi. Il fallait payer les chefs de bande... armer leurs hommes... remettre de substantiels pots-de-vin aux fonctionnaires à corrompre. Sa fortune personnelle y passa et le trésor de l'ermite fut bientôt englouti. Liou dut chercher de l'argent ailleurs. Il conçut alors un plan qui lui permettrait de s'approprier les biens du conseiller Liang. Il commença par accompagner fréquemment son voisin lorsque celui-ci se promenait dans son jardin, se familiarisant ainsi avec les habitudes du vieil homme et de sa peu nombreuse maisonnée. Puis il attira le conseiller dans le souterrain et le tua. Il a dû commettre ce crime il y a six lunes environ, à en juger d'après l'état du cadavre que Tao Gan et moi avons trouvé dans le cercueil du passage secret. À partir de ce moment, la santé du prétendu conseiller s'altéra, sa vue baissa de plus en plus, la mémoire lui fit défaut, et il garda la chambre la majeure partie du temps, toutes choses qui permirent à Liou de jouer plus aisément son double rôle. Il devait changer de vêtements dans la crypte et traverser subrepticement son propre jardin pour se faufiler ensuite dans la maison du conseiller. L'appartement occupé par Liang Fen se trouvait à l'autre bout de la propriété et le vieux couple qui composait toute la domesticité était à peu près retombé en enfance, ce qui simplifiait encore sa tâche. Parfois, cependant, des circonstances imprévues l'obligeaient à demeurer chez le conseiller plus longtemps qu'il ne l'avait prévu ; ceci, et l'obligation d'assister aux assemblées du Lotus blanc lorsque le Grand Conseil se réunissait dans la crypte, expliquent les « disparitions soudaines » qui commençaient à inquiéter les membres de sa maisonnée.

« Avec l'aide de son complice Wan Yi-fan, il fit un relevé des biens du conseiller et se mit à vendre ses terres les unes après les autres. Ainsi furent rassemblés des fonds suffisants pour achever les derniers préparatifs. Ce fut alors que les choses se gâtèrent dans la vie privée de Liou, et nous arrivons à l'entrée en scène de la courtisane Fleur-d'Amandier, ou, pour lui donner son véritable nom, mademoiselle Fan Ho-yi.

La barque était à présent immobile. Ma Jong venait de poser sa godille pour s'asseoir à son tour, et les quatre lieutenants du juge étaient suspendus aux lèvres de leur maître. Repoussant un peu son chapeau de soleil, il poursuivit :

— La conspiration venait de gagner la province du Chan-si. Un propriétaire foncier de Ping-yang nommé Fan s'était joint aux conjurés, mais, presque aussitôt, cet homme se repentit de son geste et décida de tout avouer au magistrat du district. Le Lotus blanc eut vent du projet et obligea Fan à se suicider après lui avoir fait signer une lettre dans laquelle il se reconnaissait coupable du crime contre l'État. Ses biens tombèrent aux mains du Lotus blanc. Sa veuve, sa fille Ho-yi et un fils plus jeune furent réduits à la mendicité. Ho-yi décida de se vendre à un proxénète. Avec l'argent obtenu, elle acheta pour sa mère une petite ferme et, devenue mademoiselle Fleur-d'Amandier, lui adressa régulièrement la plus grande partie de ses gains afin que son jeune frère pût poursuivre ses études. J'ai trouvé ces renseignements dans le rapport que les agents du grand inquisiteur ont envoyé de Ping-yang après avoir arrêté et interrogé les chefs locaux du Lotus blanc.

« Le reste de l'histoire de mademoiselle Fan Ho-yi s'imagine aisément. Avant de mourir, son père la mit au courant du complot et lui révéla que son chef — Liou Fei-po — avait son quartier général à Han-yuan. La courageuse et loyale enfant résolut de le venger. Elle obtint d'être revendue à Han-yuan et s'arrangea pour devenir la maîtresse de Liou Fei-po. Son dessein était de se faire dire sur l'oreiller les secrets du Lotus blanc afin de pouvoir fournir aux magistrats les preuves voulues.

« C'était une jeune femme d'une beauté étrange... obsédante. Je pense qu'elle appartenait à l'une de ces familles de Ping-yang qui ont rendu célèbre le nom de cette localité en se transmettant de mère en fille certaines connaissances magiques. Je me demande cependant si elle aurait réussi à s'attacher un homme aussi égoïste et ambitieux que Liou Fei-po si elle n'avait pas ressemblé de façon extraordinaire à Fée-de-la-Lune, la propre fille de Liou.

« Je ne prétends pas, mes amis, être capable de comprendre ou d'analyser les étranges écarts dont est capable le cœur humain. Je me contenterai de vous dire ceci : à l'affection qu'éprouvait Liou pour sa fille se mêlait un sentiment que notre société ne permet pas de nourrir pour une femme à laquelle on est lié par le sang. Cet amour passionné était l'unique point vulnérable de son âme froide et cruelle... et il l'a certainement combattu de toutes ses forces puisque sa fille ne s'est jamais doutée de rien. J'ignore jusqu'à quel point ce trouble sentiment a pu influencer les rapports qu'il entretenait avec ses différentes épouses, mais je ne serais pas surpris d'apprendre que l'atmosphère de sa maison ait été souvent tendue. Quoi qu'il en soit, sa liaison avec la courtisane permit à Liou d'échapper au conflit qui le déchirait, et il goûta dans cette aventure un tragique enivrement que n'aurait pu lui faire éprouver aucune autre femme.

« Au cours de ses rendez-vous secrets avec Fleur-d'Amandier — nous savons à présent que Wang leur prêtait un pavillon de son jardin — la jeune femme apprit de Liou certains détails sur le Lotus blanc, y compris la signification du problème d'échecs. La passion de Liou s'exhala aussi sur le papier et il écrivit à la courtisane des lettres brûlantes, mais, trop intelligent pour laisser sa propre écriture le compromettre, il imita celle de Liang Fen avec laquelle il s'était familiarisé en étudiant les affaires financières du conseiller. Seul le Ciel peut savoir quelle pensée perverse lui fit signer ces missives enflammées du pseudonyme de candidat Tchang, l'amoureux de sa fille. Je le répète, ces divagations du cœur humain dépassent ma compréhension.

« L'idée que sa fille se marierait un jour et qu'un autre homme deviendrait le maître de son corps était pour Liou une torture insupportable. Quand Fée-de-la-Lune tomba amoureuse de candidat Tchang, il s'opposa violemment au mariage et donna l'ordre à Wan Yi-fan de salir de ses calomnies le docteur Tchang afin d'avoir une raison pour légitimer son refus. Fée-de-la-Lune se mit à dépérir. Liou fit alors un terrible effort et finit par consentir aux fiançailles, mais l'imminence de la séparation exacerba sa douleur. De plus, ses lettres à Fleur-d'Amandier nous montrent que, juste à ce moment-là, l'empressement de la danseuse à l'interroger sur le Lotus blanc lui fit soupçonner son véritable dessein. Il décide alors de rompre avec elle. Sur le point de perdre en même temps les deux seules femmes qu'il eût aimées, nous imaginons sans peine son état d'esprit. Pour comble de malheur, ses ennuis financiers ne cessaient d'augmenter. L'époque où devait éclater la rébellion approchait, il lui fallait des sommes toujours plus grosses. Les propriétés du conseiller Liang étant presque toutes vendues, Liou demanda la totalité de son argent liquide à Wang, puis, sur son ordre, Kang Tchong fit accorder par son frère un prêt substantiel à Wan Yi-fan. Voilà où en étaient les choses il y a deux lunes, peu après notre arrivée à Han-yuan.

Le juge Ti s'arrêta un instant afin de reprendre haleine. Tao Gan en profita pour demander :

— Comment Votre Excellence découvrit-elle que Kang Tchong faisait partie de la bande ?

— À cause du mal qu'il s'est donné pour faire avancer une somme aussi considérable à Wan Yi-fan. Cela me parut bizarre qu'un homme d'affaires expérimenté conseillât à son frère de prêter tant d'argent au petit personnage de réputation douteuse qu'était Wan Yi-fan. Quand j'eus compris que ce dernier appartenait à la conspiration, il devint clair pour moi que le plus jeune des frères Kang était aussi des leurs. Les efforts désespérés de Liou Fei-po pour obtenir à tout prix de l'argent frais me fournirent un important indice. Les « disparitions » fréquentes de Liou coïncidant avec la maladie soudaine du conseiller Liang me firent découvrir la substitution de personne. Je fis un rapprochement entre la curieuse soif d'or du vieux conseiller et les besoins monétaires de Wang. L'âge avancé du conseiller interdisant de croire qu'il ait pu se faire conspirateur, la conclusion s'imposait d'elle-même.

Tao Gan hocha la tête en tortillant d'un geste machinal les poils de sa verrue.

— Nous en arrivons maintenant à l'assassinat de la courtisane, poursuivit le juge. Je ne compris comment les choses s'étaient vraiment passées qu'à la fin de mon enquête. Fée-de-la-Lune venait d'épouser candidat Tchang et, le lendemain, se donnait le banquet sur le bateau-de-fleurs. Soupçonnant Fleur-d'Amandier de vouloir le trahir, Liou ne la quitta pas des yeux pendant toute la soirée. Quand, debout entre Han Sei-yu et moi, elle me parla du complot, Liou lut sur ses lèvres les paroles de la jeune femme. Et il crut, bien à tort, qu'elle s'adressait à Han.

— Mais, Votre Excellence, n'avions-nous pas décidé qu'une telle méprise était impossible ? demanda le sergent Hong. Elle a dit *Seigneur Juge* en vous parlant.

— J'aurais dû voir mon erreur plus tôt, répondit le magistrat avec un sourire contrit. Souviens-toi qu'elle parlait très vite et sans me regarder. Au lieu de *Seigneur Juge,* Liou lut *Sei-yu* sur ses lèvres. *Sei-yu,* le petit nom de Han ! Cela le mit dans une rage froide. Non seulement sa maîtresse trahissait les secrets du Lotus blanc, mais de plus elle le trompait avec Han Sei-yu ! Sinon, pourquoi aurait-elle employé son nom personnel ? Cette méprise explique la façon brutale dont Liou s'y prit le lendemain pour clore la bouche de Han. Elle explique aussi les paroles prononcées par Liou avant de se trancher la gorge : elles s'adressaient à un rival supposé.

« Heureusement, la dernière phrase de Fleur-d'Amandier lui échappa. En regagnant notre table, mademoiselle Anémone se trouva placée entre lui et sa camarade juste au moment où celle-ci la prononçait. S'il avait pu lire sur ses lèvres cette allusion au jeu d'échecs, il aurait sans doute évacué la crypte au plus tôt !

« Toutefois, il en savait assez pour juger nécessaire de tuer la jeune femme. J'aurais dû comprendre cela en voyant l'expression de Liou pendant la danse de sa maîtresse. Il contemplait pour la dernière fois l'éblouissante beauté de celle qu'il venait de condamner à mort : la haine brillait dans ses yeux, mais son regard exprimait en même temps le profond désespoir de l'homme qui va perdre sa bien-aimée.

« L'indisposition de monsieur Peng lui fournit un bon prétexte pour quitter la salle du banquet. Il accompagna le malade à tribord et, tandis que Peng, penché sur le bastingage, était incapable de rien voir, Liou gagna l'allée de bâbord, appela Fleur-d'Amandier par signe à travers sa fenêtre, et la conduisit à la grande cabine. Là, il l'étourdit d'un coup de poing, plaça dans sa manche le lourd brûle-parfum de bronze, puis fit glisser le corps de la jeune femme dans l'eau. Après quoi, il rejoignit monsieur Peng qui commençait à se sentir mieux, et les deux hommes revinrent ensemble dans la salle à manger. Vous pouvez imaginer les pensées de l'assassin quand il apprit que le cadavre n'avait pas coulé au fond du lac et que le meurtre venait d'être découvert.

« Le lendemain matin, une nouvelle plus accablante encore lui parvenait. Fée-de-la-Lune, sa fille bien-aimée, avait été trouvée morte sur sa couche nuptiale. Il perdait ainsi en quelques heures les deux femmes qui avaient joué un rôle essentiel dans sa vie sentimentale. Chose curieuse, ce n'est pas candidat Tchang qu'il poursuivit de sa haine, mais le père de celui-ci. La passion contre nature de Liou lui fit-elle supposer que le professeur était coupable d'un péché analogue ? C'est la seule explication plausible de sa fantastique accusation. La mort de Fée-de-la-Lune avait jeté un coup terrible pour lui, mais quand le corps de la jeune femme disparut de façon mystérieuse, il perdit le peu de contrôle sur lui-même qui lui restait. À partir de cet instant, nous avons affaire à une sorte de dément irresponsable.

« Son complice Kang Tchong explique dans sa confession que Liou donna l'ordre à tous les membres de la société de se mettre à la recherche du corps de sa fille. Il se conduisit de façon si étrange que Wang, Kang Tchong et Wan Yi-fan commencèrent à s'alarmer. Les trois hommes désapprouvèrent tout à fait l'enlèvement de Han Sei-yu. Ils trouvaient la chose dangereuse et inutile puisque l'assassinat de la courtisane devait suffire à convaincre Han qu'il ferait mieux de se taire. Liou refusa de les écouter, voulant à tout prix humilier son rival. Han fut donc jeté dans un palanquin clos par des bandits à la solde de Liou, promené en rond dans le jardin de ce dernier, et conduit à l'intérieur du souterrain creusé sous sa propre demeure ! Han m'a décrit exactement cette salle hexagonale et il se souvenait des dix marches qui mènent du passage secret à la crypte. Le personnage en cagoule blanche était Liou lui-même qui ne voulait pas laisser échapper une si belle occasion de mortifier l'homme avec lequel il s'imaginait avoir été trahi par Fleur-d'Amandier.

« Nous touchons à la fin de cette lamentable histoire. Le corps de Fée-de-la-Lune n'est pas retrouvé, Liou manque d'argent et voit que je commence à le soupçonner. Il décide alors de disparaître en tant que Liou Fei-po et de diriger la phase finale des opérations sous le masque du conseiller Liang.

« Wan Yi-fan est arrêté avant de connaître les intentions de son chef. Aussi, quand je lui dis que Liou s'est enfui, il pense aussitôt que celui-ci a renoncé à ses ambitieux projets et il se résout à tout avouer pour sauver sa peau. Mais un employé du tribunal à la solde du Lotus blanc avertit Liou qui fait parvenir, par son intermédiaire, un gâteau empoisonné à Wan. C'est pour m'intimider que le lotus emblématique figurait sur ce gâteau — le prisonnier n'aurait pu le voir puisque son cachot n'était pas éclairé. Liou voulait m'effrayer afin que je me tienne tranquille pendant les ultimes préparatifs de la rébellion.

« La même nuit, il fait dire à Wang et à Kang Tchong de se rendre désormais chez le conseiller Liang lorsqu'ils auront à lui parler. Les deux hommes tiennent conseil. Ils pensent que Liou perd la raison et Wang décide de le remplacer à la tête du Lotus blanc. Wang va dans la crypte chercher le code dont il a besoin pour connaître les noms des différents membres de la société. Il ne le trouve pas, car Liou a déjà transféré le précieux rouleau dans la vasque aux poissons, mais Tao Gan et moi le surprenons dans la salle hexagonale et le nouveau chef du Lotus blanc est tué.

— Comment avez-vous deviné où était ce rouleau, Noble juge ? demanda Tsiao Taï avec curiosité.

Le magistrat sourit.

— Quand j'ai rendu visite au prétendu conseiller, on m'a conduit dans la bibliothèque. En attendant l'arrivée de mon hôte, j'ai regardé les cyprins dorés. Lorsque ces jolies petites bêtes m'ont aperçu, elles se sont conduites de façon parfaitement normale, nageant vers la surface pour attraper la nourriture qu'elles espéraient recevoir. Mais quand je tendis la main vers la statuette, mon geste les affola. Il ne me vint pas à l'esprit, sur le moment, de rechercher la cause de cet émoi inattendu, mais lorsque j'arrivai plus tard à la conclusion que Liou se faisait passer pour le vieux conseiller, l'incident me revint en mémoire. Je savais que ces petits poissons, comme toutes les bêtes de race, sont sensitifs à l'extrême et n'aiment pas que des étrangers viennent barboter dans leur eau. La crainte manifestée par eux en voyant mes doigts s'approcher de leur domaine indiquait qu'un fait analogue avait dû se produire récemment. J'en déduisis que le piédestal de la statue recelait une cachette, et, comme le trésor le plus précieux de Liou était un petit rouleau manuscrit, je me dis qu'il l'avait probablement placé là. Prenant sa ligne pour l'amorcer, le juge conclut : Vous savez tout, à présent !

— Une affaire aussi importante ne peut que valoir un avancement rapide à Votre Excellence ! dit le sergent avec satisfaction.

— Un avancement rapide ? répéta le juge étonné. Auguste Ciel ! Je suis trop heureux de ne pas être purement et simplement révoqué ! Le grand inquisiteur m'a chapitré d'importance pour avoir mis si longtemps à découvrir le complot, et les documents administratifs qui me réintègrent dans mes fonctions mentionnent le fait en noir sur blanc ! C'est ma découverte de l'endroit où était caché le code qui a incité mes supérieurs à se montrer indulgents. Un magistrat, mes bons amis, est censé connaître tout ce qui se passe dans son district.

— En tout cas, reprit le sergent, notre première affaire ici a été menée à bonne fin et l'on ne parlera plus de la courtisane noyée !

Le juge Ti considéra d'un air pensif l'eau qui les entourait. Après un long silence, il secoua doucement la tête.

— Eh bien, moi, sergent, répliqua-t-il, j'ai l'impression que cette affaire n'est pas terminée. La haine de la courtisane était si grande que le suicide de Liou n'a sans doute pas suffi à l'apaiser. Il existe des passions si intenses, si violemment inhumaines, qu'elles acquièrent une sorte de vie propre et conservent le pouvoir de faire du mal longtemps après la mort de ceux qui les éprouvaient. On dit même qu'il arrive à ces forces obscures de s'introduire dans un cadavre qu'elles réaniment pour continuer leur sinistre besogne. Remarquant la mine troublée de ses compagnons, il ajouta vite : Mais aussi puissantes que soient ces forces surnaturelles, elles ne peuvent tourmenter que ceux dont les noires actions les attirent ici-bas[1].

Le juge se pencha sur le plat-bord. Aperçut-il dans les profondeurs de l'eau ce visage immobile au regard fixe qu'il avait vu contre la coupée du bateau-de-fleurs ? Il frissonna et, relevant la tête, murmura d'un air absent :

— Je crois que l'homme porté au mal par des instincts pervers ferait bien, le soir, d'éviter les rives de ce lac !

---

1. *Esprits.* — Le surnaturel tient une place importante dans les vieux romans chinois, et il arrive aux esprits des morts de se réincarner soit pour expier des fautes commises dans une existence antérieure ou pour accomplir une action bénéfique déterminée — aider un orphelin laissé sur terre, par exemple —, soit, au contraire, pour se venger d'un ennemi. Cette dernière opération peut se poursuivre au cours d'une *nouvelle existence* de celui-ci, comme c'est le cas pour Liou et Fleur-d'Amandier dans l'introduction du présent ouvrage.
Ce prologue est d'ailleurs tout à fait dans la tradition des anciens romans chinois qui commençaient très souvent par une sorte de préfiguration — rédigée en termes allusifs et voilés — des aventures qui allaient arriver aux héros du livre.
Dans *L'Énigme du clou chinois*, Robert Van Gulik écrit à propos de ce genre d'introduction : « Ce procédé fut inventé pour la délectation de lecteurs d'une époque révolue qui considéraient toute hâte comme une erreur fondamentale et ne craignaient pas de lire et de relire un roman depuis le début jusqu'à la fin. »
Nous nous permettons de conseiller au lecteur français d'aujourd'hui de se faire un peu l'imitateur du lecteur chinois de jadis et, lorsqu'il aura terminé ce roman, d'en relire tout au moins les premières pages. Cette nouvelle lecture lui apportera un plaisir supplémentaire, et nous sommes sûrs que, saisissant alors tout à fait la pensée de l'auteur, il admirera comme nous l'art avec lequel il a su relier la fin de l'histoire à son commencement (*NdT*).

POSTFACE

DANS CE ROMAN, je me suis conformé une fois encore à la coutume traditionnelle de la littérature policière chinoise, et mon juge s'occupe simultanément de plusieurs affaires. J'ai combiné les diverses actions de façon à former un récit continu, et le héros en est toujours le juge Ti.

L'affaire de l'épousée disparue est basée sur un cas réel d'arrêt des fonctions vitales consigné dans la sixième partie de *King-fen-k'i-an* (*Étranges affaires qui étonnèrent le monde*), recueil d'histoires criminelles publié en 1920, à Shanghaï, par un certain Wang Yi. Ce recueil est la réimpression textuelle de récits plus anciens, mais les sources ne sont malheureusement pas indiquées. Le cas utilisé ici se serait présenté au début du règne de l'empereur Kouang-siu, c'est-à-dire vers 1880. Je me suis seulement servi des faits essentiels, le reste étant modifié pour l'adapter à l'affaire de la courtisane noyée.

L'affaire de la courtisane noyée a été imaginée par moi pour former un cadre aux trois récits. Les meurtres sur les bateaux-de-fleurs et les intrigues des sociétés secrètes figurent de temps à autre dans les romans policiers chinois. Je dois cependant avouer que la société du Lotus blanc est postérieure au juge Ti. Elle apparut seulement au XIIIe siècle et faisait partie du mouvement nationaliste chinois dirigé contre les conquérants mongols. Elle fleurit de nouveau vers l'an 1600, quand la dynastie Ming approchait de sa fin. Dans le présent récit, le Lotus blanc est présenté comme un ramassis de factieux uniquement occupés de leur intérêt personnel. De tels épisodes se rencontrent dans l'histoire chinoise, mais il faut bien dire que, le plus souvent, ces complots étaient ourdis par des patriotes loyaux et désintéressés, en lutte contre l'oppresseur étranger. Il est à noter que le

Parti nationaliste chinois qui, sous la direction du docteur Sun Yat-sen, chassa en 1912 la dynastie étrangère mandchoue et fonda la République chinoise, fut d'abord une société politique secrète appelée *T'ong-meng-houei*. En 1896, les Mandchous mirent la tête du docteur Sun Yat-sen à prix, et, lors d'un voyage de ce dernier en Angleterre, réussirent à l'entraîner dans les locaux de la Légion impériale chinoise où il fut retenu prisonnier. Il aurait été envoyé en Chine pour y être décapité, s'il n'avait réussi à faire passer une lettre au-dehors. Cette lettre fut remise aux autorités britanniques, et, grâce à l'intervention de lord Salisbury, le docteur Sun Yat-sen fut libéré. La réalité est souvent plus étrange que la fiction !

Le repaire de voleurs établi dans d'inexpugnables marécages vient du fameux roman picaresque *Chouei-hou-tchouan*[1]. Il en existe deux versions anglaises, l'une par J. H. Jackson (*Water Margin*, 2 vol. Shanghaï, 1937), l'autre par Pearl Buck (*All Men are Brothers*, Londres, 1937).

Un mot maintenant sur la serrure à secret du panneau de jade. On utilise depuis des siècles, en Chine, des cadenas fonctionnant sur ce principe. Leur barre de fermeture s'enfonce dans un cylindre creux composé d'anneaux – quatre ou davantage. Sur la face externe de chacun d'eux sont gravés cinq ou sept caractères chinois. Une dent à l'intérieur de chaque anneau correspond à une cannelure qui court le long de la barre. Celle-ci ne peut sortir du cylindre que lorsque tous les anneaux sont dans la bonne position, c'est-à-dire quand toutes les dents sont bien en face de la cannelure. Il est facile de se souvenir de cette position grâce à

1. Roman traduit en français et publié en 1978 par les éditions Gallimard sous le titre : *Au bord de l'eau*, coll. « La Pléiade » qui décrit les faits et gestes d'une telle bande.

une phrase clef pour laquelle chaque anneau fournit un caractère.

Les Chinois connaissent deux sortes de jeux d'échecs, le *siang-k'i* et le *wei-k'i*. Le premier se joue avec des pièces de différentes valeurs et il faut, comme chez nous, mettre échec et mat le « général » de l'adversaire. C'est un jeu fort populaire dans toutes les classes de la société. Le *wei-k'i*, décrit dans *Meurtre sur un bateau-de-fleurs*, est beaucoup plus ancien, et les lettrés sont presque les seuls à le pratiquer. Il fut introduit au Japon pendant le VIIIe siècle et y est toujours populaire. Les Japonais l'appellent « go ». Il existe une nombreuse littérature sur ce jeu attachant, y compris des traités suivis de problèmes. Un bon livre anglais sur ce sujet est *The Game of Go*, par A. Smith, publié à New York en 1908 et réimprimé à Tokyo en 1956[1].

ROBERT VAN GULIK, 1963.

---

1. On pourra conseiller au lecteur français le *Petit traité invitant à l'art subtil du jeu de go*, de Pierre Lusson, Georges Perec et Jacques Roubaud (Christian Bourgois, Paris, 1969) (*NdÉ*).

Table des illustrations

Trafic d'or sous les T'ang

Cinq nuages de félicité

Une affaire de ruban rouge

Le passager de la pluie

Le paravent de laque

Meurtre sur un bateau-de-fleurs

Table

Le paravent de laque

Meurtre sur un bateau-de-fleurs

BUSSIÈRE CAMEDAN IMPRIMERIES
GROUPE CPI

Composition Nord Compo.
Impression réalisée sur Cameron
à Saint-Amand-Montrond (Cher)
en février 2004.
Dépôt légal : mars 2004.
N° d'impression : 040946/1.
Imprimé en France